Petra Schier, Jahrgang 1978, lebt mit ihrem Mann und einem Schäferhund in einer kleinen Gemeinde in der Eifel. Sie studierte Geschichte und Literatur und arbeitet seit 2003 als freie Autorin. Ihre historischen Romane, darunter die Reihe um die Apothekerin Adelina, vereinen spannende Fiktion mit genau recherchierten Fakten. Petra Schier ist Mitglied des Vorstands der Autorenvereinigung DELIA.

Mehr Informationen sind unter www.petra-schier.de zu finden.

Petra Schier

Flammen und Seide

Historischer Roman

Rowohlt Taschenbuch Verlag

Originalausgabe
Veröffentlicht im Rowohlt Taschenbuch Verlag,
Reinbek bei Hamburg, Januar 2019
Copyright © 2019 by Rowohlt Verlag GmbH, Reinbek bei Hamburg
Karten Copyright © Peter Palm, Berlin
Umschlaggestaltung any.way, Barbara Hanke / Cordula Schmidt
Umschlagabbildung Mohamad Itani / Arcangel; akg-images;
Nationalgalerie, SMB / Andres Kilger / bpk; Belagerung
einer Stadt durch Truppen des Heiligen Römischen Reiches
im Dreißigjährigen Krieg, vermutlich Magdeburg 1631.
Gemälde von Pieter Molenaer, um 1650 / Musée des Beaux-Arts,
Orléans / Bridgeman Images; Shutterstock
Satz aus der Adobe Garamond Pro
bei Pinkuin Satz und Datentechnik, Berlin
Druck und Bindung GGP Media GmbH, Pößneck, Germany
ISBN 978 3 499 27355 1

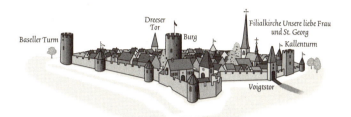

*Rekonstruktion der Stadt Rheinbach
vor 1636*

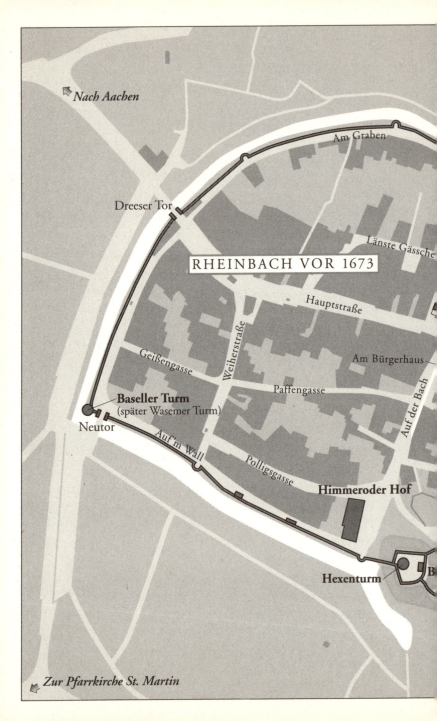

Kallenturm

Filialkirche Unsere liebe Frau und St. Georg

Voigtstor

Auf'm Wall

Ramershover Gasse

Nach Koblenz ➡

Gräbbach

PERSONENVERZEICHNIS

Hauptpersonen und ihre Familien

LUCAS CUCHENHEIM Sohn des verstorbenen Rheinbacher Lederwarenhändlers Johann Cuchenheim, Hauptmann über ein Regiment des Fürstbischofs Bernhard von Galen
HEDWIG CUCHENHEIM Lucas' Mutter
MADLEN THYNEN Tochter des Rheinbacher Tuchhändlers Gerlach Thynen

ANNE-MARIA THYNEN Madlens Mutter
GERLACH THYNEN Madlens Vater, Tuchhändler, Ratsherr
MARIE THYNEN Madlens jüngere Schwester
MARIANNE / JANNI THYNEN Madlens jüngste Schwester
MATTIS THYNEN Madlens jüngerer Bruder

PETER VON WERDT Obrist in einem Regiment der kurkölnischen Armee, Sohn des Kaufmanns Erasmus von Werdt
ERASMUS VON WERDT Peters Vater, Kaufmann, Ratsherr
GISLINDE VON WERDT Peters Mutter
LUDWIG VON WERDT Peters jüngerer Bruder

Sonstige Personen

ALMA Magd bei der Familie von Werdt
PASCAL D'ARMOND Leutnant unter König Ludwig XIV.
HERMANN BECKER Ratsherr, Notar und Gerichtsschreiber

BRIDLIN Magd bei der Familie Thynen
CAREL Hausdiener bei der Familie von Werdt
FRIEDRICH EICK Wachtmeister und Torwart am Voigtstor
ELSE Magd bei der Familie Velde
BARBARA FALCKENBACH Tochter von Margarete und Christoph Leinen, verheiratet mit Werner Falckenbach
WERNER FALCKENBACH Bauer, Torwächter, alter Freund von Lucas
GERINC ehem. Armeeknecht, jetzt bei Lucas angestellt
GREGOR HAFFEMEISTER Waidkrämer
GERTRUD HALFMANN Gattin eines Holzhändlers
JONATA Köchin der Familie Thynen
KARL Büttel
HENNS KLÖTZGEN Schustermeister
VERONICA KLÖTZGEN Henns' Tochter
CHRISTOPH LEINEN Großbauer
EMILIA LEINEN Tochter von Margarete und Christoph
GEORG LEINEN Sohn von Margarete und Christoph
MARGARETE LEINEN Gattin von Christoph Leinen
LOTTI Magd bei der Familie Cuchenheim
RUDOLF OFFERMANN Schöffe
HERMANN OVERKAMP Schöffenmeiser
PITTER Knecht bei der Familie Haffemeister
LUTTER REITZ Büttel
THÖNNES SCHUBKNECHT Tuchhändler
TONI Handelsgehilfe und Hausknecht bei der Familie Cuchenheim
PAUL WICKE fahrender Krämer
WILHELMI Handelsgehilfe der Familie Thynen

Historisch belegte Personen

CHRISTOPH BERNHARD VON GALEN Fürstbischof von Münster
FREIHERR WILHELM JAKOB SCHALL VON BELL Amtmann zu Flerzheim
(HEINRICH) AVERDUNK Bürgermeister der Stadt Rheinbach (Vorname nicht historisch belegt)
HEINRICH DIEFENTHAL Schöffe (belegt 1686)
EDMUND FRÖHLICH Schöffe (belegt 1689)
GEORGE DE HERTOGHE, HERR VON VALKENBURG Leutnant-Kolonel der Infanterie unter Wilhelm III. von Oranien
HERBERT HORST Schöffe (belegt 1686)
CONSTANTIJN HUYGENS Sekretär Wilhelms III. von Oranien
JOHANN MATTHIAS REIMBACH Vogt
ANTONIUS HEPP Ratsherr
WILHELM III. Prinz von Oranien, Statthalter von Holland und Zeeland
LUDWIG XIV. König von Frankreich

1. Kapitel

Rheinbach, 18. April 1668

«Hör auf damit! Nicht!» Madlen wich kichernd zurück, als Lucas an einer ihrer langen hellbraunen Locken zupfte. «Lass mich durch, ich muss die Kräuter ins Haus bringen. Mutter und Jonata brauchen sie in der Küche.»

Da Lucas strategisch günstig in dem von noch kahlen Rosen überwucherten Torbogen stand, der den Garten der Thynens von Haus und Hof trennte, blieb er einfach, wo er war, um das hübsche Mädchen noch ein bisschen weiter zu necken. «Hast du gerade gesagt, dass ich aufhören oder dass ich nicht aufhören soll?» Er grinste breit und zupfte erneut an der Strähne. Er mochte Madlens glänzende weiche Locken, besonders wenn sie vom Frühlingswind leicht zerzaust waren, so wie jetzt. Sie hatte sie nicht hochgesteckt, wie es sich eigentlich gehörte.

Das angenehm kribbelnde Gefühl, das sich bei Madlens Anblick stets in Lucas' Magengrube ausbreitete, versuchte er jedoch zu ignorieren. Er war immerhin ein Mann von vierundzwanzig und sie ein junges, unerfahrenes Ding, gerade mal sechzehn Jahre alt. Ganz und gar nicht die Art Frau, die ihn normalerweise reizte. Zumal er sie praktisch schon seit ihrer Geburt kannte. Trotzdem konnte er sich nicht zurückhalten, das schüchterne Mädchen noch ein wenig weiter zu reizen. Er liebte es, wenn sie ihre Zurückhaltung vergaß. «Ich könnte schwören, dass du da gerade etwas von ‹nicht aufhören› gesagt hast.»

«Hab ich überhaupt nicht. Ich hab gesagt, du sollst aufhören.» Madlen wich erneut zurück, als er einen Schritt auf sie zu machte und tat, als wolle er mit beiden Händen nach ihren Haaren greifen. «Nicht!»

«Siehst du, da ist es wieder, das Wörtchen ‹nicht›.» Triumphierend grinste er sie an. «Also tue ich bloß, was du von mir verlangst.» Obgleich er wusste, dass es sich nicht gehörte, nahm er ihre Hand und hob sie an seine Lippen. Die Geste bewirkte, dass sich ihre Augen weiteten und sich das kribbelnde Gefühl in seinem Magen bedrohlich verstärkte. Deshalb besann er sich und zwickte sie rasch mit der anderen Hand in die Seite.

«He!» Mit einem Quietschen wich Madlen ihm aus und ließ dabei das Körbchen mit den Wildkräutern fallen. «Was machst du denn da?» Rasch bückte sie sich und sammelte die kleinen Blätter und Stiele wieder ein. «Mutter wird mich schelten, wenn ich die Kräuter auf dem Weg ins Haus zertrete. Es sind sowieso nur so wenige und noch ganz winzig, weil sich der Winter so hartnäckig gehalten hat.» Ihre Wangen hatten sich gerötet, was ihr ganz bezaubernd zu Gesicht stand.

«Bitte entschuldige.» Entschlossen, es nicht weiterzutreiben, behielt Lucas seine Hände nun bei sich. «Ich wollte dir nur guten Tag sagen und ein bisschen mit dir klaafen. Hast du schon das Neueste gehört?»

Madlen entspannte sich sichtlich und lächelte, sodass die kleinen Grübchen neben ihren Mundwinkeln zutage traten. «Nein, aber du wirst es mir ganz bestimmt erzählen. Was hast du nun wieder angestellt?»

«Ich?» Er tat vollkommen unschuldig. «Wie kommst du darauf, dass ich etwas angestellt haben könnte?»

«Weil du du bist und weil du gerne mit deinen Missetaten angibst.»

Mit dieser Einschätzung traf sie zugegebenermaßen genau ins Schwarze. Mit einem erneuten Grinsen hob er die Schultern. «Schuldig in allen Anklagepunkten. Hast du heute schon mal Offermanns Remise angeschaut?»

«Nein.» Sie zog die Augenbrauen verwundert hoch. «Warum sollte ich?»

«Weil der Anblick eines Pflugs auf einem Dach nicht zu verachten ist. Vor allem, wenn der Pflug noch mit einem Berg Schweinemist garniert ist.»

«Ach du Schreck!» Madlen riss die Augen auf. «Warum hast du das getan?»

«Woher willst du wissen, dass ich das war?»

Sie bedachte ihn nur mit einem beredten Blick, woraufhin er lachte. «Er hat dafür gesorgt, dass sein Sohn Hans zum Flurschütz des Reihs[*] ernannt wurde und nicht ich. Mir wollen sie jetzt das Amt des Knuwelshalfen andrehen.»

«Du wolltest Flurschütz werden?» Verblüfft starrte Madlen ihn an, dann lachte sie laut auf. «Du liebe Zeit, was für ein Witz. Da würden sie ja den Bock zum Gärtner machen. Ausgerechnet der Junggeselle mit dem schlimmsten Ruf in ganz Rheinbach …»

«Na, na, ganz so arg ist es nun auch wieder nicht.»

Sie ließ sich von seinem Einwand nicht beirren. «Und ob. Ausgerechnet *du* sollst auf die Einhaltung der Reihgesetze, auf Zucht und Ordnung achten? Da lachen ja unsere Hühner.»

«Eigentlich wollte ich das Amt gar nicht», gab er zu. «Mein Onkel Averdunk hat mich dafür vorgeschlagen. Wahrscheinlich hoffte er, das würde vorteilhaft auf meinen Charakter abfärben. Was mir nur stinkt, ist, dass Offermann sich eingemischt hat. Ich bitte dich, Hans als Flurschütz? Das ist

---

[*] Am Ende des Buchs finden Sie ein Glossar zum Brauchtum in Rheinbach.

doch wohl noch mehr ein Witz, als wenn ich den Posten übernähme. Er wird nicht mal genug respektiert, dass die Leute den Hut zum Gruß vor ihm ziehen. Wie soll er denn dann durchsetzen, dass alle Welt die Gesetze des Reihs einhält und sich züchtig und ordentlich benimmt? Anscheinend hat Offermann dem Reih eine große Spende fürs Maifest getätigt. Du kannst dir wohl vorstellen, wie gut das bei der Vereinigung von Junggesellen ankommt. Dementsprechend ist dann natürlich auch die Wahl des Flurschützen verlaufen.»

«Also hast du dem alten Offermann seinen Pflug aufs Dach gestellt und einen Kübel Mist drüber ausgeschüttet», folgerte Madlen. «Glaubst du nicht, dass sie dich dafür bestrafen werden?»

«Erst mal müssen sie beweisen, dass ich das war.»

Madlen legte den Kopf leicht schräg. «Du hast es mir gegenüber doch gerade zugegeben. Wenn sie mich fragen würden ...»

«Dann würdest du mich nicht verraten.» Er zwinkerte ihr zu.

«Ach nein? Und warum nicht?»

«Weil ...», er trat wieder etwas näher an sie heran, «wir gute Freunde sind.»

Sie errötete erneut. «Sind wir das?»

«Etwa nicht?»

«Doch, ja, natürlich.» Sie blickte sich vorsichtig um, doch im Haus war alles still. «Ich muss jetzt wirklich rein, sonst kommt Mutter mich holen.»

«Guckst du dir Offermanns Remise noch an?»

Sie zögerte. «Vermutlich hat er den Pflug längst heruntergeholt.»

«Ich hab ihn an den Dachbalken zwischen den Sparren festgebunden. Damit ist er eine Weile beschäftigt.»

Lachend schüttelte sie den Kopf. «Wann wirst du endlich erwachsen? Kein Wunder, dass dein Onkel versucht, dir ein verantwortungsvolles Amt zuzuschustern. Andere in deinem Alter sind schon Herr ihres eigenen Hausstandes, und du ...»

«Ich drücke mich erfolgreich um diese grauenhafte Aussicht herum. Wer würde mich schon ertragen?»

«Jetzt tu doch nicht so. Es gibt in Rheinbach und den Dörfern ringsum genügend nette Mädchen. Du bräuchtest dir bloß eine auszusuchen.» Sie knabberte verlegen an ihrer Unterlippe. «Oder ersteigere ein Mailehen. Kommende Woche Samstag ist doch die Versteigerung.»

Lucas grinste wieder. «Vielleicht sollte ich dich als Mailehen ersteigern.»

«Mich?» Mit einem Ruck hob Madlen den Kopf.

«Sicher. Du bist jetzt sechzehn und nimmst zum ersten Mal an der Versteigerung teil, nicht wahr?»

«Ja, schon ...» Die Röte auf ihren Wangen vertiefte sich. «Aber warum willst du mich ersteigern?»

«Warum nicht? Wir haben doch gerade festgestellt, dass wir gute Freunde sind. Außerdem bist du klug und nicht so leichtgläubig wie manche anderen Mädchen. Bei dir muss ich mir nicht ständig Gedanken machen, dass du etwas, das ich sage, falsch verstehst. Du kennst mich.» Er zupfte erneut an einer ihrer Locken. «Und du bist hübsch, also werden wir ein sehr ansprechendes Maipaar abgeben.»

«Das ist doch Unsinn, Lucas.» Sichtlich verlegen nestelte Madlen am Griff des Körbchens herum. «Man ersteigert doch kein Mailehen, bloß weil man nett zusammen aussieht.»

«Das habe ich ja auch nicht gesagt, Madlen.»

«Oder weil man befreundet ist. Die Leute werden denken ...»

«Was?» Forschend sah er Madlen ins Gesicht, bis sie ihren

Blick zu seinem hob. Das kribbelnde Gefühl verstärkte sich abermals.

«Außerdem bin ich schon jemandes Mailehen.» Sie schluckte hörbar. «Also natürlich jetzt noch nicht, aber Peter hat gesagt, dass er mich beim Schultheißen des Reihs schon vorab freikaufen will, damit niemand auf mich bieten kann.»

«Peter von Werdt, natürlich.» Lucas behielt sein heiteres Lächeln bei, obgleich ihn das Gefühl der Enttäuschung härter traf, als er erwartet hätte. Natürlich war ihm klar gewesen, dass Madlen Thynen nicht sein Mailehen sein wollen würde. Nicht wegen des Altersunterschieds, denn von Werdt war noch einmal zwei Jahre älter als er, sondern wegen seines fragwürdigen Rufs. Er hatte noch nie viel darum gegeben, was die Rheinbacher von ihm dachten, und er scheute sich auch nicht, sich mit den falschen Leuten anzulegen. Nach dem Tod seines Vaters hatte er zudem angefangen, einigen halbseidenen Geschäften nachzugehen. Sein Vater war, ähnlich wie der von Madlen, Kaufmann gewesen. Allerdings war die Konkurrenz im Lederwarenhandel groß, und das Geschäft, das Lucas mit zwanzig Jahren geerbt hatte, war kaum der Rede wert gewesen. Das Einkommen hätte niemals ausgereicht, um Lucas und seine Mutter am Leben zu erhalten. Also hatte er sich nach anderen Einkommensquellen umgesehen, und wenn er dafür seine Kundschaft übers Ohr hauen musste, dann war das eben so. Stolz war er nicht darauf, doch wenigstens hatte er nie etwas wirklich Ungesetzliches getan – oder war zumindest nicht erwischt worden. Inzwischen hatte er sich wieder überwiegend dem Lederwarenhandel verschrieben, doch so wirklich war es nicht das Richtige für ihn. In letzter Zeit dachte er immer häufiger daran, fortzugehen, sich der Armee anzuschließen. Vielleicht den Kurkölner Regimentern. Dort war es in diesen schwierigen Zeiten sicher leicht, zu Ruhm und Ehre zu gelangen ... und zu einem annehmbaren Einkommen, das ihn nicht zwang, jeden Kreuzer dreimal umzudrehen.

Deshalb war es sicher besser, dass Madlen kein Interesse an ihm hatte. Er lächelte ihr schief zu. «Ich hatte mir schon gedacht, dass von Werdt dich allen anderen Junggesellen vorenthält. Immerhin seid ihr so gut wie verlobt.» Auch wenn dieser Gedanke ihm mehr widerstrebte, als er vor sich selbst zugeben wollte.

«Sind wir nicht!» Erschrocken schüttelte Madlen den Kopf. «Er ist einfach nur ein guter Freund der Familie und ...» Sie geriet ins Stocken, denn offenbar wurde ihr klar, wie unsinnig dieses Argument war. Sie hatte schließlich abgelehnt, sein Mailehen zu werden, weil niemand sie nur für Freunde halten würde. «Na ja, vielleicht ... Glaubst du wirklich, er hat so ernsthafte Absichten?»

Lucas zuckte mit den Achseln. «Es würde mich nicht wundern. Ihr zwei gebt das perfekte Paar ab – und er ist eine gute Partie.»

«Ich weiß.»

«Wer ist eine gute Partie?»

Peter von Werdt war hinter Lucas aufgetaucht, so als hätte er gewittert, dass von ihm die Rede war. Dieses leidige Talent hatte er schon immer besessen. Lucas drehte sich langsam zu ihm um und musterte ihn mit neutraler Miene – so hoffte er wenigstens. «Du, wer sonst? Oder soll ich Madlen jemand anderen anempfehlen?»

Peter von Werdt, groß, schwarzhaarig und vom Herrgott mit geradezu anstößig ebenmäßigen Gesichtszügen versehen, lächelte mit einer Spur Ingrimm in den Augen. «Untersteh dich, Cuchenheim. Nicht, dass ich Angst vor Konkurrenz hätte, aber es lebt sich so viel leichter ohne, nicht wahr?» Er wandte sich dem Mädchen zu. «Guten Tag, Madlen. Wie geht es dir? Du bist wie immer eine Augenweide. Dieses Kleid steht dir ausnehmend gut.»

«Danke sehr.» Madlen senkte geschmeichelt den Kopf. «Mir geht es ausgezeichnet.» Ihr Blick fiel auf die Ledermappe, die von Werdt bei sich trug. «Bist du auf dem Weg zu meinem Vater? Er ist drinnen in seinem Kontor.»

«Gut, ich will ihm die Abschriften der letzten beiden Ratssitzungen bringen. Geht es ihm nach dieser scheußlichen Erkältung wieder besser?»

«Ja, glücklicherweise hat er sie endlich überstanden.»

«Sehr schön.» Mit einem fragenden Blick wandte von Werdt sich an Lucas. «Entschuldige, wolltest du auch zu Thynen? Ich will mich nicht vordrängen.»

Fast hätte Lucas mit den Zähnen geknirscht. Als ob er einen Grund gehabt hätte, den reichen Tuchhändler und Ratsherrn Gerlach Thynen aufzusuchen. «Nein, von Werdt, geh nur. Ich bin rein zufällig hier vorbeigekommen und habe Madlen mit einem Schwatz von ihren Pflichten abgehalten.»

«Soso.» Von Werdt wandte sich mit einem Stirnrunzeln ab. «Nun gut, dann will ich mal reingehen.» Er hielt inne und lächelte Madlen traulich zu. «Ich hoffe, du hast für die Mailehenversteigerung dein schönstes Kleid herausgelegt. Ich möchte, dass du an dem Abend besonders hübsch aussiehst, damit ich mit dir angeben kann.»

«Oh, ja, natürlich.» Madlen nickte verlegen. «Ich freue mich schon. Das wird bestimmt sehr nett.»

«Und feuchtfröhlich», fügte Lucas trocken hinzu. «Bring sie bloß vor Mitternacht nach Hause und halte sie vom Bierbrunnen fern.»

«Ich trinke doch gar kein Bier!»

Madlens empörte Miene reizte Lucas zum Lachen. «Noch

nicht. Aber wer weiß, was passiert, wenn dich mal der Übermut reitet.»

«Ich werde nie übermütig», widersprach das Mädchen erneut.

Lucas blinzelte schelmisch. «Pass auf, was du sagst, sonst versteht jemand diese Aussage noch als Herausforderung.»

«Hör auf mit dem Blödsinn!» Madlen schlug nach seiner Hand, als er versuchte, noch einmal eine ihrer Locken zu erhaschen.

«Wie du wünschst.» Betont fröhlich trat Lucas den Rückzug an, denn von Werdts Miene hatte sich zusehends verfinstert. «Ich muss weiter.»

Von Werdt nickte. «Du hast sicher noch irgendwo Unruhe zu stiften.»

«Allerdings. Also auf bald, Madlen, und viel Spaß bei der Versteigerung.» Er zwinkerte ihr zu. «Auch wenn du die typische Aufregung ja gar nicht ausstehen musst, weil dein von Werdt dich schon freigekauft hat. Das hast du doch, nicht wahr?»

«Natürlich. Ich komme gerade von dort.»

Lucas grinste von Werdt zu. «Hoffentlich hast du ordentlich was springen lassen.»

Von Werdt straffte die Schultern und richtete sich zu seiner vollen Größe auf, womit er durchaus respekteinflößend wirkte. «Ich habe einen angemessenen Preis bezahlt.»

«Der Reih wird es dir danken.»

«Bist du nicht zum Knuwelshalfen ernannt worden?» Von Werdt zog spöttisch eine Augenbraue hoch. «Dann darfst du dich dieses Jahr um die Sitzengebliebenen und die Mauerblümchen kümmern.»

«Ich habe dankend abgelehnt.» Lucas nickte Madlen noch einmal zu und wandte sich zum Gehen, blieb aber abrupt stehen, als er die beiden städtischen Büttel auf sich zukommen sah, gefolgt von seinem Onkel, dem Bürgermeister Heinrich Averdunk, und einigen neugierigen Nachbarn und Gaffern.

«Madlen? Madlen!» Anne-Maria Thynen, Madlens Mutter, war in der Haustür erschienen. «Wo bleibst du denn bloß so lange? Wir brauchen die Kräuter und ...» Verblüfft stockte sie, als sie Lucas entdeckte. «Was treibst du denn hier?» Ohne auf seine Antwort zu warten, richtete sie ihren Blick als Nächstes auf von Werdt. «Und der liebe Peter ist auch hier! Na, das ist aber eine Überraschung. Guten Tag. Geht es dir gut? Na, bestimmt, denn du siehst so schneidig aus wie immer. Willst du zu meinem lieben Thynen? Er sitzt in seinem Kontor und brütet über seiner Korrespondenz. Dein Besuch wird ihn ganz bestimmt freuen.»

«Ich wollte in der Tat zu ihm, Frau Thynen. Und danke der Nachfrage, es geht mir ausgezeichnet. Wie sollte es das auch nicht in Gegenwart dieser zauberhaften jungen Dame und ihrer hübschen Mutter.»

Lucas verdrehte innerlich die Augen über so viel Schmeichelei, war aber abgelenkt, weil die Büttel immer näher kamen und sein Onkel heftig gestikulierend auf sie einredete.

«Ach, du bist ja so ein Charmeur!» Madlens Mutter lachte geschmeichelt und strich beiläufig über ihren gewölbten Leib. «Aber übertreib bitte nicht so. Ich bin dieser Tage alles andere als hübsch anzusehen. Das Kind trägt sich von Tag zu Tag schwerer. Mutter Amalie, die Hebamme, sagt, das sei ein gutes Zeichen dafür, dass es diesmal ein Sohn wird.»

«Ich bin vollkommen sicher, dass der Herrgott Euch einen Jungen schenken wird.» Peter von Werdt lächelte ihr herzlich zu, wurde dann aber ebenfalls auf die näher kommenden Männer aufmerksam.

«Da ist er!», schrie eine ältliche Frau, die den Bütteln folgte.

«Da, bei Thynens im Hof!» Sie deutete mit dem ausgestreckten Finger auf Lucas. «Schnappt ihn euch, den Unhold, bevor er flieht!»

Lucas runzelte die Stirn. Was machten die Leute denn für ein Gewese wegen eines simplen Streichs? Mit einem unguten Gefühl trat er auf die Männer zu. «Stimmt etwas nicht, Onkel Averdunk? Gibt es ein Problem?»

«Ja, verdammt.» Heinrich Averdunk wischte sich mit dem Ärmel seines Ratsherrenmantels über die Stirn. In seinem Alter und mit seinem nicht unerheblichen Wanst war es ihm offensichtlich schwergefallen, mit den Büttel mitzuhalten. «Was in drei Teufels Namen hast du diesmal wieder angestellt?»

Ehe Lucas antworten konnte, traten die beiden Büttel auf ihn zu und ergriffen ihn bei den Armen. «Lucas Cuchenheim, Ihr seid verhaftet.» Der eine Büttel, Lutter Reitz, schnallte schwere eiserne Handschellen von seinem Gürtel ab und versuchte, sie Lucas anzulegen. «Ihr werdet beschuldigt, Veronica, die Tochter des Schusters Henns Klötzgen, mit falschen Versprechungen zu einem heimlichen Stelldichein im Wald verführt und dann gegen ihren Willen entehrt zu haben.»

«Was?» Schockiert starrte Lucas den Mann an und vergaß darüber, sich gegen die Handschellen zur Wehr zu setzen.

«Verleumdung!», schimpfte sein Onkel indes und gestikulierte wieder wild. «Das ist doch alles an den Haaren herbeigezogen. Ich verlange ...»

«Das Gesetz schreibt vor, dass wir Lucas Cuchenheim festsetzen, damit die Schöffen ihn verhören können», unterbrach Reitz ihn. «Er wird einen Prozess bekommen.»

«Lucas?» Madlen starrte ihn mit weit aufgerissenen Augen an. Das Entsetzen war ihr deutlich anzusehen, und sie bemerkte nicht einmal, dass sie ihn in aller Öffentlichkeit beim

Vornamen genannt hatte, obwohl sich das eigentlich nicht gehörte. Nicht einmal ihre Mutter sprach ihren Vater in der Öffentlichkeit vertraulich mit dem Vornamen an.

Lucas schüttelte ungläubig den Kopf, dann blickte er auf seine gefesselten Hände. «Das ist ein Irrtum. Ich habe mit Veronica Klötzgen nichts zu tun.»

«Das werden die Schöffen schon herausbekommen», beschied ihn der Büttel.

«Schmeißt ihn ins tiefste Gefängnisloch!», schrie jemand aus der Menschenmenge. Die Leute waren den Büttneln nicht in den Hof gefolgt, sondern drängten sich auf der Straße.

«Büßen soll er für seine Missetaten», kam es von einem anderen.

«Das Mädchen ist für alle Zeiten entehrt! Den Tod hat er dafür verdient, der Unhold. Hängt ihn auf!»

«Ruhe!» Reitz hatte eine laute, unangenehm krächzende Stimme, die ihre Wirkung nicht verfehlte. «Niemand wird aufgehängt, bevor ihm nicht der Prozess gemacht wurde.»

«Dann bringt ihn endlich vor Gericht!»

«Nun mal ganz ruhig.» Peter von Werdt trat auf den Büttel und den aufgeregten Bürgermeister zu. «Was genau ist denn geschehen?»

Reitz, der von Werdt und dessen Vater, einen angesehenen Ratsherrn und Freund des Vogtes, natürlich gut kannte, antwortete bereitwillig: «Der Vater von Veronica Klötzgen hat für sie Anklage erhoben, nachdem sie ihm von der Ungeheuerlichkeit erzählt hat. Es ist schon etwas her, denn sie hat sich aus verständlichen Gründen geschämt, jemandem davon zu erzählen. Nun aber ist sie, bestärkt durch den Zorn ihres Vaters, bereit, gegen Cuchenheim auszusagen.»

«Ich habe Veronica nicht angefasst.» Lucas bemühte sich um einen ruhigen Ton, obgleich ihn der Schreck über die Situation ebenso gepackt hatte wie der Zorn über diese infame Anschuldigung. «Das letzte Mal habe ich sie vor vielleicht zwei Wochen gesehen, und da habe ich sie allenfalls ein wenig geneckt.»

«Ihr gebt also zu, Euch mit ihr getroffen zu haben.» Der Büttel blickte ihn scharf an.

«Nicht in dem Sinne, wir Ihr es mir vorwerft, und ganz sicher habe ich sie nicht entehrt.»

«Sie schwört, dass Ihr es getan habt, noch dazu gegen ihren Willen. Es gibt Zeugen, deshalb werdet Ihr in den Baseller Turm gebracht und dort in einer Gefängniszelle verbleiben, bis Euch der Prozess gemacht wird.»

«Ja, sperrt ihn endlich ein, den Schweinepriester!»

«Büßen soll er!»

«Die Höchststrafe hat er verdient!»

Immer lauter wurden die Rufe und Schreie der aufgebrachten Menschen, sodass der Büttel sich erneut gezwungen sah, für Ruhe zu sorgen.

«Bestimmt handelt es sich um einen Irrtum.» Peter von Werdt blickte besorgt von Lucas zu der Menschenansammlung und dann zu Madlen, die ganz bleich geworden war. Er griff nach ihrem Ellenbogen. «Komm, Madlen, geh mit deiner Mutter ins Haus, das hier ist nichts für dich. Es wird sich sicher bald aufklären.»

«Nein, lass mich.» Unwirsch schüttelte Madlen seine Hand ab. «Das ist doch alles ein großer Irrtum, oder nicht?» Ihr Blick glitt hektisch zwischen den Bütteln, seinem Onkel und den Menschen auf der Straße hin und her. «Lucas würde niemals ... Er ist ein Schelm, aber so etwas Schreckliches würde er doch nicht tun. Das würdest du doch nicht?» Beinahe flehentlich sah sie Lucas an.

«Nein, natürlich nicht.» Allmählich brach Lucas der Schweiß aus. Madlens ängstlicher Blick schnitt ihm mindestens ebenso schmerzhaft ins Herz wie sein eigenes Entsetzen. «Wie ich schon sagte, ich habe Veronica nicht angefasst. Niemals. Warum sie das behauptet, ist mir ein Rätsel.»

«Komm, Madlen, Peter hat recht, wir sollten ins Haus gehen.» Anne-Maria Thynen, ebenfalls blass vor Schreck, nahm die Hand ihrer Tochter und zog sie mit sich in Richtung Haustür.

«Was geht denn hier draußen vor?» Gerlach Thynen trat aus dem Haus, noch bevor die beiden Frauen den Eingang erreicht hatten. Der Blick des schlanken, fast hageren Mannes richtete sich in ungläubigem Erstaunen auf Lucas und die eisernen Handschellen. «Ist das ein verfrühter Maispaß?»

«Leider nicht.» Der Büttel wandte sich sichtlich ungern von den erregten Menschen auf der Straße ab, denn sobald er das tat, wurden erneut wütende Rufe laut. Sie drängten sich am Tor, und es sah so aus, als wollten sie im nächsten Moment in den Hof einfallen. «Verzeiht bitte die Störung, Herr Thynen. Wir tun bloß unsere Arbeit.» Er winkte dem zweiten Büttel zu. «Karl, geh vor und mach uns den Weg frei. Der Gefangene soll heil im Gefängnisturm ankommen.»

«Er soll überhaupt nicht in den Turm gebracht werden.» Wütend rang sein Onkel die Hände. «Diese Anklage ist an Lächerlichkeit nicht zu überbieten! Lucas mag ja nicht der bravste Kerl innerhalb unserer Stadtmauern sein, aber solch eine Anschuldigung ist nichts anderes als infame Verleumdung!»

«Wie gesagt, Herr Bürgermeister, es gibt Zeugen», erklärte Reitz geduldig. «Andernfalls hätte das Schöffengericht nicht seine Verhaftung veranlasst.»

«Wer sind denn diese Zeugen und was behaupten sie, gesehen zu haben?» Gerlach Thynen trat noch weiter auf den Hof. Seine Frau und seine Tochter blieben hinter ihm zurück.

«Das ist nichts, was wir auf offener Straße besprechen dürfen.»

«Verleumderisches Pack, allesamt!», brüllte Averdunk, dem offenbar allmählich die Nerven durchgingen.

«Beherrscht Euch.» Thynen maß ihn mit einem bezeichnenden Blick. «Es führt zu nichts, wenn Ihr Euch derart ereifert.» Eingehend und streng musterte er Lucas. «Du sagst, du hast dir nichts zuschulden kommen lassen?»

Lucas nickte. Ihm war inzwischen mehr als nur mulmig zumute. «Ja, Herr Thynen, das sage ich, und dabei bleibe ich.»

«Lügner! Lügner, vermaledeiter! Ich bringe dich eigenhändig um!» Ein gedrungener Mann mit Vollbart und schütterem schwarzem Haar drängte sich durch die Menge, stürmte durch das Tor und hätte sich auf Lucas gestürzt, wenn Karl ihn nicht zurückgehalten hätte. «Loslassen! Der Kerl hat meine Tochter entehrt. Ich drehe dir den Hals um, du Drecktier!»

«Haltet ein, Henns Klötzgen!» Reitz stieß den erregten Mann unsanft vor die Brust. «Ihr habt hier nichts zu suchen. Lasst uns unsere Arbeit tun.»

«Aber er hat meine Tochter vergewaltigt. Dafür soll er in der Hölle braten, und ich will ihn persönlich dorthin schicken!»

«Ich kann Euren Zorn verstehen, aber nicht Ihr bestimmt die Strafe für seine Missetat, sondern das Schöffengericht und der Vogt.»

«Komm endlich ins Haus, Madlen!» Lucas drehte den Kopf, als er die strenge Stimme von Anne-Maria Thynen vernahm. Madlen hörte jedoch nicht auf sie, sondern entzog sich ruckartig ihrem Griff und rannte an die Seite ihres Vaters. «Bitte, das ist doch alles nicht wahr Vater, Ihr müsst etwas unternehmen. Lucas Cuchenheim würde doch niemals etwas so Schreckliches tun.»

«Ach nein?» Klötzgen warf ihr geradezu mörderische Blicke zu. «Hat er Euch vielleicht auch schon eingewickelt und um Eure Ehre gebracht, Mädchen? Wie könnt Ihr jemanden wie ihn verteidigen?»

Madlen wurde noch blasser und starrte den Mann fassungslos an. «Lucas ist ...» Sie verstummte unsicher, fuhr dann aber fort: «Lucas ist mein Freund.» Ihre Stimme schwankte. «Ein guter Freund, schon solange ich denken kann. Ich glaube nicht, dass er zu so etwas in der Lage ...»

«Ihr glaubt es nicht?», unterbrach Klötzgen sie mit überkippender Stimme. «Dann wartet, bis Ihr und alle Welt hört, was meine Tochter aussagt. Ich will, dass Cuchenheim büßt für das, was er ihr und unserer Familie angetan hat. Jawohl, büßen soll er, und wenn ich ihn eigenhändig am nächsten Baum aufknüpfen muss.»

«Madlen, geh mit deiner Mutter ins Haus.» Gerlach Thynen legte seiner Tochter eine Hand auf die Schulter.

«Aber Vater, jemand muss doch ...»

«Ich werde die Büttel und den Bürgermeister begleiten.» Thynen nickte Averdunk zu. «Gemeinsam werden wir der Sache schon auf den Grund gehen.»

«Nun komm endlich.» Die Mutter war erneut neben Madlen getreten und zerrte sie diesmal energisch und äußerst unsanft mit sich ins Haus. «Das ist nichts für ein unbescholtenes Mädchen. Dein Vater wird sich schon kümmern.»

«Ich will aber nicht, dass Lucas ins Gefängnis gebracht wird», protestierte Madlen eigensinnig. «Er hat nichts getan, das weiß ich.»

«Schon gut, Madlen.» Nun mischte sich auch von Werdt ein, ging zu Madlen und lächelte ihr beruhigend zu. «Ich werde mit deinem Vater gehen. Wir sorgen schon dafür, dass alles aufgeklärt wird.»

Madlen zögerte, entspannte sich dann aber etwas. «Ganz sicher? Versprochen?»

Von Werdt nickte ihr zu. «Versprochen.»

Lucas atmete auf, als das Mädchen sich schließlich doch von ihrer Mutter ins Haus führen ließ. In der Haustür drehte sie sich noch einmal kurz um, und ihre Blicke trafen sich. Ein Stich durchfuhr ihn, überraschend heftig. Doch er hatte keine Zeit, darüber nachzudenken, warum ihn Madlens ängstlicher und zugleich so ehrlich von seiner Unschuld überzeugter Blick derart berührte.

«Los jetzt, bewegt Euch.» Die beiden Büttel postierten sich vor und hinter ihm, und zwischen den Menschen tauchten plötzlich noch weitere Gerichtsknechte auf, die dafür sorgten, dass die Leute Abstand hielten. Harsch wurde Lucas vorangetrieben und hörte hinter sich seinen Onkel, Gerlach Thynen und Peter von Werdt leise und aufgeregt miteinander sprechen.

Alles kam ihm unwirklich und wie ein böser Traum vor, doch als sich nur wenig später die Tür der Gefängniszelle mit einem lauten Knall hinter ihm schloss und der Riegel mit einem metallischen Knirschen vorgeschoben wurde, war ihm klar, dass er aus diesem Albtraum wohl nicht so rasch erwachen würde.

2. Kapitel

Rheinbach, 15. Juli 1673

Fünf Jahre später ...

«Fühlt mal, Vater, diesmal hat Wilhelmi uns ausgezeichnete Qualität mitgebracht.» Mit einem Lächeln legte Madlen den kleinen, lindgrün eingefärbten Stoffballen auf dem großen Tisch im Kontor ab. «Diese Seide können wir für den Höchstpreis weiterverkaufen, zum Beispiel an die Familie Schall von Bell oder die Scheiffarts drüben in Morenhoven.»

«Hab ein gutes Geschäft gewittert und zugeschlagen», kam die brüchige Stimme des Handelsgehilfen Wilhelmi von der Tür her. Der kleine, gedrungene Mann trat ein und zog dabei die einfache braune Kappe ab, mit der er seinen allmählich kahl werdenden Kopf gegen die stechende Sommersonne geschützt hatte. «Mitte September soll noch eine weitere Schiffsladung über den Rhein kommen, von Basel herunter. Italienische Seide von erster Güte, und Anfang Oktober englische Wolle, die über Rotterdam auf dem Wasserweg nach Köln geliefert wird. Wir sollten zur Stelle sein, wenn das Schiff in Köln vor Anker geht. Hab uns schon vormerken lassen.»

«Ausgezeichnet.» Mit erfreuter Miene streichelte ihr Vater mit der linken, verkrüppelten Hand über die glatte Seide, während seine Rechte eine Schreibfeder hielt, mit der er sich Notizen in seinem Rechnungsbuch machte. Umständlich rutschte er auf seinem Stuhl hin und her und rückte die kleine Öllampe zurecht, die ihm bei der Arbeit Licht spendete.

«Was ist, Vater? Plagt Euch die Hüfte wieder?» Eilfertig trat Madlen an seine Seite und zupfte an dem Kissen herum, das ihr Vater sich in den Rücken geschoben hatte.

«Nein, schon gut. Pack nur den Seidenballen fort, damit er nicht noch schmutzig wird.»

«Natürlich, sofort, Vater.» Madlen wandte sich an den Gehilfen. «Wilhelmi, würdet Ihr bitte die Seide und alles, was noch vorne vor der Tür steht, hinüber ins Lager bringen? Und sagt Bridlin oder Jonata Bescheid, dass sie die Knechte holen sollen. Irgendwer muss ja die ganzen Sachen ordnen.»

«Bin ich vielleicht Euer Laufbursche?» Wilhemis dunkle kleine Äuglein musterten Madlen verdrießlich.

«Nein, aber der meines Vaters», erwiderte sie gelassen. «Ihr seht doch, dass er beschäftigt ist und Hilfe benötigt. Also tut, wofür ich Euch bezahle.»

«Ihr, Mädchen? Noch bezahlt Euer Vater mich.»

«Ja, aber ich händige Euch Euren Lohn aus, und wenn das so bleiben soll, bewegt Ihr jetzt Euren Hintern zur Tür hinaus und tut, worum ich Euch höflich gebeten habe.»

«Aufsässiges Weibervolk», brummelte Wilhemi verdrossen vor sich hin. «Kommt nix Gutes bei heraus, wenn die anfangen, Befehle zu geben, und meinen, die Hosen anzuhaben.»

«Nun tut schon, was meine Tochter sagt.» Ihr Vater seufzte abgrundtief. «Dass ihr euch aber auch andauernd in den Haaren liegen müsst.»

«Das ist nicht meine Schuld, Vater.»

«Doch, ist es», grollte Wilhelmi. «Und Eure auch, Herr Thynen, weil Ihr das Mädchen nicht nur gewähren lasst, sondern sie in ihrer Aufsässigkeit auch noch bestärkt.»

«Ich bin nicht aufsässig.» Ärgerlich verschränkte Madlen die Arme vor dem Körper.

«Madlen tut nur, was getan werden muss.» Ihr Vater

rutschte erneut auf seinem Stuhl hin und her. «Wer sollte es auch sonst tun? Ich bin ein Krüppel und kann froh sein, dass wenigstens eine meiner Töchter einen hellen Kopf und mein Talent fürs Verkaufen geerbt hat. Meine Frau ist mit den anderen beiden Mädchen und dem kleinen Mattis mehr als beschäftigt und hat vom Geschäft keine Ahnung. Sagt mir, wer sonst als Madlen soll mich denn wohl allenthalben vertreten?»

Wilhelmi verschränkte nun ebenfalls mit beleidigter Miene die Arme vor der Brust. «Jedenfalls kein Frauenzimmer, das ist wider die Natur. Ich an Eurer Stelle hätt' wenigstens die beiden ältesten Mädchen verheiratet. Dann wären jetzt zwei Schwiegersöhne da, die Euch zur Hand gehen könnten.»

Ein leiser Unmutslaut mischte sich mit tiefem Seufzen. «Marie ist noch viel zu jung und unbedarft zum Heiraten.»

Wilhelmi schnaubte. «Das Mädchen ist siebzehn, genau das richtige Alter, um verheiratet zu werden. Wenn Ihr noch länger wartet, wird sie am Ende noch genauso närrisch wie Madlen und bildet sich ein, die Männer herumkommandieren zu dürfen.»

«Überlasst das mir, Wilhelmi.» Ihr Vater winkte ungeduldig ab.

«Muss ich ja wohl. Aber gefallen tut es mir nicht, wie Ihr Euren Hausstand führt.» Mit einem finsteren Blick drehte Wilhelmi sich um und verließ das Kontor.

Madlen presste die Lippen zusammen. «Ich habe ihn doch nun wirklich nett und höflich gebeten.»

Ihr Vater lachte leise. «Nett und höflich, ja.»

«Etwa nicht?» Sie runzelte die Stirn.

«Der Ton macht die Musik, liebes Kind.»

«Soll ich vielleicht vor ihm niederknien und ihn anbetteln?» Sie hörte selbst, dass sich ein rebellischer Ton in ihre Stimme schlich.

«Nein. Nimm ihn einfach, wie er ist. Du wirst ihn nicht mehr ändern. Seiner Meinung nach gehört eine Frau nicht in ein Kontor, sondern hinter den Herd.»

«Oder ins Wochenbett.»

«Oder das, ja.» Ihr Vater ächzte leise, als er sich ein drittes Mal bemühte, eine bequemere Sitzposition zu finden. «Hilf mir bitte mal beim Aufstehen. Ich fürchte, mir schläft der Hintern ein, wenn ich mich nicht ein bisschen bewege.»

«Natürlich, Vater, hier, stützt Euch auf meinen Arm.» Rasch griff Madlen nach den Krücken ihres Vaters und half ihm, sich zu erheben. Seit ihm vor knapp vier Jahren bei einem schrecklichen Unfall mit einer Postkutsche der linke Fuß und die Hand zerquetscht worden waren, konnte er sich nur noch umständlich mit den Krückstöcken voranbewegen. Ein aus Bonn herbeigerufener Chirurg hatte ihm damals das Bein knapp unterhalb des Knies abgenommen und die Hand geschient, so gut es ging. Dennoch waren drei der fünf Finger schief zusammengewachsen und steif geblieben.

Inzwischen ging es ihm sogar wieder recht gut. In den ersten beiden Jahren nach dem Unfall war er so schwach gewesen, dass Madlen die Arbeit im Kontor fast ganz alleine ausgeführt hatte, nur unterstützt von Wilhelmi und einigen zuverlässigen Freunden wie den von Werdts, die ebenfalls schon seit Generationen Handel trieben, aber auch als Bankiers auftraten und an andere Händler Sicherheiten verkauften. Sie hatte schnell lernen müssen, um zu gewährleisten, dass der Tuchhandel ihres Vaters das blieb, was er stets gewesen war: erfolgreich und angesehen.

«Möchtet Ihr ein paar Schritte nach draußen gehen?», schlug sie vor. «Allmählich müsste die ärgste Hitze nachgelassen haben.»

«Ja, ich glaube, das ist eine gute Idee. Gib mir die Krücken.»

«Soll ich Euch begleiten?»

«Nur bis vor die Tür.»

«Wie Ihr wollt, Vater.» Mit einer Mischung aus Erleichterung, weil ihr Vater endlich wieder in der Lage war, sich einigermaßen fortzubewegen, und Besorgnis, weil er häufiger als früher in sich gekehrt und grüblerischer Stimmung war, blickte sie ihm von der Haustür aus nach, wie er langsam, aber zielstrebig mit seinen Krücken vorwärtshumpelte. Bei den Nachbarn blieb er kurz stehen und grüßte die dortige Hausherrin, Grete Hamacher, mit freundlichen Worten.

Als Madlen sich sicher war, dass ihr Vater ohne weitere Hilfe zurechtkommen würde, kehrte sie ins Kontor zurück und setzte sich an den Tisch, um die Eintragungen ins Rechnungsbuch fertigzustellen. Danach nahm sie sich den Stapel Geschäftskorrespondenz vor, der bereits von ihrem Vater fein säuberlich nach Dringlichkeit sortiert worden war. Sie vertiefte sich so sehr in die Lektüre und die Antworten, die sie verfasste, dass sie nur am Rande wahrnahm, wie ihre Mutter sowie ihre jüngeren Schwestern Marie und Marianne, die von allen nur Janni gerufen wurde, vom Einkaufen nach Hause kamen. Auch den erst sechsjährigen Mattis hörte sie krakeelen und lachen. Offenbar hatte er auf dem Markt von irgendwem ein neues Spielzeug geschenkt bekommen, das er nun unbedingt der Köchin Jonata und der Magd Bridlin vorführen wollte.

Diese Geräusche ignorierte sie ebenso wie das Geraschel der Röcke, als ihre beiden Schwestern an der geöffneten Tür des Kontors vorbeirannten, um ihre Beute, wie sie es gerne nannten, hinauf in ihre Schlafkammer zu bringen. Vermutlich handelte es sich um Spangen und Kämme, von denen weder die siebzehnjährige Marie noch die zwölfjährige Janni jemals genug bekommen konnten.

Madlen strich sich eine Locke nachlässig hinters Ohr, während sie mit halb zusammengekniffenen Augen über einer besonders kniffligen Formulierung brütete. Geschäftsbriefe zu schreiben, war eine Kunst, die sie mit viel Mühe erlernt hatte. Nicht die Buchstaben an sich waren ein Problem für sie, sondern die manchmal komplizierten und hintersinnigen Phrasen und Redewendungen, die von einigen Geschäftspartnern ihres Vaters benutzt wurden wie Waffen in einem Krieg. Freilich fand dieser Krieg nur auf Papier statt, aber wenn es um Verhandlungen, Angebote und Preise für die besten Tuche ging, musste ein Kaufmann nicht weniger gewitzt und strategisch agieren als ein Feldmarschall in der Schlacht.

Als es nach einer Weile wieder ruhig im Haus wurde, nahm Madlen auch das nur am Rande wahr. Es ging auf den Abend zu, und vermutlich halfen ihre Schwestern Jonata in der Küche, während die Mutter sich mit Mattis zu einer Lektion in Lesen oder Rechnen zurückgezogen hatte. Zwar gab es in Rheinbach eine Volksschule, doch Mattis würde erst im Herbst dorthin gehen, und ihr Vater hatte sich dafür ausgesprochen, dem Jungen erste wichtige Grundkenntnisse bereits vorher beizubringen. So hatte er es auch bei seinen drei Töchtern gehalten, von denen inzwischen nur noch Marianne die Schulbank drückte, und das auch nur noch für knapp zwei Jahre.

Eine umfassende Bildung war natürlich nicht zu erwarten, obgleich sich die beiden Schullehrer redliche Mühe gaben, das bisschen Wissen über die Welt, das sie besaßen, in die Köpfe ihrer Schüler zu hämmern. Angenehm war dies nicht immer, denn einer der beiden Lehrer, der alte Theodor Korres, war der Ansicht, dass ein Kind nur mit Hilfe der Rute vernünftig lernen konnte. Madlen erinnerte sich nur zu gut an das gemeine kleine Stöckchen, mit dem sie, wie alle ihre Klassenkameraden, regelmäßig Bekanntschaft gemacht hatte, ob nun aus gutem Grund oder nicht.

Madlens Vater war deutlich gebildeter als der Durchschnitt der Rheinbacher Bürger, weil sein Vater ihn einst auf ein Kölner Gymnasium geschickt hatte. Danach war Gerlach Thynen jahrelang durch die Lande gereist und hatte den Tuchhandel bei diversen ausländischen Handelspartnern gelernt. Er sprach mehrere Sprachen und hatte auch seine Töchter darin unterrichtet – allerdings mit recht unterschiedlichem Erfolg. Madlen gab sich redlich Mühe und sprach inzwischen die englische und niederländische Sprache weitgehend fließend. Französisch hingegen lag ihr nicht so sehr, obwohl diese Sprache immer wichtiger wurde. Die Rheinlande waren von französischen Truppen besetzt, und allerorten wurde deren Sprache auch in offiziellen Ämtern benutzt.

Marie wiederum liebte Französisch, war jedoch zu faul, um es zu wirklicher Perfektion zu bringen. Vielleicht lag es auch daran, dass der Vater hauptsächlich die für ihn wichtige Geschäftssprache an seine Töchter weiterzugeben versuchte, während Marie viel lieber die blumigen Formulierungen erlernt hätte, mit denen die Damen und Galane bei Hofe sich unterhielten.

Janni hatte mit dem Sprachstudium gerade erst begonnen, und es war noch nicht abzusehen, ob sie ein Talent dafür besaß oder nicht.

Glücklicherweise war der nächste Brief, den Madlen von dem dringlichen Stapel nahm, in ihrer Muttersprache verfasst. Er kam von Hermann Löher, einem Handelspartner aus Amsterdam, der einmal Rheinbacher Bürger gewesen war, dann aber hatte fliehen müssen, weil er wegen angeblicher Hexerei angeklagt worden war. Madlen mochte die Briefe des alten Mannes, der immer sehr gewandt und zugleich forsch auf den Punkt seines Anliegens kam und dabei stets interessante Neuigkeiten aus dem Weltgeschehen einstreute. Die Anklage gegen ihn – so unsinnig sie Madlen auch erschien – war nie aufgehoben worden, deshalb war Löher auch Jahrzehnte nachdem die scheußlichen Hexenverfolgungen beendet worden waren nie in seine Heimat zurückgekehrt. Lediglich seine Söhne und Töchter kamen mehr oder weniger regelmäßig in die Stadt, um Verwandte und Bekannte zu besuchen.

Als Madlen die ersten Zeilen überflog, stahl sich ein Lächeln auf ihre Lippen. Der alte Kaufmann sprach sie diesmal ausdrücklich mit Namen an. Offenbar hatte er sich gemerkt, dass sie inzwischen häufig die geschäftliche Korrespondenz für ihren Vater übernahm.

«Muss ich eifersüchtig sein, weil du aussiehst, als würdest du gerade einen Liebesbrief lesen?»

Die amüsierte männliche Stimme ließ Madlen erst heftig zusammenzucken und dann ruckartig den Kopf heben. «Peter!» Rasch legte sie den Brief auf den Tisch und erhob sich. Strahlend ging sie auf den hochgewachsenen, gutaussehenden Mann zu. «Das ist ja eine Überraschung. Wo kommst du denn so plötzlich her? Ich dachte, du wärst noch für mindestens zwei oder drei Wochen unterwegs.» Dicht vor ihm blieb sie stehen und hob erwartungsvoll den Kopf.

Prompt neigte Peter sich ein wenig zu ihr herab, zögerte kurz, warf einen Blick hinter sich und hauchte ihr im nächsten Moment einen raschen Kuss auf den Mundwinkel. «Ich konnte meine Pflichten schneller als gedacht erfüllen und durfte dementsprechend früher meinen Dienst quittieren und nach Hause zurückkehren.»

Das Lächeln auf Madlens Lippen vertiefte sich, und sie ergriff mit ehrlicher Freude seine Hand. «Bedeutet das, du musst jetzt nicht mehr fort?»

«Genau das bedeutet es.» Er umschloss ihre Finger sanft mit den seinen. «Natürlich wird noch einiges zu regeln und zu planen sein, aber sobald ich mir ein eigenes Haus zugelegt und mich dort eingerichtet habe, werde ich in das Geschäft meines Vaters einsteigen. Außerdem wurde mir der ehrenvolle Posten als Schreiber beim Amtmann Schall von Bell angeboten, den ich selbstverständlich mit Freude antreten werde.» Er hielt inne, blickte noch einmal prüfend über die Schulter, ob auch niemand sie beobachtete, dann zog er Madlen sanft zu sich heran, bis ihre Körper einander beinahe berührten. «Und wenn du es mir erlaubst, werde ich endlich offiziell bei deinem Vater um deine Hand anhalten – natürlich nicht, ohne zuvor in alter Manier und standesgemäß um dich zu werben.»

Madlen schmunzelte. «Glaubst du, das ist wirklich nötig? Vater hat mich dir doch schon lange versprochen ...»

«Selbstverständlich ist das notwendig.» Peter lachte. «Ich habe dich so furchtbar lange auf mich warten lassen, da werde ich dich doch wohl zum Ausgleich und zur Wiedergutmachung eine Weile auf Händen tragen dürfen. Oder möchtest du das nicht?»

«Auf Händen getragen werden?» Bei der Vorstellung musste auch Madlen lachen. «Ich weiß nicht. Könnte wacklig sein. Aber du brauchst doch nun wirklich nicht um mich zu freien. Du weißt doch schon, dass ich mit unserer Verbindung einverstanden bin.»

Peters Augen leuchteten auf. «Auch wenn ich das weiß, möchte ich, dass du meiner Zuneigung und Liebe vollkommen sicher bist. Ich möchte es in die Welt hinausrufen und allen Menschen zeigen, dass wir fortan zusammengehören.»

«Und ein bisschen angeben natürlich auch», fügte sie grinsend hinzu.

«Na klar. Immerhin bekomme ich das schönste und liebreizendste Mädchen in ganz Rheinbach und Umgebung zur Braut.»

«Und sie bringt auch noch eine anständige Mitgift mit.»

«Die interessiert mich nicht, Madlen, das müsstest du doch wissen.»

«Aber sie schadet auch nicht, oder? Ebenso wenig wie die Verbindung zu unserer Familie.»

Peters Miene wurde eine Spur ernster, verlor jedoch nicht den liebevollen Ausdruck. «Du hattest schon immer eine ausgesprochen praktische und realistische Seite an dir.»

«Na und, ist das schlimm?»

«Nein, ganz und gar nicht.» Wieder neigte er den Kopf und küsste sie, diesmal mitten auf den Mund.

Obgleich sie normalerweise zurückhaltender war, lehnte Madlen sich diesmal in den Kuss hinein. Sie freute sich so, dass Peter heil und unbeschadet aus dem Militärdienst zurückgekehrt war. Vor knapp zehn Jahren war er in das kurkölnische Regiment eingetreten, und seit gut fünf Jahren wartete sie nun darauf, dass er seine Karriere beendete und nach Rheinbach zurückkehrte, um sie zu heiraten. Sie kannte ihn schon, seit sie auf der Welt war, und es hatte nie Zweifel gegeben, dass ihre beiden Familien mit dieser Verbindung einverstanden waren. Peter von Werdt war ein freundlicher, liebevoller und zuverlässiger Mann, an dessen Seite Madlen, da war sie ganz sicher, ein zufriedenes und gutes Leben führen würde. Sie hatte ihn gern. Sehr gern sogar. Früher war er mehr wie ein großer Bruder gewesen, und so ganz hatte sich dieses Gefühl nie aus ihrem Herzen verabschiedet. Aber mit ihren fast zweiundzwanzig Jahren war sie inzwischen klug genug, um zu verstehen, dass seine Liebe ihr gegenüber anders geartet war und dass sie gewisse Facetten dieser Liebe mit kaum einem besseren Mann als ihm erforschen könnte.

Seine Lippen fühlten sich warm und weich an, sanft strichen sie über ihren Mund und hinterließen ein wohliges Gefühl der Vertrautheit. Aber mehr auch nicht. Manch eine ihrer Freundinnen schwärmte hin und wieder von heißen Küssen und den Flammen der Leidenschaft, die ein Mann in einer Frau entfachen konnte, doch Madlen stand solchen verzückt zum Ausdruck gebrachten Gefühlswallungen eher skeptisch gegenüber. Sie hatte bisher noch nie so empfunden und war sich ziemlich sicher, dass dies einfach nicht in ihrer Natur lag. Sie war keine Frau, die sich leicht aus dem Gleichgewicht bringen ließ, und vor allem wusste sie, was gut und richtig für sie war.

Peters Liebe und Treue über all die Jahre waren ihr lieb und teuer; sie konnte sich nicht vorstellen, diese Tugenden gegen irgendetwas anderes einzutauschen. Und wenn sie in seiner Gegenwart keine Schmetterlinge im Bauch verspürte, bedeutete das nicht, dass sie ihn nicht liebte. Wahrscheinlich kannten sie einander einfach schon viel zu lange, als dass solche Gefühlsanwandlungen noch natürlich gewesen wären.

Nur ein einziger Mann hatte ihr jemals Herzklopfen und weiche Knie beschert – Lucas Cuchenheim. Und im Rückblick konnte sich Madlen diese Gefühlsverwirrung nur mit jugendlicher Unbedarftheit erklären. Mit vierzehn und in den Jahren darauf war sie für seinen schelmenhaften Charme anfällig gewesen. Obwohl sie selbst damals schon gewusst hatte, dass Lucas von jeher ein Tunichtgut war, dessen schlechter Ruf ihn gewissermaßen zu einer verbotenen Frucht machte.

Gleichwohl hatte ihr Vater ihn immer gemocht und stets angeführt, dass der Junge sich einfach noch nicht die Hörner abgestoßen hätte, was auch immer damit gemeint sein mochte.

Madlen zuckte innerlich zusammen, als sie bemerkte, in welche Richtung ihre Gedanken gewandert waren. Es war ganz sicher nicht recht, sich in solchen Erinnerungen zu ergehen, während sie von ihrem zukünftigen Verlobten zärtlich geküsst wurde. Und sie führten unweigerlich zu schmerzlichen Gedanken, denn was vor fünf Jahren geschehen war, hatte sie tief getroffen. Selbst heute noch fragte sie sich manchmal insgeheim, wie es zu jenen schrecklichen Ereignissen hatte kommen können.

Ihr schlechtes Gewissen drängte sie umgehend, für einen Ausgleich zu sorgen, deshalb küsste sie Peter mit mehr Inbrunst zurück, als sie es je zuvor getan hatte.

Mit einem überraschten Laut zog er sie fester an sich, und der bisher noch verhaltene Druck seiner Lippen auf ihren verstärkte sich.

Als irgendwo im Haus eine Tür klappte, ließ er sie jedoch rasch los und schmunzelte, ein wenig außer Atem. «Ich habe dich vermisst, Madlen. Mir scheint, dir ging es ähnlich.»

«Natürlich habe ich dich vermisst.» Sie lächelte verlegen. «Was dachtest du denn?»

«Was ich gerade gedacht habe, darf ich dir eigentlich gar nicht sagen. Jedenfalls nicht, solange wir nicht mindestens offiziell verlobt sind.» Sachte strich er ihr über die Wange.

Madlen errötete, kam jedoch nicht dazu, etwas zu antworten, denn in diesem Moment erschien ihre Mutter auf dem Gang. «Habe ich doch richtig gehört, dass da jemand zu Besuch gekommen ist. Peter, mit dir hatten wir ja noch gar nicht gerechnet! Welch eine schöne Überraschung.» Wie es ihre Art war, umarmte Anne-Maria Peter herzlich und küsste ihn auf die Wange. «Und wie stattlich Ihr in Eurer Uniform ausseht, Herr Obrist.» Sie blinzelte fröhlich bei diesen überförmlichen Worten. «Bei dem Anblick bekomme ja sogar ich noch weiche Knie!» Sie lachte und trat einen Schritt zurück, um Peters stattliche Gestalt zu bewundern.

«Peter, Peter! Guck mal, hab einen neuen Ball gekriegt. Hat

die Witwe Cuchenheim mir geschenkt.» Mattis' wilder brauner Lockenschopf erschien in der Tür zur Stube, in der er bis eben Unterricht bekommen hatte. Der Sechsjährige hielt dem Besucher stolz den neuen Lederball hin und lächelte dabei engelhaft. Neben seinen Mundwinkeln erschienen dieselben entzückenden Grübchen wie bei der Mutter und den drei älteren Schwestern. Ihr Vater murrte jedes Mal, wenn er sie sah. Er fand die etwas mädchenhaften Züge seines einzigen männlichen Sprösslings recht unpassend.

Peter ging in die Hocke und betrachtete das Spielzeug eingehend und sehr ernsthaft. «Das ist ja ein toller Ball. Hast du ihn schon ausprobiert?»

«Nö, darf nicht. Muss noch lesen üben.» Der Junge schob schmollend die Unterlippe vor, doch in seinen Augen glitzerte es hoffnungsvoll. «Spielst du mit mir?»

Lächelnd wuschelte Peter ihm durchs Haar. «Später vielleicht. Erst einmal musst du deine Lektionen beenden.»

«Echt? Wirklich? Lesen ist so langweilig.»

«Lesen ist sehr wichtig für einen Mann.» Peter erhob sich wieder. «Wenn du brav gelernt hast, können wir nachher gerne ein wenig draußen spielen.»

«Bedeutet das, du bleibst zum Essen?» Madlen sah ihn hoffnungsvoll an.

«Wenn ich darf.»

«Was für eine Frage!» Madlens Mutter legte ihm vertraulich eine Hand auf den Arm. «Wir freuen uns doch immer so sehr, wenn du Zeit für uns hast. Ich gehe gleich zu Jonata und gebe ihr Bescheid, dass wir heute einen Esser mehr am Tisch haben. Und du, Mattis?» Sie warf ihrem Sohn einen vielsagenden Blick zu.

Der Junge zog den Kopf ein. «Ja, Mutter, ich geh schon und übe weiter.»

«Er ist groß geworden.» Lächelnd blickte Peter dem Kleinen nach, als dieser in die Stube zurückkehrte.

«Das ist er.» Die Mutter nickte stolz. «Aber nun entschuldigt mich, ihr beiden, ich muss in die Küche.»

«Einen Augenblick, Frau Thynen.» Sanft hielt Peter sie zurück. «Würdet Ihr mir erlauben, Madlen bis zum Abendessen zu entführen? Nur zu einem kleinen Spaziergang – in allen Ehren selbstverständlich.»

«Natürlich, natürlich, sehr gerne. Geht nur, das Wetter ist ja so schön heute, und um diese Zeit ist es auch nicht mehr so schrecklich heiß.» Unbekümmert winkte die Mutter ab und verschwand in der Küche.

«Nun denn.» Galant hielt Peter Madlen seinen Arm hin. «Sollen wir?»

«Also eigentlich …» Verunsichert blickte Madlen über die Schulter ins Kontor. «Ich war gerade dabei, Vaters Korrespondenz zu erledigen.» Sie hasste es, eine Arbeit unvollendet zu hinterlassen, und fühlte sich ein wenig von seinem Vorschlag überfahren.

«Das kann doch warten, oder nicht?»

«Ich weiß nicht. Wenn Vater von seinem Spaziergang zurückkehrt und diese Unordnung auf seinem Pult vorfindet, wird er nicht sehr erfreut sein.»

«Ich werde ihm beichten, dass ich dafür verantwortlich bin. Bitte, Madlen, komm mir zuliebe mit. Du wirst es auch bestimmt nicht bereuen. Ich möchte dir unbedingt etwas zeigen.»

«Ach ja?» Nun war ihre Neugier geweckt. «Was denn?»

«Das ist geheim. Du erfährst es nur, wenn du mich begleitest.»

Seufzend gab sie nach. «Also gut, aber nur dieses eine Mal. Und ich muss erst das Tintenfass schließen und die Federn säubern.» Eilig ging sie ins Kontor und ordnete alles. Löhers Brief legte sie zurück auf den dringlichen Stapel und beschwerte ihn mit einem ovalen Stein.

3. Kapitel

Bonn, 15. Juli 1673

«Hauptmann, ich glaube, da hinten gibt es Ärger.» Der junge Knecht Gerinc deutete mit vielsagender Miene auf eine Gruppe Männer, die an einem der hinteren Tische in der gut besuchten Bonner Taverne saß. Laut ging es dort her; die ersten Streitlustigen hatten sich bereits erhoben und schrien einander in zwei verschiedenen Sprachen an.

Lucas Cuchenheim nahm stirnrunzelnd den Arm von den Schultern der drallen, rothaarigen Schankmagd, die sich nach ein paar Scherzen bereitwillig zu ihm auf die Bank gesetzt und fröhlich mit ihm geschäkert hatte. Er konnte aus dem Geschrei die Stimmen seiner Kameraden heraushören, wenn sie nicht gerade von französischem Gebrüll übertönt wurden. Offenbar hatten seine Männer sich mit einem Trupp der Besatzer angelegt. Das war nie eine gute Idee, und schon gar nicht, wenn man bedachte, dass ihr Befehlshaber, der Bischof von Münster, Bernhard von Galen, mit den Franzosen verbündet war. Alle Arten von Querelen schadeten diesem Bündnis, und deshalb war es Lucas' Aufgabe, diese zu unterbinden – zumindest, wenn es um seine Leute ging.

Gerade goss einer seiner Männer einem Franzosen einen Krug Bier über den Kopf, woraufhin eine wilde Schubserei begann.

Seufzend erhob Lucas sich, strich seine Uniform glatt und rückte seinen Säbel zurecht. «Entschuldige mich einen Augenblick, Bella. Ich bin gleich wieder zurück.»

«Na hoffentlich.» Die Schankmagd klimperte mit den Wimpern. Sie war hübsch und leidlich sauber, und nachdem er mehrere Monate ohne weibliche Gesellschaft hatte auskommen müssen, war das alles, was er wollte. Doch zunächst musste er für Ruhe sorgen, wenn er nicht riskieren wollte, samt seinen Männern aus dem Gasthaus geworfen zu werden.

«He, he, he, immer mit der Ruhe, Soldat.» Als er an den Tisch mit den Streitenden trat, hätte einer seiner Männer ihm beinahe den Ellenbogen in die Rippen gerammt. Lucas packte den Soldaten am Arm und einen weiteren französischer Herkunft an der Schulter. «Was geht hier vor? Könnt ihr nicht mal eine Stunde lang hier sitzen und friedlich bleiben?»

«Hauptmann.» Der Soldat zog den Kopf ein und wurde sogleich ruhiger. «Die Schweinehunde haben uns verhöhnt.»

«Ach ja, habt ihr das?» Lucas blickte den Franzosen an und wiederholte seine Frage sicherheitshalber in dessen Muttersprache. Der Mann spuckte daraufhin vor ihm aus und überfiel ihn mit einem Schwall französischer Worte.

«Aha.» Lucas ließ ihn einfach weiterreden und blickte in die Runde. Sein Auftauchen hatte auch den Rest seiner Truppe dazu bewogen, in ihrem Schlagabtausch innezuhalten. Er konnte von Glück sagen, dass ihm eine hochgewachsene, muskulöse Statur zu eigen war, die ihm zusammen mit der finsteren Miene, die er sich für derartige Anlässe zugelegt hatte, genügend Respekt in solchen Situationen verschaffte. «Wenn ich den Mann hier recht verstehe, habt ihr angefangen, indem ihr dümmliche Witze über französische Damen gemacht habt.»

«Nur über diese überparfümierten, gepuderten Weiber, die so tun, als seien sie was Besseres als wir.» Der Soldat, den Lucas noch immer am Wickel hatte, zuckte mit einem schiefen Grinsen die Achseln. «War ja nicht bös gemeint.»

«So wurde es aber aufgenommen.» Lucas stieß den Soldaten von sich, an dessen Namen er sich gerade nicht erinnern konnte, weil der Mann erst seit kurzem seinem Regiment unterstellt worden war. «Hört gefälligst mit diesem Unsinn auf und haltet euch an unsere eigenen Weiber, wenn ihr schon wisst, dass die französischen euch nicht nehmen. Ich will hier keinen Ärger.»

«Is' ja gut, Herr Hauptmann.»

«Nein, ist es nicht. Wenn ihr nicht sofort friedlich seid, verderbt ihr mir nämlich den Abend.» Er warf einen kurzen Blick auf die Schankmagd an seinem Tisch. «Also vertragt euch gefälligst mit unseren französischen Freunden.»

«Freunde, pah.» Der Franzose spie erneut vor ihm aus. «Mit Eusch wir sind kein' Freunde. Dies' Stadt ge'ört uns, ihr 'abt zü ge'orchen üns. Wer ünser' Frauen beleidigt, müss büßen dafür.»

«Seht Ihr, Herr Hauptmann, wir können nix dafür. Die Franzmänner wollen Streit, nicht wir.»

«Halt den Mund, Soldat.» Lucas ärgerte sich, dass ihm der vermaledeite Name des Mannes nicht einfallen wollte. Mit abschätzender Miene musterte er den Franzosen, der sich von Lucas' Statur und Rang offenbar nicht im Geringsten einschüchtern ließ. Aus den Augenwinkeln bemerkte Lucas, dass einige der anderen Franzosen mehr oder weniger unauffällig unter ihre Mäntel griffen; offenbar waren sie allesamt bewaffnet. Das sah nicht gut aus.

«Raus mit euch, sofort», befahl er seinen Männern. «Ich habe keine Lust, heute Abend noch ein Blutbad aufzuwischen. Also macht, dass ihr ins Quartier zurückkehrt – und keine Umwege über die Hurenhäuser. Habt ihr verstanden?» Er warf nacheinander jedem seiner Männer einen harten Blick zu, woraufhin diese murrend gehorchten.

Lucas atmete auf, als die Soldaten nach und nach ihre Zeche bezahlten und das Wirtshaus verließen. Womit er nicht gerechnet hatte, war das gemeine kleine Messer, das der Anführer der Franzosen plötzlich in der Hand hielt.

«Isch will eine Düell!», rief der Kerl mit überkippender Stimme. «Niemand beleidigt ünser' Frauen, ohn' dafür zü büßen!»

«Scheißdreck.» Lucas konnte gerade noch verhindern, dass der Franzose sich rücklings auf den letzten der abziehenden Soldaten stürzte. «Halt mal die Luft an, du Giftzwerg!» Er versetzte dem Franzosen einen Schlag gegen die Brust, sodass dieser rückwärts gegen seine Kumpane stolperte.

Damit löste er eine Kettenreaktion aus, denn nun stürzten sich natürlich sämtliche Franzosen auf ihn, woraufhin seine Soldaten zurückkehrten, um ihm beizustehen. In Sekundenschnelle war eine wüste Schlägerei im Gange, der auch Lucas sich nicht entziehen konnte. Allerdings war er aufgrund jahrelanger Erfahrung deutlich fähiger als seine überwiegend grünschnäbligen Soldaten. Rasch hatte er mehrere Franzosen mit Kinnhaken oder gezielten Schwingern so weit außer Gefecht gesetzt, dass er sich erneut Gehör verschaffen konnte. «Raus jetzt, allesamt!», brüllte er seine Männer an. «Und Ihr», er hatte den französischen Rädelsführer schnell wieder am Wickel, «bleibt hier sitzen, bis meine Leute weg sind. Ist das klar?»

«Dreckiges Soldatenpack», schimpfte der Franzose unbeirrt weiter. «Isch bring' Eusch alle üm!»

«Ist das klar, habe ich gefragt.» Lucas zog seinen Säbel und tippte mit der Spitze die Brust des Franzosen an.

Dessen Augen weiteten sich zwar, aber seine wutverzerrte Miene blieb unverändert. «D'accord.» Er spuckte ein drittes Mal vor Lucas aus. «Isch werde Meldung machen über Eusch.»

«Tut das. Mein Name ist Lucas Cuchenheim, Hauptmann

im Regiment des Bischofs von Münster. Und nun nennt mir freundlicherweise Euren Namen, Monsieur, damit ich diesen bei meiner eigenen Meldung korrekt angeben kann.»

«Lieutenant Pascal d'Armond aus dem 'ier stationierten Regiment seiner Majestät, Könisch Luis XIV.» Der Franzose blickte ihn giftig an. «Ihr 'abt keine Rescht, Eusch über üns zü beschweren.»

«Welches Recht ich habe oder nicht habe, werden wir noch sehen. Lasst meine Männer in Ruhe, andernfalls ...» Vielsagend tippte Lucas noch einmal mit der Spitze seines Säbels gegen die Brust des Franzosen. Dann wandte er sich mit einem bedauernden Blick zu der Schankmagd um, die nach wie vor auf der Bank saß, so als habe nicht gerade eine wilde Schlägerei stattgefunden. «Tut mir leid, Bella, aber ich muss gehen.»

Die Rothaarige zuckte mit den Schultern. «Aufgeschoben ist nicht aufgehoben, Herr Hauptmann. Vielleicht ein andermal?»

«Vielleicht.» Lucas ging hinüber zu dem Tresen, hinter dem der Wirt mit zwei Knechten die Stellung hielt und vermutlich eingegriffen hätte, falls die Schlägerei noch weiter ausgeartet wäre. Oder vielleicht hätte er auch gewartet, bis sie sich alle gegenseitig umgebracht hätten. Das würde es deutlich leichter machen, sie rauszuwerfen. «Verzeiht den Tumult, guter Mann. Falls etwas zu Bruch gegangen ist, bezahle ich den Schaden.»

«Habt Eure Männer ja gut im Griff. Sieht man nicht oft, so was. Die Franzmänner sind ständig auf Krawall aus.» Der Wirt, groß und mit einem beeindruckenden Wanst, lächelte grimmig. «Und sie drehen es immer so, dass unsere Leute am Ende schuld sind.» Als Lucas seine Geldbörse zückte, winkte er ab. «Lasst mal gut sein, Herr Hauptmann. Waren ja nur zwei Bierkrüge, die zerbrochen sind. Ihr habt übrigens einen gefährlichen rechten Schwinger.»

Lucas zuckte nur mit den Schultern. «Meine Zeche muss ich aber noch zahlen.» Er reichte dem Wirt gerade das Geld, als hinter ihm ein Stuhl umfiel.

«Vorsicht, Herr Hauptmann, der will Euch ...» Gerincs Stimme verstummte, da Lucas bereits herumgefahren war und den Angriff des Franzosen mit einem Schlag und einem gezielten Tritt gegen die Knie parierte.

«... umhauen.» Gerinc hüstelte.

Der Franzose lag auf dem Boden und heulte wutentbrannt. Einen Schwall französischer Flüche ausstoßend, versuchte er, wieder auf die Beine zu kommen, doch Lucas stellte ihm einen Fuß auf die Brust. «Lasst es.» Seine Stimme blieb vollkommen ruhig. «Andernfalls blamiert Ihr Euch noch mehr vor Euren Männern, als Ihr es jetzt schon getan habt.» Er nickte dem Wirt noch einmal zu. «Nichts für ungut. Gerinc, wir gehen.»

«Das war unglaublich, wie Ihr die ganzen Franzmänner umgelegt habt. Na ja, nicht umgelegt, aber eine ganz schöne Abreibung habt Ihr denen verpasst.» Mit ehrlicher Bewunderung strahlte Gerinc Lucas an, während er neben ihm her durch die Bonner Gassen ging. Der Abend war gerade erst angebrochen, die Sommerluft mild, und dementsprechend viele Passanten begegneten ihnen, sodass der Knecht immer wieder ausweichen musste. «Das war wirklich sagenhaft, Herr Hauptmann!»

«Ja, sagenhaft lästig und überflüssig wie ein Furunkel.» Immer noch verärgert, weil ihm die Gelegenheit genommen worden war, sich mit Bella ein wenig zu verlustieren, rieb Lucas sich über die Stirn. Nach einem kurzen Blick über die Schulter bog er in einen schmalen Weg ab, der links und rechts von hohen Holundersträuchern gesäumt war, deren dichtes Laub die tiefstehende Sonne abschirmte.

«Was wollt Ihr denn hier?» Verblüfft sah Gerinc sich in der Gasse um, die zwischen Hintergärten in Richtung Rhein führte. «Ich dachte, wir gehen zurück ins Quartier.»

«Ich habe noch ein Hühnchen mit d'Armond zu rupfen. Wie ist er bloß auf diese dämliche Idee mit der Schlägerei gekommen?»

«Was meint Ihr denn damit?» Der Knecht sah ihn verwirrt an. «D'Armond? Ist das nicht der Name des Franzmanns, den ihr gerade zurechtgestutzt habt?»

«Allerdings.»

Hinter ihnen wurden Schritte laut. Der drahtige kleine Franzose kam mit energischen Schritten auf sie zu. Eine starke Rötung an seiner gebogenen Nase ließ erkennen, wo ihn einer von Lucas' Schlägen getroffen hatte. «Ihr 'ättet nischt ganz so fest züschlagen brauchen, 'err 'autptmann.»

Lucas verzog die Lippen zu einem grimmigen Lächeln. «Hätte ich es nicht getan, wäre dieses Possentheater sofort aufgeflogen, Lieutenant d'Armond. Ihr hättet nun wirklich nicht so übertreiben müssen. Eure Hartnäckigkeit hatte schon etwas Lächerliches.»

«Isch müsst' mein' Männer von ünser' Feindschaft ... wie sagt man ... überzeugen.»

«Bei den meinen ist Euch das zumindest gelungen.»

Gerinc starrte Lucas und d'Armond mit offenem Mund an. «Ihr kennt den, Hauptmann Cuchenheim?»

Lucas nickte. «Der Lieutenant ist mein Kontaktmann in der französischen Besatzer-Armee.» Er wandte sich wieder an den Franzosen. «Was habt Ihr mir zu berichten?»

«Nischt so viel, wie misch gefallen würd'.» D'Armond

kräuselte leicht die Lippen. «Ihr seid auf die Süch' nach eine Verräter, d'accord?»

«Einem Spitzel, der Geheimnisse an die Holländer verrät.»

«Der jüng' Wil'elm von Oranien zieht wie ein Landplag' dürsch die Land'. Es wird mehr Krieg sein, wenn wir nischt auf'alten ihn.»

Lucas brummte zustimmend, obwohl der Oranier wahrlich nicht alleine die Schuld an den kriegerischen Handlungen trug. Die Franzosen belagerten das Rheinland nun schon lange genug, dass sich in der ausgebeuteten Bevölkerung mehr als nur verbaler Widerstand formierte. «Habt Ihr wenigstens ansatzweise einen Verdacht, wer hinter dem heimlichen Informationsfluss stehen könnte?»

«Wir konnten finden 'eraus, wo manch' Boten Einkehr ge'alten 'aben. Vielleischt dort ist auch eine Treffpünkt mit die Verräter.»

«Na, das ist doch schon mal etwas. Und wo haben diese verdächtigen Boten nun Rast gemacht?»

«Ein klein Stadt nischt weit von 'ier mit Namen Rheinbach. Das ist, wenn Ihr reitet nach Südwest ...»

«Rheinbach?» Lucas hustete. «Ich weiß, wo das ist.»

«Ümso besser.» Der Franzose nickte zufrieden.

«Wie man es nimmt.» Lucas rieb sich mit einem leicht mulmigen Gefühl übers Kinn. «Ich bin in Rheinbach geboren und aufgewachsen.»

«Güt! Ein sehr passendes Züfall!»

Gerinc nickte begeistert. «Wenn Ihr die Leute in der Stadt kennt, findet Ihr den Verräter bestimmt ganz schnell. Also ... natürlich nur, wenn er sich tatsächlich in Rheinbach versteckt. Aber das herauszufinden wird bestimmt ein Kinderspiel. Vor allem, wenn Euch dort alle vertrauen, Herr Hauptmann. Dann gelangt Ihr doch ganz leicht an Informationen.»

Lucas räusperte sich. «Ich fürchte, ganz so einfach, wie ihr beide euch das vorstellt, wird das nicht. Ich war seit fünf Jahren nicht mehr zu Hause.» Und die einzige Person, die ihm in Rheinbach vertrauen würde, war seine Mutter. Doch diesen Umstand behielt er tunlichst für sich. Bernhard von Galen hatte ihm den Auftrag erteilt, den Verräter in den Reihen ihrer Verbündeten zu finden, also würde er das auch tun, ganz gleich, wohin ihn seine Pflicht führen mochte.

«Dann wird die Wiederse'ensfreud' ümso größer sein.» D'Armond grinste breit.

«Wohl kaum.» Lucas winkte ab. «Aber das muss Euch nicht bekümmern. Was könnt Ihr mir sonst noch an Hinweisen mit auf den Weg geben?»

«Eine Brief von mein Commandant.» Der Franzose zog einen gesiegelten Umschlag unter seinem Mantel hervor. «Bisschen kapütt, leider. Ihr 'abt einfach eine zü 'arte Schlag, 'err 'auptmann.»

Lucas beäugte den Brief, der von einem Bierfleck verunziert und an einer Ecke geknickt und eingerissen war, dann schob er ihn seinerseits unter den Mantel. «Er wird schon noch lesbar sein. Habt Dank, Lieutenant d'Armond.»

«Alles für die Könisch!» Der Franzose verbeugte sich schwungvoll, wandte sich ab und verschwand in Windeseile aus der Gasse.

«Ja, ja, für den König.» Lucas verzog unwillig die Lippen. «Hoffentlich ist dieser Mummenschanz bald vorbei.»

«Was meint Ihr denn, Hauptmann Cuchenheim?» Neugierig sah der Knecht ihn an.

«Nichts.» Ohne weitere Erklärungen verließ auch Lucas die holundergesäumte Gasse und strebte dem Quartier seines Regiments vor den Toren der Stadt zu. Es ging niemanden etwas an, wie er insgeheim über die kriegerischen Auseinandersetzungen dachte, die nicht nur das Rheinland, sondern darüber hinaus weite Teile des Reiches in Unruhe, Not und Elend stürzten. Er hatte einen Auftrag zu erfüllen – seinen letzten Auftrag für den Münsteraner Fürstbischof. Danach würde er das Regiment verlassen und sich irgendwo ein dauerhaftes Zuhause suchen. So war es mit Bernhard von Galen ausgemacht, auch wenn dieser nur ungern auf einen seiner fähigsten Untergebenen verzichtete. Es war für Lucas an der Zeit, diesen Abschnitt seines Lebens zu beenden und sich Neuem zuzuwenden.

Dass ihn diese letzte zu erfüllende Pflicht nun ausgerechnet in die Stadt seiner Geburt zurückführte, fühlte sich wie ein schlechter Scherz des Schicksals an. Aber vermutlich hatte er es nicht besser verdient.

4. Kapitel
Rheinbach, 15. Juli 1673

«Was wolltest du mir denn nun unbedingt zeigen?» Neugierig blickte Madlen Peter von der Seite an, während sie neben ihm her durch Rheinbachs Straßen schlenderte. Sie hatten inzwischen die Burg mit dem großen Turm passiert, der seit den scheußlichen Ereignissen in den dreißiger Jahren von den Rheinbacher Bürgern nur als «der Hexenturm» bezeichnet wurde, und hielten sich in nordwestlicher Richtung. Hier wurde die Bebauung etwas offener, die Häuser waren von Gärten umgeben und deutlich größer als im Zentrum der Stadt.

«So ungeduldig bist du doch sonst nicht.» Peter schmunzelte.

«Wir müssen bald umkehren, wenn wir nicht zu spät zum Abendessen kommen wollen.»

«Keine Sorge, dein Vater wird uns schon nicht allzu sehr schelten. Nicht, wenn er erfährt, was ich mir für dich ausgedacht habe.»

«Und würdest du mir vielleicht endlich verraten, was das ist?» Eine solche Geheimnistuerei war ganz untypisch für den geradlinigen Peter, doch je weiter sie gingen, desto mehr begann Madlen zu ahnen, was er vorhatte. Aufmerksam blickte sie sich um, entschied sich aber, ihn noch etwas aufzuziehen. «Hier gibt es doch gar nichts Besonderes zu sehen.»

«Nichts Besonderes? Da bin ich aber ganz anderer Meinung, Madlen.» Vor einem zweistöckigen Wohnhaus mit Nebengebäuden, weitläufigem Grundstück und von Unkraut überwuchertem Vorgarten blieb er stehen. «Ist das hier etwa nichts Besonderes?» Er deutete schwungvoll auf das Haus, das schon seit mehreren Monaten leer stand, weil die Bewohner nach Bonn übergesiedelt waren und bisher noch keinen finanzkräftigen Käufer für ihr ehemaliges Zuhause gefunden hatten. «Ich habe mit Jan Rode korrespondiert, und wir haben uns auf einen Kaufpreis geeinigt. Ich wollte ihm aber meine Zusage nicht geben, bevor ich es dir nicht gezeigt habe, denn immerhin ...» Peter drehte sich ganz zu ihr um und ergriff ihre Hände. «Immerhin soll es einmal unser Zuhause werden. Wenn es dir nicht gefällt, suchen wir uns etwas anderes.»

Madlens Herzschlag beschleunigte sich. Auch wenn sie bereits eine Ahnung gehabt hatte, worauf Peter hinauswollte, war sie dennoch überwältigt. Das Haus war groß. Größer als das, in dem sie aufgewachsen war. Ein wenig renovierungsbedürftig zwar, aber das war für Peter wohl kein Problem. «Ich weiß nicht, was ich sagen soll.» Sie war schon so oft an diesem Anwesen vorbeigegangen und hatte es heimlich bewundert. Viele charmante Details machten es zu etwas Besonderem, wie der kleine Teich auf der linken Seite des Eingangs, in dem früher ein kleiner Springbrunnen gesprudelt hatte, oder der von Kletterrosen berankte steinerne Torbogen, der in den Garten führte und sie an den sehr ähnlichen Durchgang bei ihrem Elternhaus erinnerte.

Sanft drückte Peter ihre Hände. «Sag, dass es dir gefällt.»

Sie lächelte zu ihm auf. «Es gefällt mir. Himmel, natürlich gefällt es mir! Es ist das schönste Haus in ganz Rheinbach! Aber ist es nicht viel zu groß? Ich meine ... für uns beide ...»

Sachte zog Peter sie zu sich heran. «Ich hoffe sehr, dass wir, nun ja, nicht allzu lange nur zu zweit bleiben werden.» Vielsagend zwinkerte er ihr zu. «Kinder benötigen Platz und Raum, um glücklich aufwachsen zu können, nicht wahr?»

«Ja, natürlich.» Verräterische Wärme stieg in Madlens Wangen. Verlegen wich sie seinem Blick aus. «Aber trotzdem ... das ist ein riesiges Haus und dann noch die Nebengebäude und alles. Willst du wirklich so viel Geld ausgeben? Hast du überhaupt so viel Geld?»

«Ich habe eine großzügige Abfindung erhalten, als ich das kurkölnische Regiment verließ.» Lächelnd hob Peter ihre rechte Hand an seine Lippen und hauchte einen Kuss darauf. «Und ich bin verliebt genug, um dieses Geld für das schönste Anwesen in ganz Rheinbach hinauszuwerfen, wenn ich meine zukünftige Braut damit glücklich machen kann. Insbesondere, weil besagte Braut überdies auch noch das hübscheste Mädchen in ganz Rheinbach ist.»

«Hör auf damit, du machst mich ganz verlegen.» Die Röte auf Madlens Wangen vertiefte sich noch, das spürte sie an der weiter zunehmenden Hitze. «So hübsch bin ich nun auch wieder nicht.»

Peter beugte sich vor und hauchte einen raschen Kuss auf ihre Lippen. «Für mich bist du eine wunderschöne Blume, die von Jahr zu Jahr schöner blüht und mich voll und ganz in ihren Bann zieht.» Wieder drückte er ihre Hände. «Und bald wirst du mein sein.» Forschend suchte er ihren Blick. «Das willst du doch, nicht wahr? Meine Frau werden? Irgendwie war das immer so eine Selbstverständlichkeit zwischen uns, dass ich dich, glaube ich, nie direkt gefragt habe.»

«Natürlich will ich deine Frau werden, Peter. Das weißt du doch. So ist es schon immer abgemacht gewesen, und ich sehe keinen Grund, weshalb ich meine Meinung ändern sollte.»

Ein glückliches Leuchten trat in Peters Augen. «Komm mit!»

«Wohin denn jetzt noch?» Lachend folgte sie ihm, als er sie mit sich zum Hauseingang zog.

«Rode hat mir den Schlüssel zukommen lassen, damit wir

uns das Haus von innen ansehen können.» Eilfertig schloss Peter die Tür auf und ließ Madlen den Vortritt. «Es ist natürlich ein wenig dunkel, aber ich hoffe, das Tageslicht reicht noch aus, damit du dir einen Eindruck verschaffen kannst. Hier muss noch einiges in Ordnung gebracht werden, und ich möchte gerne alle Wände neu kalken und die Wohnräume mit hübschen Tapeten versehen. Da ich kein gutes Händchen bei solchen Dingen habe, hoffe ich, dass du mir bei der Auswahl helfen wirst, damit unser Heim so behaglich wird, wie du es dir erträumst.»

Staunend sah Madlen sich im Inneren des Hauses um, während Peter ihr voranging und überall die Fensterläden öffnete, um das abendliche Sonnenlicht hereinzulassen.

Es gab eine recht große Diele im Eingangsbereich, von der aus man die Küche, die gute Stube und noch einen weiteren großen Raum betreten konnte, der Rode einst als Geschäftszimmer gedient hatte. Er war Kaufmann, wie die meisten gutbetuchten Rheinbacher, und handelte überwiegend mit Eisenwaren. Die kriegerischen Zeiten, in denen sie derzeit lebten, hatten ihm viele Aufträge der Armee zugetragen. Da er immer enger mit den Kurkölnern zusammengearbeitet hatte, war er schließlich nach Bonn gezogen, weil er dort näher am kurkölnischen Regiment war.

Das Mobiliar hatte die Familie Rode samt und sonders mitgenommen, deshalb wirkten die leeren Räume riesig. An den Wänden lehnten, eingehüllt in große Laken, die gläsernen Butzenscheiben, die früher die Fensterrahmen geziert hatten. Sie waren hier drinnen eingelagert worden, damit sie nicht von Unwettern, Einbrechern oder übermütigen Kindern beschädigt werden konnten.

Peter führte Madlen auch nach oben, zeigte ihr die Schlafräume und zuletzt den Trakt für das Gesinde. Als sie das Haus schließlich verließen, um sich die Nebengebäude und den Garten anzusehen, war Madlen nachdenklich geworden. Das Haus war mehr, als sie sich jemals gewünscht hätte. Sie fühlte sich überwältigt und ein wenig verunsichert. So ganz konnte sie sich hier noch nicht als Hausherrin sehen. Sie versuchte es, doch das Bild wollte einfach nicht vor ihrem inneren Auge auftauchen. Sie stand nun inmitten von Beeten voller Unkraut, in denen einst Rüben und Kohlköpfe gewachsen waren, und sah sich etwas verloren um.

«Es gefällt dir doch nicht.» Peter legte ihr sanft eine Hand unters Kinn und hob ihren Kopf an, bis sie ihm in die Augen blicken musste. «Wenn es nicht das richtige Haus ist, finden wir ein anderes.»

«Nein. Nein, das ist es nicht. Ich bin nur ...» Ratlos hob Madlen die Schultern. «Das kommt alles so plötzlich. Deine überraschende Rückkehr und dann das hier.» Sie deutete vage auf das Haus. «Ich glaube, ich komme einfach nicht so ganz mit.» Sie zwang sich zu einem Lächeln. «Das Haus ist wunderbar, Peter. Es gibt kein besseres oder schöneres in ganz Rheinbach.»

«Also soll ich den Kaufvertrag unterzeichnen?»

Madlens Herz beschleunigte sich erneut, und in ihrer Magengrube breitete sich ein seltsames Gefühl aus. Es war bestimmt Freude über dieses herrliche Anwesen, da war sie sicher. «Ja, unterzeichne ihn.»

Sie keuchte auf, als er sie plötzlich hochhob und lachend einmal im Kreis herumwirbelte. In dem Moment, als ihre Füße den Boden wieder berührten, zog er sie fest in seine Arme und küsste sie zärtlich auf die Lippen. «Ich liebe dich, Madlen, das weißt du doch, nicht wahr?»

Madlens Puls beschleunigte sich noch mehr, als sie in seine ehrlichen braunen Augen blickte. Sie wusste, er wartete auf eine Antwort, deshalb nahm sie allen Mut zusammen und holte tief Luft. «Ich liebe dich auch, Peter, von ganzem Herzen.» Sie hatte diese Worte noch nie ausgesprochen. Es war merkwürdig, auch wenn sie nicht genau definieren konnte, warum. Ein wenig kam es ihr vor, als wäre sie in einen dämpfenden Kokon eingehüllt. Natürlich meinte sie, was sie sagte, aber es zum ersten Mal aus ihrem eigenen Mund zu hören, fühlte sich vollkommen unwirklich an.

Peter schien von ihrer Verunsicherung nichts zu bemerken, denn seine Augen leuchteten vor Glück auf, und seine Arme schlossen sich noch fester um ihren Körper. «Meine liebste, liebste Madlen. Wie lange habe ich darauf gewartet, das zu hören.» Wieder senkte er seine Lippen auf ihren Mund, diesmal jedoch nicht zu einem lieblichen, sanften Kuss.

Madlen erschrak ein wenig, als sie die ungezügelte Leidenschaft spürte, die Peter ihr mit diesem Kuss zeigte. Sein Mund wanderte fordernd über den ihren, strich über ihren Mundwinkel und ihr Kinn. Seine Lippen glitten begehrlich über die Haut in ihrer Halsbeuge, während seine Hände über ihre Schultern die Arme hinabstreichelten. Sein warmer Atem und die zärtlichen Berührungen waren ihr nicht unangenehm, dennoch zögerte sie, die Liebkosungen zu erwidern. Denn auch wenn sie keinerlei Erfahrungen auf diesem Gebiet besaß, spürte sie doch ganz instinktiv, dass ein falsches Signal, das sie in diesem Moment aussendete, zu etwas führen könnte, wozu sie noch nicht bereit war.

Peter schien ihre Zurückhaltung zu spüren, denn er hielt inne und trat einen halben Schritt zurück, um ihr etwas Raum zu geben. Seine Miene drückte Betroffenheit aus. «Verzeih mir, Madlen, ich wollte dich nicht so überfallen. Ich ... Es ist nur ... Ich möchte dir so gern nah sein, aber auf keinen Fall will ich dich erschrecken oder gar verstören.»

«Ich bin nicht verstört.» Sie rang sich ein Lächeln ab. «Erschrocken ... ja, vielleicht ein wenig. Ich kenne dich nicht so ... so ... ungestüm.»

«Es tut mir leid. Meine Gefühle sind mit mir durchgegangen. Ich hoffe sehr, dass ich dir nicht zu viel Angst eingejagt habe.» Nun wirkte er richtig bestürzt. «Du ...» Er zögerte, schien nach Worten zu suchen. «Du weißt vermutlich gar nicht – oder nicht gänzlich –, was zwischen einem Mann und einer Frau geschieht, wenn sie», wieder zögerte er kurz, «verheiratet sind.» Er schluckte und wurde nun auch ein wenig verlegen. «Wenn sie allein miteinander sind und ... nun ja.»

Madlen spürte, wie sie abermals errötete. Dies war ein Thema, über das man im Allgemeinen nicht sprach, zumindest nicht so offen und erst recht nicht mit dem zukünftigen Verlobten. Nur ... weshalb eigentlich nicht? Peter hatte ja recht, sie wusste zwar einiges, aber ganz sicher nicht alles. Unsicher und unerfahren, wie sie war, hatte sie nicht die geringste Ahnung, wie sie sich verhalten sollte. «Man erzählt Mädchen nicht allzu viel darüber», sie biss sich auf die Unterlippe. «Du hast mich vielleicht ein bisschen erschreckt, aber es ist nicht so, dass ich Angst vor dir habe, Peter, oder vor dem, was ... eben passiert ist. Es ist nur so ... Ich weiß nicht, wie ich reagieren soll oder ob es sich überhaupt schickt, auch nur darüber nachzudenken.»

«Vermutlich nicht.» Peter entspannte sich etwas und lächelte, diesmal wieder so warm und heiter, wie sie es von ihm seit jeher kannte. «Auf jeden Fall ist reden über derart intime Dinge natürlich ausgesprochen unschicklich. Ich will dich auch nicht dazu drängen, ebenso wenig wie zu etwas, das du nicht möchtest. Ich verspreche dir hoch und heilig, dir nicht wieder zu nahe zu treten, Madlen. Die Zeit bis zu unserer Hochzeit wird für mich lang werden, aber ich werde mich zurückhalten, ganz bestimmt, bis du bereit für … mehr bist.»

«Danke.» Sie nahm seine Hand, drückte sie. Seine ehrliche Zuneigung und sein Bemühen, auf ihre Ängste einzugehen, rührten sie zutiefst, sodass sie beschloss, dass es vielleicht an der Zeit war, ihm etwas entgegenzukommen. Deshalb stellte sie sich kurzentschlossen auf die Zehenspitzen und küsste ihn mitten auf den Mund. «Vielleicht kannst du mir ja beibringen, wie ich, nun ja, in solchen Situationen reagieren muss.»

In seinen Augen glomm eine Spur der vorherigen Leidenschaft auf. «Bist du sicher?»

Sie hob zaghaft die Schultern. «Du hast selbst gesagt, dass ich eine praktische Ader habe, und von dieser Warte aus betrachtet ist es doch nur natürlich, dass ich nicht völlig unvorbereitet in die Ehe gehen möchte.»

Lachend zog Peter sie wieder in seine Arme und bedeckte ihr Gesicht mit leichten, liebevollen Küssen. «Das war der unschicklichste Antrag, den eine brave Jungfrau einem Mann überhaupt machen kann, ist dir das klar? Selbst wenn ich als dein Fast-Verlobter gewissermaßen eine Sonderstellung innehabe.» Zärtlich fuhr er mit dem Zeigefinger ihre Kinnlinie nach, dann strich er ganz zart am Ausschnitt ihres Kleides entlang.

Die Berührung fühlte sich seltsam an, aber nach wie vor nicht unangenehm. Sie vertraute Peter, deshalb warf sie alle Bedenken rigoros über Bord. «Küsst du mich noch einmal so wie eben? Aber nur kurz, denn wir müssen bald zurück nach Hause, sonst glauben meine Eltern am Ende noch, du hättest mich entführt.»

«Was für ein verführerischer Gedanke», murmelte er und verschloss ihre Lippen mit seinen.

Madlen konnte spüren, wie die Leidenschaft ihn erneut

ergriff, sein Mund nahm sich fordernd, begehrlich, wonach ihn verlangte. Diesmal legte er seine Hände an ihre Wangen, strich hinab bis zu ihren Schultern, dann drängte er sich an sie und streichelte fest ihren Rücken hinauf und wieder hinab. Sie wünschte sich nichts sehnlicher, als das, was ihn in diesem Moment ergriffen hatte, ebenfalls zu spüren. Sie wollte ihn nicht enttäuschen, deshalb lehnte sie sich fest an ihn, schlang ihre Arme um seinen Hals und legte alles Gefühl in den Kuss, das sie aufbringen konnte.

Nach einer kleinen Ewigkeit löste er sich widerstrebend von ihr. «Du lernst schnell, Madlen, das steht jedenfalls fest.» Sanft küsste er sie auf die Wange und trat entschlossen einen Schritt zurück. «Lass uns die Türen am Haus wieder verschließen, dann gehen wir zurück. Aber das hier», er machte eine vage Handbewegung, die sie beide umschloss, «bleibt unser kleines Geheimnis, nicht wahr? Denn wenn der Reih davon erfährt, muss ich mit einem kalten Bad im Mühlbach rechnen.»

Sie konnte sich ein Kichern nicht verkneifen. «Keine Sorge, ich kann ein Geheimnis bewahren.»

5. Kapitel

Als Madlen am folgenden Morgen erwachte, wehte ihr durch die weit geöffneten Fensterläden eine laue Sommerbrise um die Nase. Die Vögel zwitscherten ihr morgendliches Konzert, irgendwo im Hof schepperte ein Eimer, dann quietschte die Brunnenkette. Der Hahn der Nachbarn krähte, und gleich darauf antworteten mehrere weitere Hähne in der Umgebung.

Für einen Moment lag Madlen ganz ruhig da und horchte auf die ihr so vertrauten Geräusche. Ihre Kammer war zwar winzig – es passten nur ihr Bett und die drei Kleidertruhen hinein –, aber sie hatte sie für sich allein. So konnte sie diese ersten Minuten des Tages ungestört genießen – bis ihr siedend heiß einfiel, dass sie diese Kammer bald gegen ein eigenes Haus eintauschen würde. Und alleine schlafen würde sie dann auch nicht mehr.

Bei diesem Gedanken ergriff sie ein mulmiges Gefühl, doch als sie sich vorstellte, an Peters Seite in dem großen Schlafraum mit dem Giebel zu erwachen, mit ihm gemeinsam aufzustehen, die Frühmahlzeit einzunehmen und ihm den Haushalt zu bestellen, wich dieses Unwohlsein. Das war es doch, was jedes Mädchen sich wünschte, nicht wahr? Einen guten, getreuen Ehegatten, ein schönes Heim, eine eigene Familie. Bald würde sie all das haben. Peter würde die offizielle Verlobung bestimmt nicht mehr lange hinauszögern, jetzt, da sie bereits ein Haus gefunden hatten.

Frohen Mutes schwang Madlen die Beine über die Bettkante und wäre beinahe auf Mieze, die grau getigerte Katze getreten, die sich auf dem Bettvorleger zusammengerollt hatte. Das Tier fuhr mit einem empörten Fauchen auf, machte einen Buckel und blickte sie anklagend aus schillernden grünen Augen an.

Madlen kicherte. «Verzeihung, Mieze, ich wollte dich nicht wecken. Bist du mal wieder mitten in der Nacht zum Fenster hereingeklettert?» Sie staunte jedes Mal, wie die Katze das schaffte. Im Hof stand ein uralter Kastanienbaum, dessen Äste teilweise gegen die Hauswand stießen. Irgendwie bewerkstelligte Mieze es, über diesem Weg ins Haus zu gelangen.

Doch dann fiel Madlens Blick auf die Tür, die einen Spalt offen stand, und sie lachte. «Nein, offenbar hast du diesmal den weniger abenteuerlichen Weg gewählt.» Anscheinend hatte sie gestern Abend ihre Tür nicht richtig geschlossen. Madlen bückte sich und streichelte der Katze über Kopf und Rücken, woraufhin diese gnädig schnurrte und sich dann hinausrollte.

Im Haus ließen sich immer mehr Stimmen vernehmen, während Madlen sich für den Tag bereit machte; unten sprach ihre Mutter mit Jonata, Mattis lachte über irgendetwas, und nebenan erwachten offenbar auch Marie und Janni.

Madlen entnahm ihren Truhen frische Unterwäsche und Unterröcke und legte sich das gute, hellgelbe Seidenkleid zurecht, das sie heute zur Sonntagsmesse tragen wollte. Aus dem Krug, der auf der Fensterbank stand, goss sie Wasser in die Waschschüssel auf der hintersten Truhe, zog das weite Nachthemd aus und wusch sich ausgiebig mit einem angefeuchteten Lappen Gesicht und den Hals. Auch unter den Achseln reinigte sie sich und nach kurzem Zögern auch rund um und unter ihren Brüsten. Sie mochte es nicht, wenn der Sommerschweiß auf ihrer Haut zu jucken begann. Zwar hieß es immer, Wasser sei nicht zu häufig zur Körperpflege zu gebrauchen, weil sich davon die Hautporen öffneten und böse Krankheiten hereinlassen könnten, aber sie ging das Risiko gerne ein, wenn sie sich dafür erfrischt fühlen und noch dazu angenehm riechen durfte.

Ihren übrigen Körper rubbelte sie sorgsam mit einem trockenen Leinentuch ab, ließ dabei jedoch die Gegend um ihre Scham aus. Erst vor drei Tagen hatte sie sich dort bei einem Sitzbad gereinigt, was sie etwa zweimal in der Woche tat und nach ihrer Monatsblutung dann noch einmal besonders gründlich. Ihre Mutter hatte ihr diese Pflege der intimen Heimlichkeit nahegelegt, weil dadurch, so hatte sie erklärt, gewisse weibliche Krankheiten weniger oft aufträten. Daran schien etwas Wahres zu sein, denn Madlen hatte sich zeit ihres Lebens noch nie mit brennenden Blasenentzündungen oder juckenden Ausschlägen herumquälen müssen – ganz im Gegensatz zu einigen ihrer Freundinnen, die mehr oder weniger regelmäßig davon heimgesucht wurden.

Überhaupt fragte sich Madlen, was genau am Wasser so gefährlich sein sollte. Krank wurden die Menschen auch, wenn sie schmutzig waren, vielleicht sogar noch häufiger, als wenn sie sich Dreck und Gestank vom Körper waschen würden. Mit dieser Ansicht stand sie jedoch, wenn auch nicht ganz allein, so doch zumindest als Außenseiterin da. Die meisten Menschen zogen Parfüm und Puder sehr überzeugt dem Gebrauch von Wasser und Seife vor. Die Einzigen, die sich darüber wirklich freuen dürften, waren die Wäscherinnen, die tagtäglich Unmengen von Unterkleidern zu reinigen hatten, weil manch einer – gerade im Sommer – mehrmals am Tag die Wäsche wechselte und sich trocken abrieb, um der Reinlichkeit Genüge zu tun.

Bevor Madlen sich anzog, wanderte ihr Blick verstohlen

hinab zu dem behaarten Dreieck ihrer Scham. Es schickte sich nicht, sich dort unten zu betrachten oder anzufassen, doch beim Waschen blieb das natürlich nicht gänzlich aus. Nach allem, was sie gestern in Peters Gegenwart erlebt hatte, fragte sie sich nun, wie genau es wohl auf dem Ehelager zugehen mochte. Ihre Mutter hatte ihr natürlich in einem verschämten Gespräch klarzumachen versucht, was ein Mann mit seinem Gemächt zu tun begehrte, aber so wirklich vorstellen konnte sie sich das nicht. Und die Aussage ihrer Mutter, dass sie sich als Ehefrau diesem Begehr niemals widersetzen dürfe, weil es Gottes Wille sei, war auch nicht gerade beruhigend gewesen.

Wenn Madlen an die Andeutungen dachte, die Peter gemacht hatte, musste an dieser Sache noch deutlich mehr dran sein als nur der reine Zeugungsakt. Auch die verschmitzten Tuscheleien hinter vorgehaltener Hand, die sie in Gesellschaft anderer Mädchen und Frauen selbstverständlich schon mitbekommen hatte, machten sie neugierig. Wenn sie den Gerüchten Glauben schenken durfte, so waren es nicht nur die Männer, die bei solcherlei Handlungen in Verzückung geraten konnten.

Peinlich berührt, als ihr bewusst wurde, in welche Richtung ihre Gedanken gewandert waren, wandte Madlen ihren Blick von der unkeuschen Stelle an ihrem Körper ab und zog sich rasch an. Nach dem Frühstück machte sich die Familie samt Gesinde auf den kurzen Weg zur Filialkirche Unsere Liebe Frau und St. Georg, in der die Sonntagsmesse gelesen wurde. Kleinere Gottesdienste und Andachten hielten der Vikar Johannes Stotzheim oder Pastor Hellenthal auch in der Pfarrkirche St. Martin vor den Toren der Stadt ab, doch sonntags reichte dort der Platz nicht für alle Gläubigen.

Sie bogen gerade von der Weiherstraße auf die große

Rheinbacher Hauptstraße ab, als aus Richtung des Voigtstors ein Trupp berittener Soldaten auf schweren Schlachtrössern herangetrabt kam. Auf dem trockenen, harten Untergrund klapperten die Hufe der Tiere überlaut, sodass die Warnrufe einiger Kirchgänger überflüssig waren.

«Komm zur Seite!» Ihre Mutter griff nach Mattis' kleiner Hand und zerrte ihn an den Rand der Straße. Auch Madlen wich zurück und zog dabei automatisch ihre jüngere Schwester Janni mit sich, die dicht neben ihr gegangen war.

Die Pferdehufe machten nicht nur einen infernalischen Lärm, sondern wirbelten auch eine Staubwolke auf, was zu lauten Unmutsbekundungen der Passanten führte. Die Soldaten – den Uniformen nach gehörten sie zum Heer des Bischofs von Münster – störten sich nicht weiter daran. Die Blicke starr geradeaus gerichtet, zogen sie in flotter Geschwindigkeit an Madlen und ihrer Familie vorbei.

Madlen hustete ob des Staubs und starrte dem Trupp von vielleicht zwanzig Mann erschrocken nach. Sie hätte schwören können … Nein, das war nicht möglich. Sie sah ja Gespenster.

«Komm, wir müssen weiter.» Sie zupfte Janni am Ärmel, die den Soldaten ebenfalls neugierig hinterherblickte. «Sonst kriegen wir keinen guten Platz mehr in der Kirche.»

«Ich komme ja schon.» Die Zwölfjährige folgte ihrer Schwester bereitwillig. «Was machen denn die Soldaten hier? Gibt es Krieg?»

«Das wollen wir nicht hoffen.» Natürlich hörte man in letzter Zeit immer wieder von Scharmützeln oder Schlachten zwischen den Franzosen und ihren Feinden, aber bisher war das alles in relativ weiter Ferne gewesen. Dass nun bischöfliche Soldaten hier auftauchten, noch dazu am heiligen Sonntag, verhieß nichts Gutes. «Vielleicht sind sie nur auf der Durchreise.» Madlen schlug einen neutralen Ton an, obwohl ihr Herz unangenehm hart gegen ihre Rippen klopfte. «Könnte sein, dass sie auf dem Weg nach Aachen sind oder so. Es kommen doch immer mal wieder Berittene hier durch, und meistens hat es gar nichts zu bedeuten.»

«Ja, kann sein. Das waren aber viele. Bestimmt dreißig Mann oder so.»

Madlen schüttelte den Kopf. «Nein, höchstens zwanzig. Vielleicht eine Vorhut. Nicht wahr, Vater?» Sie erhob ihre Stimme ein wenig, um ihren Vater auf sich aufmerksam zu machen. «Eine Vorhut besteht oft aus zehn bis zwanzig Männern zu Pferd.»

Der Vater drehte sich kurz zu ihr um. «Es können genauso gut fünf oder fünfzig sein, je nachdem, was sie vorhaben und wie groß das Heer ist, dem sie voranreiten. Seit wann interessiert ihr euch denn für das Armeewesen?»

«Tun wir ja gar nicht.» Janni kicherte. «Ich bin nur so arg erschrocken. Das waren ja riesige Pferde. So große hab ich noch überhaupt nie gesehen. Die sind doch normalerweise viel kleiner.»

«Schlachtrösser», erklärte der Vater. «Die werden speziell für die Armee gezüchtet und ausgebildet. Seht euch bloß vor und kommt so einem Biest niemals zu nahe. Die sind heimtückisch und gefährlich.»

«Wirklich?» Das Mädchen machte große Augen. «Dann bleibe ich bestimmt ganz weit weg, wenn ich noch mal einem begegne.»

Gerlach nickte seiner jüngsten Tochter kurz zu und wandte den Blick dann wieder nach vorne. Sie hatten die Kirche inzwischen erreicht, und während sie sich einen Weg durch die im Sonntagsstaat gekleidete Menschenmenge bahnten, kämpfte Madlen noch immer gegen ihr Herzklopfen an. Sie irrte sich, ganz bestimmt. Es gab Hunderte oder vielleicht sogar Tausende Männer mit langem blondem Haar, das im Nacken zum Zopf gebunden war. Der Anführer des Soldatentrupps sah ihm nur ähnlich. Mehr war es nicht. Mehr war es bestimmt nicht.

«Guten Morgen, Madlen. Geht es dir gut? Du siehst ein wenig bleich aus.» Peters freundlich-besorge Stimme riss sie aus ihren Gedanken, sodass sie erschrocken zusammenzuckte.

«Entschuldige, ich habe dich gar nicht gesehen.» Verlegen lächelte sie zu ihm auf. «Guten Morgen, Peter. Mir geht es sehr gut. Mir steckt nur noch ein bisschen der Schreck in den Gliedern, weil diese Soldaten so schnell an uns verbeigeritten sind. Ihre Schlachtrösser sind schon beeindruckend.»

«Soldaten?» Überrascht hob er die Augenbrauen. «Davon habe ich gar nichts mitbekommen. Aber ich war mit meinen Eltern auch schon recht früh hier drinnen.» Er deutete mit dem Kinn in Richtung Altar, wo Madlen seinen Vater und seine Mutter mit einigen Bekannten sprechen sah. «Möchtest du die beiden begrüßen?»

«Ja, sehr gerne.» Froh, dass Peters Gegenwart sie ablenkte, hakte sie sich nach einem kurzen fragenden Blick in Richtung ihrer Mutter bei ihm unter und ließ sich zu seinen Eltern geleiten.

«Madlenchen, du liebes Kind, guten Morgen!» Mit ausgebreiteten Armen kam Gislinde von Werdt ihr entgegen und zog sie resolut an ihren ausladenden Busen. Schallende Luftküsse landeten links und rechts neben Madlens Wangen, dann schob die etwas mollige, stark parfümierte und gepuderte Frau sie wieder von sich und musterte sie mit funkelnden blauen Augen. «Du wirst von Tag zu Tag liebreizender. Kein Wunder, dass mein Sohn es kaum eine Minute aushält, ohne entweder von dir zu schwärmen oder nach dir Ausschau zu halten. Nicht wahr, mein guter von Werdt, Ihr findet doch auch, dass das Mädchen immer und immer hübscher wird, nicht wahr?», wandte sie sich an ihren Mann.

«Wie könnte ich einer Tatsache widersprechen, liebste Gattin? Ihr habt vollkommen recht.» Mit einem gutmütigen Lächeln nickte Erasmus von Werdt Madlen zu. «Ich wünsche dir einen guten Morgen, liebes Kind. Geht es dir wohl? Wir haben uns ja schon eine Weile nicht mehr gesehen, aber daran sind nur meine ewigen Geschäfte schuld. Doch bald werde ich ja von Peter tatkräftig unterstützt.» Er lächelte seinem ältesten Sohn wohlwollend zu, dann zwinkerte er in Madlens Richtung. «Wie mir ein Vögelchen gezwitschert hat, habt ihr euch bereits heimlich, still und leise ein zukünftiges Heim ausgesucht.»

«Ja, also ...» Fragend sah Madlen Peter an. «Ich wusste nicht, dass das ein Geheimnis war ... außer für mich natürlich.» Sie schmunzelte. «Euer Sohn hat gestern ganz schrecklich wichtig getan, wollte mir aber nicht erzählen, was er vorhatte, bis wir direkt vor dem Haus standen.»

«Na, so ein Schlingel!» Peters Mutter gab ihm lachend einen Klaps gegen den Arm. «Aber nun erzähl mal, Madlen, bevor unser guter Stotzheim die Messe beginnt: Gibt es etwas Neues?»

«Madlen erzählte mir eben, dass ihr auf dem Weg zur Kirche Soldaten begegnet sind», übernahm Peter das Wort, ehe Madlen auch nur reagieren konnte. «Ein Trupp auf Schlachtrössern, nicht wahr?»

«Ja.» Madlen nickte. «Ungefähr zwanzig Mann, schätze ich.»

«Kurkölnische?» Erasmus von Werdt horchte interessiert auf. «Dann hättest du doch davon wissen müssen, Junge.»

«Nein, es waren Münsteraner.» Madlen bemühte sich, nicht an den Mann mit dem blonden Zopf zu denken. «Ich habe ihre Uniform erkannt.»

«Tatsächlich?» Peter runzelte überrascht die Stirn. «Was haben die hier zu suchen? Bernhard von Galen hält sich doch im Moment gar nicht in der Nähe auf, soweit ich weiß.»

«Vielleicht eine Gesandtschaft», schlug sein Vater vor.

«Oder sie sind nur auf der Durchreise», fügte Madlen hinzu.

«Möglich ist alles.» Peter berührte sie leicht am Arm. «Aber das rechtfertigt trotzdem nicht, brave Rheinbacherinnen zu erschrecken.»

Sie lächelte amüsiert. «Deshalb sind sie auch gewiss nicht hergekommen. Und so schlimm war es auch gar nicht. Ist schon wieder vergessen.» Zumindest bemühte sie sich mit aller Kraft darum.

«Du warst ganz blass.» Peters besorgter Blick ruhte auf ihr. «Man sollte diesen rücksichtslosen Kerlen die Leviten lesen.»

«Ach was, die sind bestimmt schon längst über alle Berge.» Madlen winkte ab und senkte die Stimme, denn in diesem Moment betrat der Vikar in Begleitung seiner Messdiener die Kirche. «Ich gehe jetzt besser zu meiner Familie, sonst stören wir noch die heilige Messe!»

Natürlich hatte er von allen nur irgend möglichen Menschen ausgerechnet ihr als Erstes begegnen müssen. Während Lucas sein Pferd an einem Pflock festband, den einer seiner Männer gleich nach ihrer Ankunft am Lagerplatz vor dem Dreeser Tor in den Boden gerammt hatte, wurde er das Gefühl nicht los, verflucht zu sein. Jede andere hätte es gerne sein dürfen, aber nicht sie. Nicht ausgerechnet Madlen Thynen. Wer auch immer die Fäden des Schicksals in der Hand hielt – Gott oder der Teufel –, war ein lausiger Puppenspieler. Reichte es nicht, dass er mit einem heiklen Auftrag im Gepäck in die Stadt seiner Kindheit zurückkehren musste? War es auch noch notwendig, ihm seine größte, elendigste Narretei gleich in der ersten Minute unter die Nase zu reiben?

Aus den Briefen seiner Mutter wusste er selbstverständlich, dass Madlen nach wie vor im Haus ihrer Eltern lebte, also noch unverheiratet war. Da jedoch Peter von Werdt, wie es der Zufall – oder das puppenspielende Schicksal – so wollte, gerade frisch aus dem Militärdienst entlassen war, würde es sicher baldigst eine große Hochzeit zu feiern geben.

Das ging Lucas im Grunde nichts an, jedoch würde er, wenn er den Verräter finden wollte, mit von Werdt zusammenarbeiten müssen. Sie waren zwar nie Feinde gewesen – schon gar nicht im Hinblick auf Madlen, denn die hatte schon immer fest zu von Werdt gehört –, aber als Freunde konnte man sie auch nicht bezeichnen. Peter von Werdt war in Lucas' Augen immer eine Spur zu korrekt, ein wenig zu blasiert und eindeutig zu angeberisch gewesen. Von Werdt hatte schon immer das Bedürfnis gehabt, ihm zu zeigen, dass er der Überlegene war, der Gewinner, derjenige, dem alles gelang und der alles besaß. Als ob Lucas das nicht ohnehin gewusst hätte.

Glücklicherweise hatten fünf Jahre Abwesenheit einiges geradegerückt. Lucas hatte sich verändert – oder zumindest war er reifer geworden, ruhiger, besonnener. Dennoch würde es nicht einfach werden, die Bürger seiner Heimatstadt davon zu überzeugen, dass sie ihm vertrauen konnten. Zu vieles war geschehen, das ihm – ob berechtigt oder nicht – auf ewig anhaften würde.

Ob von Werdt wohl die gesamte Geschichte kannte? Madlen und er waren Vertraute seit jeher, also hatte sie es ihm vermutlich längst gebeichtet. Nicht die allerbeste Voraussetzung, um die alte Bekanntschaft wieder aufleben zu lassen und zum Wohle seiner Mission sogar noch zu vertiefen.

Am besten, so überlegte er, als er sich zu Fuß auf den Weg zurück in die Stadt machte, hielt er sich so weit wie möglich von der Familie Thynen im Allgemeinen und Madlen im Besonderen fern. Es war vollkommen unnötig, sie in seine Angelegenheiten hineinzuziehen, und sie würde ihn nur ablenken. Je rascher er seinen Auftrag erfüllte, desto schneller konnte er Rheinbach wieder verlassen und Madlen und von Werdt ihrem verdienten Eheglück überlassen.

Die Messe war gerade zur Hälfte vorbei, als Lucas lautlos durch das Portal in die Kirche schlüpfte.

6. Kapitel
Rheinbach, 19. April 1668

Fünf Jahre zuvor ...

«Bleibt genau hier stehen», befahl der Büttel und schubste Lucas vor den langen Eichentisch, an dem heute sieben der neun Rheinbacher Schöffen Platz genommen hatten, um Gericht zu halten. Lucas kannte sie alle, seit er denken konnte, und umgekehrt natürlich auch. Ob ihm dieser Umstand jedoch zum Vorteil gereichen würde, bezweifelte er, als er die zum Teil grimmigen, zum Teil verkniffenen Mienen der Männer sah. Bei einer Anklage wie der, die gegen ihn erhoben worden war, verbat sich jedwede Gutmütigkeit seitens der Richtenden.

Im rückwärtigen Teil des Schöffensaals, der sich im Obergeschoss des Rheinbacher Bürgerhauses befand, standen Stühle für Publikum bereit, und heute hatten sich zahlreiche Zuschauer eingefunden. Es wurde geraunt und getuschelt, und immer wieder wurden wüste Schimpfworte gerufen, doch da die Verhandlung noch nicht begonnen hatte, fühlten sich die Gerichtsdiener nicht bemüßigt einzugreifen. Zu seiner Erleichterung erkannte er in der Menge neben seiner Mutter auch seinen Onkel Averdunk sowie Gerlach Thynen, Peter von Werdt und dessen Vater Erasmus.

«Beginnen wir.» Heinrich Diefenthal, der heute als Schöffenmeister fungierte, weil sich Hermann Overkamp, wie beinahe immer, auf einer Handelsreise befand, erhob sich von seinem Stuhl. Er war ein hagerer Mann um die sechzig mit grauem, schütterem Haar, das er unter einer graubraunen Perücke zu verstecken pflegte. Kaum hatte er die Worte ausgesprochen, wurde es im Zuschauerraum mucksmäuschenstill. «Lucas Cuchenheim, Sohn von Johann und Hedwig Cuchenheim, geboren am sechsundzwanzigsten Januar anno 1645 hierselbst in Rheinbach, Ihr wurdet vom Schustermeister Henns Klötzgen, wohnhaft ebenfalls hier in Rheinbach, beschuldigt, seine Tochter Veronica auf unsittliche Weise belästigt, gegen ihren Willen verführt und entehrt zu haben. Was habt Ihr dazu zu sagen?» Abwartend starrte Diefenthal ihn an.

«Dass es eine Lüge ist.» Lucas hatte einen halben Tag, eine Nacht und den gesamten Morgen Zeit gehabt, sich den Kopf zu zermartern, warum Veronica ihn einer solchen Untat bezichtigte. Aber er konnte sich keinen Reim darauf machen. Lucas' Vater und nach dessen Tod er selbst hatten Klötzgen regelmäßig mit Leder für dessen Schusterwerkstatt versorgt, daher kannte Lucas die Familie recht gut. Natürlich hatte er auch hin und wieder mit Veronica geschäkert, aber nichts, was er getan hatte, wäre je ein Grund gewesen, ihn bei Gericht anzuzeigen. Er hatte sich nie länger mit ihr unterhalten – geschweige denn mehr getan –, weil sie mit ihrem hageren, eher blassen Gesicht weder besonders ansehnlich war, noch sich durch besonderen Witz hervortun konnte. Selbst wenn sie hübscher oder von liebenswerterer Natur gewesen wäre, hätte er sich ganz sicher nicht auf sie eingelassen, denn schon sein Vater hatte ihm eingebläut, dass die Töchter von Kunden tabu waren.

Lucas hatte sich zwar nur wenige Ratschläge, die er von seinem seligen Vater erhalten hatte, zu Herzen genommen, doch dieser leuchtete ihm von Anfang an ein. Aber ganz egal, was er mit einem Mädchen tat, es war ganz sicher nie gegen dessen Willen. Weder hatte er das nötig, noch war es mit seinem Charakter und seinem ihm eigenen Ehrenkodex vereinbar.

Dies alles versuchte er nun den schweigenden, düster dreinschauenden Schöffen begreiflich zu machen, doch er erntete nicht einmal ein anerkennendes Nicken oder überhaupt irgendeine Reaktion. Es wirkte fast, als hatte das Schöffenkollegium sein Urteil bereits gefällt, was ihm, je länger er sprach, zunehmend Sorge bereitete.

«Ihr leugnet die Tat also», stellte Diefenthal nüchtern fest, als Lucas schließlich verstummte. Er hatte sich inzwischen wieder hingesetzt. «Und das, obwohl es Zeugen gibt, die Euch eindeutig erkannt haben.»

«Wer sind diese Zeugen, und was genau behaupten sie, gesehen zu haben?» Lucas bemühte sich um einen ruhigen Ton, der allerdings ein wenig bissig ausfiel, sodass sich die Schöffen mit bedeutsamen Blicken ansahen.

Diefenthal ging nicht auf die Frage ein. «Wo habt Ihr Euch am frühen Abend bis etwa Mitternacht des dreiundzwanzigsten Februars aufgehalten?»

Lucas runzelte die Stirn. «Das ist zwei Monate her. Ich weiß es nicht mehr.»

«Wisst Ihr es nicht, oder wollt Ihr es nur nicht zugeben?», blaffte einer der anderen Schöffen, Edmund Fröhlich, ihn an.

«Ich weiß es nicht mehr.» Lucas ballte die Fäuste, bis seine Knöchel weiß hervortraten. «Was war das für ein Wochentag?»

«Ein Donnerstag.»

In Lucas' Kopf rotierten die Gedanken. «Dann war ich vermutlich im *Goldenen Krug*.»

«Ja, bis kurz nach dem Abendläuten, das haben wir bereits überprüft. Wohin seid Ihr danach gegangen?»

Lucas schluckte unbehaglich. Ein Donnerstag im Februar ... Er bekam langsam eine Ahnung, wo er an jenem Abend gewesen war – und mit wem. «Nach Hause, nehme ich an. Ich kann mich wirklich nicht mehr erinnern. Ich führe doch nicht Buch über meinen Tagesablauf.»

«Kann Eure Anwesenheit zu Hause jemand bestätigen? Vorzugsweise eine andere Person als Eure Frau Mutter?» Diefenthal klang, als wüsste er die Antwort darauf bereits.

«Nein, wahrscheinlich nicht.» Lucas fühlte sich immer unwohler, jetzt, da er sich an jenen Tag erinnerte. Er hätte sich am liebsten zu seiner Mutter und dem Onkel umgedreht, aber er war sich nicht sicher, was er in ihren Gesichtern sehen würde, also ließ er es. «Aber ich war ganz gewiss nicht unterwegs, um Veronica zu verführen oder was auch immer sie mir sonst vorwirft. Das habe ich nicht getan.»

«Sie sagt aus, dass Ihr sie in die alte Ziegelbrennerei hinter dem westlich von Rheinbach gelegenen Wald gelockt habt.»

Eisige Kälte ergriff Lucas, und er hatte Mühe, sich seinen Schrecken nicht anmerken zu lassen. «Das habe ich nicht getan», wiederholte er stoisch.

Die alte Ziegelbrennerei war nach einem Brand vor mindestens dreißig Jahren stillgelegt worden. Seither hatte sich der Ort zu einem beliebten Treffpunkt für verliebte Pärchen entwickelt. Genutzt wurde er vor allem in den Sommermonaten, wenn es warm genug war, um sich beim Stelldichein mit der Herzallerliebsten nicht zu erkälten. Wer sich im Winter dort verabredete, musste einiges an Aufwand betreiben, um einen der alten Öfen einzuheizen und eine passabel behagliche Umgebung zu schaffen. Lucas wusste das nur zu genau, und dieses Wissen würde ihn jetzt vermutlich um Hals und Kragen bringen.

«In der Ziegelbrennerei», fuhr Diefenthal fort, «habt Ihr, so sagt die Geschädigte weiter aus, sie zu betören versucht, und als sie sich nicht bereit erklärte, Euch zu Willen zu sein, habt Ihr Euch mit Gewalt genommen, wonach Euch gelüstete.»

Im Publikum wurde empörtes Raunen laut, doch die Gerichtsdiener sorgten mit scharfem Rügen gleich wieder für Ruhe.

Lucas schüttelte vehement den Kopf. «Das ist nicht wahr. Nichts davon ist geschehen, das schwöre ich.»

«Ihr schwört?» Herbert Horst, der ganz rechts außen saß, beugte sich mit erbostem Gesichtsausdruck halb über den Tisch. «Wie kommt es dann, dass wir gleich zwei Zeugen haben, die Euch unabhängig voneinander an jenem Abend bei der alten Ziegelbrennerei gesehen haben?»

«Wer?» Lucas hob die Hände, doch da ihm wieder Schellen angelegt worden waren, konnte er nicht gestikulieren. Die Eisenkette klirrte leise. «Wer sind diese Zeugen?» Er war sich vollkommen sicher gewesen, dass niemand ihn an jenem Abend beobachtet hatte.

«Die Magd der Familie Velde, Else, hat gesehen, wie Ihr die Ziegelbrennerei am frühen Abend betreten habt. Sie war zufällig in der Nähe unterwegs, um für ihre Herrschaften eine Besorgung zu machen, und hat den Weg durch den Wald als Abkürzung benutzt.» Diefenthal verschränkte die Arme vor sich auf dem Tisch. «Und Paul Wicke, der, wie Ihr wohl wissen dürftet, mit Krämerwaren durch die Lande zieht, rastete just an jenem Abend nicht weit vom Waldrand und bezeugt, Euch beobachtet zu haben, wie Ihr Euch etwa um die Mitternachtsstunde heimlich aus der Ziegelbrennerei entfernt habt und eiligen Schrittes in Richtung Stadt verschwunden seid. Nur wenig später hat eine Weibsperson, die von Statur und Haartracht mit Veronica Klötzgen übereinstimmt, ebenfalls das Gebäude verlassen.» Der Schöffenmeister fixierte Lucas streng. «Wollt Ihr nun noch immer behaupten, Ihr wäret nicht dort gewesen? Beide Zeugen beschwören beim Heiligen Kreuze, dass Sie Euch erkannt haben.»

Abwechselnd heiße und kalte Schauder rannen Lucas das Rückgrat hinab. Er saß in der Klemme, und zwar so sehr, dass ihm nichts einfallen wollte, was ihm auch nur ansatzweise wieder heraushelfen könnte.

«Nun?» Diefenthal erhob sich wieder und stützte sich mit beiden Händen auf der Tischplatte ab. «Hat es Euch die Sprache verschlagen?»

Fieberhaft suchte Lucas nach den rechten Worten. «Ich habe nichts von dem getan, was Veronica Klötzgen oder ihr Vater mir vorwerfen.»

«Das ist keine Antwort auf meine Frage.» Diefenthal runzelte ungehalten die Stirn.

«Eine andere Antwort kann ich Euch nicht geben, Herr Diefenthal.»

«Das gibt es doch wohl nicht, Junge!» Edmund Fröhlich fuhr auf. «Nun redet schon, wart Ihr an besagtem Donnerstagabend in der alten Ziegelbrennerei oder nicht?»

Lucas schwieg.

«Da seht ihr es!», brüllte Henns Klötzgen. «Er ist schuldig! Hängt ihn, verdammt noch mal!»

Lucas fuhr herum. Erst jetzt bemerkte er, dass sich Veronicas Vater ebenfalls unter den Zuschauern befand. Der zornige Schustermeister war von seinem Stuhl aufgesprungen und wollte sich auf ihn stürzen. Zwei Gerichtsdiener verhinderten dies und schleppten den sich heftig wehrenden Mann zur Tür hinaus.

Heinrich Diefenthal räusperte sich betont laut, um dem Getuschel ringsum Einhalt zu gebieten. «Lucas Cuchenheim, ich lege Euch dringend nahe, hier und jetzt Eure Aussage zu machen. Für ein Vergehen wie das, was man Euch vorwirft, ist laut Gesetz im härtesten Fall die Todesstrafe vorgesehen.»

Lucas hörte, wie seine Mutter einen Schrei ausstieß und verzweifelt zu schluchzen begann. Die Geräusche schnitten ihm wie scharfe Klingen ins Fleisch. Diefenthal warf einen einigermaßen mitleidigen Blick in Hedwigs Richtung. Dann fuhr er fort: «Sofern Ihr gesteht, die Tat aufrichtig bereut und zur Wiedergutmachung bereit seid, könnten wir möglicherweise darauf verzichten, diese Strafe in Erwägung zu ziehen.»

«Ich habe diese Tat nicht begangen.» Lucas hätte liebend gerne die Arme vor der Brust verschränkt, doch die klirrenden Handschellen erinnerten ihn einmal mehr an seine Hilflosigkeit. «Ich weiß nicht, warum Veronica mich dessen bezichtigt. Ich habe mir hinsichtlich ihrer Person nichts vorzuwerfen. Mein Verhalten mag nicht tadellos gewesen sein, aber ich habe sie nie in irgendeiner Weise bedrängt.»

«So glaubt ihm doch in Gottes Namen», rief seine Mutter verzweifelt und mit von Tränen erstickter Stimme. «Mein Sohn ist kein bösartiger Verführer und schon gar kein Vergewaltiger. Ich bitte Euch, gute Herren, Ihr kennt ihn doch.»

«Hedwig Cuchenheim, schweigt im Angesicht des Schöffengerichts.» Herbert Horst warf erst Lucas einen strafenden, dann Hedwig einen freundlich-strengen Blick zu. «Wenn Ihr Euch nicht mäßigt, müssen wir Euch aus diesem Gerichtssaal entfernen.»

Die Ermahnung hatte zur Folge, dass Hedwig nur mehr leise weiterschluchzte.

Lucas ballte einmal mehr die Fäuste. Die Tatsache, dass ihn hier jeder gut kannte, trug wohl kaum zu seiner Entlastung bei. Auch Rudolf Offermann saß im Schöffenkollegium. Seine von Mist verkrusteten Stiefel und ein aufdringlicher Geruch zeugten davon, dass er wohl bis vor kurzem noch damit beschäftigt gewesen war, die unerfreuliche Bescherung auf dem Dach seiner Remise zu beseitigen.

Der stellvertretende Schöffenmeister Diefenthal kräuselte ungnädig die Lippen, als er erkannte, dass Lucas nichts mehr auszusagen gedachte. «Nun gut, wie Ihr wollt. Da Ihr verstockt und Euch offenbar nicht der Tragweite Eures Vergehens bewusst seid, werden wir die Verhandlung auf morgen Mittag vertagen. Dann werdet Ihr dem Schöffengericht und dem bis dahin eingetroffenen Vogt erneut vorgestellt und unter den schärferen Bedingungen der Territion befragt.» Er kniff die Augen zu schmalen Schlitzen zusammen. «Ich nehme an, Euch ist bewusst, was dies bedeutet. Falls nicht, erkläre ich es Euch: Wir werden Euch drüben in der Peinkammer befragen, und zwar im Angesicht der Werkzeuge, die wir in besonders schwerwiegenden Fällen zur Wahrheitsfindung durch den Henker einsetzen lassen. Sollte der Anblick derselben nicht ausreichen, sind wir von Gesetzes wegen gehalten, Euch einer peinlichen Befragung zu unterziehen.»

Lucas schluckte hart, als seine Mutter erneut aufschrie. Die Gerichtsdiener, die zuvor Klötzgen hinausgebracht hatten, forderten sie erneut streng auf, stillzuschweigen oder den Gerichtssaal zu verlassen. Das durfte doch alles nicht wahr sein. Er sollte allen Ernstes gefoltert werden? Wegen einer Verfehlung, die er gar nicht begangen hatte? Er hatte Angst, vielleicht mehr Angst als je zuvor in seinem Leben, sodass er sich jetzt doch umdrehte und mit Blicken nach seinem Onkel suchte.

Er saß in der ersten Reihe, die Arme fest vor dem Bauch verschränkt, die Miene eine Mischung aus Entsetzen, Zorn und Ungläubigkeit. Als er Lucas' Blick auffing, richtete er sich auf. «Rede schon, Junge! Willst du es wirklich so weit treiben, dass sie die Folterinstrumente an dir ausprobieren? Das hier ist kein Dummejungenscherz, Lucas.»

Ein Stich durchfuhr Lucas. Offenbar glaubte inzwischen nicht einmal mehr sein Onkel an seine Unschuld. Das Schluchzen seiner Mutter bohrte sich in seinen Schädel. Langsam wandte er sich wieder den Schöffen zu, die ihn erwartungsvoll musterten.

Herbert Horst trommelte ungeduldig mit den Fingern auf der Tischplatte herum. «Nun, Cuchenheim, habt Ihr es Euch anders überlegt? Ein Geständnis heute erspart Euch eine weit unangenehmere Befragung morgen.»

«Ich kann nichts gestehen, was ich nicht getan habe.» Lucas ballte die Hände zu Fäusten. «Veronica muss einen Grund haben, mich zu beschuldigen.»

«In Eurem jugendlichen Übermut habt Ihr ihre Gegenwehr höchstwahrscheinlich einfach übergangen, Lucas Cuchenheim. Immerhin seid Ihr nicht gerade für Eure Seelenruhe bekannt, nicht wahr? Unzählige Schlägereien in Wirtshäusern und dergleichen mehr gehen auf Euer Kerbholz. Das wollt Ihr doch nicht abstreiten, oder? Immerhin seid Ihr schon mehrfach vor genau diesem Gericht hier zu entsprechenden Geldstrafen verurteilt worden.»

«Aber ich würde niemals einer braven Jungfrau Gewalt antun», begehrte Lucas auf. «So etwas ist ehrlos und käme mir niemals in den Sinn.»

«Ehrlos, fürwahr.» Der Schöffenmeister nickte grimmig und gab den Büttlen, die neben der Tür postiert waren, ein Zeichen. «Bringt ihn zurück in seine Gefängniszelle. Die Kosten für die Unterbringung dort sowie die Verköstigung stellen wir Hedwig Cuchenheim in Rechnung. Morgen zur Mittagszeit wird die Verhandlung in der Peinkammer fortgesetzt.»

7. Kapitel
Rheinbach, 16. Juli 1673

Während Madlen den salbungsvollen Worten lauschte, mit denen der Vikar seine Predigt hielt, begann es in ihrem Nacken merkwürdig zu kribbeln. Beinahe hätte sie sich dorthin gefasst, so nervös wurde sie. Doch sie riss sich zusammen, blieb ruhig auf ihrem Platz sitzen und blickte geradeaus. Jemand beobachtete sie, dessen war sie sich ganz sicher, und Peter konnte es nicht sein, denn der saß einige Reihen weiter vorne auf der gegenüberliegenden Seite des Ganges. Sein Blick war andächtig geradeaus gerichtet.

Sich umzudrehen, verbot sich natürlich, so etwas tat man während der Sonntagsmesse nicht. Also bemühte sie sich, gelassen zu bleiben. Das Flattern in ihrem Bauch konnte sie jedoch nicht gänzlich ignorieren, und prompt musste sie wieder an den Reiter mit den blonden Haaren denken.

Sie seufzte innerlich. Bestimmt bildete sie sich alles nur ein, weil sie den Soldaten erkannt zu haben glaubte und nun ihre Phantasie mit ihr durchging. Sie wünschte sich inbrünstig, die damaligen Ereignisse einfach vergessen zu können. Sie hatte sich damals unbedacht, ja geradezu närrisch verhalten und sich sogar in Gefahr gebracht. Wäre sie entlarvt worden, hätte es ihr böse ergehen können. Niemandem hatte sie je davon erzählt, nicht einmal Peter, obwohl sie sonst keinerlei Geheimnisse vor ihm hegte. Sie war sich nicht sicher, ob er ihr diese spezielle Dummheit verziehen hätte.

Sie sollte es wirklich vergessen. Sie war jetzt reifer, erwachsener. Und selbst wenn er es gewesen war, selbst wenn er wieder in der Stadt war ... dann war das doch etwas Gutes. Er war ein alter Freund, und sie würde sich freuen, ihn zu sehen.

Als der Vikar am Ende der Predigt die Gemeinde zum gemeinsamen Abendmahl einlud und Madlen sich wie alle anderen in der Schlange anstellte, war endlich die Gelegenheit da, sich vorsichtig umzusehen. Nicht weit hinter ihr stand ihre gute Freundin Emilia Leinen inmitten ihrer Eltern und Geschwister und winkte ihr unauffällig zu.

Madlen lächelte und hob ebenfalls verstohlen die Hand. Dann ließ sie wie zufällig – zumindest hoffte sie, dass es auf die Umstehenden so wirkte – den Blick über die übrigen Kirchenbesucher schweifen. Sie entdeckte nur einen Mann mit schulterlangem blondem Haar, doch das war der Sohn des Bäckermeisters Wolber. Niemand schien sie besonders zu beachten. Vielleicht litt sie also wirklich bloß an einer zu ausgeprägten Phantasie.

Erleichtert, weil das Kribbeln im Nacken nachließ, ebenso wie das Flattern in ihrer Magengrube, richtete sie ihren Blick wieder nach vorne und bemühte sich für den Rest des Gottesdienstes, sich voll und ganz auf die Worte des Vikars und die Gebete zu konzentrieren.

Als Lucas bemerkte, wie Madlen sich vorsichtig umzusehen begann, tauchte er unauffällig in der Menge der Kirchenbesucher unter und schlüpfte durch das Portal hinaus. Sie würde noch früh genug erfahren, dass er wieder in der Stadt war. Und wenn von Werdt von der Sache damals erfahren hatte, würde es schwierig genug werden, mit ihm auszukommen, auch ohne dass Madlen ihnen in die Quere kam und womöglich zu vermitteln versuchte. Das hatte sie früher schon manchmal getan, der Himmel wusste, weshalb.

Das Schicksal verfluchend, setzte Lucas sich auf das niedrige Mäuerchen, das den kleinen Kirchhof umgab, und wartete darauf, dass die Messe zu Ende ging.

Als das Portal sich wenig später öffnete, wich er in den Schatten einer Linde zurück und hielt nach von Werdt Ausschau. Nach Madlen natürlich auch, aber nur, um sicherzugehen, dass er ihr nicht doch noch ins Auge fiel.

«Wenn du nicht entdeckt werden willst, solltest du dir ein besseres Versteck als diesen Baum hier suchen.»

Lucas zuckte beim Klang der weiblichen Stimme heftig zusammen und drehte sich ruckartig um. Seine Augen weiteten sich ungläubig, als er geradewegs in Madlens Gesicht blickte.

Sie verschränkte die Arme. «Schlechte Tarnung und obendrein noch vom Feind hinterrücks überwältigt. Für einen ranghohen Offizier keine gute Leistung. Vor allem, wenn man bedenkt, dass du mir gezeigt hast, wie man durch die Sakristei heimlich nach draußen schleicht.» Sie tippte gegen einen Knopf an seinem Militärmantel. «Leutnant Cuchenheim?»

«Hauptmann.» Er schluckte, weil seine Stimme leicht krächzte.

«Ich wusste gleich, dass du es bist.» Madlen ließ die Arme fallen und verschränkte stattdessen die Hände. «Ich habe dich erkannt – auf diesem riesigen Schlachtross.» Sie zögerte kurz. «Willkommen zu Hause.»

Ihm fiel partout keine Antwort darauf ein; sein Kopf schien vollkommen leergefegt zu sein.

Ein Lächeln breitete sich auf Madlens Gesicht aus. «Sprachlos habe ich dich noch nie erlebt.»

«Entschuldige.» Verärgert versuchte er, sich zusammenzureißen. «Du hast mich nur überrascht.»

«Das merke ich. Weshalb versteckst du dich denn hier?»

Da sie zwar etwas unsicher, aber insgesamt doch recht gleichmütig auf ihn wirkte, entspannte er sich ein wenig. «Ich will kein Aufsehen erregen.»

«Seit wann?» Sie lachte. «Das passt so gar nicht zu dem Lucas Cuchenheim, an den ich mich erinnere.»

«Das liegt daran, dass es diesen Lucas Cuchenheim nicht mehr gibt.»

Erstaunt musterte sie ihn. «Dann bist du nur sein Ebenbild, hast aber ein gänzlich neues Wesen angenommen?»

«Wenn du es so ausdrücken willst.»

«Weiß deine Mutter, dass du in der Stadt bist? Sie wird außer sich vor Freude sein.»

Er nickte. «Ich habe ihr meine Ankunft brieflich angekündigt. Sie war nicht in der Kirche, also fürchte ich, dass sie gerade in der Küche steht und sich viel zu viel Arbeit macht, um mir ein gutes Mahl zu bereiten.»

«Das ist doch nur verständlich. Du warst fünf Jahre nicht mehr hier.» Madlen löste ihre Hände voneinander und trat auf ihn zu. Ehe er sich versah, hatte sie ihn umarmt, trat aber rasch wieder zurück. «Schön, dass du wieder da bist, Lucas.»

«Ich bin nur hier, um einen Befehl auszuführen.»

«Was für einen Befehl denn?»

Er verschränkte die Arme. «Nichts, was dich interessieren dürfte.»

Ihre Augen verengten sich eine Spur. «Woher willst du wissen, was mich interessiert und was nicht? Ich bin kein kleines Mädchen mehr, das von der Welt keine Ahnung hat.»

Ihre Worte waren scharf, schärfer, als er es von ihr erwartet hätte. «Das habe ich damit auch nicht sagen wollen.» Von einer für ihn gänzlich untypischen Nervosität erfasst, sah er sich nach den Menschen um, die noch immer im Kirchhof versammelt waren. Ein buntes Stimmengewirr drang zu ihnen herüber. «Musst du nicht zu deiner Familie zurück?»

«Nicht so rasch, nein. Vater wird noch mit den anderen Ratsherren sprechen wollen und Mutter mit ihren Freundinnen. So wie immer.» Sie trat einen Schritt zurück. «Aber mir scheint, du wärst lieber allein.» Sie wandte sich zum Gehen. «Dann also ... Vielleicht sehen wir uns ja noch mal, solange du hier bist. Falls nicht, wünsche ich dir alles Gute, Lucas.»

Bevor sie an ihm vorbeigehen konnte, hielt er sie am Oberarm fest. «Warte, Madlen!» Er rieb sich über die Stirn, als sie sich ihm mit gerunzelter Stirn und fragendem Blick zuwandte. «Tut mir leid. Ich war auf diese Begegnung mit dir nicht gefasst.»

«Ach? Wenn ich mich nicht irre, hast du mich vorhin in der Kirche ziemlich lange angestarrt.»

Das hatte sie bemerkt? War er wirklich so ungeschickt geworden? Er ging lieber nicht darauf ein. «Ich bin mir nicht sicher, ob ich in Rheinbach willkommen bin. Wie ist die Stimmung?»

«Allgemein? Wie immer. Was dich angeht ...» Sie zuckte mit den Achseln. «Ehrlich gesagt, weiß ich es nicht. Niemand hat deinen Namen in den letzten Jahren ausgesprochen. Jedenfalls nicht in meiner Gegenwart. Dein Onkel Averdunk und seine Familie werden aber doch froh sein, dich wiederzusehen. Deine Mutter ebenfalls und ...»

«Und das war es auch schon», beendete er ihren Satz mit einem grimmigen Lächeln. «Ich bin hier, um einen Verräter ausfindig zu machen.»

«Was?» Erschrocken riss sie die Augen auf.

«Madlen? Madlen! Wo steckst du denn? Wir wollen los ... Oh.» Anne-Maria Thynen blieb wie festgewachsen stehen, als sie Lucas erkannte. «Oh! Bist du das wirklich? Lucas Cuchenheim? Verzeihung, seid Ihr das wirklich? In der Tat, wie Ihr leibt und lebt und noch dazu in der Uniform eines Offiziers. Eure Mutter hat mir erzählt, dass Ihr unlängst zum Hauptmann befördert worden seid.» Ihr halb neugieriger, halb anerkennender Blick wanderte langsam über ihn hinweg. «Das ist ja eine Überraschung. Seid Ihr auf ... wie sagt man ... Fronturlaub hier?» Sie drehte sich kurz um. «Thynen? Mein guter Thynen, kommt und seht, wen der Wind in die Stadt getrieben hat.» Sie winkte, um ihren Ehemann zu sich zu rufen.

Lucas räusperte sich. Einige andere Leute wurden auch aufmerksam und starrten zu ihnen herüber. «Nein, auf Urlaub bin ich nicht hier, sondern im Auftrag meines Oberbefehlshabers, des Fürstbischofs von Münster.»

«Wirklich?» Madlens Mutter winkte erneut ihrem Mann, der inzwischen, schwer auf seine Krücken gestützt, näher gekommen war. «Nun seht Euch das an, lieber Thynen, ist das nicht ein verblüffender Anblick? Hauptmann Lucas Cuchenheim in schmucker Uniform. Er ist in wichtigem Auftrag hier, wie er mir gerade anvertraute.»

«Soso.» Gerlach Thynen musterte Lucas ernst, aber durchaus wohlwollend. «Willkommen daheim, Junge.»

«Danke, Herr Thynen.» Lucas fühlte sich unwohl in Gegenwart des Mannes, dem er so viel zu verdanken hatte. Er hatte sich Gerlach Thynen gegenüber nie erkenntlich gezeigt, und wenn Thynen gewusst hätte, was sich damals wirklich abgespielt hatte, würde er ihn heute nicht willkommen heißen, sondern verfluchen. «Ich freue mich, Euch zu sehen, und ebenso Euch, Frau Thynen. Ich hoffe, es geht Euch gut.» Er brachte ein höfliches Lächeln zustande, seine Stimme blieb jedoch ein wenig unterkühlt, so wie immer, wenn er sich bemühte, seine wahren Gefühle und Gedanken zu verbergen.

Thynen schien es entweder nicht zu bemerken oder großzügig zu übergehen. «Du bist also im Auftrag Bernhard von Galens hier, nehme ich an? Geht es um den Krieg, der uns hier allenthalben gutes Geld kostet, weil ständig unsere Handelsgüter gestohlen oder konfisziert werden? Wenn der Bischof eine Idee hat, wie man dem Kriegstreiben möglichst bald ein Ende setzen kann, würden wir Kaufleute das sehr begrüßen. In dem Fall hast du die Unterstützung des Stadtrates ganz sicher auf deiner Seite.»

Lucas schüttelte den Kopf. «So schnell wird der Krieg, fürchte ich, nicht beendet werden können. Die Franzosen halten mit aller Macht die Stellung, der Oranier drängt mit allem, was geht, dagegen. Unsere Truppen werden immer weiter aufgerieben. Ruhe, so fürchte ich, wird es in nächster Zeit nicht geben. Eher im Gegenteil.»

«Um Himmels willen, mach uns keine Angst, Junge!» Madlens Mutter schlug die Hände vor den Mund. «Verzeiht, Hauptmann, ich kann mich noch nicht ganz an Euren hohen Posten gewöhnen. Ich wollte nicht unhöflich sein.»

«Das macht doch nichts, Frau Thynen.» Lucas winkte ab. «Sprecht mich einfach an, wie Ihr es gewohnt seid. Ein Rang und eine Uniform ändern schließlich nichts daran, wer sich dahinter verbirgt.»

«Ach so? Ich dachte, du seist jetzt ein völlig anderer.» Madlen lächelte ihn schmallippig an.

Er warf ihr einen kurzen Blick zu, erwiderte jedoch nichts darauf. Stattdessen wandte er sich wieder an ihren Vater. «Die Hilfe des Stadtrates benötige ich zurzeit noch nicht, aber vielleicht komme ich darauf zurück. Im Augenblick möchte ich mich zu meinem Auftrag nicht äußern.»

«Also ist er geheim?» Thynen nickte bedächtig. «Klingt gefährlich.»

«Wie man es nimmt. Ich müsste mit Obrist von Werdt sprechen, denn da er in den vergangenen Jahren weit bessere Verbindungen zu unserer Heimatstadt gepflegt hat als ich, wird er mir in dieser Angelegenheit sicher behilflich sein können.»

«Nun hast du meine Neugier geweckt, Junge.» Thynen lachte, als Lucas nur eine Augenbraue hochzog. «Keine Sorge, ich werde nicht versuchen, dich auszuquetschen. Und was Peter von Werdt angeht, so ist das das Einfachste der Welt. Madlen, mein liebes Kind, geh doch zu den von Werdts hinüber und bitte den Obristen zu uns.»

Madlen war stolz, den Stier bei den Hörnern gepackt zu haben. Stolz, dass sie, als sich ihr Verdacht bestätigt hatte, so ruhig und besonnen, ja fast gleichgültig auf Lucas hatte zugehen können. Früher wäre ihr das nicht geglückt, doch auch sie war nicht mehr dieselbe wie einst. Sie hatte gelernt, ihre Gefühle zu kontrollieren und sich zu behaupten, auch gegenüber Männern, denn anders hätte sie es niemals geschafft, die Geschäfte ihres Vaters erfolgreich weiterzuführen.

Des Vaters Aufforderung gehorchte Madlen mit einem Nicken und eilte über den Kirchhof dorthin, wo die von Werdts standen und angeregt mit der Familie Diefenthal plauderten.

Schon während Madlen auf ihren zukünftigen Verlobten zuging, ahnte sie, dass er sie beobachtet und Lucas erkannt hatte. Auf seiner Stirn war eine senkrechte Furche erschienen, die man nur an ihm sah, wenn er entweder verärgert oder besorgt war. Seltsam nur, dass er nicht gleich von sich aus zu ihnen herübergekommen war, wie sie es erwartet hätte. Madlen wusste, dass Peter nie allzu viel von Lucas gehalten hatte, aber hoffentlich gehörte das der Vergangenheit an. Er musste doch anerkennen, dass Lucas sich gemausert hatte.

«Ach, da bist du ja, mein liebes Kind!» Gislinde von Werdt unterbrach sich mitten in ihrem Gespräch, um Madlen mit einem erfreuten Lächeln zu begrüßen und sich bei ihr unterzuhaken. «Ich sagte gerade zu meiner lieben Freundin hier», sie deutete auf die Gattin des Schöffen Diefenthal, «dass ich es ganz zauberhaft fände, wenn du und deine Eltern uns bald besuchen kommt und mit uns speist. Heute haben wir leider schon andere Verpflichtungen, aber allerspätestens am Mittwoch oder Donnerstag müsste es sich doch für euch einrichten lassen, nicht wahr?»

«Da bin ich mir sicher.» Madlen nickte freundlich in die Runde. «Ich werde meinen Eltern die Einladung ausrichten. Peter, wärest du wohl so gut, mich kurz zu ihnen hinüberzubegleiten? Vater möchte dich gerne sprechen.»

«Dein Vater?» Peter blickte über ihre Schulter hinweg zu dem Baum, wo ihre Eltern und Lucas standen.

«Ja.» Sie nickte und gab sich möglichst unbekümmert. Sie spürte, dass Peter ungehalten war, konnte sich jedoch nicht ganz erklären, weshalb. «Stell dir vor, wen ich eben zufällig getroffen habe. Lucas Cuchenheim, ja wirklich! Er hat den Trupp Soldaten angeführt, von dem ich vorhin erzählt habe. Ist das nicht ein lustiger Zufall?»

«Lustig, ja.» Peter lächelte zwar, seine Augen blieben jedoch ernst. «Was führt ihn denn hierher? Doch wohl kaum die Sehnsucht nach der Heimat.»

«Er sagte, er habe einen Auftrag von Bernhard von Galen.»

«Einen Auftrag hier in Rheinbach?» Nun war auf Peters Gesicht ehrliche Verblüffung abzulesen. «Worum geht es denn dabei?»

«Das hat er uns nicht verraten. Bestimmt ist es geheim, aber er würde gerne mit dir darüber reden, deshalb bat Vater mich, dich zu holen.» Sie schob ihre Hand unter seinen linken

Arm. «Nun komm, damit ich vor ihm mit meinem schmucken Verlobten angeben kann.»

Endlich lächelte Peter wieder entspannt. «Noch sind wir nicht offiziell verlobt.»

Sie lachte. «Macht das einen Unterschied?»

«Für mich nicht.»

«Na bitte.» Sie nickte zufrieden, als Peter sich in Bewegung setzte. Ihr Herz holperte ein wenig, als sie an seiner Seite auf Lucas zusteuerte. Er wirkte so ernst, so militärisch, so ... erwachsen. Ganz und gar nicht mehr wie der jugendliche Schelm, den sie einst gekannt hatte. Er war wohl wirklich ein anderer geworden. Das würde ihm hier in Rheinbach nur zum Vorteil gereichen.

Lucas wappnete sich, als er von Werdt und Madlen auf sich zukommen sah. Zwar lächelte von Werdt, aber das galt einzig und allein Madlen. Die beiden waren ein schönes Paar, das war schon immer so gewesen. Sie wirkten geradezu erschreckend perfekt zusammen, und Lucas hatte nie daran gezweifelt, dass die beiden einmal die Ehe eingehen würden. Ihn wunderte lediglich, dass sie sich so lange Zeit gelassen hatten. Aber da von Werdt wohl nie in Sorge um Madlens Zuneigung und Treue hatte sein müssen – kein Junggeselle in oder rund um Rheinbach hätte es je gewagt zu versuchen, ihn bei ihr auszustechen –, war vielleicht nachvollziehbar, dass er erst seine Lebensgrundlage hatte sichern wollen, bevor er sie zu seiner Frau machte.

«Da soll mich doch der Leibhaftige in den Hintern kneifen.» Als von Werdt neben Madlens Eltern stehen blieb, war seine Miene ernst und undeutbar geworden. Seine Stimme hatte einen grollenden Unterton. «Er ist es wirklich. Lucas Cuchenheim, was hast du hier zu suchen?»

Madlen blickte ob der barschen Worte erschrocken zu von Werdt auf, doch ehe sie etwas sagen konnte, hatte er sich von ihr gelöst und trat auf Lucas zu. Mit einem breiten Grinsen klopfte er ihm auf die Schulter. «Hättest du nicht wenigstens vorher Bescheid geben können, Mann? Stattdessen erschreckst du meine Verlobte zu Tode, weil du mit deinen Männern wie ein Vorbote aus der Hölle durch die Rheinbacher Straßen preschst.»

Wem hätte er bitte Bescheid geben sollen außer seiner Familie? Und geprescht waren sie nun wahrlich nicht. Aber Lucas verbarg seine Irritation und grinste stattdessen zurück, um dem offensichtlich guten Willen seines Gegenübers entgegenzukommen. «Es war nicht meine Absicht, irgendwen zu erschrecken, schon gar nicht deine liebreizende Verlobte. Wichtige Angelegenheiten haben mich heute hierhergeführt, und ich würde es sehr begrüßen, wenn du mir ein Gespräch unter vier Augen gestatten würdest.»

«Jetzt gleich?» Peter von Werdt trat wieder zurück an Madlens Seite und musterte ihn neugierig. «Du siehst übrigens gut aus. Der Militärdienst scheint dir gut bekommen zu sein.»

«Kann schon sein. Es ist eine harte Schule, aber ich habe es nicht bereut, diesen Weg eingeschlagen zu haben.»

«Ebenso wenig wie ich. Bestimmt hast du noch eine große Karriere vor dir, während ich mich jetzt wieder ganz dem bürgerlichen Leben zuwenden werde.» Von Werdt legte Madlen einen Arm um die Schultern und zog sie etwas näher zu sich heran. «Wenn du ein Gespräch wünschst, lass uns für ein halbes Stündchen in den *Goldenen Krug* gehen.»

Lucas schüttelte den Kopf. «Ein weniger öffentlicher Ort wäre der Angelegenheit angemessener.»

Mit interessierter Miene nickte von Werdt ihm zu. «Dann begleite mich zu mir nach Hause. Meine Eltern und mein Bruder sind bei den Schalls eingeladen, sodass wir ungestört reden können.»

«Ich dachte, du wolltest auch mit zu den Schalls gehen», warf Madlen ein.

Von Werdt hob die Schultern. «Sie werden mich entbehren können. Lucas' Anliegen hört sich ausgesprochen wichtig an, und da er sich zudem so lange rargemacht hat, werde ich mir die Freiheit nehmen, auf ein Essen beim Amtmann zu verzichten.» Er winkte Lucas auffordernd zu. «Komm, lass uns gleich gehen. Ich will unbedingt wissen, wie es dir im Regiment des Bischofs ergangen ist.»

Lucas wandte sich an Madlen und ihre Eltern. «Entschuldigt mich bitte. Es war nett, Euch wiedergetroffen zu haben, Frau Thynen, Herr Thynen.» Nach kurzem Zögern lächelte er Madlen mit einem Anflug seiner ihm angeborenen Spitzbübigkeit zu. «Sich durch die Sakristei nach draußen zu schleichen, ist schlechtes Benehmen, das weißt du hoffentlich. Auf bald.» Bevor sie reagieren konnte, wandte er sich zum Gehen und richtete das Wort möglichst unbekümmert an von Werdt. «Meine Mutter schrieb mir, dass du vorhast, das kurkölnische Regiment zu verlassen. Ich muss schon sagen, du hast es weit gebracht, Obrist von Werdt.»

«Das kannst du ebenso von dir sagen, immerhin hast du es inzwischen zum Hauptmann gebracht, wie man mir berichtete. Da ich altersmäßig zwei Jahre Vorsprung habe, kannst du noch aufholen. Das willst du doch sicher, nicht wahr?»

Sie gingen nebeneinanderher die Hauptstraße entlang in Richtung des Dreeser Tores, neugierig beäugt von Passanten, die nicht nur von Werdt, sondern auch Lucas hier und da freundlich grüßten.

«Ich bin mir über meine Pläne für die Zukunft noch nicht gänzlich im Klaren», erwiderte Lucas. «Einen Platz im Regiment habe ich immer, das bedingt schon der derzeitige Kriegszustand. In letzter Zeit denke ich jedoch darüber nach, es dir gleichzutun und mich aus dem Armeedienst zurückzuziehen. Meine Mutter steht seit Jahren mit dem Lederwarenhandel allein da. Vielleicht ist es an der Zeit, mich meinen familiären Pflichten zu widmen.»

«Nun, das ist verständlich, aber bedenke, dass die Kriegszeiten, die dir bei der Armee ein ausgezeichnetes Einkommen sichern, im Kaufmannstum für beschwerliches Überleben sorgen. Rheinbach ist mitnichten die blühende Handelsstadt unserer Kindertage.»

«Das weiß ich. Ich bin mir auch nicht sicher, ob Rheinbach unbedingt der Ort sein muss, an dem ich mich niederlasse.»

Von Werdt lachte trocken. «Du müsstest schon weit fortgehen, um einen Ort zu finden, der nicht schon vom Kriegsgeschehen gebeutelt wurde.»

Nachdenklich musterte Lucas ihn von der Seite. «Das klingt, als wolltest du mir die Sache madig machen.»

«Um Himmels willen, keinesfalls. Du willst dich um deine Mutter kümmern, bist endlich erwachsen geworden, das erkenne ich an.» Von Werdt deutete nach vorn. «Da wären wir.»

Sie waren flott vorangeschritten und hatten die Einmündung zur Straße Auf dem Wall erreicht, wo das Haus der von Werdts jeden durch das Dreeser Tor ankommenden Reisenden mit seiner altehrwürdigen Erscheinung grüßte. Es war zweiflügig, aus massivem Fachwerk erbaut und mit zwei bewohnbaren Geschossen eines der größten der Stadt. Durch das weit offen stehende Hoftor gelangte man rechter Hand zum Haupteingang, links befanden sich ein Stall mit Remise, eine riesige Kastanie, um deren Stamm herum eine hölzerne Sitzbank errichtet worden war, sowie der Zugang zu einem seitlich gelegenen Kräuter-, Obst- und Gemüsegarten. Zwei Mägde waren dabei, dort Unkraut zu zupfen, eine weitere, schon etwas ältere, saß auf einem Hocker vor dem Nebeneingang zur Küche und pulte Erbsen aus ihren Schoten. Als sie von Werdts ansichtig wurde, sprang sie eilfertig auf. «Herr Obrist, Euch haben wir gar nicht so schnell zurückerwartet! Es hieß doch, Ihr und Eure verehrten Eltern würdet den Mittag bei der Familie Schall von Bell verbringen. Oje, und Besuch habt Ihr auch mitgebracht.» Die Frau mit dem verlebten Gesicht und den fröhlichen blauen Augen fasste sich plötzlich an die Brust. «Liebe Güte, ist das der Herr Cuchenheim? Ja, tatsächlich, Ihr seid es. Eurem Vater wie aus dem Gesicht geschnitten, wenn ich das mal so sagen darf. Aber was rede ich hier? Verzeiht bitte, Herr Obrist. Ich habe gar nichts gekocht. Wenn Ihr möchtet, kann ich Euch schnell etwas zusammenbrutzeln. Frische Eier haben wir da und Brot, das ich rösten könnte, und …»

«Immer mit der Ruhe, Alma.» Mit erhobener Hand gebot von Werdt der ältlichen Magd Einhalt. «Ich habe ganz spontan meine Pläne geändert. Du brauchst dir keine Umstände zu machen. Ein bisschen Rührei mit Brot ist vollkommen ausreichend. Nicht wahr, Lucas? Mehr braucht es nicht, um uns zu sättigen. Und natürlich ein gutes Bier aus dem Keller.»

«Ich bin schon unterwegs, Herr Obrist, und sage dem Carel Bescheid, dass er Euch frisches Bier vom neuen Fass abzapft.» Mit raschelnden Röcken verschwand die Magd im Haus, kurz darauf hörte Lucas sie lauthals nach dem Hausdiener rufen.

«Hier scheint sich nicht allzu viel verändert zu haben», stellte Lucas fest. «Ihr habt das Haus vor nicht allzu langer Zeit weißen lassen, so wie es aussieht, aber sonst …»

«Stimmt, es hat sich nicht viel verändert.» Von Werdt bedeutete ihm mit einer knappen Geste, ihm durch die große Tür aus massivem Eichenholz zu folgen. «Vater hält es sehr mit der Tradition. Aber was sollten wir auch ändern? Das Haus ist in Schuss und bietet alle Behaglichkeit, die es braucht, um sich wohl zu fühlen. Hier, lass uns in der Stube Platz nehmen.»

Als Lucas sich unauffällig in dem geräumigen Zimmer umsah, das der Familie von Werdt als gute Stube diente, wurde ihm bewusst, dass er, obwohl er schon Hunderte und Aberhunderte Male an diesem Haus vorbeigegangen war, niemals eingeladen worden war, es zu betreten. Der Grund war nur allzu offensichtlich, denn als Sohn eines kleinen Lederhändlers gehörte er ganz und gar nicht zu den Menschen, mit denen sich die Familie Werdt gerne umgab. Sie zeigten zwar wenig Standesdünkel, blieben aber dennoch weitgehend unter ihresgleichen.

Die Einrichtung bestand aus dunkeln Eichenmöbeln, klobig und so massiv, dass sie Generationen zu überleben imstande waren. Truhen unter den Fenstern, über und über mit Schnitzereien verziert, an den Wänden hohe Regale, in denen das wertvolle Silbergeschirr ausgestellt wurde, daneben in Leder gebundene Bücher und reichverzierte Krüge und Schalen. Der Tisch bot Platz für sechs Personen, für die jeweils ein hochlehniger Stuhl mit grün bezogenem Polster zur Verfügung stand. Die Fenster waren mit Butzenscheiben verglast, durch die man verschwommen hinaus in den Hof sehen konnte. Kein Vergleich zu der winzigen Stube in seinem Elternhaus, die noch dazu beinahe ständig im Dunklen lag, weil die Fenster mit Lederhäuten abgedichtet waren, die nur in den warmen Frühlings- und Sommertagen fortgenommen wurden.

Mit einem Mal war Lucas froh, dass er erst jetzt mit dieser Zurschaustellung von Wohlstand konfrontiert wurde. Als Kind oder Heranwachsender wäre er vermutlich weitaus beeindruckter gewesen und hätte sich deplatziert gefühlt. Inzwischen hatte er dank seines Postens im Bischöflichen Regiment noch weitaus prunkvollere Häuser betreten und mit sehr viel höhergestellten Persönlichkeiten sprechen dürfen. Deshalb setzte er sich auf von Werdts Wink hin entspannt auf einen der Stühle und lächelte höflich. «Behaglich, fürwahr, das ist der rechte Ausdruck für euer Haus, von Werdt. Man fühlt sich gleich willkommen und wohl. Die Blumen dort in der Vase sind wohl das Werk deiner Mutter, nehme ich an? Sie sind sehr geschmackvoll arrangiert.»

«Die Blumen?» Von Werdt warf der Vase einen kurzen, leicht irritierten Blick zu, so als sehe er sie zum ersten Mal. «Ja, natürlich, die stellt meine Mutter zusammen.»

«Und das Gemälde mit den Jagdmotiven hat bestimmt dein Vater ausgesucht. Der Fürstbischof hat ein ganz ähnliches in seinem Arbeitszimmer hängen.»

«Tatsächlich?» Sichtlich aus dem Konzept gebracht, musterte von Werdt nun auch das in dunklen Grün- und Brauntönen gehaltene Bild neben der Tür.

«Er liebt die Jagd, sagte er mir, und frönt dieser Beschäftigung gern, wenn es seine Zeit erlaubt. Dein Vater ist auch ein versierter Jäger, nicht wahr? Geht er immer noch auf die Pirsch?»

«Selbstverständlich tut er das. Die Jagd ist eine seiner Leidenschaften.» Von Werdt legte den Kopf ein wenig schräg. «Aber genug der Höflichkeiten. Worüber wolltest du mit mir sprechen? Es wird ja recht eilig sein, sonst hättest du mich nicht am heiligen Sonntag damit behelligen müssen.»

Da war er wieder, dieser leicht überhebliche Tonfall, der Lucas schon seit jeher gegen den Strich gegangen war. Vermutlich war sich von Werdt dessen nicht einmal bewusst, dazu war er einfach zu privilegiert aufgewachsen.

Nicht, dass Lucas sich zu den unprivilegiertesten Vertretern der Menschheit zählte, doch die Unterschiede zwischen ihm und dem reichen, vom Leben verwöhnten Peter von Werdt waren nur allzu offensichtlich. Da von Werdt noch dazu gewohnheitsmäßig diese Unterschiede herausstrich, verstärkte sich der Eindruck von Ungleichheit noch. Doch Lucas war inzwischen nicht mehr einfach nur der Sohn des Lederwarenhändlers Johann Cuchenheim, der neben einer meist leeren Geldbörse nichts als Flausen im Kopf und einen gefährlichen rechten Haken vorzuweisen hatte, sondern Hauptmann des Fürstbischöflichen Regiments. Den Aufstieg in diesen Rang hatte er nicht durch Dummheit oder Däumchendrehen erlangt – weswegen er leider auch wusste, dass er sich mit von Werdts Allüren ihm gegenüber arrangieren musste. Er benötigte die Hilfe einer vertrauenswürdigen Kontaktperson, die mit den Rheinbachern auf einem besseren Fuß stand als er selbst.

«Es handelt sich um eine dringliche Angelegenheit, das hast du ganz richtig erkannt», begann er in dem geschäftsmäßigen Ton, den er sich in den vergangenen Jahren auf diversen Missionen für den Fürstbischof angeeignet hatte. «Zudem möchte ich dich bitten, dieses Gespräch vorerst vertraulich zu behandeln. Es wird möglicherweise früher oder später notwendig werden, den Rat und die Schöffen mit einzubeziehen, doch zu diesem frühen Zeitpunkt wäre das eher wenig zielführend.»

«Du willst mit den Schöffen zusammenarbeiten?» Von Werdt lachte auf. «Dir ist bewusst, dass es sich dabei um dieselben Männer handelt, die damals für deine Verurteilung verantwortlich waren?»

«Darauf kann ich keine Rücksicht nehmen, mein Auftrag ist zu wichtig.»

«Das denke ich mir, aber es dürfte trotzdem interessant werden, dich zum ersten Mal mit dem Schöffenkollegium auf derselben Seite zu erleben. Vor allem, weil das letzte Mal ein wenig, nun, sagen wir mal unrühmlich ausgegangen ist.»

«Mag sein, dass die Sache damals einen unsauberen Verlauf nahm, aber ich bin weder im Kerker gelandet, noch hat man mich um Haus, Geld, Gut und Ehre gebracht, wie es vorgesehen war.» In Lucas' Stimme hatte sich ein bitterer Unterton eingeschlichen, den er selbst nach all der Zeit nicht gänzlich unterdrücken konnte. Vielleicht lag es daran, dass gewisse Aspekte seiner Vergangenheit nach wie vor im Dunkeln lagen und sich hartnäckig der Klärung entzogen. Zumindest war er sich mittlerweile ziemlich sicher, das Madlen ihrem Verlobten nichts über ihren Anteil an den damaligen Geschehnissen erzählt hatte.

«Ich wollte dir nicht zu nahe treten, Cuchenheim.» Beschwichtigend hob von Werdt die Hände. «Was vergangen ist, soll vergangen bleiben. Daran zu rühren, wird niemandem nützen. Dann erzähle mir jetzt endlich, worum es sich bei deinem Anliegen handelt und wie ich dir behilflich sein kann.»

Lucas richtete sich ein wenig auf und schob alle Gedanken an die Vergangenheit beiseite. «Der Fürstbischof hat mich beauftragt, einen Verräter in den Reihen von Frankreichs Verbündeten aufzuspüren. Es gibt stichhaltige Hinweise, dass jemand schon seit einiger Zeit Informationen über strategische Belange der Franzosen und der mit ihnen in direktem Kontakt stehenden Regimenter Münsters und Kurkölns an Wilhelm von Oranien weitergibt.»

Von Werdts Gesichtsausdruck wurde ernst, und er schwieg einen Moment, bevor er etwas erwiderte. «Das ist eine schwerwiegende Anschuldigung, die Bernhard von Galen da erhebt. Warum bin ich darüber nicht informiert, wenn laut deiner Aussage auch das kurkölnische Regiment betroffen ist?»

«Das kann ich dir leider nicht beantworten.» Lucas zuckte mit den Achseln. «Ich hätte gedacht, dass der Fürstbischof dich oder jemand anderen an der Spitze der Kurkölner einbezieht. Vielleicht wurdest du außen vor gelassen, weil du dich gerade aus dem Militärdienst verabschiedet hast.»

«Über die wichtigsten Vorgänge sollte ich trotzdem informiert sein. Meine Quellen versiegen nicht, nur weil ich nicht mehr an vorderster Front mitspiele.» Sichtlich verärgert rieb von Werdt sich übers Kinn. «Ich werde Erkundigungen einziehen.»

«Unter dem Siegel der Verschwiegenheit.»

«Selbstverständlich.» Von Werdt legte die Hände flach auf die Tischplatte, sprach aber nicht weiter, weil in diesem Moment Alma anklopfte und ein Tablett mit dampfenden Schüsseln voller Rührei, duftenden, knusprig gebratenen Speckstreifen sowie in dicke Scheiben geschnittenes Brot auftrug. In Windeseile deckte sie Teller und Besteck auf und eilte wieder hinaus. An ihrer Stelle kam nun ein kleiner, leicht buckliger Mann mit eisgrauem Haar und Bart herein und goss frisch gezapftes Bier aus einem tönernen Krug in die Trinkbecher.

«Danke, Carel.» Von Werdt nickte dem Hausknecht knapp zu, woraufhin dieser sich schweigend wieder zurückzog. Die Tür fiel sehr leise hinter ihm ins Schloss. Schließlich nickte von Werdt Lucas auffordernd zu. «Greif nur zu.»

Da Lucas schon seit den frühen Morgenstunden nichts mehr gegessen hatte, kam er der Aufforderung gerne nach. Da auch von Werdt sich eine ordentliche Portion nahm, dauerte es einen Moment, bevor sie das Gespräch wieder aufnahmen. «Was bringt den Bischof dazu, dich ausgerechnet nach Rheinbach zu schicken? Wir sind doch nun wirklich fernab vom großen Kriegsgeschehen. Zwar leiden wir darunter wie alle großen und kleinen Städte rheinauf und rheinab, aber wir sind beileibe kein Ort, in dem sich ein Verräter verstecken würde.»

«Das kann man nie wissen. Gerade weil Rheinbach so unauffällig ist, könnte es sich als Rückzugsort anbieten.» Lucas formulierte seine Worte mit Bedacht. «Es hat sich herausgestellt, dass mehrere Boten mit prekären Informationen sich hier in der Stadt oder in der näheren Umgebung aufgehalten haben. Leider konnten meine Kontaktleute nicht mehr in Erfahrung bringen. Wir wissen noch nicht, wie sich die Verräter die Informationen beschaffen oder wie sie weitergegeben werden. Wer auch immer dahintersteckt, agiert äußerst geschickt, sodass es schwierig werden dürfte, ihn zu enttarnen.»

«Aber warum Rheinbach? Wären ein anderer Ort oder sogar wechselnde Orte nicht besser?» Skeptisch runzelte von Werdt die Stirn. «Das will mir nicht ganz einleuchten.»

«Vielleicht ist die Verbindung reiner Zufall, und diese Spur läuft ins Leere. Oder der Verräter hat aus irgendeinem Grund keine andere Wahl. Möglicherweise ist es ihm nicht möglich, sich weit aus der Stadt zu entfernen. All dies muss geklärt werden. Dazu wäre es mir eine große Hilfe, wenn du dich in der Stadt umhören würdest.»

«Du willst mich also als Spitzel einsetzen.»

«Plump ausgedrückt, ja.» Lucas zuckte mit den Achseln. «Außerdem dürfte es mir mit deiner Unterstützung sicherlich leichterfallen, die Rheinbacher Bürger auf meine Seite zu ziehen und ihnen zu entlocken, was sie vielleicht wissen. Mir ist bewusst, dass ich hier nicht den allerfeinsten Ruf genieße.»

«Nein, ganz sicher nicht. Auch wenn du heute zu Recht frei unter uns weilst, werden nicht alle Einwohner dir wohlgesonnen sein.»

Bedächtig griff Lucas nach seinem Glas. «Manch einer wird

mich im Kerker sehen wollen, ganz gleich wie die Wahrheit von damals aussehen mag.» Er trank einen Schluck. «Also?»

Von Werdt hob ebenfalls sein Glas. «Verrat ist ein schwerwiegendes Vergehen, auf das der Tod steht. Was auch immer sich auf deinem Kerbholz angesammelt haben mag, wiegt dagegen weit weniger schwer.» Er nickte Lucas zu. «Ich werde mein Möglichstes tun, um der Gerechtigkeit Genüge zu tun.»

8. Kapitel

Madlen unterdrückte ein Gähnen und rieb sich die Augen. Es war später Montagnachmittag, und die Wolken dräuten düster über der Stadt. Schon seit dem Morgengrauen regnete es, und sie hatte mehrere Kerzen und eine Öllampe im Kontor entzünden müssen, um einigermaßen ihrer Arbeit nachgehen zu können. Das diffuse Licht strengte die Augen an und ermüdete sie.

Ihr Vater hatte am Morgen noch Kundschaft empfangen, war aber nach dem Mittagessen ins Bürgerhaus hinübergegangen, wo heute eine Ratssitzung stattfand. Ihre Schwestern waren zu Freundinnen ausgegangen, ebenso ihre Mutter. Bridlin beschäftigte sich mit Mattis bei Jonata in der Küche, sodass von dort die einzigen Geräusche im Haus zu vernehmen waren, einmal abgesehen vom Kratzen der Schreibfeder, wenn Madlen sich Notizen machte, und dem monotonen Pladdern der Regentropfen. Sie hatte sich die Bestandslisten vorgenommen, um herauszufinden, welche Tuche in Kürze nachbestellt werden mussten, und war gerade dabei, die Verkäufe vom Vormittag mit einzurechnen, als lautes Pochen an der Haustür sie aufschrecken ließ.

Jonata eilte an der geöffneten Tür des Kontors vorbei zum Eingang, doch zu Madlens Erstaunen kehrte sie gleich darauf wieder zurück, ohne einen Besucher zu melden.

«Jonata?» Madlen erhob sich von ihrem Platz und strich ihre Röcke glatt. «Wer war denn das?»

«Ach, nanu, Ihr seid ja da!» Verblüfft blieb die Köchin

stehen und drehte sich zu ihr um. «Ich dachte, Ihr wäret ausgegangen wie alle anderen. Meine Güte, da habt Ihr Euch aber mäuschenstill verhalten! An der Tür war nur der Thönnes Schubknecht, aber Wilhelmi kümmert sich schon um ihn.»

«Schubknecht ist endlich da? Vater wollte unbedingt mit ihm sprechen. So ein Ärger, dass er ausgerechnet heute eine Sitzung hat.» Ohne weiter auf Jonata zu achten, eilte Madlen zur Tür und trat hinaus. In der Hofeinfahrt stand Schubknechts schweres Fuhrwerk, das von zwei gedrungenen schwarz-weißen Pferden gezogen wurde. Der Tuchhändler selbst war nirgends zu sehen, sondern nur zwei kräftige Knechte, die die Waren bewachten. Nach einem Moment vernahm Madlen zwei männliche Stimmen aus dem Lager, also strebte sie dorthin und blieb in dem breiten, zweiflügligen Eingangstor stehen.

«... geht so nicht, Schubknecht. Immerhin haben wir die Hälfte der Fracht bereits im Voraus bezahlt, also muss die auch hierbleiben. Wie Ihr die andere Hälfte beschafft, ist nicht mein Problem, das müsst Ihr Thynen selbst erklären», ereiferte Wilhelmi sich gerade. Als er ihrer ansichtig wurde, hielt er jedoch inne. «Madlen. Ist Euer Vater schon zurück? Ich fürchte, es gibt ein Problem mit der neuen Brokatlieferung. Die weiße Seide ist ebenfalls betroffen.»

«Nein, Wilhelmi, mein Vater ist noch nicht wieder da. Die Ratssitzung wird sicherlich noch eine ganze Weile andauern. Ihr wisst doch, wie das ist.» Sie wandte sich an den beleibten Mann und neigte freundlich lächelnd den Kopf. «Herr Schubknecht, guten Tag. Ich hoffe, es geht Euch gut und ebenso Eurer Gemahlin und den Kindern?»

Schubknecht nickte und strich über die lockige blonde Perücke, die er stets trug. «Ja, ja, ausgezeichnet, liebe Madlen. Ihr werdet von Tag zu Tag liebreizender, wenn ich das so sagen darf. Wie man hört, ist der Herr Obrist von Werdt inzwischen wieder in der Stadt, und diesmal für immer. Ich nehme an, das bedeutet, dass ich Euch alsbald als Frau von Werdt anreden darf.»

Madlens Lächeln vertiefte sich. «Das kann sehr gut sein, lieber Schubknecht. Aber nun sagt mir, was für ein Problem es mit der Brokatlieferung gibt. Ihr seid spät dran, nicht wahr? Wolltet Ihr nicht schon vergangene Woche wieder in der Stadt sein?»

«So war es vorgesehen, ja.» Schubknechts Miene verfinsterte sich. «Leider bin ich weiter oben im Norden einem Regiment des Oraniers in die Fänge geraten. Geplündert haben sie mich bis auf die Unterhosen. Verzeiht die derben Worte, aber so ist es leider. Weiß der Teufel, was die mit weißer Seide und Brokat anfangen wollen. Beides eignet sich kaum für die Bekleidung von Soldaten. Vermutlich verkaufen sie die Stoffe weiter oder tauschen sie gegen Lebensmittel und Waffen ein. Ich musste einen Umweg machen, zurück zu meinen Lieferanten fahren und dort aufkaufen, was noch da war. Leider kann ich Euch jetzt nur jeweils einen Ballen Seide und zwei Ballen Brokat hierlassen.»

«So wenig?» Madlen warf einen Blick über die Schulter auf das Fuhrwerk. «Aber Euer Wagen ist hoch beladen.»

«Ja nun, liebe Madlen, ich habe immerhin noch andere Kunden zu beliefern.»

«Soso.» Madlen verzog die Lippen zu einem kalten Lächeln. «Das ist aber seltsam, denn soweit ich weiß, habt Ihr für die letzten drei Lieferungen, diese hier inbegriffen, mit meinem Vater einen speziellen Vertrag geschlossen, der besagt, dass Ihr ausschließlich für uns einkauft und liefert.» Sie trat einen Schritt auf Schubknecht zu. «Ist dem nicht so?»

«Äh.» Schubknecht räusperte sich und zupfte wieder an

seiner Perücke herum. «Ja, nun, die schweren Zeiten, Ihr wisst schon.»

«Die Zeiten werden für Euch noch schwieriger, wenn Ihr versuchen solltet, uns zu übervorteilen.» Sie stemmte die Hände in die Seiten. «Was Ihr, wie ich sehr hoffe, nicht vorhattet. Es handelt sich um ein bedauerliches Missverständnis.» Ihr Blick war starr auf den Händler gerichtet. «Nicht wahr?»

«Ja, also ...»

«Denn wenn es anders wäre, müsste ich Euch vors Schöffengericht bringen, und das ist doch nun wirklich nicht, was wir beide wollen. Ihr möchtet Eure Ware loswerden, ich benötige sie dringend.» Sie verengte die Augen. «Abgesehen davon haben wir, wie der gute Wilhelmi bereits ganz richtig erklärt hat, die Hälfte bereits im Voraus bezahlt. Ihr erhaltet die zweite Hälfte, sobald Ihr all unsere Waren abgeladen habt.»

Schubknecht schluckte und rang sich ein Lächeln ab. «Ich weiß ja, dass Ihr immer sehr zuverlässig zahlt, aber versteht doch, es warten wichtige Leute auf die Lieferung.»

«In der Tat.» Madlen nickte zustimmend. «Denn diese wichtigen Kunden, die Ihr keinesfalls vergraulen möchtet, sind wir. Mein Vater und ich.»

«Aber was soll ich den anderen Kunden sagen?»

«Das ist nicht mein Problem, Schubknecht. Fahrt noch einmal los und besorgt weitere Ware.»

«Noch einmal durch Feindesland?» Er riss empört die Augen auf. «Das ist gefährlich und wird viel zu lange dauern.»

«Wir haben ja auch länger als geplant auf das Tuch gewartet und uns nicht beschwert, oder?»

«Aber ...» Schubknecht wand sich wie ein Wurm. «Das geht nicht so einfach. Die Hälfte könnte ich vielleicht hierlassen, aber auf den Rest müsst Ihr bitte noch ein Weilchen warten.»

«Wilhelmi.» Madlen wandte sich ruhig an den Handelsgehilfen. «Geh und ruf nach den Bütteln. Sag ihnen, wir haben hier einen Fall von Betrügerei und Vertragsbruch.»

«Natürlich.» Wilhelmi wandte sich zum Gehen. «Die werden sich freuen, wenn sie Schubknecht sehen.»

«Nun wartet doch.» Mit einem Seufzen aus tiefster Seele gab Schubknecht nach. «Ich sage meinen Männern, sie sollen die Fuhre abladen.» Missbilligend verzog er die Lippen. «Madlen, Ihr seid schlimmer als Euer Vater in seinen besten Zeiten.»

Sie lächelte fein. «Ich danke Euch für das Kompliment, Schubknecht. Doch wenn Ihr das wisst, weshalb versucht Ihr immer und immer wieder, mich übers Ohr zu hauen? Ihr wusstet genau, dass Vater heute Nachmittag nicht hier ist. Glaubtet Ihr wirklich, ich hätte seit unserem letzten Zusammentreffen ein paar Unzen Dummheit zu mir genommen?»

«Die Geschäfte laufen schlecht, Madlen, das wisst Ihr doch. Ich kämpfe ums nackte Überleben.»

«Das tun wir ebenfalls. Wenn Ihr so weitermacht, werdet Ihr früher oder später am Kacks enden, das prophezeie ich Euch in die hohle Hand hinein. Einen Tag lang dort angekettet zu sein und mit faulen Eiern und schimmligem Gemüse beworfen zu werden, dürfte Eurem Ruf nicht eben guttun. Ihr wisst selbst am besten, was Wiederholungstätern dort blüht. Die Leute mögen es nicht, wenn man versucht, sie für dumm zu verkaufen.» Sie schüttelte leicht den Kopf, als sie seine indignierte Miene sah. «Nun zieht nicht so ein Gesicht, mein guter Schubknecht. Ihr habt es versucht, und ich habe gewonnen. Seht es einmal so: Da ich Euch wenigstens umgehend bezahle und nicht, wie so manch anderer, auf später vertröste, habt Ihr zumindest genügend Geld, um unverzüglich neue Ware einzukaufen. Ich werde diesmal auch gerne großzügig über Euren Vertragsbruch hinwegsehen. Wenn so etwas jedoch noch einmal vorkommt, müssen wir uns leider einen anderen Zwischenhändler für Brokat und weiße Seide suchen.»

Schubknecht erstarrte. «So weit werdet Ihr doch wohl nicht gehen?»

«Das liegt an Euch, mein Lieber. Grundsätzlich bin ich ja der Ansicht, dass der Teufel, den man kennt, immer noch besser ist als der Teufel, den man nicht kennt, aber irgendwann ist das Maß voll, also übertreibt es nicht. Wir sind willens, weitere Ausschließlichkeitsverträge mit Euch einzugehen, aber dann müsst Ihr Euch auch daran halten – oder Euch wenigstens nicht dabei erwischen lassen, wenn Ihr sie brecht.» Mit einem letzten beredten Blick wandte sie sich ab – und erstarrte. «Lucas.» Sie schluckte und räusperte sich. «Das ist ja eine Überraschung. Wie lange bist du schon hier?»

Lucas war neben dem Lagerhaus aufgetaucht und trat nun lächelnd näher. «Lange genug, um mich königlich amüsiert zu haben.» Er nickte Schubknecht spöttisch zu. «Mir scheint, Ihr habt versucht, Euch mit der falschen Tuchhändlerin anzulegen. Sagt, Ihr führt nicht zufällig auch Lederwaren in Eurem Angebot?»

«Lederwaren?» Irritiert runzelte Schubknecht die Stirn. «Warum fragt Ihr?»

«Weil ich mir Euren Namen dann merken und auf die Liste derer setzen müsste, mit denen ich lieber keine Geschäfte betreibe. Oder falls doch, dann nur, wenn die liebreizende Madlen Thynen die Verhandlungen für mich übernähme.»

Noch indignierter als zuvor musterte Schubknecht ihn von Kopf bis Fuß, während er an ihm vorbei in Richtung seines Fuhrwerks ging. «Ihr seht nicht wie ein Kaufmann aus, Herr …?»

«Cuchenheim», half Lucas grinsend aus. «Lasst Euch von meiner Uniform nicht irritieren. Darunter steckt ein einfacher Lederwarenhändler.» Er hüstelte. «Einfach, wohlgemerkt, aber nicht dumm.»

Schubknecht schnaubte. «Ich habe noch nie mit Lederwaren gehandelt.»

«Umso besser, dann braucht sich auch zukünftig nur Madlen mit Euch herumschlagen.»

Naserümpfend entfernte sich Schubknecht von ihnen, dicht gefolgt von Wilhelmi, der Lucas einen misstrauischen Blick zuwarf, sich jedoch bedeckt hielt.

Madlens Herz hatte einen heftigen Satz gemacht, als Lucas so plötzlich aufgetaucht war, und auch jetzt noch pochte es etwas zu schnell. «Schubknecht hat neben Seidenstoffen und Rohwolle auch immer schon mit Lederwaren gehandelt.»

Lucas schmunzelte. «Das dachte ich mir. Seine Miene, als ich ihn danach fragte, sprach Bände. Er hat umgehend ein Geschäft gewittert.»

«Er liefert zuverlässig, meistens jedenfalls.»

«Wirklich?» Lucas warf einen Blick über die Schulter und beobachtete einen Moment lang, wie Schubknecht seinen beiden bulligen Knechten Anweisungen gab, die Tuchballen abzuladen. «Und weshalb drohtest du ihm dann mit einem Plätzchen am Kacks? Wo er nicht zum ersten Mal landen würde, wenn ich das richtig herausgehört habe.»

Madlen hob die Schultern. «Er versucht eben immer mal wieder, uns zu übervorteilen, insbesondere seit Vater nicht mehr so kann wie früher. Aber Schubknecht ist nicht der einzige unserer Geschäftspartner, der glaubt, er könne uns übers Ohr hauen, nur weil er jetzt mit einer Frau verhandelt.»

Verständnisvoll neigte Lucas den Kopf. «Wie lange führst du jetzt schon die Geschäfte deines Vaters?»

«Seit seinem Unfall vor fast vier Jahren.»

«Hat er dich davor ausgebildet?»

Erstaunt hob sie den Kopf und begegnete seinem aufmerksamen Blick. «Nein, selbstverständlich nicht. Vorher war da nur Wilhelmi. Aber als Vater so schwer verletzt war und wir nicht wussten, ob er es schafft ...» Sie schluckte bei der Erinnerung. «Jemand musste die Zügel in die Hand nehmen. Mutter konnte es nicht, sie hatte mit Vaters Pflege und meinen Geschwistern genug zu tun. Außerdem ist sie, nun ja ...»

«Nicht besonders geschäftstüchtig?»

Madlen hob verlegen die Schultern. «Ich war die Einzige von uns, die nicht verzweifelte, als es darum ging, Zahlen zusammenzuaddieren, Rechnungsbücher zu führen oder überhaupt zu verstehen, wie der Tuchhandel funktioniert.»

«Also bist du in den Sattel gestiegen und hast ihn seither nicht wieder verlassen. Ich wette, dein Vater verlässt sich inzwischen in vielen Dingen auf dich, obwohl er sich eigentlich wieder selbst darum kümmern könnte. Sonst würde er ja nicht seelenruhig zu einer Ratssitzung gehen, während du hier betrügerische Handelspartner empfängst.»

«Er konnte doch gar nicht wissen, dass Schubknecht heute kommt. Der hätte vergangene Woche schon hier sein sollen.»

Lucas lächelte. «Stimmt. Aber wenn er hier sein wollte, hätte er mit Sicherheit einen Boten abgestellt, um ihn von der Ankunft des Händlers zu unterrichten. Doch er hat es dir überlassen, Madlen, und damit goldrichtig gelegen. Du behauptest dich so gut wie jeder Mann in diesem Gewerbe.»

«Das muss ich doch, sonst geht hier alles den Bach hinunter. Die Zeiten sind entsetzlich. Wir haben schon so viele Lieferungen einbüßen müssen, weil marodierende Söldner sie uns geraubt oder offizielle Stellen sie einfach konfisziert haben. Jemand muss dafür sorgen, dass das, was wir noch haben, bleibt, und es schließlich wieder aufbauen. Deswegen handeln wir inzwischen auch mit jeder Tuchsorte, selbst Seide.»

«Wirklich?» Neugierig warf Lucas einen Blick über Madlens Schulter ins Innere des Lagerhauses. «Darf ich mich umsehen?» Ohne auf ihre Antwort zu warten, ging er an ihr vorbei nach drinnen und musterte die eingelagerten Tuchwaren.

«Daran bin ich schuld.» Madlen folgte ihm rasch, nicht ganz sicher, woher sein plötzliches Interesse an den Tuchen rühren mochte. «Vater hat immer mehr auf Wolltuch, Leinen und Baumwolle gesetzt, und natürlich sind diese Stoffe auch nach wie vor eine bedeutende Einnahmequelle für uns. Aber ich hielt es für eine gute Idee, unser Angebot zu verbreitern und bei mehreren Händlern einzukaufen, um das Risiko, dass uns eine Lieferung nicht erreicht, zu verringern. Außerdem ...» Sie zögerte kurz, weil sie noch nie jemandem davon erzählt hatte. «Ich habe Seide schon immer geliebt. Besonders Atlasseide. Und der Griff von hochwertigem, golddurchwirktem Brokat ist mit kaum etwas zu vergleichen.»

Lucas hielt in seiner Betrachtung der eingelagerten Stoffballen inne und drehte sich zu ihr um. «Beides ist im Verkauf schweineteuer. Ich bezweifle, dass sich in Rheinbach und Umgebung sonderlich viele Familien solche Gewebe leisten können. Die Schalls vielleicht und wahrscheinlich auch die Familie von Werdt. Aber sonst?»

Madlen nickte zustimmend. «Deshalb haben wir mit ihnen besondere Lieferbedingungen ausgehandelt, sodass sie jetzt ausschließlich bei uns ihre Vorräte ordern. Die Halfmanns übrigens auch, und inzwischen gehören auch einige Bonner Adelsfamilien zu unseren festen Kunden.»

Sichtlich beeindruckt, trat Lucas wieder auf sie zu. «Das hast du eingefädelt?»

«Ich musste mir mehr als einmal anhören, dass ich ein impertinentes Weib sei, das im Tuchhandel nichts zu suchen hat, aber ... ja.» Sie lächelte stolz. «Die Kundschaft für unsere Seidenstoffe habe ich so gut wie ganz allein gewonnen. Nun ja, Wilhelmi hat mir hier und da geholfen, aber er ist ebenfalls der Meinung, dass ich in der Küche besser aufgehoben wäre als im Kontor.»

«Obwohl du das Geschäft vor dem Untergang bewahrt hast?»

«Er ist nun mal so.»

«Wie? Neidisch?»

«Was?» Verblüfft starrte sie Lucas an.

«Darauf, dass du es warst, die das Geschäft gerettet hat, und nicht er.»

«So ein Unsinn!»

«Wenn du meinst.» Er zuckte mit den Achseln. «Du hast dich sehr verändert, Madlen. Ich bin beeindruckt.»

Seine Worte machten sie verlegen, deshalb wich sie seinem Blick aus. «Was machst du überhaupt hier? Ich dachte, du hättest so einen wichtigen Auftrag zu erledigen. Stattdessen besichtigst du unser Lagerhaus.»

«Ich war auf dem Weg zu meinem Onkel Averdunk, als ich dich zufällig über den Hof gehen sah. Da bin ich wohl versehentlich in alte Gewohnheiten verfallen.» Er zuckte beiläufig mit den Achseln. «Danke, dass du bei von Werdt ein gutes Wort für mich eingelegt hast.»

«Das habe ich doch gar nicht.» Noch verlegener als zuvor verschränkte sie die Arme vor dem Körper.

«Wirklich nicht? Mir kam es so vor.»

«Er hat sich gefreut, dich wiederzusehen.» Sie wusste selbst nicht recht, weshalb sie ihren eigenen Worten nicht glaubte. Vielleicht lag es daran, dass Peter sich früher nie so leutselig Lucas gegenüber gezeigt hatte.

«Er muss sich nicht freuen, mich zu sehen. Mir reicht es schon, wenn er mir bei meinem Auftrag hilft.»

«Du willst einen Verräter finden, hast du gesagt.» Sie schauderte leicht. «Ist das wirklich wahr? Einen Verräter hier in Rheinbach?»

«Ob er sich wirklich hier aufhält, weiß ich nicht. Aber es gibt einige Hinweise, die es vermuten lassen.» Er trat einen Schritt auf sie zu. «Du wirst doch darüber Stillschweigen bewahren? Zumindest bis ich selbst die Katze aus dem Sack lasse.»

«Ja, natürlich schweige ich darüber.» Sie trat unwillkürlich einen halben Schritt zurück, weil er ihr auf Armeslänge nahe gekommen war. «Kann ich dir denn irgendwie helfen?»

«Bei der Jagd auf den Verräter?» Er lachte auf. «Wohl kaum. Halt dich da lieber ganz heraus.»

«Weil ich als Frau sowieso keine Ahnung von so etwas habe?»

«Weil es zu gefährlich ist.» Er runzelte unwillig die Stirn. «Habe ich dir je den Eindruck vermittelt, ich würde dir weniger zutrauen, weil du eine Frau bist?»

«Nein.» Sie spürte, wie ihre Wangen sich erwärmten. «Tut mir leid, ich bin in dieser Hinsicht vielleicht ein wenig empfindlich geworden.»

«Das merke ich.»

«Ich muss jetzt wieder ins Haus.»

«Jetzt ergreifst du die Flucht.» Er neigte den Kopf leicht zur Seite. «Warum?»

«Weil ...» Verärgert schüttelte sie den Kopf. «Das tue ich doch gar nicht. So ein Unfug. Ich habe noch zu tun und muss außerdem nach Mattis sehen.»

«Der gewiss von Bridlin und Jonata gut versorgt wird. Mutter schrieb mir, dass er groß für sein Alter ist und dieselben Grübchen neben den Mundwinkeln hat wie seine Schwestern.

Hübsch und peinlich zugleich für einen Knaben.» Ehe sie zurückweichen konnte, hatte er die Hand gehoben und Madlen ganz leicht an der Wange berührt. «Man sieht sie aber nur, wenn ihr lacht. Oder lächelt.»

«Hör auf damit.» Ungehalten schob sie seine Hand zur Seite und bemühte sich, ihren beschleunigten Pulsschlag zu ignorieren. «Wir sind keine Kinder mehr.»

«Ich weiß.»

Seine Stimme verursachte ihr mit einem Mal eine Gänsehaut. «Wolltest du nicht deinen Onkel Averdunk besuchen?»

«Du willst mich loswerden.»

«Ja.»

«Schade, dabei hatte ich gehofft, ein paar geschäftliche Vorschläge mit dir durchsprechen zu können, wenn ich schon hier bin.»

Verblüfft merkte sie auf. «Was für geschäftliche Vorschläge?»

Auf Lucas' Gesicht breitete sich ein Grinsen aus, das ihr von früher nur allzu bekannt war. «Was kriege ich dafür, wenn ich es dir verrate?»

Verärgert, hauptsächlich über sich selbst, verschränkte sie die Arme. «Einen Tritt in den Hintern, weil du dich über mich lustig machst.»

«Du bist also nicht neugierig?»

Sie reckte das Kinn. «Nicht die Spur.»

«Schade. Nun gut, dann werde ich jetzt zu meinem Onkel gehen und meine Geschäftsidee irgendwann mit deinem Vater besprechen.»

Verärgert löste sie die verschränkten Arme und stemmte die Hände in die Seiten. «Untersteh dich, meinem Vater mit irgendwelchen Narreteien die Zeit zu stehlen!»

«Die deine willst du ja nicht mit mir teilen.» Herausfordernd musterte er sie. «Grüß deine Eltern und Geschwister von mir. Bis später.» Mit diesen Worten wandte er sich zum Gehen.

Wenn es nicht so unschicklich gewesen wäre, hätte Madlen vor Zorn laut geflucht. Mit wenigen Schritten hatte sie Lucas eingeholt und hielt ihn am Ärmel fest. «Du bist grässlich, Lucas, weißt du das? Nun bleib schon hier und erzähle, was du vorhast.»

Lucas blickte von ihrem aufgebrachten Gesicht hinab zu ihrer Hand und pflückte sie bedächtig von seinem Arm. In seinen Augen glitzerte es. «Gib acht, wem du zu nahe kommst, Madlen. Euer guter Wilhelmi sieht aus, als wolle er mir den Hals umdrehen.»

«Wilhelmi?» Verblüfft sah Madlen sich nach dem Handelsgehilfen um, der beim Abladen der Stoffballen half und dabei tatsächlich mit böser Miene zu ihnen herüberstarrte. Rasch verschränkte sie ihre Hände wieder ineinander. «Ich habe nichts Unrechtes getan.»

«Das habe ich auch nicht behauptet.» Seine Stimme war eine Spur leiser geworden. «Ich will nur nicht, dass du dir wegen unschicklichen Verhaltens Ärger einhandelst.»

Sie erstarrte. «Ach ja? Es gab einmal eine Zeit, da hat dich das wenig gekümmert.»

«Stimmt.» Er wurde ernst. «Ich habe Fehler gemacht. Manche werde ich immer bereuen, und manche sollten besser nicht wiederholt werden. Wenn ich damals klug genug gewesen wäre, hätte ich sie von vornherein nicht begangen.»

Ungläubig hob sie den Kopf. «Du hast ... nein, wir haben damals einen Fehler begangen, aber hätten wir es nicht getan, hätte es dich deine Freiheit gekostet. Oder gar dein Leben.»

«Meine Freiheit ... Das Leben hätte ich wohl so oder so behalten.» Er hielt inne und dachte nach. «Es gibt Dinge, die lassen sich im Nachhinein nicht beantworten, Madlen.»

Sie senkte betroffen den Kopf. «Nein, wahrscheinlich nicht. Es wäre wohl auch fruchtlos, denn vergangen ist vergangen ... und vergessen.» Dass ihr Herzschlag sich bei diesen Worten beschleunigte, bereitete ihr Unbehagen.

«Ist es wirklich vergessen?» Seine Stimme war noch leiser geworden und so eindringlich, dass sie es nicht wagte, den Kopf wieder zu heben.

«Das muss es sein, Lucas. Es ist fünf Jahre her, und es wäre sinnlos, wenn nicht gar lächerlich, sich heute noch Gedanken darum zu machen.»

«Du trägst mir also nichts nach?»

Vollkommen verblüfft von dieser Frage, hob sie nun doch ruckartig den Kopf. «Nein. Warum sollte ich? Ich war diejenige, die sich töricht verhalten hat. Ich hätte klüger sein sollen.»

«Du hast nur getan, worum ich dich gebeten habe.»

«Mag sein, aber es ist ja nicht so, dass ich dich nicht kannte oder nicht wusste, wie verrückt und riskant es war, darauf einzugehen. Ich hätte einfach nein sagen können.»

«Würdest du heute nein sagen, wenn es noch einmal zu einer ähnlichen Situation käme?»

Madlen schnaubte und blickte zur Seite. «Solch eine Torheit würde ich nicht noch einmal begehen.»

Als sie es wagte, ihn wieder anzusehen, erkannte sie am Ausdruck in seinen Augen, dass sie ihn getroffen hatte. Im ersten Moment wollte sie sich bei ihm entschuldigen, doch dann wurde ihr bewusst, dass er es nicht besser verdient hatte. Sie löste ihre verkrampften Finger, jedoch nur, um ihre Arme vor dem Körper zu verschränken. «Willst du mir nun endlich erzählen, was es mit deiner sogenannten Geschäftsidee auf sich hat, oder soll ich meine Meinung ändern und dich vom Hof werfen?»

9. Kapitel

«Bist du sicher, dass du das tun willst?» Hedwig Cuchenheim lief eifrig zwischen Regal, Kochstelle und Tisch hin und her, um den frischgekochten Eintopf aufzutragen. Dazu Brot, das erst vor einer halben Stunde aus dem Backrohr gekommen war und einen verführerischen Duft im gesamten Haus verbreitete. Käse und Bier hatte sie ebenfalls bereitgestellt, und jedes Mal, wenn sie an der Kochstelle vorbeikam, rührte sie in dem Topf mit dem honigsüßen Hirsebrei, den sie, zusammen mit einem Kompott aus Süßkirschen, zum Nachtisch vorbereitet hatte. «Willst du wirklich den gutbezahlten Posten im Regiment aufgeben, um uns hier unter die Arme zu greifen? Du weißt, dass du das nicht tun musst. Wir kommen schon zurecht, und du musst auch an dich denken.»

Auf der Ofenbank neben der Tür saß die Magd Lotti, eine etwas tumbe, mollige Frau um die dreißig, und fädelte Kräuter auf eine Schnur auf, die sie später an der Wand entlang zum Trocknen aufhängen wollte. «Also ich find's gut, dass der junge Herr hierbleiben will.» Die Magd sprach, ohne von ihrer Arbeit aufzublicken. «Es war früher immer so fröhlich, wenn er hier war. Und es war immer was los.»

Lucas, der sich auf eine der beiden Bänke gesetzt hatte, die den Küchentisch flankierten, hüstelte vernehmlich. «Ja, das ist wohl wahr. Es war immer was los, vor allem, wenn ich Euch wieder mal Kummer bereitet habe, Mutter.»

Hedwig seufzte. «Ach, das ist nun schon so lange her und längst vergessen. Du warst eben jung und rebellisch ...»

«Ein bisschen zu rebellisch womöglich.» Mit der flachen Hand strich Lucas über die zerkratzte Tischplatte, an der er bereits als Kind seine Mahlzeiten eingenommen hatte. Die Familie aß so gut wie immer hier in der Küche, während die gute Stube ausschließlich an Feiertagen benutzt wurde oder wenn sich Besuch angesagt hatte. «Es wird Zeit für mich, meinen Pflichten Euch gegenüber nachzukommen, Mutter.»

«Aber das tust du doch schon, das hast du immer getan. In den letzten fünf Jahren ist kein Monat vergangen, selbst ganz zu Anfang, als du nur diesen Hungersold erhalten hast, in dem du mir nicht Geld geschickt hättest. Bei der Armee hast du einen hervorragenden Posten. Sieh dich doch nur mal an, so schmuck in deiner Uniform und ein Hauptmann, dem alle Respekt zollen. Das musst du nicht für mich aufgeben, Lucas.»

Er lächelte traurig. «Mutter, seid bitte ehrlich: Wie viele schlaflose Nächte hattet Ihr, wenn ich Euch von neuen Kriegsschauplätzen geschrieben habe?»

Hedwig trat an den Tisch, zögerte und ließ sich dann ihm gegenüber auf der anderen Bank nieder. «Mein lieber Sohn, du bist mein einziges lebendes Kind. Selbstverständlich raubt es mir den Schlaf, wenn ich daran denke, dass du dich in irgendein Kampfgetümmel stürzen musst. Dich zu verlieren, würde mir das Herz herausreißen. Aber deshalb ist es noch lange nicht richtig, dass du dein gutes Leben und deine Karriere für mich aufgibst.»

Lucas beugte sich über den Tisch und ergriff die Hand seiner Mutter. «Seid nicht so besorgt. Das Leben und die Karriere, von der Ihr sprecht, waren für mich nie mehr als ein Mittel zum Zweck, um in der Welt voranzukommen. Ich denke nun schon eine Weile darüber nach, das Regiment zu verlassen.»

«Aber dein gutes Einkommen, Junge!»

«Das hat ausgereicht, um mir ein Polster anzusparen, mit dem wir hoffentlich unser Geschäft wieder auf Vordermann bringen können. Ich hatte nie vor, bis an mein Lebensende im Armeedienst zu bleiben. Hauptsächlich deshalb, weil besagtes Lebensende dann vermutlich weit früher eintreten würde, als mir lieb ist.»

«Lassen sie dich denn so einfach gehen?» Zweifelnd sah seine Mutter ihn an und streichelte dabei gedankenverloren seine Hand. «Der Krieg ist doch allerorten und rückt immer näher. Da benötigen sie doch jeden Soldaten, oder nicht?»

«Ich habe mit Bernhard von Galen eine Abmachung getroffen, an die er sich halten wird. Sobald ich den Verräter, von dem ich dir erzählt habe, dingfest machen kann, entlässt der Fürstbischof mich aus meinem Dienst. Ich habe ihm lange genug treu gedient, und andere, ehrgeizigere Männer stehen bereits Schlange, um mich zu ersetzen. Er wird den Verlust also verschmerzen können.» Lucas drückte die Hand seiner Mutter. «Das Geschäft hat schon weit bessere Tage gesehen, das müsst Ihr zugeben. Ihr und Toni habt euer Bestes getan, um Vaters Erbe zu erhalten. Aber es reicht nicht, um vernünftig davon zu leben, und ich bin der Ansicht, dass wir den Lederwarenhandel wiederbeleben können. Durch meine Kontakte zur Armee zum Beispiel, denn dort werden regelmäßig gute Lederwaren in großen Mengen benötigt, selbst wenn die Zeiten irgendwann wieder friedlich sind.»

Nachdenklich musterte seine Mutter ihn. «Du hast nie viel Wert auf dein Erbe gelegt, Lucas. Warum jetzt?»

Er überlegte kurz, bevor er antwortete. «Es ist nicht so, dass ich jemals etwas am Handel mit Lederwaren auszusetzen gehabt hätte. Ich würde sogar sagen, dass ich mich als Kaufmann immer recht passabel angestellt habe. Meine Abneigung galt, und das wisst Ihr genau, der Art und Weise, wie Vater Euch behandelt hat.» Er hielt inne und erkannte am betroffenen Blick seiner Mutter, dass sie ihn verstand, obwohl sie noch nie offen darüber geredet hatten. Sein Vater war ein guter Kaufmann und von freundlichem Gemüt, seiner Gemahlin jedoch unzählige Male untreu gewesen. Wahrscheinlich lag es an Johann Cuchenheims einnehmendem Wesen, dass er die Frauen angezogen hatte wie das Licht die Motten, und auch sein ansprechendes Äußeres hatte seinen Teil dazu beigetragen.

Lucas hatte seinen Vater verachtet. Zunächst, weil er den Schmerz seiner Mutter nicht hatte ertragen können, und später dann, weil er erkannt hatte, dass sein Vater schwach gewesen war, charakterlos und nicht in der Lage, einer Verlockung zu widerstehen, auch wenn sie noch so winzig und oftmals geradezu lächerlich oberflächlich dahergekommen war.

Der fehlende Respekt vor seinem Vater hatte ihn als Jugendlichen rebellieren lassen. Er suchte seinen eigenen Weg, ganz einfach aus dem Bedürfnis heraus, sich von ihm abzuheben, anders zu sein und zu werden. Es hatte lange gedauert, bis Lucas begriffen hatte, dass seine Art, sich diesen Weg zu suchen, für seine Mutter nicht weniger schmerzhaft gewesen war als das Verhalten seines Vaters.

«Du bist ein guter Mann, Lucas, das warst du schon immer.» Mit einem fast unmerklichen Lächeln erhob Hedwig sich, um erneut an die Feuerstelle zu treten und nach dem Brei zu sehen. Da er fertig war, stellte sie den Topf beiseite. «Und natürlich bist du auch ein guter Kaufmann. Du hast mehr von deinem Vater gelernt, als du glaubst. Er war der geborene Händler, geschickt mit seinen Worten und klug in seinen Entscheidungen.»

«Er war schwach, Mutter, in vielerlei Hinsicht.»

«Ja, aber sein Geschäft hatte er stets im Griff. Natürlich gehört es dir, du bist sein rechtmäßiger Erbe, und wenn du es wirklich willst, wirst du es damit zu etwas bringen. Zwar sind die Zeiten alles andere als gedeihlich, doch wenn du es schaffen könntest, dass die Armee bei uns einkauft, wäre das ein wahrer Segen.»

«Ich habe meine Fühler bereits ausgestreckt, Mutter. Aber ein Schritt nach dem anderen. Zunächst einmal muss ich mir einen Überblick über die Rechnungsbücher verschaffen.»

«Nein, zunächst einmal musst du diesen Verräter fangen.»

Lucas schmunzelte. «Das auch, ja. Aber Ihr begreift, dass ich es ernst meine, ja?»

«Ich versuche, mich an den Gedanken zu gewöhnen.» Hedwig lüpfte den Deckel vom Eintopf und drehte sich dann zu Lotti um. «Geh und ruf nach Toni. Das Essen ist fertig. Und schau auch, ob du den jungen Gerinc findest. Er ist doch sicher draußen bei deinem Pferd, nicht wahr, Lucas? Er soll nicht hungern müssen.»

«Bin schon unterwegs.» Umständlich legte die Magd die Schnur mit den Kräutern beiseite und eilte hinaus.

Als sich die Tür hinter Lotti geschlossen hatte, wandte Hedwig sich mit forschender Miene wieder Lucas zu. «Es ist aber nicht ihretwegen, oder?»

Lucas wappnete sich. «Wen meint Ihr?»

«Das weißt du genau. Madlen Thynen. Ich hoffe, du willst das alles nicht ihretwegen tun. Sie ist so gut wie verlobt, Lucas. Das war sie schon immer.»

«Ich weiß gar nicht, wie Ihr darauf kommt, Mutter.»

Hedwigs Miene verfinsterte sich, was nur selten vorkam und deshalb umso nachdrücklicher Eindruck auf Lucas machte. «Verkauf mich nicht für dumm, Junge. Ich bin deine Mutter und kenne dich besser als jeden anderen Menschen auf der Welt. Als du gestern hier ankamst, hast du kein Wort davon gesagt, dass du deines Vaters Geschäft übernehmen willst. In deinen Briefen klang es sogar so, als wolltest du ganz von hier fort, mich vielleicht sogar mitnehmen.»

«Wollt Ihr denn von hier weg, Mutter?»

«Das ist doch gar nicht der Punkt! Lenk jetzt nicht ab. Vor einem Tag bist du hier angekommen, läufst ihr einmal über den Weg ...»

«Zweimal, um genau zu sein.»

«Na bitte. Und plötzlich dieser Sinneswandel. Ich bin nicht dumm, Lucas, und auch nicht blind und taub. Es war immer dieses Mädchen, weiß der Himmel.»

«Ihr übertreibt, Mutter.» Unbehaglich rutschte Lucas auf der Bank herum, die ihm plötzlich mehr als unbequem erschien. Seine Mutter hatte schon immer einen scharfen Blick besessen. Dass sie ihn jedoch besser durchschaute als er sich selbst, hatte er nicht erwartet.

«Wirklich? Du solltest dir einmal Gedanken darüber machen, Junge. Und sei dabei ehrlich zu dir selbst. Du warst schon hinter ihr her, als sie eigentlich noch zu jung war. Wahrscheinlich hast du es selbst nicht gewusst, aber das bedeutet noch lange nicht, dass ich ebenfalls so verblendet gewesen bin. Lucas, mein lieber Sohn.» Sie trat neben ihn und drückte sanft seine Schulter. «So lieb und tüchtig Madlen auch sein mag; sie ist verlobt. Ach was, so gut wie verheiratet.»

«Das weiß ich. Sie hat schon immer zu Peter von Werdt gehört.»

«Dann schlag sie dir bitte aus dem Kopf und überlege dir gut, was du willst. Ein Leben lang eine Frau, die du nicht haben kannst, aus der Ferne anschmachten oder doch lieber anderswo ein neues Leben und Glück finden.»

Sein Magen verkrampfte sich bei ihren Worten. Unwillig verzog Lucas die Lippen. «Mutter, seid gewiss, dass mir nichts ferner liegt als irgendwen, schon gar nicht Madlen Thynen, anzuschmachten. Nicht aus der Ferne und auch nicht von nahem.»

«Sie wird dir das Herz brechen.» Die Finger seiner Mutter bohrten sich nun regelrecht in seine Schultern, als könne sie ihn so überzeugen.

«Nicht, wenn ich es verhindern kann.» Mit einem schmalen Lächeln blickte Lucas zu ihr auf.

«Dann gehst du ihr also zukünftig aus dem Weg, ja? Und überlegst dir doch noch einmal, anderswo neu anzufangen.»

Das Lächeln auf seinen Lippen wurde gänzlich ohne sein Zutun zu einem Ausdruck grimmiger Entschlossenheit. «Nein und nein, Mutter. Ich werde Euch nicht von hier wegbringen und damit allem entreißen, was Euch lieb und teuer ist.»

«Aber ...»

«Und was Madlen angeht ...» Er legte seine Hand über die seiner Mutter, mit der sie noch immer seine Schulter umklammerte.

Sein Herz pochte langsam und hart in seiner Brust, als ihm eine Erkenntnis kam. Im Grunde hatte er sich schon sein ganzes Leben auf diese Entscheidung zubewegt, seine Mutter hatte es selbst gesagt, auch wenn ihre Worte eine ganz andere Wirkung hatten erzielen sollen.

«Ich werde sie für mich gewinnen.»

«Was?» Seine Mutter machte einen Schritt zurück und starrte ihn erschrocken an. «Das ist doch wohl nicht ... Was für ein Irrsinn. Lucas, sie wartet seit Jahren auf Peter von Werdt. Ich bin sicher, dass die Hochzeit schon in ein paar Wochen stattfinden wird, jetzt, wo er wieder da ist.»

«Ich habe nicht behauptet, dass es einfach wird.»

«Du bist verrückt, wenn du glaubst, dass du auch nur die geringste Aussicht auf Erfolg hast. Sie liebt von Werdt, seit sie alt genug ist, um zu wissen, was das bedeutet. Und umgekehrt ebenso. Mach dich bitte nicht unglücklich, indem du dir einbildest, du könntest daran etwas ändern.»

«Ich bilde mir nichts ein, Mutter, sondern bin einfach nur entschlossen, es zu versuchen. Wenn ich es nicht täte, würde ich mich ein Leben lang mit der Frage martern, was vielleicht hätte sein können, wenn ich mehr Schneid gezeigt hätte.»

«O weh.» Sichtlich betrübt ließ seine Mutter sich wieder auf den Platz ihm gegenüber sinken. «Das wird kein gutes Ende nehmen, Lucas. Selbst wenn sie dich mögen würde – und ich sage nicht, dass sie das tut –, glaubst du denn, von Werdt würde sich so einfach seine Braut ausspannen lassen? Herr im Himmel, und du brauchst seine Hilfe für deinen Auftrag hier. Nein, Lucas, sei vernünftig, bitte. Es gibt so viele liebreizende, fleißige, tüchtige Mädchen in Rheinbach und ringsum in den Dörfern. Warum muss es ausgerechnet Madlen Thynen sein?»

Diese Frage hatte Lucas sich auch schon gestellt, wenn auch vollkommen offen und ehrlich erst in der vergangenen, schlaflosen Nacht. Die Antwort war klar. Und es brauchte keine Worte für sie. Schweigend blickte er seiner Mutter in die besorgten Augen.

Sie erwiderte seinen Blick für einen langen Moment, dann seufzte sie leise. «O weh.»

«Nanu, so trübsinnig?» Toni, seit über dreißig Jahren Handelsgehilfe und zugleich Hausknecht im Hause Cuchenheim und nur zwei Jahre jünger als Hedwig, kam in die Küche und trat mit der für ihn typischen bedächtig-gutmütigen Art an den Tisch. Er schnupperte am Eintopf und setzte sich dann neben Lucas. Dabei strich er sorgsam das braune Wams über seinem leichten Bauchansatz glatt und musterte Lucas aus klugen, von Lachfältchen umgebenen braunen Augen. «Junge, Junge, du wirst doch deiner guten Mutter keinen Kummer ins Haus getragen haben, oder etwa doch? Ich dachte, diese

Zeiten wären inzwischen vorbei.» Normalerweise hätte es sich nicht geschickt, dass ein einfacher Angestellter den Sohn des Hauses so traulich duzte, doch Lucas sah gerne darüber hinweg. Er kannte Toni, seit er auf der Welt war, und schätzte ihn sehr, nicht nur, weil Toni sich stets vorbildlich um das Geschäft gekümmert hatte, sondern auch, weil er Hedwig in all den Jahren eine feste, verlässliche Stütze gewesen war. Lucas argwöhnte sogar, dass die beiden inzwischen mehr verband als ein rein freundschaftliches Verhältnis.

Lucas würde das Gespräch von sich aus niemals auf dieses heikle Thema lenken. Doch die Art, wie die beiden miteinander umgingen, wie sie einander ansahen, die Vertrautheit, entging ihm nicht. Er beobachtete diese Entwicklung gleichermaßen mit Freude und Besorgnis, denn einerseits gönnte er seiner Mutter jedes bisschen Glück, das sie erhaschen konnte, andererseits lebte Hedwig möglicherweise seit Jahren in Sünde mit einem Mann weit unter ihrem Stand. So viele Schnitze sich auch auf Lucas' Kerbholz befinden mochten, sie wären nichts gegen den Skandal, den eine derart unstandesgemäße Verbindung nach sich zöge.

«Nein, nein, Toni, keine Sorge.» Hedwig hatte sich rasch gefangen und lächelte nun sogar recht unbefangen. «Lucas hat mir nur gerade von seinen Plänen erzählt, und ich war der Ansicht, dass sie sehr gewagt sind. Gerade in diesen unsicheren Zeiten.»

«Du hast also Pläne, Lucas?» Neugierig musterte Toni ihn aus seinen klugen, braunen Augen. «Dann nichts wie heraus damit. Solltest du nämlich von deinen alten Flausen heimgesucht werden, will ich die Möglichkeit haben, sie dir möglichst schnell wieder auszutreiben.»

∞

«Vater? Habt Ihr vor dem Abendessen einen Augenblick Zeit für mich?» Madlen betrat das Kontor und schloss die Tür.

Als ihr Vater den Blick von seiner Korrespondenz hob, trat sie beherzt näher an sein Schreibpult heran. «Ich möchte gerne etwas mit Euch besprechen. Einen Geschäftsvorschlag.»

«Ach?» Seine Augenbrauen wölbten sich interessiert. «Einen Vorschlag welcher Art?»

«Er stammt nicht von mir, muss ich hinzufügen.»

«Nun wird es spannend.» Ein beinahe unmerkliches Lächeln erschien auf seinen Lippen. «Wer könnte wohl meiner Tochter einen geschäftlichen Vorschlag unterbreitet haben, den sie auch noch in Betracht zieht? Doch wohl nicht der schlitzohrige Schubknecht?»

«O nein, der doch nicht! Wo denkt Ihr denn hin, Vater?» Obgleich sie ein wenig nervös war, musste Madlen lachen. «Da müsste ich ja Angst haben, alsbald an seiner Seite am Kacks zu stehen.»

«Schön, dass du es wie ich siehst, mein liebes Kind. Dann verrate mir nun, in wessen Namen du bei mir vorstellig wirst und warum die betreffende Person sich nicht persönlich an mich gewandt hat.»

«Das hat er nicht getan, weil ich es ihm untersagt habe.»

Um seine Mundwinkel zuckte es. «Das empfiehlt ihn mir nicht unbedingt, meinst du nicht auch?»

Madlen spürte, wie sich ihre Wangen erwärmten, doch sie bemühte sich, es zu ignorieren. «Es handelt sich um Hauptmann Lucas Cuchenheim.» Als ihr Vater nicht im mindesten reagierte, zögerte sie. «Ihr seid nicht erstaunt?»

Ihr Vater verzog keine Miene. «Ich warte mit jeglicher Reaktion, bis du mir unterbreitet hast, auf was für eine Idee der Junge verfallen ist. Da du ihr nicht abgeneigt zu sein scheinst, dürfte sie nicht allzu abstrus sein. Also sprich weiter.»

«In Ordnung.» Auf seinen Wink hin ließ sie sich auf den hochlehnigen gepolsterten Stuhl sinken, der normalerweise Besuchern vorbehalten war. «Lucas ...» Sie räusperte sich. «Verzeihung, es ist unangebracht, ihn beim Vornamen zu nennen. Ich kann mich noch nicht ganz an seinen Rang gewöhnen. Hauptmann Cuchenheim hat ...»

«Nenne ihn nur weiter beim Vornamen, wenn wir unter uns sind», unterbrach ihr Vater sie. «Dein Bemühen, ihm gegenüber Ehrerbietung zu zeigen, genügt zwar der Schicklichkeit, ist aber in diesen vier Wänden nicht notwendig.»

Ein wenig aus dem Konzept gebracht, räusperte Madlen sich erneut. «Lucas hat vor, das Geschäft seines Vaters zu übernehmen.»

«Was du nicht sagst.»

«Seine Mutter hat den Lederwarenhandel ja nur in sehr kleinem Rahmen weitergeführt, eben so, dass es für ein bescheidenes Auskommen reichte.»

«Und dieses bescheidene Auskommen will er durch ein gesteigertes Einkommen zukünftig gravierend verbessern», folgerte er.

Madlen nickte. «Nachdem er den Auftrag des Fürstbischofs hier in Rheinbach erfüllt hat, will er aus dem Münsteraner Regiment ausscheiden. Die Jahre im Armeedienst haben ihm gleichwohl eine ganze Reihe guter Verbindungen eingebracht, die er zu nutzen beabsichtigt.»

«Klug gedacht. Lederwaren werden im Regiment stets in großen Mengen benötigt.»

«Das waren auch seine Worte.» Da ihr Vater ganz entspannt und interessiert blieb, legte sich Madlens Nervosität allmählich. «Stoffe benötigt man dort ebenfalls. Wolltuch, Baumwolle, Leinen und sogar Samt für die Uniformen der höheren Offiziere.»

«Jetzt kommen wir dem Kern der Sache allmählich näher.» Ihr Vater nickte. «Ich nehme an, Lucas hat dir vorgeschlagen, uns neue Kundschaft zu verschaffen. Was will er im Gegenzug dafür von uns?»

«Er möchte einen Anteil am Erlös der von ihm vermittelten Stoffverkäufe erhalten.»

«Wie viel?»

«Fünfunddreißig *pro cento*. Ich habe ihm gesagt, dass er das vergessen kann.»

Nun lächelte ihr Vater erstmals. «Wie weit hast du ihn heruntergehandelt?»

«Zwanzig *pro cento*.»

Das Lächeln verbreitete sich. «Das ist meine Tochter!»

Madlen senkte geschmeichelt den Kopf, hob ihn aber gleich wieder. «Ich finde, das ist immer noch ziemlich viel, aber ich könnte ihn noch um weitere fünf *pro cento* heruntehandeln, zumindest auf lange Sicht, wenn wir ihm im Gegenzug noch einen weiteren Gefallen tun.»

Nun lehnte Gerlach sich bequem in seinem Stuhl zurück und rieb sich gedankenverloren über die verkrüppelte Hand. «Ich höre.»

«Er hat darum gebeten, dass wir unserer Kundschaft seine Lederwaren anempfehlen. Da die Cuchenheims bisher immer ausgezeichnete Ware verkauft haben, hätte ich nichts dagegen. Wir könnten auf eine umgekehrte Vermittlungsgebühr verzichten, wenn sein Anteil nur fünfzehn *pro cento* beträgt. Ich denke, damit wird er einverstanden sein.»

«Er legt es also auf eine zumindest mittelfristig recht enge Zusammenarbeit an.»

«Bis sich der von ihm gewünschte Erfolg für sein Geschäft einstellt. Aber auch darüber hinaus dürfte solch eine Geschäftsverbindung von Vorteil für uns beide sein. Wir haben ja auch schon mit anderen Kaufleuten in der Vergangenheit ähnliche Verträge geschlossen.»

«Haben wir.» Gerlach richtete sich wieder auf. «Du hast also keine Bedenken, auf seine Vorschläge einzugehen?»

Madlen dachte noch einmal über alle möglichen Vor- und Nachteile nach, dann schüttelte sie den Kopf. «Nein, habe ich nicht. Wir könnten es ja erst einmal für drei Monate versuchen und danach sehen, ob sich diese Partnerschaft für beide Seiten bezahlt macht.»

«Dir ist aber schon bewusst, dass solch eine Zusammenarbeit in der Stadt für Aufsehen sorgen wird. Lucas Cuchenheim ist ein Name, den die Leute mit allem Möglichen verbinden, aber gewiss nicht mit einem seriösen Kaufmann.»

Natürlich war sich Madlen dieser Tatsache nur allzu bewusst, deshalb war sie ja auch so nervös gewesen, als sie dieses Gespräch begonnen hatte. Sie hatte vermutet, dass ihr Vater mehr Einwände als nur diesen einen vorbringen würde. «Lucas war fünf Jahre fort. Das ist eine lange Zeit. Sicherlich genug Zeit, dass sich ein Mensch verändert. Wenn ihm hier in der Stadt niemand die Möglichkeit gibt, sich etwas aufzubauen, wird er Rheinbach wahrscheinlich für immer verlassen.»

«Das ist gut möglich.» Aufmerksam musterte ihr Vater sie. «Du hast dich nie an seinen Fehltritten gestört.»

Madlen runzelte die Stirn. «Doch, das habe ich. Aber ... ich habe schon immer daran geglaubt, dass mehr in ihm steckt als das, was er nach außen hin gezeigt hat. Er ist klug und gewandt und mutig, das war er schon immer. Nur war er früher eben auch oft sehr unbesonnen.»

«Das ist die Untertreibung des Jahres.»

Sie hob die Schultern. «Vielleicht braucht er einfach nur jemanden, der ihm auf den richtigen Weg hilft und ihm einen Grund gibt, nicht davon abzuweichen.»

«Eine schwierige und verantwortungsvolle Aufgabe, vor die du dich damit stellst.»

Erschrocken starrte sie ihren Vater an. «Nein, ich ... So habe ich das nicht gemeint. Ich wollte damit nicht sagen, dass ich ... oder wir ... Ich würde ihm einfach gerne helfen, Vater.»

Er schwieg einen langen Moment, dann nickte er. «Auch wenn ich mir sicherlich eine Menge dummes Gerede anhören muss, bin ich geneigt, dem Jungen die Gelegenheit zu geben, sich zu beweisen. Richte ihm das aus, wenn du ihn das nächste Mal triffst. Er soll vorbeikommen, dann setzen wir uns zusammen und bereden die Einzelheiten.»

«Danke, Vater. Das werde ich tun. Ich könnte ...» Sie brach ab, als lautes Klopfen an der Haustür zu vernehmen war, dann Wilhelmis Stimme. Einen Moment später öffnete sich die Tür zum Kontor, und Peter von Werdt trat ein, gekleidet in seinen schmucken Obristenmantel und nach der neuesten Mode geschnittene Samthosen. Ein dunkelgrünes Wams und ein weißes Hemd mit leicht gefälteltem Spitzenkragen vervollständigten das beeindruckende Bild eines hochgestellten und äußerst gutaussehenden Mannes.

Madlen erhob sich lächelnd. «Guten Abend, mein Lieber. Das ist ja eine Überraschung. Wir hatten gar nicht mit dir gerechnet.» Ihr Blick wanderte anerkennend über seine beeindruckende Erscheinung. Sogar seinen Säbel hatte er umgeschnallt! Erst da wurde ihr bewusst, was dieser herausgeputzte Aufzug zu bedeuten hatte.

Hinter ihr stand auch ihr Vater umständlich auf und lehnte sich gegen das Schreibpult. «Doch, liebes Kind, diesen Besuch habe ich sehr wohl erwartet. Vielleicht nicht unbedingt heute, aber doch in sehr absehbarer Zeit.» Er nickte Peter wohlwollend zu. «Ich nehme doch an, dass Euer Besuch mir gilt, Herr

Obrist.» Seiner förmlichen Anrede folgte ein verschmitztes Lächeln. «Setz dich, mein Junge.»

Madlen knabberte verlegen an ihrer Unterlippe und wich zur Tür zurück. Ihr Herzschlag hatte sich verdreifacht und nahm ihr den Atem. «Ich, also, ich bringe euch am besten rasch etwas zu trinken.»

«Den guten französischen Wein.» Ihr Vater lächelte ihr zu. «Lass dir zehn Minuten Zeit, Kind, dann möchte ich, dass du dich zu uns gesellst.»

Madlen gehorchte. Nachdem sie die Tür hinter sich geschlossen hatte, lehnte sie sich zunächst für einen Moment dagegen und schloss die Augen. Ihr Herz wollte sich gar nicht mehr beruhigen, und ihre Hände zitterten. Dies war nun also der Augenblick, auf den sie seit ihrem sechzehnten Geburtstag gewartet hatte. Nein, eigentlich noch länger, aber in so jungem Alter hatten sich Gedanken an Peter noch nicht geschickt.

Kurz war sie versucht, ihr Ohr an die Tür zu pressen und dem Gespräch der beiden wichtigsten Männer in ihrem Leben zu lauschen. Ihre Stimmen waren auch jetzt zu vernehmen, doch sowohl ihr Vater als auch Peter sprachen so leise, dass sie die Worte nicht verstehen konnte.

«Madlen?» Ihre Mutter streckte den Kopf zur Stubentür heraus. «Du bist das. Ist da eben Besuch gekommen, oder war das nur jemand für deinen Vater oder Wilhelmi?»

Madlen stieß sich rasch von der Tür ab und ging auf ihre Mutter zu. «Peter ist gekommen. Er spricht gerade mit ...»

«Peter? Peter!» Mattis drängelte sich wieselflink an seiner Mutter vorbei und strebte auf das Kontor zu. «Peter! Komm und guck, wie gut ich schon alle Buchstaben malen kann!»

Madlen bekam ihn gerade noch am Arm zu fassen, bevor er einfach dort hineinstürmen konnte. «Halt! Bleib hier. Peter spricht gerade mit Vater über», sie blickte kurz zu ihrer Mutter, «wichtige Dinge. Du musst dich gedulden, bis sie fertig sind, bevor du deine Buchstaben vorführen kannst. Die werden übrigens nicht gemalt, sondern geschrieben.»

«Mattis malt sie noch eher. Er ist ein richtiger kleiner Künstler.» Ihre Mutter ging mit einem strahlenden Lächeln auf Madlen zu und zog sie in ihre Arme. «Nun ist es also so weit, ja?», murmelte sie ihr ins Ohr. «Ich freue mich so für dich.»

«Ja.» Madlen schluckte gegen den Kloß an, der sich in ihrer Kehle bildete.

«Nur ja?» Ihre Mutter lachte.

«Ja, hm.» Madlen bemühte sich um ein Lächeln, obwohl ihr Pulsschlag immer noch so furchtbar schnell ging, dass ihr fast schwindlig wurde. So fühlte sich das also an, die Vorfreude, Frau von Werdt zu werden. Überwältigend und … seltsam. «Ich bin natürlich glücklich. Das kommt jetzt nur so plötzlich. Peter hat mir gar nichts davon gesagt, dass er heute mit Vater sprechen wollte.»

«Worüber denn sprechen? Meine Buchstaben sind auch wichtig!», krähte Mattis dazwischen.

Anne-Maria zupfte ihn am Ohr. «Marsch zurück in die Stube, mein Junge. Solche vorlauten Reden will ich von dir nicht hören, verstanden? Andernfalls setzt es was.»

«Verzeihung.» Die Unterlippe weit vorgeschoben, trollte der Kleine sich zurück an seine Schreibarbeit.

Die Mutter blickte dem Sohn kurz mit einem leichten Kopfschütteln nach, dann wandte sie sich wieder Madlen zu. «Peter möchte eben keine Zeit mehr vergeuden, das ist doch verständlich. Du hast so lange gewartet und Geduld bewiesen. Jetzt ist er endlich wieder hier, und ihr habt sogar schon ein Haus gefunden. Du wirst eine sehr glückliche Ehefrau werden, da bin ich ganz sicher.»

«Ja, Mutter.» Endlich ließ das Herzrasen ein wenig nach. «Ja, das werde ich.»

«Du bist ganz rot im Gesicht. Ist das die Aufregung? Ich könnte es gut verstehen.» Ihre Mutter strich ihr sanft mit den Fingerspitzen über die Wange.

«Ich glaube, ja.» Madlen atmete tief durch. «Ich habe Vater versprochen, Wein für ihn und Peter zu holen.»

«Den guten französischen.»

«Genau den.» Lächelnd wandte Madlen sich in Richtung Küche.

Ihre Mutter folgte ihr. «Ich muss dringend mit Jonata sprechen. Sie soll sich noch schnell etwas Besonderes fürs Abendessen ausdenken. Liebe Zeit, bestimmt ist schon alles fertig. Aber zur Feier des Tages muss es etwas Außerordentliches geben. Wir wollen doch gebührend feiern, nicht wahr? Und Peter ist selbstverständlich unser Gast. Hach, er hätte doch vorher etwas von seinen Plänen erzählen sollen. Jetzt müssen wir improvisieren.»

Munter plauderte ihre Mutter weiter, während Madlen einen Krug mit dem französischen Rotwein füllte und zwei von den wertvollen geschliffenen Gläsern aus der Stube holte. Dort saßen auch ihre Schwestern, beide mit Handarbeiten beschäftigt, und warfen ihr kichernd vielsagende Blicke zu, bevor sie den Raum wieder verließ.

Als sie die Tür zum Kontor erreichte, hörte sie hinter sich aus der Küche die fröhlichen Stimmen von Jonata, Bridlin und ihrer Mutter. Das wilde Pochen ihres Herzens war schlagartig wieder da, ebenso der leichte Schwindel. Krampfhaft umklammerte sie den Weinkrug und die Gläser, aus Angst, sie könnte sie sonst versehentlich fallen lassen.

Da sie keine Hand zum Klopfen frei hatte, drückte sie einfach die Klinke mit dem Ellenbogen herunter und trat ein.

Peter erhob sich sogleich, während ihr Vater ihr von seinem Platz hinter dem Schreibpult ruhig und ernst entgegensah.

Etwas umständlich stellte sie Gläser und Krug auf der Tischplatte ab und goss den beiden Männern Wein ein. Dann verschränkte sie die Hände und blickte nervös zu Boden.

«Hol dir den Stuhl dort aus der Ecke, mein Kind, und setz dich zu uns.» Ihr Vater lächelte ihr warm zu, und bevor sie reagieren konnte, hatte Peter den Stuhl bereits herbeigeholt und neben den seinen gestellt.

Madlen setzte sich, die Hände im Schoß gefaltet, und wagte kaum, Peter oder ihren Vater anzusehen. Diese Situation fühlte sich vollkommen unwirklich an, so als würde das hier alles nur in einem Traum geschehen.

Leise räusperte sich ihr Vater und wartete, bis sie endlich den Kopf hob. «Peter ist heute hier, wie du dir unschwer vorstellen kannst, um ganz offiziell bei mir um deine Hand anzuhalten, liebe Madlen. Da er schon seit vielen Jahren um dich freit und noch viel länger ein enger, liebgewordener Freund unserer Familie ist, obendrein noch mit einem stattlichen Vermögen und für sein Alter ansehnlichen Rang in der Welt versehen, habe ich keinen Grund, ihm seinen Wunsch abzuschlagen. Doch bei einer Heirat geht es nicht nur um die Wünsche einer Person, sondern zweier. Deshalb möchte ich von dir, liebe Madlen, das Einverständnis zu dieser Verlobung aus deinem eigenen Mund hören. Damit ich sicher sein kann, dass Peters Wunsch nach einer Ehe mit dir auch der deine ist.»

Madlen schluckte. Ihr Mund fühlte sich ganz trocken an, und alles in ihr kribbelte merkwürdig. Sie war so mit ihrer Aufregung beschäftigt, dass sie zunächst gar nicht bemerkte, dass die kurze Ansprache ihres Vaters zu Ende war und er sie erwartungsvoll musterte.

Er lächelte sie liebevoll an. «Nun, mein Kind? Bist du mit der Verlobung einverstanden?»

«Ich ...» Nervös benetzte sie ihre Lippen, dann blickte sie zu Peter, dessen liebevoller Blick ebenfalls voller Erwartung auf ihr ruhte. «Ja, selbstverständlich bin ich damit einverstanden. Verzeiht, Vater, ich bin nur gerade ein bisschen überwältigt.»

«Mir geht es nicht anders.» Peter strahlte sie an und ergriff ihre Hände, drückte sie leicht.

Ihr Vater hüstelte, äußerte sich jedoch nicht zu der traulichen Geste, sondern fuhr lächelnd fort: «Damit wäre dies also abgemacht. Der Ehevertrag ist ausgehandelt und wird in den kommenden Tagen schriftlich niedergelegt und unterzeichnet. Das Verlöbnis gilt derweil bereits, da ihr mir gegenüber euren Wunsch zu heiraten verkündet habt. Nun bleibt noch ein Punkt zu klären, nämlich der Tag, an dem die Vermählung stattfinden soll. Ich weiß zwar, dass ihr schon recht lange gewartet habt, doch da in eurem neuen Heim noch einiges gerichtet werden muss, möchte ich euch den Martinstag als Hochzeitstag vorschlagen. Ich weiß, das sind noch gut vier Monate, aber bedenkt, was sich in dieser Zeit alles noch erledigen und vorbereiten lässt.» Abwartend blickte er von Madlen zu Peter.

Peter runzelte kurz die Stirn, nickte dann aber. «Vier Monate sind lang, aber was das Haus angeht, so habt Ihr recht, Herr Schwiegervater. Ich hoffe, ich darf Euch von nun an bereits so nennen.» Er wandte sich Madlen zu und drückte ihre Hände mit seiner Rechten. «Was meinst du, hältst du das Warten noch so lange aus?»

Madlen entspannte sich unter der sanften Berührung etwas, sodass sie befreit lächeln konnte. «Ja, natürlich. Es soll ja dann alles fertig sein. Ich finde den Martinstag als Hochzeitstag sehr schön.»

«Ausgezeichnet.» Mit einem leisen Ächzen erhob Gerlach sich und streckte Peter die rechte Hand hin. «Dann bleibt mir jetzt nur noch eines, nämlich Euch von Herzen zu gratulieren.»

Peter schlug ein, und sie schüttelten einander kräftig die Hand. Dann breitete der Vater seine Arme aus und zog Madlen in eine liebevolle Umarmung. «Ich hoffe, vier Monate sind ausreichend Zeit, damit sich alles richtet, wie es soll», murmelte er und küsste Madlen auf beide Wangen. «Ich möchte, dass du glücklich wirst, mein liebes Kind. Höre stets auf dein Herz, versprich mir das, ja?»

Überrascht trat Madlen einen halben Schritt zurück, um ihrem Vater ins Gesicht blicken zu können. «Ja, Vater, selbstverständlich verspreche ich Euch das.»

«Gut.» Er blinzelte ihr zu, nun wieder ganz jovial. «Dann kann ja nichts schiefgehen.»

10. Kapitel
Rheinbach, 20. April 1668

Fünf Jahre zuvor …

Lucas saß im Schneidersitz auf der harten Pritsche, Rücken und Kopf gegen die kalte, unebene Steinwand der Gefängniszelle gelehnt, die Augen geschlossen. Zumindest frieren musste er nicht, denn seine Mutter hatte ihm eine dicke Wolldecke bringen lassen, was gewiss einen Obolus an die Wächter gekostet hatte. Der fadenscheinige Stofffetzen, den die Stadt Rheinbach ihren Gefangenen zugestand, war in diesen kalten Nächten geradezu lachhaft.

Er zermarterte sich schon seit Stunden das Gehirn, konnte sich jedoch nach wie vor keinen Reim darauf machen, wer für seine Misere verantwortlich sein könnte. Er glaubte nicht, dass Veronica sich für irgendetwas an ihm rächen wollte. Vielmehr vermutete er, dass irgendjemand diese Sache von langer Hand eingefädelt hatte. Wie sonst war zu erklären, dass sich zwei unabhängige Zeugen gefunden hatten, wo sich sonst niemand in diesen Teil des Waldes verirrte, der nicht selbst zu einem Stelldichein unterwegs war?

Das machte es gänzlich unmöglich, seine Unschuld zu beweisen. Zumindest wenn er nicht noch mehr Unheil anrichten wollte. Er saß in der Zwickmühle, denn wenn er versuchte, sich selbst zu retten, würde das für jemand anderen böse enden. Schwieg er jedoch, würden die Schöffen ihn aufgrund der Zeugenaussagen schuldig sprechen. Dann wäre sein

Leben verwirkt. Viele Jahre Gefängnis, anschließend die Verbannung aus der Stadt. Von der Geldstrafe, die ihm zusätzlich blühte, ganz zu schweigen. Damit wäre auch seine Mutter ruiniert.

Wer tat ihm das an? Diese Frage drehte sich immer und immer wieder in seinem Kopf. Wer steckte dahinter? Wie hatte derjenige Veronica und ihren Vater zu einer solchen Anschuldigung bewegen können? Und noch viel wichtiger: Warum hatte diese Person das getan? Lucas war sicher kein Heiliger, aber jemandem dermaßen geschadet, dass dieser sich auf solch perfide Weise rächen wollte, hatte er gewiss noch nie.

Als vor der Zelle Stimmen und Schritte laut wurden und der Riegel über das Eichenholz ratschte, öffnete Lucas die Augen, rührte sich jedoch nicht. Erst als er den eintretenden Besucher erkannte, richtete er sich auf und sprang auf die Beine. «Herr Thynen. Was ...» Er stockte, als die Tür hinter dem Ratsherrn mit einem lauten Knall ins Schloss fiel.

«Guten Tag, Lucas. Wie ich sehe, hast du dich bereits häuslich eingerichtet.» Mit dem Kinn wies Thynen auf die Wolldecke. «Das sehe ich nicht gern, muss ich gestehen.»

«Was führt Euch hierher?» Lucas ahnte es, fühlte sich jedoch alles andere als wohl dabei.

«Meine Tochter hat keine Ruhe gegeben, bis ich ihr versprochen habe, nach dir zu sehen.» Missbilligend verzog Thynen die Lippen. «Sie ist vollkommen außer sich und felsenfest überzeugt, dass du unschuldig sein musst. Obgleich ich mir nicht vorstellen kann, dass du die Veronica entehrt hast, noch dazu gewaltsam, bin ich mir dessen nicht ganz so sicher. Im Gegensatz zu meiner Tochter habe ich bereits einige Jahre an Lebenserfahrung auf dem Buckel und musste schon so manche Enttäuschung erleben, wenn es um den Charakter eines Menschen ging. Kannst du mir ins Gesicht schwören, an dieser Sache unschuldig zu sein? Und sei gewiss: Wenn ich dich bei einer Unwahrheit erwischen sollte, werde ich dafür sorgen, dass du meiner Tochter niemals wieder unter die Augen kommst. Habe ich mich verständlich ausgedrückt?»

Ruhig und ernst blickte Thynen Lucas in die Augen.

«Ja, das habt Ihr, Herr Thynen.»

«Gut. Dann sage mir nun rundheraus: Hast du Veronica Klötzgen entehrt oder auch nur ansatzweise irgendetwas mit ihr angestellt, das sie dazu verleiten konnte, dich dieser Untat zu bezichtigen?»

«Nein.» Lucas stand aufrecht da, überragte den anderen Mann ein gutes Stück, dennoch fühlte er sich klein. Die schweren Handschellen, die man ihm nicht wieder abgenommen hatte, taten ein Übriges, um ihm das Gefühl zu geben, ein erbärmlicher Wurm zu sein. Dennoch blickte er seinem Gegenüber fest und entschlossen in die Augen.

Thynen erwiderte seinen Blick für einen langen Moment schweigend, dann neigte er leicht den Kopf. «Aber du warst an jenem Abend in der alten Ziegelbrennerei.»

Lucas atmete tief ein. «Ja.»

«Mit wem?»

Auf diese Frage konnte er unmöglich eine Antwort geben.

Thynens Miene verfinsterte sich. «War es eine andere Frau? Ein unschuldiges Mädchen gar?»

Lucas schwieg. Es war wahrlich der ungünstigste Zeitpunkt seines Lebens, um ein Gewissen zu entwickeln, doch in diesem Fall musste er standhaft bleiben, ganz gleich, was es ihn kosten würde. Nicht, weil die Person, die er schützte, ihm besonders am Herzen lag, sondern weil sie es nicht verdient hatte, dass er ihr Leben zerstörte, nur um das seine zu retten.

Mit einem unwilligen Schnauben trat Thynen an das hochliegende, vergitterte Fensterchen und blickte zum bewölkten, frühabendlichen Himmel hinauf. «Ich weiß nicht, ob ich beeindruckt sein oder dir doch lieber die Ohrfeige verpassen sollte, die du ganz eindeutig für deine Dummheit verdient hast.» Langsam drehte er sich wieder zu Lucas um. «Aber gehen wir einmal davon aus, dass du, was Veronica angeht, die Wahrheit sagst. Wem bist du mit deinen zwielichtigen Geschäften auf die Zehen getreten, dass er dich auf diesem Wege strafen oder gar loswerden will?»

Ratlos hob Lucas die Schultern. «Ich weiß es nicht.»

«Dann denk darüber nach, verdammt noch mal.» Wütend blickte Thynen ihn an. «Sitz hier nicht herum und warte darauf, dass sich die Sache von selbst erledigt. Das wird sie nämlich nicht tun, mein Junge.»

Nun erwachte auch in Lucas Zorn, und er ballte die Hände zu Fäusten zusammen. «Glaubt Ihr wirklich, ich wüsste nicht, in was für einer prekären Lage ich stecke? Ich zerbreche mir seit gestern den Kopf darüber, aber mir fällt niemand ein, der solch einen Hass auf mich haben könnte.»

«Ein betrogener Geschäftspartner?»

«Nein.»

«Jemand, dem du Geld schuldest?»

«Nein.»

«Jemand, der dir Geld schuldet?»

«Auch nicht. Niemand schuldet mir Geld, und umgekehrt sind die Beträge, wenn überhaupt, nicht hoch genug, um so einen abgefeimten Plan gegen mich zu rechtfertigen.»

Thynen verschränkte die Arme vor der Brust. «Ein gehörnter Ehemann?»

Lucas verzog grimmig die Lippen, zögerte, dann schüttelte er den Kopf. «Nein.»

«Das klang wenig überzeugend.» Verärgert ging Thynen in der winzigen Zelle auf und ab. «Am liebsten würde ich dir eigenhändig eine Tracht Prügel verabreichen. Mir vorzustellen, dass meine Tochter sich für einen Strolch wie dich einsetzt, bereitet mir reichlich Magenschmerzen.» Er seufzte. «Wenn es kein Ehemann war, dann hast du vielleicht irgendwem das Mädchen ausgespannt?»

Konsterniert hob Lucas die Hände, sodass die Handschellen klirrten. «Nicht in letzter Zeit.»

«Himmel Herrgott noch mal!»

«Ich habe niemanden um sein Lebensglück gebracht, Herr Thynen. Abgesehen davon gehören stets zwei dazu, oder etwa nicht? Wie weit kann es mit der großen Liebe schon her sein, wenn ein paar schöne Worte diese umgehend vergessen machen?»

«Ich bin sicher, dass da mehr als nur ein paar schöne Worte im Spiel waren, Cuchenheim.» Resigniert schüttelte Thynen den Kopf. «Du willst mir also nicht verraten, mit wem du dich an jenem Abend in der Ziegelbrennerei herumgetrieben hast.»

Lucas schüttelte den Kopf.

«Könnte es vielleicht diese Person sein, die dir etwas anhaben will? Womöglich aus Angst, von dir verraten zu werden?»

An diese Möglichkeit hatte Lucas noch gar nicht gedacht. Stirnrunzelnd dachte er darüber nach, schüttelte dann jedoch abermals den Kopf. «Nein, so etwas würde sie – die betreffende Person meine ich – nicht tun.»

«Bist du dir da sicher?»

Das war er nicht, nicht vollkommen, aber er konnte es sich einfach nicht vorstellen.

«Wir können nur herausfinden, ob sie etwas damit zu tun hat, wenn ich ihren Namen kenne», stellte Thynen mit barscher Stimme fest.

«Nein.»

«Sturer Hund!» Thynen wirkte, als würde er Lucas tatsächlich schlagen wollen. «Willst du dein elendes Leben wegwerfen, um ein Weib zu schützen, das ohne Zweifel mindestens ebensolche Prügel verdient wie du?»

«Bei den Prügeln würde es nicht bleiben, und das hat sie nicht verdient.»

«Verdammichter Sauhund.» Erneut blickte Thynen aus dem Fenster zum Himmel hinauf, als suche er dort oben Beistand. «Bleibt weiterhin die Frage, wie die Veronica dazu kommt, dich zu verklagen.»

«Hat denn noch niemand mit ihr gesprochen?»

«Selbstverständlich wurde sie angehört.» Thynen seufzte abermals. «Sie weint bei jeder Befragung und beharrt darauf, dass du ihr Gewalt angetan hättest. Mehr ist nicht aus ihr herauszubekommen, und ihr Vater dreht natürlich durch. Ich kann ihn verstehen. Wenn einer meiner Töchter Ähnliches widerfahren würde, wäre ich ebenso fuchsteufelswild und würde dem Unhold bei lebendigem Leib die Haut abziehen wollen.»

«Jemand muss sie angestiftet haben.» Lucas trat neben Thynen und richtete seinen Blick ebenfalls auf die grauen Wolken. «Bezahlt vielleicht sogar. Aber ich weiß nicht, wer.»

«Du wirst es nicht beweisen können. Veronica wurde von einer Hebamme untersucht, die bestätigt, dass eine Deflorierung stattgefunden hat. Solange es keinen stichhaltigen Grund gibt, dem Mädchen nicht zu glauben, wird man sie nicht weiter befragen. Wir können vorbringen, dass du in der Ziegelbrennerei gewesen bist, jedoch nicht mit ihr. Dazu benötigen wir aber die Zeugenaussage der Person, mit der du dort warst. Begreifst du das nicht?»

«Doch, natürlich begreife ich das.»

«Aber du bist entschlossen zu schweigen.» Thynen atmete hörbar aus, ging zur Tür und pochte dreimal dagegen. Als der

Wächter ihm aufschloss, verließ der Kaufmann die Zelle ohne ein weiteres Wort.

Lucas ließ sich wieder auf die Pritsche sinken, lehnte sich gegen die Wand, legte den Kopf in den Nacken und schloss die Augen.

11. Kapitel
Rheinbach, 22. Juli 1673

Lucas saß auf einem Klappstuhl vor einem ebenfalls zusammenklappbaren Tisch in seinem Armeezelt und beendete seinen ersten Lagebericht für den Fürstbischof. Den Brief würde er noch heute einem Boten mitgeben, und er hoffte, dass die Nachricht ihr Ziel erreichen würde. Er hatte auch einige andere Schriftstücke vorbereitet. Hier wiederum hoffte er, dass sie ihr Ziel *nicht* erreichen. Lucas hatte beschlossen, mehrere falsche Fährten zu legen, um möglicherweise auf diesem Wege den Verräter dingfest zu machen. Immerhin war die Anwesenheit seiner Männer hier in Rheinbach auch nichts anderes als ein Tarnspiel. Offiziell erwarteten sie Nachschub und einen weiteren Teil des Münsteraner Regiments, um dann gemeinsam mit den Kurkölnern und den französischen Besatzern in Bonn zu beraten, wie man strategisch sinnvoll gegen den vorrückenden Holländer vorgehen könnte. Nur er, Peter, Madlen sowie Gerinc wussten, dass dies nur ein Vorwand war.

Natürlich konnte es auch sein, dass die Suche nach dem Verräter fruchtlos blieb, weil dieser sich gar nicht in Rheinbach aufhielt. Lucas glaubte es jedoch nicht. Etliche Rheinbacher Familien lebten vom Handel und verfügten über ausgezeichnete Verbindungen nicht nur zu anderen Städten, sondern auch in die benachbarten Herzogtümer und Königreiche. Zudem hatte er inzwischen herausgefunden, dass ein Großteil der Einwohner, allen voran sein Onkel Averdunk, alles andere als begeistert von den innigen Beziehungen Kurkölns zu den Besatzern waren. Es verging kein Abend, an dem nicht im *Goldenen Krug* bei Bier und Wein gegen die auferlegten Zwänge durch die Franzmänner gewettert wurde.

Zwar war Lucas seinem Dienstherrn durch Eid verpflichtet, dennoch konnte er den Unmut der Rheinbacher gut verstehen. Die Stadt war einmal ein blühender Handelsplatz gewesen, wohlhabend und aufstrebend. Durch die Kriege, die in den vergangenen Jahren und Jahrzehnten immer wieder über sie hereingebrochen waren, zuletzt der durch Ludwig XIV. ausgefochtene gegen Holland und Spanien, war von dem einstigen Wohlstand nur noch ein Bruchteil übrig geblieben. Zwar profitierten auch einige Kaufleute von den Handelsbeziehungen mit Frankreich, doch dafür mussten sie diverse Einschränkungen hinnehmen und natürlich Sonderkonditionen bei der Preisgestaltung.

Wenn er nicht damals aus Rheinbach hätte fortgehen müssen, so überlegte Lucas, während er sein Siegel auf dem Brief anbrachte, würde er mit großer Wahrscheinlichkeit heute auch zu denjenigen gehören, die sich am liebsten gegen die fremdländischen Besatzer auflehnen würden.

«Gerinc? Bist du da draußen irgendwo?» Mit verzerrter Miene rieb Lucas sich über den Nacken, der sich durch die etwas gezwungene Haltung auf den Klappmöbeln und das konzentrierte Schreiben verspannt hatte.

«Ja, Hauptmann Cuchenheim, hier bin ich.» Als hätte er nur auf den Ruf gewartet, trat der junge Knecht in das Zelt. «Was kann ich für Euch tun?»

«Bring diese Briefe hier zur Poststation.» Lucas reichte Gerinc drei Umschläge. «Und denk daran, dich so zu verhalten, wie wir es besprochen haben. Tu ein bisschen wichtig und geheimnisvoll.»

«Ja, klar, hab schon verstanden.» Grinsend nahm Gerinc die Briefe an sich. «Und was ist mit dem da?» Er deutete auf den letzten gesiegelten Umschlag, der noch vor Lucas auf dem Tisch lag.

«Dieser Brief wird einen anderen Weg nehmen.» Lucas legte die Hand darauf.

«Der geht an den Fürstbischof, oder?» Gerinc hatte seine Stimme zu einem Raunen gesenkt. «Gebt Ihr den dem Hans mit oder dem Gregor?»

Der Soldatentrupp, den Lucas mit nach Rheinbach gebracht hatte, bestand aus von ihm höchstselbst handverlesenen Männern, denen er blind vertrauen konnte. «Vermutlich.» Er nickte seinem Knecht leicht zu. «Es steht aber noch nicht fest.»

«Versteh schon. Niemand soll was wissen, auch ich nicht. Denn was man nicht weiß, kann man nicht ausplaudern.»

«Richtig. Also lauf los, damit die Briefe heute noch in die Station kommen und morgen mit dem nächsten berittenen Boten auf die Reise gehen. Hast du noch Geld in deiner Börse? Andernfalls gebe ich dir welches mit.»

«Hab noch, keine Sorge.» Gerinc klopfte auf die Stelle an seiner Brust, an der er unter seinem Wams die Geldbörse trug. «Ich lauf dann mal los, damit … Oh. Herr Hauptmann, schaut mal, da sind drei Frauen ins Lager gekommen.»

«Drei Frauen?» Überrascht erhob Lucas sich und trat an den Zelteingang.

«Ist das nicht die Verlobte des Obristen von Werdt?» Gerinc starrte neugierig zu den drei Frauen hinüber, die am Rand des Lagers standen und sich suchend umsahen.

«Ja, ist sie. Lauf zu, Gerinc, und erledige deinen Auftrag.»

«Ja, Herr Hauptmann, bin schon unterwegs.» Gehorsam trabte Gerinc los, jedoch nicht, ohne die Frauen noch einmal eingehend zu mustern, bevor er das Lager verließ.

«Madlen?» Mit ausholenden Schritten ging Lucas auf die drei weiblichen Besucher zu. Madlen hatte ihre Schwester Marie mitgebracht sowie die Magd Bridlin. Besser noch wäre ein Knecht gewesen, denn eine Frau tat gut daran, niemals ein Lager voller Soldaten ohne Begleitung zu betreten. Nicht, dass er seine Männer nicht unter Kontrolle hatte, aber die meisten von ihnen mussten bereits für längere Zeit auf weibliche Gesellschaft verzichten und vergaßen darüber ihre Manieren – und manchmal jeglichen Verstand. «Was führt dich denn hierher?» Dicht vor den Frauen blieb er stehen. «Guten Tag, Marie. Meine Güte, jetzt wo ich dich aus der Nähe sehe, werde ich ja fast geblendet. Was bist du für eine hübsche junge Dame geworden. Sicher pflastern schon jetzt unzählige Verehrer deine Wege, oder?»

Das junge Mädchen, gerade siebzehn, etwas rundlicher als Madlen und mit einem entzückenden Lächeln gesegnet, errötete ein wenig und senkte die Lider, jedoch nur, um dann einigermaßen keck zu ihm aufzusehen. «Danke sehr, lieber Cuchenheim. Du bist zu liebenswürdig. Leider gibt es in Rheinbach nicht allzu viele junge Männer, die mir als Verehrer gefallen könnten. Du hättest schon viel früher zurückkommen und deine Soldaten mitbringen sollen. Vielleicht sind ja ein paar passable Junker unter ihnen.»

Überrascht über ihre fast schon koketten Worte, schmunzelte er. «Nun, vermutlich sind ein paar von ihnen ganz annehmbar, aber die meisten muss ich wohl erst noch ein wenig zurechtstutzen, bevor ich sie in die Nähe eines so bezaubernden Mädchens wie dir lasse.»

«Marie, sei nicht so kess, das gehört sich nicht.» Madlen warf, während sie ihre Schwester rügte, Lucas einen Blick zu, den er nicht recht zu deuten wusste.

«Was denn, ich habe doch nur die Wahrheit gesagt.» Marie

zog einen Schmollmund und zupfte an ihren hübsch frisierten braunen Locken, die sie links und rechts von ihrem Kopf zu modischen Schnecken hochgesteckt und mit perlenbesetzten Haarnadeln geschmückt hatte.

«Eben.» Sichtlich verlegen wandte Madlen sich wieder Lucas zu. Auch sie hatte ihr Haar nach der neuesten Mode frisiert, doch bei ihr wirkte es weniger akkurat; es schien, als habe der leichte Sommerwind bereits mit ihren Locken gespielt. «Verzeih bitte, dass wir dich hier so einfach überfallen, aber du hast dich die gesamte letzte Woche nicht bei uns blicken lassen.»

«Das klingt ja fast, als hättest du mich vermisst.»

Madlen verzog die Lippen zu einem kühlen Lächeln. «Das hättest du wohl gerne, Cuchenheim. Wir wollten ohnehin zum Krämer und sind einfach ein Stück weitergegangen. Ich habe mich gewundert, warum du dich nicht gemeldet hast, nachdem du mir deinen Geschäftsvorschlag unterbreitet hast. Du hast es dir doch wohl nicht anders überlegt? Vater war nämlich durchaus geneigt, darauf einzugehen.»

«Keine Sorge, derart wankelmütig bin ich nicht.» Lucas lächelte der jüngeren der beiden Schwestern zu. «Marie, möchtest du mit Bridlin hinüber zu den Pferden gehen? Mir scheint, sie haben deine Aufmerksamkeit erregt.»

«Oh, darf ich? Sie sehen so riesenhaft und gefährlich aus. Kann man sie überhaupt streicheln?» Sichtlich begeistert äugte das junge Mädchen erneut zu der rechteckigen Koppel, die die Soldaten für die Pferde abgezäunt hatten.

«Solange du auf dieser Seite des Zauns bleibst, kann dir nichts passieren. Einige von ihnen lassen sich auch anfassen. Du wirst schon merken, welche. Sie kommen zu dir, wenn du sie lockst.»

Mit einem flüchtigen Dank nahm Marie Bridlin am Arm

und zog sie, ohne weiter auf Madlen zu achten, hinter sich her zu den Pferden.

Madlen blickte ihr konsterniert hinterher.

«So schnell habe ich dich ganz für mich allein. Das ging ja einfacher als gedacht.»

«Ein wenig zu einfach, fürchte ich.» Missbilligend verzog Madlen die Lippen. «Marie muss noch einiges lernen.»

Lucas lachte. «Möchtest du dich setzen? In meinem Zelt gibt es einen Stuhl. Keine Sorge, der Zelteingang steht weit offen, sodass du deine Schwester im Auge behalten kannst ... und sie dich.»

Madlen schüttelte nur grinsend den Kopf und ging vor Lucas ins Zelt. Drinnen sah sich neugierig um. Aber es gab nicht viel zu sehen. Tisch, Stuhl und eine Pritsche zum Schlafen. Eine einzelne Truhe stand aufgeklappt neben dem Tisch, sodass man den Inhalt – hauptsächlich Briefe, Papiere und Schreibutensilien – sehen konnte.

Nachdem Madlen sich vorsichtig auf den Klappstuhl gesetzt hatte, ließ sich Lucas auf der Pritsche nieder und stützte seine Ellenbogen lässig auf den Knien ab. «Ich wollte schon vorbeikommen, hatte aber in den vergangenen Tagen anderweitig zu tun.»

«Mit deinem Auftrag für den Bischof?»

«Ja, auch, aber hauptsächlich habe ich mich mit den Rechnungsbüchern und der Korrespondenz in unserem Kontor befasst, um mir einen Überblick zu verschaffen.»

«Du bist mir also nicht aus dem Weg gegangen?»

Er wich ihrem Blick aus. «Weshalb sollte ich?»

«Das weiß ich nicht.» Madlen zupfte an einer Falte ihres gerüschten blauen Kleides herum.

«Ich habe dir noch gar nicht gratuliert.» Die Worte schmeckten sauer in seinem Mund.

Die Nachricht über die offizielle Verlobung von Madlen und Peter hatte Lucas zwar nicht überrascht, ihm aber trotzdem den Schlaf geraubt. Und in den dunkelsten Stunden der Nacht fragte er sich, ob sein Entschluss, um Madlen zu kämpfen, nicht selbstsüchtig war. Er wusste nicht, was er tun sollte, und es gab nichts, was er mehr hasste.

«Ich wünsche dir alles Gute zu deiner Verlobung. Von Werdt ist ein Glückspilz. Ich hoffe, er weiß das und behandelt dich entsprechend.»

«Natürlich.» Sie zupfte immer noch an ihrem Kleid. «Er ist sehr liebenswürdig zu mir. Das war er schon immer.»

«Sonst würdest du ihn kaum heiraten wollen.»

Madlen hob den Kopf, ihre Miene war nach wie vor undeutbar kühl. «Du hast es dir also nicht anders überlegt? Du willst noch immer mit uns zusammenarbeiten?»

«Auf jeden Fall. Auch wenn mir meine Kontakte zur Armee für den Anfang gute Verkäufe sichern werden, halte ich es doch für unabdingbar, auch in und um Rheinbach einen Kundenstamm aufzubauen.»

«Ich habe mir überlegt, dass wir zunächst mit den Klöstern anfangen», schlug Madlen vor, und plötzlich, so als hebe sich ein Vorhang, sah er das offene und eifrige Lächeln, das er von früher kannte. Ganz offensichtlich war das Geschäft ihres Vaters inzwischen ganz und gar das ihre geworden; nicht bloß Pflicht, sondern Leidenschaft. «Bei einigen könnte ich mir gut vorstellen, dass sie Interesse an einem zuverlässigen Lederwarenlieferanten haben könnten. Und brauchst du selbst noch einen Lieferanten? Wir pflegen Kontakt zu einem Benediktinerkonvent in Bonn, dessen Mönche sehr gute Lederwaren herstellen.»

«Das hört sich interessant an.» Beifällig nickte Lucas. «Wenn ich meinen Kundenkreis erweitere, benötige ich auch mehr

Waren. Vielleicht sollte ich mich mit dem Abt des betreffenden Konvents einmal bekannt machen.»

«Wilhelmi wird in zwei Wochen eine Rundreise zu verschiedenen unserer Kunden machen. Du könntest ihn begleiten.»

«Das ließe sich einrichten.» Er zögerte kurz. «Lässt dein Vater dich auch auf Handelsreisen gehen?»

«Ganz selten.» Madlen hob die Schultern. «Ich würde gerne öfter mitfahren, aber Mutter hat etwas dagegen.»

«Sie sorgt sich um dich?»

«Ganz ungefährlich ist das Reisen derzeit ja nicht.»

Lucas lächelte leicht. «Die Wege in dieser Region sind belebt und recht gut gegen Herumtreiber und Lumpenpack abgesichert. Außerdem ist Wilhelmi auf Reisen doch wohl bewaffnet, oder etwa nicht?»

«Selbstverständlich ist er dann bewaffnet. Trotzdem erhalte ich nicht oft die Erlaubnis, Rheinbach zu verlassen.»

Lucas sah ihr an, dass dieser Umstand sie frustrierte. «Wenn du das Geschäft eines Tages ganz übernimmst, solltest du dich in Verhandlungen mit auswärtigen Kunden üben. Das kann dir langfristig nur zugutekommen.»

Madlen sah aus, als wolle sie zustimmen, schüttelte dann aber doch den Kopf. «Ich werde Vaters Geschäft niemals übernehmen, Lucas. Mattis wird das eines Tages tun. Er ist der einzige männliche Erbe.»

«Aber bis er erwachsen ist, wird es noch eine ganze Weile dauern», gab Lucas zu bedenken. «Oder wird von Werdt in das Geschäft mit einsteigen?»

«Peter?» Überrascht hob Madlen den Kopf. «Nein. Er wird sicherlich dafür sorgen, dass Vater auch weiterhin gute Kundschaft hat, aber er ist seiner eigenen Familie und dem Geschäft seines Vaters verpflichtet. Außerdem wird er zusätzlich bald einen Posten beim Amtmann Schall von Bell antreten.»

«Also bleibt die Verantwortung für den Tuchhandel letztlich doch bei dir, nicht wahr?»

Kurz presste Madlen die Lippen aufeinander, lächelte dann aber wieder neutral. «Peter wird sicher nicht erlauben, dass ich nach unserer Hochzeit weiterhin im Kontor meines Vaters arbeite.»

«Er wird es nicht *erlauben*?»

«Du weißt, was ich meine.» Sichtlich verlegen, wich sie seinem Blick aus. «Die Ehefrau von Peter von Werdt hat andere Verpflichtungen. Da bleibt keine Zeit, sich um ein Tuchhandelskontor zu kümmern.»

«Keine Zeit?», echote er erneut.

Sichtlich irritiert kniff Madlen die Augen zusammen. «Eine Menge neuer Pflichten kommt auf mich zu. Ich muss mich um einen großen Haushalt kümmern und, so Gott will, um unsere Kinder. Und dann sind da auch noch die Gesellschaften, die zu planen sind, und die Pflege der vielen wichtigen Freundschaften ...»

Lucas schnaubte abfällig. «Du wirst dich zu Tode langweilen.»

«Nein, werde ich nicht.»

«Und ob du das wirst.»

Erbost funkelte sie ihn an. «Es wird eine Umstellung sein, das bestreite ich nicht, aber so gehört es sich nun mal.»

«Sagt die Frau, die sich erst kürzlich in meiner Gegenwart beschwert hat, dass man ihr wegen ihres Geschlechts nichts zutraut.»

«Dem ist ja auch so.» Sie verschränkte ihre Hände fest im Schoß. «Peter wird gut für mich sorgen. Mein kaufmännisches Talent kann ich auch anderweitig einsetzen.»

«Wo zum Beispiel?» Herausfordernd blickte er ihr in die Augen. Er konnte sich des Eindrucks nicht erwehren, dass sie gerade Dinge nachplapperte, die Peter ihr vorgesagt hatte. Sie schien sich selbst überzeugen zu wollen.

«Einen großen Haushalt zu führen, ist nicht so leicht, wie es vielleicht den Anschein hat.»

«Du wirst also zukünftig dein Talent darauf verwenden, die korrekte Menge Fisch fürs freitägliche Mittagessen auszurechnen.»

«Wenn du es so ausdrückst, klingt es albern.» Erneut wich sie seinem Blick aus. «Manche Dinge sind eben, wie sie sind.»

«Vor allem dann, wenn man nicht einmal versucht, sie zu ändern.» Lucas warf einen kurzen Blick nach draußen. Marie und Bridlin waren noch immer mit den Pferden beschäftigt. «Ich wollte dich nicht verärgern, Madlen. Aber ... du bist mir wichtig. Ich mache mir einfach Gedanken. Verlässt sich dein Vater inzwischen nicht in sehr vielen Dingen auf dich? Hast du dich schon einmal mit ihm darüber unterhalten, wie alles werden soll, wenn du erst verheiratet bist?»

Langsam wandte sie sich ihm wieder zu. «Nein, das habe ich noch nicht getan.»

«Vielleicht wird es dann allmählich Zeit.»

Sie schluckte. «Ja, vielleicht.»

«Nun gut. Es gibt noch einige Details unserer Zusammenarbeit zu klären. Am besten setze ich mich mit deinem Vater zusammen und gehe alles noch mal durch.»

«Vater hat mich gebeten, alles mit dir abzusprechen.»

«Hat er das?» Lucas warf ihr mit hochgezogenen Augenbrauen einen Blick zu, woraufhin sie unterdrückt seufzte und den Blick senkte.

«Ich würde mir eure Waren gern einmal genauer ansehen.»

«Bei der Gelegenheit können wir auch die Namen Eurer Kunden durchgehen, die Interesse an meinem Leder haben könnten», fügte Lucas hinzu.

Madlen nickte zustimmend. «Dann sollten wir vielleicht …»

«Madlen? Was treibst du denn hier?» Peter von Werdt war im Zelteingang erschienen und blickte sichtlich irritiert von Madlen zu Lucas und wieder zurück.

Lucas erhob sich sogleich. «Meine Güte, so viel Besuch auf einmal. Guten Tag, von Werdt. Madlen kam mit Marie und Bridlin vorbei, um sich nach meinem Wohlergehen zu erkundigen.»

«Deine Schwester ist auch hier?» Von Werdts Miene entspannte sich eine Spur, als er sich umblickte und das Mädchen sowie die Magd schließlich bei der Koppel erblickte.

«Ja, wir sind nur kurz vorbeigekommen.» Auch Madlen hatte sich erhoben und war neben ihren Verlobten getreten. Wie selbstverständlich legte sie ihm eine Hand auf den Arm und lächelte sanft. «Ich hatte dir doch erzählt, dass Vater einer Zusammenarbeit mit den Cuchenheims zugestimmt hat. Nur war Lucas seitdem nicht mehr bei uns, deshalb dachte ich, ich frage mal nach, ob er es sich vielleicht anders überlegt hat.»

«Und? Hat er?» Fragend blickte von Werdt Lucas an, der daraufhin lächelnd den Kopf schüttelte.

«Nicht im Geringsten. Mir blieb nur zwischen meinen Pflichten als Hauptmann und denen in meinem Kontor nicht viel Zeit für Besuche. Was führt dich denn hierher, von Werdt? Kann ich etwas für dich tun?»

«Ich würde gerne kurz unter vier Augen mit dir sprechen.» Von Werdt warf Madlen einen kurzen Blick zu. «Entschuldige bitte, es geht um eine Militärangelegenheit.»

«Das ist schon in Ordnung.» Sie lächelte nach wie vor dieses beschwichtigende Lächeln, das Lucas auf den Magen schlug. «Ich habe alles Wichtige bereits mit Lucas besprochen. Am besten gehe ich hinüber zu Marie und sorge dafür, dass sie nicht sämtliche Pferde zu uns nach Hause einlädt. Sie ist ein bisschen närrisch, was diese Tiere angeht.» Sie strich Peter noch einmal über den Arm und verließ das Zelt.

Lucas blickte ihr kurz nach, dann wandte er sich wieder an von Werdt. «Nun gut, damit wären wir ungestört. Gibt es etwas Neues, das ich wissen muss?»

Von Werdt blickte prüfend über die Schulter, dann nickte er. «Ich habe mich ein wenig umgehört, und offensichtlich gibt es einige Personen in Rheinbach, die alles andere als einverstanden mit dem Bündnis zwischen Kurköln und Frankreich sind.»

«Das ist mir nicht entgangen.»

«Dein Onkel Averdunk gehört zu den vehementesten Gegnern des Bundes. Als Bürgermeister hat er natürlich großen Einfluss auf die Meinung der anderen.»

Lucas runzelte die Stirn. «Willst du damit andeuten, dass du ihn verdächtigst?»

«Nein.» Abwehrend hob Peter die Hände. «Das nicht. Aber er kennt so gut wie jeden Einwohner Rheinbachs, und als Gegner der Franzosen vertraut man ihm sicher einiges an, was man dir oder mir nicht erzählen würde. Möglicherweise kann er uns weiterhelfen. Wenn du ihn überreden kannst, mit dir zu sprechen.»

«Du glaubst, mein Onkel könnte etwas über den Verräter wissen und ihn durch Schweigen schützen?» Die Furchen auf Lucas' Stirn vertieften sich. Würde sein Onkel so etwas tatsächlich tun?

«Er hat schon so manches Mal Bemerkungen fallenlassen, die man fast als verräterisch bezeichnen könnte. Der Vogt hat ihn bereits mehrmals zur Ordnung gerufen, wie mir zu Ohren kam.» Peter zögerte einen Moment, bevor er weitersprach: «Dir dies mitzuteilen, ist mir äußerst unangenehm. Die eigene Familie befragen zu müssen, ist hart.»

«Es kann auch Vorteile mit sich bringen.» Lucas trat an den Zeltausgang und sah sich eingehend um. Weit und breit war niemand zu sehen, der sie belauschen könnte. Von der Koppel her wehte Maries Gelächter zu ihnen herüber. «Ist das alles, was du bisher herausgefunden hast?»

«Nein, das wäre dann doch etwas wenig. Ich bin mit Hilfe einiger meiner ehemaligen Untergebenen an die Namen aller in den vergangenen vier Monaten eingesetzten Kurierboten gekommen.» Von Werdt zog ein zweifach gefaltetes Papier unter seinem Mantel hervor und reichte es Lucas. «Ich nehme an, du hast eine ähnliche Liste von deinem Regiment?»

«Ja, habe ich. Danke.» Lucas entfaltete das Papier und überflog die Liste. «Das sind ziemlich viele Namen.»

«Es werden ja auch viele Nachrichten versandt. Bei der großen Anzahl an Boten wird es eine Weile dauern, jeden einzelnen zu überprüfen.»

«Oder im Auge zu behalten.» Sorgsam faltete Lucas das Papier wieder zusammen und schob es unter sein Wams. «Die mit einem Stern versehenen Namen kennzeichnen die Geheimboten, die besonders sensible Informationen transportieren?»

«Ja, gut erkannt.» Von Werdt lächelte schmal. «Du bist auf der Suche nach der Nadel im Heuhaufen, das ist dir schon klar, Cuchenheim?»

«So klar wie der blaue Himmel.»

«Die mit einem Pfeil markierten Namen sind Boten, die in nächster Zeit hier in der Gegend eingesetzt werden sollen.» Peter trat ebenfalls an den Zeltausgang und ließ seinen Blick hinüber zu den drei Frauen schweifen. «Du hast also vor, eine Partnerschaft mit meinem zukünftigen Schwiegervater einzugehen.»

«Und mit deiner entzückenden Braut, ja.» Lucas blickte

von Werdt von der Seite an. «Immerhin führt sie mittlerweile einen Großteil der Geschäfte. Sie ist eine tüchtige Tuchhändlerin.»

«Das weiß ich. Deshalb passt sie ja auch so gut in unsere Familie.»

«Dann hast du vor, ihre Talente für eure Geschäfte einzusetzen? Wie ich hörte, verleiht ihr inzwischen Geld und vergebt Sicherheiten.»

«Das ist weitaus lukrativer als der Handel mit materiellen Gütern.» Von Werdt wandte sich ihm wieder zu. «Aber Vater würde niemals eine Frau in seinem Kontor zulassen. Das wäre gegen jede Sitte.»

«So wie eine Frau, die erfolgreich Tuchhandel betreibt?»

Von Werdts Miene verfinsterte sich. «Ich habe nicht gesagt, dass dies meine Ansicht ist. Doch Madlen wird nach unserer Hochzeit weder Zeit noch Gelegenheit haben, sich viel mit unserem Geschäft zu befassen.»

«Und was ist mit dem Geschäft ihres Vaters? Er verlässt sich auf sie.»

«Wir werden ihn selbstverständlich unterstützen, wo wir nur können. Was dachtest du denn?»

«Mit wir meinst du dich?»

«Selbstverständlich. Soweit es meine Pflichten zulassen. Bis Mattis einmal das Geschäft übernimmt.»

«Das dürfte noch mindestens fünfzehn Jahre dauern», wandte Lucas ein.

Argwöhnisch musterte von Werdt ihn. «Worauf willst du hinaus, Cuchenheim?»

Lucas hob die Schultern. «Auf gar nichts.» Ohne ein weiteres Wort ging er hinüber zu den drei Frauen. Hinter sich vernahm er von Werdts eilige Schritte. «Marie, wie ich sehe, hast du dich mit unseren Schlachtrössern angefreundet. Wenn du möchtest, kannst du als Stallmagd bei uns anfangen.» Lucas zwinkerte dem jungen Mädchen zu.

Kichernd wandte sie sich ihm zu. «Das wäre wohl etwas, lieber Cuchenheim. Ich und eine Stallmagd!»

«Auch Pferde freuen sich sicher über außergewöhnlich hübsche Pflegerinnen.» Er grinste sie an, woraufhin sie noch mehr errötete.

«Nun hör schon auf!» Lachend tätschelte sie den Hals eines der Pferde. «Sie sind wirklich riesig, aber lammfromm.»

«Wenn sie derart verwöhnt werden, vergessen selbst Schlachtrösser, dass sie eigentlich gefährliche Biester sind.» Auch Lucas klopfte dem Pferd den Hals. «Aber du darfst nicht vergessen, dass diese Tiere für den Einsatz im Krieg gezüchtet werden. Mit ihren schweren Hufen können sie ein Mädchen wie dich zertrampeln, ohne es überhaupt zu bemerken.»

«Jetzt willst du mir Angst einjagen!» Protestierend zog Marie einen Schmollmund. «Das ist gemein. Gerade als ich sie so lieb gewonnen habe.»

«Ich warne dich nur, damit du dich nicht in Gefahr begibst.» Er wandte sich an Madlen. «Sollen wir jetzt gleich zu meinem Lagerhaus gehen, damit ich dir meine Warenauswahl zeigen kann? Wozu Zeit verlieren, nicht wahr? Immerhin habe ich dich bereits eine ganze Woche warten lassen.» Ehe sie etwas sagen konnte, wandte er sich an von Werdt. «Was meinst du, von Werdt, würdest du diese entzückende Pferdenärrin und Bridlin zum Krämer und dann nach Hause begleiten? Ich verspreche auch, mir deine liebreizende Verlobte nur für ein kurzes Weilchen auszuleihen. Ihr Vater hat ihr die Verhandlungen mit mir aufgebürdet, und da ist es sicher in ihrem wie in deinem Sinne, wenn wir die wichtigen Dinge gleich erledigen, dann sind sie vom Tisch.»

Von Werdt runzelte zwar die Stirn, nickte aber zustimmend. «Ich begleite Marie sehr gerne. Allerdings bin ich der Meinung, dass Madlen Bridlin mitnehmen sollte. Das gehört sich so, nicht wahr, Madlen?»

Leicht irritiert blickte Madlen von ihrem Verlobten zu Lucas und dann zu ihrer Schwester. «Marie, weißt du noch, was Mutter uns mitzubringen aufgetragen hat?»

Marie lächelte breit. «Aber natürlich. Sie hat es ja zweimal aufgezählt. Bloß ist das so viel, dass wir es unmöglich zu zweit tragen können. Bridlin muss mit uns kommen.»

«Na, na, du wirst doch nicht etwa deinen zukünftigen Schwager unterschätzen, Marie?» Schalkhaft grinsend wandte Lucas sich von Werdt zu. «Der gute von Werdt wird doch wohl in der Lage sein, einen Korb mit Einkäufen auch allein zu tragen, oder etwa nicht?»

Von Werdt erwiderte seinen Blick sichtlich konsterniert. «Selbstverständlich kann ich einen Korb allein tragen.»

«Dann wäre das also geklärt.» Lucas nickte Madlen zu. «Warte bitte kurz auf mich, ich muss nur rasch meine Schreibutensilien forträumen. Es dauert nur einen Moment.» Ehe er zurück zum Zelt ging, zog er von Werdt noch einmal zur Seite. «Danke für die Liste. Wäre es in deinem Sinne, wenn wir die Überprüfung der Namen gemeinsam durchführen?»

«Allerdings.»

«Gut. Ich melde mich im Lauf des morgigen Tages bei dir, dann können wir alles weitere besprechen.»

«Nicht vor dem Nachmittag. Morgens bin ich beim Amtmann Schall von Bell in Flerzheim eingeladen. Das kann ich nicht absagen; er wird bald wieder für eine Weile nach Brühl gehen und dort seine Amtsgeschäfte führen.»

Lucas nickte und verabschiedete sich. Im Zelteingang drehte er sich noch einmal kurz um. «Bis morgen Nachmittag dann.»

Mit wenigen Handgriffen sammelte er Papiere, Federn

und Tintenfass zusammen und vernahm dabei Peters, Madlens und Maries Stimmen, als auch sie sich voneinander verabschiedeten. Während er den Deckel der Truhe verschloss, hörte er Schritte auf sich zukommen.

«Womit hast du Peter geärgert, dass er glaubt, mir Bridlin zur Seite stellen zu müssen?» Madlens Stimme klang aufgebracht, ihre Miene war nicht minder erbost.

Lucas richtete sich auf und trat lächelnd auf sie zu. «Warum? Stört es dich, Bridlin dabeizuhaben?»

«Darum geht es doch gar nicht.» Zwischen ihren Augen entstand eine senkrechte Falte.

«Du hast wirklich Glück mit deinem Verlobten, Madlen.»

Die Falte vertiefte sich. «Das weiß ich.»

Er trat noch einen Schritt näher an sie heran. «Er lässt dich sogar in meiner Obhut zurück, um dir einen Gefallen zu tun, obwohl ihm das mächtig gegen den Strich geht.»

«Was für einen Gefallen?» Verständnislos starrte sie ihn an.

«Er lässt dich gewähren, weil er genau weiß, dass du nach eurer Hochzeit keine Gelegenheit mehr haben wirst, das zu tun, was dir im Blut liegt. Du bist eine Tuchhändlerin, Madlen, das merkt man, wenn man sich nur eine Viertelstunde mit dir unterhält. Sobald es ums Geschäft geht, leuchten deine Augen auf und deine brave Zurückhaltung ist dahin.»

«Meine brave was?» Aufgebracht stemmte sie die Hände in die Seiten.

«Zurückhaltung. Das sanfte Schäfchen verwandelt sich in eine angriffsbereite Wölfin. So wie jetzt gerade.» Er grinste breit.

Sie schnaubte. «Gib acht, dass die Wölfin nicht zubeißt. Das passiert nämlich, wenn man sie zu sehr reizt.» Sie wandte sich zum Gehen. «Und bring mich nicht noch einmal vor Peter in Verlegenheit.»

«Das habe ich doch gar nicht.»

«Ach nein?» Mit einem vielsagenden Blick auf Bridlin, die nicht weit vom Zelt entfernt auf sie wartete, marschierte Madlen voran, ohne darauf zu achten, ob Lucas ihr folgte oder nicht.

Er schloss mit wenigen Schritten zu ihr auf und schmunzelte, als Bridlin hinter ihnen herhastete, gerade nah genug, dass sie jedes Wort mitbekam, ohne allzu neugierig zu wirken. «Ich kann nichts dafür, dass dein Verlobter so eifersüchtig ist.»

Abrupt blieb Madlen stehen, sodass die Magd beinahe in sie hineingelaufen wäre. «Peter ist nicht eifersüchtig. Dazu besteht auch überhaupt kein Anlass.»

«Und dennoch traut er sich nicht, dich mit mir allein zu lassen.»

«Weil es sich nicht schickt, dass eine verlobte Frau mit einem fremden Mann dessen Haus besucht.»

«Seit wann bin ich ein Fremder?» Lachend winkte er ab. «Keine Sorge, ich habe überhaupt nichts dagegen, dass Bridlin uns begleitet. Schließlich ist sie recht gut mit unserer Lotti befreundet. Ist es nicht so, Bridlin?» Er warf der Magd einen kurzen Blick über die Schulter zu.

«Ja, Herr Hauptmann, die Lotti und ich waren schon immer gute Freundinnen.» Bridlin nickte. «Ich besuche sie gerne ab und zu und rede mit ihr über früher.»

«Siehst du?» Lucas zwinkerte Madlen zu. «Alles in bester Ordnung.»

12. Kapitel

«Seht Euch den Stoff im Sonnenlicht an, Frau Halfmann, dieser dunkelgrüne Brokat schimmert mit den eingewebten Goldfäden ganz wunderbar. Ich habe hier auch noch das passende Garn und Borten, die sich hervorragend als Verzierung für Eure neuen Stuhlkissen eignen würden.» Madlen beobachtete ihre Kundin unauffällig. Gertrud Halfmann war die Gattin eines Holzhändlers, der nebenher auch noch Schöffe und Ratsschreiber war. Die Familie war wohlhabend und gab dieses Geld auch gern aus, Letzteres vor allem, um einen gewissen Ruf zu wahren. Gute Geschäfte waren bei einem Besuch Gertrud Halfmanns so gut wie sicher.

«O ja, das ist eine wunderbare Farbe.» Lächelnd strich die kleine, etwas rundliche Frau über den edlen Stoff, den Madlen für sie auf dem großen Holztisch im Lager ausgebreitet hatte. «Da bin ich fast versucht, einige Ellen mehr zu kaufen, um passende Vorhänge daraus zu nähen. Aber ich fürchte, das wird dann doch zu teuer. Vor allem, wenn ich auch noch diese hübschen Borten dazunehme. Woher habt Ihr bloß immer diese sündhaft schönen Tuchwaren? Das ist geradezu skandalös!»

Madlen lachte. «Nun ja, wir haben eben unsere Bezugsquellen, damit wir Kundinnen wie Euch stets mit der besten Ware versorgen können. Wenn Ihr gern eine größere Menge des Stoffs hättet, könnte ich Euch insgesamt einen Preisnachlass gewähren. Insbesondere, wenn Ihr noch immer Interesse an unserem neuen Leinen habt, von dem wir neulich beim Krämer sprachen.»

«Ach ja, die Leinenbestellung. Die hätte ich ja beinahe vergessen.» Gertrud Halfmann fasste sich, nun ebenfalls lachend, an den Kopf. «Die benötige ich ganz dringend. Ihr glaubt ja nicht, wie schnell unsere Jungs aus ihrer Wäsche herauswachsen. Mir kommt es so vor, als würden die Mädchen weitaus langsamer wachsen als ihre Brüder. Andauernd müssen neue Sachen her. Manchmal habe ich das Gefühl, in Wäsche geradezu zu versinken. Und arm wird man dabei auch noch!»

Da bestand zwar, soweit Madlen es einschätzte, kein Grund zur Sorge, doch sie ging lächelnd auf das fröhliche Gejammer der Kundin ein. «Ich weiß, was Ihr meint. Meine Schwestern tragen zwar viele meiner Kleider auf, aber trotzdem müssen stets neuer Stoff und Schneiderarbeiten bezahlt werden. Was die Leinenbestellung angeht: genauso viele Bahnen wie das letzte Mal? Wenn Ihr noch zwanzig Ellen Brokat und die Borten dazunehmt, könnte ich ausnahmsweise zehn *pro cento* Nachlass gewähren. Und vielleicht wollt Ihr Euch auch noch einmal unsere Baumwolle ansehen? Für Unterwäsche, gerade im Sommer, eignet sie sich ganz hervorragend. Wir haben zwei Qualitäten da. Eine ist etwas fester im Griff, die andere sehr schön glatt und leicht. Das trägt sich sehr angenehm auf der Haut.»

«Baumwolle? Man sagte mir, die sei von minderer Qualität und weniger haltbar als Leinen.»

«O nein, keinesfalls.» Madlen ging zu einem Regal, in dem diverse Stoffmuster gelagert wurden, und entnahm ihm eine kleine Rolle Baumwolle. «Auf unsere Ware trifft das eindeutig nicht zu. Wir handeln ausschließlich mit venezianischer Baumwolle, die wir über unseren Großhändler in Augsburg erhalten. Fühlt einmal, das ist doch ganz sicher keine mindere Qualität, oder?»

Neugierig nahm Gertrud Halfmann den Stoff in beide

Hände, rieb ihn zwischen den Fingern und zupfte daran herum. «Das fühlt sich wirklich sehr schön glatt an. Nicht so rau wie Leinen, obgleich Euer Leinen schon recht fein gesponnen ist.»

«Da habt Ihr recht. Wie ich schon sagte, Baumwolle trägt sich sehr angenehm auf der Haut, deshalb ist es gerade für Unterwäsche eine empfehlenswerte Alternative.»

Die Kundin zögerte, war aber sichtlich angetan. «Darüber müsste ich eigentlich erst einmal mit meinem Mann sprechen. Er schwört ja auf Leinen, aber das hier …»

«Warum probiert Ihr es nicht einfach aus, vielleicht für ein paar Kleidungsstücke? Euer Mann kann dann entscheiden, wenn er ein solches Probe getragen hat. Ich könnte Euch einen Einführungspreis anbieten. Wenn Ihr dann von der Qualität überzeugt seid, bekommt Ihr denselben Preis auch für die erste größere Bestellung.»

«Und was mache ich dann mit dem Leinen?»

Madlen lächelte ihr liebenswürdigstes Lächeln. «Das eignet sich doch auch weiterhin für diverse Kleidungsstücke, nicht zuletzt für Eure Knechte und Mägde. Oder für Bettwäsche, Handtücher und anderes. Ein Vorrat an Leinen sollte in jedem Haushalt vorhanden sein.»

Gertrud Halfmann seufzte. «Ihr führt mich in Versuchung, liebe Madlen. Ach, wisst Ihr was, gebt mit zehn Ellen von der Baumwolle dazu. Und die Borten, bitte vierzig Ellen davon, damit es auch für die Vorhänge reicht. Ich habe doch Euer Wort, was den Vorzugspreis für die Baumwolle bei einer weiteren Bestellung angeht?»

Am liebsten hätte Madlen sich die Hände gerieben. «Habe ich mein Wort schon jemals gebrochen?»

Die Kundin lachte fröhlich. «Nein, habt Ihr nicht. Kann Wilhelmi mir den Stoff morgen schon liefern?»

«Selbstverständlich, liebe Frau Halfmann.» Madlen griff nach ihrem Auftragsbuch, das sie aus dem Kontor mitgebracht hatte, klappte es auf einem freien Platz auf dem Tisch auf und notierte sich mit einem Bleistift die gesamte Bestellung und das Lieferdatum. «Wäre Euch der Vormittag recht oder lieber etwas später?»

«So früh wie möglich, denn nachmittags erwarte ich Besuch.»

Zufrieden klappte Madlen das Auftragsbuch zu. «Dann sage ich Wilhelmi, dass er morgen früh als Erstes bei Euch vorstellig werden soll. Die Aufstellung über die gesamten Kosten bringt er dann mit, wie verabredet mit einem gesonderten Nachlass von zehn *pro cento* auf Leinen und Brokat.»

«Und auf die Borten!»

«Natürlich, und auf die Borten.» Madlen begleitete die lustig plaudernde Kundin noch bis zum Hoftor und verabschiedete sich dort von ihr. Danach kehrte sie ins Lager zurück und rollte den Brokat wieder zusammen. Auch hier hatte sie nur ein Muster benutzt. Die Ware, die für den Verkauf bestimmt war, lagerte gut geschützt im hinteren Bereich des Lagerhauses.

«Schämst du dich denn gar nicht, die gute Frau Halfmann derart über den Tisch zu ziehen?»

Lucas' amüsierte Stimme ließ Madlens Herz für einen Moment aus dem Takt geraten. Überrascht drehte sie sich zu ihm um. Er stand im Eingang, die Schulter gegen den Türstock gelehnt, die Arme lässig vor der Brust verschränkt. Sein blaues Wams und das weiße Hemd wirkten etwas zerknittert, und er hatte den Spitzenkragen, der normalerweise zu seiner Kleidung gehörte, abgenommen und den Hemdkragen nicht vollständig geschlossen, sodass ein wenig von seiner muskulösen Brust zu sehen war. Da es ein sehr warmer Sommertag war, konnte Madlen ihm diese Zwanglosigkeit nicht verübeln.

Sie trug heute selbst ein Kleid mit weitem Ausschnitt und Ärmeln, die nur bis zum Ellenbogen reichten. Trotzdem hielt sie es in der Sonne kaum aus und war froh um jeden Augenblick, den sie im Schatten oder im Haus verbringen konnte.

«Ich habe sie nicht über den Tisch gezogen», erwiderte sie und bemühte sich dabei, möglichst neutral zu klingen und ihn nicht anzustarren. Nur weil sein Hemdkragen offen stand, rechtfertigte das noch lange nicht, dass ihr Puls außer Kontrolle geriet.

«Aber du hast ihr verschwiegen, dass die Baumwolle teurer ist als das Leinen und dass du bei der nächsten Bestellung trotz des Nachlasses mehr daran verdienst als an der gleichen oder sogar einer größeren Leinenmenge.»

Madlen verschränkte ebenfalls ihre Arme. «Danach hat sie nicht gefragt, und ich bin sicher, es interessiert sie auch nicht wirklich. Außerdem gereicht es ihr nicht zum Nachteil. Baumwolle trägt sich wirklich sehr angenehm direkt am Körper.»

«Ich weiß.» Sein Blick wanderte in unangemessen eindeutiger Weise über sie hinweg, sodass ihr Herz erneut aus dem Takt geriet und ihre Wangen sich erwärmten.

«Warum bist du überhaupt hier? Ich dachte, du und Wilhelmi wärt noch auf Eurer Rundreise. Hast du ihn unterwegs irgendwo verloren?»

Lucas lachte. «Nein, das nicht. Ich habe eine Ladung Lederwaren von den Benediktinern mitgebracht. Wilhelmi und Gerinc laden sie gerade bei uns ab. Ich wollte dir nur rasch Bescheid geben, dass wir zurück sind, und dich bitten, dir die Sachen anzusehen. Du kannst eure Kundschaft besser einschätzen als ich und wirst mir sicherlich sagen können, wem wir sie anbieten sollten.»

«Ich habe doch überhaupt keine Ahnung von Lederwaren.»

«Aber einen ausgezeichneten Geschäftssinn. Ich werde kurz

hinüber ins Haus gehen und deinen Vater begrüßen, und falls er nichts dagegen hat, können wir danach gleich losgehen.» Er zwinkerte vergnügt. «Je eher wir aufbrechen, desto schneller ist die Sache erledigt.»

Ehe ihr eine Antwort darauf einfallen wollte, war er bereits auf halbem Weg zum Wohnhaus. Seufzend räumte sie auch noch die Baumwolle weg, sortierte einige in Unordnung geratene Ballen neu und nahm dann das Auftragsbuch samt Bleistift, um es ins Kontor zu bringen.

Nun war Lucas schon seit drei Wochen wieder zurück in ihrem Leben, und noch immer wusste sie nicht, wie sie angemessen auf ihn reagieren sollte. Sie war beileibe kein junges, leicht zu beeindruckendes Mädchen mehr, dennoch stellte seine Anwesenheit seltsame Dinge mit ihr an. Er hatte etwas an sich – was genau, konnte sie nicht einmal mit Gewissheit sagen –, das sie nervös machte. War es die Art, wie er sie ansah, oder die Tatsache, dass er sie ständig herauszufordern versuchte? Das hatte er früher schon gerne getan, doch damals war sie noch viel zu schüchtern und unerfahren gewesen, um sich auch nur ansatzweise gegen ihn behaupten zu können.

Auch wenn sie in dieser Hinsicht heute deutlich selbstbewusster war, war es sicher besser, sich nicht allzu sehr von ihm provozieren zu lassen und ihm möglichst nicht zu nahe zu kommen. Er hatte zwar bisher keinerlei Anstalten gemacht, gewisse Grenzen zu übertreten, dennoch konnte sie sich des Eindrucks nicht erwehren, dass zwischen ihnen eine unterschwellige Anspannung herrschte. Etwas, das sie nicht zuordnen konnte – oder wollte. Vielleicht lag es einfach an der Erinnerung an jenen Tag im April vor fünf Jahren, die ihr immer noch zusetzte.

Dass er sie nun erneut in sein Haus einlud, verursachte ihr leichtes Unbehagen, etwas, das sie zuvor nie gekannt hatte. Sie war schon oft mit Peter alleine irgendwo gewesen und hatte nie Sorge gehabt, etwas Unbedachtes zu tun.

Als sie den Seiteneingang erreichte, öffnete sich gerade die Tür, und ihr Vater kam, auf seine Krücken gestützt, heraus, dicht gefolgt von Lucas, der offenbar gerade etwas Witziges gesagt hatte. Ihr Vater lachte und nickte ihr gutgelaunt zu, als er sie erblickte. «Madlen, mein Kind, da bist du ja. Unser guter Lucas erzählte mir gerade, wie erfolgreich seine Reise war und dass auch Wilhelmi hervorragende Geschäfte verzeichnen konnte. Endlich einmal gute Nachrichten, nachdem wir in letzter Zeit so häufig Einbußen zu beklagen hatten. Sag, was hatte denn Frau Halfmann heute für Wünsche? Sie sah mir vorhin ziemlich kauflustig aus.»

«Das war sie auch.» Madlen entspannte sich ein wenig. «Sie hat Brokat für neue Kissenbezüge und Vorhänge gekauft.»

«Ach, ich dachte, sie wäre wegen der Leinenbestellung da.»

«Die hat sie ebenfalls getätigt, und außerdem konnte ich ihr noch zehn Ellen Baumwolle schmackhaft machen.»

«Mit Preisnachlass», fügte Lucas schmunzelnd hinzu. «Zehn *pro cento*, nicht wahr?»

Madlen kräuselte die Lippen. «Das galt für Leinen und Brokat. Die Baumwolle kriegt sie zu einem anderen Preis.»

«Du hast sie zu Baumwolle überredet?» Ihr Vater strahlte. «Da soll mich doch! Bei mir hat sie abgewinkt, bevor ich auch nur das Wort in den Mund genommen habe.»

«Ich habe nur auf den richtigen Zeitpunkt gewartet, Vater.»

«Und ihr zehn Ellen angedreht. Das reicht aber nicht für allzu viele Kleidungsstücke.»

«Eine Garnitur Unterwäsche oder zwei, vielleicht ein Hemd», bestätigte sie lächelnd. «Wenn sie die Sachen erst einmal Probe getragen hat, wird sie schon noch eine größere Bestellung aufgeben.»

Mit einem stolzen Lächeln blickte ihr Vater Lucas an. «Das Mädchen ist Gold wert, findest du nicht auch, Lucas?»

Lucas nickte heiter. «Absolut.»

«Nun denn.» Gutgelaunt wandte Gerlach sich wieder Madlen zu. «Ihr beide wollt also rasch losgehen und euch die neuen Lederwaren ansehen? Das ist eine sehr gute Idee. Ich habe bereits Briefe für die in Frage kommende Kundschaft vorbereitet. Madlen, wenn du mir noch heute berichtest, könnte ich die Post morgen schon auf den Weg bringen.» Er nickte in Lucas' Richtung. «Ich bezweifle nicht, dass du ausgezeichnete Ware eingekauft hast. Die Benediktiner stellen sehr gutes Leder her. Ich muss von Madlen nur noch wissen, welche Waren sie für welche Kunden für geeignet hält. Unter Umständen, wenn alles so verläuft, wie ich mir das vorstelle, könntest du in Kürze mit einem oder gar mehreren größeren Aufträgen rechnen.»

«Das würde mich sehr freuen, Herr Thynen.» Lucas trat einen Schritt zur Seite, um die Tür freizugeben. «Verzeih, Madlen, wolltest du noch hineingehen?»

Madlen blickte kurz auf das Auftragsbuch, das sie fest an ihre Brust gepresst hatte. «Ja, ich muss das noch ins Kontor zurückbringen.» Eilig schob sie sich an ihm vorbei ins Haus. Im Kontor angekommen, legte sie das Buch und den Bleistift auf dem Schreibpult ab und fasste sich an die Stirn. So sorglos, fast übermütig hatte sie ihren Vater schon lange nicht mehr gesehen. Wie hatte Lucas ihn in so kurzer Zeit derart erheitern können? Wenn sie das herausfinden wollte, blieb ihr wohl nichts anderes übrig, als ihn zu fragen. Bei ihrer Rückkehr in den Hof hörte sie ihren Vater erneut laut lachen.

Lucas lächelte ihr zu, als sie sich zu ihnen gesellte. «Sollen wir uns auf den Weg machen? Wenn du möchtest, können wir Bridlin mitnehmen.»

«Wozu das denn?» Gerlach sah ihn erstaunt an. «Die Magd kümmert sich heute um Mattis, während Anne-Maria drüben bei den Leinens ist.»

«Nun, ich dachte, dass Madlen vielleicht dem Anstand Genüge leisten möchte. Wir können den Jungen auch gerne mitnehmen.»

Madlen runzelte die Stirn, sagte aber nichts, denn ihr Vater grinste schon wieder.

«Unsinn! Wer sollte wohl Anstoß daran nehmen, dass meine Tochter von einem guten Freund der Familie begleitet wird.» Er wandte sich an Madlen. «Du etwa?»

Madlen räusperte sich verlegen. «Es war wohl nur ein dummer Scherz.»

«Das will ich meinen.» Amüsiert schüttelte ihr Vater den Kopf. «Nun macht euch schon auf den Weg, ihr beiden. Aber Madlen, bitte denk daran, dass ich später noch ins Bürgerhaus muss. Sei also zurück, bevor die Vesperglocke läutet, damit jemand im Haus ist, falls noch ein später Kunde hereinschneit. Wilhelmi wird ja wohl auch bald wieder hier sein, nicht wahr, Cuchenheim?»

«Vermutlich ist er bereits auf dem Weg», bestätigte Lucas.

«Nun denn, umso besser. Bis später, mein Kind.» Ihr Vater strich Madlen liebevoll über den Arm, bevor er zurück ins Haus humpelte.

«Wollen wir?» Höflich hielt Lucas ihr seinen Arm hin, damit sie sich bei ihm unterhakte, doch sie ignorierte die Geste und ging mit etwas Abstand neben ihm zur Straße.

Sobald sie einige Schritte vom Haus entfernt waren, sah sie ihn misstrauisch von der Seite an. «Seit wann bist du Vaters *guter Lucas*? Und wie hast du es fertiggebracht, ihn in eine derart fröhliche Laune zu versetzen?»

«Habe ich das?» Lucas erwiderte ihren Blick überrascht.

«Mir war, als habe mich dein Vater bereits in bester Stimmung empfangen. Nun, ihm die guten Nachrichten über meine und Wilhelmis Geschäfte zu berichten, hat sicher auch nicht geschadet.»

«Gute Nachrichten sind rar in letzter Zeit», stimmte sie nachdenklich zu. «Zudem scheint er geradezu einen Narren an dir gefressen zu haben.»

«Und das stört dich?»

«Das habe ich nicht gesagt.»

Er schmunzelte. «Es klang aber so.»

«Der *gute Lucas* ist ein wenig zu viel des Lobes. Als du Rheinbach vor fünf Jahren verlassen hast, war Vater weit weniger freundlich auf dich zu sprechen.»

«Mit gutem Grund.» Lucas' Miene wurde ernst.

«Ja, allerdings.» Sie blickte geradeaus, um dem irritierend leuchtenden Blau seiner Augen nicht zu begegnen.

«Ich kann nichts dafür, dass dein Vater mich in sein Herz geschlossen hat.»

Kopfschüttelnd beschleunigte sie ihren Schritt ein wenig, doch natürlich hatte Lucas keinerlei Probleme, sich ihrem Tempo anzupassen. «Warum wolltest du mir schon wieder Bridlin auf den Hals hetzen?»

«Hetzen?» Lucas lachte. «Die Frau kennt nicht einmal die Bedeutung dieses Wortes.»

«Wolltest du mich vor Vater in Verlegenheit bringen?»

«Nicht im Geringsten. Ich dachte nur, eine weibliche Begleitung würde dich beruhigen.»

«Ich bin vollkommen ruhig, Lucas.» Verärgert hob sie nun doch den Blick zu ihm. «Weshalb sollte ich nicht ruhig sein?»

Er sah sie einen langen Moment schweigend an, dann zuckte er mit den Schultern. «Vielleicht war da der Wunsch Vater des Gedankens.»

Ein merkwürdiger Schauder überlief sie bei seinen Worten. Glücklicherweise kam ihnen in diesem Moment Wilhelmi auf dem schweren Pferdefuhrwerk entgegen, sodass sie keine Erwiderung formulieren musste. Er hielt das Gefährt neben ihnen an und grüßte Madlen höflich. Als er Lucas ansprach, hatte er kaum mehr als einen skeptischen Seitenblick für ihn übrig. «Hauptmann Cuchenheim, ich habe mit Eurem Knecht alle Eure Waren abgeladen.»

«Sehr gut, dann kann Madlen sie sich gleich in Ruhe ansehen.»

Wilhelmi verzog missbilligend die Lippen. «Das ist nicht notwendig. Ich habe jeden einzelnen Bogen Leder und alle bereits verarbeiteten Waren schon überprüft. Alles beste Qualität.»

«Das mag sein, doch Herr Thynen war der Ansicht, dass seine Tochter sich die Sachen auch noch einmal ansehen und ihm Bericht erstatten soll», erwiderte Lucas ungerührt, woraufhin Wilhelmi verärgert schnaubte.

«Jetzt ist mein Urteil also nicht mehr gut genug? Als hätte ich nicht mehr Erfahrung als das Mädchen.»

«Was Lederwaren angeht?» Spöttisch hob Lucas die Augenbrauen.

«Da kennt sie sich doch auch nicht aus.»

Madlen seufzte innerlich. «Wilhelmi, lasst gut sein. Vater hat mir aufgetragen, mich um die Vermittlung zwischen Lucas und unseren Kunden zu kümmern. Ihr habt doch sicherlich noch andere Dinge zu tun, nicht wahr?»

«Hab ich.» Ungnädig schnalzte Wilhelmi mit der Zunge. «Ich würd' ja meine Tochter nicht einfach so mit einem fremden Mann rumlaufen lassen. Gibt ein ungutes Bild ab.»

«Haltet Euch zurück.» Lucas trat an das Fuhrwerk heran und maß den Handelsgehilfen mit strengen Blicken. «Solche

Reden schaden demjenigen mehr, der sie hält, als der Person, die verunglimpft wird.»

«Ich mein ja bloß.» Mit beleidigter Miene schnalzte Wilhelmi erneut und trieb die Pferde an.

Kopfschüttelnd blickte Lucas dem davonrumpelnden Fuhrwerk nach. «Er scheint wirklich Angst zu haben, dass ihm die Felle davonschwimmen.»

«Nein, er kann es nur nicht vertragen, dass eine Frau ihm vorgezogen wird. Er hält mich für unfähig.» Madlen ging langsam weiter.

Lucas kam sogleich wieder an ihre Seite. «Bist du dir da sicher? Ich kann mich des Eindrucks nicht erwehren, dass hier mehr unterdrückte Begierde im Spiel ist denn Missgunst. Anfangs dachte ich, es sei Neid, aber ...»

«Nun hör aber auf!» Erschrocken starrte sie ihn an. «Wilhelmi begehrt mich doch nicht. Das ist ja ... vollkommener Unsinn.»

«Wie alt ist Wilhelmi jetzt?»

Sie runzelte die Stirn. «Keine Ahnung. Vielleicht fünfundvierzig oder sechsundvierzig Jahre. Was hat sein Alter damit zu tun?»

«Wie lange kennt er dich?»

«Schon mein ganzes Leben. Was ...?»

«Und seit wann benimmt er sich so widerspenstig dir gegenüber?»

«Seit ich Vaters Geschäfte übernommen habe. Ich sage doch, er verträgt es nicht, dass eine Frau ...»

«Überleg noch einmal genau, Madlen», unterbrach er sie. «Soweit ich mich entsinne, hat er auch früher schon ungnädig reagiert, wenn dir jemand zu nahe kam. Peter vielleicht mal ausgeschlossen, weil der ihm standesmäßig zu weit überlegen ist.»

«Du bist ja verrückt!»

«Bin ich das?» Lucas ließ ihr an seinem Hoftor den Vortritt. «Dass du nun auch noch viele seiner Aufgaben übernommen hast, noch dazu mit viel Talent, hat vermutlich einfach nur Öl ins Feuer gegossen.»

«Nein.» Vehement schüttelte sie den Kopf. «Das glaube ich einfach nicht. Das wäre ja … Vater hätte mich nie mit jemandem wie ihm …»

«Natürlich nicht.» Lächelnd führte Lucas sie hinüber zu dem schmalen Gebäude, das ihm als Lagerhaus diente. «Aber wer weiß, vielleicht gab es eine Zeit, als er sich wirklich Hoffnungen gemacht hat. Immerhin arbeitet er schon lange bei euch und ist praktisch Teil der Familie.»

«Das ist absolut widersinnig!» Madlen rieb sich über die Oberarme, weil sie von einer Gänsehaut erfasst worden war. Ganz so abwegig schien Lucas' Theorie nicht zu sein, doch sie weigerte sich, sie auch nur in Betracht zu ziehen. Denn dann würde sie Wilhelmi zukünftig nicht mehr in die Augen sehen können.

«Du bist eine schöne Frau, Madlen, und du besitzt eine ansehnliche Mitgift. Ist dir noch nie der Gedanke gekommen, das Peter nicht der einzige Mann in Rheinbach ist, der dich gerne zu seiner Frau gemacht hätte?»

«Aber doch nicht Wilhelmi!»

«Er ist auch nur ein Mann.» Lucas hob die Schultern. «Aber ich kann mich natürlich auch irren. Nicht was sein Mannsein angeht, sondern …»

«Schon gut, hör endlich auf damit. Ich will nichts mehr von diesem Unfug hören.» Sie hatten das Lager inzwischen betreten, sodass Madlen eine gute Ausrede hatte, das Thema zu wechseln. Die neuen Handelsgüter waren alle auf der rechten Seite vor einem leeren Regal in Kisten und Bündeln aufgestapelt worden und warteten darauf, sortiert und verzeichnet zu werden. «Das sind ja mehr Sachen, als ich dachte.» Interessiert beugte sie sich über eines der Bündel und zupfte das grobe Leinen zur Seite, das zum Schutz um die Lederstücke gewickelt worden war.

«Hier, warte.» Lucas trat neben sie und schnitt die Verschnürung mit einem kleinen Messer durch. Er zerrte das Bündel auseinander, damit Madlen die einzelnen Lederstücke in die Hand nehmen konnte. «Das ist noch unverarbeitetes Material.»

«Sehr weich.» Sachte strich Madlen über eines der Stücke. Sie kannte sich kaum mit Leder aus, doch soweit sie es beurteilen konnte, hatte Lucas hervorragende Qualität eingekauft.

«Diese Stücke eignen sich hauptsächlich für Schuhwerk», erklärte er, während er ein weiteres Bündel aufschnitt, «und dies hier sind größere Bögen, die ich wohl ans Regiment verkaufen werde. Daraus lassen sich Lederharnische und Wämser anfertigen. Außerdem habe ich mehrere größere, bereits für Zeltplanen vorbereitete Ballen bestellt, die im Lauf der kommenden vier Wochen hier eintreffen werden. Du kannst auch ruhig die Kisten öffnen. Darin sind fertige Geldbörsen, Taschen, Schürzen und Hosen zu finden. Hier drüben habe ich außerdem eine Auswahl an Schnüren sowie ...»

«Herr Hauptmann? Seid Ihr hier drinnen?» Gerinc war in der Tür erschienen. «Oh, gut. Ihr ...» Er stutzte, als er Madlen sah. «Ihr habt ja Besuch, Verzeihung. Ich wollte nicht stören, aber es ist wichtig.»

«Was gibt es denn?» Lucas ging auf seinen Knecht zu. «Dies ist übrigens Madlen Thynen, von der ich dir bereits erzählt habe.»

«Die neulich drüben im Armeelager war?» Neugierig musterte Gerinc Madlen, errötete dann aber und räusperte sich verlegen. «Verzeihung. Guten Tag.»

Madlen lächelte ihm zu. Der junge Knecht wirkte ausgesprochen linkisch, als er sich in ihre Richtung verbeugte. «Guten Tag, Gerinc. Störe dich bitte nicht an mir.»

«Ja, ähm, also, ja.» Gerinc riss seinen Blick von ihr los und wandte sich an Lucas. «Herr Hauptmann, der Franzmann aus Bonn wartet draußen, Ihr wisst schon, der, dem Ihr eine Abreibung verpasst habt und der dann auf einmal Euer, ähm, Ihr wisst schon …»

«Leutnant d'Armond ist hier?» Alarmiert blickte Lucas erst über Gerincs Schulter zur Tür hinaus, dann zu Madlen. «Entschuldige mich bitte kurz, aber ich muss mit ihm reden. Es wird hoffentlich nicht lange dauern.»

Überrascht über Lucas' plötzlich so ernste Miene, nickte sie ihm zu. «Selbstverständlich. Ich sehe mir einfach weiter die Waren an.»

Ihre letzten Worte hatte Lucas vermutlich schon nicht mehr mitbekommen, weil er mit ausholenden Schritten das Lagerhaus verlassen hatte. Gerinc sah ihm unsicher nach, dann grinste er schief. «Ist wirklich sehr wichtig, der Franzmann. Hat wahrscheinlich dringende Nachrichten, sonst wär' er nicht selbst hergekommen … Verzeihung, ich darf eigentlich gar nicht darüber reden. Ich sollte jetzt auch besser rausgehen.» Seine Wangen hatten sich tiefrot verfärbt.

Madlen unterdrückte ein amüsiertes Lächeln. «Dann lauf zu, vielleicht braucht der Hauptmann dich.»

«Ja, ja, stimmt, Ihr habt vollkommen recht.» Gerinc machte auf dem Absatz kehrt und rannte nach draußen.

Madlen war versucht, näher an die Tür zu treten, um einen Blick auf diesen Franzosen zu werfen. Doch sie wollte weder unhöflich noch neugierig wirken, deshalb wandte sie sich wieder den Lederwaren zu. Sie öffnete die beiden obersten Kisten und nahm einige der ledernen Börsen und Taschen heraus. Alle solide verarbeitet und zum Teil sogar sehr hübsch verziert. Sie kannte die Arbeiten der Benediktiner bereits seit längerem und besaß selbst einen Geldbeutel aus einer ihrer Werkstätten.

In einer kleineren Kiste fand sie schließlich auch die Schnüre, von denen Lucas gesprochen hatte. Sie waren gebündelt und von sehr fein bis fast fingerdick sortiert. Daneben befanden sich auch diverse Gürtel und Gürtelschnallen in dem Behälter, allesamt kunstfertig hergestellt und sicherlich leicht weiterzuverkaufen.

Nachdenklich betrachtete Madlen die Kisten und Bündel und fragte sich, was sie sonst noch tun sollte. Sicherlich gab es Möglichkeiten, die Qualität von Leder zu testen, die verlässlicher waren, als es anzusehen und darüberzustreichen. Aber sie kannte sie nicht. Ob Wilhelmi recht hatte? Was suchte sie hier eigentlich? Weshalb war es ihrem Vater so wichtig, die Lederwaren in Augenschein zu nehmen? Wenn Wilhelmi der Ansicht war, dass sie gut genug für eine Vermittlung an die Kundschaft des Thynen'schen Tuchhandels waren, brauchte es nicht noch eine zweite Meinung. Im Grunde hätte schon Lucas' Versicherung ausgereicht, denn immerhin war er derjenige, der den Lederwarenhandel erlernt hatte. Er mochte früher als Tunichtgut gegolten haben, doch dumm war er nie gewesen und auch kein schlechter Kaufmann.

Ratlos ließ sie eines der Schnürebündel durch ihre Finger gleiten und legte es schließlich zögernd in die Kiste zurück. Für die Riemen und Schnüre sowie das Schuhleder gäbe es sicher hier in Rheinbach und in der näheren Umgebung genügend Abnehmer. Für das unverarbeitete Leder bräuchten sie am besten einen Großkunden, aber auch in dieser Hinsicht sah Madlen gute Aussichten für Lucas.

Während sie noch darüber nachsann, welchen ihrer Kunden sie die jeweiligen Waren ans Herz legen könnten, trat sie doch an die Tür. Lucas schien länger mit dem Besucher beschäftigt zu sein als gedacht. Die beiden Männer sowie Gerinc, der sich um das fuchsfarbene Reitpferd des Franzosen kümmerte, standen etwas seitlich vom Hoftor und unterhielten sich leise, aber eindringlich. Lucas' Miene wirkte sehr ernst, die des kleinen, drahtigen Franzosen sogar regelrecht empört. Offenbar hatte er schlechte Nachrichten überbracht.

Als Lucas sie bemerkte, verzogen sich seine Lippen zu einem Lächeln, das diesmal jedoch nicht seine Augen erreichte. Mit einem Winken bedeutete er ihr, sich zu ihnen zu gesellen, also ging Madlen die wenigen Schritte über den Hof. Hoffentlich nahmen es ihr die Männer nicht übel, dass sie gelauscht, na ja, eigentlich nur zugesehen hatte.

«Madlen, darf ich dir Lieutenant Pascal d'Armond vorstellen. Er gehört zur königlichen Armee Ludwigs XIV. und damit zum Bündnispartner des Fürstbischofs Bernhard von Galen.» Lucas wandte sich an den Franzosen. «Lieutenant d'Armond, dies ist Madlen Thynen.»

«Ah, Mademoiselle, freut misch se'r.» D'Armond verbeugte sich mit einem liebenswürdigen Lächeln. «Ein schöne Frau ist immer eine angenehme Anblick, n'est pas, 'auptmann? Aber Ihr wollt misch doch nischt etwa be'aupten, dies sei Euer 'ochvere'rte Braut, oder etwa doch? Solch eine güte Geschmack 'ätt' ich nischt Euch zugetraut.»

«Nein, nein, ich bin nicht seine Braut.» Erschrocken wehrte Madlen ab.

Lucas lachte trocken. «Die Mademoiselle ist leider bereits anderweitig vergeben. Madlen ist Tuchhändlerin, müsst Ihr wissen, und wir planen, unsere Geschäfte zum gegenseitigen Nutzen zu verbinden.»

«Ah, oui?» Der Franzose musterte Madlen mit hochgezogenen Augenbrauen. «Ein 'ändlerin? Extraordinaire! Solche gibt es nicht allzu 'äufig, n'est pas? Ihr führt alleinig eine 'andel mit die Stoffe?»

Madlen schüttelte den Kopf. «Nicht alleine. Ich helfe meinem Vater.»

«Sie hat das Geschäft in den vergangenen Jahren fast alleine geführt, weil ihr Vater bei einem Unfall schwer verletzt wurde.»

«Oh, tatsäschlisch?» Erneut musterte der Franzose Madlen. «Wenn der 'auptmann mit Euch 'andelt, müss er Euch ganz sonderlisch schätzen. Üngewöhnlisch.»

Madlen hüstelte. «Ich wollte Euch nicht in Eurem Gespräch stören, das gewiss sehr wichtig ist. Vielleicht sollte ich einfach ...»

«Unser Gespräch ist bereits beendet.» Lucas berührte sie kurz am Arm, um sie davon abzuhalten, sich zu entfernen. «Nicht wahr, Lieutenant? Oder gibt es noch mehr, das Ihr mir mitzuteilen habt?»

«Nein, isch 'abe alles gesagt, was wischtisch ist.»

«Dann schlage ich vor, Ihr begebt Euch jetzt hinaus vor das Dreeser Tor. Dort lagern meine Männer und werden Euch mit Speis und Trank sowie einem Platz zum Schlafen versorgen. Sagt ihnen, dass Ihr mein Gast seid, weil wir Probleme mit dem Nachschub an Waffen und Lebensmitteln zu bereden haben, dann werden sie sich nicht allzu sehr über Eure Anwesenheit wundern.»

«Gibt es kein güt' Tavern' 'ier in der Stadt?»

«Doch, selbstverständlich», mischte Madlen sich ein. «Den *Goldenen Krug* und den *Mühlenwirt*. Beide bieten auch Zimmer für Reisende an und außerdem sehr gutes Essen.»

«Von den Gasthäusern rate ich Euch ab.» Lucas warf Madlen einen kurzen Seitenblick zu. «In der Stadt gibt es eine Reihe von Leuten, die nicht gut auf die Franzosen zu sprechen sind. Ihr reist allein und in Armeeuniform, das könnten einige Leute zum Anlass nehmen, ihre schlechte Laune an Euch auszulassen. Wie gesagt, in unserem Lager werdet Ihr gut versorgt.»

«D'accord.» D'Armond nickte zustimmend. «Isch 'offe, die ün'öflische Kerle von neulisch nischt sind mit Euch 'ier?»

Lucas lächelte schmal. «Fürchtet Ihr noch eine Tracht Prügel? Keine Sorge. Solange Ihr meine Männer in Ruhe lasst, werden sie Euch nichts tun.»

Der Franzose verzog missvergnügt die Lippen und verbeugte sich erneut höflich vor Madlen. «Mademoiselle, es war misch ein Freude, Euer Bekanntschaft gemacht zu 'aben.» Er griff nach den Zügeln seines Pferdes. «Güten Tag, 'err 'auptmann.» Er schwang sich in den Sattel und trabte ohne ein weiteres Wort zum Hoftor hinaus.

Lucas blickte ihm nach und drehte gedankenverloren einen Brief in den Händen, den d'Armond ihm offenbar überbracht hatte.

«Ich sollte wirklich gehen. Du musst dich jetzt doch sicher mit anderen Dingen beschäftigen. Wir können ein andermal über die Lederwaren reden.» Erneut machte Madlen Anstalten, sich abzuwenden, doch diesmal hielt Lucas sie am Arm fest und begann, sie Richtung Lagerhaus zu ziehen.

«Komm mit, ich muss mit dir reden.»

«Was? Worüber denn? Lucas?» Er antwortete nicht, sondern zog sie nur weiter und ließ sie erst los, als er die Tür hinter ihnen zustieß. «Was hast du denn auf einmal? Habe ich dich verärgert? Verzeih, ich wollte mich eben nicht einmischen. Ich hatte nicht bedacht, dass dem Franzosen in unseren Gasthäusern möglicherweise Ärger drohen könnte. Ich hätte nicht …»

«Vergiss d'Armond», unterbrach Lucas sie unwirsch. Als sie ihn erschrocken anstarrte, schloss er kurz die Augen. Als er sie wieder öffnete, war er vollkommen ruhig. «Verzeih, Madlen, aber das hier», er hob den Brief kurz an, «sind sehr ernste Nachrichten.»

«Aber was habe ich damit zu tun?» Ratlos blickte sie in sein Gesicht, auf dem sich Besorgnis abzeichnete. «Ist etwas Schlimmes geschehen?»

«Wie steht dein Vater den Franzosen gegenüber?»

«Wie bitte?» Vollkommen verblüfft antwortete sie, bevor sie sich fragen konnte, warum Lucas das wissen wollte. «Mein Vater? Also ... Ich weiß nicht recht. Er hat Kundschaft unter den französischen Besatzern in Bonn.»

«Das meine ich nicht.»

Madlen schluckte. Jetzt holten ihre Gedanken sie ein. «Irgendetwas ist geschehen. In dem Brief steht etwas über den Verräter, den du suchst, nicht wahr? Und du glaubst ... du glaubst, mein Vater hat etwas damit zu tun.»

«Woher ...»

«Ich bitte dich», unterbrach sie ihn scharf und verschränkte verärgert die Arme vor dem Körper. «Das war nun wirklich nicht schwer zu erraten, Lucas. Wie kannst du auch nur einen Augenblick glauben, dass mein Vater ein Verräter sein könnte? Mag sein, dass er nicht immer allzu freundlich über die Besatzer spricht, aber wer tut das schon? Es sind immerhin Besatzer, Lucas. Männer aus einem anderen Königreich, die ihren Krieg gegen den Oranier und Spanien auf unserem Rücken austragen.»

«Genau genommen hat Wilhelm sich erst eingemischt, nachdem Ludwig seine Eroberungszüge so eklatant ausgeweitet hat», korrigierte er sie.

Sie rümpfte die Nase. «Na und? Ist es nicht gleich, wer angefangen hat? Wenn allein schon der Ärger über den Krieg einen zum Verräter macht, dann bin ich auch einer. Der Krieg raubt uns unsere Lebensgrundlage. Städte werden belagert und geschleift, Handelskarawanen überfallen, Waren und Lebensmittel geplündert. Himmel, natürlich sind wir alles andere als glücklich darüber. Trotzdem ist Vater kein Verräter, niemals. Wenn du das wirklich glaubst ...»

«Madlen, der Fürstbischof hat mich nicht hergeschickt, um etwas zu glauben, sondern um Beweise zu liefern.» Er wirkte aufgebracht, aber gleichzeitig auch unglücklich über das, was er offenbar erfahren hatte. In einer frustrierten Geste fuhr er sich durch sein im Nacken zu einem Zopf gebundenes blondes Haar. Dann drückte er ihr den Brief in die Hand. «Lies selbst. Du kannst doch Französisch, oder?»

«Ja, etwas.» Ungläubig starrte sie auf den Umschlag. «Du lässt mich das lesen? Lucas, das ist doch ein geheimer Brief.»

Wütend riss er ihr den Umschlag wieder aus der Hand. «Ich kann dir auch erzählen, was darin steht, wenn du es nicht selbst lesen willst. Vor knapp zwei Wochen, an dem Tag, an dem du mit deiner Schwester und Bridlin drüben im Lager warst, habe ich einige Briefe verfasst und im Namen meines Kommandanten über verschiedene Boten der Poststation versenden lassen.»

«Aha.» Fragend musterte sie ihn. «Und weiter?»

«Einige meiner Männer, die ich inzwischen ins Vertrauen gezogen habe, haben die Boten verfolgt, heimlich natürlich, um herauszufinden, ob einer von ihnen für den Oranier spioniert.»

«Ihr habt die Boten getäuscht?»

«Ich habe zusammen mit meinen Leuten eine falsche Fährte gelegt. In Bonn und Köln haben Männer der französischen Armee dann die weitere Verfolgung übernommen.»

«Dann ist dieser d'Armond dein Kontaktmann?»

Lucas nickte ernst. «Er ist einer der dortigen Befehlshaber. Leider haben seine Leute zwei der drei Boten kurz aus den Augen verloren. Später konnte nicht mehr festgestellt werden, ob sie einen Umweg oder irgendwo Zwischenstation gemacht haben. Meine Briefe kamen termingerecht bei ihren Empfängern an.»

«Ja, und?» Sie versuchte, seinem Gedankengang zu folgen, konnte aber beim besten Willen nicht erkennen, worauf er hinauswollte. «Wenn sie die Briefe an niemanden übergeben haben, war der Täuschungsversuch doch vergeblich, oder etwa nicht?»

«So hatte es zunächst den Anschein.» Lucas wandte sich ab und ging erregt neben Madlen auf und ab. «Die Franzosen überwachen einen Großteil des Postverkehrs, das dürfte dir bekannt sein. Bei einer zufälligen Kontrolle fanden sie jetzt die Kopie eines Schreibens an eine Person im französischen Regiment, die es nicht gibt.»

«Was?» Irritiert kniff Madlen die Augen zusammen. «Wie kann das sein?»

«Ganz einfach, weil ich diese Person erfunden habe. Es war eine der falschen Fährten.»

Sie begriff. «Also wurde einer der Briefe abgeschrieben und an die Holländer geschickt?»

«An einen Mittelsmann, der den kopierten Brief seinerseits an die Holländer weiterleiten sollte.»

«Und was hat das Ganze mit ...»

Abrupt blieb Lucas dicht vor Madlen stehen. «Der Brief des Verräters befand sich in der Obhut eines Boten, der ausschließlich Handelsbriefe für deinen Vater im Gepäck hatte.» Madlen stoppte das Herz, doch das hielt Lucas nicht davon ab, weiterzureden. «Er wird derzeit von den Franzosen und den Kurkölnern befragt. Momentan deutet vieles darauf hin, dass die Nachricht für den Mittelsmann zurück nach Rheinbach gelangen sollte – in das Haus deines Vaters.«

13. Kapitel

«Nein.» Entsetzt starrte Madlen Lucas an. «Das ist vollkommen unmöglich.» Wütend riss sie ihm den Brief aus den Händen und zog ein dicht beschriebenes Blatt aus dem Umschlag. Mit leicht zusammengekniffenen Augen versuchte sie, die winzige Schrift zu entziffern, gab es jedoch nach kurzer Zeit auf. Ihr Französisch reichte nicht aus, um den Sinn des Schriftstücks zu erfassen. «Vater ist kein Verräter.»

Lucas blieb weiterhin ruhig, seine Miene sorgenvoll. «Du begreifst, dass ich dieser Sache nachgehen muss, oder? Ich hätte dir nichts davon gesagt, wenn ich nicht der Ansicht wäre, dass du mir behilflich sein kannst.»

«Was soll ich denn tun? Meinen Vater fragen, ob er geheime Botschaften an die Franzosen abfangen lässt und den Holländern zuspielt?» Aufgebracht schüttelte sie den Kopf. «Wie stellst du dir das ...» Sie erstarrte, als ihr aufging, worauf Lucas hinauswollte. «Ich soll ihn bespitzeln? Ihn ausspionieren? Nein, Lucas, das werde ich nicht tun. Wir reden hier von meinem Vater! So etwas kannst du nicht von mir verlangen. Dir muss doch klar sein, dass er unschuldig ist.»

«Madlen ...»

«Nein, Lucas, es ist mir egal, was dein Fürstbischof von dir verlangt. Ich werde nicht dabei helfen, meinen Vater für etwas ans Messer zu liefern, was er nicht getan hat.»

«Madlen, nun hör mir doch ...»

«Nein, ich muss hier weg. Ich ertrage das nicht. Wie kannst du nur? Ich dachte, du wärst unser Freund. Ich dachte, *wir* wären Freunde. Aber jetzt willst du meinem Vater ...» Sie schauderte. «Was tut ihr mit Verrätern? Nein, ich will es nicht wissen. Ich werde dir nicht helfen. Ich muss hier weg», wiederholte sie und wollte an ihm vorbei zur Tür stürzen.

«Madlen, bleib hier, verdammt noch mal!» Er packte sie am Arm und riss sie so heftig zu sich herum, dass sie gegen ihn prallte.

Seine Arme schlossen sich wie Schraubstöcke um sie, und Madlen fand sich fest an ihn gepresst wieder. Sie erstarrte. Hektisch schluckte sie gegen das Pochen ihres Herzens an, das bis in ihre Kehle hinauf zu spüren war. «Lass mich los, Lucas!»

«Nein. Erst hörst du mir zu.» Sein Blick wirkte finster, und seiner Stimme war anzuhören, dass er ebenso wütend war wie sie. «Ich habe nie behauptet, dass dein Vater schuldig ist. Ich muss dieser Sache nachgehen, das ist meine Pflicht. Und nur auf diese Weise kann ich herausfinden, was wirklich dahintersteckt. Wer der wahre Schuldige ist. Aber dazu benötige ich deine Hilfe.»

Stumm blickte sie zu ihm auf. Ihre starre Haltung löste sich ein wenig, dennoch hatte sie das Gefühl, nicht frei atmen zu können.

«Ich bin nicht so kurzsichtig, wie du glaubst.» Er klang noch immer aufgebracht. «Ausgerechnet dir müsste doch klar sein, dass ich nicht nach dem ersten Anschein der Dinge urteile. Nicht nach allem, was ich in der Vergangenheit erlebt habe.»

Sie biss sich betreten auf die Unterlippe. Er hatte recht. Die Anschuldigung hatte sie so schockiert, dass sie gar nicht versucht hatte, Lucas' Seite zu sehen. Sie konnten ihren Vater nur entlasten, wenn sie ermittelten. «Tut mir leid. Ich hätte nicht so aufbrausen dürfen. Das war ungerecht und zudem ...»

«Was?»

«Es schickt sich nicht.»

Endlich entspannte auch er sich etwas und ließ sie los, sodass sie einen Schritt zurücktreten konnte. Sein Blick hielt den ihren jedoch gefangen. «Sagt wer?»

«Ich. Alle.» Sie zuckte mit den Achseln. «Eine Frau sollte niemals ihre Stimme erheben und derart aus der Haut fahren.»

«Warum nicht?»

Seine verblüffte Frage ließ sie die Stirn runzeln. «Weil sich das für eine Frau nicht gehört. Es wirft ein unschönes Bild auf sie, deutet auf eine schlechte Erziehung hin.»

«Was für ein Unsinn.» Lucas schnaubte abfällig. «Lass mich raten. Dein lieber Peter mag es nicht, wenn du wütend wirst oder dich gar mit ihm streitest.»

«Wir streiten nie.» Sie trat noch einen Schritt zurück und richtete ihren Blick auf die Lederwarenstapel. «Das ist unnötig, wenn man sich versteht.»

«Ihr seid also immer derselben Meinung?»

«Ja.» Sie zögerte. «Nein, nicht immer, aber deshalb muss man sich nicht gleich streiten.»

«Weil du nachgibst und ihm seinen Willen lässt?» Er lachte trocken. «Oder weil er einfach alles tut, um dir zu gefallen?»

«Das ist nicht wahr!»

«Mit mir darfst du dich jedenfalls streiten, Madlen. Ich habe nichts dagegen, wenn du mir deine Meinung ins Gesicht sagst.»

«Ich will mich überhaupt nicht streiten.»

«Das ist aber manchmal unausweichlich – und wichtig. Ein Gewitter reinigt die Luft, also schrei mich ruhig an, wenn dir danach ist.»

Nervös ob der merkwürdigen Richtung, die ihr Gespräch genommen hatte, zupfte Madlen an einer Rockfalte ihres Kleides herum. «Wenn meine Schwestern sich streiten, bin immer ich diejenige, die schlichtet. Es macht einfach keinen guten Eindruck auf die Leute, wenn Frauen – oder Mädchen – einander angiften.»

«Es macht einen Unterschied, worüber man in Streit gerät. Kindisches Gezänk ist etwas anderes als ein hitziges Streitgespräch oder ein rechtschaffener Wutausbruch.»

Madlen seufzte leise. «Wenn eine Frau ihre Stimme erhebt, wird ihr das grundsätzlich als kindisches Gezänk ausgelegt.»

«Nicht von mir.»

Nachdenklich hob sie den Blick, bis sie dem seinen begegnete, der ernst und offen auf ihr ruhte. «Warum bist du so ...» Sie brach ab, weil sie kein Wort fand, das richtig passte.

«Wie?»

Sie zuckte mit den Achseln. «Ich weiß nicht. So anders als alle anderen Leute. Warum stört dich nicht, was jeden anderen missbilligend die Nase rümpfen lässt?»

«Weil ich die Menschen lieber so nehme, wie sie wirklich sind, als so, wie sie glauben, sein zu müssen. Ich bin selbst oft genug angeeckt – zu Recht meistens – und weiß, wie es sich anfühlt, missverstanden zu werden.» Bedächtig trat er einen Schritt auf sie zu, dann noch einen, bis er wieder dicht vor ihr stand. «Ich weiß, dass du eine mutige, entschlossene Frau bist, die für sich einstehen kann. Dennoch hältst du so oft mit deiner Meinung hinterm Berg. Warum? Was fürchtest du, könnte schlimmstenfalls geschehen, wenn du der Welt zeigst, wer und wie du wirklich bist?»

Seine plötzliche Nähe ließ ihr Herz schneller pochen. «Wie kommst du darauf, dass ich mich verstelle, nur weil ich mich nicht gerne streite?»

«Weil», er hob die rechte Hand und zupfte an einer ihrer Locken, «ich glaube, dass das nicht stimmt. Ich glaube, dass du Spaß am Streiten hast.»

Am liebsten wäre sie vor ihm zurückgewichen, doch sie wollte sich nicht anmerken lassen, wie sehr sie die beiläufige Geste und seine Nähe mitnahmen. «Spaß am Streiten?»

«O ja. Du hast ein aufbrausendes Temperament, wie wir eben erleben durften. Du bist nur sehr gut darin, es unter Kontrolle zu halten. Man muss dich schon sehr reizen, wenn man es hervorlocken will.»

Erstaunt blickte sie in seine blauen Augen, die jetzt gerade seltsam dunkel wirkten. «Willst du damit sagen, dass du mich eben absichtlich so erschreckt hast? Wie konntest du das ...»

«Nein, Madlen», unterbrach er sie. «Ich würde dich nie absichtlich verletzen oder dir Angst einjagen.»

«Früher hast du es getan.» Sie schluckte, erschrocken über das, was ihr da herausgerutscht war.

«Was?»

«Mich verletzt.» Sie brachte die Worte kaum heraus.

«Nein.» Obwohl er sich nicht bewegt hatte, kam es ihr so vor, als hätte sich der Abstand zwischen ihnen noch einmal dramatisch verringert. «Ich wollte dir nie weh tun.»

«Das hast du aber.»

Seine Miene wurde noch ernster, sein Blick eindringlicher, sodass ihr ein heißer Schauder das Rückgrat hinablief. «Ich kann nicht ungeschehen machen, was damals war. Das Einzige, was ich dir anbieten kann, ist eine Entschuldigung und die Versicherung, dass ich mit allem, was ich getan habe, mir selbst am meisten Schmerz zugefügt habe.»

Solche Worte hörte sie von ihm zum ersten Mal. Sie wusste nicht recht, wie sie darauf reagieren sollte, deshalb wich sie seinem Blick aus. «Ich hätte nicht damit anfangen sollen. All das ist lange vorbei und vergessen.»

«Offenbar nicht ganz.» Zu ihrem Schrecken hob er erneut die Hand, diesmal, um sie am Kinn zu berühren und es sanft anzuheben, bis sie gezwungen war, ihm doch wieder in die Augen zu sehen. Was sie darin las, war beängstigend, ebenso wie das eigenartige Brennen, das von seinen Fingerspitzen auf ihre Haut überzugehen schien. Er schwieg einen langen Moment, dann zog die Andeutung eines Lächelns über sein Gesicht. «Ich wette, jetzt wünschst du dir doch eine weibliche Aufsichtsperson herbei.»

Unfähig, sich zu rühren, obwohl die Situation an Unschicklichkeit kaum zu überbieten war, stand sie einfach nur da und versuchte, gegen den Aufruhr in ihrem Herzen anzukämpfen, ohne sich etwas anmerken zu lassen. «Dazu besteht nach wie vor kein Anlass.»

«Nicht?» In seine Augen trat ein gefährliches Funkeln. «Bist du dir da sicher?»

«Ja.» Sie konnte seine Nähe kaum noch aushalten, wäre am liebsten zurückgewichen, doch um keinen Preis der Welt wollte sie sich diese Blöße geben. «Denn du würdest nichts tun, das mich vor meiner Familie oder meinem Verlobten in eine kompromittierende Lage bringt.»

Sein Lächeln vertiefte sich eine Spur. «Da hast du möglicherweise recht.»

«Ich weiß, dass ich recht habe. Also lass diesen Unfug.»

«Das ist beileibe kein Unfug, Madlen.»

«Doch, ist es.»

«Nein, ist es nicht, denn du hast einen gewichtigen Aspekt übersehen.»

Sie schluckte, als er ganz leicht mit dem Zeigefinger ihre Kinnlinie entlangstreichelte und dann hinab über ihre Halsschlagader, die, wie ihr jetzt bewusst wurde, ihren wilden Herzschlag verriet. «Was habe ich übersehen?»

«Dass eine kompromittierende Situation erst durch Zeugen entsteht.» Sachte strich er wieder ihren Hals hinauf und verursachte ihr eine Gänsehaut, die sich noch verstärkte, als er sehr vorsichtig die Hand an ihre Wange legte. «Dennoch läufst du weder weg, noch gebietest du mir Einhalt.»

Sie hätte etwas tun müssen, irgendetwas, doch sie war vollkommen unfähig, sich zu bewegen. «Bitte nicht.» Sie bekam kaum mehr als ein tonloses Wispern heraus. «Das ... das ... dürfen wir nicht.»

«Ich weiß.» Sehr, sehr langsam näherte sich sein Gesicht dem ihren, bis sie seinen warmen Atem auf der Haut spürte. Kurz bevor seine Lippen ihren Mund berührten, hielt er inne. «Ich weiß», murmelte er und streifte ganz leicht ihren Mundwinkel, bevor er sich wieder zurückzog.

Madlens Herz schlug so wild in ihrer Brust, dass ihr schwindelig wurde. «Warum tust du das?»

Unverwandt blickte er ihr in die Augen. «Warum verhinderst du es nicht?»

Sie hatte keine Antwort auf diese Frage, und das erschreckte und verunsicherte sie. Und es ließ Ärger in ihr aufsteigen. Ärger auf ihn, aber auch auf sich selbst. «Du bist wohl stolz darauf, dass du mich überrumpelt hast.»

Auf seinen Lippen erschien ein leichtes Lächeln. «Ich habe dich nicht überrumpelt, Madlen. Du hattest jede Menge Zeit, Gelegenheit und, wie ich hinzufügen möchte, auch Platz, um mir auszuweichen. Denk einmal darüber nach, warum du es trotzdem nicht getan hast.» Das Lächeln verschwand wieder. «Aber tu es erst, nachdem wir darüber beraten haben, wie wir dem Verräter auf die Spur kommen.»

Als Madlen später mit ihren Eltern und Geschwistern am Esstisch saß und das Abendessen einnahm, war sie sich immer noch nicht im Klaren darüber, ob sie mehr auf Lucas oder sich selbst wütend sein sollte. Auch wenn sie das niemals zugeben würde, musste sie ihm insgeheim recht geben. Sie hätte ihn aufhalten können. Was in aller Welt hatte sie nur dazu getrieben, sich von ihm so vertraulich berühren zu lassen? Schämen sollte sie sich; immerhin war sie verlobt. Glücklich verlobt. Ein derart treuloses Verhalten hatte Peter nicht verdient.

Glücklicherweise hatte Lucas nach diesem Beinahe-Kuss nicht noch einmal versucht, sich ihr zu nähern. Im Gegenteil, er hatte ihr ausreichend Raum gegeben, um ihr inneres Gleichgewicht wiederzuerlangen. Was ihn überhaupt zu seinem Verhalten getrieben hatte, wollte ihr nicht einleuchten. Vielleicht hatte er sich doch weniger verändert, als sie gedacht hatte. Früher hatte er sie ständig provoziert und geärgert. Doch so ganz richtig fühlte sich diese Erklärung nicht an. Etwas war heute anders gewesen. *Er* war anders gewesen. Ernster. Wahrhaftiger.

Bei der Erinnerung an das Gefühl seiner Lippen, an den warmen Atemhauch und seinen intensiven Blick pochte ihr Herz wieder schneller, und die Röte stieg ihr in die Wangen. Deshalb bemühte sie sich krampfhaft, während des Familienmahls an etwas anderes zu denken. Da kam ihr die Sache mit dem belastenden Brief gerade recht, obgleich dieses Thema sie beileibe nicht weniger schockierte oder ängstigte.

Sie hatte sich strikt geweigert, ihren Vater auszuspionieren. Glücklicherweise hatte Lucas sich recht schnell überzeugen lassen, dass dies kein gangbarer Weg war. Wahrscheinlich hatte er von vornherein nicht wirklich vorgehabt, ihn zu beschreiben. Lucas hatte ihrem Vater eine Menge zu verdanken. Madlen nahm an, dass er diesem Umstand Rechnung tragen wollte und deshalb auf ihren Vorschlag eingegangen war, ihren Vater einzuweihen.

Leider war sie sich noch nicht sicher, wie sie vorgehen sollte. Sie fürchtete, die Nachricht, dass jemand einen seiner Boten als Kurier für verräterische Briefe missbrauchte und damit einen schlimmen Verdacht auf die Familie Thynen gelenkt hatte, könnte seiner Gesundheit nachhaltig Schaden zufügen. Es hatte so lange gedauert, bis er sich von dem Unfall erholt hatte, körperlich wie seelisch.

«Geht es dir nicht gut, Kind?» Anne-Maria, die direkt neben Madlen saß, legte ihr besorgt eine Hand auf den Arm. «Du wirkst ein wenig erhitzt. Mein lieber Thynen, siehst du das? Madlen hat ganz rote Wangen, und sie ist so ungewöhnlich still. Du wirst doch nicht etwa krank werden, Kind? Oder warst du zu lange in der Sonne? Habe ich nicht immer gesagt, lieber Thynen, dass wir aufpassen müssen, dass die Mädchen nicht zu lange in die Sommersonne gehen? Bestimmt ist Madlen von der stechenden Sonne krank geworden.»

«Ach was, von dem bisschen Sommersonne wird niemand krank.» Mit aufmerksamem Blick und leicht schräg geneigtem Kopf musterte Gerlach seine Tochter. «Aber du hast recht, Anne-Maria, das Mädchen ist heute besonders rosig im Gesicht. Meiner Ansicht nach steht ihr die Farbe sehr gut.» Er griff nach seinem Glas und trank einen Schluck Wein. «Du musst mir auch noch von deinem Treffen mit Lucas berichten. Ich bin froh, dass der Junge offenbar endlich auf dem richtigen Weg angelangt ist.»

«Da hast du recht.» Anne-Maria wandte sich wieder ihrem Teller zu. «Er scheint endlich erwachsen geworden zu sein. Ich hoffe bloß, er übernimmt sich nicht gleich mit all seinen Plänen. Vielleicht sollte er sich erst einmal nach einer passenden Frau umsehen, damit er einen richtigen Hausstand gründen kann. Es gibt in und um Rheinbach eine ganze Reihe netter, tüchtiger Mädchen, die zu ihm passen würden. Vielleicht sollten wir ihn mit einigen bekannt machen – nun ja, oder wieder bekannt machen, denn an die meisten dürfte er sich ja noch von früher erinnern. Was meinst du, Madlen? Wäre das nicht eine gute Idee?»

«Ich weiß nicht.» Obwohl sie sich maßlos darüber ärgerte, erwärmten sich ihre Wangen noch mehr. Sie war sicher, dass ihr Gesicht mittlerweile tiefrot sein musste. «Mir gegenüber hat er keine Pläne in dieser Richtung angedeutet.»

«Natürlich nicht.» Anne-Maria lachte. «Männer sprechen nicht über diese Dinge – oder höchstens mit der eigenen Familie, nicht wahr, lieber Thynen?»

Gerlach hüstelte amüsiert. «In diesem Fall muss ich Madlen zustimmen. Ich hatte bisher nicht den Eindruck, dass Lucas Cuchenheim auf der Suche nach einer Frau ist.» Ein seltsamer Unterton in ihres Vaters Stimme ließ Madlen den Kopf heben, doch er lächelte nur neutral in die Runde. «Deshalb würde ich vorschlagen, ihr lasst den armen Mann erst einmal in Ruhe. Er ist ja kaum richtig angekommen, da muss er sich nicht gleich einer Schar heiratswütiger junger Damen erwehren.»

«Wenn du meinst.» Achselzuckend griff nun auch Anne-Maria nach ihrem Weinglas und nippte daran. «Aber allzu lange sollte er nicht warten, sonst sind die wirklich tüchtigen und braven Mädchen am Ende alle schon vergeben.»

«Also ich würde ihn ja mit Kusshand nehmen, wenn er um mich freien würde», mischte Marie sich ein. «Er ist groß, stark, sieht gut aus, ist Hauptmann und Kaufmann. Und er ist nett und lustig.»

«Du würdest doch jeden nehmen, den du hübsch findest», erwiderte Janni kichernd.

«Gar nicht wahr!» Marie schüttelte heftig den Kopf, sodass ihre sorgfältig frisierten Locken auf und ab hüpften. «Er muss schon das gewisse Etwas haben. Und arm darf er natürlich auch nicht sein. Einen armen Schlucker würde ich niemals heiraten.»

«Sehr klug, dieser Vorsatz.» Gerlach verbarg sein Lachen hinter einem ausgiebigen Räuspern. «Ich fürchte aber, ein Mann wie Lucas Cuchenheim wird sich für ein Mädchen wie dich, liebe Marie, nicht allzu sehr interessieren.»

«Warum denn nicht?» Enttäuscht schob Marie die Unterlippe vor.

«Weil», nun lachte Gerlach ganz offen, «du genau diese Frage stellst, mein Kind. Aber tröste dich, Marie, eines Tages wirst du schon dem rechten Manne anvermählt werden. Bewunderer hast du ja genügend, da wird sich schon ein vernünftiger Kandidat finden. Nur lass erst einmal deiner älteren Schwester den Vortritt, ja?» Er zwinkerte Madlen gutgelaunt zu. «Das wird ja nicht mehr allzu lange dauern.»

«Noch etwas mehr als drei Monate.» Ihre Mutter seufzte. «Ihr hättet wirklich einen früheren Tag festlegen können.»

«Vater?» Madlen wollte dieses Gespräch unbedingt beenden. Sie fühlte sich mehr als unwohl bei dem ganzen Gerede über Hochzeiten und Lucas, und sie hatten auch weiß Gott ernstere Probleme. Sie musste mit ihrem Vater sprechen, die Angelegenheit war zu wichtig, um sie lange aufzuschieben. «Kann ich später unter vier Augen mit Euch reden?»

«Nanu, so ein ernstes Gesicht?» Erstaunt wandte ihr Vater sich ihr wieder zu. «Gibt es ein Problem?»

«Ja. Nein!» Sie hob ein wenig verzagt die Schultern. «Es geht um eine etwas komplizierte Angelegenheit.»

«Unser Geschäft betreffend?»

«Gewissermaßen.»

Ihr Vater musterte sie mit sichtlicher Neugier. «Wenn du wegen dieser Angelegenheit schon seit Beginn des Essens so schweigsam bist, scheint es ja wirklich wichtig zu sein.»

«Ihr immer mit euren Geschäften.» Anne-Maria schüttelte missbilligend den Kopf. «Du solltest deine Tochter nicht so sehr beanspruchen. Sie hatte ja noch gar keine Gelegenheit, sich mit den Hochzeitsvorbereitungen zu befassen. Ich bin sicher, dass sie deshalb so betrübt ist.»

«Ich fürchte, meine liebe Gattin, dass wir in dieser Sache nie einer Meinung sein werden.» Ihr Vater seufzte leise. «Vergiss bitte nicht, dass unsere Tochter mich um ein Gespräch gebeten hat, nicht umgekehrt. Wenn sie etwas auf dem Herzen hat, leihe ich ihr gerne mein Ohr. Spitzen und Borten für ihr Hochzeitskleid kann sie auch später noch aussuchen.»

14. Kapitel
Rheinbach, 20. April 1668

Fünf Jahre zuvor ...

Madlen saß bereits mit der restlichen Familie am gedeckten Tisch in der Stube, als ihr Vater von seinem Gang zum Gefängnisturm zurückkehrte. Ein böiger Wind und Regen waren aufgekommen, nicht ungewöhnlich für die Jahreszeit. Sie hörte, wie Gerlach seinen feuchten Mantel an Bridlin weitergab und zuerst in seine Kammer ging, bevor er sich zur Familie gesellte.

«Was für ein ungemütliches Wetter», murmelte er vor sich hin, während er sich setzte. «Hoffentlich wird es bis zum Maifest wieder besser.» Er sprach ein kurzes Tischgebet und begann dann schweigend zu essen.

Marie und die Mutter plauderten leise miteinander über Belanglosigkeiten, während die kleine Janni immer mal wieder dazwischenkrähte und zur Ordnung gerufen werden musste. Es war alles wie immer, doch Madlen brachte keinen Bissen hinunter. Nervös stocherte sie in der Pastete herum, bis sie die Ungewissheit nicht mehr aushielt.

«Vater?» Auf ihre schüchterne Frage hin blickte nicht nur ihr Vater sie an, sondern alle Anwesenden.

Madlen senkte den Blick. «Darf ich eine Frage stellen?»

«Frag nur, Kind, frag nur.» Ihr Vater nahm sich eine Scheibe Brot und noch mehr von der Pastete und fuhr mit dem Essen fort.

Madlen nahm all ihren Mut zusammen. «Was ist mit Lucas? Wie geht es ihm, und was passiert als Nächstes?»

Er hielt inne und schluckte den Bissen, an dem er gekaut hatte, hinunter. «Das sind genau genommen drei Fragen, Madlen, aber sie seien dir erlaubt, da ich weiß, dass du über die gestrigen Vorkommnisse sehr aufgebracht bist. Das sind wir alle.» Er warf seiner Frau einen kurzen Blick zu, woraufhin diese mit ernster Miene nickte.

«O ja, mein lieber Thynen, aufgebracht ist gar kein Ausdruck. Ich bin noch immer ganz schockiert.»

«Was ist denn mit Lucas?», fragte Janni arglos. «Kommt er uns morgen besuchen?»

«Das kann er nicht, Dummchen», mischte Marie sich ein. «Er ist ins Gefängnis gesperrt worden, weil er böse Dinge gemacht hat.»

«Was denn für böse Dinge?» Das kleine Mädchen blickte neugierig von einem zum anderen.

Marie errötete. «Na, böse Dinge halt.»

«Schweig still, Kind», rügte ihre Mutter. «Niemand hat dir erlaubt, etwas zu dieser Sache zu sagen. Sie geht dich überhaupt nichts an.»

«Verzeihung.» Marie senkte den Kopf.

Der Vater legte sein Essbesteck zur Seite und wischte sich die Hände umständlich am Tischtuch ab. «Der Junge ist verstockt und stur wie ein Esel. Aber ansonsten geht es ihm gut. Jedenfalls derzeit noch.»

«Was meint Ihr damit?» Bei ihres Vaters Worten stellte Madlen sich sofort die schlimmsten Dinge vor.

Er seufzte. «Ihm droht morgen die Territion, das ist die erste Stufe der peinlichen Befragung.»

«Heilige Maria, Muttergottes, steh uns bei!» Anne-Maria bekreuzigte sich entsetzt.

«Was bedeutet Territion?» Madlen war sich nicht sicher, ob sie die Antwort auf ihre Frage wirklich wissen wollte.

Ihr Vater griff nach seinem Weinglas, drehte es jedoch nur zwischen den Fingern, ohne zu trinken. «Territion bedeutet Zeigung der Folterinstrumente.»

Madlen wurde es eiskalt. «Oh nein! Aber er hat doch nichts getan. Lucas ist unschuldig.»

«Du scheinst dir da ja sehr sicher zu sein, mein Kind.» Aufmerksam musterte der Vater sie. «Woher kommt dieses bedingungslose Vertrauen in den Sauhund? Verzeihung.» Er warf seiner Frau einen schiefen Blick zu. «Aber es ist doch so. Lucas Cuchenheim ist ein Tunichtgut, wie er im Buche steht. Er hat einen guten Kern, aber außen herum befindet sich eine Menge Unrat, der an ihm klebt wie Hühnerdreck an einem Schuh.»

Madlen hätte unter anderen Umständen über den Vergleich gelacht, doch heute konnte sie das nicht. «Ich weiß einfach, dass er so etwas Schreckliches niemals tun würde. Er ist mein Freund. Ich kenne ihn. Er tut unbedachte Dinge, aber doch nicht so etwas.»

«Dein Freund.» Ihre Mutter schüttelte den Kopf. «Vielleicht sollten wir zukünftig besser achtgeben, mit wem wir dir den Umgang erlauben.»

Die besorgten Worte der Mutter ließen Gerlach vernehmlich hüsteln. «Ich glaube nicht, dass diese Freundschaft, wie Madlen es nennt, ihr nennenswerten Schaden zufügt. Du weißt, dass ich Lucas immer gerne mochte, auch wenn ich beileibe nicht gutheiße, wie er mit aller Gewalt versucht, sein junges Leben zu vergeuden. Ich bin der Ansicht, dass der Junge tatsächlich nicht das getan hat, was Veronica Klötzgen ihm vorwirft.»

«Aber warum in aller Welt hätte sie ihn denn sonst angezeigt?», erwiderte Anne Maria. «Sie hat doch keinen Grund, so eine furchtbare Anschuldigung zu erfinden.»

«Das ist der Punkt, der mir Kopfzerbrechen bereitet», stimmte der Vater zu. «Lucas schwört, dass er Veronica nicht angerührt hat. Nachdem ich heute mit ihm gesprochen habe, bin ich mir sicher, dass er die Wahrheit sagt. Dennoch verschweigt er etwas, und ich fürchte ...» Seine Miene wurde plötzlich besorgt. «Madlen, mein Kind, du hast dich doch niemals heimlich mit ihm getroffen, oder?»

«Was?» Anne-Maria starrte ihn entgeistert an. «Selbstverständlich hat sie das nicht getan. Wie kannst du nur ...»

«Ich habe nicht dich gefragt, sondern meine Tochter», unterbrach er seine Frau in ungewöhnlich ruppigem Ton. «Rede, Madlen. Hast dich irgendwann einmal mit ihm getroffen? In der alten Ziegelbrennerei vor der Stadt zum Beispiel?»

Madlen blickte ihren Vater erschrocken an. «Nein, Vater, das habe ich nie getan.»

«Hat er schon einmal versucht, dich dorthin zu locken?»

«Nein!» Vehement schüttelte sie den Kopf. Vor Schreck und Angst schnürte sich ihr die Kehle zu. «Ganz bestimmt nicht.»

«Lieber Thynen, ich bitte dich!» Ihre Mutter legte Madlen fürsorglich einen Arm um die Schultern. «Wie kannst du so etwas auch nur annehmen? Unsere Tochter würde etwas Derartiges nie auch nur in Erwägung ziehen.»

Madlen stiegen die Tränen in die Augen. «Vater, Ihr müsst mir glauben. Ich habe nichts Unrechtes getan, und Lucas auch nicht. Er hat niemals versucht, mich irgendwohin zu locken oder so etwas. Das würde er nicht tun.» Sie stockte und fügte leise hinzu. «Nicht mit mir.»

Nach einem kurzen Moment des Schweigens neigte ihr Vater zustimmend den Kopf. «Schon gut, Madlen. Ich musste mir nur Gewissheit verschaffen. Du brauchst nicht zu weinen, es ist alles in Ordnung. Ich glaube dir.» Er lächelte ihr zu. «Und ich glaube auch ihm. Er verbirgt etwas, und es ist nichts Gutes, aber ins Gefängnis gehört er nicht. Windelweich geprügelt, das ja.» Obwohl das Essen noch nicht beendet war, erhob er sich. «Madlen, folge mir bitte in mein Kontor. Ich habe etwas mit dir zu bereden – unter vier Augen.»

∞

«Denk daran, Madlen, es wird ihm nach der heutigen Befragung und der Territion nicht besonders gutgehen.» Ihr Vater hielt Madlen am Arm fest und blickte ihr eindringlich in die Augen, als sie das Neutor mit dem Baseller Turm daneben erreichten. «Sei also so freundlich und einfühlsam, wie du nur kannst, und lass ihn wissen, dass sein Onkel und ich alles erdenklich Mögliche tun, um ihm zu helfen. Und dann bring ihn zum Reden, Kind. Verstehst du, wie wichtig das ist? Wenn er uns nicht verrät, mit wem er an jenem Abend in der alten Ziegelbrennerei gewesen ist, sieht es sehr schlecht für ihn aus.»

«Ja, Vater, das verstehe ich.» Madlen nickte und blickte ängstlich an dem Gefängnisturm empor, der ihr heute noch größer und unwirtlicher vorkam als sonst. Drinnen war sie noch nie gewesen, und es schauderte sie allein beim Gedanken daran. «Ich werde es versuchen.»

«Nein, Madlen, du darfst es nicht nur versuchen.» Sein Griff um ihren Arm verstärkte sich noch. «Du musst ihn dazu bringen, seine Verstocktheit aufzugeben, ganz gleich, wie.»

«Ich fürchte mich ein wenig.» Nervös blickte sie zu der Holztreppe, die hinauf zur Eingangstür führte. Der alte Wachtmeister Friedrich Eick schob heute Dienst. Er war ein kleiner, rundlicher Mann mit weißen Haaren und ebensolchem Bart, dessen gutmütige Miene und Lachfältchen um seine Augen nicht recht zu einem Torwächter passen wollten. Normalerweise hielt er Wache drüben am Voigtstor, doch aus irgendwelchen Gründen war er heute zum Wachdienst vor dem Gefängnis gerufen worden.

Eick hatte ihre Worte offenbar gehört, denn er kam auf Madlen zu und lächelte sie freundlich an. «Na, Madlenchen, seid Ihr mit Eurem Vater zu Besuch hier? Kein Grund, sich zu fürchten. Den haben nur diejenigen, die dort drinnen einsitzen. Was meint Ihr, Herr Thynen, soll ich Eure Tochter hineinbegleiten? Ich kann ihr die Spinnweben und den Staub in den Ecken zeigen. Das sind die gruseligsten Dinge, die man hier im Turm derzeit zu sehen bekommt.» Mit einem verschwörerischen Zwinkern in Richtung ihres Vaters bot Eick ihr seinen Arm an.

Fragend blickte sie ihren Vater an, und da er aufmunternd nickte, hakte sie sich zögernd bei dem Wachtmeister unter. Sie kannte ihn schon ihr Leben lang und mochte ihn gern. Er hatte stets ein freundliches Wort oder auch einen Scherz auf den Lippen. Nun redete er ohne Punkt und Komma auf sie ein, während er sie hinauf in den Turm und dort wieder treppab zu der Gefängniszelle führte, in die man Lucas gesperrt hatte. So kam sie kaum dazu, sich im Inneren des Gefängnisturms näher umzusehen.

«Cuchenheim, Ihr habt Besuch», rief Eick, während er den Schlüssel im Schloss drehte und den Riegel zurückschob. «Es ist ein feines junges Mädchen, also benehmt Euch anständig. Ich bleibe in Rufnähe», versprach er Madlen.

Madlen nickte stumm und betrat die kreisrunde Gefängniszelle. Das Erste, was ihr auffiel, war der muffige Geruch, dann dass nur durch ein hohes, schmales und vergittertes Fensterchen Licht hereinfiel. Sie blieb gleich hinter der Tür stehen und zuckte zusammen, als diese ins Schloss fiel und der Riegel vorgeschoben wurde.

Lucas saß im Schneidersitz auf einer schmalen, unbequem aussehenden Pritsche, eine dicke Wolldecke über den Beinen. Er machte sich nicht die Mühe, zu ihrer Begrüßung aufzustehen, sondern winkte nur. Dadurch klirrten die Handschellen, mit denen er gefesselt war. Durch den Bart, der ihm in den letzten Tagen gewachsen war, wirkte sein blasses Gesicht mit dem markanten Kinn und den ausgeprägten Wangenknochen hagerer als sonst. Dunkle Schatten unter seinen Augen zeugten davon, dass er nur wenig geschlafen hatte.

Madlens Herz zog sich bei seinem Anblick zusammen. Sie wusste nicht, was sie erwartet hatte, aber nicht solch ein elendes Bild. Sie erschrak, als Lucas unvermittelt ein lautes, sarkastisches Lachen ausstieß.

«Jetzt schicken sie mir also schon kleine Mädchen auf den Hals? Reicht es nicht, mir stundenlang zu erzählen, wie sie mir mit glühenden Zangen die Fingernägel ausreißen oder mir im Spanischen Stiefel meine Schienbeine zerquetschen wollen? Jetzt auch noch du?» Fast schon feindselig starrte er sie an. «Hau ab, Madlen. Du hast hier drinnen nichts verloren.»

«Ich weiß.» Sie suchte verzweifelt nach den richtigen Worten. «Ich wollte ...» Sie biss sich auf die Lippen. Ihn anzulügen, war gewiss der falsche Weg. «Vater hat mich gebeten herzukommen», gab sie also zu. «Aber ich wollte dich auch besuchen, Lucas. Ich hätte nie gedacht, dass er es mir erlauben würde.»

«Das hätte er besser sein lassen.» Er rutschte auf der Pritsche etwas zur Seite. «Komm, setz dich. Du siehst aus, als würdest du gleich umfallen.»

«Danke.» Sie nahm vorsichtig neben ihm Platz und bemerkte, dass der muffige Geruch aus der Matratze aufstieg.

«Geht es dir gut? Also, natürlich nicht, weil du ja hier drinnen bist, aber, ich meine ...»

«Ja, mir geht es gut.» Er lehnte sich mit dem Rücken gegen die Wand.

Madlen drehte sich etwas zur Seite und lehnte sich dann mit der Schulter ebenfalls gegen die Wand, damit sie ihn ansehen konnte. «Vater hat mich gebeten, mit dir zu reden. Er will, dass du den Schöffen sagst, mit wem du ... du weißt schon, mit wem du an jenem Abend zusammen gewesen bist.» Sie schluckte hart, denn es fiel ihr schwer, diese Worte auszusprechen. Sie wusste nicht allzu viel darüber, was zwischen einem Mann und einer Frau vorging, wenn sie miteinander allein waren, doch ganz dumm war sie nicht. Sie war sich bewusst, dass Lucas in dieser Hinsicht wohl bereits einen recht großen Erfahrungsschatz vorzuweisen hatte. Mit wem er diese Erfahrungen gesammelt hatte, wollte sie sich lieber nicht vorstellen.

«Und er schickt dich vor, um es aus mir herauszulocken?» Erneut lachte er sarkastisch. «Das ist ja ein Witz. Ausgerechnet ein braves Mäuschen wie du soll mich über meine Liebschaften aushorchen?»

Als sie zusammenzuckte, verzog er das Gesicht. «Dass sie gerade dich herschicken, damit ich dir Dinge erzähle, die für deine unschuldigen Ohren nicht bestimmt sind ... dein Vater sollte dich besser beschützen.»

Sie blickte auf ihre Hände, die sie im Schoß verschränkt hatte. «Glaubst du, ich will das hören, Lucas?» Ihre Stimme schwankte leicht. «Wirklich nicht. Aber Vater sagt, wenn du nicht mit der Wahrheit herausrückst, wird es dir schlecht ergehen. Ich will nicht, dass sie dich für etwas verurteilen, was du nicht getan hast. Warum sagst du nicht einfach, was wirklich passiert ist?»

Lucas schwieg lange, sodass sie glaubte, er würde gar nicht antworten. Schließlich blickte er sie abschätzend von der Seite an. «Wenn ich mit dir dort gewesen wäre, wenn du und ich heimlich einen Abend in der alten Ziegelbrennerei verbracht hätten – würdest du wollen, dass ich der Welt davon erzähle?»

«Aber ...» Natürlich würde sie das nicht wollen.

«Würdest du das wollen?», wiederholte er eindringlich.

«Nein.» Beschämt senkte sie den Blick. «Aber wenn du dieses Mädchen schützt ...»

«Frau», korrigierte er. «Sie ist eine erwachsene Frau, Madlen, kein Kind mehr wie du.»

Peinlich berührt und zugleich verärgert wandte sie den Kopf ab. «Ich bin kein Kind mehr.»

«Doch, in vielerlei Hinsicht bist du das. Und das ist gut so, denn es hält ... Männer wie mich auf Abstand.»

Sie sah wieder auf, weil da ein eigenartiger Unterton in seiner Stimme lag. «Wenn du ihren Namen nicht preisgibst, werden die Schöffen dich aufgrund von Zeugenaussagen verurteilen, die unwahr sind.»

«Sie sind nicht unwahr. Die beiden haben mich dort gesehen. Ich war dort.»

«Aber nicht mit Veronica. Das musst du ihnen doch irgendwie beweisen können!»

Lucas hob mit stoischer Miene die Schultern. «Wenn ich diese Frau nicht schütze, wird es ihr schlimmer ergehen als mir. Ihr Ehemann wird sie nicht einfach nur verstoßen, was an sich schon schlimm genug wäre. Sie ...»

«Sie ist verheiratet?» Entgeistert schlug Madlen die Hände vors Gesicht. Die Vorstellung, dass Lucas mit einer verheirateten Frau zusammen gewesen war, ließ Übelkeit in ihr hochsteigen.

«Ja. Mit einem Mann, der sich einen feuchten Dreck um

sie schert, der neun von zwölf Monaten im Jahr auf Reisen geht und sie zu Hause allein lässt, und wenn er da ist, prügelt er sie. Nicht zu vergessen die Bastarde, die er vermutlich zu Dutzenden von hier bis zur Nordseeküste gezeugt hat.»

«Bastarde?» Die Übelkeit wurde beinahe unerträglich.

«Sie verhält sich unterwürfig, solange er hier ist, aber wer will ihr ein wenig Vergnügen verübeln, wenn sie allein ist? Wir liefen einander zufällig über den Weg; es war keinerlei Zwang im Spiel, Madlen. Ich bin nicht stolz darauf, aber ich werde ihren Namen nicht preisgeben. Nicht einmal unter der richtigen peinlichen Befragung. Ich fürchte, dass ihr Mann sie sonst totprügelt.»

Madlen dachte lange über seine Worte nach. Was er sagte, leuchtete ihr ein, ängstigte sie und ließ sie entsetzt und desillusioniert zurück. «Sie ist hier aus der Stadt?»

Er schwieg.

So vage seine Beschreibung gewesen war, sie hatte doch eine Ahnung, um wen es sich handelte. «Ist ihr Mann einer der Schöffen?»

Wieder antwortete Lucas nicht, doch in seinen Augen las sie die Antwort. Schaudernd rieb sie sich über die Oberarme. Sie kannte die Frau, jeder in Rheinbach kannte sie. Sie war beliebt, hoch angesehen. Zugleich wusste auch jeder, selbst ein junges Mädchen wie Madlen, dass diese Frau kein einfaches Los zu tragen hatte. Vielleicht brachten ihr die Leute gerade deshalb so viel Sympathie entgegen.

«Ich bin nicht stolz darauf», wiederholte Lucas leise. «Aber es ist auch nichts, das ich bereue.»

Madlen nickte stumm. «Ist es ... Ist das mit euch vorbei, oder ...?»

«Es ist schon seit einer Weile vorbei. Solche Affären sind nie von langer Dauer.»

Mit dem unglücklichen Gefühl, in diesem kurzen Gespräch mehr über die Menschen im Allgemeinen und Lucas im Besonderen gelernt zu haben, als sie je hatte wissen wollen, erhob Madlen sich und ging zur Tür. Zaghaft erst, dann etwas fester klopfte sie dagegen. «Wachtmeister Eick? Ich möchte bitte wieder gehen.»

Während draußen Schritte auf die Zelle zukamen, drehte sie sich noch einmal zu Lucas um. «Ich werde schweigen. Niemand wird ihren Namen von mir erfahren. Versprochen.»

Lucas hatte sich ein wenig aufgerichtet und musterte sie mit einem undeutbaren Gesichtsausdruck. «Ich bin kein Heiliger, Madlen», sagte er. «Das wusstest du.»

«Ja.» Sie wandte sich ab, als die Tür geöffnet wurde. «Ja, Lucas, das wusste ich.»

15. Kapitel
Rheinbach, 7. August 1673

«Herr Thynen, guten Tag! Das ist aber eine Überraschung, kommt doch herein. Möchtet Ihr Euch setzen, in der guten Stube vielleicht? Es ist kühl dort drinnen. Kann ich Euch etwas bringen? Wein, Bier?»

Die aufgeregte Stimme seiner Mutter riss Lucas aus seinen Gedanken. Er formulierte gerade einen weiteren gefälschten Brief an den Oberbefehlshaber des kurkölnischen Regiments, legte aber rasch die Schreibfeder beiseite, als er die Stimme des Besuchers hörte.

«Nein, nein, liebe Frau Cuchenheim, macht Euch bitte keine Umstände. Ich möchte nur kurz zu Eurem Sohn. Er ist doch hier, nicht wahr? Euer neuer Knecht, dieser Junge, wie heißt er doch gleich, sagte, Lucas sei im Kontor.»

«Gerinc heißt er.» Hedwigs Röcke raschelten, als sie sich auf das Kontor zubewegte. «Junge, du hast Besuch.»

Lucas hatte sich erhoben und stand bereits in der Tür. «Das habe ich mitbekommen. Guten Tag, Herr Thynen. Ich habe Euch erwartet.»

Thynen lächelte grimmig. «Das dachte ich mir. Können wir ungestört miteinander reden?»

«Natürlich, natürlich, lieber Herr Thynen.» Hedwig zog sich rasch wieder zurück. «Ich will Euch bestimmt nicht bei Euren Geschäften stören. Sagt mir nur Bescheid, wenn Ihr etwas braucht.»

«Danke, Mutter. Ich habe noch eine Karaffe Wein hier. Wir

sind bestens versorgt.» Lucas schob einen der beiden hochlehnigen Stühle an das Schreibpult heran. «Bitte, Herr Thynen, setzt Euch. Der Weg hierher muss bei der Hitze beschwerlich für Euch gewesen sein.»

«Nur halb so beschwerlich, wie alle Welt glaubt.» Thynen setzte sich und lehnte seine Krücken gegen das Pult. «Man gewöhnt sich mit der Zeit an diese Art der Fortbewegung. Wenn ich ständig nur herumsäße, würde aus mir schon bald ein klappriger alter Mann.»

«Davon seid Ihr gottlob noch weit entfernt.»

«Allerdings.» Thynen ließ seinen Blick durch den Raum schweifen. «Hier hat sich nicht allzu viel verändert, seit Euer Vater gestorben ist, Gott hab ihn selig.

«Ich bin noch nicht dazu gekommen, dem alten Muff den Garaus zu machen. Es gab Dringlicheres zu tun.» Auch Lucas sah sich in dem kleinen Kontor um, in dessen Zentrum das klobige Schreibpult stand. Links neben der Tür befand sich ein einfacher Holztisch mit Mess- und Schneideinstrumenten sowie einem Stapel feiner Lederhäute. Die übrigen Wände waren mit Regalen voller Waren zugestellt. Auf einem Bord in Griffweite des Schreibpults lagen mehrere Bücher und Kladden. Das einzige Fenster des Raumes stand offen und gab den Blick auf den hinteren Teil des Hofes und das Lagerhaus frei.

«Dann hast du also vor, dieses Kontor nach deinem Geschmack neu einzurichten?»

Lucas nickte. «Früher oder später. Dieser Raum birgt viele Erinnerungen, aber nur die wenigsten davon sind erinnernswert.»

«Du wirst den Raum vielleicht erweitern müssen, wenn du wirklich vorhast, alle deine Pläne in die Tat umzusetzen.» Gedankenverloren rieb Thynen sich über die verkrüppelte linke Hand. «Darüber solltest du einmal nachdenken.»

«Ihr scheint mir in dieser Hinsicht ein paar Schritte voraus zu sein.» Lucas ließ sich hinter dem Schreibpult nieder und faltete die Hände auf dem Tisch. «Woher kommt dieses Interesse an meinem Geschick? Ich war überrascht, wie hilfsbereit Ihr Euch zeigt.»

«Mir war schon immer klar, dass ein kluger Kopf hinter deiner Schelmenfassade steckt. Jetzt, da du den Spitzbuben auf ein gesundes Maß zurückgestutzt hast, treten deine beachtenswerten Eigenschaften hervor. Das erkenne ich an.»

«Ich bin erst ein paar Wochen wieder in Rheinbach. Wollt Ihr allen Ernstes behaupten, dass Ihr Euch in dieser kurzen Zeit ein Bild über meinen Charakter machen konntet?»

«Du vergisst, mein lieber Lucas, dass ich durch den Kontakt zu deiner Mutter und deinem Onkel stets ein Auge auf dich halten konnte. Durch Hörensagen zwar, aber das hat mir ein durchaus zuverlässiges Bild von deinem jetzigen Lebenswandel geliefert.»

«Tatsächlich.» Lucas war überrascht über die Worte des Tuchhändlers. Er hatte sich eingebildet, so gut wie alle Verbindungen zu seiner Vergangenheit gekappt zu haben, sah man einmal von denen zu seiner Familie ab. «Und nun seid Ihr der Ansicht, ich sei geläutert?»

Thynen lachte hohl. «Das, mein lieber Lucas, ist eine Sache, die du mit dir selbst ausmachen musst – und womöglich mit dem Allmächtigen. Ich habe nicht vor, dir etwas nachzutragen, falls es das ist, was du wissen willst.» Seine Miene wurde wieder ernst. «In Anbetracht unserer Vergangenheit ist es fast Ironie des Schicksals, dass diesmal du meine Tochter zu mir geschickt hast, um mich auszufragen.»

Lucas beugte sich vor. «Es war reiner Zufall, dass der französische Leutnant hier auftauchte, just als Madlen und ich uns unterhielten.»

«Das mag sein, aber es war gewiss kein Zufall, dass du sie sofort in die Angelegenheit eingeweiht hast. Entgegen allen Regeln, wie ich annehme. Der Fürstbischof wird wohl kaum von diesem gewagten Schritt erfahren, oder?»

«Nein, wird er nicht», bestätigte Lucas. «Aber ganz so gewagt war es nicht, Madlen ins Vertrauen zu ziehen. Sie kann ein Geheimnis bewahren.»

«Das kann sie allerdings.» Um Thynens Mundwinkel zuckte es, doch ein Lächeln wurde nicht daraus. «Sie hat mir bis heute nicht verraten, wer die Weibsperson war, derentwegen man dich damals beinahe verurteilt hätte. Und das trotz all des Zorns und Schmerzes, den sie damals empfand.»

«Zorn und Schmerz?» Bei der Erinnerung an das, was damals geschehen war, stieg Unwohlsein in Lucas auf.

«Sie hat nächtelang geweint. Die Frauen glauben immer, einem Vater würde so etwas nicht auffallen, aber ich bin weder taub noch blind.»

Das Unwohlsein steigerte sich zu einem schmerzhaften Stechen in Lucas' Eingeweiden. «Ich weiß nicht, was ich darauf sagen soll, Herr Thynen. Es war nie meine Absicht, Madlen weh zu tun. Ich habe einige unbedachte Dinge gesagt …»

«… und getan vermutlich auch», unterbrach Thynen ihn. «Du hast meiner Tochter das Herz gebrochen.»

«Was? Nein! Das habe ich nicht!» Schuldgefühle mischten sich mit einem gänzlich anderen, vollkommen unangebrachten Gefühl, das Lucas sofort zu unterdrücken versuchte. Nicht erfolgreich genug, wie er nach einem Blick in Thynens wissende Miene feststellte.

«Immerhin bist du klug genug gewesen, noch rechtzeitig hierher zurückzukehren.»

«Rechtzeitig?»

«Jawohl, Lucas. Versteh mich nicht falsch. Ich werde Madlen mit Freuden am Tag des heiligen Martin in die Obhut unseres geschätzten Peter von Werdt übergeben. Er liebt sie, und sie liebt ihn. Das war schon immer so. Aber ich habe genug von der Welt gesehen, um zu begreifen, dass der einfachste Weg nicht immer der richtige ist – oder der beste.»

Lucas schüttelte den Kopf. Er konnte kaum glauben, was er da hörte. «Müsstet Ihr mir nicht Pest und Feuertod an den Hals wünschen, Herr Thynen? Sorgt Ihr Euch nicht wegen des Skandals, sollte … nun ja, sollte ich Madlen auf den komplizierten Weg locken?»

Nun lächelte Thynen doch, jedoch lag in seinen Augen weiterhin ein eherner Ausdruck. «Meine Sorge gilt einzig und allein dem Glück meiner Tochter. Wer letztendlich dazu beiträgt, muss sie ganz allein entscheiden, da werde ich mich nicht einmischen. Doch sei gewiss, mein Junge, dass dir Pest und Feuertod wie ein Wiegenlied in der Krippe vorkommen werden, solltest du Madlen noch einmal das Herz brechen.»

Die Drohung war ernst zu nehmen, dessen war Lucas sich bewusst. Gerlach Thynen mochte ein gutmütiger Mann sein, doch er war bestimmt nicht harmlos. Ehe Lucas jedoch zu einer Erwiderung ansetzen konnte, wechselte Thynen das Thema.

«Genug davon, ich denke, ich habe dir damit jede Menge Stoff zum Nachdenken gegeben. Was mich heute weit mehr umtreibt, ist die Sache, derentwegen ich überhaupt hier bin. Was Madlen mir über diesen Brief erzählt hat, den einer unserer Boten bei sich getragen haben soll, hat mich doch einigermaßen entsetzt zurückgelassen. Selbstverständlich bin ich mir bewusst, welchen Anschein dies haben muss. Verrat ist …» Er hüstelte. «Nun ja, Verrat. Ich bin dir äußerst dankbar, dass du dich der Angelegenheit mit Besonnenheit annimmst und keine voreiligen Schlüsse ziehst.»

Diesmal war es an Lucas, grimmig zu lächeln. «Ich kenne Euch schon lange, Herr Thynen, und habe Euch viel zu verdanken. Aus diesen und vielen anderen Gründen glaube ich, dass nicht Ihr der Verräter seid, sondern dass jemand, absichtlich oder versehentlich, den Verdacht auf Euch gelenkt hat.»

Thynen nickte. «Es dürfte schwierig werden, den wahren Missetäter dingfest zu machen.»

«Schwierig vielleicht, aber nicht unmöglich», korrigierte Lucas. «Mit der Hilfe meiner Männer werde ich der Sache auf den Grund gehen, dessen könnt Ihr sicher sein. Verratet mir nur, ob Ihr Euch irgendjemanden vorstellen könnt, dem verräterisches Tun Eurer Ansicht nach zuzutrauen wäre. Oder gar jemanden, der Euch Schaden zufügen will.»

Thynen rieb erneut über seine krüppelige Hand. «Unsere Rollen sind inzwischen tatsächlich vertauscht. Diesmal bin ich es, der vor dir sitzt und nur sagen kann: Ich weiß es nicht.»

Lucas hatte sich nicht mit Thynens Aussage zufriedengegeben. Sie hatten noch eine geraume Weile gemeinsam überlegt, wer für die verräterische Botschaft in der Post des Tuchhändlers verantwortlich sein könnte. Zu einem zufriedenstellenden Ergebnis kamen sie zwar nicht, einigten sich jedoch darauf, einige Personen ins Vertrauen zu ziehen. Sie benötigten tiefere Einblicke in die Umtriebe derjenigen Rheinbacher Bürger, die den französischen Besatzern besonders ablehnend, wenn nicht gar feindlich gegenüberstanden. Auch mit von Werdt würde Lucas über die neuesten Entwicklungen reden müssen.

Da die Sonne mittlerweile von dunklen Wolken verdeckt wurde, die auf ein nicht allzu fernes Gewitter hindeuteten, beschloss Lucas, Thynen nach Hause zu begleiten. Von dort wollte er in Richtung Dreeser Tor weiter, um mit einigen seiner Männer die weiteren Pläne zu besprechen. Hoffentlich wäre er wieder zu Hause, bevor der Regen einsetzte.

Nachdem er sich von Thynen verabschiedet hatte, war er noch einen Moment an der Hauswand stehen geblieben, um nachzudenken. Schließlich straffte er die Schultern und machte ein paar Schritte Richtung Straße, als ihm an der Hintertür eine Bewegung auffiel. Instinktiv wich er hinter die Hausecke zurück. Mit einem vorsichtigen Blick stellte er fest, dass Peter von Werdt aus dem schmalen Seitenausgang getreten war und sich umsah, als sorge er sich vor Entdeckung. Dann strebte er der Straße zu.

Lucas wich in Windeseile noch weiter zurück, bis er sich wieder direkt vor der Haustür befand. Rasch strich er sein Wams glatt und ging dann ebenfalls mit ausholenden Schritten zur Straße, sodass er dort beinahe mit von Werdt zusammengestoßen wäre. «Ach, von Werdt, welch ein Zufall. Na, auf dem Weg zu deiner Verlobten?»

«Liebe Zeit!» Von Werdt zuckte vor Überraschung zusammen. «Was machst du denn hier? Ich war völlig in Gedanken und habe dich gar nicht bemerkt.»

«Bist wohl gedanklich schon bei Madlen, was? Ich habe gerade ihren Vater nach Hause begleitet. Er hatte mich wegen einer geschäftlichen Angelegenheit besucht.»

«Ach so. Natürlich.» Von Werdt hatte sich bereits wieder im Griff. «Ich war gerade auf dem Weg zu Madlen, ja. Soll ich ihr Grüße ausrichten?»

«Ja, gerne, tu das.» Lucas nickte ihm zu. «Ich würde ja gern noch bleiben und ein wenig plaudern, aber leider habe ich noch einige wichtige Dinge zu erledigen. Wir sollten uns aber so bald wie möglich unter vier Augen sprechen.»

«Dann schlage ich vor, du kommst morgen früh zu mir»,

schlug von Werdt vor. «Ich habe am Vormittag im Kontor zu tun und erwarte erst gegen Mittag Kundschaft, sodass wir uns ungestört unterhalten können.»

«Ausgezeichnet. Dann bis morgen.» Jovial nickte Lucas ihm zu und ging zielstrebig weiter in Richtung Dreeser Tor. Als er hinter einer Kurve außer Sichtweite war, bog er in eine kleine Seitengasse ab und verbarg sich hinter einem Fliederbusch.

Gerlach Thynen hatte ihm auf dem Heimweg erzählt, dass Madlen den Nachmittag zusammen mit ihrer Mutter bei ihrer Freundin Emilia Leinen verbrachte, vermutlich um Hochzeitsdinge zu besprechen oder dergleichen. Es konnte zwar Zufall sein, dass Peter nichts davon wusste, das erklärte jedoch nicht, weshalb er sich bei Thynens Heimkehr heimlich aus dessen Haus geschlichen hatte.

Lucas wollte dieser Sache nicht zu viel Bedeutung beimessen, sie aber auch nicht übergehen. Als von Werdt nur Augenblicke später an der Seitengasse vorübereilte, ging Lucas um den Flieder herum und sah der hochgewachsenen Gestalt mit Argwohn hinterher. Dann nahm er unauffällig die Verfolgung auf.

Madlen schwirrte der Kopf, als sie am späten Nachmittag mit ihrer Mutter den Hof der Familie Leinen verließ. Ihre Freundin Emilia, das fünfte von acht Kindern der Großbauernfamilie, war ebenfalls frisch verlobt und hatte eine Menge zu erzählen gehabt, ebenso wie ihre Mutter Margarete, die schon seit vielen Jahren eine gute Freundschaft zu Anne-Maria Thynen pflegte und mit guten Ratschlägen zu den Hochzeitsvorbereitungen nicht gespart hatte.

Bei ihrem Eintreffen war Madlen wegen der gegenwärtigen

Ereignisse nicht allzu gut aufgelegt gewesen, doch als sie nun in die schwülwarme Sommerluft trat, musste sie zugeben, dass der Nachmittag vergnüglicher verlaufen war, als sie angenommen hatte. Ihre Freundin Emilia war überglücklich wegen ihrer Verlobung mit Jan Winrich, der bereits seit anderthalb Jahren um sie freite. Ihre Begeisterung hatte Madlen schließlich angesteckt, sodass sie sich inzwischen ehrlich auf die Hochzeit freute.

Dass Peter ihnen gerade jetzt auf der Straße entgegenkam, ließ ihr Herz einen kleinen Satz vollführen. Das war bestimmt die Wiedersehensfreude und nicht das schlechte Gewissen, das sie seit dem Vortag plagte.

«Ach, der liebe Peter, so ein Zufall, dass wir dich hier treffen.» Ihre Mutter ging strahlend auf den zukünftigen Schwiegersohn zu und umarmte ihn herzlich. «Wir haben gerade einen ganzen Nachmittag damit verbracht, über dich zu plaudern.»

«Über mich?» Peter runzelte die Stirn, lächelte dabei aber. «Das kann unmöglich interessant gewesen sein.» Er wandte sich Madlen zu, und sein Lächeln vertiefte sich. «Ich hoffe, ihr hattet noch spannendere Dinge zu bereden.»

«Ach, du hast ja keine Ahnung, welchen Spaß wir hatten.» Lachend tätschelte Anne-Maria seinen Arm. «Nicht wahr, mein Kind, wir hatten einen höchst vergnüglichen Tag.»

«Ja, den hatten wir tatsächlich», stimmte Madlen zu.

«Wir haben Pläne für Eure Hochzeit geschmiedet», fiel ihre Mutter ihr ins Wort. «Vor allen Dingen, was das Essen betrifft. Man darf niemals unterschätzen, wie wichtig gutes Essen bei so einer Festlichkeit ist.»

«Selbstverständlich nicht.» Peter schmunzelte und zwinkerte Madlen zu. «Ich nehme an, was das betrifft, kann ich mich ganz auf Euch verlassen, liebe zukünftige Schwiegermutter.»

«Ja, ja, natürlich, überlasst das nur mir.» Anne-Maria strahlte ihn an. «Ich werde mich mit Freude darum kümmern, dass alles ganz wunderbar wird. Hast du ein wenig Zeit, uns zu begleiten?»

«Leider nicht. Mein Vater erwartet mich, und außerdem muss ich noch zum Bürgerhaus hinüber.»

«Wegen Rodes Haus?» Madlen stockte. «Ich meine, wegen unseres Hauses?» Sie freute sich, als sich seine Miene bei dieser Korrektur aufhellte.

«In der Tat, darum geht es. Nur noch ein paar Urkunden, dann gehört das Haus uns.» Peter trat einen Schritt auf sie zu, und prompt tat ihre Mutter so, als betrachte sie sehr angelegentlich die Fassade des Gebäudes, neben dem sie gerade standen. Erneut zwinkerte Peter Madlen vielsagend zu. «Deshalb habe ich jetzt leider keine Zeit, aber ich würde gerne, wenn deine Eltern es erlauben, am Abend bei euch hereinschauen, um ein paar Worte über unser neues Haus mit dir zu wechseln.»

«Also ...» Kurz war Madlen irritiert, weil sie glaubte, über Peters Schulter Lucas in der Ferne gesehen zu haben. Doch als sie noch einmal hinsah, war er verschwunden. Offenbar hatte sie sich geirrt. Also schüttelte sie den Gedanken an ihn ab. «Ja, sehr gerne. Mutter, das erlaubst du doch, nicht wahr?»

«Kindchen, was ist das denn für eine Frage? Selbstverständlich kommt dein Verlobter heute Abend zu uns. Wenn du möchtest, mein Guter, kannst du auch mit uns zu Abend essen. Jonata wird zwar nur Pfannkuchen auf den Tisch bringen, aber mit ihrem guten Beerenkompott. Genau richtig bei dieser drückenden Hitze. Ich wünschte, es gäbe endlich ein Gewitter. Diese schwüle Luft ist kaum auszuhalten.»

«Leider werde ich es so früh nicht schaffen.» Bedauernd schüttelte Peter den Kopf. «Aber wenn ich trotz etwas fortgeschrittener Stunde vorbeischauen darf, werde ich das sehr gerne tun.»

«Wir freuen uns schon darauf, nicht wahr, Madlen?»

«Ja, sehr sogar.» Madlen lächelte Peter zu, glücklich, dass sie das, was sie sagte, auch von ganzem Herzen meinte.

«Dann bis später.» Sanft ergriff Peter Madlens Hand und drückte sie leicht, nickte ihrer Mutter noch einmal zu und ging dann weiter seines Wegs.

Madlen blickte ihm erleichtert hinterher. Nach allem, was gestern geschehen war, hatte sie Sorge gehabt, dass sich zwischen ihnen etwas verändert haben könnte. Dem war jedoch nicht so, ganz im Gegenteil.

«Du strahlst ja so.» Ihre Mutter hakte sich bei ihr unter. «Ich kann dir gar nicht sagen, wie es mich freut, euch beide so glücklich zu sehen. Nun komm, eilen wir uns. Sosehr ich mir ein Gewitter wünsche, ich will doch nicht hineingeraten.» Sie wies in Richtung des Horizonts, wo sich der Himmel tatsächlich bedrohlich verdunkelt hatte. «Hoffentlich kühlt das Gewitter, wenn es denn kommt, die Luft ein wenig ab.»

«Ja, hoffentlich.» Madlen ließ sich bereitwillig von ihrer Mutter weiterziehen. Als sie jedoch nur wenige Schritte weiter warten mussten, bis ein hoch mit Weinfässern beladenes Fuhrwerk ihren Weg gekreuzt hatte, sah sie sich um – und stutzte. Die Straße hinunter konnte sie gerade noch die Umrisse eines großen Mannes mit blondem Zopf erkennen, der in dieselbe Richtung verschwand wie Peter zuvor.

«Hoffentlich reicht die Zeit bis zur Hochzeit aus, um an eurem neuen Heim alle notwendigen Arbeiten durchzuführen.» Als der Weg frei war, setzte ihre Mutter sich rasch wieder in Bewegung. «Ich bin kürzlich aus Neugier mal mit Marie und Janni dort vorbeigegangen. Himmel, allein der verwilderte Garten muss von einer ganzen Armee von Knechten und Mägden auf Vordermann gebracht werden. Und die Hausfassade! Peter wird sie sicher kalken lassen. Ganz zu schweigen von allem, was bestimmt noch drinnen gemacht werden muss. Du hast ja schon alles gesehen. Glaubst du, es wird rechtzeitig fertig?»

«Ich weiß nicht.» Leicht irritiert blickte Madlen noch einmal über die Schulter, doch nun war von beiden Männern nichts mehr zu sehen. «Aber ich denke schon, dass es zu schaffen ist.» Innerlich schüttelte sie den Kopf über sich. Sie sah schon Gespenster. Entschlossen konzentrierte sie sich auf das Gespräch mit ihrer Mutter. «Peter hat schon ganz konkrete Pläne für jeden Raum. Ich bin sicher, er wird sofort Handwerker anheuern, sobald das Haus offiziell ihm gehört.»

«In der Tat, das wird er tun. Vielleicht sogar noch heute.» Lachend drückte ihre Mutter Madlens Arm. «Ich freue mich so für dich. Herrin eines so schönen Hauses. Welch ein Glück.»

«Ja, das ist es. Ich habe dieses Haus schon immer bewundert. Kaum zu glauben, dass ich mal dort wohnen werde.»

«Das wirst du, mein liebes Kind, sehr bald schon.»

«Ich kann es kaum erwarten.» Während sie lächelnd weiterging, hatte Madlen das irritierende Bedürfnis, sich noch einmal umzudrehen. Ein merkwürdig ungutes Gefühl hatte sie beschlichen, das von dem leisen Donnergrollen, das nun aus der Ferne zu vernehmen war, noch bestärkt wurde.

16. Kapitel

«Wie hast du meinen Vater nur dazu überredet, mich so spät noch spazieren gehen zu lassen?» Lachend ging Madlen neben Peter durch die abendlichen Straßen Rheinbachs. Sie hatte sich locker bei ihm untergehakt und fühlte sich sicher, wohl und geborgen. Es dämmerte, und am Horizont türmten sich dunkelgraue Wolkenberge, die sich bisher jedoch noch nicht nahe genug herangewagt hatten, um ein Unwetter über der Stadt niedergehen zu lassen.

Peter hüstelte amüsiert. «Das war nicht weiter schwierig. Ich habe einfach deine Mutter überredet.»

«Wenn uns jemand sieht, werden wir zum Stadtgespräch.» Sie konnte ein nervöses Kichern nicht unterdrücken. «Alle werden sich die Mäuler zerreißen.»

«Werden sie nicht. Dein Ruf ist makellos und mein Ansehen zu hoch, als dass sich das jemand trauen würde.» Sanft legte er eine Hand über ihre auf seinem Arm. «Außerdem zieht ein Unwetter auf. Niemand außer uns genießt den warmen Abend draußen.»

«Das Unwetter zieht schon seit Stunden herauf», widersprach sie. «Davon lässt sich doch niemand abhalten.»

«Anscheinend doch, sonst wären mehr Leute draußen. Da sind wir schon.» Peter nahm sie an der Hand und zog sie zu dem Haus, in das sie in nur wenig mehr als drei Monaten einziehen würden. «Sieh dir das hier an.» Er deutete auf den vorderen Teil des Gartens, den jemand bereits vom Unkraut befreit hatte; auch Büsche und Sträucher waren zurückgeschnitten worden und wirkten nun fast ein bisschen gerupft. «Jan Rode hatte nichts dagegen, dass ich schon einmal mit den Verschönerungsarbeiten anfange, obwohl die Besitzurkunde noch nicht gesiegelt war. Als Nächstes werde ich den Walnussbaum im Hof fällen lassen und ...»

«Moment! Den wunderschönen alten Walnussbaum?» Madlen schüttelte energisch den Kopf. «Warum das denn? Den möchte ich gerne behalten.»

«Den knorrigen Baum? Er ist ja nicht einmal gerade gewachsen.»

«Aber er hat Charakter, und wir können die Nüsse im Herbst sammeln und essen.»

«Hinter dem Haus gibt es noch mehr Walnussbäume.»

Madlen zuckte mit den Schultern. «Mag sein, aber den im Hof mag ich besonders gern. Außerdem stört er dort doch niemanden. Ganz im Gegenteil. Fälle lieber einige der Walnussbäume drüben beim Gemüsegarten. Unter denen wächst so gut wie nichts. Im Hof ist das nicht so schlimm, da soll sowieso überall Pflaster gelegt werden.»

«Ach ja?» Peter hob überrascht die Augenbrauen. «Seit wann das denn?»

Sie lächelte. «Seit ich mir beim Gang über den Hof bei schlechtem Wetter die Schuhe nicht verderben will. Der Teil vor dem Eingang ist doch bereits mit Pflastersteinen belegt. Warum nicht auch der Rest des Hofes?»

«Weil es aufwendig und teuer ist?» Peter grinste schief. «Nun gut. Pflaster im Hof, und der hässliche Walnussbaum bleibt. Was noch?»

«Keine Ahnung. Du hast doch bereits mit dem Planen begonnen. Also erzähl mal, was du alles vorhast, und ich sage dir dann, ob es dabei bleiben kann.» Während sie die Worte aussprach, fiel ihr etwas ein, das Lucas über Peter gesagt hatte.

Sie schob den Gedanken jedoch gleich wieder beiseite. Sie wollte nicht mehr an Lucas denken. Nicht heute. Am besten gar nicht mehr. Sie war hier mit Peter. Ihrem Verlobten. Dem Mann, den sie schon ihr ganzes Leben lang liebte. Mit dem sie bald ein ganz neues Leben beginnen würde.

«Ich würde im hinteren Teil des Gartens gerne neue Obstbäume pflanzen. Es sind zwar schon einige da, aber manche sind schon sehr alt und tragen kaum noch Früchte.» Peter zog sie eifrig weiter durch die teilweise schon geharkten Wege zwischen den Gemüsebeeten. Der hintere Bereich des Grundstücks war allerdings noch verwildert und von Rankpflanzen und Disteln überwuchert. «Drüben in der Remise steht eine alte Saftpresse. Die könnten wir reparieren lassen.»

«Also das ist eine ganz ausgezeichnete Idee.» Neugierig und voller Vorfreude auf die Zeit, wenn all dies ihr eigenes Reich sein würde, sah Madlen sich um. «Warte mal, sind das dort etwa Sommeräpfel?» Sie raffte ihre Röcke und eilte quer über eines der verunkrauteten Beete hinweg zu einer kleinen Baumgruppe. «Sie sehen reif aus!» Den Blick nach oben gerichtet, umkreiste sie einen der Bäume, bis sie einen tiefhängenden Zweig fand. Sie streckte die Hand aus, doch Peter, der ihr gefolgt war, kam ihr zuvor. Er pflückte einen Apfel und hielt ihn spielerisch außer Reichweite. «Was kriege ich dafür, wenn ich ihn dir gebe?»

Madlen stemmte grinsend die Hände in die Seiten. «Du willst ausnutzen, dass ich viel kleiner bin als du, und mir den Apfel teuer verkaufen?»

Lächelnd betrachtete Peter erst den Apfel und dann sie. «Ich bin Kaufmann, also ... ja.»

«Ich bin auch eine Händlerin.»

Peter warf den Apfel in die Luft und fing ihn wieder auf. «Tja, wenn das so ist, dann handele!» Lachend wollte Madlen nach dem Apfel greifen, doch erneut hielt Peter ihn außer Reichweite. «Mach mir ein Angebot, das ich nicht ausschlagen kann.»

Sie wusste natürlich, was er hören wollte. «Wie wäre es mit einem Kuss?»

Sogleich ließ Peter die Hand mit dem Apfel sinken und trat einen Schritt auf sie zu. «Ein Kuss für den Apfel?»

Erwartungsvoll machte auch Madlen einen Schritt auf ihn zu, sodass sie einander dicht gegenüberstanden. «Ein gerechter Tausch.» Nach kurzem Zögern setzte sie hinzu. «Na ja, vielleicht ist er für mich ein bisschen besser. Ich kriege einen Apfel *und* einen Kuss.»

«Nichts ist besser als ein Kuss von dir.» Peter legte seine Arme um sie, zog sie an sich und verschloss ihren Mund mit seinen Lippen.

Die Berührung war warm, vertraut. Madlen schlang ihre Arme um seinen Hals und legte so viel Zärtlichkeit in den Kuss, wie sie nur konnte. Gleichzeitig bemühte sie sich nach Kräften, nicht in sich hineinzuhorchen und auf wildes Herzklopfen zu hoffen. Es war unsinnig, so etwas zu erwarten, denn dies war eine vollkommen andere Situation als die, in die Lucas sie gestern manövriert hatte. Weder hatte Peter sie überrumpelt, noch fühlte sie sich von seiner Gegenwart verwirrt oder aus dem Gleichgewicht gebracht. Das war gut so, beschloss sie. Es war sicherer. Und Sicherheit war auf jeden Fall das, was eine Frau bei dem Mann suchte, den sie bald heiraten würde.

Je länger sich der Kuss hinzog, desto fordernder bewegten sich Peters Lippen auf den ihren. Seine Arme schlossen sich fester um sie, sodass die Wärme, die von seinem Körper ausging, sich auf Madlen übertrug. Zwar noch zögernd, jedoch spürbar begehrlich strichen seine Hände ihren Rücken hinab und wieder hinauf. Gleichzeitig strich seine Zunge über ihre Unterlippe, sodass sie verblüfft nach Atem rang.

Dies nutzte Peter, um mit seiner Zunge mutig weiter vorzudringen und die ihre zu suchen. Die erste Berührung ihrer Zungenspitzen ließ Madlen zusammenzucken. So etwas hatte Peter nie zuvor getan, und sie wusste nicht, wie sie damit und mit dem merkwürdigen Gefühl umgehen sollte, das sein Zungenspiel in ihr auslöste.

Nun beschleunigte sich ihr Pulsschlag doch. Sie war unsicher und fühlte den Impuls, sich zurückzuziehen. Doch sie unterdrückte ihn. Sie wollte Peter nicht enttäuschen, und sie war auch neugierig. Sie hörte und spürte, wie Peters Atem schwerer ging. Er drängte sich fester an sie, sodass sie seinen Körper spürte, sein … Sie erschrak, doch ehe sie irgendetwas tun konnte, blitzte es grell. Fast im selben Moment rollte ein dumpfer Donnerschlag über sie hinweg, der sie auseinanderfahren ließ.

Zitternd blickte Madlen zum Himmel hinauf, der sich innerhalb kürzester Zeit verfinstert hatte. Wind war aufgekommen und schüttelte die Zweige des Apfelbaums. Sie schluckte. «Hab ich mich vielleicht erschreckt!»

Peter atmete noch immer etwas heftiger als sonst. «Ein himmlisches Zeichen, würde ich sagen.» Er bückte sich, um den Apfel, den er während der leidenschaftlichen Umarmung fallen gelassen hatte, wieder aufzuheben und ihr zu reichen. «Sonst hätte ich vielleicht eine Dummheit begangen.»

Madlens Herz holperte. «Eine Dummheit?»

«Nun ja.» Er strich ihr sanft über die Wange. «Du wirst unschwer bemerkt haben, wonach mich verlangt. Solch ein Kuss führt schnell zu etwas, wozu du noch nicht bereit sein könntest. Ganz zu schweigen davon, dass es, nun ja …»

«Nicht schicklich wäre?»

«Gelinde ausgedrückt, ja.» Seine Worte wurden erneut von Blitz und Donnerschlag begleitet. Prüfend blickte auch er zum Himmel und runzelte die Stirn. «Ich fürchte, wir haben uns genau den falschen Zeitpunkt für unseren Spaziergang ausgesucht. Das Unwetter wird gleich losbrechen. Rechtzeitig bis nach Hause schaffen wir es nicht. Weder zu euch noch zu uns. Wir sollten uns irgendwo unterstellen.»

«Warum nicht drinnen im Haus?», schlug sie vor, als die ersten Regentropfen sie trafen. «Du hast den Schlüssel doch mitgebracht, oder?»

«Selbstverständlich.» Gemeinsam liefen sie zur Haustür, während immer mehr Tropfen vom Himmel fielen. «Im Erdgeschoss haben die Handwerker bereits begonnen, die Wände zu kalken und die Böden zu erneuern. Oben ist noch alles so, wie ich es dir neulich gezeigt habe.» Er schloss die Tür auf und ließ sie zuerst eintreten.

«Zumindest ist es hier drinnen trocken.» Madlen blinzelte, weil es im Haus noch dunkler war als draußen. «Und was nun?»

«Erst einmal brauchen wir Licht.» Zielstrebig ging Peter hinüber in die Küche, wo die Handwerker Eimer mit Werkzeug neben Bottichen mit Kalk und hölzernen Messlatten bereitgestellt hatten. Auf der gemauerten Kochstelle standen zwei einfache Öllampen, von denen Peter eine entzündete. «Gemütlicher wird es davon leider nicht gerade.»

«Das macht doch nichts.» Madlen ging hinüber in die Stube, in der an einer der Wände mehrere Truhen standen. «Hast du bereits Sachen herbringen lassen?»

Peter folgte ihr, wartete aber, bis ein erneutes Donnergrollen verklungen war, bevor er antwortete. «Ja, das sind hauptsächlich Sachen aus meiner Zeit beim Regiment. Kleidung, Ausrüstung ... Warte mal, da kommt mir eine Idee.» Er stellte die Lampe auf dem Deckel einer der Truhen ab, öffnete eine andere und zog einen Stapel grauer Wolldecken daraus hervor. «Wir haben zwar noch keine Möbel, aber sieh es als eine Art Rast an – nur ohne etwas zu essen.» Er schmunzelte. «Abgesehen von dem Apfel.» Rasch breitete er die Decken auf dem Fußboden aus und machte eine einladende Handbewegung. «Bitte, nimm Platz!»

«Eine gute Idee.» Lächelnd setzte sich Madlen auf den Boden und wartete, bis auch Peter sich neben ihr niedergelassen hatte. «Glaubst du, das Gewitter wird sich lange über uns halten? Vater und Mutter werden sich Sorgen machen, wenn ich zu lange ausbleibe.»

«Sie wissen doch, wohin wir gehen wollten.» Peter legte eine Hand über ihre. «Gewiss ist ihnen klar, dass wir den Regen abwarten, bevor wir zurückkehren. Du fürchtest dich doch nicht etwa vor dem Gewitter?»

«Nein.» Sie lachte leise. «Ich habe mich noch nie vor Blitz und Donner gefürchtet, das weißt du doch.»

Aufmerksam musterte er sie und drückte leicht ihre Hand «Warum zittern deine Finger dann so?»

«Tun sie das?» Nervös blickte sie auf ihre Hände, mit denen sie immer noch den Apfel umfangen hielt und die Peter nun sachte streichelte.

«Ist dir kalt?»

Leicht verunsichert, begegnete sie seinem Blick. «Ich ... weiß nicht. Vielleicht. Ein wenig.» Plötzlich wurde ihr klar, worauf dieser Abend hinauslaufen würde, wenn sie es zuließ. Ob Peter das geplant und sie mit Absicht hergebracht hatte? Oder war es wirklich nur ein Zufall, dass sie wegen des Gewitters nun hier festsaßen? Böse war sie ihm in keinem Fall, es war ja nur natürlich, dass er sie, wenn auch nur für eine kurze Weile, allein für sich haben wollte. Es war auch nicht so, dass sie sich fürchtete, zumindest nicht sehr, denn sie vertraute Peter vollkommen. Aber woher kam dann der innere Aufruhr, der in ihr tobte? Ihr Herz pochte zu schnell, und ja, ihre Hände zitterten. In ihrem Kopf überschlugen sich die Gedanken, ohne dass sie sie lange genug zu fassen bekam, um ihnen einen Sinn zu entnehmen.

«Wenn du es mir gestattest, wärme ich dich ein wenig.» Seine Stimme hatte einen weichen Unterton angenommen, der nicht eben dazu beitrug, sie zu beruhigen. Aber warum war sie überhaupt so aufgeregt? Sie würden dieses Haus in drei Monaten als Eheleute beziehen. Was machte es da schon, wenn sie mit ihrem ersten Zusammensein nicht mehr bis dahin warteten? Es war ja nicht so, dass sie Angst haben musste, hinterher von Peter verlassen zu werden. Im Gegenteil. Er war stets die verlässlichste Konstante in ihrem Leben gewesen. Und wenn sie sich ihm hingab, würden sicher auch endlich, endlich ihre Gedanken aufhören, um Lucas zu kreisen. Es war nicht recht von ihr, ihm so viel Platz in ihrem Kopf einzuräumen. Es war Zeit, dass sie sich voll und ganz – mit Herz, Leib und Seele – ihrer Liebe zu Peter verschrieb.

«Ja, das wäre schön.» Sie legte den Apfel vorsichtig beiseite und ließ es zu, dass er sie so in seine Arme zog, dass sie sich mit dem Rücken an seine Brust lehnen konnte. Ein lauter Knall ließ sie heftig zusammenzucken.

«Keine Sorge», murmelte Peter dicht an ihrem Ohr. «Wir sind hier drinnen vollkommen sicher.»

Madlen schloss die Augen und versuchte, sich einzig auf seine Berührungen zu konzentrieren und auf die Empfindungen, die sie verursachten.

Peter ließ seinen Mund von ihrem Ohr bis hinab zu ihrer Halsbeuge gleiten; gleichzeitig streichelten seine Hände über ihre Schultern die Arme hinab und wanderten dann sehr vorsichtig, fast zögernd über ihren Bauch wieder nach oben. Als er zärtlich ihre Brüste umfasste, hielt sie erschrocken die Luft an. Derart intime Berührungen waren so vollkommen neu und ungewohnt für sie, dass sie nicht wusste, wie sie sich nun verhalten sollte.

Als Peter sie jedoch nur weiter ganz sachte streichelte, entspannte sie sich etwas und wagte auch wieder zu atmen. Ob sie etwas tun sollte? Erwartete Peter eine Reaktion von ihr?

«Wärest du böse, wenn ich dir gestehe, dass ich über dieses Unwetter sehr glücklich bin?» Seine Stimme war kaum mehr als ein Raunen. Seine rechte Hand lag immer noch ganz leicht auf ihrer Brust, während er mit der linken zärtlich ihr Kinn ergriff und ihren Kopf zu sich drehte, um sie küssen zu können. «Sehr glücklich», wiederholte er und senkte seine Lippen auf ihre.

Sein Kuss war warm und fordernd, der Druck seiner Hand um ihre Brust verstärkte sich, sein Atem beschleunigte sich.

Madlen erwiderte den Kuss so zärtlich, wie es ihr möglich war. Ihr Herz schlug schnell und unstet, und eine Mischung aus Scham und Neugier stieg in ihr auf. «Was jetzt?», fragte sie etwas atemlos, als Peter seinen Mund von ihren Lippen löste. Als sein forschender Blick den ihren traf, lächelte sie. «Ich habe keine Angst, Peter. Gewiss nicht.» Sie spürte den verwirrenden Gefühlen in ihrem Inneren nach und stellte erleichtert fest, dass sie die Wahrheit gesagt hatte. Furcht verspürte sie keine – oder zumindest nicht mehr als jede andere Jungfrau, die vorhatte, sich zum ersten Mal ihrem Liebsten hinzugeben.

Peters Augen leuchteten warm, er faltete eine der Decken zu einem Polster für Madlens Kopf zusammen, dann half er ihr, sich hinzulegen. «Der Boden ist ein wenig hart.» Langsam und bedächtig streckte er sich neben ihr aus und rückte ganz nah an sie heran, sodass sie seinen Körper an ihrem spüren konnte. «Aber ich hoffe, das kann ich dich bald vergessen machen.»

Einen langen Moment blickten sie einander stumm in die Augen, dann begann er erneut, sie zu streicheln, von der Hüfte aufwärts bis knapp unter ihre Brüste. Dort hielt er inne und sah sie fragend an.

Madlen knabberte nervös an ihrer Unterlippe. «Ich fürchte, du musst mir sagen, was ich tun soll. Ich weiß es nämlich nicht.»

«Keine Sorge.» Er beugte sich über sie und küsste sie zärtlich. «Wir finden es gemeinsam heraus.»

Madlen bezweifelte, dass Peter so unerfahren war, wie diese Worte andeuteten. Auch wenn er sie liebte, hatte er ganz sicher bereits gewisse Kenntnisse gesammelt. Jungen Männern stand dies zu. Mädchen hingegen blieben oftmals bis zur Hochzeitsnacht vergleichsweise unwissend, zumindest offiziell. Junge Männer wurden zu häufig beim Schlutgehen – dem heimlichen abendlichen Besuch bei ihrer Liebsten – erwischt, als dass die jungen Frauen wirklich gänzlich unbedarft bleiben konnten.

Peters nächster Kuss war leidenschaftlicher, und wieder strich er mit der Zunge über ihre Unterlippe und begehrte Einlass. Gleichzeitig schloss sich seine Hand begehrlich um ihre Brust, er drängte sich fester an sie, bis er schließlich halb auf ihr lag. Sie konnte die Muskeln an seinem Körper ebenso spüren wie den harten Druck, den seine Männlichkeit gegen ihre Hüfte ausübte.

Im ersten Moment wollte sie sich von ihm losmachen, doch dann rief sie sich ins Bewusstsein, dass dies alles vollkommen natürlich war und früher oder später so oder so geschehen würde. Also schlang sie ihre Arme um seinen Nacken, schloss die Augen und zog ihn noch fester an sich.

Mit einem unterdrückten Stöhnen ließ Peter von ihrem Mund ab und vergrub sein Gesicht in ihrer Halsbeuge. Im nächsten Moment senkte er den Kopf noch weiter und bedeckte ihr Dekolleté mit heißen Küssen. Gleichzeitig zupfte und zerrte er an ihren Röcken herum, schob sie bis zu ihrer Hüfte hoch und tastete ihre Oberschenkel entlang, erst außen, dann auf der Innenseite.

Wieder hielt Madlen erschrocken die Luft an, zwang sich aber, ganz ruhig liegen zu bleiben und ihn gewähren zu lassen. Es war nicht wirklich unangenehm. Ungewohnt und peinlich, ja, aber nicht unangenehm. Um nicht gänzlich tatenlos dazuliegen, strich sie vorsichtig über seinen Arm und seine Schulter.

Prompt richtete er sich etwas auf, entledigte sich seines weißen Spitzenkragens und zog sein Wams aus. Nach kurzem Zögern ließ er schließlich auch sein Hemd folgen.

Im ersten Moment wollte Madlen, wie man es ihr beigebracht hatte, verlegen die Augen abwenden, doch die Neugier siegte. Sie hatte zwar schon hier und da Männer mit bloßem Oberkörper gesehen, doch niemals so aus der Nähe. Peter besaß breite Schultern, und auf seiner Brust kräuselten sich schwarze Härchen. Als er merkte, dass ihr Blick dort hängenblieb, nahm er ihre Hand und legte sie ganz leicht auf die Stelle an seiner Brust, unter der sie seinen schnellen Herzschlag fühlen konnte. «Du darfst mich ruhig berühren, Madlen, hab keine Scheu. Komm.» Zu ihrer Überraschung zog er sie in eine sitzende Position. «Lass mich dir helfen.»

Wobei?, wollte sie schon fragen, doch da hatte er bereits begonnen, sich an den Verschlüssen und Schnürungen ihres Kleides zu schaffen zu machen. Nun doch ein wenig beschämt, weil er offensichtlich genau wusste, was er da tat, hielt sie still, bis er ihr schließlich das Kleid auszog und es beiseitelegte.

Danach wusste sie nicht, wohin mit sich, denn nun trug sie nur noch das enge Schnürleibchen und ihre Schuhe. Was albern war. Also zerrte sie sich die Schuhe umständlich von den Füßen, achtete dabei aber darauf, nicht allzu viel von ihrer Blöße preiszugeben.

Auch Peter zog seine Stiefel aus – und dann auch noch seine Hose. Madlen blickte erschrocken zur Seite, kam jedoch nicht dazu, einen klaren Gedanken zu fassen, denn Peter zupfte im nächsten Augenblick vorsichtig an den Schnüren ihres Leibchens, lockerte sie und streifte ihr auch dieses letzte Kleidungsstück ab.

Ehe sie sichs versah, drückte er sie sanft, aber bestimmt zurück auf die Decke und legte sich dicht neben sie, sodass sie jedes Detail seines Körpers an ihrem spüren konnte.

Ihr Herz überschlug sich beinahe vor Aufregung. Als Peter sich über sie beugte, um sie zu küssen, spürte sie überdeutlich seine aufgerichtete Männlichkeit an ihrer Seite. Sie hatte sich mit dem männlichen Körper nie näher befasst, sodass sie nun doch einigermaßen erschrocken war, insbesondere wenn sie sich vorzustellen versuchte, was er gleich mit ihr zu tun beabsichtigte.

Peter schien ihre Verunsicherung zu spüren, denn er bedeckte ihr Gesicht und ihren Hals mit sehr sanften, zärtlichen Küssen und streichelte dabei ausschließlich ihre Schultern und Arme, bis sie sich ein klein wenig entspannte.

«Hab keine Angst», flüsterte er ihr ins Ohr. «Ich werde so vorsichtig sein, wie ich nur kann. Du darfst dich aber nicht verkrampfen, hörst du? Sonst tue ich dir weh, und das möchte ich nicht.»

Peinlich berührt ob seiner Offenheit, nickte Madlen und bemühte sich, ruhig zu werden. Doch das war ein fruchtloses Unterfangen, denn nun küsste Peter sie nicht mehr nur auf

Gesicht, Lippen und Hals, sondern strich mit dem Mund weiter hinab über ihre Schultern und schließlich auch über ihre Brüste.

Ein merkwürdiger Schauder durchrieselte sie, gefolgt von einer Gänsehaut, die dazu führte, dass sich ihre Brustwarzen zusammenzogen. Sie keuchte auf, als er lustvoll an den aufgerichteten Spitzen saugte und gleichzeitig seine Hände auf Wanderschaft über ihren Körper gingen. Um nicht vollkommen starr zu bleiben, strich sie mit den Fingerspitzen an seinen kräftigen Armen entlang und von dort über seine Schultern und den Rücken. Es war ein höchst eigenartiges Gefühl, die glatte, straffe Haut über seinen Muskeln zu fühlen und die Wärme, die von seinem Körper abstrahlte.

Peters Atem ging hörbar schneller; er ließ von ihren Brüsten ab und presste seinen Mund erneut auf ihren, drang mit der Zunge vor und suchte nach der ihren.

Madlen hatte nicht gewusst, dass allein Küsse Peter derart in Erregung versetzen konnten. Sie selbst war eher nervös denn von Leidenschaft erfasst, obwohl ihr seine Berührungen nicht unangenehm waren. Zumindest überwand sie allmählich ihre anfängliche Scheu und traute sich, die Augen zu öffnen und Peters Körper ein wenig mutiger zu erkunden.

An seinem leisen Stöhnen und den immer fordernderen Küssen spürte sie, dass er auf ihre Liebkosungen so reagierte, wie es wohl vorgesehen war. Da sie unbedingt seinen Wünschen entsprechen wollte, nahm sie all ihren Mut zusammen und drängte sich nun ihrerseits etwas fester an ihn. Allerdings erschrak sie dann doch ein wenig, als er umgehend ihre rechte Brustwarze mit den Lippen umschloss, daran saugte und zugleich seine Hand hinab bis zu ihrer Heimlichkeit wandern ließ. Sie versteifte sich entsetzt, weil es ihr unsagbar peinlich war, dass ein Mann, auch wenn es ihr Peter war, sie dort anfasste. Als sie jedoch merkte, dass diese Berührungen nicht weh taten, zwang sie sich dazu, ihn gewähren zu lassen.

Tatsächlich entspannte sie sich nach und nach und hörte auf, darüber nachzudenken, wie ungeheuerlich es war, sich dort berühren zu lassen. Peters Finger streichelten sehr sanft und vorsichtig, doch schließlich wurden seine Bemühungen drängender und begehrlicher. Bis er sich über sie schob und sanft, aber energisch ein Knie zwischen ihre Beine zwängte.

Madlens Herz begann unvermittelt erneut zu rasen. Draußen tobte noch immer der Gewittersturm, Wind heulte ums Haus, und Regen prasselte hernieder. Es war inzwischen fast gänzlich finster geworden. Lediglich die kleine Öllampe spendete flackerndes Licht, das die Atmosphäre regelrecht unwirklich erscheinen ließ.

Für einen kurzen Moment fragte Madlen sich erschrocken, was sie hier tat und ob es wirklich das war, was sie wollte. Doch inzwischen gab es kein Zurück mehr, das spürte sie genau. Peter war bereits zu erregt, und enttäuschen wollte sie ihn auch nicht.

«Denk daran, mein Liebes.» Seine Stimme schwankte vor Ungeduld und Lust; sein Atem glitt schwer und stoßweise über sie hinweg. «Du darfst dich jetzt nicht verkrampfen, sonst tut es weh.» Er küsste sie liebevoll und hungrig zugleich. «Entspann dich, Madlen, dann wird alles gut.»

Sie gehorchte – oder versuchte es zumindest. Instinktiv begriff sie, dass sie die Beine ein wenig mehr spreizen musste, um ihm Einlass zu gewähren, doch als sie ihn dann an ihrer Öffnung spürte, schloss sie unwillkürlich die Augen und versuchte krampfhaft, die plötzliche Furcht zu unterdrücken.

«Bitte, Madlen.» Seiner Stimme war anzuhören, welche Anstrengung es ihn kostete, geduldig zu bleiben. «Sieh mich an. Es ist alles gut.»

Madlen öffnete die Augen, blickte direkt in die seinen, die verhangen und doch liebevoll auf sie gerichtet waren. Für einen Moment vergaß sie, sich gegen ihn zu sperren, und diesen Augenblick nutzte er aus und drang schnell und entschlossen in sie ein.

Madlen stieß einen erschrockenen Schrei aus, als er die Barriere ihrer Jungfräulichkeit durchbrach. Ein scharfer Schmerz durchzuckte sie. Sie kniff entsetzt die Augen zusammen, spürte aber gleich darauf seine Lippen auf ihrer Haut, auf ihrer Wange, ihren Augenlidern, ihrem Mundwinkel.

Für einen langen Moment verharrte Peter einfach nur still in ihr, damit sie sich an ihn gewöhnen konnte. In ihrem Kopf drehte sich alles. Schrecken, Verblüffung, Neugier, aber auch noch etwas anderes, Unbegreifliches, mischten sich in ihrem Herzen zu einem wilden Aufruhr.

Peter stieß ein tiefes Stöhnen aus und begann sich schließlich in ihr zu bewegen. Zunächst hatte sie Angst, dass es nur unangenehm sein würde. Doch nach kurzer Zeit gewöhnte sie sich daran und hielt ganz still. Sie nahm an, dass es für ihn sehr viel schöner sein musste, denn bald steigerten sich seine Bewegungen zu schnelleren, härteren Stößen. Zum Glück empfand sie dabei keinen Schmerz, besondere Lust jedoch auch nicht. Gott, sie hatte so sehr gehofft, dass sie mehr empfinden würde, wenn sie das hier mit ihm tat. Unvermittelt stiegen Tränen in ihre Augen.

Nein, befahl sie sich, sie durfte jetzt nicht weinen. Sie hatte das hier gewollt, sich aus freien Stücken dafür entschieden. Es war richtig, ihrem geliebten Peter diesen Wunsch zu erfüllen. Es machte ja auch keinen Unterschied, ob es jetzt passierte oder in drei Monaten. Sie gehörten zusammen – jetzt noch weit mehr als je zuvor.

Während er immer schneller und gieriger in sie hineinstieß,

hielt sie sich an seinen Schultern fest und schlang schließlich ihre Arme um seinen Hals. Sogleich presste er seinen Mund wieder auf ihren. Im nächsten Augenblick hielt er inne und zog sich mit einem Ruck aus ihr zurück.

Im ersten Moment begriff sie nicht, was ihn dazu veranlasst hatte, doch dann hörte sie ihn erneut stöhnen und spürte zugleich etwas Warmes, Nasses an der Innenseite Ihres Oberschenkels. Schwer atmend rollte er sich neben sie und presste sein Gesicht gegen ihre Schulter.

«Madlen?» Einen Moment später zog er sie fest in seine Arme, sodass sie seinen rasenden Herzschlag spüren konnte. «Geht es dir gut?»

Sie antwortete nicht, denn erneut schnürten ihr die aufsteigenden Tränen die Kehle zu.

Als er sie forschend musterte, wich sie seinem Blick aus. Sogleich richtete er sich besorgt auf. «Was ist mit dir? Habe ich dir doch weh getan? Das tut mir leid. Wenn ... Weißt du, wenn ein Mann einmal einen gewissen Punkt erreicht, ist es schwierig für ihn, sich noch zurückzuhalten oder ...»

«Nein, Peter.» Sie schluckte verzweifelt, um den Kloß in ihrem Hals wegzubekommen. «Du hast mir nicht weh getan. Nicht mehr als ... notwendig.»

«Weshalb weinst du dann?» Ratlos streichelte er über ihre Wange, wo eine einzelne Träne trotz ihrer Bemühungen entkommen war. «Bitte sag es mir. Habe ich dich enttäuscht?»

Verblüfft erstarrte sie. «Nein!» Auf diese Idee wäre sie niemals gekommen. «Nein, ganz bestimmt nicht. Aber ...» Verlegen blickte sie zur Seite. «Ich glaube eher, dass ich dich enttäusche.»

«Aber nein, Madlen, wie kommst du denn darauf? Es war ... Ich kann dir nicht sagen, wie glücklich ich bin, dass du mir dieses Geschenk gemacht hast. Wie könnte ich da enttäuscht sein?»

«Weil …» Sie traute sich nicht, es auszusprechen, doch nun schien kein Weg mehr daran vorbeizuführen. Peter drehte ihr Gesicht mit sanfter Gewalt wieder in seine Richtung, bis sie ihn ansehen musste.

«Sag es mir bitte.»

Sie presste kurz die Lippen zusammen und schämte sich so sehr wie nie zuvor. «Ich bin nicht … Ich meine, ich kann nicht … Ich bin nicht so leidenschaftlich, wie ich sein sollte. Ich sehe bei dir, wie es sein müsste. Aber ich kann einfach nicht …»

«Schsch.» Das plötzliche Lächeln auf Peters Lippen überraschte sie über alle Maßen. «Liebste Madlen, du brauchst dir darüber keine Sorgen zu machen. Viele Frauen, so sagt man, brauchen eine Weile, um sich daran, nun ja, zu gewöhnen und zu erfreuen.»

«Ach ja?» Verwundert runzelte sie die Stirn. «Wer sagt das?»

«Äh.» Peter grinste schief. «Lassen wir das vielleicht lieber. Ich möchte nur nicht, dass du traurig bist oder glaubst, mich zu enttäuschen. Das kannst du gar nicht.»

«Wirklich nicht?»

«Niemals. Komm her.» Er zog sie wieder fest an sich und küsste sie aufs Ohr.

Für einen Moment verspürte sie das altbekannte innige Vertrauen, dass sie ihm entgegenbrachte und das sie schon so lange mit ihm verband. «Ich glaube, der Regen hat nachgelassen.» Sie erschrak. «Ist es nicht schon furchtbar spät? Wir müssen gehen, oder nicht?»

«Ja, müssen wir. In ein paar Minuten.» Wieder küsste Peter sie, diesmal auf den Mundwinkel. «Lass mich diesen Augenblick noch ein ganz klein bisschen länger genießen. Deinen Eltern erkläre ich schon alles.»

«Sie werden böse auf mich sein.»

«Nein, werden sie nicht, Madlen. Lass mich nur machen. Niemand wird erfahren, was hier geschehen ist. Wir haben uns einfach vor dem Regen in Sicherheit gebracht, nichts weiter.»

«Nichts weiter?»

«Alles andere geht nur uns beide etwas an.»

Seufzend lehnte sie ihren Kopf gegen seine Schulter und blickte zu der flackernden Öllampe hinüber. Sie fühlte sich seltsam, so als habe dieser Abend etwas in ihrem Inneren verändert. Nicht nur jenes kleine Detail an ihrem Körper, sondern etwas in ihrem Herzen. Sie fühlte sich elend und wissend zugleich. Eine Mischung, die ihr beinahe erneut die Tränen in die Augen trieb. Diesmal jedoch drängte sie sie tapfer zurück.

Der Regen hatte nachgelassen, das Donnergrollen war in südwestliche Richtung abgezogen. Eine angenehm kühle Brise raschelte in den Ästen des alten Walnussbaums und ließ Regentropfen zur Erde pladdern.

Still und bewegungslos lehnte Lucas im Tor zur Remise, den Blick auf den Eingang zum ehemaligen Wohnhaus der Familie Rode gerichtet. Es war vergebene Liebesmühe, noch länger hier auszuharren, und außerdem auch noch unvernünftig. Er hatte ursprünglich nur von Werdt folgen wollen, um herauszufinden, ob dieser sich noch einmal auffällig verhielt. Möglicherweise steckte gar nichts dahinter. Doch dass Madlens Verlobter Lucas am Nachmittag so eindeutig belogen hatte, hatte ihn argwöhnisch gemacht. Und dabei ging es nicht mal so sehr um den Auftrag, den Lucas in Rheinbach zu erfüllen hatte. Er fragte sich vielmehr, ob von Werdt auch Madlen belog, obwohl ihm dies gar nicht ähnlich sah. Lucas mochte Peter von Werdt nicht sonderlich, aber er hatte stets seine Aufrichtigkeit und Geradlinigkeit geschätzt.

Dass Lucas jetzt immer noch in der Remise ausharrte, obgleich der Regenguss aufgehört hatte, war Dummheit. Was erwartete er denn hier heute Abend noch zu beobachten? Von Werdt würde seine Verlobte nach Hause bringen, und das wäre es.

In diesem Moment öffnete sich die Haustür, und Madlen trat heraus. Dicht hinter ihr folgte ihr Verlobter, der eine frisch entzündete Pechfackel in der linken Hand hielt. Beim Anblick Madlens bildete sich ein harter Knoten in Lucas' Magengrube, und er verfluchte sich erneut dafür, sich nicht längst aus dem Staub gemacht zu haben. Ihr Haar war aufgelöst und ringelte sich wirr bis hinab auf ihren Rücken. Sie zupfte immer wieder in einer Art und Weise an ihrem Kleid herum, die eindeutig zeigte, dass sie sich bemühte, es aussehen zu lassen wie zu dem Zeitpunkt, da sie das Haus betreten hatte.

Lucas begriff sofort, was dies zu bedeuten hatte. Es war nur allzu offensichtlich. Von einem Gefühl der Hilflosigkeit übermannt, schloss er für einen Moment die Augen. Seine Hände ballten sich zu Fäusten, doch er zwang sich, sie wieder zu lösen und ruhig weiterzuatmen. Wenn Madlens Verhalten nicht schon eine recht eindeutige Sprache gesprochen hätte, dann tat es doch auf jeden Fall die Art, wie von Werdt sie küsste, bevor die beiden sich auf den Heimweg machten.

Gerne wäre Lucas zornig geworden, auf Peter, auf Madlen. Aber letztlich blieb ihm nur, sich über sich selbst zu ärgern. Die beiden waren verlobt, gehörten zueinander, seit er denken konnte. Hatte er wirklich geglaubt, dass sie ihre Zuneigung nicht auch ausleben würden? Allerdings nahm er an, dass dies das erste Mal gewesen war. Nach der Art und Weise zu urteilen, wie Madlen am Tag zuvor auf seinen eigenen, zugegebenermaßen übereilten Annäherungsversuch reagiert hatte, konnte es mit ihrer Erfahrung in dieser Hinsicht nicht weit her sein.

Dies hatte sich wohl heute Abend grundlegend geändert. Lucas bemühte sich, jeglichen Anflug von Eifersucht im Keim zu ersticken. Er hatte kein Recht, sich einzumischen, und schon gar keines, Madlen böse zu sein. Nicht einmal von Werdt konnte er übelnehmen, dass er sich nahm, wonach ihn verlangte. Immerhin hatte er sich offensichtlich jahrelang in Geduld geübt, länger, als Lucas es wahrscheinlich ausgehalten hätte, wäre er an seiner Stelle gewesen.

Das änderte nur nichts an der Tatsache, dass er ... Schmerz empfand. Schmerz darüber, etwas verloren zu haben, von dem er sich lange nicht hatte eingestehen wollen, es sich zu wünschen.

Und noch etwas nagte an ihm: War der Zeitpunkt nur ein Zufall? Warum hatte es von Werdt plötzlich so eilig, von Madlen etwas einzufordern, dessen er sich zuvor jahrelang offenbar mühelos enthalten hatte und das ihm in drei Monaten sowieso vor Gott und der Welt zustand? Und weshalb hatte Madlen dem Wunsch ihres Verlobten mit einem Mal so rasch entsprochen, obwohl auch sie nie den Eindruck erweckt hatte, dass es ihr schwerfiel, sich bis zur Hochzeitsnacht zu gedulden?

Mit diesen unruhigen Gedanken schickte sich Lucas an, endlich auch den Weg nach Hause anzutreten. Als er die Straße erreichte und in der Ferne gerade noch das Licht der Pechfackel um eine Ecke biegen sah, entschied er sich anders. Unvernunft hin oder her, zumindest einer der beiden Fragen musste er auf den Grund gehen, und sei es nur, um seinen Seelenfrieden zurückzuerlangen. Also nahm er erneut die Verfolgung auf.

17. Kapitel
Rheinbach, 25. April 1668

Fünf Jahre zuvor ...

Nervös ging Madlen in einiger Entfernung vom Neutor und Baseller Turm auf und ab und versuchte, sich selbst Mut zuzusprechen. Bridlin, die danebenstand, schüttelte missbilligend ein ums andere Mal den Kopf. «Ihr wollt doch nicht wirklich noch einmal allein in das Gefängnis gehen, oder, Madlen? Das geht doch nicht. Was sollen die Leute denken?»

«Die Leute sind mir egal.» Zumindest versuchte Madlen, sich das einzureden. «Vater hat mich gebeten, mit Lucas zu reden. Bei unserem letzten Besuch bin ich gescheitert, also ...»

«Aber Euer Vater hat Euch heute nicht geschickt. Ihr habt gewartet, bis er und alle anderen ausgegangen waren, bevor Ihr Euch auf den Weg gemacht habt. Das ist nicht recht, ganz und gar nicht.» Die Magd klang anklagend und verzweifelt zugleich. «Was, wenn Euch dadrinnen etwas zustößt? Wie stehe ich dann da? Ich bitte Euch, kommt wieder mit nach Hause.»

«Was soll mir denn zustoßen? Schau, heute hat wieder der alte Eick Wachdienst. Er wird schon aufpassen. Und vor Lucas brauche ich erst recht keine Angst zu haben. Er ist mein Freund.»

«Ein feiner Freund, den man ins Gefängnis gesteckt hat!»

«Aber das war nicht rechtens», begehrte Madlen auf. «Er ist unschuldig.»

Bridlin lachte spöttisch. «Meiner Treu, wenn der Kerl unschuldig ist, bin ich die neue Königin von Preußen. Mag sein, dass er der Veronica nichts getan hat, aber so brav und gut, wie Ihr ihn hinstellt, ist er nicht. Bitte, Madlen, kommt wieder mit nach Hause. Oder wartet zumindest, bis Euer Vater Euch begleiten kann. Dann weiß ich wenigstens sicher, dass er Euch diesen Unfug erlaubt.»

«Nein, Bridlin, das werde ich nicht tun. Du kannst hier warten oder beim Eingang, aber ich gehe jetzt da hinein und spreche noch einmal mit Lucas.» Entschlossener, als sie sich fühlte, strebte sie auf die Stiege zu, die zum Eingang des Baseller Turms führte. Der alte Torwächter blickte ihr neugierig entgegen.

«Nanu, so bald sieht man sich wieder?» Auf seinen Lippen erschien ein kleines Lächeln. «Neulich habt Ihr nicht so ausgesehen, als ob Ihr gerne hier gewesen wärt, liebes Madlenchen. Ich staune, dass Ihr Euch entschlossen habt, den Stier noch einmal bei den Hörnern zu packen, wenn ich das mal so salopp ausdrücken darf. Wobei, der Insasse, den Ihr sicher besuchen wollt, gleicht vom Wesen eher einem Ochsen. Einem sturen. Oder einem eigensinnigen Esel. Sucht es Euch aus.»

«Darf ich zu ihm?» Bänglich sah Madlen an der Fassade des Turms empor. «Ich möchte noch einmal versuchen, Lucas zur Vernunft zu bringen.»

«Gewiss, gewiss, mein liebes Kind, folgt mir hinein. Es kann nicht schaden, wenn Ihr es noch einmal versucht, obwohl ich fürchte, dass Ihr auf Granit beißen werdet.» Eick klimperte mit seinem Schlüsselbund, während er vor ihr die Stufen zum Eingang hinauf- und dann im Inneren des Turms die enge Steintreppe zu den Gefängniszellen hinabstieg. «Tut, was Ihr könnt, aber scheut Euch nicht, den Strolch sich selbst zu überlassen, wenn er keine Einsicht zeigt.» Mit wenigen Handgriffen öffnete der Wachtmeister die Zellentür.

«Cuchenheim, hier ist Besuch für Euch. Ein hübsches Mädchen, dessen Wohlwollen Ihr sicher nicht verdient habt. Also benehmt Euch.» Er nickte Madlen zu. «Ruft mich, wenn Ihr wieder gehen wollt.»

Die Tür fiel geräuschvoll hinter Madlen ins Schloss, sodass sie, wie schon bei ihrem ersten Besuch, erschrocken zusammenzuckte. Das Geräusch hatte etwas Bedrohliches. Etwas Endgültiges.

Lucas saß diesmal nicht auf der Pritsche, sondern stand an dem winzigen, vergitterten Fensterchen und blickte hinaus.

«Vergiss es.» Er drehte sich nicht um, während er sprach. «Ganz gleich, was du mir vorschlagen sollst. Du brauchst dir gar nicht erst die Mühe machen.»

Madlen ging ein paar Schritte in die Zelle, zögerte, dann trat sie entschlossen neben ihn. «Niemand hat mich hergeschickt, um dir etwas vorzuschlagen.»

«Ach nein?» Er wandte ihr langsam den Kopf zu.

«Nein.» Sie zupfte fahrig an ihrem Rock herum. «Herzukommen war allein meine Idee. Mein Vater weiß nicht einmal, dass ich hier bin.»

Zur Antwort hob er lediglich überrascht die Augenbrauen.

Sie räusperte sich. «*Ich* will dir etwas vorschlagen.» Sie traute sich kaum, ihm in die Augen zu blicken, die zwar so hell und strahlend blau wie immer waren, jedoch zugleich erschöpft und ratlos wirkten. Der blonde Bart ließ ihn älter und bedrohlicher aussehen als sonst.

«Was könntest du mir wohl anbieten, um meine Meinung zu ändern?»

Sein spöttischer Tonfall verletzte sie, doch sie tat weiterhin unbeeindruckt. «Dass du deine Meinung änderst, will ich gar nicht. Ich werde den Namen jener Frau nicht verraten, und du musst das auch nicht.»

«Nicht?» Endlich hatte sie seine volle Aufmerksamkeit. Er wandte sich ihr ganz zu und verschränkte die Arme.

«Ja, ich ...» Nervös blickte sie sich um. Ihr Herz pochte viel zu schnell, und sie bekam Angst vor ihrer eigenen Courage. Weil sie es nicht schaffte, ihm weiter in die Augen zu sehen, heftete sie ihren Blick auf die Pritsche, auf deren Fußende ein Stapel Leinenhandtücher und Kleidung lagen. Offenbar hatte jemand Sachen zum Wechseln gebracht. «Es gibt einen anderen Weg, dich hier herauszubekommen.»

Lucas schüttelte den Kopf. «Wenn es einen gäbe, wäre er mir schon eingefallen.»

«Du könntest sagen ...» Sie schluckte hart. «Du könntest ihnen sagen, dass ich an dem Abend mit dir in der alten Ziegelbrennerei war.» Nun, da die Worte ausgesprochen waren, raste ihr Herz noch schneller, und das Blut rauschte in ihren Ohren.

Für einen Moment starrte Lucas sie fassungslos an, dann packte er sie bei den Schultern und schüttelte sie aufgebracht. «Hast du den Verstand verloren?»

Sie wollte zurückweichen, doch das ließ er nicht zu. Seine Finger gruben sich hart in ihre Schultern. «Es ist ganz einfach. Du erzählst ihnen, dass wir zusammen dort gewesen sind, und ich sage das ebenfalls aus. Es muss ja nichts ... du weißt schon, passiert sein.» Zu allem Überfluss errötete sie nun auch noch, ihre Wangen fühlten sich glühend heiß an. «Wir waren einfach nur dort, um ...»

«Du willst deinen guten Ruf aufs Spiel setzen, um mir zu helfen?» Seine Stimme kippte beinahe über vor Zorn.

«Es wird schon nicht so schlimm. Vater wird wütend sein und die Leute in der Stadt ein bisschen klaafen ...»

«Ein bisschen klaafen? Die Mäuler werden sie sich über dich zerreißen. Und wenn der Reih davon Wind bekommt, werden sie eine Tierjage veranstalten und dich vor der ganzen Stadt demütigen.»

«Das ist immer noch besser, als dass du im Gefängnis verrottest.»

«Du redest dummes Zeug, Madlen.» Abrupt wandte er sich ab und ging in der Zelle auf und ab. «Das werde ich auf gar keinen Fall zulassen, hast du mich verstanden?»

«Aber es würde dir helfen. Und die Leute beruhigen sich schon wieder.»

«Nein, nicht bei so etwas. Madlen, das ist Irrsinn, hörst du?» Dicht vor ihr blieb Lucas stehen und fasste sie erneut an den Schultern. «An so etwas darfst du nicht einmal denken. Dir ist nicht klar, was solch eine Lüge für dich und deine Familie bedeuten würde. Gut und schön, dass du mir helfen willst, aber nicht so.» Er drückte ihre Schultern noch einmal. «Nicht so, hast du mich verstanden?»

Stumm blickte sie zu Boden.

«Hast du überhaupt nachgedacht? Was glaubst du, wie von Werdt reagieren würde?»

«Er würde es verstehen. Wenn ich ihm alles erklärte ...»

«Nein, Madlen, das würde er nicht. Himmel, wenn du mein Mädchen wärst, würde ich bei dem Gedanken verrückt werden, dass du für einen anderen Mann deinen Ruf ruinierst. Und was ist mit seiner Familie? Selbst wenn er dir diese Dummheit verzeihen würde, könnten seine Eltern doch gar nicht anders, als dich zu verstoßen.»

«Nein, so sind die von Werdts nicht.» Madlen ballte die Hände zu Fäusten. Selbst in ihren Ohren hörte sich ihr Widerspruch verzweifelt an. Denn Lucas hatte recht. Natürlich hatte er recht. Ihre Idee war viel zu gefährlich. Aber ... aber es war die einzige, die sie hatte. «Vielleicht sollte ich lieber wieder gehen.»

«Ja, das solltest du.» Lucas ließ sie endlich los und ging zurück zum Fenster. An seinen hochgezogenen Schultern konnte sie erkennen, wie angespannt und aufgewühlt er war. «Warum tust du das, Madlen? Du solltest nicht einmal darüber nachdenken, was aus mir wird.»

Wieder musste sie gegen den Schmerz ankämpfen, seine Worte stachen sie wie heiße Nadeln. «Du bist mein Freund, Lucas. Du hast es nicht verdient, für etwas ins Gefängnis zu gehen, das du nicht getan hast. Das hat niemand.»

«Deinen guten Ruf zu ruinieren, dürfte nicht dazu beitragen, mein Ansehen in der Welt zu steigern.»

«Ich weiß nicht, wie ich dir sonst helfen soll.»

«Gar nicht, das ist nicht deine Aufgabe.» Mit finsterer Miene drehte er sich wieder zu ihr um. «Ich muss herausfinden, weshalb Veronica Klötzgen mich angezeigt hat. Jemand muss sie dazu angestiftet haben.»

«Sie ist nicht mehr hier.»

«Was?» Verblüfft hob er den Kopf.

«Sie hat die Stadt verlassen, um vor der Schande zu fliehen, sagt ihr Vater. Sie ist wohl bei Verwandten.»

«Soso, wegen der Schande.» Sein Blick richtete sich eindringlich auf sie. «Derselben Schande, die du auf dich laden wolltest.»

«Das ist doch etwas ganz anderes.» Erschrocken schüttelte sie den Kopf. «Sie hat behauptet, du hättest sie ...» Sie konnte es nicht aussprechen. «Wir hätten gesagt, dass wir nur ... Nein, schon gut.» Sie presste kurz die Lippen aufeinander, als sein zorniger Blick sie traf. «Das mit dem Familienbesuch ist vermutlich eine Lüge. Emilia Leinens Bruder Georg hat zufällig mitbekommen, wie Veronica neulich nachts mit einem hochbeladenen Wagen weggebracht wurde. Den Mann, der bei ihr war, hat Emilias Bruder noch nie in der Stadt gesehen.»

«Wie hat er ausgesehen?»

Madlen hob die Schultern. «Das weiß ich nicht. Ich könnte Georg fragen, ob er sich noch näher daran erinnert.»

«Sie lassen Veronica also nicht beim Prozess aussagen.»

«Nein.» Madlen trat wieder einen Schritt auf ihn zu. «Vater sagt, sie habe alles schriftlich zu Protokoll gegeben und dabei schrecklich geweint.»

«Da steckt irgendetwas – oder irgendjemand – dahinter. Verdammt, und ich kann nichts tun, als hier herumzusitzen und Löcher in die Luft zu starren!» Wütend schlug Lucas mit der Faust gegen die Steinwand. «Ich muss hier heraus. Ich muss ...» Er hielt inne, sah sie für einen langen Moment schweigend an.

Madlen wurde unter seinem seltsam abschätzenden Blick ganz mulmig zumute. «Was ist? Hast du eine Idee?»

«Setz dich.» Er deutete auf die Pritsche und fügte er etwas verspätet «bitte» hinzu.

Zögernd kam sie seiner Aufforderung nach, erschrak aber, als er sich dicht neben sie setzte und ihr einen Arm um die Schultern legte. Ihr Herzschlag beschleunigte sich, und ihr wurde ganz warm. Hektisch griff sie nach einer Rockfalte und knetete sie zwischen den Fingern.

«Hör zu, Madlen.» Seine Stimme war plötzlich sehr leise, weich und dunkel und jagte ihr eine Gänsehaut über den Rücken. «Ich muss hier heraus. Nur so kann ich selbst Nachforschungen anstellen und herausfinden, wer hinter dieser Intrige gegen mich steckt.»

«Intrige?» Ihre Stimme versagte beinahe, so nervös war sie.

«Ganz gleich, wie du es nennst, irgendjemand hat sich diesen perfiden Plan ausgedacht. Wenn ich herausfinden will, wer und warum, muss ich hier weg.» Er machte eine bedeutsame Pause. «Du kannst mir dabei helfen, Madlen.»

Sie schluckte aufgeregt. «Wie?»

Er schwieg kurz, schien nachzudenken, dann nickte er, als hätte er etwas für sich entschieden. «In drei Tagen, am Samstag, ist doch die große Mailehenversteigerung.»

Verwundert hob sie den Kopf. «Die Versteigerung? Was hat die mit deinem Prozess zu tun? Der soll doch erst nächste Woche stattfinden.»

«Glücklicherweise. So bleibt mir noch genügend Zeit.»

Verwirrt runzelte sie die Stirn. «Wofür?»

Auf seinen Lippen erschien ein grimmiges Lächeln. «Zur Mailehenversteigerung wird die halbe Stadt auf den Beinen sein, nicht wahr? Und wer nicht mitfeiert, hilft bei den Vorbereitungen für das große Maifest. Die Leute werden entweder auf dem Marktplatz sein oder in der Kirche oder im *Goldenen Krug*. Niemand wird darauf achten, wenn sich jemand hier hereinschleicht, dem Wachtmeister die Schlüssel stiehlt und meine Zellentür aufschließt.»

«Lucas!» Entgeistert starrte sie ihn an, senkte aber sofort die Stimme, als er den Zeigefinger an die Lippen legte. «Du willst aus dem Gefängnis ausbrechen?» Die Wärme von eben verwandelte sich in einen eiskalten Schauder. «Werden sie dann nicht erst recht glauben, dass du schuldig bist?»

«Das tun sie so oder so. Aber wenn ich frei bin, kann ich Veronica finden und sie selbst befragen.» Aus dem grimmigen Lächeln wurde ein zornig-entschlossener Gesichtsausdruck. «Ich kriege schon aus ihr heraus, wer sie angestiftet hat, mich zu beschuldigen.»

«Du weißt doch gar nicht, wo man sie hingebracht hat.»

«Auch das finde ich heraus, Madlen, glaub es mir.» Seine Stimme war so hart, sein Blick so finster geworden, dass ihr ein weiterer kalter Schauder über den Rücken lief.

Lucas zog sie noch etwas näher zu sich heran, den Arm

immer noch auf ihren Schultern. «Bitte, Madlen, nur so kann ich beweisen, dass man mich hereingelegt hat.»

Unbehaglich zupfte sie erneut an ihrem Rock herum. «Ich weiß nicht, Lucas. Das ist gefährlich. Ich kann doch nicht einfach ...»

«Warum nicht?», unterbrach er sie. «Eben noch wolltest du deinen guten Ruf in die Waagschale werfen, um mir zu helfen. Verglichen damit ist mein Vorschlag weit weniger gefährlich. Zumindest, wenn du dich nicht erwischen lässt.»

«Ich weiß nicht, wie ich das hinkriegen soll.» Unfähig, einen klaren Gedanken zu fassen, solange er so nah neben ihr saß, kaute sie nervös an ihrer Unterlippe. «Wie soll ich denn einen Wachtmeister beklauen?»

«Es ist gar nicht so schwer. Pass auf.» Beiläufig strich er ihr eine Haarsträhne aus dem Gesicht, was dazu führte, dass ihr Puls sich noch mehr beschleunigte. «Der *Goldene Krug* ist nicht weit von hier, nicht wahr?»

«Nur sechzig oder siebzig Schritte», bestätigte sie.

«Siehst du. Da ist es doch ganz einfach, dich für einen kurzen Moment zu entschuldigen, hinauszuschleichen, hier herüberzulaufen und mir die Tür zu öffnen.»

«Aber ...», wollte sie unterbrechen, doch Lucas schüttelte den Kopf.

«Weißt du noch, wie ich dir mal gezeigt habe, dass man am Pfarrer vorbei durch die Sakristei hinausschleichen kann, ohne dass er es bemerkt?»

Verwirrt runzelte sie die Stirn. «Da war ich noch ein Kind.»

«Aber du erinnerst dich daran.»

«Ja, natürlich.»

«Kannst du noch so einen leisen Tritt? Den brauchst du nämlich. Und eine Geschichte ausdenken musst du dir auch.»

«Was denn für eine Geschichte?» Allmählich konnte sie ihm nicht mehr folgen.

Lucas drückte leicht ihre Schulter. «Egal was für eine. Sie muss nur glaubhaft sein.» In kurzen Worten fasste er zusammen, was sie tun sollte.

Madlen starrte ihn fasziniert und erschrocken zugleich an. «Das ist ... Wenn man mich erwischt, werde ich auch eingesperrt.»

«Ich bezweifle es, aber ...» Er zögerte, wurde sehr ernst. «Also gut, Madlen, ich weiß, dass es ein großes Risiko ist. Aber du bist die Einzige ...» Er stockte, schwieg. Dann hob er unerwartet seine Hand und legte sie ihr sanft an die Wange. «Du bist die Einzige, der ich vertraue.»

Verlegen und gleichzeitig aufgewühlt, weil ihre Haut unter seinen Fingerspitzen seltsam kribbelte, blickte sie hinab auf ihren Schoß und schwieg.

Nach einem langen Moment spürte sie, wie er mit dem Daumen über ihren Wangenknochen streichelte. «Madlen? Wirst du mir helfen?»

Obgleich es ihr schwerfiel, hob sie den Blick und begegnete dem seinen, der eindringlich und erwartungsvoll auf sie gerichtet war. «Ich weiß nicht ...»

Das Streicheln hörte auf, stattdessen näherte er sein Gesicht sehr langsam dem ihren, bis sie seinen Atem auf der Haut spüren konnte. «Wie sind doch Freunde, nicht wahr?» Seine Stimme war nicht mehr als ein weiches Raunen.

Madlen schluckte hart. «Ja.» Sie war kaum fähig zu sprechen. «Selbstverständlich sind wir Freunde.»

«Dann hilf mir bitte. Wie sonst soll ich meinen Namen reinwaschen?»

Seine Lippen näherten sich noch mehr, bis sie ihren Mundwinkel streiften. Dort hielt er inne. «Bitte, Madlen.»

In ihrem Magen kribbelte es, als habe sie eine Armee Ameisen verschluckt, und ihr Herz pochte so heftig, dass ihr schwindelig wurde. Unfähig, sich zu rühren, schloss sie die Augen und hielt unwillkürlich die Luft an.

«Bitte», wiederholte er flüsternd – und dann ließ er sie so plötzlich los.

Verwirrt riss sie die Augen auf. Lucas saß immer noch auf der Pritsche, nur jetzt ein Stück entfernt, und sah sie abwartend an. Da sie nun wieder Raum zum Atmen hatte, sog sie die Luft tief in die Lungen und stieß sie gleich darauf hörbar wieder aus. «Du willst wirklich selbst auf die Suche nach der Wahrheit gehen?»

«Wer sonst hätte ein größeres Interesse, ihr auf den Grund zu gehen?»

«Und dann kehrst du zurück und sagst den Schöffen, wie es wirklich gewesen ist?»

«Sie werden es erfahren.» Nun war der grimmige Unterton zurückgekehrt.

Madlen erhob sich rasch, ging zur Tür und rief nach dem alten Eick. «Ich kann dir nicht versprechen, dass es klappt. Wenn ich mich nicht davonschleichen oder an den Schlüssel gelangen kann ...»

«Du schaffst das schon, Madlen.» Sein Lächeln jagte ihr diesmal einen warmen Schauder über den Rücken. «Da bin ich mir ganz sicher.»

18. Kapitel

Rheinbach, 7. August 1673

Lucas blieb in einiger Entfernung vom Anwesen der Familie Thynen stehen, verborgen hinter dem Stamm einer alten Linde. Er wusste, dass sein Verhalten idiotisch war. Es war unmöglich, noch heute Abend mit Madlen zu sprechen. Es sei denn, er würde Steinchen an den Fensterladen ihrer Kammer werfen, was zwar möglich, aber auch kindisch und obendrein gefährlich war. Zumindest, wenn man ihn dabei erwischte. Sinnvoller war es wohl, das Augenmerk auf von Werdt zu legen und irgendwie herauszufinden, was dieser am Nachmittag heimlich bei Thynens getrieben hatte.

Zunächst einmal musste er jedoch mit ansehen, wie von Werdt und Madlen sich mit einem innigen Kuss voneinander verabschiedeten. Dieser wurde zum Glück jäh unterbrochen, als der Hausherr selbst nach draußen trat, dicht gefolgt von seiner Gattin, die wie ein aufgeregtes Huhn um Madlen und von Werdt herumflatterte. Ihre lauten, aufgeregten Worte wehten bis zu Lucas herüber. Sie lud von Werdt trotz der fortgeschrittenen Stunde überschwänglich ein, mit ins Haus zu kommen, doch dieser lehnte höflich ab und begab sich auf den Weg nach Hause.

Lucas blieb verborgen hinter dem Baum stehen und folgte ihm mit den Augen. Thynens Haustür schloss sich, ringsum war alles still. Zum Teufel. Er würde heute Abend nichts mehr herausfinden. Es wäre besser, ebenfalls nach Hause zu gehen – um seine Wunden zu lecken und nachzudenken.

Gerade als er aus seinem Versteck hervortreten wollte, bemerkte er, dass von Werdt kehrtgemacht hatte und nun wieder auf ihn zukam.

Rasch trat Lucas den Rückzug an und sah zu, wie von Werdt an ihm vorbeieilte, ohne ihn zu bemerken. «Wohin des Weges so spät?», murmelte Lucas argwöhnisch vor sich hin. Zwei Täuschungsmanöver an einem Tag – das konnte kein Zufall mehr sein.

Unauffällig wie ein Schatten nahm Lucas zum dritten Mal an diesem Tag die Verfolgung auf. Als von Werdt zielstrebig in Richtung Voigtstor schritt, stieg eine ungute Ahnung in Lucas auf, die sich bestätigte, als von Werdt dem Torwächter etwas zuflüsterte und gleich darauf im Wachturm verschwand. Es gab auf der Rückseite des Turms eine kleine, meistens fest verschlossene Schlupftür, die aus der Stadt hinausführte und nur für Notfälle gedacht war.

Innerlich fluchend blieb Lucas in einiger Entfernung stehen. Von Werdt zu dicht zu folgen, würde Argwohn erwecken, doch wenn er ihn nicht verlieren wollte, musste er dennoch rasch handeln. Deshalb strich er seine Kleidung glatt und straffte seine Körperhaltung. Mit energischen Schritten ging er auf den Torwächter zu, den er erst aus direkter Nähe erkannte. Werner Falckenbach, ein ehemals guter Freund, mit dem Lucas früher so manchen Abend im *Goldenen Krug* oder im *Mühlenwirt* bei Wein oder Bier und Kartenspiel verbracht hatte. Inzwischen war Falckenbach verheiratet, hatte drei Kinder und führte den Hof seines Vaters weiter. Als er Lucas erkannte, grinste er überrascht. «Na, wen haben wir denn da? Einen schönen Abend wünsche ich, Cuchenheim. Du hast dich ja ganz schön rargemacht. Seit du wieder zurück bist, hast du noch nicht einmal bei uns hereingeschaut.»

«Guten Abend, Falckenbach.» Lucas klopfte dem Torwächter auf die Schulter. «Du hast recht, ich hätte längst vorbeikommen sollen. Leider lassen mir meine Pflichten momentan kaum eine freie Minute.»

Falckenbach lachte auf. «Wer hätte gedacht, dass ich dich so etwas jemals sagen hören würde? Cuchenheim, Cuchenheim, du wirst doch wohl nicht erwachsen geworden sein.» Als er bemerkte, dass sich seine Worte reimten, lachte er noch lauter.

«Schon gut, schon gut.» Lucas grinste schief. «Wie ich sehe, bist du immer noch fleißiger Torwächter.»

«Ein- oder zweimal in der Woche», bestätigte sein Freund, nun wieder ernst. «Wenn du wirklich vorhast, hier wieder richtig Fuß zu fassen, wird der Rat dich bald auch dazu verpflichten.»

«Nichts dagegen einzuwenden.» Angelegentlich blickte Lucas sich um. «Sag, war das eben von Werdt, den du hinausgelassen hast? Ich bin nämlich auf der Suche nach ihm.» Er klopfte auf sein Wams, so als habe er darunter eine Nachricht verborgen. «Es geht um eine dringende Sache, das Kurkölnische Regiment betreffend.»

«Ja, in der Tat, das war von Werdt. Er sagte auch etwas von einer Sache der Kurkölner, derentwegen er sich noch heute Abend mit jemandem außerhalb der Stadt treffen müsse. Da hättet ihr ja gut gemeinsam gehen können, wie?» Falckenbach führte ihn in den Turm und schob den Riegel an der Schlupftür zurück. «Wenn du dich beeilst, holst du ihn gewiss noch ein.» Er senkte die Stimme ein wenig. «Ich will doch nicht hoffen, dass es etwas mit den Holländern zu tun hat?»

Alarmiert merkte Lucas auf. «Mit den Holländern?»

«Ja, du weißt schon, weil sie doch mit ihren Truppen immer näher kommen und sich jetzt, da die Franzosen Maastricht besetzt haben, auch noch die Spanier und Österreicher in den Krieg eingemischt haben. Nicht, dass sie uns demnächst hier alle überrennen.»

«Im Moment besteht diese Gefahr wohl nicht. Ludwig XIV. hat, soweit ich gehört habe, erst einmal seine beiden fähigsten Feldherren, Condé und Turenne, ins Feld geschickt. Sie sollen die kaiserlichen Truppen drüben im Elsass aufhalten oder spätestens am Mittelrhein. Bis hierher werden sie wahrscheinlich nicht vordringen.»

«Hoffen wir, dass du recht behältst.»

«Hat von Werdt gesagt, in welche Richtung er will?»

«Nach Wormersdorf rüber.»

«Danke, Falckenbach.» Lucas nickte dem alten Freund zu. «Wir sehen uns.»

«Das will ich hoffen. Komm bald mal vorbei, meine Frau wird sich auch freuen, dich wiederzusehen.»

Lucas war bereits durch das Tor geschlüpft. «Grüß Barbara von mir.» Er lächelte leicht. «Dass du ausgerechnet eine der Töchter von Christoph Leinen ehelichen würdest, hättest du dir vor ein paar Jahren wohl auch nicht träumen lassen.»

«Nein, wirklich nicht.» Falckenbach lachte. «Und schon gar nicht meine Barbara. Immerhin war sie immer ausgesprochen widerspenstig mir gegenüber.»

«Wie hast du sie umgestimmt?»

Falckenbach wurde ernst. «Das musste ich gar nicht. Nachdem ich herausgefunden hatte, dass sie bloß deshalb so kratzbürstig war, weil ich meine ernsten Absichten ihr gegenüber nicht ausgesprochen hatte und sie glaubte, ich würde mir nur einen Spaß erlauben, hat sich die Angelegenheit schnell geklärt.» Nun lächelte Falckenbach doch wieder. «Deshalb ein guter Rat, alter Freund: Falls du dir zu deinem Geschäft und Hausstand auch eine passende Ehefrau zulegen willst, rede lieber gleich Klartext mit ihr und mach kein großes Geheimnis aus deinen Plänen. Die Frauen mögen so etwas nicht.»

Lucas verzog die Lippen. «Ich werde es mir merken. Auf bald.»

«Brauchst du Licht? Ich kann dir eine Pechfackel mitgeben.»

«Nein, danke.» Lucas schüttelte den Kopf. «Der Mond scheint hell genug.»

«Bis das nächste Gewitter aufzieht. Im Norden blitzt es schon wieder.» Falckenbach deutete in die entsprechende Richtung.

«Bis das Unwetter hier ist, müsste ich längst wieder im Trockenen sein.» Er nickte Falckenbach noch einmal zu und machte sich mit zielstrebigen Schritten auf den Weg.

Hinter sich hörte er, wie sich die Pforte schloss. Zügig schritt er voran, bis er eine Gabelung erreichte. Geradeaus ging es nach Meckenheim, rechts nach Wormersdorf und links durch ein Waldstück in Richtung Flerzheim.

Lucas zögerte nur einen Moment. Von Werdt hatte heute schon zweimal gelogen, also war die Wahrscheinlichkeit hoch, dass er es auch ein drittes Mal getan hatte. Prüfend blickte er geradeaus. Der Mond, der sich zwischen den Wolkenfetzen zeigte, spendete tatsächlich ausreichend Licht, um sich einen Überblick über das Gelände zu verschaffen.

Meckenheim oder Flerzheim? Das Gespräch mit Falckenbach hatte erwartungsgemäß zu lange gedauert und von Werdt einen ordentlichen Vorsprung verschafft. Die Straße nach Meckenheim war von Feldern und Wiesen flankiert, und da der Mond hell schien, müsste er von Werdt eigentlich in der Ferne ausmachen können. Da er jedoch nirgends zu sehen war, wandte Lucas sich nach links und begab sich auf den Weg, der nach Flerzheim führte. Er legte einen flotten Schritt vor, bemühte sich aber gleichzeitig, so wenig Geräusche wie nur möglich zu machen.

Madlens Verlobter schien sich hier im Wald, weit genug von der Stadt entfernt, nicht mehr allzu große Mühe zu geben, sich verborgen zu halten. Lucas hörte seine Schritte bald durch die Nacht klingen, während er selbst sich fast lautlos bewegte.

Erst als von Werdt nach etwa einem Drittel der Strecke nach rechts abbog, wurde Lucas klar, wohin er offenbar wollte. Natürlich, die bekannteste abgelegene Stelle weit und breit. Lucas war seit über fünf Jahren nicht mehr dort gewesen. Als von Werdt die alte Ziegelbrennerei erreichte, machte er sich mit einem kurzen, schrillen Pfiff bemerkbar. Kurz darauf quietschten die Angeln der vorderen Eingangstür. Wer ihn einließ, war von Lucas' Standort nicht auszumachen, doch der leisen Stimme nach zu urteilen handelte es sich um einen Mann. Ein heimliches Getändel mit einer Weibsperson hatte Lucas allerdings auch nicht erwartet, schon gar nicht nach dem Schäferstündchen mit Madlen. Peter von Werdt mochte vieles sein, seiner Verlobten gegenüber war er jedoch loyal.

Nur war der Verdacht, der sich Lucas immer mehr aufdrängte, viel verheerender. Rasch schlich er sich an das alte, an vielen Stellen verfallene Gebäude heran, bis er eines der Fenster erreichte. Im Inneren der Ziegelbrennerei war alles ruhig, also hatten sich die beiden Verschwörer offenbar in den hinteren Bereich zurückgezogen, wo sich auch die Öfen befanden.

Lucas zögerte nur kurz, dann stemmte er sich an der Fensteröffnung hoch und kletterte ins Innere des Gebäudes. Vorsichtig schlich er näher an den Raum heran, in dem sich die beiden Männer – nein, drei waren es sogar – zusammengesetzt hatten. Sie sprachen nicht allzu leise miteinander, dennoch konnte Lucas nur wenig verstehen, da sie sich auf Holländisch unterhielten. Französisch sprach Lucas inzwischen einigermaßen fließend, und auch die englische Sprache beherrschte er. Die niederländischen Dialekte hingegen hatten ihm schon immer gewisse Schwierigkeiten bereitet, obwohl sie dem Deutschen gar nicht so unähnlich waren. Behutsam schob er sich an die türlose Öffnung heran, die in den Heizraum führte – jenen Raum, den Lucas früher mehr als einmal für heimliche Stelldicheins genutzt hatte.

Angestrengt lauschte er dem Gespräch der drei und konnte sich nach einer Weile ein ungefähres Bild von dessen Inhalt machen. Doch das war im Grunde gar nicht notwendig, denn allein die Tatsache, dass Peter von Werdt sich heimlich mit zwei Angehörigen der holländischen Truppen traf, war an Eindeutigkeit nicht zu übertreffen.

Um nicht Gefahr zu laufen, doch noch entdeckt zu werden, schlich Lucas nach einer Weile zurück zu dem Fenster, durch das er eingestiegen war, kletterte hinaus und machte sich im Laufschritt auf den Weg zurück nach Rheinbach. Um Einlass bitten würde er heute Nacht allerdings nicht mehr. Stattdessen umrundete er die Stadt und bog, als er das Dreeser Tor erreichte, auf den Weg zum Lager seiner Männer ab. Den Rest der Nacht würde er in seinem Zelt verbringen. Nicht sehr bequem zwar, aber es war der richtige Ort, um in Ruhe über die Konsequenzen seiner Entdeckung sowie seine nächsten Schritte nachzudenken.

∞

So rasch es nur ging, hatte Madlen sich bei ihren Eltern entschuldigt und in ihre Schlafkammer zurückgezogen. Sie stieß die Fensterläden auf und sog tief die würzige Nachtluft in die

Lungen. Nun wusste sie also, worüber alle Welt heimlich und hinter vorgehaltener Hand tuschelte. Sie war sich nicht sicher, was sie erwartet hatte. Es war weniger schmerzhaft gewesen, als sie befürchtet hatte, das zumindest tröstete sie. Jetzt fühlte sie sich höchst merkwürdig. Ihr gesamtes Körpergefühl hatte sich verändert, und sie fragte sich, ob man ihr diesen Wandel womöglich ansah. Ihren Eltern schien glücklicherweise nichts aufgefallen zu sein.

Bedachtsam zog sie sich aus und hängte ihr Kleid an einen Haken gleich neben der Tür. Dann wollte sie das lange, weite Hemd anziehen, in dem sie gewöhnlich schlief, erschrak aber, als sie an sich hinabblickte und Blut an der Innenseite ihrer Schenkel entdeckte. Das war ihr zuvor gar nicht aufgefallen. Hastig warf sie das Hemd aufs Bett und griff nach einem Leinentuch, tauchte es in den Wasserkrug auf dem Fensterbrett und entfernte das Blut sorgfältig. Das Tuch versteckte sie unter dem Bett. Sie würde es morgen früh heimlich vergraben oder verbrennen, damit niemand Verdacht schöpfen konnte.

Ihren übrigen Körper rieb sie nun auch noch kräftig mit einem trockenen Tuch ab, schlüpfte danach endlich in das Nachthemd und kroch unter ihre Bettdecke. Vor dem Fenster zirpten Grillen, irgendwo schrie ein Uhu, und Wetterleuchten in der Ferne verriet, dass ein neues Gewitter auf dem Weg war.

Sobald sie die Augen schloss, befand sie sich wieder mit Peter in der Stube ihres zukünftigen Hauses, auf dem provisorischen Deckenlager. Himmel, sie hatten es in der Wohnstube getan! Würde sie jetzt immer und ewig daran denken müssen, wenn sie den Raum betrat?

Falls ja, so versuchte sie sich zu trösten, waren es zumindest schöne Erinnerungen. Sie war mit sich übereingekommen, dieses Erlebnis als angenehm und, ja, sogar als schön empfunden zu haben. Peter war sehr zärtlich und umsichtig gewesen und hatte ihr nicht mehr weh getan, als unumgänglich gewesen war. Nach dem ersten Schrecken war es dann auch tatsächlich weder schmerzhaft noch unangenehm gewesen. Sie würde sich gewiss gut daran gewöhnen können und wollte alles dafür tun, ihren geliebten Peter glücklich zu machen.

Nur warum, fragte sie sich und kniff die Augen fest zusammen, warum wollten ihr dann schon wieder die Tränen kommen?

19. Kapitel

Dumpf brütete Lucas über dem Schreiben an den Fürstbischof, in dem er die neuesten Erkenntnisse zusammenfasste. Er schrieb ein paar Worte, setzte die Feder ab, grübelte, schrieb, fluchte, schrieb, grübelte wieder. Dass jemand sein Kontor betreten hatte, bemerkte er erst, als ein Becher mit Wein und ein Teller mit süßem Gebäck vor ihm abgestellt wurden. Unwirsch hob er den Kopf. «Was …? Oh, du bist es, Mutter.»

Mit besorgter Miene musterte Hedwig ihn, dann zog sie sich einen Stuhl heran und setzte sich ihm gegenüber. «Willst du mir nicht endlich sagen, was dich seit Wochen bedrückt?»

«Das ist geheim.» Um seinen Worten Gewicht zu verleihen, legte er ein leeres Blatt Papier über den angefangenen Brief.

«Du meinst deine Korrespondenz mit Bernhard von Galen über den Verräter, den du suchst?»

Seine Augen weiteten sich. «Woher weißt du davon?»

Seine Mutter ging nicht darauf ein. «Und die Tatsache, dass du seit einiger Zeit Peter von Werdt hinterherschleichst, während du ihm gleichzeitig irgendwelche überflüssigen Aufträge gibst und ihn mit falschen Informationen versorgst?»

«Mutter!» Nun starrte er sie vollkommen entsetzt an.

Hedwig faltete die Hände im Schoß. «Ich kenne dich, und ich bin weder blind noch taub und schon gar nicht dumm, mein Sohn. Aber sei gewiss, dass weder Toni noch ich ein Sterbenswörtchen darüber verraten werden.»

«Toni weiß ebenfalls Bescheid?»

«Er ist fast noch besser darin, Dinge herauszufinden, als ich.» Sie lächelte leicht, wurde aber gleich wieder ernst. «Wirst du von Werdt festnehmen lassen?»

«Das kann ich nicht.» In einer frustrierten Geste rieb er sich über den Mund. «Damit würde ich ihn dem Strick überantworten.»

«Du glaubst aber, dass er schuldig ist.»

«Das glaube ich nicht nur, ich weiß es.»

«Dann musst du ihn melden, Junge. Wenn er etwas Unrechtes getan hat, muss er dafür bestraft werden.»

«Etwas Unrechtes ...» Peter schloss für einen Moment die Augen. «Ich kann seinen Zorn auf die Franzosen verstehen. Du weißt selbst, dass er damit nicht alleine dasteht. Selbst Onkel Averdunk ist nah daran, mit seinen aufrührerischen Reden die Aufmerksamkeit der Obrigkeit zu wecken. Er steht auf von Werdts Seite, ebenso wie mindestens die Hälfte des Stadtrats und der Schöffen.»

«Das bedeutet aber nicht, dass diese Seite auch die richtige ist», gab seine Mutter zu bedenken.

«Stehen von Werdt, mein Onkel und all diese Männer denn auf der falschen Seite?»

Für einen Moment schwieg seine Mutter, bevor sie antwortete. «So habe ich dich früher nie reden hören. Ich weiß, dass du den Franzosen zwiespältig gegenüberstehst, doch dass du gar deine Pflichten ignorierst ... Junge, wenn du das tust, machst du dich doch ebenso schuldig wie er. Würden sie dich nicht genauso bestrafen wie ihn, wenn das herauskommt?»

Er nickte mit dumpfer Miene. «Selbstverständlich würden sie das. Aber sie werden es nicht erfahren.»

«Wie kannst du dir da so sicher sein?» Die Stimme seiner Mutter schwankte leicht, ihre Miene drückte die Furcht aus, die sie empfand.

«Weil ich meinen Männern vertraue – und auch von Werdt, ob du es glaubst oder nicht. Er wird mich nicht verraten, weil ich es umgekehrt nicht tue und weil er sich damit selbst belasten würde. Gerinc ist mir treu ergeben ... und alle Übrigen, die mit der Sache zu tun haben, wissen nur so viel, wie unbedingt notwendig ist, damit sie ihre Aufgaben erfüllen können. Selbst wenn sie etwas ahnen – oder wissen – sollten, kann ich mich auf sie verlassen.»

‹Trotzdem machst du dich ebenso zum Verräter wie von Werdt, wenn du ihn nicht meldest. Ich habe Angst um dich!› Sie hielt kurz inne, seufzte. «Es ist wegen ihr, nicht wahr? Wegen Madlen. Du willst ihr nicht den Verlobten nehmen.»

«Wie könnte ich ihr jemals wieder in die Augen blicken?» Erneut rieb er sich übers Gesicht.

«Hast du denn überhaupt vor, sie noch einmal anzusehen?»

Mitten in der Bewegung hielt er inne. «Was meint Ihr damit?»

Die ernste Miene seiner Mutter wurde weich. «Du gehst ihr seit mittlerweile sechs Wochen aus dem Weg – und sie dir ebenfalls. Ich nehme an, dass zwischen euch etwas vorgefallen ist.»

«Seid Ihr nicht froh, dass ich mich von ihr fernhalte, so wie Ihr es neulich von mir verlangt habt?»

«Nein.» Betrübt schüttelte seine Mutter den Kopf. «Ich kann nicht über etwas glücklich sein, dass meinem Sohn Herzeleid verursacht. Lucas, ich habe nichts gegen Madlen Thynen. Im Gegenteil, sie ist ein liebenswertes, kluges und obendrein hübsches Mädchen. Sehr tüchtig als Händlerin. Aber, mein lieber Junge, sie ist und bleibt nun einmal verlobt. Solange sie sich nicht selbst dazu entschließt, diese Verlobung aufzulösen, wirst du das Nachsehen haben.» Sie zögerte, bevor sie weitersprach. «Ich dachte, du wolltest sie dazu bewegen. Hat sie dir bereits eine Abfuhr erteilt?»

«Wie man es nimmt.» Erschöpft lehnte Lucas sich in seinem Stuhl zurück und legte kurz den Kopf in den Nacken.

Aufmerksam beugte seine Mutter sich vor. «Was ist geschehen, das dich so mutlos macht?»

Er schwieg. Lange. Es gab Dinge, über die man mit der eigenen Mutter nicht redete. Schließlich richtete er sich zögernd wieder auf. «Sagen wir so: Es sind Dinge passiert, die es noch unwahrscheinlicher machen, dass sie sich gegen von Werdt entscheidet.»

«Aha.» Seine Mutter dachte über seine Worte nach, dann ... «Oh.» ... verstand sie, was er meinte. Sie streckte die Hand nach ihm aus, zog sie aber gleich wieder zurück. «Du glaubst also, dass es nun unmöglich ist, sie für dich zu gewinnen.»

Er hob die Schultern. «Ich weiß es nicht, Mutter.»

«Nun.» Sie erhob sich, ging um den Tisch herum und legte ihm eine Hand auf die Schulter. «So wie ich es sehe, solltest du es alsbald herausfinden, nicht wahr?»

Überrascht hob er den Kopf. «Wirklich?»

«Ja, Lucas, denn es tut nicht gut, im Ungewissen zu leben.» Ein winziges Lächeln kehrte auf ihre Lippen zurück. «Gott, der Allmächtige, weiß, dass diese Haus eine weitere tüchtige Händlerseele gut gebrauchen könnte.» Ihre Miene wechselte wieder zu sorgenvoll. «Sie weiß noch nichts von dem Verrat, den von Werdt begangen hat, nicht wahr? Wann willst du ihr davon erzählen?»

Er zuckte mit den Achseln. «Bald, da ich möglicherweise noch ihre Hilfe benötigen werde. Es widerstrebt mir, sie da hineinzuziehen, aber ich fürchte, es muss sein. Falls von Werdt sich weigern sollte, von seinem Tun abzulassen, dürfte sie die Einzige sein, die ihn zur Vernunft bringen kann.»

«Glaubst du wirklich, er könnte sich weigern? Selbst wenn das seinen Tod bedeuten würde?»

«Ich weiß es nicht.» Freudlos starrte Lucas vor sich hin. «Ich hoffe, er wird vernünftig sein, schon um Madlens willen.»

«Sei behutsam, wenn du es ihr sagst. Das mit von Werdt, meine ich.» Sie drückte seine Schulter noch einmal und verließ dann ohne ein weiteres Wort das Kontor.

Lucas sah seiner Mutter bekümmert hinterher. Natürlich hatte sie recht. Nichts zu tun und im Ungewissen zu bleiben, tat nicht gut. Die Situation, in der er sich befand, war nur leider allzu verfahren. Eines stand jedoch fest: Er würde mit Madlen reden müssen. Also räumte er den angefangenen Brief an einen sicheren Ort, schnappte sich ein paar Dokumente aus dem Regal und machte sich auf den Weg zum Haus der Thynens.

Madlen notierte sich gewissenhaft die neuesten Tuchverkäufe auf einer Kladde und ging dann hinüber ins Lager, um dort für Ordnung zu sorgen. Sie betreute das Kontor heute alleine, weil ihr Vater mit Wilhelmi nach Köln gefahren war. Am Morgen hatten sie Kunde erhalten, dass die erwarteten Handelsschiffe aus dem Süden in Köln vor Anker gegangen waren und nun deren Ladung gemäß dem Stapelrecht für zwei Wochen auf den Kölner Märkten angeboten wurde. Deshalb hatte ihr Vater beschlossen, sich umgehend zusammen mit seinem Gehilfen auf den Weg zu machen, um möglicherweise das eine oder andere Schnäppchen zu ergattern.

Heute waren gleich mehrere Kunden von auswärts hier gewesen und hatten nicht nur für gute Geschäfte gesorgt, sondern darüber hinaus auch beunruhigende Gerüchte mitgebracht, die sich um die näher rückenden kaiserlichen Truppen auf der einen und die holländischen auf der anderen Seite drehten. Es wurde gemunkelt, dass jemand aus dem Kreis der Kurkölner oder Münsteraner Regimenter gemeinsame Sache mit dem Oranier machte. Madlen fragte sich, ob Lucas und Peter wohl von diesen Gerüchten wussten, die, wenn sie weiter bekannt wurden, ihnen gewiss die Nachforschungen erschweren würden.

Lucas hatte sie schon seit Wochen nicht mehr gesehen, sodass sie nicht wusste, wie weit er mit seinen Ermittlungen war. Und Peter war derzeit so mit der Renovierung des Hauses beschäftigt, dass er kaum ein anderes Thema kannte. Ganz abgesehen davon, dass er nicht wusste, dass Lucas sie eingeweiht hatte.

Ihre Beziehung zu Peter hatte sich seit jenem Abend verändert, auch wenn sie sich nach außen hin beide nichts anmerken ließen. Obwohl sie seitdem nicht noch einmal intim geworden waren, war ihr Umgang miteinander inniger geworden. Wissender. Madlen fiel keine andere Beschreibung für diesen seltsamen Zustand ein. Peter behandelte sie mit noch mehr Aufmerksamkeit, überschüttete sie, sobald sie einen Augenblick allein waren, mit Zärtlichkeiten. Es war gerade so, als sei sie ihm nun noch lieber, noch wertvoller geworden. Madlen schätzte sich glücklich, einen derart liebevollen Mann an ihrer Seite zu wissen.

Gut gelaunt summte sie ein fröhliches Liedchen vor sich hin, während sie Stoffreste, Borten, Zwirne und weitere Waren, die sie ihren Kunden offeriert hatte, sorgsam wieder zurück an ihren Platz räumte.

«Wenn ich gewusst hätte, dass ich hier mit Gesang begrüßt werde, wäre ich schon früher vorbeigekommen.»

«Um Himmels willen!» Beinahe hätte Madlen vor Schreck

das Bündel Borten, das sie in der Hand hielt, zu Boden fallen lassen. Ruckartig drehte sie sich um und erblickte Lucas, der leise lächelnd am Türstock lehnte und ihr offenbar schon eine Weile zugesehen hatte. «Was machst du denn hier?» Ihr Herz pochte wie wild in ihrer Brust. «Und warum schleichst du dich so an?»

«Ich bin nicht geschlichen. Du hast mich bloß nicht bemerkt, weil du offenbar mit den Gedanken ganz woanders warst.» Er stockte kurz. «An einem höchst angenehmen Ort, vermute ich.»

«Ja, ich habe gerade ...» Sie hielt inne. «Das geht dich überhaupt nichts an.»

Sein Lächeln schwand. «So kratzbürstig heute? Womit habe ich das verdient?»

Madlen runzelte die Stirn und wünschte sich, ihr Puls würde sich endlich beruhigen. «Ich bin nur der Meinung, wir sollten uns auf einen geschäftsmäßigen Ton besinnen. Schließlich sind wir Geschäftspartner, nicht wahr?»

«Freunde nicht mehr?»

Sie verzog ärgerlich die Lippen. «Doch, sicher, aber es ist besser, wenn wir uns vorerst auf das Geschäftliche beschränken.»

«Nun gut. Wie du willst.» Lucas stieß sich vom Türstock ab und trat auf sie zu. «Das Geschäft ist einer der Gründe, weswegen ich heute hier bin.» Er hielt ihr einen Briefbogen hin. «Leutnant d'Armond, du erinnerst dich sicherlich noch an ihn, ließ mir diese Anfrage zukommen. Er benötigt für seine Leute mehrere Ballen Wolle für Armeedecken. Da er offenbar von dir beeindruckt war, hat er mich gebeten, die Bestellung an dich weiterzuleiten. Er war sich nicht sicher, ob ihr bereit seid, mit den Franzosen Handel zu treiben.»

«Weshalb sollten wir das nicht tun?» Madlen nahm ihm

das Papier aus der Hand und überflog den Brief. «Heutzutage darf man nicht wählerisch sein, wenn man überleben will.» Sie schüttelte missbilligend den Kopf. «Dieser Leutnant hat eine abscheuliche Handschrift.»

«Ich weiß. Wenn du möchtest, kann ich dir den Inhalt vorlesen. Ich habe mich inzwischen einigermaßen daran gewöhnt, sein Geschmiere zu entziffern.»

«Bitte.» Sie gab ihm den Brief zurück. «Denkst du, er würde auch fertige Decken nehmen? Wir haben vergangene Woche eine Falschlieferung erhalten, die unser Lieferant nicht zurücknehmen wollte. Es handelt sich um Wolldecken, allerdings eine sehr schwere Qualität, und ich weiß nicht, ob die Menge ausreicht.»

Interessiert hob Lucas den Kopf. «Wie viele habt ihr denn?»

«Sechzig Stück.» Madlen ging an ihm vorbei in den hinteren Bereich des Lagers, in dem die großen Tuchballen aufbewahrt wurden. Hinten links waren auf einem Brettersockel braune, zu ordentlichen Dreierpaketen verschnürte Wolldecken aufgestapelt. «Hier sind sie. Was meinst du, könnte d'Armond die gebrauchen?»

«Ich denke, schon.» Lucas nahm eines der mit Kordel verschnürten Pakete an sich und rieb mit der Handfläche prüfend über die Oberfläche. «Nicht schlecht.»

«Eigentlich zu gut für die Verwendung auf Feldbetten. Warte.» Madlen griff an ihren Gürtel, an dem neben einem großen Schlüsselbund auch ein kleines, scharfes Messerchen befestigt war. Sie schnitt die Verschnürung des Pakets auf, das er in Händen hielt, und nahm die oberste Decke von dem Stapel herunter.

Lucas legte die restlichen beiden Decken zur Seite und streckte die Hände nach der aus, die Madlen gerade entfaltete. Ihre Hände berührten sich kurz, und sie zuckte zurück. Im nächsten Moment ärgerte sie sich über sich selbst, und um ihre Verlegenheit zu überspielen, tat sie so, als müsse sie die heruntergefallen Kordel aufheben und zur Seite legen.

Lucas warf ihr einen undeutbaren Blick zu, ging aber mit keinem Wort auf ihre Reaktion ein, sondern prüfte eingehend die Qualität der Wolldecke. «Das ist hervorragende Ware. Wenn du d'Armond einen guten Preis machst, wird er die Decken ganz sicher nehmen. Immerhin spart er sich so die Schneiderarbeiten. Soll ich ihm schreiben, oder willst du es selbst tun?»

Madlen legte die Kordel auf einen der Deckenstapel. «Du hast dieses Geschäft vermittelt. Es wäre nur recht und billig, wenn du den Kontakt herstellst.»

«Mir reicht mein Anteil am Gewinn.» Er zwinkerte ihr zu. «Du könntest mir das Angebot diktieren. Ich übersetze es ins Französische, und du unterzeichnest und siegelst es.»

Überrascht sah sie zu ihm auf. «Das würdest du tun?»

«Warum nicht? Geschäftspartner müssen einander doch helfen.»

«Du musst überhaupt nichts.» Verlegen blickte sie zur Seite.

«Meinetwegen, dann will ich eben helfen.» Rasch faltete er die Decke wieder zusammen und legte sie zurück zu den anderen. «Vielleicht revanchierst du dich irgendwann einmal.»

«Ich, oh ...» Sie verschränkte ihre Hände ineinander, weil sie nicht wusste, wohin mit ihnen. «Ja, das könnte ich wohl.»

«Na bitte.» Er trat einen Schritt auf sie zu. «Madlen ...»

Sie wich hastig zurück, stieß dabei jedoch mit dem Rücken gegen einen der Deckenstapel. Weiter zurück konnte sie nicht. «Weißt du eigentlich, dass bereits Gerüchte über den Verräter, den du suchst, im Umlauf sind?» Die Worte waren ihr viel zu hastig über die Lippen gepurzelt, doch sie erfüllten ihren Zweck.

Lucas war von ihrer Frage so verblüfft, dass er erstarrte. «Gerüchte?»

«Ja, heute sprachen unabhängig voneinander zwei unserer Kunden davon. Vielleicht liegt es daran, dass die österreichischen und spanischen Truppen sich so rasch auf die Gegend hier zubewegen. Sie wollen sich doch mit Wilhelm von Oranien zusammenschließen, nicht wahr?»

Beeindruckt musterte Lucas sie. «Du bist ja gut informiert. Ja, es stimmt, Wilhelms Verbündete nähern sich von allen Seiten. Ob auch sie mit gestohlenen Informationen gefüttert werden, ist nicht mit Sicherheit festzustellen.» Überraschend trat er näher an sie heran. «Madlen, hör zu, ich möchte...»

«Hast du denn schon etwas über diesen Verräter herausgefunden?» Madlen schluckte hektisch und schielte rechts und links an Lucas vorbei. «Ich meine, ihr sucht doch nun schon so lange. Peter kann ich ja nicht fragen, weil du mir nicht erlaubt hast, mit ihm darüber zu reden. Nichts zu verraten, ist gar nicht so einfach, weil wir ja ständig miteinander reden. Aber von sich aus hat er auch nichts erzählt, deshalb glaube ich, es wäre besser...»

«Madlen.» Dicht vor ihr blieb er stehen. «Atme. Ganz ruhig. Ich bin nicht hier, um dich in Verlegenheit zu bringen.»

«Oh.» Sie schloss kurz die Augen. Am liebsten wäre sie im Boden versunken. «Natürlich nicht. Warum solltest du auch, nicht wahr?» Sie versuchte zu lachen, doch es klang unnatürlich schrill.

«Ich...» Er brach ab und suchte ihren Blick. «Wovor hast du solche Angst, Madlen?»

«Ich habe keine Angst.» Wieder wich sie ihm aus, indem sie an ihm vorbeiblickte. «Du nimmst mir nur gerade die Luft zum Atmen. Es schickt sich nicht, einer Frau derart auf die Pelle zu rücken.»

«Soso. Sind wir wieder einmal bei der Schicklichkeit angelangt. Aber Madlen ...» Er berührte sie leicht an der Schulter. «Uns trennt eine ganze Armlänge Abstand. Genug Platz, um zu atmen, würde ich meinen.»

Verschämt richtete sie ihren Blick zu Boden. «Da die Sache mit den Decken ja nun geklärt ist, sollten wir hinüber ins Haus gehen. Im Kontor können wir rasch den Brief an Leutnant d'Armond aufsetzen, und dann kannst du wieder gehen.»

Zwar ließ Lucas ihre Schulter los, bewegte sich jedoch nicht vom Fleck. «Warum willst du mich loswerden?»

«Will ich gar nicht. Ich dachte nur ... Du bist bestimmt sehr beschäftigt. Mit deinem Geschäft, meine ich, und dieser Verräterjagd und so.»

«Bin ich, da hast du recht. Aber ich muss mit dir reden.»

Da seine Stimme plötzlich sehr ernst klang, hob sie doch wieder den Kopf. «Worüber?»

«Den Verräter.» Da war etwas in seiner Stimme, das ihr Angst machte. «Ich bin nicht sicher, ob es richtig ist, mit dir darüber zu sprechen, aber ich fürchte, ich habe keine andere Wahl.»

«Was meinst du damit?» Alarmiert trat nun sie einen halben Schritt auf ihn zu. «Geht es etwa immer noch um meinen Vater? Lucas, ich schwöre dir, er hat nichts damit zu tun. Du hast doch selbst gesagt, dass er unschuldig sein muss. Du kannst doch jetzt nicht ...»

«Es geht nicht um deinen Vater, Madlen.»

«... deine Meinung ... Was? Oh.» Verwirrt hielt sie inne.

«Es geht um Peter von Werdt.»

«Ach.» Sie runzelte die Stirn, verstand nicht, was er meinte. Doch dann sah sie etwas in seinen Augen, das sie aufkeuchen ließ. «Was? Nein!»

«Madlen, hör mir bitte zu.»

«Nein!» Entsetzt schüttelte sie den Kopf. «Nein, nein, nein. Bist du verrückt geworden? Peter ist doch kein Verräter. Er ist ... er ist ... Nein. Warum tust du das? Du kannst nicht einfach wahllos irgendwelche Leute beschuldigen.»

«Das tue ich nicht.» Sanft, aber bestimmt fasste er sie diesmal an beiden Schultern und hielt sie fest, obwohl sie versuchte, sich gegen seinen Griff zur Wehr zu setzen.

«Lass mich los, Lucas!»

«Nein, erst hörst du mich an.»

«Ich will es nicht hören. Peter ist mein Verlobter!»

«Kann er deshalb kein Verräter sein?»

«Nein. Ja! Verdammt, was ist das überhaupt für eine Frage? Er ist kein Verräter. Niemals. Wie kannst du so etwas nur behaupten?» In ihrer Brust krampfte sich alles zusammen, sowohl vor Zorn als auch vor Angst. Ihre Wut über die Ungeheuerlichkeit von Lucas' Andeutung kämpfte mit dem Wissen, dass er niemals leichtfertig solch eine Behauptung aussprechen würde. Doch wenn dem so war, dann bedeutete das ...

«Madlen, ich habe Beweise.»

Oh Gott. Oh, bitte nicht. «Du musst dich irren.»

«Ich wünschte, es wäre so, aber ich habe mit eigenen Augen gesehen, wie er sich heimlich nachts mit zwei Holländern getroffen hat.»

«Aber ... das kann alles Mögliche zu bedeuten haben.»

«Ich habe mit angehört, worüber sie gesprochen haben.»

«Sprichst du denn überhaupt Niederländisch?» Verzweifelt biss sie sich auf die Unterlippe. «Vielleicht hast du sie falsch verstanden.»

«Inzwischen habe ich auch schriftliche Beweise. Er schreibt Briefe mit brisantem Inhalt an die Holländer, Madlen.»

«Aber ...» Tränen stiegen ihr in die Augen. «Das kann nicht sein.»

«Ich bin ihm jetzt seit mehreren Wochen auf der Spur, seit dem Tag, an dem dein Vater mich wegen des Verdachts gegen ihn aufgesucht hat. Da habe ich Peter heimlich euer Haus verlassen sehen. Als ich ihn ansprach, behauptete er, auf dem Weg zu dir zu sein.»

«Aber das ist doch durchaus möglich.»

«Du warst an jenem Tag mit deiner Mutter unterwegs. Bei Leinens zu Besuch, wenn ich mich recht entsinne.»

«Ich ...» Ihr wurde klar, um welchen Tag es sich handelte und was an jenem Abend noch geschehen war. Ihr wurde übel. «Ich habe dich gesehen», flüsterte sie. «Du bist Peter nachgeschlichen.»

Lucas nickte. «Er hat mir ins Gesicht gelogen. Ich wollte wissen, warum. Später ...» Er hielt inne und schien nach den rechten Worten zu suchen. «Später sah ich ihn mit dir hier vor eurem Haus. Es war bereits später Abend.»

Sie legte sich die Hand vor den Mund. Lautlose Tränen rannen ihr über die Wangen. «Wir ... wir waren bei unserem neuen Haus und mussten uns dort wegen des Gewitters unterstellen.» Sie schluckte hart. «Deshalb waren wir erst so spät zurück.»

«Er hat euch erzählt, dass er sofort nach Hause gehen wollte, nicht wahr?»

«Hast du uns etwa belauscht?»

«Nein, nur Schlüsse gezogen aus dem, was ich gesehen habe.»

Sie hielt es nicht mehr aus und vergrub das Gesicht in ihren Händen. «Natürlich wollte er gleich nach Hause gehen», murmelte sie erstickt.

«Madlen, an jenem Abend bin ich ihm zur alten Ziegelbrennerei gefolgt.»

Kraftlos ließ sie die Hände sinken. «Die Ziegelbrennerei?»

«Das war der Treffpunkt mit den beiden holländischen Abgesandten.»

Sie starrte ihn einen langen Moment sprachlos an, dann begann sie zu schluchzen. «Du musst dich irren, Lucas. Du musst dich irren.» Ihre Stimme erstarb fast. «Du musst dich irren.»

«Ich wünschte wirklich, es wäre so.»

Sie leistete keinen Widerstand, als er sie an sich zog. Sie konnte nicht atmen, weil ein Kloß in ihrer Kehle ihr die Luft abdrückte. Verzweifelt presste sie ihr Gesicht gegen seine Brust. «Bitte, Lucas. Das kann nicht sein. Du irrst dich. Was soll denn jetzt werden?»

«Ich muss ihn melden ...»

«Nein!»

«Das ist meine Pflicht, Madlen.»

Sie schüttelte wild den Kopf an seiner Brust. «Das darfst du nicht. Wenn du das tust ... Was geschieht mit Verrätern?» Sie spürte, wie er seine Hand sanft an ihren Hinterkopf legte.

«Verräter werden hingerichtet.»

«Gott, nein, bitte nicht.» Das Schluchzen würgte sie so sehr, dass sie kaum noch Luft bekam. «Bitte, Lucas!»

Er schwieg einen langen Moment. «Wenn er von seinem verräterischen Tun ablässt, werde ich ... schweigen.»

«Du ...» Sie stockte und hob nun doch den Kopf. «Wenn er davon ablässt?»

Lucas' Blick ruhte so ernst auf ihr, wie sie es zuvor noch nie erlebt hatte. «Ich werde mit ihm reden. Wenn er schwört, dass er niemals wieder zu einem der Holländer oder ihren Verbündeten Kontakt aufnimmt, lasse ich die Sache auf sich beruhen.»

Sie schluckte hart gegen die Enge in ihrer Kehle an. «Das würdest du tun?» Als er nicht antwortete, sondern sie nur weiter so dunkel ansah, begann ihr Herz zu holpern und unstet gegen ihre Rippen zu pochen. «Was würde mit dir geschehen, wenn herauskommt, dass du ihn deckst?»

«Was glaubst du denn?»

Ein weiterer rauer Schluchzer entrang sich ihrer Kehle. «Das ... kann ich nicht zulassen. O Gott, das kann alles nicht wahr sein.»

Lucas atmete langsam und deutlich hörbar aus. «Ich rede mit von Werdt und werde ihn auffordern, von seinem Tun abzulassen. Wenn er ein Fünkchen Verstand besitzt, wird er das allein schon deinetwegen tun. Aber falls er sich weigern sollte ...»

«Das wird er nicht. Ganz bestimmt nicht. Ich rede mit ihm. Soll ich vielleicht gleich ...?» Unsicher sah sie sich nach dem Ausgang um.

«Nein, noch nicht. Wenn irgend möglich, will ich dich da heraushalten, hast du verstanden?»

Sie senkte den Kopf. «Ja, natürlich.» Zögernd, weil sie sich ein wenig vor ihrem eigenen Mut fürchtete, hob sie den Blick wieder zu seinem an. «Du tust das nur für mich, nicht wahr? Jeden anderen hättest du längst gemeldet.»

Er neigte zustimmend den Kopf. «Wir sind Freunde, oder etwa nicht? Abgesehen davon ... habe ich noch etwas bei dir gutzumachen.»

«Bei mir? Was ...» Sie hielt schockiert inne. «Nein, Lucas, das musst du nicht. Nicht, weil du dich mir wegen damals verpflichtet fühlst. Du setzt dein Leben aufs Spiel! Das lässt sich überhaupt nicht vergleichen.»

«Für dich würde ich noch weit mehr aufs Spiel setzen, Madlen. Ich war nie der beste Freund, das weiß ich. Ich habe Fehler gemacht und», diesmal schluckte er, «dich ausgenutzt. Aber ich habe daraus gelernt. Du liebst von Werdt, das war schon immer so. Wenn ich ihn melde, wirst du ihn verlieren.

Ich will, dass du glücklich bist, Madlen, nichts weiter», erklärte er mit einem rauen Unterton in der Stimme. «Auch wenn es mich umbringt, dich mit ihm zusammen zu wissen.»

«Lucas ...» In ihrem Kopf wirbelten die Gedanken wild durcheinander. Seine Worte brachten ihr Herz aus dem Takt und ihre Hände zum Zittern. Unfähig, etwas darauf zu antworten, sah sie zu ihm auf und verlor sich im intensiven, leuchtenden Blau seiner Augen.

Ganz allmählich neigte Lucas seinen Kopf zu ihr hinab. Dann jedoch hielt er inne, und sie fragte sich unwillkürlich, was ihn zögern ließ.

Im nächsten Moment vernahm sie Schritte hinter sich. «Madlen? Bist du hier drinnen?» Peter bog um zwei aufeinandergestapelte Leinenballen.

Erschrocken fuhr Madlen zurück und wirbelte zu ihm herum. «Peter! Was ...? Wo kommst du denn her?»

«Verzeihung.» Er lächelte zwar, wirkte aber seltsam angespannt. «Ich wollte dich nicht erschrecken.» Er nickte Lucas zu. «Cuchenheim, guten Tag. Wieder einmal in Geschäften hier?» Ein sarkastischer Unterton schwang in seiner Stimme mit. Sein Blick wanderte über Madlen hinweg, und seine Augen verengten sich.

Madlen wurde bewusst, dass sie ziemlich verheult aussehen musste, und erschrak.

Lucas nickte Peter so ruhig und neutral zu, als sei nichts geschehen. «Ich habe Madlen und ihrem Vater einen neuen Kunden verschafft, und wir waren gerade dabei, die Ware zu prüfen.» Er deutete auf die Wolldecken. «Madlen, sollen wir rasch hinübergehen und den Brief an d'Armond aufsetzen?»

«Ja.» Madlen bemühte sich, ebenfalls gleichmütig zu wirken und sich nicht an die glühend heißen Wangen zu fassen. «Das sollten wir tun. Begleitest du uns ins Kontor, Peter?»

«Da stehe ich vermutlich nur im Weg herum.» Peter schüttelte den Kopf. «Ich wollte dich bitten, mich hinüber zum Haus zu begleiten, um dir ein paar Dinge zu zeigen, aber ... Es gibt etwas, das ich mit Cuchenheim zu bereden habe. Wärest du sehr böse, wenn wir den Besuch im Haus verschieben, damit ich mich mit ihm unterhalten kann?»

Madlen blickte verunsichert zwischen ihrem Verlobten und Lucas hin und her. Hatte Peter etwas von dem, was eben geschehen war, mitangehört? Warum sagte er dann nichts dazu? «Nein, natürlich nicht. Ich hatte dich ja nicht erwartet.» Sie errötete. «Ich meine, ich habe auch noch etwas zu erledigen. Wir können gerne ein andermal hinüber zum Haus gehen.» Sie bemühte sich, ganz normal zu wirken, konnte jedoch nicht umhin, ihren Verlobten unauffällig zu mustern. Was ging in ihm vor? Und hatte er wirklich all die Zeit ein solch furchtbares Geheimnis vor ihr verborgen? Doch konnte sie ihm das wirklich vorwerfen? Hatte nicht auch sie all die Jahre ein Geheimnis vor ihm bewahrt?

Peter blieb vollkommen ruhig, seine Miene verriet nicht, was er dachte oder fühlte. Er lächelte sogar leicht, als er ihr zunickte. «Gut. Dann warte ich so lange hier draußen, bis ihr eure geschäftlichen Angelegenheiten erledigt habt.»

«Also gut.» Leicht irritiert, weil Peter nicht mit ins Haus kommen wollte, ging sie Lucas voran ins Kontor und setzte sich ans Schreibpult. Fragend blickte sie zu Lucas hoch, der vor dem Pult stehen geblieben war, doch auch er ließ sich nicht anmerken, was in ihm vorging. «Sollen wir beginnen?»

20. Kapitel
Rheinbach, 28. April 1668

Fünf Jahre zuvor ...

Nervös rutschte Madlen auf der Sitzbank herum, auf der sie Platz genommen hatte. Im *Goldenen Krug* war es laut, Stimmengewirr und Gelächter mischten sich mit den Verlautbarungen des Reih-Schultheißen Georg Leinen, der die Versteigerung der Mailehen leitete. Da Madlen ja bereits von Peter freigekauft worden war, saß sie nicht bei den übrigen Mädchen vorne am Podest, sondern weiter hinten im Publikum an einem langen Tisch. Neben ihr hatte ihre Freundin Emilia Leinen Platz genommen, die bereits ersteigert worden war. Der junge Mann, der das Höchstgebot auf sie abgegeben hatte, war losgegangen, um ihr etwas zu trinken zu holen, jedoch von ein paar Bekannten aufgehalten worden.

Solche Dinge passierten bei Veranstaltungen wie der Mailehenversteigerung einfach. Es ging feuchtfröhlich zu, und niemand nahm es mit den Anstandsregeln zu genau, sah man einmal davon ab, dass die Junggesellen, die ein Mädchen ersteigert hatten, ab sofort und für den gesamten Monat Mai mit keinem Mädchen außer ihrem Mailehen reden durften, es sei denn, sie war mit ihm verwandt.

«Was ist mit dir?» Emilia stieß Madlen mit dem Ellenbogen an. «Du siehst heute so hübsch aus in deinem gelben Kleid, aber dein Gesicht mag überhaupt nicht dazu passen. Es ist viel zu ernst. Bedrückt dich etwas?»

«Was?» Erschrocken sah Madlen ihre Freundin an, bemühte sich dann aber rasch um ein fröhliches Lächeln. «Nein, nein, alles in Ordnung. Ich war nur in Gedanken.»

«Ist es seltsam, wenn man bereits vorab freigekauft wurde?» Emilia lachte. «Das nimmt der Sache ein bisschen den Spaß, nicht wahr? Aber ich wette, die Hälfte aller Mädchen hier im Raum beneidet dich glühend, wenn man bedenkt, wer dich freigekauft hat.»

«Glaubst du?» Madlen sah sich neugierig um. «Ja, ich habe wirklich großes Glück.»

«Das ist die Untertreibung des Jahres, meine Liebe.» Emilia drückte freundschaftlich Madlens Arm. «Die meisten Frauen würden für so einen Ehemann morden.»

Maden rieb sich über die Arme. «Noch sind wir nicht verlobt.»

«Noch nicht, Madlen. *Noch* nicht!» Emilia zwinkerte ihr zu. «Wo steckt der deinige denn überhaupt?» Suchend sah Emilia sich um und kicherte dann. «Natürlich, was sonst? Er steckt genauso in einer Trinkrunde fest wie Franz. Schau, dort.» Sie wies unauffällig nach rechts, wo Peter zusammen mit mehreren anderen jungen Männern gerade ein Bier trank. Als er bemerkte, dass Madlen ihn ansah, hob er mit einem um Verzeihung heischenden Lächeln die Schultern. Madlen lächelte etwas verkrampft zurück, um ihm zu signalisieren, dass er kein schlechtes Gewissen haben musste.

«Nun, nun, was ist das denn?» Peters Vater war zu ihnen getreten. «Besäuft sich dieser treulose Hund etwa, anstatt sich um sein Mailehen zu kümmern?» Er lachte gönnerhaft. «Natürlich, was sonst? Aber einen solch hübschen Fang muss man auch ordentlich begießen.» Väterlich grinste er Madlen an. «Ich hoffe, du nimmst es Peter nicht übel. Ab morgen wird er, sobald er seinen Kater überwunden hat, ausschließlich für dich da sein. Dafür sorge ich schon, mein liebes Kind.»

«Danke, Herr von Werdt.» Immer noch bemüht, sich ihre Aufregung nicht anmerken zu lassen, sah Madlen zu Peters Vater hoch und lachte betont sorglos. «Ich glaube allerdings nicht, dass Ihr ihn antreiben müsst. Er hat mir schon versprochen, morgen Nachmittag bei uns vorbeizukommen.»

«So gehört es sich ja auch, nicht wahr?» Von Werdt ließ seinen Blick durch den Raum schweifen. «Wo steckt denn mein anderer Sohn? Ah, da ist er ja. Mal sehen, ob Ludwig sein gewünschtes Mailehen ersteigern kann. Ich glaube, das Mädchen ist jetzt gleich an der Reihe. Er hätte es seinem Bruder gleichtun sollen, aber er wollte sich den Spaß des Bietens nicht nehmen lassen. Nun denn, liebe Madlen, ich werde mal schauen, wo sich meine Gemahlin herumtreibt. Wir wollen gemeinsam abwarten, wie die Versteigerung ausgeht, und dann nach Hause gehen. Der Abend gehört doch hauptsächlich dem jungen Gemüse. Ihr Mädchen solltet aber nicht zu lange bleiben.»

«Nein, nein, das werden wir nicht, lieber Herr von Werdt.» Emilia verabschiedete sich fröhlich von dem älteren Mann und begrüßte den zurückkehrenden Franz noch ein kleines bisschen fröhlicher. Sie plauderten ein wenig, bis Franz sie aufforderte, mit ihm zu den anderen jungen Männern und einigen Mädchen zu kommen, die inzwischen auch ersteigert worden waren. Emilia stand sofort auf, um sich ihm anzuschließen, Madlen zögerte jedoch. Wenn sie mit der Freundin ginge, würde sie sich wahrscheinlich nicht so leicht von der Gruppe trennen können.

Emilia sah sie erwartungsvoll an. «Was ist, Madlen? Du willst doch sicher nicht allein hier sitzen bleiben, oder?»

«Nein, nein, natürlich nicht.» Widerstrebend erhob Madlen

sich und sah sich um. Am anderen Ende des Raumes erblickte sie ihre Eltern, die sich entschieden hatten, sie zu begleiten, da dies immerhin Madlens erste Mailehenversteigerung war. «Ich sollte vielleicht kurz zu Mutter hinübergehen, damit sie sich keine Sorgen macht. Du weißt ja, wie sie sein kann.»

«Ach, hier passiert uns doch nichts.» Emilia winkte kichernd ab. «Aber du hast recht, meinen Eltern sollte ich sicherheitshalber auch kurz die Aufwartung machen.»

«Und außerdem muss ich ...» Madlen räusperte sich. «Du weißt schon. Mal kurz hinaus. Ich komme gleich zu euch, ja?»

«Also gut, aber beeil dich. Ohne dich ist es langweilig, und Peter wird dich vermissen.» Emilia kicherte. «Fall nicht in den Abort. Du weißt, das ist Magdalena Hirten vor ein paar Jahren passiert.»

Nun musste auch Madlen lachen. «Keine Sorge, ich passe schon auf. Außerdem war sie betrunken, wie man munkelt.»

«Ja, wahrscheinlich war sie das. Bis gleich!» Emilia winkte ihr kurz zu, hakte sich bei ihrem Franz unter und ließ sich von ihm zu ihren Eltern geleiten.

Madlen sah ihnen mit gemischten Gefühlen nach und blickte sich dann in dem großen Gastraum um. Das Stimmengewirr war noch lauter geworden, und gerade wurde vorne bei der Versteigerung laut gelacht und gejubelt. Mehrere Schankmägde kämpften sich mit vollen oder leeren Bierkrügen durch die bunte Menschenansammlung. Niemand schien Madlen zu beachten, als sie sich langsam und unauffällig in Richtung des hinteren Ausgangs begab, durch den man auch zum Abort gelangte.

«Madlenchen, mein liebes Kind!» Madlen zuckte zusammen, als sie die Stimme hörte. Mit ausgebreiteten Armen kam Peters Mutter auf sie zu. Eine Wolke ihres süßlichen Parfüms umwehte sie. «Da bist du ja. Ich habe dich den ganzen Abend noch nicht gesehen. Komm, lass uns ein wenig plaudern, ja? Erzähl mir, wie dir deine erste Mailehenversteigerung gefällt. Grässlich laut ist es, nicht wahr? Aber lustig.»

«Ja, da habt Ihr recht, Frau von Werdt. Es ist sehr laut, aber auch amüsant.» Bemüht, sich nichts anmerken zu lassen, ließ Madlen zu, dass Gislinde von Werdt sich bei ihr einhakte und sie ein Stückchen mit sich zog. Doch dann wurde ihr klar, dass sie niemals hier wegkommen würde, wenn sie sich jetzt kein Herz fasste. «Tut mir leid, Frau von Werdt, aber ich fürchte, ich muss erst kurz hinaus.»

«Ah, zum Abort?» Verständnisvoll nickte Peters Mutter und zupfte an ihren in akkurate Löckchen gedrehten blonden Haaren herum. «Geh nur, liebes Kind. Aber ich warne dich, du wirst eine ganze Weile warten müssen. Dort draußen ist es genauso voll wie hier drinnen. Ich weiß, wovon ich rede, denn ich komme gerade von dort.» Sie tätschelte Madlens Wange. «Versprich mir, dass du, sobald du wieder zurück bist, ein bisschen mit mir klaafst. Es geht doch nichts über den allerneuesten Klatsch und Tratsch.»

«Selbstverständlich, sehr gerne. Es wird bestimmt nicht lange dauern.»

«Na hoffentlich.» Mit einem wohlwollenden Lächeln entließ Gislinde von Werdt Madlen und wandte sich einer Bekannten zu, die gerade vorbeiging.

Madlen beeilte sich, den Gastraum durch den Hinterausgang zu verlassen. Als die Tür hinter ihr zufiel, wurde es gleich um einiges leiser, obwohl auch hier mehrere junge Männer herumstanden und sich unterhielten. Um das Häuschen, in dem sich der Abort befand, scharte sich tatsächlich eine beachtliche Anzahl von Wartenden.

Madlen bemühte sich, sich so unsichtbar wie nur möglich zu machen, schob sich an der Menschentraube vorbei und bog dann hastig um die Ecke des Gebäudes. Erschrocken prallte sie zurück, denn sie wäre beinahe in ein Pärchen hineingelaufen, das sich leidenschaftlich küsste. Sie wollte sich schon verlegen entschuldigen, stellte aber fest, dass die beiden sie nicht einmal bemerkt hatten. Also hastete sie an ihnen vorbei und bog hinter dem Gasthaus in eine Seitengasse ein, die vollkommen im Dunkeln lag. Mit wild pochendem Herzen eilte Madlen weiter, bog noch einmal ab und stand gleich darauf vor dem in der Finsternis der Nacht bedrohlich wirkenden Baseller Turm.

Hier waren Männerstimmen zu hören, die sich heiter unterhielten. Offenbar zwei Passanten, die vom Marktplatz kamen, wo vermutlich immer noch einige Rheinbacher Bürger mit den Vorbereitungen für das Maifest beschäftigt waren. Die meisten würden wohl bald im *Goldenen Krug* einfallen. Spätestens dann wurde es für tugendsame junge Frauen Zeit, sich mit ihren Eltern auf den Heimweg zu begeben.

Vorsichtig schlich Madlen auf den Gefängnisturm zu. Diesmal schob nicht der alte Eick Wache, sondern einer der städtischen Büttel. Das war ungewöhnlich, aber vermutlich vertrat er die Wache, die sonst Dienst schob.

Der Mann verabschiedete sich gerade von den beiden Passanten. Als die Männer weitergegangen waren, blickte der Wächter prüfend zum Himmel hinauf, an dem ein halb gerundeter Mond stand und immer wieder von vorbeiziehenden Wolken verdeckt wurde. Dann drehte der Wachmann sich um, stieg langsam die hölzernen Stufen hinauf und verschwand im Inneren des Turms.

Madlen zauderte, schlich aber vorsichtig bis zur Tür hinauf und lauschte. Sie hörte den Wächter husten und ausspucken und dann seine schlurfenden Schritte auf der steinernen Treppe. Ihr Herz raste, das Blut rauschte ihr in den Ohren.

Mit allem Mut, den sie fassen konnte, schlüpfte sie durch die Tür und sah sich hastig um. Eine Pechfackel an der Wand verbreitete diffuses Licht. Sie wusste inzwischen genau, wo der Ring mit den Schlüsseln für die Zellen hing, und hatte sich sogar gemerkt, welchen der alte Eick bei ihrem Weggang vor drei Tagen benutzt hatte, um Lucas' Zellentür zuzuschließen.

Als sie den Ring vom Haken in der Nische neben der Treppe nahm, klirrten die Schlüssel. In der Stille des Turms klang das Geräusch überlaut, sodass Madlen entsetzt die Luft anhielt. Doch nichts rührte sich. Von unten hörte sie ein weiteres Husten und ungehaltenes Fluchen.

Sie unterdrückte ein panisches Stöhnen, als sie die Schritte des Wächters auf der Treppe hörte. Was nun? Bänglich sah sie sich um. Sie musste sich irgendwo verstecken. Ohne weiter nachzudenken, wich sie hinter das Türblatt am Eingang zurück.

Er würde sie entdecken, ganz sicher. Was dann mit ihr passierte, wollte sie sich nicht mal ausmalen. Sie war verrückt geworden! Es war vollkommener Irrsinn, sich nachts ins Gefängnis zu schleichen, um Lucas zu befreien. Vielleicht hatte er seinen Plan sogar längst vergessen. Als der Wächter den Fuß der Treppe erreicht hatte, hielt sie angstvoll die Luft an und kniff die Augen zusammen.

Sie vernahm ein Räuspern, dann erneut ein Spuckgeräusch. Im nächsten Moment schwang das Türblatt herum und fiel ins Schloss.

Madlen rührte sich nicht und wartete auf das Donnerwetter, das unweigerlich folgen musste. Als jedoch nichts geschah und sie vorsichtig die Augen öffnete, stellte sie fest, dass der Wächter einfach wieder hinausgegangen war.

Erleichtert stieß sie die Luft aus und versuchte, die Übelkeit, die sie erfasst hatte, unter Kontrolle zu bringen. Ihre Knie zitterten, ebenso ihre Hände. Dennoch huschte sie zur Treppe und wäre auf der ersten Stufe beinahe ausgerutscht. Einen unschicklichen Fluch unterdrückend, raffte sie ihre Röcke und hastete die Stufen hinunter. Vor der Zelle angekommen, musste sie zunächst ein paarmal tief durchatmen, dann zog sie den Schlüsselring aus ihrem Ausschnitt, wo sie ihn mangels anderer Möglichkeiten versteckt hatte. Wieder klirrten die Schlüssel überlaut, als sie fahrig den richtigen heraussuchte und ins Schloss steckte. Als sie den schweren Metallriegel anhob, nachdem sie den Schlüssel gedreht hatte, war das Ratschen noch viel lauter als das Schlüsselklirren zuvor. Entsetzt hielt sie mitten in der Bewegung inne, doch da wurde die Tür bereits von innen aufgezogen.

«Madlen?» Lucas' Stimme war kaum mehr als ein Raunen. Er trat auf den Gang und zog sie zu ihrer Überraschung fest an sich. «Du bist wirklich gekommen.»

«Ja.» Sie machte sich hastig von ihm los, weil seine Nähe ihr Herz nur noch mehr verrücktspielen ließ. «Aber ich muss dringend zurück zum *Goldenen Krug*. Wenn sie merken, dass ich nicht einfach zum Abort gegangen bin ...»

«Schsch.» Lucas hielt ihr seine gefesselten Handgelenke hin. «Schließ die Handschellen auf, schnell!»

Mit zitternden Fingern gehorchte Madlen, und er legte die Handschellen auf die Pritsche.

«Leise. Komm mit.» Umstandslos ergriff er ihre Hand und zog sie mit sich zur Treppe. Sie musste achtgeben, nicht erneut zu stolpern, und hielt mit der freien Hand ihre Röcke krampfhaft umkrallt. Im Eingangsgeschoss angekommen, blieb Lucas stehen. «Wie viele Wächter sind hier? Nur einer?»

Sie nickte. «Einer der städtischen Büttel. Der kleine, der immer so ekelhaft hustet und spuckt.» Sie flüsterte zwar nur, dennoch kam es ihr vor, als würden ihre Worte im Gebäude widerhallen. «Aber es kommen auch immer wieder Leute vom Marktplatz vorbei.»

«Bleib hier», befahl er ihr. «Rühr dich nicht, bis ich dich rufe.»

Erschrocken starrte sie ihn an, als er auf die Tür zuging. «Was hast du denn vor, um Himmels willen?»

Er bedeutete ihr lediglich mit einer Geste, still zu sein. Vorsichtig zog er die Tür einen Spalt weit auf. Die Scharniere quietschten nicht, jemand achtete offenbar darauf, sie stets gut zu schmieren. Lucas warf einen Blick nach draußen, hielt kurz inne, dann schlüpfte er lautlos hinaus und die Stufen hinab. Im nächsten Moment hörte sie ein Schlaggeräusch, einen Fluch, noch einen Schlag und dann einen dumpfen Laut, als ein Körper zu Boden fiel.

Als Madlen auf Lucas' leisen Ruf hin durch die Tür trat, keuchte sie erschrocken auf. Am Fuß der Treppe lag der Wächter und rührte sich nicht. «Hast du ihn etwa umgebracht?»

Lucas, der den Wächter unter den Achseln gepackt hatte, hielt irritiert inne. «Nein, er ist nur bewusstlos. Nun komm schon, hilf mir, sonst werden wir hier doch noch entdeckt.»

Madlen erwachte aus ihrer Erstarrung, hastete die Treppe hinab und fasste den Bewusstlosen an den Füßen. Er war schwerer, als er aussah, doch gemeinsam hatten sie ihn doch rasch ins Innere des Turms bugsiert. «Und was jetzt?» Ängstlich blickte sie durch die einen Spalt offene Tür nach draußen, wo gerade ein betrunkener Mann entlangschlenderte, wiederholt rülpste und undeutlich vor sich hin murmelte.

Es dauerte eine Weile, bis der Suffbruder um die nächste Ecke verschwunden war. In der Ferne wurden weitere Stimmen laut. Madlen wollte ihre Frage wiederholen, kam aber nicht dazu, denn Lucas packte sie erneut an der Hand und zerrte sie mit sich nach draußen. «Lauf!», befahl er. «So schnell du kannst. Wir müssen hier weg.»

Vollkommen verängstigt rannte sie hinter ihm her, kaum fähig, mit ihm Schritt zu halten. Schon bald ging ihr die Puste aus, doch Lucas zog sie immer weiter mit sich, in Richtung Voigtstor. Als sie es nur wenig später erreichten, keuchte sie und sog gierig Luft in die Lungen. «Was jetzt?», flüsterte sie schwer atmend. «Du musst dich irgendwo verstecken. Das Tor ist verschlossen, da kannst du um diese Zeit nicht hinaus.»

«Pst.» Er sah sie in der Dunkelheit eindringlich an. «Kein Wort!» Dann stieß er einen kurzen Pfiff aus, woraufhin sich am Torturm etwas bewegte. Jemand verließ die Wachstube.

Ungläubig starrte Madlen den alten Torwächter Eick an, der, eine weit heruntergebrannte Pechfackel in der Hand, auf sie zukam. «Aha, aha, aha, da seid Ihr ja, Cuchenheim. Und in Begleitung. Hab ich mir gleich gedacht, dass Ihr die Kleine herumkriegt. Schlimm so was. Mädchen, Ihr solltet Euch wirklich was schämen.» Der Alte lachte leise. «Macht nicht so ein Gesicht, ich verrate Euch nicht. Hätte den Kerl auch selbst befreien können, aber dann hätt' ich nicht hier am Tor auf euch warten können, nicht wahr?»

«Aber ...» Vollkommen verblüfft wandte sie sich an Lucas. «Was hast du getan, dass er dir hilft?»

«Sagen wir mal so», antwortete der Torwächter an Lucas' Stelle. «Der Junge hier hat mich mal aus einer prekären Lage gerettet. Waren ein paar ziemlich üble Gestalten involviert, das wollt Ihr gar nicht so genau wissen. Wenn Cuchenheim nicht gewesen wäre, würde ich wahrscheinlich heute nicht mehr hier stehen. Eine Hand wäscht die andere, also ...» Er zuckte mit den Achseln und wandte sich an Lucas. «Ihr müsst los. Wer weiß, wie lange es dauert, bis jemand Alarm schlägt, und ich kann mir nicht leisten, mit Euch erwischt zu werden. Die Kleine übrigens auch nicht.»

«Ja, ich weiß.» Lucas drückte kurz die Schulter des alten Mannes. «Danke.»

«Schon gut, schon gut, hau einfach ab, Junge.»

«Passt mir auf Madlen auf und bringt sie heil zurück zum *Goldenen Krug*.»

«Aber sicher doch.» Eick nickte gutmütig. «Ich geh mal die Pforte drinnen aufschließen. Ihr habt Euch besser verabschiedet, bis ich wieder hier bin.» Er wandte sich ab und ging zur Wachstube zurück, wohl um den Schlüssel für die Schlupftür zu holen.

Immer noch vollkommen durcheinander, blickte Madlen Lucas an, der daraufhin einen Schritt auf sie zu machte. Sie räusperte sich. «Du ... du wirst die Wahrheit herausfinden, ja? Und dann den Schöffen alles erklären?»

Lucas sah sie nur an. Sein Blick wirkte dunkel und gefährlich auf sie. Der Mond erhellte die Umgebung gerade so weit, dass sie den ernsten Ausdruck auf Lucas' Gesicht erkennen konnte. Sie stieß einen überraschten Laut aus, als er sie an den Oberarmen fasste und mit einem Ruck an sich zog. Für einen Moment blieb ihr die Luft weg, als sie gegen ihn prallte und er sie dicht an seiner Brust festhielt.

«Tu so etwas Verrücktes niemals wieder, hast du verstanden?» Seine Stimme klang wie das Knurren eines wütenden Hundes.

«Was meinst du damit?» Erschrocken spürte sie, dass er die Arme um sie legte und sie noch fester an sich zog.

«Das hier.» Er machte eine vage Bewegung mit dem Kinn in Richtung Stadttor. «Dich in Gefahr bringen. Niemals wieder, hast du mich verstanden?»

«Aber ...» Fassungslos sah sie zu ihm auf. «Du wolltest doch, dass ich dir helfe.»

«Du hättest nein sagen müssen. Warum hast du es nicht getan?»

Sie schluckte hart. Plötzlich zitterten ihre Hände und Knie wieder, und ihr Pulsschlag verdreifachte sich. Stumm blickte sie ihm in die Augen. Im nächsten Moment spürte sie seine Lippen auf ihren. Sein Bart kratzte leicht ihre Haut. Seine Hände wanderten von ihrem Rücken zu ihren Oberarmen und von dort hinauf bis zu ihrem Gesicht, umfassten es, bogen ihren Kopf ein wenig nach hinten.

Unfähig, einen klaren Gedanken zu fassen, klammerte sie sich an seinem einfachen Hemd fest, seiner Gefängniskleidung. Sein Mund wanderte fest und besitzergreifend über ihren. Ihr Herz überschlug sich, als er leicht an ihrer Unterlippe saugte, in ihrem Bauch spürte sie Hunderte kleiner Stiche, und ihr war, als würde die Zeit für einen Moment stehenbleiben.

Nur einen Moment später gab er ihre Lippen wieder frei und lehnte schwer atmend seine Stirn gegen ihre. «Du würdest auf mich warten, wenn ich dich darum bäte, nicht wahr?»

Madlen versuchte vergeblich, die Gefühle, die in ihr tobten, irgendwie zu ordnen, zu kontrollieren. Sie brauchte einen Moment, bis sie den Sinn seiner Frage überhaupt begriff. Ehe sie eine Antwort geben konnte, ließ er sie los und trat entschlossen zwei Schritte zurück. «Tu es nicht, Madlen.» Abrupt wandte er sich ab und ging hinüber zum Turm, wo der alte Eick auf ihn wartete. «Bringt sie sicher zurück», wiederholte er seine Bitte von vorhin, dann betrat er den Turm und war im nächsten Moment verschwunden.

21. Kapitel

Rheinbach, 18. September 1673

Als er das Haus der Thynens verließ, schob Lucas sich den gesiegelten Brief unters Wams. Er hatte Madlen versprochen, ihn zusammen mit seiner eigenen Korrespondenz an d'Armond zu übersenden. Dass sie eben ruhig und konzentriert den Brief mit ihm zusammen verfasst hatte, beeindruckte ihn. Er hatte gespürt, wie verletzt und aufgewühlt sie war, noch dazu wartete ihr Verlobter vor dem Haus.

Auch ihn nahm die Tatsache mit, dass Peter von Werdt mit einem erklärten Feind der Kurkölner gemeinsame Sache machte. Doch er ließ sich nichts anmerken, als er zu von Werdt trat. «Wollen wir hinüber zu mir gehen?», schlug er in jovialem Ton vor. «Das ist näher als bis zu euch, und wir sind dort ungestört, da meine Mutter mit Toni zu meiner Tante nach Drees gefahren ist.»

«Von mir aus.» Von Werdt nickte mit undurchdringlicher Miene und ging schweigend neben Lucas die Straße entlang.

Auch Lucas verkniff sich jeden weiteren Kommentar, bis sie den kleinen Hof seines Anwesens erreicht hatten. Erst nachdem er sich mit einem Blick in alle Richtungen versichert hatte, dass niemand in der Nähe war, ergriff er das Wort. «Du hast uns in Thynens Lager belauscht. Ich bin mir nicht sicher, wie lange genau, aber ich nehme an, dass du den Großteil unserer Unterhaltung mitangehört hast.»

«Du hast mich bespitzelt, wochenlang.» Von Werdt machte sich nicht die Mühe, seine Taten abzustreiten. «Ich hätte es mir denken müssen. Du hast mich hereingelegt mit deiner Bitte um Hilfe.»

Lucas schüttelte den Kopf. Er hatte von Werdt nicht in Verdacht gehabt, aber es war hinfällig, ihn jetzt noch zu korrigieren. «Sei froh, dass ich den Stadtrat und die Schöffen nicht eingeweiht habe. Hätte ich es getan, wäre über kurz oder lang der Amtmann ins Spiel gekommen. Und mit ihm der Vogt. Dieses Aufsehen wollte ich uns ersparen.»

«Uns?» Von Werdts Stimme troff vor Sarkasmus.

«Dir, um genau zu sein. Weiß deine Familie, dass du dich auf die Seite der Holländer geschlagen hast?» Lucas verschränkte die Arme vor der Brust. «Warum überhaupt? Deine Abneigung gegen die Franzosen in allen Ehren, aber sich mit dem Feind zu verbünden, ist keine passable Option.»

«Warum nicht?»

«Wie viel zahlen sie dir?»

Schnaubend legte von Werdt den Kopf in den Nacken, dann sah er Lucas wieder an. «Sie zahlen mit Sicherheit. Für mich, für meine Familie, für die gesamte Stadt.»

«Mit Sicherheit?» Ungläubig starrte Lucas ihn an. «Das ist ein Scherz, oder?»

«Sie verschonen die Karawanen unserer Händler, sie lassen wichtige Personen auf ihren Reisen unbehelligt.» Von Werdts Miene verfinsterte sich. «Und im Falle eines Kriegszugs wird Rheinbach nicht geplündert.»

Beinahe hätte Lucas gelacht, wenn die Angelegenheit nicht so ernst gewesen wäre. «Du bist verrückt, wenn du glaubst, dass Wilhelm von Oranien sich auch nur einen Furz um das Schicksal unserer Stadt schert.»

«Bisher hat er seinen Teil der Abmachung eingehalten.»

«Und dir und deiner Familie eine Menge Geld gespart. Geld, das ihr an eure Sicherheitsnehmer hättet zahlen müssen, wenn sie Verluste durch Raubzüge und Plünderungen erlitten hätten. Sehr schlau, aber kurzsichtig, von Werdt. Ein paar verschonte Lieferungen sind gut und schön, aber glaub ja nicht, dass Wilhelm das Geschick einer kleinen Stadt im Nirgendwo beachten wird. Nicht einmal vor Bonn oder Köln würde er haltmachen, wenn ihm eine dieser Städte im Weg stünde. Er hat Maastricht angegriffen, ohne mit der Wimper zu zucken! Was macht dich glauben, dass er Rheinbach verschonen würde?»

«Sein Wort.» Wütend verschränkte von Werdt seine Arme, löste sie jedoch gleich wieder. «Du hattest kein Recht, Madlen da hineinzuziehen.»

«Warum nicht? Weil du sie lieber dumm und unwissend halten willst, damit sie nicht auf die Idee kommt, dir zu widersprechen?»

Von Werdts Angriff war flink. Mit einem Schritt war er bei Lucas und stieß ihn heftig vor die Brust. Lucas machte einen Ausfallschritt nach hinten, um sich zu fangen.

«Du hattest ... verdammt noch mal ... kein Recht dazu!» Von Werdts Worte wurden von weiteren Hieben begleitet, die Lucas nur mit Mühe parieren konnte. Dann zog er sich wieder ein Stück zurück. «Sie ist meine Verlobte, nicht dein Spielzeug und erst recht keine Geisel, mit der du mich erpressen kannst.»

«Ich erpresse dich nicht, von Werdt. Du weißt, dass ich keine andere Wahl habe, als dich zu melden. Wenn du nicht umgehend von deinem verräterischen Tun ablässt, muss ich dich festnehmen. Ich will dich nicht ans Messer liefern, schon um Madlens willen nicht. Aber wenn sie und deine Verlobung mit ihr dir nicht Grund genug sind, dein Bündnis mit den Holländern aufzulösen, kann ich nicht anders, als meine Pflicht zu tun. Der einzige Weg, mich daran zu hindern, wäre, mich umzubringen.»

«Glaub mir, das würde ich liebend gerne tun.» Die beiden Männer umkreisten einander wachsam. «Lass deine dreckigen Pfoten von ihr.» Von Werdts Stimme schwankte vor Zorn.

Lucas hatte selbst mit seiner Wut zu kämpfen. «Ich habe sie nicht angerührt, Mann!»

«Ach nein? Seltsam, dann muss ich eben geträumt haben.»

«Sie hat geweint, du Idiot. Tränen vergossen wegen deiner irrsinnigen Dummheit.»

«Du hättest ihr nicht davon erzählen dürfen. Je weniger sie weiß, desto sicherer ist sie.»

«Das ist deine Lebensphilosophie, ja? Zumindest, wenn es um Madlen geht.»

«Wenn sie versehentlich etwas ausplaudert, könnte das ihren Tod bedeuten.»

«Großes Vertrauen scheinst du ja nicht in sie zu haben.»

Erneut machte von Werdt einen Schritt auf Lucas zu, starrte ihn feindselig an. «Halt dich von ihr fern. Glaubst du, ich wüsste nicht, was du vorhast?»

Lucas starrte stoisch zurück. «Was ich vorhabe? Deinen verdammten Arsch zu retten, damit sie nicht in zwei Wochen zu deiner Hinrichtung gehen muss.»

«Du willst sie für dich selbst, Cuchenheim. Gib es wenigstens zu. Dir würde es doch in den Kram passen, mich aus dem Weg zu räumen.»

Nun platzte Lucas der Kragen. «Siehst du nicht, dass ich versuche, eure verdammte Zukunft zu retten? Du bist mir scheißegal, aber ich will Madlen glücklich sehen.»

Von Werdt lachte bitter. «Der heilige Lucas Cuchenheim? Komm schon, diese Rolle steht dir nicht zu Gesicht. Glaubst du wirklich, ich wüsste nicht, was hier vorgeht? Glaubst du, ich merke nicht, wie sie dich ansieht? Wie sie dich schon immer, verdammt noch mal, *immer* angesehen hat. Weiß der Teufel.» Unwirsch wandte von Werdt sich ab und ging ein paar Schritte, drehte sich abrupt um und kehrte zurück. «Wärst du nur fortgeblieben. Unser Leben war glücklich und in Ordnung, bis du wieder hier aufgetaucht bist.»

Lucas schüttelte ungläubig den Kopf. «Du bist ein Verräter, von Werdt. Und Verräter werden gejagt. Es macht keinen Unterschied, ob ich das tue oder ein anderer.»

«Oh doch. Es macht einen Unterschied.» Von Werdts Stimme klang hart und bitter. «Warum konntest du nicht einfach wegbleiben? Dem Herrn auf Knien gedankt habe ich, als du dich damals aus dem Staub gemacht hast. So war dieses ganze Schmierentheater wenigstens zu etwas gut.»

Lucas stutzte. «Was willst du damit sagen?» Ehe von Werdt reagieren konnte, hatte Lucas ihn am Kragen gepackt und schüttelte ihn. «Was soll das heißen? Steckst du etwa hinter der Geschichte mit Veronica?»

«Lass mich los!» Von Werdt stieß Lucas von sich. «Du bist ja verrückt.»

Lucas ließ sich nicht beirren und ging erneut zum Angriff über. «Was hattest du mit der Sache zu tun? Spuck es aus, von Werdt, oder ich drehe dir deinen dürren Hals eigenhändig um.»

Die beiden Männer rangen verbissen miteinander.

«Ich habe, verdammt noch mal, nicht das Geringste mit Veronica Klötzgen zu schaffen gehabt.» Erneut gelang es von Werdt, Lucas so weit von sich zu stoßen, dass dieser ein paar Schritte rückwärts taumelte. «In diese Scheiße hast du dich ganz alleine geritten.»

«Ich war unschuldig, das weißt du genau.» Nur mit Mühe beherrschte Lucas sich.

Von Werdt schnaubte. «Unschuldig? Du hast damals Overkamps Weib gevögelt, das war nicht schwer zu erraten. Seit du auf der Welt bist, hast du andere übers Ohr gehauen und dich durchs Leben getrickst.» Von Werdt hielt inne, ballte die Hände zu Fäusten. «Wie kann Madlen nur einen Scheißkerl wie dich mir vorziehen?»

Lucas atmete tief durch und riss sich zusammen. «Wenn du sie zur Frau nehmen willst, musst du auf der Stelle von deinem verräterischen Tun ablassen, von Werdt. Wenn du es nicht tust, werde ich dich melden. Madlen liegt mir am Herzen, und ich will nicht, dass man ihren Verlobten vor ihren Augen am Galgen aufknüpft. Aber ich werde dich ausliefern, wenn du mir keine andere Wahl lässt.»

Von Werdt schnaubte erneut. «Ich glaube dir kein Wort. Du hättest freie Bahn bei Madlen, wenn ich aus dem Weg wäre.»

Lucas konnte nicht glauben, wie verstockt dieser Mistkerl war. «Glaubst du im Ernst, Madlen würde mich auch nur noch eines Blickes würdigen, wenn ich den Mann, den sie liebt, ans Messer liefere? Tu verdammt noch mal, was richtig ist.»

«Also gut.» Von Werdt nickte. «Aber ich verlange dasselbe von dir. Tu, was richtig ist. Lass Madlen in Ruhe.»

«Ich habe ihr nie nachgestellt.»

«Ach nein?» Höhnisch verzog von Werdt die Lippen.

«Nein, wirklich nicht. Aber wenn es dich beruhigt, werde ich es auch zukünftig nicht tun. Ich gebe dir nur den Rat, Madlen nicht wie ein Kind zu behandeln. Sie hat mehr in ihrem hübschen Kopf als so manch einer meiner Männer im Regiment. Wenn du das nicht zu schätzen weißt, hast du sie nicht verdient.»

Abrupt wandte von Werdt sich ab: «Fahr zur Hölle.»

Schweigend blickte Lucas ihm nach und wurde das Gefühl nicht los, dass er sich längst in der Hölle befand.

∞

Madlen hielt die Ungewissheit nicht mehr aus. Seit Lucas das Kontor verlassen hatte und mit Peter verschwunden war, hatte sie versucht, sich mit belanglosen Tätigkeiten abzulenken. Am späten Nachmittag war sie aus Sorge, Angst und Verwirrung jedoch kurz davor, aus der Haut zu fahren. Also machte sie sich mit Bridlin auf den Weg zu ihrem zukünftigen Zuhause. Sie hoffte, Peter dort anzutreffen.

Beim Anblick der frischgekalkten Fassade verkrampfte sich ihr Magen. Das kam ihr so falsch vor. Alles hatte sich geändert, und doch hatte sich nichts geändert. Sie war nach wie vor mit Peter verlobt und würde seine Frau werden. Sie liebte ihn. Gott, hoffentlich hatte er sich Lucas' Vorschlag nicht widersetzt. Sie musste mit Peter reden und ihn, falls nötig, zur Vernunft bringen. Allein der Gedanke, dass er für seinen Verrat hingerichtet werden könnte, verursachte ihr Übelkeit.

Aus dem Garten waren Stimmen zu vernehmen, dort wurde offenbar gearbeitet, ebenso wie im Inneren des Hauses. Vordereingang und Hintertür standen weit offen. Unschlüssig sah Madlen sich um. «Bridlin, geh hinüber in den Garten und sieh nach, ob Peter dort ist. Ich sehe drinnen nach.»

«Ja, natürlich, bin schon unterwegs.» Bridlin hatte ihren Blick sichtlich beeindruckt über das Anwesen schweifen lassen und eilte nun los, um ihren Auftrag zu erfüllen.

Madlen wappnete sich und trat durch den Hintereingang ins Haus. Irgendwo wurde gehämmert und unmelodisch gepfiffen. In der Küche stieß sie auf einen bulligen, glatzköpfigen Mann, der gerade dabei war, Kalk aus einem Bottich in einen Eimer umzufüllen. Als er sie erblickte, richtete er sich hastig auf. «Guten Tag. Ihr seid Madlen Thynen, nicht wahr? Die zukünftige Hausherrin? Kann ich Euch helfen?»

«Ja, das könnt Ihr. Bitte verratet mir, ob mein Verlobter im Augenblick hier ist.»

«Eben war er drüben bei den Stallungen. Er wollte aber noch weiter, woandershin. Wenn Ihr Euch beeilt, erwischt Ihr ihn vielleicht noch.»

«Danke, dann werde ich das versuchen.» Madlen nickte dem Handwerker freundlich zu und kehrte mit klopfendem Herzen in den Hof zurück. Auch das Tor zum Stall stand offen, und sie trat hastig hindurch. Neue Trennwände für mehrere Pferdestellplätze waren hier kürzlich angebracht worden sowie ein separat abgetrennter Bereich für mehrere Kühe und ein Schweinekoben. Links führte eine niedrige Tür in einen Hühner- und Gänsestall.

Auf den ersten Blick schien sich hier niemand aufzuhalten, deshalb wollte Madlen schon enttäuscht kehrtmachen. Während sie sich zum Ausgang umdrehte, glitt ihr Blick noch mal über die Stellplätze – und über die neue Wand, die den Kuhstall vom Pferdestall abgrenzte. Hatte sich dort etwas bewegt? Als sie ein Rascheln vernahm, ging sie rasch darauf zu. «Peter?» Als sie die Wand umrundete, blieb sie verunsichert stehen.

Peter lehnte mit dem Rücken an der Stallwand, den Kopf auf die Brust gesenkt, die Augenlider geschlossen. Nachdem er einmal tief durchgeatmet hatte, öffnete er die Augen und blickte sie stumm und beinahe vorwurfsvoll an. «Was machst du denn hier?»

Sie schluckte unbehaglich. «Ich dachte ...» Sie zögerte verunsichert, weil sie nicht wusste, ob Peter etwas von ihrem Gespräch mit Lucas gehört hatte oder nicht. «Du wolltest mir doch die Fortschritte am Haus zeigen. Ich bin mit meiner Arbeit für heute fertig. Da dachte ich ...»

«Du brauchst keinen Vorwand vorzuschieben, Madlen.» Peter stieß sich von der Wand ab und machte einen Schritt auf sie zu. «Ich habe mit angehört, worüber du dich mit Cuchenheim unterhalten hast.»

Erschrocken zuckte sie zusammen. «Du hast uns belauscht?»

«Nicht absichtlich.»

Sie biss sich auf die Unterlippe, unschlüssig, wie sie sich ihm gegenüber verhalten sollte. Doch dann überwand sie den Abstand zwischen ihnen und umarmte ihn. «Was soll denn jetzt werden, Peter? Ich habe Angst.»

Peter zog sie fest an sich, und für einen langen Moment verharrten sie so. Doch dann schob er sie von sich. «Es besteht für dich kein Anlass zur Sorge, Madlen. Cuchenheim und ich haben eine Übereinkunft getroffen.»

«Also wirst du nicht mehr mit den Holländern ... Wie nennt man das überhaupt?»

Er schnaubte. «Konspirieren ist wohl das freundlichste Wort dafür. Ich weiß, dass es unrecht war, aber bitte glaub mir, ich habe mit besten Absichten gehandelt. Ich wollte nur, dass du, meine Familie und die ganze Stadt sicher ist. Natürlich bleibt mir jetzt nichts anderes übrig, als Cuchenheims Forderungen zu erfüllen. Auch wenn es problematisch wird, das meinen Kontaktleuten in Wilhelms Armee zu erklären.»

Erschrocken hob sie den Kopf. «Schwebst du etwa in Gefahr?»

«Nicht mehr als vorher auch. Das ist nichts, worüber du dir Gedanken machen musst.»

«Wie bitte?» Verständnislos sah sie zu ihm auf. «Ich soll mir keine Gedanken um dein Wohlergehen und dein Leben machen? Peter, wie konntest du das bloß tun? Du hättest doch ahnen müssen, dass du irgendwann erwischt wirst.»

«Wenn Cuchenheim nicht hier aufgetaucht wäre, hätte ich die Sache bedeckt halten können.» In seiner Stimme klang ein bitterer Unterton mit. «Aber wie ich bereits sagte – wir haben eine Übereinkunft getroffen. Ich halte mich von den Holländern fern – und ich hoffe bei Gott, dass sie das hinnehmen werden – und im Gegenzug er sich von dir.»

«Was?» Sie stutzte und runzelte irritiert die Stirn.

Seine Miene verfinsterte sich, und er verschränkte die Arme vor der Brust. «Als Gegenleistung wird Cuchenheim aufhören, dir nachzustellen.»

«Aber ...» Erschrocken schüttelte sie den Kopf. «Das hat er doch gar nicht getan.»

«Nicht?» Zwischen Peters Augenbrauen entstand eine steile Falte.

«Nein, ganz bestimmt nicht!» Madlens Herz pochte unstet gegen ihre Rippen, und ein mulmiges Gefühl stieg in ihr auf. «Schließlich bin ich doch mir dir verlobt.»

«Ja, das bist du.» Der bittere Unterton verschärfte sich. «Ich habe dich schon immer geliebt, Madlen, und alles für dich getan, was ich konnte. Ich habe alles versucht, dich davon zu überzeugen, ist es nicht so?»

«Ja, natürlich.» Aus dem mulmigen Gefühl wurde ein schmerzhafter Knoten in ihrem Magen. «Ich weiß, dass du mich liebst. Ich habe zugestimmt, deine Frau zu werden, Peter. Ich ...»

«Alles, wirklich alles Menschenmögliche habe ich getan», unterbrach er sie, «um dein Herz zu gewinnen.»

«Aber das hast du doch ...»

«Ich lege dir die Welt zu Füßen, wenn du es verlangst, Madlen. Alles, was ich erreicht habe, diente nur dazu, dir ein schönes Leben zu ermöglichen. Und dann kommt dieser Schweinehund daher – mit nichts als einem heruntergewirtschafteten Lederwarenhandel, für den er seine Karriere als Hauptmann hinschmeißen will – und macht in einem Atemzug alles kaputt. Er hat nie etwas für dich getan, oder? Sich nie auch nur ansatzweise so verhalten, dass du behaupten könntest, er sei deiner würdig. Jeder Vergleich zwischen uns ist geradezu lachhaft. Und trotzdem ziehst du ihn mir vor, Madlen, ist es nicht so?»

«Was? Nein!» Das Wort kam ihr automatisch über die Lippen. Es war ihr in Fleisch und Blut übergegangen, jedes Gefühl für Lucas zu leugnen. Doch sie konnte nicht verhindern, dass sie errötete. «Nein, es ist nicht so, Peter. Nicht so, wie du glaubst. Er hat nie versucht, dich madigzumachen, oder sich bei mir angebiedert.»

«Das ist es ja, was mich so ratlos macht, Madlen. Er tut nichts, um deine Beachtung zu verdienen. Solange er fort war, warst du mit mir glücklich. Doch in dem Moment, in dem er wieder hier aufgetaucht ist, war es damit vorbei. Ich bin nicht blind, Madlen. Du wurdest von ihm schon immer angezogen wie die Motte vom Licht. Ich will nur wissen, warum.»

Nun schwang Schmerz in seiner Stimme mit. Madlen sah ihm an, dass er tief verletzt war, und das wiederum schmerzte sie so sehr, dass ihr die Tränen in die Augen stiegen. Doch zu lügen, würde die Sache gewiss nicht besser machen. Deshalb antwortete sie so ehrlich, wie sie nur konnte: «Er ... er löst etwas in mir aus. Ich weiß nicht, warum, Peter.» Ihre Stimme schwankte, weil Schuldgefühle sie zu überwältigen drohten. «Ich kann es dir wirklich nicht sagen.»

«Vielleicht solltest du noch einmal genau darüber nachdenken.» Er presste die Lippen zusammen, und in seiner Wange zuckte ein Muskel.

Etwas an seiner starren Haltung ängstigte sie. «Was soll denn jetzt werden?»

«Liebst du ihn?»

Entsetzt starrte sie ihn an. «Ich ... ich bin mit dir verlobt, Peter. Ich liebe dich, das musst du mir glauben.»

Der Muskel in seiner Wange zuckte erneut. «Das war nicht meine Frage.»

Um Verständnis bittend, legte Madlen eine Hand auf seine verschränkten Arme, zog sie aber gleich wieder zurück, als sein abweisender Blick sie traf. «Ich weiß nicht, was ich darauf antworten soll, Peter.»

«Die Wahrheit.»

«Ich ...» Verzweifelt wand sie sich. Die Antwort, auf die er wartete, ängstigte sie.

Als sie schwieg, ging Peter an ihr vorbei zum Stalltor und blickte mit hochgezogenen Schultern auf den Hof. Nach einigen Atemzügen drehte er sich wieder zu ihr um. «Du musst dir darüber klarwerden, was du willst, Madlen. Unter den bestehenden Umständen kommt eine Eheschließung für mich nicht in Frage.»

«Peter!» Bestürzt starrte sie ihn an.

«Ich will mich nicht mein Leben lang fragen müssen, ob ich nur die zweite Wahl gewesen bin. Würdest du das wollen, wenn du in meiner Situation wärst?»

Um Fassung ringend, senkte sie den Kopf.

Sie hörte, wie Peter geräuschvoll den Atem ausstieß, dann trat er auf sie zu und berührte sie leicht an der Schulter. «Ich werde die Verlobung nicht offiziell lösen. Einen solchen Skandal will ich unseren Familien ersparen. Wir sollten erst einmal alles so belassen, wie es ist. Aber Madlen ... Du musst dich entscheiden. Bald.» Die letzten Worte klangen hohl und angestrengt. «Ich muss jetzt gehen.» Er beugte sich vor und küsste sie auf die Wange. «Auf bald.»

Unfähig, etwas darauf zu antworten, blickte Madlen ihrem Verlobten nach, als dieser mit ausholenden Schritten das Anwesen verließ. Angst, Verzweiflung und Schmerz schnürten ihr die Kehle zu. Tränen brannten in ihren Augen, doch sie drängte sie eisern zurück. Wie betäubt ging sie in den Garten hinüber, wo Bridlin in ein Gespräch mit einem der Knechte, die die Gemüsebeete in Ordnung brachten, vertieft war.

Die Magd kam auf Madlens Wink sofort zu ihr, und gemeinsam kehrten sie nach Hause zurück. Madlen sprach auf dem gesamten Weg kein Wort, und auch für den Rest des Tages schwieg sie, wenn man ihr nicht eine direkte Frage stellte. Sie brachte es einfach nicht fertig, mit irgendjemandem – schon gar nicht mit ihrer Familie – ein belangloses Gespräch zu führen.

In der Nacht lag sie hellwach da und starrte in die Finsternis. Und fragte sich, ob sie sich für den Rest ihres Lebens so fühlen würde.

Zerrissen.

22. Kapitel

Koblenz, 9. Mai 1668

Fünf Jahre zuvor ...

«Hier muss es sein.» Gerlach Thynen zügelte sein Pferd vor einem schmalen, zweigeschossigen Fachwerkhaus in einer Gasse namens Entenpfuhl. «Hoffentlich ist sie daheim.»

«Allerdings», stimmte Heinrich Averdunk mit grimmiger Stimme zu und schwang sich etwas ungelenk vom Rücken seines Pferdes. «Es hat schließlich lange genug gedauert, sie ausfindig zu machen. Ich wünschte bloß, wir hätten es nicht so verdammt eilig.»

«Daran ist Euer Neffe schuld, Averdunk. Er hätte nicht fliehen dürfen. Diese verdammte jugendliche Ungeduld.» Auch Gerlach stieg vom Pferd und strich seinen Mantel glatt. «Nicht, dass ich ihn nicht verstehen kann, aber er hätte wissen müssen, dass seine Flucht den Vogt auf den Plan rufen würde. Und der ist alles andere als zimperlich.» Da sich in diesem Moment die Haustür öffnete, straffte er die Schultern und setzte eine strenge Miene auf. «Guten Tag, Veronica.»

Die junge Frau war in ein hellgraues Kleid gewandet, unter dem sich bereits gut sichtbar ihr Bauch wölbte. Ihr schwarzes Haar war unter einer einfachen weißen Haube verborgen. Als sie die beiden Männer erkannte, wurde ihr hageres Gesicht geisterhaft blass. Ehe einer von beiden noch etwas sagen konnte, brach sie in Tränen aus, drehte sich um und rannte ins Haus zurück.

Gerlach und Averdunk sahen einander befremdet an und traten ein. Gerlach zog die Tür hinter sich zu und ging dann seinem Begleiter voran bis zur Wohnstube, aus der sie deutlich Veronicas Schluchzen vernehmen konnten. Sie hatte sich auf einen Stuhl am rechteckigen Esstisch gesetzt und die Hände vors Gesicht geschlagen. Gerlach blieb dicht vor ihr stehen. «Veronica Klötzgen. Oder vielmehr Haffemeister. Meinen Glückwunsch zur Vermählung.»

Das Schluchzen wurde lauter.

Verächtlich blickte Gerlach auf das Häuflein Elend nieder. «Reiß dich zusammen, Mädchen.»

«Es tut mir leid, Herr Thynen. Ich kann nichts dafür, wirklich nicht. Er hat mich gezwungen. Er hat mich dazu gezwungen. Er hat mich … gezwungen.»

«Wer hat dich gezwungen?», herrschte Averdunk sie an. «Lucas?»

Erschrocken ließ Veronica die Hände sinken. «Was? Nein. Nein, der Mann von … Der Mann. Ich musste gehorchen, sonst hätte er dafür gesorgt, dass die ganze Stadt davon erfährt und dass Vater seine Werkstatt verliert und wir alle in Schande leben müssen.»

Stirnrunzelnd blickte Gerlach seinen Begleiter an, dann wieder die junge Frau. «Nun mal langsam und zum Mitschreiben. Wer hat Euch gezwungen und zu was genau, und womit wurdet Ihr bedroht?»

Veronica schluchzte erneut verzweifelt und wischte sich fahrig über die tränennassen Wangen. «Der Mann, den sie geschickt haben.»

«Wer hat ihn geschickt?», hakte Averdunk nach.

Veronica holte Luft, schüttelte dann aber den Kopf. «Wenn ich das verrate, bringen sie mich um. Oder meine Familie. Oder mein …» Sie stockte und strich sich über den Bauch.

«Ihr seid schwanger», stellte Gerlach fest. «Ich nehme an, der Vater des Kindes ist nicht Gregor Haffemeister.»

Sie schüttelte stumm den Kopf.

«Wer dann?»

Veronica schwieg.

«Wer dann?», wiederholte Averdunk Gerlachs Frage etwas lauter.

«Wir gehen von hier weg. Schon sehr bald.» Veronica deutete auf mehrere Kisten und Truhen, die im hinteren Teil der Stube aufgereiht standen. «Wir gehen fort, und dann können sie mir nichts mehr tun. Ich sage kein Wort mehr.»

«Und wie du das wirst!», brüllte Averdunk sie an. «Sag uns sofort alles, was du weißt!»

«Haltet ein.» Gerlach legte beschwichtigend eine Hand auf den Arm des anderen Mannes.

«Herrin, ist alles in Ordnung hier?» Ein dürrer Knecht betrat die Stube und musterte sie misstrauisch. «Wer sind diese Männer?»

Veronica schluckte hart. «Pitter, lauf und hol meinen Mann. Ich weiß nicht, wo er sich gerade aufhält. Vielleicht im Gaffelhaus.»

«Ich schicke Nele zu Euch rein.» Der Argwohn des Knechts war in jedem Wort zu hören.

«Nein.» Veronica schüttelte den Kopf. «Es ist schon gut. Aber nun lauf und beeil dich.» Sie rieb sich erschöpft über die Augen. Die Tränen waren inzwischen versiegt. Nachdem der Knecht verschwunden war, blickte sie auf. «Bitte geht jetzt. Ich sage nicht mehr, auch wenn Ihr mich foltern lasst. Ich muss an mein Kind denken.» Wieder streichelte sie über ihren Bauch.

Diesmal hielt Gerlach Averdunk zurück, ehe dieser erneut aufbrausen konnte. «Ihr habt also Lucas Cuchenheim fälschlich der Vergewaltigung bezichtigt.»

Sie verschränkte die Arme vor dem Leib. «Mir blieb keine andere Wahl.»

Gerlach dachte kurz nach, bevor er weitersprach. «Der Vater des Kindes hat Euch Gewalt angetan?»

Sie zögerte, nickte dann aber. Erneut glänzten Tränen in ihren blassgrauen Augen.

«Sie ist schwanger geworden, dann war es keine Vergewaltigung», wandte Averdunk ein. «Schwanger kann eine Frau nur werden, wenn sie Lust beim Beischlaf empfindet.»

Gerlach seufzte und schüttelte den Kopf. «So sagt man gemeinhin, aber überlegt einmal selbst, ob daran etwas Wahres sein kann.» Er wandte sich wieder an die verzweifelte junge Frau. «Ihr wollt den Namen des Mannes also nicht nennen, weil Ihr fürchtet, dass er oder seine Familie sich dafür rächen könnten.» Er sah Averdunk an. «Das sieht so aus, als wolle man einen bösen Fehltritt vertuschen.» An Veronica gerichtet fuhr er fort. «Diese Ehe mit Haffemeister – wie kam die zustande?» Als sie nur schweigend zu Boden sah, stieß er abfällig die Luft aus. «Das war Eure Bezahlung, nicht wahr? Ein standesgemäßer Ehemann und Vater für Euer Kind. Lasst mich raten: Er ist deutlich älter als ihr und nicht im Besitz eines Erben. Womöglich nicht fähig, selbst einen zu zeugen. Es wäre nicht das erste Mal, dass sich so jemand eine schwangere Braut kauft.» Seufzend blickte er in Veronicas blasses Gesicht. «Weiß Euer Vater über die wahren Hintergründe Bescheid?»

Sie schüttelte den Kopf.

«Spuckt gefälligst aus, wer Euch angestiftet hat», fuhr Averdunk sie unvermittelt an. «Der Haderlump gehört vor Gericht gestellt.»

«Hört auf damit.» Gerlach zog den aufgebrachten Mann beiseite. «Ihr seht doch, dass das keinen Sinn hat. Ich bin überzeugt, dass sie kein Wort gestehen wird, nicht einmal unter der peinlichen Befragung. Sie will ihr Kind schützen.» Als Averdunk sich etwas beruhigt hatte, sprach Gerlach Veronica erneut an. «Unterzeichnet uns zumindest ein Dokument, in dem Ihr die Anklage gegen Lucas zurückzieht. Ohne Begründung. Oder wollt Ihr wirklich, dass Lucas Cuchenheim für etwas bestraft wird, das ein anderer getan hat?»

«Ich weiß nicht.» Unsicher sah Veronica zu Boden. «Wenn sie erfahren, dass ich das getan habe ...»

«Ihr zieht weg, nicht wahr?», unterbrach Gerlach sie. «Glaubt Ihr wirklich, diese Leute werden Euch bis in die Fremde folgen und zur Rechenschaft ziehen?»

«Ich weiß es nicht. Ich musste schwören, Cuchenheim zu bezichtigen. Hätte ich es nicht getan, wäre ich vielleicht ...» Sie schauderte und begann nun doch wieder zu weinen.

Gerlach setzte sich auf den Stuhl neben ihr. «Zieht die Klage zurück. Ich appelliere an Euer Gewissen, Veronica. Lucas ist unschuldig.»

Schniefend nickte die junge Frau und hob im nächsten Moment ruckartig den Kopf, als die Haustür ging und Schritte auf die Stube zusteuerten. «Haffemeister, seid Ihr das? Oh, gut.» Tiefe Erleichterung malte sich auf ihrem Gesicht ab, als ihr Ehemann den Raum betrat. Er war mittelgroß, um die fünfzig, trug eine blonde Perücke und einen braunen Zunftmantel, der sich über seinem ansehnlichen Wanst nicht schließen ließ.

«Was geht hier vor?», herrschte er die beiden Gäste an. «Mein Knecht holt mich von einer wichtigen Sitzung fort, weil zwei Gauner meine Gattin bedrohen? Was habt Ihr hier zu suchen?»

Averdunk trat erbost auf ihn zu. «Nennt uns nicht Gauner, Herr Haffemeister. Ich bin der Bürgermeister der Stadt Rheinbach und dies hier ein angesehener Ratsherr.»

«Wir sind hier, um von Eurer Gemahlin die Rücknahme ihrer Klage gegen Lucas Cuchenheim zu fordern. Das dürfte wohl in Eurem Sinne sein.» Gerlach musterte den feisten Kaufherrn abschätzend. Etwas an der Physiognomie des Mannes bestärkte ihn in der Vermutung, dass dieser tatsächlich aus gutem Grund eine schwangere Frau geehelicht hatte. «Nicht dass am Ende das Gerücht aufkommt, das Kind, das Eure Gemahlin unter dem Herzen trägt, sei nicht von Euch, sondern durch jene Vergewaltigung entstanden, deren sie Cuchenheim bezichtigt hat. Ihr wisst, dass damit der Klagegrund hinfällig wäre und Ihr der Lächerlichkeit preisgegeben würdet.»

«Verdammt noch eins.» Zornig erwiderte Haffemeister Gerlachs Blick. «Ich hätte gleich wissen müssen, dass mich die Sache noch in den Arsch beißt.»

«Nicht, wenn Ihr Veronica gestattet, die Anklage zurückzuziehen.» Gerlach erhob sich zufrieden, um dem erbosten Kaufherrn gegenüberzutreten. «Danach seid Ihr uns umgehend wieder los.»

23. Kapitel
Rheinbach, 16. Oktober 1673

Gedankenverloren ließ Madlen ihre Hand über die gerade eingetroffene Atlasseide gleiten. Sie liebte das Gefühl der glatten, kühlen Oberfläche unter den Fingerspitzen. Es gab kaum etwas, das sie so glücklich machte, wie neue Seide zu inspizieren. Vor allen Dingen dann, wenn sie bereits genau wusste, wem sie den Stoff verkaufen würde. Doch nicht einmal der hellgrün eingefärbte Stoff vermochte es, ihre Stimmung zu heben. Seit Wochen fühlte sie sich innerlich zerrissen. Zwar gab sie sich redlich Mühe, sich nichts anmerken zu lassen, aber lange, das war ihr klar, würde sie die Trostlosigkeit, die sie empfand, nicht mehr verbergen können.

Die grüne Seide war nicht für den Verkauf bestimmt. Sie war ein Geschenk ihrer Eltern. Madlen sollte sich daraus das Kleid schneidern lassen, das sie zu ihrer Hochzeit tragen würde. Schneidermeister Kruhler und seine Gehilfin hatten bereits Maß bei ihr genommen und sich ihre Wünsche und Vorstellungen notiert. Morgen würde Wilhelmi ihnen die Seide, passendes Garn, Borten und Spitzen in die Werkstatt bringen.

Madlens Mutter war ungeheuer aufgeregt wegen der Hochzeitsfeierlichkeiten und hatte Janni und Marie mit ihrer Vorfreude angesteckt. Die drei fanden, wenn sie beisammensaßen, kaum noch ein anderes Gesprächsthema. Madlen bemühte sich zwar, ebenfalls ihren Beitrag zu den Unterhaltungen über Blumenschmuck und die vorgesehenen Speisen zu leisten, doch das war schwer. Wie sollte es auch anders sein, wenn sie nicht einmal wusste, ob die Hochzeit stattfinden würde. Und noch viel schlimmer: wenn sie nicht wusste, ob sie überhaupt wollte, dass die Hochzeit stattfand. Sie traute sich kaum mehr auf die Straße, aus Sorge, womöglich Lucas über den Weg zu laufen. Sie wusste einfach nicht, was sie tun sollte.

Mit leerem Blick starrte Madlen in die Ferne und streichelte ein ums andere Mal über die Seide. Sie liebte Peter von Werdt. Daran hatte sie keinen Zweifel. Nur warum, so fragte sie sich zum tausendsten Mal, warum reichte diese Liebe nicht? Weshalb konnte sie selbst mit der allergrößten Anstrengung nicht ihre Gedanken abstellen, die immer und immer wieder um Lucas kreisten? Um Lucas, der sie stets aufgezogen und herausgefordert hatte, der nie – da musste sie Peter recht geben – etwas getan hatte, das sie hätte glauben machen können, er wäre ihrer würdig.

In noch einem Punkt musste sie Peter mittlerweile zustimmen. Lucas hatte schon immer zwischen ihnen gestanden. Sie hatte dies nur niemals wahrgenommen, weil sie schon früh, sehr früh der festen Überzeugung gewesen war, dass Peter von Werdt und sie füreinander geschaffen waren. Eine beständige, starke Liebe verband sie – wie die zu einem Bruder oder einem besten Freund. Doch das war nicht genug. Es war einfach nicht genug. Sie hatte sich so sehr gewünscht, so sehr versucht, seine Leidenschaft zu erwidern, wie es sich gehörte. Wie es sich gehörte ... diese Worte hallten in ihr nach.

«Wenn du so weitermachst, hast du bald ein Loch in die Seide gestreichelt.»

Ihres Vaters Stimme riss Madlen unsanft aus ihren Gedanken. Als habe sie sich verbrannt, zog sie ruckartig ihre Hand zurück. «Verzeihung, Vater, ich habe Euch nicht hereinkommen hören. Ich war in Gedanken woanders.»

«Das habe ich gemerkt.» Ihr Vater stellte sich neben sie, wie immer schwer auf seine Krücken gestützt, und musterte sie aufmerksam. «Bedrückt dich etwas, mein Kind?»

«Nein!» Erschrocken biss sie sich auf die Lippen, weil sie viel zu schnell und zu laut geantwortet hatte. Mit einiger Mühe riss sie sich zusammen und brachte sogar ein recht unbefangenes Lächeln zustande. «Ich habe nur gerade an die Hochzeit gedacht.»

«Tatsächlich.»

«Es sind nur noch knapp vier Wochen, und bis dahin müssen noch so viele Dinge erledigt werden. Zum Beispiel mein Kleid. Ich bin schon so neugierig, wie es aussehen wird.»

«Kind, Kind, Kind.» Betrübt schüttelte ihr Vater den Kopf. «Ich hätte nie gedacht, das einmal sagen zu müssen, aber: Lüg mich bitte nicht an.»

«Was?» Erschrocken starrte sie ihn an.

«Keine Braut, die sich auf ihre Hochzeit freut, hat je so bekümmert und freudlos dreingeschaut wie du.»

«Aber nein, Vater, Ihr irrt Euch. Mir geht es gut. Es ist alles in Ordnung, wirklich.»

«Noch mehr Lügen, mein Kind?» Nun wurde seine Miene streng. «Schäm dich, Madlen. Ich kenne dich zu gut, als dass ich dieser Scharade glauben würde. Du kämpfst mit etwas, und es schmerzt mich, dies mit ansehen zu müssen. Du musst mir nicht gestehen, um was es sich handelt, wenn du nicht willst, aber behaupte nicht noch einmal, ich würde mich irren.»

«Verzeihung, Vater.» Beschämt ließ sie den Kopf hängen.

«Schon gut.» Ihr Vater trat einen Schritt näher, lehnte eine der Krücken gegen den Tisch und legte ihr liebevoll einen Arm um die Schultern. «Darf ich dir einen Rat geben?»

Zögernd hob sie den Kopf. «Was für einen Rat? Ihr wisst doch gar nicht, worum es geht.»

«Nun ja. Du gehst seit Wochen kaum mehr vor die Tür, außer zur Sonntagsmesse oder wenn ich dich dazu auffordere. Etwa zur selben Zeit bemerkte ich an Peter eine für ihn gänzlich ungewöhnliche Distanziertheit dir gegenüber. Und um meine Beobachtungen zu vervollständigen: Auch Lucas Cuchenheim ist seitdem nicht ein einziges Mal hier gewesen, obgleich ihm noch Geld aus den vermittelten Geschäften zusteht.» Er lachte trocken. «Nun sieh mich nicht so entgeistert an, Madlen. Ihr jungen Leute glaubt immer, ihr wäret Meister darin, euch zu verstellen, aber ein Blick in eure Gesichter, auf die dunklen Ringe unter deinen Augen insbesondere, mein Schatz, und mir ist sonnenklar, dass etwas zwischen euch dreien vorgefallen sein muss.»

Peinlich berührt senkte Madlen erneut den Kopf und starrte auf die grüne Seide auf dem Tisch. «Es tut mir leid, Vater. Es tut mir so leid!» Ihre Augen begannen zu brennen. Sie wollte nicht weinen. Nicht schon wieder.

«Was tut dir leid?» Er drückte leicht ihre Schulter.

Verzweifelt schüttelte sie den Kopf und schloss die Augen, um zu verhindern, dass sich Tränen aus ihnen lösten. «Ich kann nicht ... darüber reden, Vater. Es ist alles zu schrecklich.»

«Nun gut, wenn du es mir nicht gestehen willst, dann muss ich wohl raten.» Er ließ ihre Schultern los und drehte sie so zu sich, dass er ihr geradewegs ins Gesicht blicken konnte. «Weißt du noch, welchen Ratschlag ich dir an jenem Abend gab, als Peter um deine Hand anhielt?»

Der Gedanke an jenen Tag schmerzte sie, doch sie zwang sich, die Erinnerung zuzulassen, und nickte zögernd.

«Ich gab dir den Rat, stets deinem Herzen zu folgen, nicht nur deinem Verstand. Dies tat ich aus gutem Grund, Madlen, denn ich fürchtete schon damals, dass geschehen würde, was nun offensichtlich geschehen ist.»

Erschrocken schluckte sie. «Was meint Ihr damit?»

Ihr Vater schwieg einen Moment. Und dann sagte er etwas, das sie erstarren ließ. «Madlen, ich weiß, dass du damals Lucas geholfen hast, aus dem Baseller Turm zu fliehen.»

«Ihr wisst …?» Sie konnte es kaum fassen. «Woher?»

«Ich habe beobachtet, wie du dich während der Mailehenversteigerung aus dem Wirtsraum geschlichen hast. Als du zurückgekehrt bist, wirktest du ungewöhnlich zerstreut, und als kurz darauf der Wachmann Alarm schlug, musste ich nur eins und eins zusammenzählen.» Er warf ihr einen vielsagenden Blick zu.

«O mein Gott.» Madlen schlug die Hände vors Gesicht. «Ihr habt nie etwas gesagt.»

«Was hätte ich dazu sagen sollen?» Ihr Vater seufzte. «Madlen, ich wusste damals schon, dass du und Lucas … nun, dass ihr mehr wart als nur gute Freunde. Doch er hat damals die Flucht ergriffen – und ich will nicht behaupten, dass ihm das geschadet hat – und dir damit das Herz gebrochen. Für mich war das ein Grund, die Sache auf sich beruhen zu lassen. Wenn er nie wieder zurückgekehrt wäre, hättest du eine gute Chance gehabt, mit Peter glücklich zu werden. Ich schätze ihn sehr, das weißt du genau. Er ist mir so lieb wie mein eigener Sohn.» Er hielt kurz inne. «Vielleicht ist das ein Teil des Problems. Wir alle haben euch immer als Einheit gesehen, haben euch damit praktisch gezwungen, einander zu lieben. Bei Peter hat das nur ein wenig besser funktioniert als bei dir.»

«Aber … Ich liebe Peter, wirklich.» Madlen hörte selbst, dass ihre Beteuerung hohl klang. Nun rannen ihr doch Tränen übers Gesicht. «Ich will ihm nicht weh tun.»

«Soweit ich das beurteilen kann, hast du das bereits getan, wenn auch nicht willentlich.» Sanft fasste er sie an der linken Schulter. «Aber so, wie die Dinge sind, können sie nicht bleiben, Madlen. Euer Hochzeitstag ist nur noch vier Wochen entfernt. Ich mische mich nur ungern ein, aber du musst dich entscheiden, mein liebes Kind.»

«Ich weiß.»

«Und bald.»

Sie schluchzte leise, als er sie in seine Arme zog. «Ihr ... Ihr habt gesagt, dass Ihr mir einen Rat geben wollt.»

«Ach ja, richtig.» Er streichelte sanft über ihr Haar. «Zwei sogar, um genau zu sein. Der erste lautet: Sprich mit Lucas. Ihr könnt eure Probleme nicht lösen, wenn ihr euch aus dem Weg geht.»

Erschrocken hob sie den Kopf und sah ihren Vater an. «Und der zweite Rat?»

Er lächelte schief. «Verrate deiner Mutter nicht, dass ich mich eingemischt habe.»

Madlen lachte erstickt auf, mehr aus Überraschung denn aus echter Erheiterung. Gleichzeitig rannen ihr immer noch Tränen über die Wangen, und sie presste ihr Gesicht gegen die Schulter des Vaters. «Es tut mir so leid, Vater, das alles so gekommen ist. Ich weiß nicht mehr, was ich tun soll oder was ich fühle oder ...»

«Ich weiß, Liebes, ich weiß.» Sanft schob er sie so weit von sich, dass er sie ansehen konnte. «Weißt du, was ich an Lucas immer besonders mochte?»

Überrascht hielt sie inne, und die Tränen hörten auf zu fließen. «Nein, Vater, was denn?»

Er lächelte. «Dass er nicht nur dein hübsches Gesicht wertschätzt, Madlen, sondern auch deinen Verstand. Und dass er dir offenbar mehr vertraut als irgendjemandem sonst. Vielleicht solltest du dies bedenken, wenn du deine Entscheidung triffst.» Er küsste sie auf die Stirn. «Und nun entschuldige mich, ich muss noch zu Halfmanns hinüber und auf dem

Rückweg einen Abstecher ins Bürgerhaus machen.» Er zwinkerte ihr aufmunternd zu. «Nimm Bridlin mit, wenn du ausgehst, aber scheue dich nicht, sie wieder nach Hause zu schicken, wenn dir ihre Gesellschaft zu viel wird. Cuchenheim kann dich später selbst wieder heil nach Hause begleiten.»

«Hauptmann Cuchenheim, da sind Männer vom Stadtrat, die Euch dringend zu sprechen wünschen. Der Bürgermeister ist auch dabei.» Gerinc war im Zelteingang aufgetaucht und zeigte hinter sich. «Soll ich Sie hereinführen?»

Lucas ließ den Brief sinken, den er gerade gelesen hatte. «Natürlich, lass sie herein. Ich ahne schon, weshalb sie hier sind.» Als die vier Männer das Armeezelt betraten, erhob er sich von seinem Klappstuhl.

Ehe er den Mund auch nur zu einem Gruß öffnen konnte, sprach sein Onkel ihn bereits unumwunden an. «Lucas, es geht das Gerücht, dass die Holländer auf Bonn marschieren. Was gedenkst du, dagegen zu unternehmen?»

«Im Augenblick gar nichts, Onkel.» Lucas blickte seinem Gegenüber fest in die Augen, danach auch den drei anderen Besuchern. Antonius Hepp, der stellvertretende Bürgermeister, sowie Erasmus von Werdt und der langjährige Ratsherr, Notar und Gerichtsschreiber Hermann Becker wirkten alle höchst besorgt und aufgebracht. Deshalb setzte er rasch eine Erklärung hinzu: «Meine Vorgesetzten in Münster warten noch, wie sich die Situation entwickelt. Wahrscheinlich ist, dass das kurkölnische Regiment Soldaten aus Köln oder Bonn zu uns herüberschickt, wenn die Lage es erfordert.»

«Wenn die Lage es erfordert?» Antonius Hepp schüttelte verständnislos den Kopf. «Da marschiert eine feindliche Armee auf uns zu, und niemand sieht es als erforderlich an, uns zu schützen?»

«Das habe ich nicht gesagt», beschwichtigte Lucas ihn. «Ich stehe in Kontakt mit mehreren Kurkölner Hauptleuten, aber derzeit konzentrieren sich die Bemühungen darauf, die Holländer an den niederländischen Grenzen und in der Region um Brühl aufzuhalten. Ich bin jedoch sicher, dass eine Abordnung aus Kurköln auch Rheinbach schützen wird, sollte dies notwendig werden.»

«Die Holländer brennen alles nieder, was ihnen in die Quere kommt», wandte Erasmus von Werdt wütend ein. «Wie ist es möglich, dass sie plötzlich derart schnell vorankommen? Nicht einmal unsere angeblichen Verbündeten, die Franzosen, scheinen sie aufhalten zu können.»

Lucas seufzte lautlos. «Ich muss Euch kaum sagen, dass die Franzosen alles andere als untätig sind. Aber jeder Krieg ist unwägbar. Ich bin ebenso besorgt darüber wie Ihr, dass die Front sich nun ausgerechnet hier in unsere Gegend verschiebt. Doch wir müssen die Ruhe bewahren. Blinder Aktionismus führt ebenso wenig zu einem sinnvollen Ergebnis wie Panik.»

«Weshalb habt Ihr mit Euren Männern überhaupt hier Quartier bezogen, Cuchenheim?» Erasmus von Werdt musterte ihn abschätzend. «Wenn Ihr nicht hier seid, um uns zu schützen, was ist dann Eure Aufgabe? Mir sind Gerüchte zu Ohren gekommen, dass es Verräter in den Reihen der Münsteraner und Kurkölner gibt.»

«Das würde erklären, weshalb der Oranier plötzlich die Franzosen übertölpelt», ergänzte Hermann Becker wütend. «Also sagt, seid Ihr hier, um einen Verräter dingfest zu machen?»

Lucas fluchte innerlich. «Dazu kann ich Euch nichts sagen, werte Ratsherren.»

«Also stimmt es.» Sein Onkel schnaubte wütend. «Na, das ist ja eine heitere Neuigkeit. Ein Verräter in Rheinbach?»

«Dann hat man hoffentlich nicht den Bock zum Gärtner gemacht», fügte Hermann Becker gehässig hinzu. «Immerhin seid Ihr, Cuchenheim, dafür bekannt, halbseidenen Geschäften nachzugehen.»

«Seid still, Becker!» Averdunk starrte den Gerichtsschreiber wütend an. «Das ist eine infame Beleidigung. Mein Neffe ist kein Verräter.»

«Aber ein Betrüger, Schelm, Tagedieb und Ehebrecher.» Hermann Becker verzog höhnisch das Gesicht. «Verrat wäre nur die Spitze des Eisbergs.»

«Gebt acht, was für Anschuldigungen Ihr in meiner Gegenwart aussprecht.» Lucas trat auf den Gerichtsschreiber zu, der einen guten Kopf kleiner war als er. «Solange Ihr keine Beweise für derartigen Unsinn habt, haltet Euch bedeckt.»

«Es könnten sich also Beweise finden, wenn wir nur tief genug graben?» Becker wich keinen Schritt vor ihm zurück.

«Selbst wenn Ihr Euch bis zum anderen Ende der Welt hindurchgrabt, werdet Ihr nichts finden.» Lucas fixierte den Gerichtsschreiber so lange, bis dieser den Blick senkte. Dann sprach er erneut seinen Onkel an. «Was Eure Sorge um die Sicherheit der Stadt betrifft, so habe ich Euer Anliegen zur Kenntnis genommen. Seid versichert, dass ich in regem Austausch mit dem Fürstbischof stehe, ebenso mit den Kölnern und auch den Franzosen. Sobald ich Näheres erfahre, gebe ich Euch Bescheid.»

«Und bis dahin müssen wir uns damit abfinden, dass unsere Warentransporte geplündert und selbst kürzeste Reisen zu einem lebensgefährlichen Unterfangen werden.» Verdrießlich schüttelte Antonius Hepp den Kopf. «Eines sage ich Euch, wenn diese vermaledeiten Holländer Rheinbach zu nahe kommen, werden sie es bitter bereuen. Wir lassen uns nicht einfach unsere Stadt wegnehmen, nur weil der Oranier und der Franzose meinen, die könnten ihre Zwistigkeiten auf unserem Buckel austragen.»

«Da gebe ich Euch recht, Hepp.» Averdunk nickte grimmig. «Wenn es nach mir geht, können die Franzosen zum Teufel gehen – und die Holländer gleich mit ihnen. Hier in Rheinbach haben sie nichts zu suchen.» Von Wort zu Wort ereiferte er sich mehr. «Diese Stadt war einst eine blühende Festung des Handels. Aber seht uns heute an. Wenn wir von guten Geschäften reden, dann bedeutet das lediglich, dass wir nicht kurz vor dem Verhungern stehen. Ich sage, wir setzen uns zur Wehr und lassen nicht zu, dass Holländer, Franzosen oder wer auch immer uns noch das letzte Hemd rauben!»

«Onkel, ich bitte Euch, beruhigt Euch.» Lucas kannte sich mit den Anfällen von Jähzorn aus, in die der Bruder seiner Mutter sich allzu leicht hineinsteigerte. «Zum momentanen Zeitpunkt befindet sich die Stadt nicht in direkter Gefahr.»

«Ach nein?» Hermann Becker sah aus, als wolle er vor Lucas ausspucken. «Und wie kommt es dann, dass seit Tagen immer mehr Bauern aus der Umgebung in die Stadt strömen, um bei uns Schutz zu suchen? Ihr könnt mir doch nicht weismachen, dass dies alles grundloser Panik zuzuschreiben ist. Oder wisst Ihr doch mehr, als Ihr zugeben wollt?»

Entschlossen, sich diese Anfeindungen nicht länger bieten zu lassen, wies Lucas zum Zeltausgang. «Ich muss Euch nun bitten zu gehen, werte Ratsherren. Ich versichere Euch, dass ich alles in meiner Macht Stehende tun werde, um die Sicherheit der Stadt Rheinbach zu gewährleisten. In der Zwischenzeit solltet Ihr Euch nicht dazu hinreißen lassen, die Einwohner der Stadt gegen die kriegführenden Parteien aufzuhetzen. So gut ich Eure Beweggründe verstehen kann – auch meine

Geschäfte haben unter dem Druck der Plünderungen, Überfälle und Zwangsabgaben zu leiden, vergesst das nicht –, muss ich doch darauf bestehen, dass Ihr Ruhe bewahrt und die Stadt nicht durch blinde Wut genau der Gefahr aussetzt, die Ihr zu verhindern trachtet.»

«Kluge Worte.» Erasmus von Werdt verschränkte die Arme vor der Brust. «Ich hoffe bloß, Ihr äußert sie aus den rechten Motiven heraus. Andernfalls, das kann ich Euch versprechen, werden wir Euch zur Rechenschaft ziehen, Hauptmann Cuchenheim.» Er nickte den anderen Ratsherren zu. «Gehen wir. Weitere Gespräche dürften derzeit fruchtlos sein.»

Lucas atmete auf, als die Ratsgesandtschaft das Lager verließ. Er kannte seinen Onkel gut genug, um zu wissen, dass dieser sich nicht an den gutgemeinten Rat halten würde, sich nicht weiter als Beschützer der Stadt aufzuspielen. Es blieb nur zu hoffen, dass die Holländer auf ihrem Weg nach Bonn und Köln einen großen Bogen um Rheinbach machen würden.

Da seine Arbeit für den heutigen Tag weitgehend getan war, räumte Lucas seine Korrespondenz in die verschließbare Truhe und begab sich zurück zu seinem Kontor. Er hatte kaum das Haus betreten, als seine Mutter ihm schon entgegeneilte. «Da bist du ja endlich. Ein Bote war hier, der fast nur Französisch gesprochen hat. Ich glaube, er kam im Auftrag dieses Leutnants aus Bonn, wie hieß er noch gleich? Der die Wolldecken bei Thynens bestellt hat?»

«D'Armond.»

«Ja, genau. Ich habe den Brief, den der Bote für dich dabeihatte, auf dein Pult gelegt. Und dann war auch noch Madlen hier und wollte dich sprechen. Sie hat es zwar nicht gesagt, aber sie wirkte, als sei es dringend.»

«Madlen war hier?» Überrascht drehte sich Lucas in der Tür zum Kontor um. «Wann?»

«Gleich nach dem Boten, also vor ungefähr einer Stunde. Ich habe ihr angeboten, hier auf dich zu warten, aber das wollte sie nicht.» Seine Mutter warf ihm einen prüfenden Blick zu. «Sie war sehr blass, das arme Mädchen, und gar nicht so fröhlich wie sonst. Ich weiß, es geht mich nichts an, aber was auch immer zwischen euch vorgefallen ist – du solltest es wieder ins Reine bringen.»

Lucas betrat nun doch sein Kontor, zog seinen Mantel aus, hängte ihn an den Haken neben der Tür und setzte sich ans Schreibpult. «Ich fürchte, das liegt nicht in meiner Hand.»

«Du hast aufgegeben.» Seine Mutter folgte ihm und blieb dicht vor dem Pult stehen.

«Nein.» Unbehaglich rieb er sich übers Kinn und griff nach d'Armonds Brief. «Ich denke nur, dass Madlen diese Entscheidung treffen muss.»

«Und du glaubst, sie entscheidet sich für dich, wenn du ihr aus dem Weg gehst?»

«Es ist ja nicht so, dass sie nicht dasselbe getan hätte.» Rasch brach er das Siegel auf und überflog das Schreiben.

«Wie die Kinder!» Fast entrüstet schüttelte seine Mutter den Kopf. «Da sie heute hier war, solltest du vielleicht herausfinden, ob sie inzwischen zu einer Entscheidung gelangt ist. Wenn ja, dann hat sie sie sich nicht leichtgemacht. Glaub mir, das Mädchen sah aus, als habe sie seit Tagen oder Wochen nicht geschlafen.» Sie maß ihn mit einem abschätzenden Blick. «Dir nicht ganz unähnlich, mein lieber Sohn. Davon abgesehen ...» Sie legte den Kopf ein wenig schräg. «Weiß sie, was du für sie empfindest?»

Lucas zog den Kopf zwischen die Schultern. Dieses Gespräch wurde ihm allzu unangenehm. «Ich kann mir nicht vorstellen, dass sie es nicht zumindest ahnt.»

«Du hast ihr noch nicht gesagt, dass du sie liebst?» Ihre

Stimme wurde beinahe schrill. «Du liebe Zeit, ihr Männer habt aber auch wirklich gar keine Ahnung von uns Frauen.»

Stirnrunzelnd hob Lucas den Blick von dem Brief, der keine nennenswerten Neuigkeiten enthielt. «Und was soll ich Eurer Meinung nach tun?»

Kopfschüttelnd ging seine Mutter zur Tür, wo sie sich noch einmal umdrehte. «Sprich mit ihr. Sag ihr, was du für sie empfindest, auch wenn es dir schwerfällt. Sicher befürchtet sie, dass es dir nicht ernst ist.» Ihr Blick wurde streng. «Was ich ihr übrigens nicht verdenken kann, wenn man bedenkt, was für ein Strolch du früher warst.» Sie trat noch einmal einen Schritt in den Raum. «Es ist dir doch ernst?»

Eine Mischung aus Panik und Entschlossenheit verknäuelte sich in Lucas' Magen zu einem heißen Knoten. «Zum ersten Mal in meinem Leben, ja.»

«Warum sitzt du dann noch hier herum und grübelst? Sei ein Mann und erobere die Frau, die du liebst.» Sie hielt inne und setzte schließlich noch hinzu: «Ich fahre gleich zu deiner Tante Johanna nach Drees. Zu dumm, aber die Kuh hat sie getreten. Sie kann sich kaum noch bewegen. Toni und Lotti sollen mich begleiten. Wir werden ihr zwei oder drei Tage zur Hand gehen, bis sie sich etwas erholt hat.» Mit einem seltsam eindringlichen Blick wandte sie sich schließlich ab und verließ das Kontor. Kurz darauf hörte er sie in der Küche mit Lotti lachen und scherzen.

Einen Moment lang lauschte Lucas den vertrauten Geräuschen und versuchte, den Aufruhr in seinem Inneren zu bezwingen. Als der Versuch nicht fruchtete, stand er auf, schnappte sich seinen Mantel und machte sich auf den Weg zum Haus der Thynens.

24. Kapitel

Es war bereits recht spät, als Madlen mit ihren Eltern und Geschwistern vom Abendessen bei der Familie Leinen zurückkehrte. Auch Peter war eingeladen gewesen, ebenso wie Emilias Verlobter, doch Peter hatte sich wegen eines wichtigen Treffens mit dem Amtmann Schall von Bell entschuldigt. Da der Amtmann ihm nach wie vor einen Posten anzubieten gedachte, war niemand überrascht.

Madlen war erleichtert gewesen, nicht erneut einen Abend so tun zu müssen, als hätte sich zwischen ihr und Peter nichts verändert. Sie hatte es sogar geschafft, die Gespräche so zu lenken, dass Emilias bevorstehende Hochzeit das Thema blieb.

Als sie zu Hause ankamen, war nur noch Jonata auf den Beinen. Sie verteilte gerade heiße Ziegelsteine auf die Betten, um diese anzuwärmen. Seit einigen Tagen hatte herbstlicher Frost in Rheinbach Einzug gehalten und mit ihm klares, windstilles Wetter. Da heute Vollmond war, stand zu erwarten, dass sich diese Witterung noch für eine Weile halten würde – so hatte zumindest Christoph Leinen eine Regel aus seinem scheinbar unerschöpflichen Fundus an Bauernweisheiten zitiert.

Die Köchin sammelte alle Mäntel ein, um sie ordentlich wegzuhängen, und berichtete dabei von zwei Messer- und Scherenschleifern, die am frühen Abend durch die Straße gezogen waren. «Ich habe mir die Freiheit genommen, unsere Küchenmesser schärfen zu lassen, Frau Thynen. Ich hoffe, das war in Eurem Sinne. Ihr habt ja schon länger die stumpfen Klingen beanstandet. Ach ja, und dann war noch der Hauptmann Cuchenheim hier und hat nach Euch gefragt, Madlen.» Jonata rückte den Berg Mäntel in ihren Armen zurecht, damit keiner davon zu Boden rutschte. «Ich hab ihm gesagt, dass er Euch drüben bei Leinens findet, aber er wollte lieber ein andermal wieder herkommen. Ich räume die hier mal rasch weg und gehe dann zu Bett, wenn es recht ist.» Fragend blickte sie zu Madlens Mutter.

«Ja, selbstverständlich, geh nur. Es ist spät, und wir sollten alle schlafen gehen.»

«Warte.» Madlen hielt Jonata am Ellenbogen fest. «Wann genau war Lucas hier?»

«Ach, keine Ahnung, so eine knappe Stunde nachdem Ihr ausgegangen wart vielleicht. Kurz darauf standen die Messerschleifer vor der Tür. Oje, hätte ich ihm etwas ausrichten müssen und habe es vergessen?»

«Nein, schon gut.» Rasch bemühte Madlen sich um eine gleichgültige Miene. «Ist nicht so wichtig.»

«Ja, nun, wahrscheinlich nicht. Andernfalls wäre er ja zu Leinens hinübergegangen, um mit Euch zu reden.» Jonata zuckte die Achseln und verschwand mit den Mänteln.

«Oder vielleicht war der Grund seines Besuchs nicht für die Ohren anderer bestimmt», raunte ihr Vater ihr zu, als er langsam an ihr vorbeiging.

Erschrocken blickte Madlen ihm nach, doch da hatte er bereits die Tür zur elterlichen Schlafkammer erreicht. Seine Krücken stießen kurz gegen den Türstock, als er den Raum betrat.

«Gute Nacht, Mädchen, schlaft gut.» Anne-Maria gab jeder ihrer Töchter einen Kuss auf die Wange und zog dann den kleinen Mattis mit sich die Stiege hinauf. Der Junge schlief beinahe im Stehen ein und quengelte ein wenig, als seine Mutter ihn zu Bett brachte.

«Also ich hoffe ja sehr, dass ich auch mal so einen netten und schneidigen Bräutigam abbekomme wie Emilia.» Marie schob Janni vor sich her ebenfalls die Stufen hinauf. «Und wie schmeichelhaft, dass er sie sogar beim Reih freikaufen musste, weil er ja aus einem anderen Ort kommt und deshalb einen Brautzoll an die hiesigen Junggesellen zahlen muss. So etwas würde mir gefallen.»

«Georg Leinen hat dir den ganzen Abend über schöne Augen gemacht», erwiderte die jüngste Schwester kichernd. «Er hat dich nicht einen Moment aus dem Blick gelassen.»

«Wirklich?» Marie war auf einmal hellwach. «Das ist mir gar nicht aufgefallen.»

«Ha, von wegen!» Janni lachte. «Du hast doch auch Kuhaugen gemacht, wenn du dachtest, niemand merkt es. Ich hätte mich fast kaputtgelacht.»

«Das ist überhaupt nicht zum Lachen!», protestierte Marie. «Hat er mich wirklich angeschaut? Bist du ganz sicher?»

«Das konnte jeder sehen, der nicht auf beiden Augen blind ist», bestätigte Janni. Inzwischen waren die beiden oben angekommen. «Na und? Gerade hast du noch gesagt, du willst einen, der aus einem anderen Ort ist, weil der dich dann beim Reih freikaufen muss.»

«Das war doch nur so dahingesagt.» Marie klang plötzlich sehr aufgebracht und nervös. «Wenn Georg mich angesehen hat ... Oh du liebe Zeit! Das hätte ich ja nie für möglich gehalten. Er sieht so gut aus und ist so klug. Und er ist sieben oder acht Jahre älter als ich. Ich hätte nie gedacht, dass er mich überhaupt wahrnimmt. Bitte, Janni, erzähl mir alles, was du heute Abend beobachtet hast!» Hinter den beiden Schwestern fiel geräuschvoll die Tür zu.

Madlen stand nach wie vor am Fuß der Treppe. Lucas war hier gewesen, nachdem sie bei seinem Haus vorbeigeschaut hatte. Sicher wollte er wissen, was sie gewollt hatte. Damit hatte sie gerechnet. Und dennoch spielte ihr Puls jetzt verrückt. Was hatte sie denn überhaupt zu sagen? Sie hatte sich am Nachmittag genau zurechtgelegt, wie sie das Gespräch mit ihm beginnen wollte, doch in dem Moment, in dem sie an die Tür seines Hauses geklopft hatte, war alles wie fortgewischt gewesen. Und jetzt? Jetzt flatterte es in ihrem Bauch, als habe sich dort ein Vögelchen eingenistet, und ihre Gedanken spannen sich wild umeinander. Würde das je aufhören?

Sie rieb sich über das Gesicht und ging schließlich in ihre Kammer. Sie brauchte Schlaf. Ein guter Nachtschlaf würde ihre Gedanken hoffentlich entwirren. Sie wusch sich mit dem eisigen Wasser aus dem Krug und rieb ihren Körper danach sorgfältig mit einem sauberen Leinentuch ab. Ihr Haar, heute wieder modisch hochgesteckt, entwirrte sie mit einem grobzinkigen Kamm und bearbeitete es dann mit einer weichen Bürste, bis es glänzte und sich weich bis auf ihren Rücken ringelte. Ihre Mutter hatte es vor zwei Wochen ordentlich eingekürzt, damit es zum Hochzeitstag besonders schön glänzend aussehen würde und die Locken sich nicht so sehr aushängten.

Den Gedanken an den Sankt-Martins-Tag verdrängte sie sofort wieder. Rasch zog sie ihr langes Nachthemd über und kroch unter die Decke. Es war ziemlich kalt in ihrer Kammer, doch der in ein Tuch gewickelte Ziegelstein am Fußende des Bettes hatte zumindest ihre Schlafstatt angenehm erwärmt.

Sie hatte sich gerade fest in ihre Decke gekuschelt, als ein kurzes, prägnantes Klacken sie aufschrecken ließ. Obwohl sie bereits ahnte, woher das Geräusch gekommen war, setzte sie sich zunächst nur im Bett auf und lauschte.

Es dauerte nur wenige Atemzüge, bis das Klacken sich wiederholte. Jemand warf Steinchen gegen ihren Fensterladen.

Madlens Herz pochte schneller, als sie die Füße über die

Bettkante schwang, und noch schneller, als der kurze, harte Ton ein drittes Mal erfolgte. Hastig, damit ihre Schwestern nebenan nicht wach wurden, falls sie überhaupt schon schliefen, entriegelte sie den Fensterladen, stellte den Waschkrug beiseite und warf einen Blick nach draußen in die nächtliche Finsternis.

Etwas raschelte und klapperte leise, im nächsten Moment wurde eine hölzerne Leiter unterhalb ihres Fensters an die Hauswand gelehnt. Erschrocken wich sie zurück, und schon im nächsten Moment wurde der nächtliche Besucher sichtbar. Lucas steckte grinsend den Kopf zum Fenster herein, ein seltsames, hutähnliches Gebilde aus Stroh auf dem Kopf. «Guten Abend, Madlen», flüsterte er und stützte sich lässig mit den Ellenbogen auf dem Fensterbrett ab.

«Was tust du denn hier?» Verlegen zupfte sie an ihrem einfachen Hemd herum.

«Ich nehme an, man nennt es Schlutgehen.» Sein Grinsen verbreiterte sich noch eine Spur, als er sich an den unförmigen Strohhut fasste. «Diese Dinger sind noch unbequemer, als ich dachte.»

Gegen ihren Willen musste Madlen lachen. «Kein Mensch setzt beim Schlutgehen wirklich einen Schlut auf!»

«Nicht?» Achtlos zog er den Hut vom Kopf und warf ihn hinter sich in die Finsternis. «Ich dachte, es sei vielleicht angebracht, mich vor den Schlägen deines Vaters zu schützen, so wie es die Tradition will.»

«Es ist bestimmt keine Tradition, bei einer verlobten Frau einzusteigen, um ...» Sie errötete. «Was willst du hier?»

Sein schelmenhaftes Grinsen schwand. «Ich würde gerne wissen, weshalb du heute nach mir gesucht hast.»

«Ich wollte mit dir reden.» Die Worte waren glücklicherweise schneller heraus, als Madlen nachdenken konnte.

«Das trifft sich gut.» Lucas richtete sich ein wenig auf. «Komm mit.»

Erschrocken starrte sie ihn an. «Wohin?»

«Irgendwohin, wo wir nicht Gefahr laufen, von jemandem an deinem Kammerfenster erwischt zu werden.»

«Ich kann doch nicht einfach so aus dem Fenster klettern und mit dir weiß Gott wohin gehen!»

Entrüstet wich Madlen bis zu ihrem Bett zurück.

«Du solltest dich vorher anziehen, da hast du recht. Ich warte unten auf dich.» Lucas begann den Abstieg. «Und nimm einen Mantel oder wenigstens ein warmes Schultertuch mit. Die Nächte sind schon empfindlich kalt.»

Ungläubig lauschte sie den leisen Tritten auf der Leiter und sah sich dabei zaudernd in ihrer winzigen Kammer um. Glücklicherweise schienen ihre Schwestern und Eltern nichts von dem unerwarteten Besuch mitbekommen zu haben. Aber was nun? Lucas folgen? War das wirklich vernünftig? Wollte sie das?

Zwei vollkommen gegensätzliche Antworten rangen in ihr um Gehör. Doch als sie sich vorstellte, den ganzen Abend wach in dieser Kammer zu liegen und sich zu fragen, was Lucas ihr hatte sagen wollen … nein, das würde sie nicht aushalten. Kurzentschlossen zog sie das Nachthemd aus und frische Unterröcke an. Das Schnürleibchen ließ sie weg. Es anzulegen, würde viel zu lange dauern und war alleine auch nicht so einfach. Also schlüpfte sie in ihr warmes, hellblaues Wollkleid, Strümpfe und Schuhe und suchte aus einer ihrer Kleidertruhen ein braunes Wollschultertuch heraus.

Sie war vollkommen verrückt!, überlegte sie, während sie umständlich, um nur ja kein Geräusch zu verursachen, durch das Fenster kletterte und erst mit dem einen, dann dem anderen Fuß Halt auf der Leiter suchte. Ihr Herz pochte so laut und schnell, dass sie fürchtete, Lucas und alle Welt könnten es hören. Ihre Hände und Knie zitterten vor Aufregung so sehr, dass sie kaum richtig Halt fand.

Als sie die Hälfte der Sprossen hinabgeklettert war, spürte sie Lucas' Hände an ihren Hüften. Er stützte sie sanft, damit sie nicht abrutschte, ließ sie aber gleich wieder los, als sie den Boden sicher erreicht hatte.

Mit wenigen Handgriffen hatte er die Leiter neben dem Eingang zur Remise verstaut. «Komm», raunte er und streckte seine linke Hand nach ihr aus.

Zögernd legte sie ihre Rechte hinein und spürte, wie seine Finger sich warm um ihre Hand schlossen und sich dann mit ihren Fingern verflochten. Schweigend und mit einer Mischung aus Angst, Abenteuerlust und Verlegenheit kämpfend, ging sie neben ihm die nächtliche Straße entlang. Nervös zupfte sie das Schultertuch zurecht und wusste beim besten Willen nicht, was sie sagen sollte. «Wo gehen wir hin?», war schließlich das Einzige, was sie über die Lippen brachte.

«Das liegt bei dir.» Er drückte leicht ihre Hand. «Sag mir, worüber du mit mir reden wolltest.»

«Das kannst du dir doch sicher denken.»

«Ich möchte es aber von dir hören, Madlen.»

War ihr Herzklopfen zuvor schon heftig gewesen, so verursachte es ihr nun regelrecht Schwindel. Verzweifelt suchte sie nach den rechten Worten. «Das mit uns ... Peter hat es bemerkt und will, dass ich mich zwischen dir und ihm entscheide.»

«Was ist denn zwischen uns?» Lucas blieb stehen und ruckte leicht an ihrer Hand, sodass sie zu ihm herumgezogen wurde und dicht vor ihm stehen blieb.

Atemlos und verwirrt blickte sie zu ihm auf. Im hellen Schein des Vollmondes glänzten seine Augen geheimnisvoll. «Ich ... weiß nicht. Ich ...» Sie schluckte hektisch. «Wir ...»

«Ich könnte dir verraten, wie ich die Sache sehe, falls dir das weiterhilft.» Er hob die rechte Hand und strich ihr ein paar Locken hinters Ohr. Die Berührung ließ sie erschauern. «Aber das setzt voraus, dass du bereit dazu bist, dir anzuhören, was ich zu sagen habe. Bist du das?»

Unsicher hob sie die Schultern. «Ich habe Angst. Was, wenn das alles ein Irrtum ist? Was, wenn ich einen großen Fehler mache und am Ende merke, dass du gar nicht ... dass wir nicht ...»

«Ich liebe dich, Madlen.» Erschrocken hielt sie inne und hörte, wie er hart schluckte, dann aber leise lachte. «Puh, das war der wirklich schwierige Part.»

Ihre Hände begannen erneut zu zittern, und das Vögelchen in ihrem Bauch stob auf und vollführte wilde Kapriolen. «Was hast du da gerade gesagt?»

«Dass ich dich liebe.» Seine Augen ruhten dunkel und eindringlich auf ihr, und auf seinen Lippen erschien ein Lächeln. «Gut, beim zweiten Mal ist es schon leichter.» Noch einmal strich er mit den Fingerspitzen an ihrem Ohr entlang, obwohl gar keine verirrte Strähne mehr vorhanden war. «Ich weiß nicht, wie lange das schon so ist. Vermutlich länger, als ich mir eingestehen möchte. Du warst so verdammt jung damals und so ... vergeben.» Er zuckte mit den Achseln. «Ich war ein Idiot. Du ... hast mir vertraut, immer schon, und das habe ich ausgenutzt und dir weh getan.» Er zögerte kurz. «Dein Vater hat behauptet, ich hätte dir damals das Herz gebrochen.»

«Was?» Entsetzt zuckte sie zurück, doch weit kam sie nicht, denn ihre Hände waren immer noch ineinander verschränkt. «Mein Vater?»

«Ist das wahr, Madlen?»

«Lucas, ich ...» Verlegen biss sie sich auf die Unterlippe und senkte den Blick. «Warum hat mein Vater das zu dir gesagt?»

«Also ist es wahr?» Sachte legte er einen Finger unter ihr Kinn und hob es so weit an, bis sich ihre Blicke wieder trafen.

Madlen schwieg. Sie konnte vor Verwirrung keinen klaren Gedanken fassen.

Lucas sah sie lange schweigend an, dann zog er sie vorsichtig in seine Arme und strich ihr behutsam übers Haar. «Ich war ein verdammter Idiot», wiederholte er und ließ seine Finger vorsichtig durch ihre Locken gleiten. «Ich war es damals nicht wert, dass du mir auch nur eine Träne nachgeweint hast, und ich bin mir nicht sicher, ob ich es heute bin.»

Madlen spürte, wie er seine Lippen auf ihren Scheitel drückte. «Es tut mir leid, Madlen», murmelte er in ihr Haar. «Ich kann verstehen, warum du dich für Peter entschieden hast – entscheiden musstest. Er ist trotz dieser Sache mit den Holländern ein besserer Mann als ich.»

Und plötzlich beruhigte sich das wilde Herzklopfen etwas, plötzlich konnte sie freier atmen und klarer denken. Sein warmer, starker Körper an ihrem, das Pochen seines Herzens, das sie durch seinen Mantel hindurch spüren konnte … es war überwältigend, sich in seine Arme zu schmiegen, doch gleichzeitig gab es ihr ein Gefühl der Sicherheit.

«Vielleicht ist er das», antwortete sie leise und mit leicht schwankender Stimme. Ihm in die Augen zu blicken, traute sie sich noch nicht, doch sie legte eine Wange an seine Brust. «Es ist nur so …» Fieberhaft überlegte sie, wie sie ihre Empfindungen in Worte fassen sollte. Diesmal war allerdings ihre Zunge schneller als ihr Kopf. «Ich habe dich damals schon geliebt. Als Freund, dachte ich immer, weil ich so sicher war, dass Peter und ich einmal heiraten würden. Alle haben das gedacht, und ich fand das auch vollkommen selbstverständlich. Nur …» Sie spürte, wie ihre Wangen sich erwärmten, und brach verlegen ab.

«Was?» Diesmal versuchte er nicht, sie dazu zu bringen, ihn anzusehen, so als ahne er, dass sie dazu noch nicht bereit war.

Sie schluckte die aufkommende Nervosität hinunter. «Es ist nur so, dass ich in Peters Gegenwart nie so empfunden habe wie bei dir. Wenn du», sie schluckte noch einmal, «wenn du mir nur nahe kommst, spielt alles in mir verrückt. Das hat mir Angst gemacht – tut es noch immer. Aber so sollte es sein, wenn man mit dem Mann zusammen ist, mit dem man verlobt ist. Mit Peter ...» Wieder stockte sie. Ihre Augen begannen von aufsteigenden Tränen zu brennen. «Ich liebe ihn, wirklich und aus tiefstem Herzen.»

Wieder glitten Lucas' Finger sanft durch ihr Haar. «Aber nicht so.»

Sie unterdrückte ein Schluchzen. «Nein, nicht so.»

«Das ist nicht deine Schuld, Madlen. Gefühle lassen sich weder herbeizaubern noch erzwingen.» Wieder drückte er seine Lippen auf ihren Scheitel. «Abstellen allerdings auch nicht. Das ist mir in den fünf Jahren, die ich von hier fort war, klargeworden. Oder vielmehr an dem Tag, als ich wieder zurückgekehrt bin.»

«Was soll ich denn jetzt tun?» Verzweifelt drückte sie ihr Gesicht an seine Brust, wollte die Tränen zurückdrängen, doch sie rannen längst über ihre Wangen.

«Diese Entscheidung kann ich dir nicht abnehmen. Du musst tun, was für dich das Richtige ist. Was dein Herz dir befiehlt.»

«Aber ich muss auch vernünftig sein und das tun, was recht ist. Ich habe in die Verlobung eingewilligt – aus vollem Herzen.» Sie schluchzte wieder unterdrückt. «So dachte ich zumindest. Und dann bist du auf einmal wieder aufgetaucht und ...»

«Und habe alles kaputtgemacht?» Seine Stimme klang rau.

«Ja. Nein. Nein!» Sie hob den Kopf ein wenig, um ihn ansehen zu können. «Es war nur plötzlich alles wieder da. Ich dachte, dass es sich schon wieder geben würde. Aber das tat es nicht. Es wurde schlimmer und jetzt ...» Ihre Stimme brach, sodass sie kurz innehalten musste. «Jetzt weiß ich nicht mehr weiter.»

«Ich habe von Werdt versprochen, mich von dir fernzuhalten. Er ist ein guter Mann, Madlen, und liebt dich. Er kann dir weit mehr bieten als ich, zumindest in materieller Hinsicht. Ich will nicht behaupten, dass ich mit all seinen Ansichten konform gehe, insbesondere, was dich und deine Rolle als seine Frau angeht, aber so mies, wie ich das vor fünf Jahren getan habe, wird er dich niemals behandeln.»

Madlens Tränen versiegten allmählich wieder. «Du rätst mir also, ihn zu heiraten?»

Er lachte bitter auf. «Nein. Nein, Madlen, das kann ich nicht. Ich zähle dir seine Vorzüge aus reiner Selbstkasteiung auf. Zwar könnte ich dir sagen, was ich wirklich will, was ich mir wünsche, aber damit verstieße ich gegen die Abmachung mit von Werdt.»

«Aber ...» Irritiert löste sie sich von ihm. «Ihr könnt das doch nicht einfach unter euch ausmachen!»

«Nein, das können wir nicht. Du musst dich entscheiden.»

«Das ist alles nicht so einfach.» Madlen schlug die Hände vors Gesicht, weil sie sich plötzlich schämte. «Ich hätte nicht ... Ich habe ... Ich dachte, wenn ich das tue, wird sich alles zum Guten wenden, so wie alle es erwarten. So wie ich es erwartet habe.» Langsam ließ sie die Hände wieder sinken. «Ich habe ... vor kurzem ... mit ihm ... du weißt schon.» Sie hatte erwartet, dass er sich entsetzt oder sogar angewidert abwenden würde, doch er blieb ganz ruhig vor ihr stehen und sah sie unverwandt an. Sie schluckte. «Du wusstest es.»

Er nickte. «Ich hätte ehrlich gesagt nicht gedacht, dass ihr so lange damit warten würdet. Ich an seiner Stelle ...»

Erschrocken hob sie den Kopf, begegnete im Mondlicht seinem Blick und verspürte ein merkwürdiges Ziehen in der Magengrube. «Du an seiner Stelle ...?»

«Ich hätte nicht so viel Geduld gehabt.»

Sie wandte zutiefst verlegen den Blick ab, dann drehte sie sich um und ging einfach weiter die Straße entlang. Lucas hatte sie rasch eingeholt, schwieg aber und schien zu warten, ob sie noch etwas zu sagen hatte. Sie räusperte sich. «Ich wollte, dass es schön ist, so wie es sein soll. Ich dachte, wenn ich das mit ihm tue, dann schweißt uns das noch mehr zusammen.»

«Das sollte es eigentlich auch.» Lucas hüstelte. «Nehme ich zumindest an. Meine Erfahrung auf diesem Gebiet erstreckt sich nicht auf ...» Er stockte. «Dir brauche ich wohl nichts vorzumachen. Keine der Frauen, mit denen ich intim war, lag mir am Herzen. Zumindest nicht so.»

«Aber genug, um sie mit deinem Leben und deiner Ehre zu schützen.» Madlen zögerte kurz, tastete dann aber nach seiner Hand, ohne ihn anzusehen. Er überließ sie ihr; seine Finger verhakten sich erneut mit ihren. Für eine Weile gingen sie schweigend nebeneinanderher, die Hauptstraße entlang, dann durch eine schmale Nebengasse, bogen noch einmal ab. Irgendwann standen sie vor dem Baseller Turm. Hinter der Tür und in der Wachstube über dem Neutor brannte Licht, doch ein Wächter war bei diesem kalten Wetter nicht draußen zu sehen.

Schweigend blickten sie eine Weile auf den Gefängnisturm. Lucas drückte leicht Madlens Hand. «Ich war ein Schwein. Dich einfach auszunutzen ... Ich habe geahnt, dass du mehr für mich empfindest, aber es war mir egal. Oder ...» Er schüttelte den Kopf. «Nein, es war mir nicht egal, aber ich habe mir das eingeredet, denn wenn ich mir eingestanden hätte, dass das schüchterne junge Mädchen mit den wunderschönen braunen Locken und den klugen braunen Augen – die Tochter eines der reichsten Tuchhändler weit und breit noch dazu – mir das Herz geraubt hat, wäre ich verrückt geworden.»

«Warum?»

Er stieß ein trockenes Lachen aus. «Vor Angst natürlich. Ich war der Rebell, der stadtbekannte Schelm und Taugenichts. Weniger wert als der Dreck unter deinen Fingernägeln.»

«Vater hat dich immer gern gemocht.»

«Mag sein, aber daraus zu schließen, dass ich um dich hätte freien dürfen, ist doch ein bisschen weit hergeholt, findest du nicht? Außerdem wusste ich damals nicht zu schätzen, was dein Vater und mein Onkel für mich getan haben. Ich war ungeduldig, wütend, verletzt. Himmel, ich weiß bis heute nicht, wer hinter der Anklage gegen mich gesteckt hat. Als ich Veronicas Haus in Koblenz endlich gefunden hatte, war sie fort. Eine andere Familie zog gerade ein und konnte mir nur sagen, dass die Vorbesitzer nach Regensburg gezogen seien.»

«Und du hast sie dort nicht gefunden?» Madlen konnte ihren Blick nicht vom Turm abwenden. Zu viele Erinnerungen stürmten auf sie ein.

«Sie sind nie dort angekommen, es war eine Finte. Wer weiß, wohin sie mit ihrem Mann gegangen ist. Also blieb ich weg, leckte meine Wunden, heuerte im Münsteraner Regiment an. Dass dein Vater und mein Onkel es geschafft hatten, die Anklage gegen mich vollständig aus der Welt zu schaffen und sogar aus dem Gerichtsbuch streichen zu lassen, erfuhr ich durch meine Mutter. Sie war die Einzige, die wusste, wo ich mich aufhielt.»

«Bist du je wegen deiner Flucht belangt worden?» Neugierig wandte sie ihm nun doch den Blick zu. «Ich meine, irgendwann war doch bekannt, wo du dich aufhieltest.»

«Ich habe eine Strafe gezahlt. Auch das hat dein Vater in die Wege geleitet. Danach bin ich aus eurem Leben verschwunden. Dachte ich zumindest», setzte er nach einem Atemzug hinzu.

«Lass uns weitergehen. Ich möchte nicht mehr daran denken, wie du hier eingesperrt warst.»

Bereitwillig folgte er ihr, als sie weiterging. «Wie ich hier eingesperrt war oder wie ich mit deiner Hilfe geflohen bin?»

«Beides. Ich war verrückt. Natürlich hätte ich nein sagen sollen. Wenn ich mir vorstelle, dass wir erwischt worden wären.»

«Ich hatte alles genau geplant.»

Sie schnaubte, ging aber nicht näher darauf ein. «Hast du eigentlich mal mit dem alten Eick gesprochen, seit du zurück bist?»

«Mehrmals. Er bewacht immer noch das Voigtstor, zumindest zwei- oder dreimal in der Woche.»

«Ich weiß. Ein netter alter Mann.»

«Ich nehme an, er hat dich damals sicher zum *Goldenen Krug* zurückbegleitet.»

«Ja, hat er. Er hat ein bisschen mit mir geschimpft und etwas von der Dummheit der Jugend gefaselt. Und dass ich bloß nicht auf den Unsinn hören soll, den du zu mir gesagt hast.»

«Welchen Unsinn?» Verblüfft blieb Lucas stehen und zwang somit auch Madlen anzuhalten.

«Ich weiß es nicht.» Madlen nahm all ihren Mut zusammen. «Vielleicht, dass ich nicht auf dich warten soll.»

«Das war kein Unsinn, sondern mein voller Ernst.»

«Das weiß ich, aber vielleicht … hätte ich …»

«Nein, Madlen. Ich wollte das nicht. Dass ich dich damals geküsst habe, war ein schrecklicher Fehler.»

«Wirklich?» Ihr Herz schien bis in ihre Magengrube zu sinken.

«Ja, weil ich dir damit weh getan habe.»

«Dann war der Kuss für dich also damals nur ein Scherz? Er hat dir nichts bedeutet?»

«Verdammt, Madlen.» Mit einem Knurren zog Lucas sie zu sich herum und so nah an sich heran, dass ihre Körper sich berührten. «Er hat mir zu viel bedeutet, das war das Problem. Ich habe zu viel ... gefühlt. Zu viel, was ich nicht wollte, wozu ich nicht bereit war. Ich konnte dir nichts bieten, also habe ich mich aus dem Staub gemacht. Ich redete mir ein, dass du schon darüber hinwegkommen würdest. Schnell. Immerhin hattest du von Werdt.»

«Ja, ich hatte Peter. Er war immer für mich da. Einen besseren Freund hätte ich mir nicht wünschen können. Aber ... verdammt, ich kann ihn nicht aus Dankbarkeit heiraten. Oder?» Als Lucas nicht antwortete, suchte sie seinen Blick. «Oder?»

«Es wurden schon Ehen aus weniger hehren Gründen geschlossen, Madlen.»

Nun war es an ihr, bitter aufzulachen. «Auf wessen Seite stehst du eigentlich?»

«Auf meiner eigenen, Madlen. Ich bin kein ehrloser Strolch mehr, ich habe eine Abmachung mit von Werdt getroffen und ...»

«Scheiß auf diese verflixte Abmachung!» Erschrocken hielt Madlen die Luft an und spürte, wie sie errötete. «Verzeihung. Das war ungehörig von mir.»

«Ich habe dir schon einmal gesagt, dass du in meiner Gegenwart kein Blatt vor den Mund zu nehmen brauchst.» Forschend tastete sein Blick über ihr Gesicht. «Warum willst du mich von der Pflicht dieser Abmachung entheben?»

«Weil ich sonst nie erfahren werde ...» Sie stockte und schluckte. «Würdest du ... ich meine ...» Sie holte einmal tief Luft. «Ich möchte herausfinden, ob es an mir liegt.»

«Was soll an dir liegen?» Verwundert runzelte er die Stirn.

«Vielleicht bin ich gar nicht fähig, Leidenschaft zu empfinden. Vielleicht bin ich solchen Gefühlen entwachsen, vielleicht bin in Wahrheit einfach nur kalt und gefühllos und ...» Sie kam nicht dazu, weiterzusprechen, denn Lucas verschloss ihren Mund mit seinen Lippen.

Etwas wie ein heißer, fast schmerzhafter Blitz durchfuhr sie von ihrem Herzen bis hinab in ihre Zehenspitzen. Das Vögelchen in ihrem Bauch wurde zu einem ganzen Schwarm, der wild durcheinanderflatterte und auch noch eine Armee Ameisen aufscheuchte, die sich kribbelnd auf den Weg durch ihr Inneres machten.

Überrascht rang Madlen nach Atem und gab damit Lucas die Gelegenheit, den Kuss zu intensivieren und zu vertiefen. Seine Lippen nahmen sich nun plötzlich fordernd, wonach ihn verlangte. Seine Zunge strich begehrlich über ihre Unterlippe, bis sie der Bitte zögernd nachgab. Unzählige berauschende Blitze durchzuckten sie, als ihre Zungen einander berührten, umtanzten. Haltsuchend krallte sie ihre Finger in seinen Mantel, spürte, wie er den linken Arm um ihre Hüfte legte und sie fest an sich zog und mit der Rechten ihren Kopf ein wenig nach hinten bog, seine Finger in ihrem Haar vergrabend.

Für eine Weile versank die Welt vollkommen um sie herum, sie verlor sich in der Hitze und Leidenschaft des Kusses – bis Lucas keuchend den Kopf hochriss. Er atmete ein paar Mal tief durch, dann suchte er ihren Blick. «Ich würde sagen, da hast du deinen Beweis. Kalt und gefühllos, dass ich nicht lache.»

«Nein, da ... habe ich mich wohl geirrt.» Es fiel ihr schwer, klar zu denken und einen vollständigen Satz zu sprechen. Sie stand immer noch so dicht bei ihm, dass sie die Reaktion seines Körpers spüren konnte. Erschrocken und fasziniert zugleich presste sie sich an ihn. «Und du? Wie fühlst du dich?»

«Ich?» Offenbar wollte er die Spannung ein wenig auflockern, denn er zupfte spielerisch an einer ihrer Locken. «Da du nicht mehr ganz so unerfahren bist, dürftest du im Augenblick ziemlich genau darüber im Bilde sein, was ich empfinde.»

Seltsamerweise war ihr Mut mit diesem Kuss zurückgekehrt, sodass sie ein kleines Lächeln zustande brachte, obwohl ihr Herz vor Aufregung bis in ihre Kehle hinauf pochte. «Aber ist es für dich genauso wie ... wie mit all diesen Frauen?»

Seine Augenbrauen wanderten verblüfft in die Höhe, dann schmunzelte er. «So viele, wie du vielleicht glaubst, waren es nicht. Aber um deine Frage zu beantworten.» Zärtlich legte er eine Hand an ihre Wange. «Mit dir ist es anders. Ich habe mich noch nie so gefühlt. Ich liebe dich. Das ist so neu für mich, dass ich es selbst noch nicht vollends begreife. Wenn ...» Er brach zögernd ab.

Sie schmiegte ihr Gesicht in seine Hand. «Was wolltest du sagen?»

«Nein, das ist nicht recht.» Er wurde sehr ernst. «Ich kann dich nicht darum bitten, bevor du dich nicht entschieden hast.»

«Worum bitten?» Atemlos versuchte sie, seine Miene zu lesen.

«Ich möchte gerne ... mehr für dich sein. Nicht mehr nur dein Freund, und ich bin mir weiß Gott bewusst, dass ich diese Rolle nie wirklich gut ausgefüllt habe.» Er schluckte. «Ich will dich, Madlen, ich will mit dir zusammen sein. Nicht nur heute. Aber wenn du das nicht auch willst ...»

Ein warmes Glücksgefühl durchrieselte sie, mischte sich

mit wildem Herzklopfen. Wie lange hatte sie sich insgeheim gewünscht, diese Worte von ihm zu hören? Wie sehr hatte sie versucht, diesen Wunsch vor sich selbst zu verleugnen? Wie konnte sie noch zweifeln, was richtig und was falsch war? Lucas stand hier vor ihr, er liebte sie – und sie liebte ihn. Liebte ihn so sehr, dass es weh tat.

«Ich will es auch, Lucas.» Die Worte kamen ihr ganz leicht und selbstverständlich über die Lippen. «Ich will mit dir zusammen sein. Nicht nur heute ... Ich werde es Peter sagen. Ganz bald. Es tut weh, nur daran zu denken, aber ... Es muss sein.» Tief sog sie die kalte Nachtluft in die Lungen. «Ich werde die Verlobung lösen.»

«Madlen.» Lucas schienen die Worte zu fehlen, doch sein Blick, als er sie wieder ganz fest in seine Arme zog, sagte mehr, als alle Worte der Welt hätten ausdrücken können.

Ihre Lippen fanden einander zu einem zärtlichen Kuss, der ihr Herz erneut höherschlagen ließ und ein tiefes, fast schmerzliches Sehnen in ihr auslöste. Als die Leidenschaft zwischen ihnen wieder aufflammte, zog sie ihren Kopf ein wenig zurück. «Und was jetzt?» Sie wusste plötzlich, was sie sich wünschte, wonach sie sich sehnte, aber es auszusprechen, traute sie sich nicht.

Er lächelte leicht, schien ihre Gedanken zu lesen und ebenfalls nach den rechten Worten zu suchen. «Ich will dich zu nichts drängen, Madlen. Gott weiß, dass dies hier schon weit mehr ist, als ich je zu hoffen gewagt habe.» Ganz sachte streifte er mit seinen Lippen ihren Mundwinkel. «Ich ... ich kann mir nur nicht vorstellen, dich heute Nacht gehen zu lassen. Dich heute Nacht nicht noch einmal zu küssen ...»

Wieder flatterte es wild in ihrer Magengrube, und heiße Schauder breiteten sich über ihren Körper aus. «Es ist eiskalt und ungemütlich hier draußen auf der Straße.»

«Mein Haus ist nicht weit von hier. Mutter und Toni sind zu meiner Tante nach Drees gefahren und haben auch Lotti mitgenommen. Gerinc hat sein Lager im Stall bei den Pferden.»

Madlen schluckte, von einer leisen Nervosität erfasst. Oder war es Vorfreude? «Das hast du dir ja gut ausgedacht.»

«Nein. Nein, wirklich nicht. Sag nur ein Wort, und ich bringe dich wieder nach Hause.»

Wollte sie das? Wollte sie, dass dieser Abend jetzt endete? Die Antwort, die ihr Herz ihr gab, war mehr als eindeutig. «Ich muss vor Sonnenaufgang wieder zu Hause sein.»

So glücklich und unsicher zugleich wie in dem Moment, da Madlen in seiner Schlafkammer vor ihm stand, hatte Lucas sich nie zuvor gefühlt. Einerseits konnte er sein Glück kaum fassen, dass sie bereit war, die Nacht mit ihm zu verbringen, andererseits fragte er sich nachgerade, wie in aller Welt er den Gefühlssturm in seinem Inneren beherrschen sollte. Und wie weit sie gehen sollten. Sie mochte ein erstes Mal mit ihrem Verlobten beisammen gewesen sein, doch nach allem, was sie ihm erzählt hatte, war sie nach wie vor vollkommen unwissend im Hinblick auf die Leidenschaft, die zwischen einem Mann und einer Frau brennen konnte. Himmel, er selbst war sich nicht sicher, ob er darüber Bescheid wusste. Sie löste völlig neue Gefühle in ihm aus.

Er hatte eine kleine Lampe entzündet, die ihr flackerndes Licht verbreitete und die Kammer in ein diffuses Zwielicht tauchte. Als er sie abgestellt hatte, wandte er sich ihr zu. Für einen Moment sahen sie einander schweigend an, dann trat Madlen einen Schritt auf ihn zu und reckte ihm ihr Gesicht entgegen. Dieser Einladung folgte er nur zu gerne, verschloss ihren Mund mit seinem, sanft zuerst, doch als sie den Kuss bereitwillig erwiderte, erlaubte er sich, mehr und mehr zu fordern. Schon bald loderten Flammen zwischen ihnen. Er versuchte, sich ein wenig zurückzunehmen, weil er Madlen nicht zu sehr drängen wollte, und ließ seinen Mund über ihr Kinn hinab bis zu ihrer Halsbeuge wandern. Ihr unterdrücktes Seufzen und ihr unsteter Atem verrieten ihm, welche Stellen besonders empfindsam waren. Er zog sie fest an sich, ließ seine Hände über ihren Rücken gleiten und zögerte, als er die Schnürungen an ihrem Kleid erreichte. Auch Madlen hielt für einen Moment inne, doch dann tasteten ihre Hände forschend an seinem Wams entlang.

Rasch fing er ihre Hand auf und suchte ihren Blick. «Madlen, tu dies bitte nicht, weil du glaubst, es tun zu müssen.»

«Tue ich nicht.» Sie lächelte etwas atemlos. «Ich will das hier auch, aber ...»

«Was?»

«Ich kann überhaupt nicht mehr klar denken. Wenn du mich küsst, ist es, als würde ich innerlich in Flammen aufgehen. Das macht mir ein bisschen Angst.»

«Ich weiß, was du meinst.» Ihm ging es im Moment nicht viel anders. «Du bist dir also ganz sicher?»

Ihr Lächeln vertiefte sich. «Ja. Auch wenn du es nicht verdient hast.»

«Autsch.» Er liebte ihre schlagfertige Ader und mehr noch, dass sie keine Angst mehr hatte, sie zu zeigen. Zärtlich streifte er mit den Lippen ihren Mundwinkel und verharrte dort, wie einst in der Gefängniszelle. An ihren weit aufgerissenen Augen erkannte er, dass sie sich ebenso erinnerte wie er selbst. Mit Absicht hielt er ganz still, seinen Mund dicht an ihrem. «Dann lass uns gemeinsam herausfinden, was sich in diesen Flammen noch alles verbirgt.» Die Worte kamen ihm nur sehr leise und rau über die Lippen und lösten ein schmerzlich-sehnliches Ziehen in ihm aus. Wieder tastete er vorsichtig nach den Verschlüssen ihres Kleides, und als sie ihre Haare zur Seite strich, damit er leichter herankam, half er ihr, es ganz auszuziehen.

Er hatte geahnt, dass sie nicht ihre vollständige Unterwäsche trug, denn dazu hatte sie sich vorhin zu rasch angekleidet. Als sie nun jedoch nur in ihrem Unterrock vor ihm stand, musste er sehr an sich halten, sich nicht wie ein wildes Tier auf sie zu stürzen. Ihre Haut war rein und sehr hell, ihre Brüste gerade groß genug, um in seine Handflächen zu passen, fast so, als seien sie dafür geschaffen worden. Das satte Rosa der Höfe um ihre Brustwarzen hob sich allzu verführerisch von der weißen Haut ab.

Madlen schien zunächst einfach nur abzuwarten, so als versuche sie, die Geschehnisse mit dem, was sie zuvor erlebt hatte, zu vergleichen. Als Lucas jedoch mit den Fingerspitzen ihre Arme entlangstrich, dann über ihre Seiten und schließlich ihre Brüste umfasste und mit dem Mund neckte, sog sie scharf die Luft ein und griff haltsuchend nach seinen Armen.

Er zog sie näher zu sich heran, bog ihren Kopf nach hinten, um ihre Lippen leichter plündern zu können. Das Blut rauschte ihm jetzt bereits wie ein heißer Fluss durch die Adern, sodass er versuchte, sich so weit zurückzunehmen, dass ihm nicht die Kontrolle entglitt.

Als sie überraschend einen Schritt zurücktrat, schluckte er. «Madlen, was ...?»

Sie sah ihn für einen Moment nur an, dann begann sie plötzlich an seinem Wams zu nesteln, es zu öffnen. Rasch half er ihr und zog es aus, ebenso wie sein Hemd, an dem sie ungeduldig zerrte.

Sie trat wieder auf ihn zu, streichelte über seine Brust und seine Schultern und lächelte leicht, als er unwillkürlich erschauerte.

Erneut zog sie sich einen Schritt zurück, streifte ihre Schuhe und Strümpfe ab und schließlich, nach kurzem Zögern, auch den warmen Unterrock. Dann ergriff sie schweigend seine Hand und zog ihn mit sich zum Bett.

Sie streckte sich darauf aus und blickte ihm erwartungsvoll entgegen und brachte sein Blut damit noch mehr in Wallung. Da es bedingt durch die Jahreszeit sehr kühl in der Kammer war, breitete er seine Decke über ihr aus und streifte dann seine Stiefel ab, um sich zu ihr zu gesellen.

Madlen schien von Neugier gepackt zu sein, denn kaum hatte er sich neben ihr unter die Decke geschoben, da begann sie auch schon, seine Brust, Arme und Rücken mit ihren weichen, warmen Händen zu erkunden.

Lucas genoss sie zarten, zunächst zögernden, dann immer mutigeren Liebkosungen, bis er spürte, dass sie den Bund seiner Hose erreicht hatte und innehielt. Er war hart und so erregt, dass es ihm schwerfiel, sich nicht mit dem Unterleib an sie zu drängen, doch er wollte sie nicht erschrecken. Also liebkoste er sanft ihren Hals, und als sie ihm das Gesicht zuwandte, verschloss er ihre Lippen mit seinen. Dann rückte er langsam, vorsichtig näher an sie heran.

Madlen schlang ihre Arme um seinen Hals und gab sich diesem Kuss ganz und gar hin, bis es ihm beinahe den Verstand raubte. Seine Hand glitt gierig von ihren Brüsten über ihre Hüften nach unten. Er wollte nichts überstürzen, doch sein Verlangen, sie zu berühren, sie zu spüren, wurde beinahe übermächtig. Wie lange hatte er seine Sehnsucht nach ihr unterdrückt, wie lange sich versagt, auch nur an sie zu denken! Sie jetzt so nah zu spüren, berauschte ihn auf eine Weise, die ihm bisher vollkommen unbekannt gewesen war.

Er bezweifelte, dass es irgendwo noch eine andere Frau gab, die solch ein loderndes Feuer in ihm auszulösen imstande war, und zu seiner Freude schien sie sich völlig in der Leidenschaft verloren zu haben.

All die Träume, die er sich bisher nicht einmal zu träumen gestattet hatte, gingen in diesem Moment in Erfüllung. Die Vergangenheit stand endlich, endlich nicht mehr zwischen ihnen. Diesmal, so versprach er sich mit hart pochendem Herzen, würde er alles richtig machen und nicht nur ihr Herz, sondern auch ihre Hand für sich gewinnen.

Mit Lucas zusammen zu sein, war schöner, als sie es sich je hätte vorstellen können. Seine Küsse berauschten sie. Seine Hand zog immer wieder eine brennende Spur von ihren Brüsten zu ihrer Hüfte und wieder zurück. Sie drängte sich der Berührung entgegen. Doch als sie spürte, wie seine Finger einen Weg zwischen ihre Schenkel suchten, verkrampfte Madlen sich für einen Moment.

«Madlen?» Er hielt inne, als er ihr Zögern bemerkte. «Was ist mit dir? Sollen wir aufhören?

«Nein.» Sie verzog leicht die Lippen. «Es ist nur ... Ich habe Angst. Aber nicht so, wie du vielleicht glaubst. Ich weiß nur nicht ... Ich fürchte ... Ich habe Angst, dass ich wieder nicht ... Dass ich nichts empfinde und ... und ...»

«Wenn du jetzt gerade nichts empfindest, dann bist du eine ausgesprochen gute Schauspielerin.» Er ließ seine Hand wieder sanft und fest zugleich über ihre Hüfte nach oben gleiten bis hinauf zu ihrer Brust, dann noch weiter bis an ihre Wange. Bedachtsam küsste er sie, zärtlich, neckend, bis sie ihm entgegenkam, mehr forderte.

«Siehst du?» Er lächelte gegen ihre Lippen.

«Aber ...» Angestrengt versuchte sie, die Gedanken, die in ihrem Kopf durcheinanderwirbelten, zu ordnen. «Das hier ist küssen und nicht ... das andere.»

«Dann belassen wir es fürs Erste beim Küssen.» Voller Zärtlichkeit lächelte er sie an. «Wir können uns für alles andere Zeit lassen.»

Sie schüttelte vehement den Kopf. «Ich will mir keine Zeit lassen. Ich will mehr fühlen. Ich will alles fühlen. Ich habe nur Angst, dass ich das nicht kann.»

Nachdenklich sah er sie an. Dann strich er sachte mit den Lippen über ihren Mund, ihr Kinn, ihren Hals hinab. Sie erschauerte leicht, als köstliche Empfindungen sie durchrieselten und ihr eine Gänsehaut verursachten. «Wie fühlt sich das an?» Seine Stimme klang rau.

«Ich ... glaube ...» Sie bog ihren Kopf zur Seite, bot ihm damit ihre Kehle dar. «Gut.» Wieder erschauerte sie, als er mit Zunge und Zähnen eine Spur über ihren Hals bis hinauf zu ihrem Ohr zog. Scharf sog sie die Luft ein, als er mit der Zunge erst ihre Ohrmuschel erforschte und dann auf einen empfindlichen Punkt hinter ihrem Ohr traf. Heiße Wellen der Lust schossen durch ihren Leib bis hinab in ihren Schoß und ließen nicht nach, als er sie weiter liebkoste und reizte. Ihr Atem ging immer schneller und flacher, sie griff mit einer Hand in die Decke, mit der anderen in sein Haar.

«Du glaubst also nur?», raunte er, und es klang gleichermaßen amüsiert wie erregt. Auch sein Atem ging schneller, strich warm über ihre Haut und verstärkte die köstlichen Empfindungen noch, derer sie sich nicht erwehren konnte. Seine Hand glitt langsam wieder abwärts, umschloss ihre Brust. Mit dem Daumen kreiste er leicht über ihre Brustwarze, die sich bereits hart zusammengezogen hatte.

«Was ... Wie ... machst du das?» Sie konnte kaum sprechen, weil sie so schwer atmete und sich alles in ihrem Kopf drehte.

«Das bin nicht ich, Madlen.» Seine tiefe, heisere Stimme war ganz dicht an ihrem Ohr. «Das bist du.» Wieder strich seine Zunge über ihre Ohrmuschel, und ihr wurde fast schwarz vor Augen von den erregenden Gefühlen, die sie ergriffen. «Willst du herausfinden, was du noch alles kannst? Und bist?»

Für einen Moment hob er den Kopf, suchte ihren Blick. In seinen Augen sah sie heißes, dunkles Begehren; dasselbe Begehren, dass sich tief in ihrem eigenen Herzen verbarg.

Ohne ihren Blick von dem seinen zu lösen, ergriff sie seine Hand und schob sie langsam über ihre Hüfte abwärts bis zu ihrem Oberschenkel. Dann weiter, an der Innenseite entlang wieder weiter nach oben.

Ihre Lippen trafen sich zu einem leidenschaftlichen Kuss, als er ganz vorsichtig begann, sie an ihrer intimsten Stelle zu streicheln. Warm und feucht fühlte es sich dort an, und sie hörte ihn leise stöhnen. Sein Mund wanderte erneut zu ihrem Ohr, während er sie reizte, ihr Innerstes in Brand setzte.

Ihr Herz pochte wie wild, und tief in ihrem Inneren fühlte sie ein zehrendes Brennen und Ziehen, das sich nun immer mehr steigerte und bis hinab in ihren Schoß reichte. Sie konnte ein Stöhnen nicht unterdrücken, als er dort unten einen besonders empfindlichen Punkt fand und diesen ganz sachte kreisend zu liebkosen begann. Seiner Kehle entrang sich ein lustvolles Grollen, das wie eine Antwort auf ihr leises, unkontrolliertes Keuchen klang. Er streichelte, tauchte immer wieder in sie ein, bis sie sich vor Lust zu winden begann, weil heiße Lustwellen sich in ihr ausbreiteten und ihr Denken und Fühlen vollkommen vereinnahmten.

Er küsste sie wieder, heiß, tief, leidenschaftlich, bis sie

nichts mehr spürte als ein wildes Brennen und Pulsieren in ihrer Körpermitte. Blindlings tastete sie nach seinem Hosenbund, zog und zerrte daran, bis er ihr schließlich half, ihm das Kleidungsstück auszuziehen.

Sie konnte kaum glauben, dass dies hier wirklich passierte, dass solche Empfindungen, solche Leidenschaft und Lust möglich waren. Sehnsüchtig drängte sie sich an ihn, ließ ihre Hände forschend über seine muskulöse Brust mit den feinen blonden Härchen gleiten, über seine Arme, seine Seiten und schließlich sogar mutig weiter hinab. Als sie seine hart aufgerichtete Männlichkeit mit dem Handrücken streifte, zuckte sie im ersten Moment erschrocken zurück.

Lucas drehte sich ein wenig zur Seite und zog zu ihrer Überraschung die Decke so weit fort, dass sie einander im unsteten Licht der Öllampe ansehen konnten. Ihr Blick irrte zunächst verlegen hin und her, doch Lucas wartete einfach ab, bis sie ihn wieder ansah. Was sie in seinen Augen las, ließ die Verlegenheit schwinden. Sanft nahm er schließlich ihre Hand und führte sie – so wie sie es mit seiner Hand zuvor bei sich getan hatte – an seinem Körper hinab, bis an sein hart aufgerichtetes Gemächt. Unsicher, doch zugleich voller Neugier umfasste und streichelte sie ihn dort vorsichtig.

Sein tiefes, lustvolles Stöhnen erschreckte und ermutigte sie gleichermaßen, mit dem Erforschen fortzufahren. Gleichzeitig begann er, sie wieder an dieser besonderen Stelle in ihrer Mitte zu reizen, bis sie es kaum noch aushielt. Unwillkürlich umfasste sie ihn fester und drängte sich begehrlich an ihn.

Lucas brauchte all seine Willenskraft, um sich zu beherrschen. Die Frau in seinen Armen wirkte nicht wie ein unschuldiges, unwissendes Mädchen. Vielmehr brach sich nun die Leidenschaft Bahn, von der sie geglaubt hatte, sie nicht zu besitzen. Willig und fordernd zugleich erwiderte sie seine Zärtlichkeiten, erforschte seinen Körper und erregte ihn so sehr, dass er kaum noch denken konnte. Jede Faser seines Seins wollte eins sein mit dieser Frau, seiner Frau, seiner Madlen.

Sein Herz pumpte das Blut in schnellen, fast schmerzhaften Schlägen durch seine Adern. Gierig, weil er zu weniger nicht mehr fähig war, berauschte er sich an ihrem Mund, ihren Brüsten, der feuchten Hitze, mit der sie seine tastenden, streichelnden Finger empfing. Als ihre Hand ihn fester umfing, ihre Berührungen schneller und begieriger wurden, entzog er sich ihr rasch, um sich nicht vorzeitig zu verausgaben.

Schwer atmend begann er von neuem, ihren Leib Stück für Stück mit Küssen zu bedecken.

Madlen drängte sich ihm entgegen. Doch je weiter er seinen Mund abwärtswandern ließ, desto mehr spannte sie sich wieder an, hielt schließlich sogar kurz die Luft an. «Was tust du da?»

Er hielt inne und blickte mit einem kleinen, schelmischen Zwinkern an ihr hoch. «Ich möchte dich küssen.» Zärtlich liebkoste er die Stelle direkt unterhalb ihres Bauchnabels. «Überall.»

Mit großen Augen verfolgte sie, wie er sich Stückchen für Stückchen weiter hinabbewegte. «Was …? Lucas!» Sie stieß einen lustvollen Laut aus, als er sie vorsichtig kostete. Ihre Augen waren vor Überraschung weit aufgerissen, doch als er fortfuhr, sie mit der Zunge zu verwöhnen, senkten sich ihre Lider, und sie ließ sich zurück in die Kissen sinken. Ihre Hände gruben sich in die Laken, sie vibrierte geradezu, und er konnte spüren, wie sich ihr Körper mehr und mehr anspannte, während sie dem Höhepunkt näher kam. Obgleich er die süße Qual selbst kaum noch aushielt, fuhr er fort, nahm auch noch seine Finger zu Hilfe, bis sie die Kontrolle verlor, sich aufbäumte und einen erstickten Schrei ausstieß.

Der Schrei ließ sich nicht unterdrücken, als tosendes Pulsieren von Madlens Schoß aus durch ihren ganzen Körper schoss. Nicht einmal in ihren allerkühnsten Träumen hätte sie sich dies hier vorstellen können. Während sie noch versuchte, zu Atem zu kommen, spürte sie Lucas' Mund erneut auf ihrem Bauch, wo er eine heiße Spur zog, ihre Brüste umkreiste und sich dann besitzergreifend auf ihre halb geöffneten Lippen legte. Im nächsten Moment drang er mit einem lustvollen Stöhnen in sie ein.

Madlen hatte gedacht zu wissen, was sie erwartete, doch dies hier war so viel intensiver, so viel schöner als das, was sie mit Peter geteilt hatte. Instinktiv schlang sie ihre Beine um Lucas' Hüften, drängte sich ihm entgegen, um noch mehr von ihm aufnehmen zu können.

Für einen Moment verharrte er tief in ihr, vergrub sein Gesicht in ihrer Halsbeuge, fuhr mit der Zunge an der empfindlichen Stelle hinter ihrem Ohr entlang, bis sie heftig erschauerte. Dann hob er den Kopf wieder und blickte ihr ins Gesicht.

Sie hatte die Lider geschlossen, um sich ganz ihren Empfindungen hinzugeben, doch nun schlug sie sie wieder auf, wissend, dass er darauf wartete. Seine strahlend blauen Augen schienen leicht verhangen vor Lust, zugleich aber klarer als je zuvor. Sie verlor sich in seinem Blick, und ihr Herz öffnete sich weit für ihn und all die wunderbaren und zugleich fast schmerzlichen Gefühle, die zwischen ihnen gewachsen waren.

«Madlen.» Seine Lippen näherten sich ihren, bis sie sich fast berührten. Langsam bewegte er sich in ihr. «Ich liebe dich.»

«Lucas.» Überwältigt schlang sie ihre Arme um seinen Nacken und versuchte, ihn zu küssen, doch er entzog sich ihr so weit, dass ein winziger Abstand zwischen ihren Lippen bestehen blieb. In seine Augen trat ein fragender Ausdruck, der ihr Herz anrührte. Und so erwiderte sie die Worte, an denen sie nicht mehr den geringsten Zweifel hatte. «Ich liebe dich auch.»

Wie hatte sie dieses Gefühl jemals mit dem verwechseln können, was sie für Peter empfand? Als Lucas sie nun endlich wieder küsste, durchfloss sie ein nicht enden wollendes Glücksgefühl, das sich gleich darauf zu brennendem Verlangen wandelte, als er plötzlich schneller, fordernder in sie stieß. Schon wollte sie sich ganz den lustvollen Gefühlen hingeben, als er sich ihr vollkommen unerwartet entzog, sich drehte und sie mit Schwung mit sich zog, sodass sie auf ihm zu liegen kam.

Einen Moment lang war sie verblüfft über diesen Stellungswechsel und versuchte, auf ihren Knien Halt zu finden. Im nächsten Augenblick spürte sie bereits, wie er erneut in sie eindrang. Die Muskeln und Nerven in ihrem Inneren vibrierten ob der neuen, erregenden Empfindung. Vorsichtig bewegte sie sich auf ihm, hörte ihn unterdrückt keuchen und richtete sich auf, um ihn ansehen – und beobachten – zu können. Sein Blick war dunkel und unverwandt auf ihr Gesicht gerichtet, und als sie ihr Becken etwas mutiger kreisen ließ, stöhnte er auf, und sein Blick wurde verhangen.

Seine Hände hoben sich zu ihren Brüsten, umfassten sie, fielen aber gleich darauf hinab auf ihre Hüften. Fest gruben sich seine Finger in ihr Fleisch, sein Atem ging schnell, gierig.

Sie glitt von ihm herunter und zog ihn gleichzeitig mit sich, bis er erneut über ihr war, bog sich ihm erwartungsvoll entgegen und nahm ihn wieder in sich auf.

Hart und unbarmherzig trieb er sie nun an, bis sie schließlich glaubte, in dem Feuer, das zwischen ihnen entbrannt war, zu vergehen. Mit dem nächsten Stoß verlor sie die Kontrolle, spürte Lustwellen in sich aufsteigen und dann wild und schwindelerregend über sich hinwegbranden.

«Madlen.» Das raue Grollen seiner Stimme sandte einen zusätzlichen Hitzeschauer durch ihre Glieder. Lucas bäumte sich auf und zog sich gerade noch rechtzeitig aus ihr zurück, bevor der Höhepunkt auch ihn mit Macht überkam.

Ein wenig bedauerte Madlen, dass sie nicht auch diesen letzten Moment verbunden miteinander erleben konnten, doch da sie nicht verheiratet waren, war es so wohl sicherer für sie. Doch das, so dachte sie, als sie sein Gewicht schwer auf sich ruhen, seinen wilden Herzschlag an ihrer Brust und seinen heftigen Atem an ihrem Hals spürte, würde sich hoffentlich bald ändern.

25. Kapitel

Madlen hatte sich drei Tage Zeit gelassen, um die Nacht mit Lucas zu verarbeiten und den Mut und die Kraft zu sammeln, die sie brauchte, um Peter gegenüberzutreten. Gestern und heute hatte Madlen beim Haus der Familie von Werdt vorgesprochen, war jedoch beide Male vertröstet worden, weil sich Peter entweder mit seinem Vater bei einer Ratssitzung befand oder bei einem wichtigen Treffen mit Abgesandten des Kurkölner Regiments, die anscheinend alle waffenfähigen Männer zusammentrommelten, um gegen die vorrückenden Holländer, Spanier und Österreicher vorzugehen.

Die Gerüchteküche brodelte, von überall her hörte man, dass Wilhelm III. von Oranien sich aus nördlicher Richtung auf Bonn zubewegte. Er marschierte, so wussten durchreisende Kaufleute zu berichten, auf Andernach zu, wo er sich mit den Truppen seiner Verbündeten zu vereinigen trachtete. Auf seinem Weg hinterließ er eine Spur der Verwüstung: Plünderung, Tod und verbrannte Erde.

Die unsichere Lage hatte natürlich auch Auswirkungen auf den Handel in Rheinbach. Nicht nur Warenlieferungen blieben aus, sondern auch die Kundschaft. Selbst Lebensmittel wurden knapp, weil sich viele Bauern aus den Dörfern ringsum in die Sicherheit der Rheinbacher Stadtmauern flüchteten. Manch einer kam bei Verwandten oder Bekannten unter, andere kampierten einfach in den Straßen, auf dem Marktplatz oder dem Kirchhof.

Da die Kunden ausblieben, machte Madlen sich nach dem

Mittag daran, die Bestandsliste des Lagers auf den neuesten Stand zu bringen und die vorhandene Ware neu zu sortieren. Einen Überblick hatte sie sich rasch verschafft, da etliche der bis vor kurzem noch hier eingelagerten Tuchballen inzwischen verkauft und abgeholt worden waren. Auch das Leinen ging allmählich zur Neige. Lediglich Brokat und Seidenstoffe waren noch in ausreichender Menge vorhanden sowie zwei verschiedene Qualitäten englischer Wolle.

Sie sah gerade die Kisten mit Garnen und Spitzen durch, als Peter das Lagerhaus betrat, sich räusperte und dicht beim Eingang stehen blieb.

Ihr Herz machte einen unangenehmen Satz, als sie sich ihm zuwandte. Und dann weitete es sich vor Zuneigung und Mitleid, weil er übernächtigt und erschöpft aussah. «Peter, guten Tag. Geht es dir gut?» In einer ihr selbstverständlichen Geste trat sie auf ihn zu und legte ihre Hand an seine Wange. «Ich hörte, du seist in wichtigen Besprechungen mit deinem ehemaligen Regiment. Steht es so schlimm? Müssen wir uns fürchten?»

Peter legte, ebenfalls in vertrauter Manier, seine Hand über die ihre. «Es steht nicht zum Besten mit unserer Sicherheit, Madlen. Seit ich die Verbindungen zu den Holländern abgebrochen habe, kann ich nicht mehr dafür garantieren, dass sie Rheinbach verschonen.»

«Aber wir haben eine starke Stadtmauer.» Madlen spürte, wie ihr Herzschlag sich beschleunigte. «Und Kurköln wird uns doch beistehen, nicht wahr?»

«Sie beabsichtigen, alle Männer zu den Waffen zu rufen, die eine solche halten können – Jung und Alt. Außerdem werden wir eine Abordnung von etwa fünfhundert Soldaten zur Verteidigung erhalten, die bereits auf dem Weg hierher ist.

«Fünfhundert Soldaten? So viele?» Erschrocken ließ sie

ihre Hand sinken. Peter griff erneut danach und drückte sie. «Das ist wenig, wenn man an die Mannstärke der Holländer denkt und berücksichtigt, dass auch die Spanier und Österreicher auf dem Weg hierher sind. Aber es muss ausreichen. Alle anderen Männer sind in Bonn und Köln stationiert und unabkömmlich.»

«Jetzt machst du mir wirklich Angst.»

Peter blickte auf ihre verschränkten Hände. «Das war nicht meine Absicht, Madlen, aber zu lügen würde die Sache nicht besser machen, oder?»

«Nein, auf keinen Fall.» Auch sie senkte den Blick.

«Du warst bei uns zu Hause, habe ich gehört, und wolltest mich sprechen?» Peter hob den Kopf im selben Moment wie Madlen, und sie sahen einander für einen langen Moment schweigend an. Dann nickte er, eine Spur von Resignation in den Augen. «Du hast eine Entscheidung getroffen, nehme ich an.»

Madlens Herz zog sich schmerzhaft zusammen, als sie die Traurigkeit in Peters Miene las. Doch er hatte recht. Zu lügen würde nichts besser oder einfacher machen. «Ich habe mit Lucas ... geschlafen.» Sie spürte, wie Peters Hand in der ihren zuckte. Er schloss für einen Moment die Augen.

«Du liebst ihn. Das war schon immer so.»

Madlen umfasste seine Hand nun auch noch mit ihrer Linken. «Wie konntest du das wissen, wenn ich es selbst lange Zeit nicht einmal geahnt habe?»

«Weil ich dich kenne, Madlen. Weil ich dich liebe und stets gehofft habe, er würde niemals zurückkehren. Denn nur dann hätten wir eine Chance gehabt.»

«Ich hätte es nicht tun dürfen ... mit ihm. Wir sind nach wie vor verlobt, Peter, und es war unrecht von mir, dich zu betrügen.»

«Mag sein.» Er schluckte hörbar. «Aber rückgängig machen lässt es sich nicht. Ich sehe in dein Gesicht, und auch wenn du versuchst, es zu verbergen, ist da ein Ausdruck in deinen Augen ...» Er seufzte. «Ein Strahlen, von dem ich mir gewünscht habe, es nach unserem Beisammensein zu sehen.» Sanft entzog er ihr seine Hand und legte sie ihr an die Wange. «Ich habe dich verloren, Madlen, das wusste ich in dem Moment, da er hier aufgetaucht ist. Ich habe alles versucht ... vielleicht zu sehr.»

«Nein, Peter, nicht zu sehr.» Tränen stiegen ihr in die Augen. Sie schlang ihre Arme um seinen Hals und presste ihr Gesicht an seine Schulter. Er ließ es stocksteif über sich ergehen. «Ich liebe dich nach wie vor. Sehr sogar. Es ist nur ...»

«Nicht genug, ich weiß.» Zögernd erwiderte er ihre Umarmung nun doch.

Schuldgefühle und Bedauern würgten Madlen, sodass sie kaum fähig war weiterzusprechen. «Ich will dich nicht verlieren, Peter.»

«Das kannst du gar nicht.» Nun umarmte er sie richtig, zog sie ganz fest an sich und vergrub das Gesicht in ihrer Halsbeuge. «Das verspreche ich dir. Aber dich mit ihm zusammen zu sehen.» Er hob den Kopf, suchte ihren Blick. «Das halte ich nicht aus. Ich werde ... Rheinbach verlassen. Bald schon.»

«Du gehst fort? Wohin denn?» Erschrocken starrte sie ihn an und kämpfte erneut gegen ihre Tränen.

«Das weiß ich noch nicht. Aber du musst verstehen, Madlen, wenn ich es nicht tue, werde ich nicht darüber hinwegkommen. Über dich. Dazu habe ich dich zu lange geliebt.»

Nun ließen sich die Tränen nicht mehr zurückdrängen. «Ich habe dich auch geliebt, mein Leben lang. Tue es immer noch, das musst du mir glauben.»

«Ich weiß, Madlen.» Sanft küsste er sie auf die tränennasse

Wange. «Und es tut mir leid. Wahrscheinlich hätte ich nicht so sehr an meinen Wünschen festhalten dürfen. Ich wusste, wie es um dich stand, selbst als du es selbst noch nicht begriffen hattest.» Er hob ihre Hand an seine Lippen und küsste sie flüchtig. «Damit ist unsere Verlobung wohl offiziell aufgehoben.»

Ehe Madlen noch etwas erwidern konnte, wandte er sich ab und verließ das Lagerhaus. Sie starrte für eine Weile wie betäubt auf den Punkt, wo er gestanden hatte. Ihren geliebten Peter so verletzt zu haben, bereitete ihr geradezu körperliche Schmerzen. In diesem Moment sehnte sie sich nach nichts mehr, als ihn so lieben zu können, wie er sie liebte. Doch das war nicht möglich, war es nie gewesen. Die Erkenntnis, dass sie sich selbst viele Jahre lang betrogen hatte, ließ die Tränen nur heftiger fließen. Sie schlug die Hände vors Gesicht und schluchzte verzweifelt. Erst als jemand sie am Arm berührte, bemerkte sie, dass sie nicht mehr allein im Lagerhaus war. Ihr Vater stand, auf seine Krücken gestützt, vor ihr und zog sie, als sie den Kopf hob, sanft in seine Arme.

«Marie hat mich gerufen, weil sie dich weinen sah. Sie sagt, Peter sei hier gewesen, und fürchtet, ihr hättet euch gestritten.»

«Nein, haben wir nicht.» Der Schmerz wollte einfach nicht nachlassen. Verzweifelt klammerte Madlen sich an ihren Vater. «Ich wollte das nicht. Ich wollte ihm nicht so weh tun.»

«Ich weiß, Kind, ich weiß. Manche Dinge lassen sich nur leider nicht vermeiden.» Liebevoll streichelte er ihr über den Rücken, bis ihr Schluchzen allmählich nachließ. «Ich nehme an, den Ehevertrag kann ich zerreißen.» Er schob sie ein wenig von sich. «Oder soll ich einfach einen anderen Namen einsetzen? Viele große Änderungen brauchen ansonsten nicht gemacht zu werden.»

«Vater! Nein ...» Erschrocken schüttelte sie den Kopf. Mit dem Handrücken wischte sie sich die Tränen von den Wangen. «Wir haben noch gar nicht ... Lucas hat mich nicht gefragt, ob ich ... Er konnte doch nicht einfach, während ich noch mit Peter verlobt war ...»

Ihr Stammeln schien ihren Vater zu amüsieren, denn seine Lippen verzogen sich zu einem Schmunzeln. «Dann rate ich euch, das möglichst bald unter euch auszumachen, mein Kind. Ein Skandal, bedingt durch die aufgelöste Verlobung, reicht mir nämlich. Ich will nicht auch noch das Reihgericht auf den Plan rufen, weil sich herumspricht, dass meine Tochter abends heimlich aus dem Fenster klettert, um ihre Nächte bei einem ehemaligen Schelmenstiefel zu verbringen.»

«O mein Gott!» Sie wurde blass. «Du weißt ...?»

«Ich bin nicht von gestern, Madlen.» Nun lachte ihr Vater offen. «Sag deinem Lucas, er soll beim nächsten Mal wenigstens nicht seinen Schlut unter deinem Fenster liegenlassen.»

«Oh.» Sie schlug die Hände vors Gesicht. «Oje!» So peinlich war ihr noch nie etwas gewesen. «Es tut mir leid, Vater. Ihr müsst ja denken, dass ich ...»

«Dass du deinem Herzen gefolgt bist, wie ich es dir selbst geraten habe? Mit derartigen Folgen habe ich gerechnet, meine liebe Tochter.» Er zwinkerte ihr zu. «Nur, wie gesagt, den Reih möchte ich deswegen nicht im Haus haben, und eine Tierjage wäre sicher das Letzte, was du dir wünschst.»

«Himmel, nein!» Allein die Vorstellung, die Reihjungen könnten zur Strafe für ihr unbotmäßiges Verhalten einen Karren mit einer Strohpuppe durch die Stadt ziehen, ihre Vergehen lauthals anprangern und *das Tier jagen*, wie man es hier nannte, ließ sie vor Entsetzen schaudern. «Es wird nie wieder vorkommen, Vater, ganz bestimmt!»

Wieder lachte er und tätschelte ihre Wange. «Versprich mir

nichts, was du nicht halten kannst, mein liebes Kind. Seht nur zu, dass es offiziell wird. Das enthebt uns zumindest des Spottes unserer Nachbarn, falls, nun ja, eure nächtlichen Ausflüge nicht folgenlos bleiben sollten.» Er drehte seine Krücken ein wenig, um sich besser darauf stützen zu können. «Und nun muss ich ins Haus gehen und deiner Mutter die Neuigkeiten schonend beibringen.»

∞

Ungeduldig ging Lucas im Versammlungssaal des Stadtrates auf und ab. Er hatte alle Ratsmitglieder sowie einige der Schöffen zu einer dringlichen Sitzung gebeten, weil die Hinweise auf einen möglichen Angriff der Holländer sich häuften. Zudem hatte er von einem kurkölnischen Boten Nachricht über die Verstärkung von fünfhundert Mann erhalten, die in Kürze in der Stadt Lager beziehen würden. Die Boten von und nach Köln und Bonn gaben sich in Rheinbach praktisch die Klinke in die Hand.

«Wie ich sehe, sind die Herrn Ratskollegen mal wieder unpünktlich.» Gerlach Thynen humpelte in den Saal, dicht gefolgt von Heinrich Averdunk und Erasmus von Werdt. «Warum ist eigentlich alle Welt nur zur rechten Zeit da, wenn es was zu essen oder zu trinken gibt?» Umständlich ließ er sich auf einem der Stühle nieder und lehnte seine Krücken gegen die Wand. «Vielleicht sollte ich mein Madlenchen bitten, uns zur nächsten Sitzung einen Imbiss herzurichten. Sie backt ganz vorzügliche Zuckerwecken.»

Bei der Erwähnung von Madlen hob Lucas ruckartig den Kopf und räusperte sich unbehaglich, als Thynens abschätzender Blick ihn traf. Ob Madlen bereits etwas zu ihren Eltern gesagt hatte?

«Gegen Zuckerwecken hätte ich gewiss nichts einzuwenden», befand Erasmus von Werdt mit einem gönnerhaften Lächeln. «Es ist immer von Vorteil, wenn eine Frau solche Genüsse zuzubereiten weiß. Nicht wahr, Averdunk, der Meinung seid Ihr doch auch?»

«Hm, was? Ja, ja, gewiss.» Der Bürgermeister schien mit den Gedanken woanders zu sein. «Kann nicht schaden, wenn Eure zukünftige Schwiegertochter sich geschickt in der Küche anstellt.»

Thynen hüstelte und zog damit erneut Lucas' Aufmerksamkeit auf sich. «Hm, ja, was das angeht …» Nun war seine Miene eindeutig, und Lucas fluchte innerlich, weil er auf diese Situation nicht vorbereitet gewesen war. Er hätte nie gedacht, dass er sich hier und jetzt Madlens Vater stellen müsste. Nicht in Gegenwart des gesamten Stadtrates – von Erasmus von Werdt ganz zu schweigen.

Weitere Ratsherren betraten den Saal und steuerten ihre angestammten Sitzplätze an. Ihnen folgte Peter von Werdt, der sich jedoch keinen Stuhl suchte, sondern geradewegs und mit alles anderer als freundlicher Miene auf Lucas zustrebte.

Ehe Lucas etwas sagen oder auch nur reagieren konnte, hatte von Werdt ausgeholt und ihm einen Kinnhaken verpasst, der ihn zu Boden gehen ließ. Mit geballten Fäusten blickte er auf Lucas hinab. «Elender Hundesohn!» Schon holte er erneut aus.

«Hehe, was soll denn das?» Zwei Ratsherren waren aufgesprungen, ebenso sein Onkel. Zu dritt zerrten sie von Werdt von Lucas weg, der sich das heftig schmerzende Kinn rieb.

Thynen hüstelte. «Ich schätze, mein lieber Cuchenheim, das hast du verdient.»

Lucas räusperte sich und rappelte sich auf. «Vermutlich.»

«Was hat das zu bedeuten? Peter?» Verständnislos ging Erasmus von Werdt zu seinem Sohn und rüttelte ihn an der

Schulter. Die beiden wechselten ein paar leise Worte miteinander, und der ältere von Werdt blickte erst verblüfft, dann verärgert und schließlich mit blankem Zorn zu Lucas hinüber. «Ist das wahr?», herrschte er Lucas an. «Du Drecktier hast dich an meiner zukünftigen Schwiegertochter vergangen?»

Sogleich wurde es ringsum still, und alle Blicke richteten sich erwartungsvoll auf Lucas, der immer noch über sein Kinn rieb.

«Na, vergangen kann man das wohl kaum nennen», sagte Thynen in die Stille hinein. «Es haben sich ein paar familiäre Veränderungen ergeben, das ist richtig, und darüber werden Ihr, von Werdt, und ich uns später noch unterhalten müssen. Aber schluckt Eure Schuldzuweisungen hinunter, bis es so weit ist. Hier und jetzt sollten wir aufmerksam lauschen, was Hauptmann Cuchenheim uns zu berichten hat, denn grundlos wird er diese außerordentliche Sitzung wohl nicht einberufen haben.»

Lucas' Onkel, der nicht ganz so wortgewandt war wie Thynen, jedoch als Bürgermeister die Leitung der Sitzungen zu übernehmen hatte, nickte zustimmend. «Ja, genau, das wollte ich auch gerade vorschlagen.» Er warf Lucas einen scharfen Blick zu. «Wir sprechen uns noch», zischte er und wandte sich dann wieder an die Versammlung. «Die Räte Hepp, Fröhlich sowie Pastor Hellenthal sind leider verhindert. Wir sind demnach für heute vollzählig und können mit der Sitzung beginnen. Hauptmann Cuchenheim hat das Wort.»

«Danke, Bürgermeister Averdunk.» Lucas nickte seinem Onkel kurz zu und bemühte sich, die zornigen Blicke der beiden von Werdts ebenso zu ignorieren wie das aufgeregte Getuschel der anderen Räte. «Schon vor einigen Tagen haben wir in kleiner Runde über die Möglichkeit gesprochen, dass die kriegführenden Parteien sich möglicherweise bald hier in der Gegend gegenüberstehen könnten. Zum Zeitpunkt jenes Gesprächs beruhte diese Annahme lediglich auf Hörensagen, doch inzwischen sind mir offizielle Berichte zugetragen worden, wonach die Spanier und Österreicher sich mit den Holländern Anfang November in Andernach zu treffen gedenken. Wilhelm von Oranien ist mit seiner Streitmacht aus nördlicher Richtung auf dem Weg hierher und wird, wenn ihn niemand aufhält, innerhalb der kommenden beiden Wochen hier in der Gegend vorbeikommen, vermutlich sogar Rheinbach durchreisen, weil die Heerstraße zwischen Aachen und Koblenz durch unsere Stadt führt.»

«Dann soll er sich verdammt noch mal eine andere Straße suchen», begehrte sein Onkel auf. «Ich lasse ihn jedenfalls nicht hier durch. Wisst Ihr, was mit Städten passiert, die diese elendigen holländischen Mordbrüder einlassen? Geplündert werden sie, jawohl, geplündert. Ich aber sage, hier in Rheinbach gibt es nichts zu holen. Das Wenige, was wir haben, benötigen wir selbst zum Überleben.»

«Der Meinung bin ich auch», pflichtete Johann Kulffenbach ihm bei. «Es kann nicht angehen, dass wir jetzt nicht nur unter den Franzosen leiden müssen, sondern auch noch der Krieg auf unserem Rücken und in unserer Stadt ausgetragen wird. Ich sage, wir schließen bis auf weiteres die Stadttore und lassen niemand Fremdes mehr hinein, bis die Holländer wieder weg sind – oder von Kurköln niedergemacht wurden.»

«Das wäre äußerst gefährlich», wandte Lucas ein. «Wir sollten zuerst alle Optionen abwägen, bevor wir uns zu voreiligen Handlungen hinreißen lassen.»

«Aber das tun wir doch gerade. Wir haben noch ein oder zwei Wochen Zeit, bis die Holländer hier sind. Also sage ich, wir befestigen die Stadt, so gut wir können, damit sie uns nicht überrumpeln können.» Sein Onkel erhob sich und ging vor den Ratsherren auf und ab. «Noch haben wir Gelegenheit und Zeit, uns vorzubereiten. Wenn wir zu lange warten, nutzen sie unsere Schwäche aus.»

«Wir sind ihnen so oder so mengenmäßig unterlegen», ergriff Lucas erneut das Wort. «Die Stadt weiter zu befestigen, ist grundsätzlich sinnvoll, aber es ist sicherer, wenn wir die Tore offen lassen und hoffen, dass die holländischen Truppen einfach rasch durchziehen.»

«Hoffen?» Sein Onkel starrte ihn empört an. «Du willst einfach nur hoffen? Was haben sie dir in dem Regiment der Münsteraner eigentlich beigebracht?»

«Strategisches Denken, Onkel Averdunk. Und Zurückhaltung, wenn diese geboten erscheint.»

«Von Zurückhaltung kann man sich nichts kaufen», beschied ihn Johann Kulffenbach. «Und sie hilft auch nicht gegen den Feind. Ich bin auch dafür, dass wir die Stadttore schließen. Schickt uns Kurköln wenigstens Soldaten her?»

Lucas nickte. «Fünfhundert Mann, die in wenigen Tagen hier Quartier beziehen werden.»

«Na bitte, das reicht doch, um uns zu verteidigen.»

«Ich fürchte, das wird nicht reichen», widersprach Lucas, obwohl er wusste, dass er mit seinem Standpunkt gegen Windmühlen ankämpfte. Hilfesuchend blickte er zu Peter von Werdt. «Das kannst du doch bestätigen?»

Von Werdt saß mit versteinerter Miene und verschränkten Armen neben seinem Vater. Auf Lucas' Frage nickte er widerwillig. «Die holländische Streitmacht ist zu stark. Unsere Stadt wird ihr nicht lange standhalten können.»

«Das werden wir ja sehen!» Kämpferisch schüttelte Averdunk die rechte Faust in der Luft. «Die sollen sich bloß hüten, diese dreckigen Hunde. Wir lassen uns nicht nehmen, was unser ist, das steht fest.»

Frustriert bemühte sich Lucas, sich im nun aufbrandenden Stimmengewirr Gehör zu verschaffen, aber vergebens. Die Sitzung endete eine knappe Stunde nach ihrem Beginn mit wütenden Spekulationen und beinahe schon abstrusen Plänen zur Verteidigung der Stadt. Als die ersten Räte den Saal verlassen hatten, winkte Lucas von Werdt zur Seite. «Wir müssen verhindern, dass die Leute sich in etwas hineinsteigern.»

«Und du nennst mich Verräter.» Von Werdt maß ihn mit verächtlichen Blicken. «Willst den Holländern Tür und Tor öffnen, während ich dafür sorgen wollte, dass sie gar nicht erst herkommen.»

«Als ob sie sich daran gehalten hätten.»

«Das kannst du nicht wissen.»

«Bist du denn allen Ernstes der Meinung, dass die Idee meines Onkels, die Tore zu verschließen, gut ist?»

Von Werdt schüttelte verärgert den Kopf. «Sie werden uns belagern.»

Lucas nickte. «Dann müssen wir uns etwas einfallen lassen, um den Stadtrat umzustimmen.»

«Freunde machst du dir mit deinen Ansichten nicht gerade», stellte Thynen fest, nachdem alle außer ihnen den Saal verlassen hatten. «Averdunk wird sich an den Amtmann und den Vogt wenden, falls das überhaupt nötig ist, und dort wird man die Order geben, Rheinbach bis auf den letzten Mann zu verteidigen.»

«Das weiß ich.» Lucas rieb sich frustriert über den Mund. «Aber nur, weil die Obrigkeit etwas verordnet, ist das noch lange nicht richtig.»

«Sehr wahr.» Thynen griff nach seinen Krücken, erhob sich

und bewegte sich langsam auf Lucas zu. «Gib auf dich acht, Junge. Ich möchte dich gern in absehbarer Zeit als Teil unserer Familie begrüßen – unversehrt, wenn es sich einrichten lässt.»

«Madlen hat mit Euch gesprochen?»

«Sich bei mir ausgeweint, trifft es wohl eher.»

Betroffen hob Lucas den Kopf. «Ich wollte ihr nicht weh tun, Herr Thynen, das müsst Ihr mir glauben.»

«Meinst du, ich würde dich noch in meine Familie aufnehmen wollen, wenn du die Ursache für Madlens Kummer wärst? Du hast ein Leuchten in die Augen meiner Tochter gezaubert, das ich so noch nie an ihr gesehen habe. Als Vater möchte ich mir nicht näher vorstellen, wie genau du das angestellt hast. Aber wenn du vorhast, damit fortzufahren, vorzugsweise auf die schickliche Weise, also mit unterzeichnetem und gesiegeltem Ehevertrag und dem Segen des Allmächtigen, dann bin ich sicher der Letzte, der etwas dagegen hat.»

Lucas lächelte leicht. «Dachtet Ihr, ich wollte mich meiner Pflicht entziehen? Dem ist nicht so, das versichere ich Euch. Ich wollte ihr nur ein wenig Zeit geben.»

«Schön, dass du es als Pflicht betrachtest, Lucas. Wenngleich ich sehr hoffe, dass es dir zudem auch eine Freude ist. Madlen ist nicht irgendein Mädchen.»

«Das ist mir bewusst. Deshalb liebe ich sie.»

«Gut, gut. Dann besuche mich am Sonntagnachmittag in meinem Kontor und lass uns über den Ehevertrag sprechen.»

Lucas stockte. «Ich habe noch nicht einmal um ihre Hand angehalten.»

«Du kannst sie ja in der Zwischenzeit fragen. Bis Sonntag sind es immerhin noch drei Tage. Oder hast du Sorge, sie könnte nein sagen?»

«Ich habe lange Zeit nicht einmal zu träumen gewagt, dass

sie ja sagen könnte. Ganz zu schweigen von Euch, Herr Thynen.»

Thynen lachte. «Ich bin glücklich, wenn meine Kinder glücklich sind. Mit wem sie das werden, müssen sie selbst entscheiden – oder in Madlens Fall erkennen. Ich hoffe, du wirst ihr auch nach der Hochzeit gestatten, mir in meinem Kontor zur Hand zu gehen.»

«Ihr wisst, dass ich Madlens Händlerseele zu schätzen weiß. Ehrlich gesagt hoffe ich sehr, dass sie ein wenig der Begeisterung für Wolltuche und Seidenstoffe auch für den Lederwarenhandel aufbringen kann.»

Thynen nickte ihm wohlwollend zu. «Das, lieber Lucas, wirst du schwerlich verhindern können. Ich hoffe übrigens, dass du, nachdem wir am Sonntag alles Rechtliche geregelt haben, bei uns zu Abend essen wirst. Meine Anne-Maria ist zwar noch immer ein wenig erbost, weil aus der Hochzeit nichts wird, aber ich bin sicher, dass sie schnell darüber hinwegkommt, wenn ich ihr gleich einen passablen Ersatzbräutigam präsentiere. Sie hat dich schon immer gemocht.» Er blinzelte vergnügt. «Bei der Gelegenheit kannst du Madlen übrigens auch die Frage aller Fragen stellen.»

«Das würde ich dann doch lieber unter vier Augen tun, Herr Thynen.»

«Nun gut, wie du willst. Aber entführ das Mädchen dazu nicht wieder mitten in der Nacht aus ihrer Kammer.»

26. Kapitel

Verärgert über die Starrsinnigkeit seines Onkels, verließ Lucas dessen Haus am frühen Freitagnachmittag und überlegte, ob er noch einmal hinüber ins Lager gehen sollte oder doch lieber zu den Thynens, um sich vielleicht den einen oder anderen Kuss bei Madlen abzuholen.

Seit vier Tagen hatten sie einander höchstens ganz kurz und mehr zufällig denn geplant gesehen. Bisher hatte Lucas auch vergeblich auf die passende Gelegenheit gewartet, mit ihr über die Zukunft zu sprechen und ihr, wie Thynen es bezeichnet hatte, die Frage aller Fragen zu stellen. Dass er dies so bald wie möglich tun würde, stand außer Frage. Immerhin hatte er ja bereits für übermorgen das offizielle Gespräch mit ihrem Vater ausgemacht.

Er wollte sich gerade in Richtung von Thynens Anwesen wenden, das nicht allzu weit von dem seines Onkels entfernt lag, als Peter von Werdt mit finsterem Blick auf ihn zukam. Überrascht blieb Lucas stehen. «Bist du hier, um mir noch eine zu scheuern?»

«Wir müssen uns unterhalten.»

«Worüber?»

Peter hüstelte. «Nicht hier.»

Lucas folgte Peter schweigend bis zum Anwesen der Familie von Werdt, wo sie sich in der Stube zusammensetzten.

«Wir haben ein Problem.»

«Nur eines?» Lucas verzog spöttisch die Lippen. «Dann können wir uns glücklich schätzen.»

«Ich hatte mit den Holländern eine Abmachung.»

Von Werdt wirkte so besorgt, dass Lucas den Sarkasmus vergaß. «Eine Abmachung, die über jene hinausgeht, die du mir bereits gestanden hast?»

«Gewissermaßen. Oder vielmehr übersteigt sie in ihrem Ausmaß das, was du bereits weißt.»

«Na wunderbar.» Lucas rieb sich über die Stirn. «Was ist es? Hast du ihnen freies Geleit durch Rheinbach versprochen?» Als von Werdt nicht antwortete, fluchte Lucas laut. «Dreck, verdammter! Das ist ja wohl nicht wahr, oder?»

«Quartier», berichtete von Werdt nach einem hörbaren Atemzug. «Wobei das eine das andere wohl bedingt.»

«Und im Gegenzug haben sie dir was versprochen?»

«Dass Rheinbach verschont wird. Dass den Einwohnern kein Haar gekrümmt wird und Plünderungen unterlassen werden.»

Lucas seufzte. «Du hast meinen Onkel gehört. Der Vogt und auch der Amtmann werden derselben Meinung sein und …»

«Aber du bist es nicht», unterbrach von Werdt ihn. «Du kannst den Rat umstimmen und zur Vernunft bringen.»

«Sah es vielleicht gestern so aus, als würde mir das gelingen?»

«Für die Stadt ist es am sichersten, keinen Widerstand zu leisten. Andernfalls werden sie uns dem Erdboden gleichmachen.»

«Das weiß ich, von Werdt. Deshalb bin ich ja ebenfalls der Meinung, dass wir den Widerstand möglichst gering halten sollten.»

«Nicht nur gering», widersprach von Werdt. «Es darf gar keinen Widerstand geben. Glaub mir, ich weiß, wozu die Holländer fähig sind.»

«Hast du dir auch überlegt, wie wir das in die Wege leiten können?»

Von Werdt hob die Schultern. «Wir müssen den Stadtrat und den Amtmann überzeugen. Und zuvor müssen wir mit den Holländern reden.»

«Nichts einfacher als das.» Der Sarkasmus war zurück. Lucas schüttelte den Kopf. «Mit ihnen reden?»

«Ich könnte den Kontakt herstellen.»

«Und erneut Verrat begehen?»

Zornig verschränkte von Werdt die Arme. «Hast du eine bessere Idee?»

Lucas fuhr sich in einer frustrierten Geste durchs Haar. Dann holte er einmal tief Luft. «Wie schnell kannst du den Kontakt herstellen, und wo können wir die Männer treffen?»

∞

«Guten Tag, Madlen.» Lucas blieb in dem von verblühten Rosenranken überwucherten Torbogen stehen, der den Hof der Familie Thynen vom Garten trennte, und schnitt Madlen damit den Weg zurück ins Haus ab. Sein Herzschlag hatte sich bei ihrem Anblick beschleunigt, und das spontane Lächeln, als sie ihn erblickte, nahm ihm für einen Moment den Atem. «Wie ich sehe, bist du beschäftigt.»

Madlen blieb vor ihm stehen und blickte auf den Korb voller Kräuter, die sie trotz des kalten Wetters noch reichlich hatte ernten können. Ihre Wangen nahmen einen rosigen Hauch an. «Lucas, du bist aber früh hier. Vater sagte, du wolltest erst zum Abendessen da sein.» Ihr Blick wanderte über ihn hinweg. «Du trägst deine Armeeuniform.»

«Ich war in offiziellen Angelegenheiten unterwegs.» Er nahm ihr den Korb ab und stellte ihn auf dem Boden ab.

Dann ergriff er ihre Hände, einfach um sie berühren zu können.

«Wie schlimm steht es denn?» Ihre Miene wurde besorgt und eine Spur ängstlich. «Überall heißt es, die Holländer kämen und dass wir die Stadt nicht mehr verlassen sollen. Jeden Tag sieht man Familien aus den umliegenden Dörfern, die mit ihrer Habe hierher fliehen.»

«Mein Onkel hat die Kunde verbreiten lassen, dass es für alle sicherer ist, sich hinter unseren Stadtmauern aufzuhalten. Immerhin wurde Rheinbach bislang noch nie erstürmt.»

«Du klingst aber nicht sehr begeistert davon.»

Lucas zuckte mit den Achseln. «Mein Onkel und ich sind uneins. Onkel Averdunk will, dass die Stadttore geschlossen werden, um einen Durchzug feindlicher Truppen zu verhindern. Das könnte nur leider zu einem unschönen Belagerungszustand führen, den ich gerne vermeiden würde. Was die Sache noch brenzliger macht, ist der Umstand, dass von Werdt den Holländern eigenmächtig Quartier in Rheinbach angeboten hat.»

«Peter?» Erschrocken riss Madlen die Augen auf. «Dann konspiriert er immer noch mit ihnen?»

«Nein, dieses Angebot hat er schon vor einiger Zeit gemacht, und im Gegenzug sollten Leben und Besitztümer der Rheinbacher geschont werden. Ob sich die Holländer und ihre Verbündeten daran gehalten hätten, sei mal dahingestellt.»

«Und was jetzt?»

Lucas sah sich vorsichtig um und senkte die Stimme. «Wir haben gemeinsam mit seinen Kontaktleuten bei den Holländern gesprochen.»

«Du und Peter?» Entsetzt starrte Madlen ihn an. «Aber ... Das ist doch gefährlich, oder nicht?»

«Wir mussten herausfinden, was die Holländer vorhaben, und versuchen, etwas Neues auszuhandeln. Unseligerweise bestehen sie auf der alten Abmachung. Wenn wir ihnen kein Quartier anbieten, werden sie die Stadt nicht schonen.» Er hielt kurz inne. «Und ich bin nicht mal sicher, ob sie es tun werden, wenn wir ihre Forderungen erfüllen.»

Madlen war ganz blass geworden. «Kann man denn gar nichts tun?»

«Peter ist nach Köln geritten, um zu versuchen, weitere Soldaten mitzubringen, die die fünfhundert Mann, die seit gestern bereits hier sind, unterstützen sollen.»

«Dann glaubst du, dass es zu einem Kampf kommen wird?»

Er drückte ihre Hände. «Wir werden versuchen, eine Lösung zu finden, die für alle Seiten akzeptabel ist. Leider sträubt sich mein Onkel – und mit ihm der überwiegende Teil der Ratsherren – gegen jeglichen Versuch, vernünftige Argumente anzubringen.» Als er ihre immer ängstlichere Miene sah, zog er sie sanft zu sich heran. «Ich würde dir gerne sagen, dass du dich nicht sorgen sollst. Etwas, das von Werdt wahrscheinlich tun würde, wenn er jetzt hier stünde.»

Madlen lächelte betrübt. «Ich will keine beschwichtigenden Lügen von dir hören. Sag mir einfach die Wahrheit.»

«Die Wahrheit ...» Er ließ ihre Hände los und umschlang stattdessen ihre Mitte. «Ich weiß nicht, was auf Rheinbach zukommen wird. Vielleicht haben wir Glück, und die Holländer sind so in Eile, dass sie sich nicht weiter mit uns abgeben.»

«Das klingt nicht nach so, als hieltest du das für wahrscheinlich.»

«Wenn man sich ansieht, wie Wilhelm von Oranien bislang seinen Feldzug geführt hat, ist es das leider auch nicht. Wir können nur hoffen, beten und uns auf das Schlimmste gefasst machen.»

«Hoffen und beten ...» Sie schluckte hart. «Und sonst nichts?»

«Doch.» Er hob die rechte Hand und zupfte an einer ihrer heute besonders hübsch aufgesteckten braunen Locken. «Wir können ein paar schöne Augenblicke miteinander genießen, um uns daran zu erinnern, wofür es sich zu kämpfen lohnt.»

Auf Madlens Lippen erschien ein kleines Lächeln. Sie griff nach seiner Hand und verflocht ihre Finger mit seinen. «Bist du deshalb früher hierhergekommen?»

«Ja, und weil dein Vater mich darum gebeten hatte.» Er grinste. «Bevor ich allerdings mit ihm rede, sollte ich mich wohl erst einmal versichern, dass du damit einverstanden bist.»

«Womit einverstanden?» Ihre Wangen hatten sich wieder leicht gerötet, und ihre warmen braunen Augen waren erwartungsvoll auf ihn gerichtet und verursachten ein herrlich flaues Gefühl in seiner Magengrube.

«Meine Frau zu werden.» Er konnte der Versuchung nicht widerstehen und senkte seinen Mund auf ihren, spürte dem Prickeln nach, das die Berührung in ihm auslöste.

Madlen stellte sich auf die Zehenspitzen, schlang ihre Arme um seinen Nacken und erwiderte den Kuss ohne Zögern. Instinktiv zog er sie noch fester an sich, strich mit der Zungenspitze suchend über ihre Unterlippe und fand gleich darauf die ihre, als sie den Mund ein wenig öffnete. Leidenschaft flammte zwischen ihnen auf und begann, seine Sinne zu benebeln, sodass er das Hufgetrappel erst mit etwas Verspätung wahrnahm. Widerstrebend löste er seine Lippen von Madlens, wandte den Kopf in die Richtung, aus der die Reiter kamen, und runzelte überrascht die Stirn, als sie in den Hof sprengten.

∞

In Madlens Bauch kribbelte es herrlich, und ihr Herz pochte schnell gegen ihre Rippen. Lucas wollte um ihre Hand anhalten! Natürlich hatte sie damit gerechnet, aber nun, da er seine Absichten ihr gegenüber erstmals laut ausgesprochen hatte, fühlte sie sich fast berauscht. Sein Kuss tat ein Übriges dazu.

Sie verfluchte die Reiter, die sie zwangen, den Kuss zu unterbrechen. Lucas drehte sich zu ihnen um. Im nächsten Moment spürte sie, wie er erstarrte. Er trat einen Schritt zur Seite, behielt ihre Hand jedoch in der seinen. «Herr Vogt, Amtmann Schall, guten Tag.»

Der Rheinbacher Vogt, Johann Matthias Reimbach, ein schlanker Mann mit langem, lockigem grauen Haar und sauber gestutztem Kinnbart, stieg von seinem schwarzen Pferd und ging zwei Schritte auf Lucas zu. Hinter ihm stieg ein weiterer Mann in der Uniform eines kurkölnischen Kommandanten aus dem Sattel. Außerdem näherten sich zwei ebenfalls uniformierte Soldaten, die Hände an den umgeschnallten Säbeln. Reimbachs Blick schweifte kurz zu Madlen, richtete sich dann aber gleich wieder auf Lucas. «Tretet vor, Hauptmann Lucas Cuchenheim. Ihr werdet beschuldigt, Verrat verübt zu haben, sowohl gegen Seine Fürstbischöfliche Exzellenz Christoph Bernhard von Galen, dessen Oberbefehl Ihr untersteht, als auch gegen dessen Verbündeten, dem Kurfürstlichen Bistum Köln und König Ludwig XIV. von Frankreich.»

«Nein. O mein Gott, nein!» Madlen starrte den Vogt entgeistert an und umklammerte gleichzeitig Lucas' Hand. «Das ist nicht wahr. Ihr irrt Euch.»

«Madlen Thynen.» Der Vogt musterte sie nicht unfreundlich. «Tretet zur Seite. Wir müssen den Hauptmann festnehmen. Es wurde Anklage gegen ihn erhoben, und zwar aufgrund von Zeugenaussagen sowie Beweisen, die mir in

Schriftform zugetragen wurden.» Er gab den beiden Fußsoldaten einen Wink. «Ergreift ihn.»

«Nein!» Madlens Herz krampfte sich vor Schreck und Angst zusammen. «Ihr irrt Euch, Herr Vogt. Bitte, Lucas ist kein Verräter. Er ist hergeschickt worden, um einen solchen aufzuspüren.»

«Lasst los», sagte einer der beiden Soldaten und versuchte, Madlens Hand fortzuziehen. Sie klammerte sich nur umso fester an Lucas.

«Pfoten weg.» Lucas stieß den Mann ein Stück zurück. Dann wandte er sich selbst an Reimbach. «Es muss sich hier um eine Verwechslung handeln. Wie Madlen gerade sagte – ich bin von Seiner Fürstbischöflichen Exzellenz hierher entsendet worden, um eines Verräters habhaft zu werden.»

«Erfolgreich wart Ihr mithin nicht», sagte Amtmann Schall von Bell und blickte streng von seinem Pferd herunter. «Was nicht verwundert, wenn man bedenkt, dass Ihr die gesamte Zeit über Euch selbst gejagt habt.»

«Das ist nicht wahr.» Lucas drückte Madlens Hand noch einmal, ließ sie dann jedoch los, um einen Schritt auf den Vogt zuzugehen. Madlen löste sich nur widerstrebend von ihm, wollte sich aber keinesfalls wie ein hysterisches Weibsbild an ihn klammern. «Diese Anschuldigungen entbehren jeglicher Grundlage.»

«Es wäre schön, wenn ich Euch glauben könnte.» Reimbach warf Madlen einen mitleidigen Blick zu. «Aber die Beweislage ist erdrückend. Wir haben Eure Korrespondenz mit den Holländern zugespielt bekommen, und es gibt Zeugen, die Euch erst vor zwei Tagen bei einem heimlichen Treffen mit holländischen Abgesandten beobachtet haben.»

«Was für Zeugen?» Lucas' Stimme klang wütend, doch Madlen hörte, dass er sich Sorgen machte. Gott, er hatte ihr doch eben noch erzählt, dass er sich mit den Holländern getroffen hatte. Aber doch nur, um die Stadt zu retten!

«Der wichtigste ist der Herr Obrist Peter von Werdt.»

«O mein Gott.» Madlen erstarrte. «Nein, das ist nicht wahr!»

«Wir erwarten seine Rückkehr aus Köln morgen oder übermorgen, damit er persönlich gegen Euch aussagt, Hauptmann Cuchenheim.» Der Vogt gab den Soldaten erneut einen Wink. «Führt ihn ab. Cuchenheim, Ihr werdet in den Baseller Turm gesperrt, wo Ihr bis zu Eurem Prozess zu verbleiben habt.»

Madlen sah verzweifelt zu, wie Lucas in Ketten gelegt wurde. Tränen rannen ihr aus den Augen. Am liebsten hätte sie geschrien. Das durfte doch nicht wahr sein! Es war genauso wie vor fünf Jahren. Wie war es möglich, dass so etwas zweimal geschehen konnte? Die Angst zerriss ihr fast das Herz.

«Was geht denn hier vor, in Gottes Namen?» Ihre Mutter trat zur Haustür heraus. Als sie sah, was vor sich ging, stieß sie einen entsetzten Schrei aus. «Thynen, lieber Thynen, komm rasch heraus. Der Vogt ist hier und der Amtmann. So komm doch, Thynen. Etwas Entsetzliches ist geschehen!»

Unerwartet schnell erschien Gerlach neben seiner Frau und humpelte überraschend behände auf seinen Krücken in den Hof. «Was ist geschehen?» Als er sah, dass man Lucas Handschellen angelegt hatte, erbleichte er. «Das ist doch wohl nicht möglich, oder? Was für ein Unsinn geht denn nun schon wieder vor?»

«Dies ist mitnichten Unsinn, verehrter Thynen.» Reimbach und Gerlach Thynen kannten einander schon sehr lange und verstanden sich gut. «Ich muss Hauptmann Cuchenheim verhaften, denn er wurde des Verrats angeklagt. Er hat Geheimnisse Kurkölns und Seiner Exzellenz, dem Fürstbischof von Münster, an unsere erklärten Feinde übermittelt.»

«Das hat er sicher nicht getan. Wer behauptet denn so etwas?» Erbost wandte Gerlach sich nun auch an den Amtmann. «Das ist doch Scheißdreck!»

Schall maß ihn mit kühlen Blicken. «Eure Unverschämtheit will ich überhören, da Ihr verständlicherweise aufgebracht seid. Wie man hört, pflegt Ihr geschäftlichen Umgang mit Cuchenheim und», er sah Madlen an, «offenkundig auch privaten.»

«Vater.» Madlen eilte an die Seite ihres Vaters und umfasste seine verkrüppelte Hand, mit der er eine seiner Krücken hielt. «Sie behaupten, Peter wolle gegen ihn aussagen.»

«Was?» Seine Augen verengten sich, Zorn zeichnete sich auf seiner Miene ab. «Da soll mich doch der Teufel holen.»

«Wenn Ihr vorhabt, für Cuchenheims Leumund auszusagen, könnt Ihr das im Verlauf der Befragungen und des anschließenden Prozesses tun», belehrte der Amtmann ihn und gab das Zeichen zum Aufbruch.

Madlen wollte Lucas hinterherlaufen, doch sein Blick, ernst und liebevoll, sowie die Hand ihres Vaters hielten sie zurück. Ein Schluchzen würgte sie tief in ihrer Kehle. «Es ist nicht wahr, Vater. Lucas ist kein Verräter. Wie kann Peter so etwas nur tun? Wie kann er das behaupten?»

«Beruhige dich, mein Kind.» Ihr Vater streichelte ihr etwas ungelenk mit der krüppeligen Hand übers Haar. «Lass uns ins Haus gehen. Solche Dinge bespricht man besser nicht unter freiem Himmel.»

∞

Es war bereits spät am Abend, Madlen saß in Gesellschaft ihrer Mutter in der Stube und versuchte sich an einer Stickarbeit, um Hände und Gedanken abzulenken. Es gelang ihr jedoch nicht, sich zu konzentrieren. Als ihr Vater endlich von seinem Gang ins Bürgerhaus zurückkehrte, sprang sie hastig aus ihrem Stuhl hoch.

Ihre Mutter erhob sich ebenfalls und nahm Gerlach den Mantel ab.

«Vater, was habt Ihr in Erfahrung bringen können?» Madlen ergriff seine Hand und führte ihn zum Tisch, wo er sich leise ächzend auf seinem Stuhl niederließ. Auch ihre Mutter setzte sich wieder.

«Nichts Gutes, leider. Madlen, Kind, sei so gut und schenk mir etwas zu trinken ein.» Er deutete auf einen Krug auf dem Tisch. «Ist das Gewürzwein? Noch warm? Dann bitte davon. Es ist entsetzlich kalt draußen.»

Eilfertig holte Madlen ihrem Vater ein Glas und schenkte von dem warmen Getränk ein. «Also ist es wahr? Peter hat Lucas des Verrats angeklagt?»

Gerlach trank ein paar Schlucke, schüttelte dabei aber den Kopf. «Nein, ganz so ist es wohl nicht gewesen. Die Anklage wurde vom Amtmann erhoben, nachdem dieser entsprechende Beweise erhalten hat.»

«Aber was denn für Beweise? Lucas hat doch nur ...» Sie zögerte, um nichts Falsches zu sagen. «Er hat nur im Interesse der Stadt gehandelt. Warum fällt Peter ihm jetzt so in den Rücken?»

«Man könnte meinen aus Rache, weil Lucas dich ihm ausgespannt hat.» Gerlach seufzte abgrundtief. «Dass Peter so etwas tun würde, hätte ich nie vermutet. Die Beweise, die man dem Amtmann zugespielt hat, belasten Lucas wohl stark. Es scheinen Dokumente zu sein, die er abfangen ließ und die ihn, wenn er den wahren Absender nicht nennt, sehr schwer belasten.»

«Aber das lässt sich doch aufklären.» Hoffnungsvoll hob Madlen den Kopf. «Er muss doch nur erklären, was es mit diesen Briefen auf sich hat und dass er damit den wahren Verräter entlarven wollte.»

«Madlen.» Ihr Vater stellte das Glas auf den Tisch. «Peter ist der wahre Verräter, ist es nicht so?»

«Vater!» Entgeistert starrte sie ihn an. «Woher weißt du davon?»

Mit betrübter Miene drehte er das Glas hin und her. «Das war nicht schwer zu erraten nach allem, was ich so mitbekommen habe.»

«Um Himmels willen!» Anne-Maria hob ruckartig den Kopf. «Ist das wirklich wahr? Wie entsetzlich! Das ist ja … ich kann es kaum glauben. Peter ist der Verräter?» Ungläubig schüttelte sie den Kopf. «Und jetzt hat er Lucas seiner eigenen Untaten bezichtigt?»

In einer beschwichtigenden Geste hob Gerlach die Hand. «Es ist entsetzlich, ja. Ich habe Peter immer wie einen Sohn geliebt. Nie hätte ich für möglich gehalten, dass er zum Verrat fähig ist – oder dazu, einen anderen aus Eifersucht seiner Missetaten zu bezichtigen.»

Madlen schlug die Hände vors Gesicht. «Wenn Lucas die Zusammenhänge erklärt, muss er Peter schwer belasten. Das würde Peters Tod bedeuten. Das wollte Lucas nicht. Er wollte ihn schützen, wenn Peter von seinem Tun ablässt.»

Ihr Vater nickte bedächtig und sorgenvoll zugleich. «Zweifelsohne dir zuliebe, mein Kind. Damit hat er sich angreifbar gemacht. Ich bin mir nicht einmal sicher, ob das Gericht ihm überhaupt Glauben schenken würde, aber …» Er seufzte erneut. «Wenn Peter ihn zum Sündenbock machen will, kann Lucas jetzt nicht einfach schweigen.»

«Ich weiß.» Unglücklich setzte Madlen sich neben ihren Vater und rieb sich energisch über die Augen. Sie wollte nicht schon wieder in Tränen ausbrechen. «Und was jetzt?»

«Da Peter noch in Köln ist, müssen wir erst einmal abwarten. Indes habe ich versucht, zumindest seinen Vater zu sprechen, doch der scheint ebenfalls nach Köln geritten zu sein. Ich habe nur kurz mit Peters Mutter gesprochen, und sie schien von der ganzen Angelegenheit überhaupt nichts zu wissen. Zumindest nichts Konkretes. Aber sie lässt dir ihre allerbesten Grüße ausrichten, Madlen. Und dir ebenfalls, Anne-Maria.»

«Danke.» Anne-Maria zupfte fahrig an ihrer Handarbeit herum, legte sie dann aber auf den Tisch. «Ich fühle mich auf eigentümliche Weise in der Zeit zurückversetzt», sagte sie bedrückt. «Diese Sache damals mit Veronica ... Ich gebe zu, für eine Weile habe ich tatsächlich befürchtet, dass an der Sache etwas dran war.» Sie warf Madlen einen kurzen Blick zu. «Es sprach so vieles gegen Lucas. Ich fand es grässlich, dass du dich seinetwegen so gegrämt hast. Doch dann hat sich ja glücklicherweise herausgestellt, dass alles nur eine Intrige war.»

«Ja.» Gerlach nickte mit finsterer Miene. «Eine, die bis heute nicht gänzlich aufgeklärt ist. Die Parallelen sind mir auch sofort aufgefallen.»

«O Gott, ihr glaubt doch nicht, dass Peter auch damals hinter der Anklage gesteckt hat?» Entgeistert starrte Madlen ihre Eltern an. «Das wäre ja ... Nein.»

«Es wäre abscheulich, ganz furchtbar. Allein die Vorstellung widerstrebt mir so sehr, dass es geradezu schmerzt.» Ihre Mutter rieb sich schaudernd über die Oberarme.

«Es würde allerdings einen gewissen Sinn ergeben», befand Gerlach.

Madlen schluckte hart. «Er hat mir gesagt, dass er schon damals wusste, dass etwas zwischen Lucas und mir ist.»

«Er hätte damals also versucht, unliebsame Konkurrenz loszuwerden.» Ihr Vater strich sich mit der flachen Hand über die Stirn. «Wenn womöglich sogar er der Vater von Veronicas Kind ist ...»

«Nein!» Madlen spürte eine Gänsehaut über ihren Rücken kriechen. «Das kann ich einfach nicht glauben. Das darf nicht wahr sein.»

«Die Anklage damals ist gescheitert», spann ihr Vater den Faden weiter. «Peter hat natürlich aus den Unzulänglichkeiten seines ersten Versuchs gelernt und nun neben Zeugenaussagen auch noch schriftliche Beweise gesammelt. Ich wüsste zu gerne, woher die Briefe stammen, die dem Amtmann zugespielt wurden. Ob Lucas sie irgendwo aufbewahrt hat?»

«Vielleicht weiß sein Knecht etwas darüber», schlug Madlen vor. «Dieser Junge, Gerinc heißt er.»

«Ihn werden wir gleich morgen früh befragen», beschloss ihr Vater. «Ich hoffe bloß, dass wir uns irren. Es wäre erbärmlich, wenn Peter diese ganze Verratsgeschichte inszeniert hat, um Lucas in die Scheiße zu reiten.»

«Gerlach!» Ihre Mutter zuckte bei der derben Wortwahl zusammen.

«Verzeih, Liebes.» Er lächelte betrübt. «Was wahr ist, bleibt wahr und muss zuweilen genauso ausgesprochen werden, wie es sich darstellt. Lucas steckt bis zum Kragen im Schlamassel – und ich bin nicht sicher, ob wir ihn diesmal wieder herausbekommen werden.»

«Aber das müssen wir!» Verzweifelt griff Madlen nach der Hand ihres Vaters. «Wir müssen ihm helfen.» Sie schluckte. «Und wenn ich ihn noch einmal aus dem Gefängnis befreien muss.»

«Kind!» Fassungslos blickte ihre Mutter sie an. «Was sagst du da?»

«Untersteh dich, Madlen.» Gerlach schüttelte mit strenger Miene den Kopf. «Ich will dich im Umkreis von fünfzig

Schritten um den Gefängnisturm nicht sehen, hast du verstanden?»

«Aber was soll ich denn nur tun? Ich will nicht, dass er für einen Verrat bestraft wird, den ein anderer begangen hat.»

«Das wollen wir alle nicht.» Ihr Vater griff nach seinem Glas und leerte es in einem Zug, dann erhob er sich. «Lasst mich eine Nacht darüber schlafen. Morgen versuche ich, weitere Einzelheiten in Erfahrung zu bringen.» Er strich Madlen tröstend über die Wange. «Geh auch du jetzt zu Bett, mein Kind, und versuch zu schlafen. Du hilfst Lucas nicht, wenn du die ganze Nacht wach liegst und weinst.»

27. Kapitel

Gleich nach der Frühmahlzeit war Madlen in ihre Kammer zurückgekehrt, um ihre Truhen durchzusehen. Bürgermeister Averdunk hatte am Abend zuvor auf dem Marktplatz eine Verlautbarung verlesen, wonach alle Rheinbacher Bürger sicherheitshalber ihr bewegliches Hab und Gut, zumindest die wertvollen Gegenstände, packen und für eine Lagerung in der Kirche oder in der Burg vorbereiten sollten.

Ihre Hände zitterten leicht, als sie ihre Kleider, Wäsche, den wenigen Schmuck und sonstige Habseligkeiten auf ihrem Bett stapelte und zu entscheiden versuchte, was davon sie entbehren konnte und was nicht. Sie fürchtete sich vor dem, was auf sie und ihre Familie und auf die gesamte Stadt zukommen würde. Averdunk hatte außerdem angewiesen, dass sämtliche waffenfähigen Männer sich für die Verteidigung der Stadtmauer bereitzuhalten hatten. Frauen, alte Männer und Kinder sollten, wenn es tatsächlich zum Kampf kam, entweder im Hexenturm oder in der Kirche Schutz suchen.

Madlen hatte schon so viel über den seit einem Jahr wütenden Krieg gehört, war durch verlorene Warenlieferungen schon direkt davon betroffen gewesen. Doch dass das Kriegsgeschehen jetzt plötzlich so nah war, dass sie um ihr Leben fürchten musste, fühlte sich gänzlich unwirklich an. Noch mehr, wenn sie zum Fenster hinausblickte und den hellen Sonnenschein sah, der Garten und Hof in ein freundliches Licht tauchte.

Angst war ihr ständiger Begleiter geworden. Weil der Krieg

so nah war. Und weil Lucas seit fünf Tagen im Gefängnis saß und keinerlei Besuche empfangen durfte, solange die Befragungen nicht abgeschlossen waren. Sie vermisste ihn und zerbrach sich ununterbrochen den Kopf, wie sie ihm nur helfen könnte. Ihr Vater hatte inzwischen mit Gerinc gesprochen. Der junge Knecht war vollkommen entsetzt über die Anschuldigungen, die gegen seinen Dienstherrn erhoben worden waren, und schwor Stein und Bein, dass dieser unschuldig sei. Er hatte sogar die Truhe mit den gesammelten Dokumenten im Lager aufgebrochen, jedoch keine Hinweise darauf finden können, dass etwas fehlte. Auch Lucas' Mutter hatte, verzweifelt vor Sorge, das gesamte Kontor durchsucht. Sie war nicht sicher, ob Schriftstücke entwendet worden waren.

Doch vielleicht stammten die belastenden Dokumente gar nicht aus Lucas' Besitz, überlegte Madlen, während sie eines ihrer älteren Kleider gegen das Licht hielt. Vielleicht hatte Peter neue angefertigt oder noch welche aus der Zeit besessen, als er den Holländern Informationen zugespielt hatte. Wäre das nicht viel wahrscheinlicher?

Zum Teufel. Wann immer sie daran dachte, wurde sie so wütend, so verzweifelt. Wie hatte Peter nur so etwas tun können? Glaubte er ernsthaft, es gäbe noch eine Chance für sie beide, wenn man Lucas erst hingerichtet hätte? Oder wollte er sich einfach nur an ihnen beiden rächen?

Seufzend ließ sie das Kleid wieder sinken und blickte durch das Kammerfenster in den Hof. Von hier aus konnte sie auch ein kleines Stück der Straße erkennen. Als in diesem Moment ein dunkelhaariger Reiter auf einem fuchsroten Pferd am Haus vorbeiritt, weiteten sich ihre Augen. Ohne weiter nachzudenken, warf sie das Kleid aufs Bett und eilte die Stufen nach unten.

Ihre Mutter saß mit Mattis in der Stube und ließ sich von

ihm holprig etwas vorlesen, während sie das silberne Geschirr begutachtete. «Madlen!», rief sie überrascht, als sie Madlen die Treppe hinunterrennen sah. «Wo willst du denn hin? Ich dachte, du willst deine Sachen packen.»

Widerstrebend blieb Madlen stehen. «Verzeiht, Mutter, aber ich muss kurz ... hinaus. Bin gleich wieder zurück.» Und schon eilte sie weiter.

«Leg dir ein Wolltuch um, es ist ungemütlich kalt!», rief Anne-Maria ihr hinterher.

Madlen schnappte sich ein warmes Schultertuch aus der Truhe neben der Haustür und legte es um, während sie im Laufschritt der Straße zustrebte. Der Reiter war längst verschwunden, dennoch ging sie einfach los in Richtung des Dreeser Tors. Wenn sie sich nicht getäuscht hatte, war Peter aus Köln zurückgekommen. In diesem Fall würde er sicherlich bald das Anwesen seiner Familie aufsuchen.

Der Zorn und die Verzweiflung, die sich in Madlen aufgestaut hatten, verliehen ihrem Schritt Entschlossenheit. Zum Glück war es noch früh am Tag und darüber hinaus wirklich klirrend kalt, sodass sich kaum jemand draußen aufhielt. Die wenigen Knechte und Mägde, die mit einer Arbeit unter freiem Himmel beschäftigt waren, beachteten sie nicht weiter.

Nach ein paar Minuten sah sie bereits das Haus der von Werts vor sich liegen. Ein Knecht führte gerade den Fuchs in den Hof, also hatte sie recht gesehen. Peter war zurück. Sie beschleunigte ihren Schritt, ohne recht zu wissen, was sie ihm überhaupt sagen sollte.

Bei ihrem Eintreffen lag der Hof still und verlassen da. Ob sie den Knecht bitten sollte, sie Peter zu melden? Nein, sie würde ihn selbst finden. Entschlossen wandte sie sich zur Haustür, entschied sich dann jedoch anders und versuchte es am Hintereingang. Die Tür war unverschlossen, also trat sie einfach ein und strebte zunächst dem Kontor zu, blieb jedoch stehen, als sie aus Richtung der Stube aufgebrachte Stimmen vernahm.

«... mir verraten, was das zu bedeuten hat, Vater? Warum habt Ihr mir nichts davon gesagt, als Ihr vorgestern in Köln wart? Ich komme eben in die Stadt, will mit Cuchenheim unsere nächsten Schritte besprechen und erfahre von seiner Mutter, dass man ihn verhaftet hat? Wegen Verrats?»

Vorsichtig schlich Madlen bis direkt vor die angelehnte Tür der Stube.

«Besser ihn als dich», antwortete Erasmus von Werdt ruhig.

«Verdammt noch mal, habt Ihr das etwa veranlasst?» Peters Stimme wurde lauter.

«Gar nichts habe ich. Jemand hat dem Amtmann Papiere zugespielt. Briefe, die beweisen, dass er mit den Holländern konspiriert.»

«Was für Briefe? Vater?» Peters Stimme kippte beinahe über. So aufgebracht hatte Madlen ihn noch nie erlebt. «Es gibt keine offen zugänglichen Briefe über diese Vorfälle. Cuchenheim hat mir selbst gezeigt, wo er sie aufbewahrt, und dieses Versteck kennt außer uns beiden niemand.» Es entstand eine kurze Pause. «Verflucht noch mal. In meiner persönlichen Habe drüben im Rode-Haus gab es noch ein paar Abschriften. Vater, habt Ihr die etwa entwendet, um sie dem Amtmann zuzuspielen?»

«Nichts dergleichen habe ich getan», fuhr sein Vater erbost auf. «Das ist ja wohl lächerlich.»

«Wie sonst ist Schall an Papiere gekommen, die eigentlich mich belasten müssten? Die Abschriften, die im Rode-Haus lagen, sind nicht unterzeichnet auch nicht codiert. Sie stammen noch aus der allerersten Zeit, in der ich mit den Oraniern in Kontakt stand. Ich hätte sie, verdammt noch mal, verbrennen sollen!»

«Sei froh, dass du es nicht getan hast, mein Junge. So hat deine Herumtreiberei mit den Holländern wenigstens noch einen guten Zweck erfüllt.» Dies war Gislinde von Werdts Stimme, ruhig und überlegen.

Madlen verschluckte sich beinahe vor Überraschung. Nur mit Mühe konnte sie ein verräterisches Husten unterdrücken.

Auch in der Stube herrschte schockiertes Schweigen. Dann erklang Peters Stimme erneut, diesmal kalt und schneidend. «Was habt Ihr getan, Mutter?»

Gislinde antwortete immer noch sehr ruhig, und es klang, als lächle sie sogar. «Das, was getan werden musste, um diesen Abschaum von einem elendigen Otterngezücht ein für alle Mal aus dem Weg zu räumen.»

«Mutter!»

«Ja, glaubst du denn, ich würde das so einfach auf uns sitzenlassen? Dass er dich bedroht? Dich an den Galgen bringen will?»

«Er hat seine Pflicht getan, Mutter. Ich bin hier der Verräter, nicht er. Genau genommen hat er seine Pflicht vernachlässigt, um mir zu helfen. Das rechne ich ihm hoch an.»

«Es zeigt nur, das er ein Schwächling ist.»

Peter ging im Raum auf und ab. Sie hörte es an seinen Schritten, und da die Tür einen kleinen Spalt offen stand, sah sie auch seine hochgewachsene Gestalt immer wieder für einen winzigen Moment aufblitzen. «Wäre es dir also lieber gewesen, er hätte mich öffentlich angeklagt?»

«Natürlich nicht. Trotzdem ist er schwach und falsch wie eine Schlange. Er hat dir die Braut ausgespannt. Wie kannst du hier stehen und behaupten, dass du ihn nicht dafür hasst?»

Gislinde von Werdt klang kalt und berechnend. Madlen stellten sich die Nackenhärchen auf, so entsetzt war sie.

Peter blieb abrupt stehen. «Natürlich hasse ich ihn dafür.

Aber er ist kein Verräter, und Madlen liebt ihn nun mal. Daran kann ich nichts ändern.»

«Sie kann keinen toten Mann lieben», antwortete Gislinde ungerührt. «Lucas hat ihr den Kopf verdreht, darin war er schon immer gut. Er weiß, wie man einer Frau schmeichelt. Aber wenn er erst mal aus dem Weg ist, wirst du Madlen leicht davon überzeugen können, zu dir zurückzukehren. Es hat mir das Herz gebrochen, als du uns erzählt hast, dass die Verlobung gelöst ist. Das werde ich nicht dulden, Peter. Du bist mein Sohn, mein Ein und Alles. Wenn du unglücklich bist, leide ich mit. Also habe ich dafür gesorgt, dass alles wieder in Ordnung kommt. Du musst dich nur ein wenig anstrengen und für sie da sein. Das Mädchen wird zur Vernunft kommen, da bin ich ganz sicher.»

«Zur Vernunft kommen? Seid Ihr verrückt geworden, Mutter?» Peter wurde wieder lauter, zorniger. «Vater, habt Ihr davon gewusst?»

Es dauerte einen Moment, ehe Erasmus von Werdt antwortete. «Nein. Gislinde, du erstaunst mich.» Es war seinem Tonfall nicht zu entnehmen, ob er erfreut oder wütend war. «Aber es erklärt so einiges.» Wieder entstand eine kurze Pause. «Hattest du auch etwas mit dieser Anklage damals zu tun, die das Klötzgen-Mädchen gegen Cuchenheim erhoben hat?»

«Hätte ich sie etwa als Schwiegertochter in unserer Familie willkommen heißen sollen, das liederliche Weibsstück? Eine mittellose Schustertochter? Ohne Mitgift und nicht einmal mit genug Verstand im Kopf, um sich nicht schwängern zu lassen?»

«Was?» Nun klang Erasmus verblüfft. «Warum Schwiegertochter? Peter, hast du sie etwa …?»

«Nein, um Himmels willen, Peter doch nicht.» Gislinde schnaubte. «Ludwig, der Tölpel, hat sich über sie hergemacht.

Der Junge war schon immer ein bisschen zu ungestüm, und sicher hat sie es auch herausgefordert. Andernfalls wäre sie wohl kaum schwanger geworden, nicht wahr? Sie muss ihren Spaß gehabt haben.»

«Mutter, ich kann nicht glauben, was ich da höre.» Peter klang so fassungslos, wie Madlen sich fühlte.

«Was denn? Wäre sie nicht schwanger geworden, hätte man ja noch drüber hinwegsehen können. Aber wenn herausgekommen wäre, dass Ludwig der Vater des Kindes ist – und bestimmt hätte sie ihn angezeigt, um sich ins gemachte Nest zu setzen –, dann hätten sie heiraten müssen. Von Werdt, das weißt du genau, also sieh mich nicht so ungläubig an. Soll ich unsere Familie etwa derartig verkommen lassen? Eine Schusterstochter? Ich bitte dich. Sie war nur allzu willig zu helfen, nachdem ich den dreckigen kleinen Bastard bedrohen ließ, den sie im Leib trug. Mit dem feisten alten Sack, den sie als Bräutigam bekam, war ihr gut gedient. Und ich hatte zwei Fliegen mit einer Klappe erschlagen. Ludwig war dieses nichtswürdige Weib los, und Cuchenheim war damit auch von der Bildfläche verschwunden. Ich habe doch gesehen, wie er damals schon um Madlen herumgeschlichen ist. Da kommt nichts Gutes heraus, habe ich mir gesagt. Madlen ist für meinen Peter bestimmt und für niemanden sonst. Ihn soll sie einmal glücklich machen, nicht diesen dreimal verdammten Habenichts von Lederkrämer.»

Erasmus hüstelte. «Frau, Frau, Frau, das hätte ich nicht von dir gedacht.» Immer noch war nicht auszumachen, wie er zu den Enthüllungen seiner Gattin stand.

Peter hingegen war hörbar fassungslos. «Ihr habt uns alle manipuliert, Mutter? Habt versucht, Cuchenheim ins Gefängnis zu bringen, um ihn von Madlen fernzuhalten?»

«Nun, wie gesagt, es waren zwei Fliegen mit einer ...»

«Hört auf damit! Ihr widert mich an. Man kann doch nicht Menschen wie Puppen an Schnüren tanzen lassen.»

«Ach was. Ich habe nur hier und dort etwas in die Wege geleitet, das ist doch kaum der Rede wert. Vor allem nicht, wenn es um das Glück meiner Jungs geht. Du musst jetzt nur noch gegen Cuchenheim aussagen, dann ...»

«Schweigt still, Mutter! Das werde ich nicht tun. Meine Ehre verbietet es mir.»

«Deine Ehre? Er ist auf deiner Ehre herumgetrampelt, als er dir Madlen ausgespannt hat.» Gislindes Stimme troff vor Abscheu.

«Madlen liebt mich nicht. Daran ändern auch Eure hinterhältigen Intrigen nichts.»

«Nun sei doch nicht so verbohrt. Natürlich liebt sie dich, das hat sie schon immer getan. Wenn Cuchenheim erst einmal aus den Augen ist, ist er auch schnell aus dem Sinn.»

Madlens Herz pochte mittlerweile bis in ihre Kehle hinauf. Sie schlug die Hände vors Gesicht und unterdrückte ein gequältes Stöhnen. Bei der Bewegung stieß sie mit dem Ellenbogen gegen die Tür – und erstarrte.

In der Stube wurde es still, einen Augenblick später wurde die Tür weit aufgerissen, und Madlen stand Erasmus von Werdt gegenüber. Als er sie erkannte, räusperte er sich vernehmlich. «Na, na, sieh mal einer an.» Mit undurchdringlicher Miene trat er zur Seite, sodass alle im Raum sehen konnte, wer da gelauscht hatte.

Madlen stand steif in der Tür, doch als ihr Blick auf Gislinde fiel, die bequem zurückgelehnt auf einem gepolsterten Stuhl saß, gingen ihr die Nerven durch. Mit einem Wutschrei rannte sie auf die Frau zu, die einmal ihre Schwiegermutter hätte werden sollen, und schlug ihr mit aller Kraft ins Gesicht.

Gislindes Kopf ruckte zur Seite, und sie schrie ebenso schmerzerfüllt wie empört auf. Mit einer Hand an der Wange sah sie Madlen wütend an.

«Hoppla.» Von Werdt packte Madlen am Arm und zog sie ein Stück zurück, damit sie nicht noch einmal zuschlagen konnte. «Ich schätze, das war verdient, geliebte Gattin.»

«Du lässt einfach zu, dass diese Furie mich schlägt?»

«Die Furie ist die von dir so inbrünstig ersehnte Schwiegertochter, vergiss das nicht.» Kopfschüttelnd blickte von Werdt Madlen an. «Was hast du hier zu suchen, Mädchen?»

Peter hatte Madlen zunächst nur erschrocken angestarrt, jetzt kam Leben in ihn. Er trat auf sie zu, fasste sie am Handgelenk und zog sie mit sich. «Komm, wir gehen.»

«Was? Wohin?» Madlen stolperte verwirrt hinter ihm her.

«Bleib hier», brüllte sein Vater ihnen nach. «Tu das jetzt nicht, Peter. Es gibt andere Wege, diese Angelegenheit zu klären.»

Peter hatte die Haustür schon erreicht, drehte sich aber noch einmal um und kehrte zurück. «So, welche denn?»

«Nicht diesen.» Sein Vater maß ihn mit ebenso wütenden wie flehenden Blicken. «Nicht diesen, hast du verstanden? Du darfst nicht vergessen, in welch prekärer Lage du dich befindest. Wenn herauskommt …»

«Wenn ich nichts tue, wird man Cuchenheim verurteilen und hinrichten. Dank Euch, Mutter!» Er fixierte seine Mutter mit eisiger Miene. «Glaubt Ihr wirklich, damit könnte ich leben? Komm», wiederholte er und zerrte Madlen erneut mit sich. Augenblicke später fiel die Haustür krachend hinter ihnen ins Schloss.

∞

Wie in der Zeit zurückversetzt, so fühlte Lucas sich in der kahlen Gefängniszelle des Baseller Turms. Selbst sein Wächter, der alte Eick, war derselbe wie damals, hauptsächlich wohl, weil alle jüngeren Männer anderweitig eingesetzt wurden.

Einen Unterschied jedoch gab es zu damals – man erlaubte ihm keinen Besuch, solange die Befragungen nicht beendet waren. Allerdings hatten sie noch nicht einmal begonnen, da Rat und Schöffen derzeit mit anderen Dingen beschäftigt waren. Seine Gefangenschaft dürfte sich also noch eine Weile hinziehen.

Und das jetzt, wo er dringend mit seinem Onkel hätte reden müssen. Gerade jetzt, wo er alles hätte versuchen müssen, um das Schlimmste von der Stadt abzuwenden. Er konnte nur hoffen, dass Peter von Werdt klug genug war, seinen Einfluss in die Waagschale zu werfen, und Averdunk und die übrigen Räte überzeugte, den Holländern freien Durchzug durch die Stadt zu gewähren.

Dass von Werdt ihn angeklagt oder zumindest gegen ihn ausgesagt hatte, wollte ihm nicht in den Kopf gehen. Gewiss, wegen Madlen waren sie sich nicht freundschaftlich gesinnt. Doch als sich ihre Wege nach dem Treffen mit den Holländern getrennt hatten, waren sie noch entschlossen gewesen, gemeinsam gegen die drohende Gefahr für ihre Heimatstadt zu kämpfen. Hoffentlich, so betete Lucas bei sich, war er nicht erneut einer hinterhältigen Intrige zum Opfer gefallen; die Parallelen zu den Ereignissen vor fünf Jahren waren zu frappierend, um sie ignorieren zu können.

Seit seiner Verhaftung vor fünf Tagen hatte er bis auf Eick keine Menschenseele mehr gesehen, deshalb hob er überrascht den Kopf, als vor der Zelle die Schritte von mindestens zwei Personen laut wurden. Der Schlüssel drehte sich im Schloss, der Riegel wurde zurückgeschoben.

«Cuchenheim, hier kommt Gesellschaft.» Kaum hatte Eick die Worte ausgesprochen, als auch schon Peter von Werdt die Zelle betrat. Er war ebenso wie Lucas mit Handschellen gefesselt und trug eine eherne Miene zur Schau. Der alte Torwächter hüstelte. «Ich will hoffen, dass ihr zwei euch vertragt. Oder muss ich euch an die Wand anketten, damit ihr euch nicht wegen der schönen Thynen-Tochter gegenseitig an die Kehle geht?» Mit warnenden Blicken maß Eick erst Lucas, dann von Werdt und zog sich schließlich wieder zurück. Der Riegel knirschte, der Schlüssel drehte sich im Schloss.

Lucas, der mit dem Rücken gegen die kalte Wand gelehnt auf der Pritsche saß, blickte seinen neuen Zellengenossen verärgert an. «Was hast du getan, von Werdt? Lass mich raten, du warst wieder mal ein selten dämlicher Idiot.»

Verdrießlich blickte Peter auf seine Handschellen. «Wäre es dir lieber gewesen, wenn ich dich hier hätte verrotten lassen?»

«Wenn du in der Zwischenzeit meinen Onkel und seinen Stadtrat zur Vernunft gebracht hättest, dann ja, ganz eindeutig.»

«Das kannst du vergessen, die ändern ihre Meinung nicht mehr. Die Stadt quillt über von Menschen. Wer sich nicht in die Wälder geflüchtet hat, bringt sein Hab und Gut hinter den Stadtmauern in Sicherheit. Die Dörfer ringsum sind mittlerweile fast menschenleer. Jeder männliche Bürger, Bauer und Handwerker ab vierzehn wird zu den Waffen gerufen. Da ist nichts mehr zu machen.»

«Du hättest es wenigstens versuchen können, anstatt dich für nichts und wieder nichts einsperren zu lassen. Was hat dich bloß dazu getrieben?»

Peter stieß einen unwilligen Knurrlaut aus. «Meine Mutter.»

Verblüfft runzelte Lucas die Stirn. «Hat sie dir ins Gewissen geredet?»

Mit einem abfälligen Schnauben legte Peter den Kopf in den Nacken und blickte zur niedrigen Decke der Zelle hinauf. «Wohl kaum. Sie ist einer der gewissenlosesten Menschen, die mir je begegnet sind.» Er richtete seinen Blick wieder auf Lucas. «Sie war diejenige, die damals Veronica Klötzgen erpresst hat.»

«Deine Mutter?» Vollkommen verblüfft richtete Lucas sich auf.

«Mein Bruder, der verdammte Sauhund, hat sich an Veronica vergangen und ihr ein Kind gemacht. Mutter hatte Angst, er könnte dafür gezwungen werden, sie zu heiraten. Was sehr wahrscheinlich gewesen wäre. Du warst das perfekte Bauernopfer.»

«Scheiße.» Lucas ließ sich wieder gegen die Mauer sinken und versuchte, die Ungeheuerlichkeit zu begreifen.

«Mutter hat dich anscheinend schon immer gehasst – mehr noch als ich – und hat nun eine ähnliche Intrige gesponnen wie damals. Zeugenaussagen erzwungen oder erkauft und aus meinen Sachen belastende Briefe entwendet.»

«Wunderbar.» Lucas lehnte seinen Kopf gegen die Wand und schloss die Augen. «Warum in aller Welt hebst du Briefe frei zugänglich auf, die dich an den Galgen bringen können?»

«Sie waren nicht frei zugänglich. Meine Mutter scheint nur eine besondere Skrupellosigkeit entwickelt zu haben, wenn es darum geht, dich ein für alle Mal loszuwerden.»

«Scheiße», wiederholte Lucas aus tiefster Seele.

«Ja.»

«Setz dich, von Werdt. Du machst mich nervös, wenn du da so herumstehst.» Lucas rückte ein wenig zur Seite. «Und nimm dir eine Decke, wenn du dir nicht den Arsch abfrieren willst.» Seine Mutter hatte ihm von Eick gegen ein Entgelt einen Korb mit Decken, Tüchern und Wäsche zum Wechseln bringen lassen.

Peter rührte sich nicht vom Fleck. «Ich wusste nichts davon, Cuchenheim. Ich würde dich liebend gerne erwürgen, das kannst du mir glauben, doch dadurch würde ich Madlen auch nicht zurückgewinnen. Ich habe versucht, den Schöffen und dem Vogt klarzumachen, dass wir gemeinsam versucht haben, die Stadt vor Schaden zu bewahren. Leider musste ich dazu erwähnen, dass wir Kontakt zu den Holländern aufgenommen haben. Der Vogt hätte das wohl als notwendiges Übel gelten lassen, wenn nicht ein großer Teil der Stadträte und Schöffen von Averdunks Hassreden so aufgehetzt wären. Der Prozess ist ausgesetzt und jegliche Befragung vorerst vertagt.»

«Und dich haben sie sicherheitshalber eingesperrt, bis sie wissen, was sie mit deiner Aussage anfangen sollen. Herrlich. Das hättest du dir doch wohl denken können. Der Vogt wird kein Risiko eingehen, solange nicht klar ist, ob wir nicht beide gemeinsame Sache mit dem Oranier machen.»

«Es lag nicht an mir, verdammt noch mal. Meine Argumente haben dem Vogt eingeleuchtet.» Peter ballte die gefesselten Hände zu Fäusten.

«Dann können wir nur hoffen, dass er noch lebt und sich daran erinnert, wenn das alles hier vorbei ist», fauchte Lucas. «Und nun setzt dich endlich, verdammt noch mal.»

28. Kapitel

«Ihr seid des Wahnsinns, Averdunk», wetterte Erasmus von Werdt zum wiederholten Male während der eiligst einberufenen Rats- und Schöffenversammlung am Vorabend des Allerheiligenfestes. Die Holländer, so wussten kurkölnische Späher zu berichten, marschierten auf Bonn zu und würden, auch wenn sie über Nacht rasteten, im Lauf des kommenden Vormittags vor den Toren von Rheinbach eintreffen. «Lasst meinen Sohn endlich aus der Haft frei und in Gottes Namen auch Hauptmann Cuchenheim. Seit einer Woche haltet Ihr Peter fest, Cuchenheim noch länger. Das ist Irrsinn! Wie oft muss ich Euch noch darlegen, dass die ganze Sache ein böser Irrtum war, für den ich mein Weib bereits zur Rechenschaft gezogen habe. Seid versichert, dass sie für eine geraume Weile weder sitzen noch auf dem Rücken schlafen können wird. Ich zahle auch gerne ein Schuldgeld und eine Wiedergutmachung, wenn es sein muss, aber habt endlich ein Einsehen. Wir brauchen fähige Kommandanten, wenn der Feind hier ist. Die fünfhundert Soldaten, die Kurköln für uns abgestellt hat, sollten von meinem Sohn befehligt werden, verdammt noch mal. Glaubt Ihr, in der jetzigen Lage wird man uns von Bonn aus noch einen anderen Kommandanten hersenden? Im Leben nicht. Die brauchen dort selbst alle Männer.»

«Es liegt nicht in meiner Hand», erwiderte Averdunk nicht minder wütend. «Der Amtmann hat die Order gegeben, beide eingesperrt zu lassen, bis alle Beweise und Zeugen in dieser Sache besehen und angehört worden sind. Meint Ihr nicht, ich würde die Zellentür lieber heute als morgen öffnen lassen? Schall hat seine eigenen Wachen vor dem Gefängnis postieren lassen. Wir können froh sein, dass er die beiden nicht gleich in den Burgkerker geworfen hat.»

«Was macht das schon für einen Unterschied», knurrte von Werdt erbost.

«Wart ihr schon einmal im Burgverlies?» Gerlach griff nach seinen Krücken und erhob sich von seinem Stuhl. «Dagegen ist das städtische Gefängnis geradezu eine Wohltat. Dort hört man wenigstens nicht die gepeinigten Seelen flüstern, die damals in den Hexenfeuern verbrannt wurden.»

«Das ist doch bloß Aberglaube», knurrte von Werdt. «Ein Gefängnis ist wie das andere. Fest steht, dass mein Sohn dort nichts zu suchen hat und Cuchenheim, sosehr ich ihn auch verabscheue, ebenso wenig.»

«Wenigstens in dieser Sache sind wir uns einig.» Behände humpelte Gerlach ein paar Schritte auf von Werdt zu. «Eine Tracht Prügel ist bei weitem nicht ausreichend als Strafe für Euer Weib. Für das, was sie meinem zukünftigen Schwiegersohn angetan hat – zweimal, wie ich betonen möchte –, gehört sie nackt an den Kacks gestellt, ausgepeitscht und vierzig Tage bei Wasser und Brot in den Turm gesperrt. Mindestens.»

«Es ergeht ihr unter meiner gestrengen Hand nicht besser, das könnt Ihr mir glauben.»

«Ach ja? Was sie da getan hat, war nichts anderes als versuchter Mord. Mit dem Kacks und vierzig Tagen im Turm käme sie immer noch glimpflich davon.» Gerlach schüttelte den Kopf. «Seid versichert, ich beneide Euch nicht um diese Gattin. Tausend Teufel und Dämonen sind nichts gegen ein hinterhältiges, verlogenes und intrigantes Weib.»

«Sie hat es aus verblendeter Liebe für ihre Söhne getan.» Von Werdts Stimme wurde leiser, kleinlauter.

«In dieser Sache ist das letzte Wort noch nicht gesprochen. Wenn der Vogt sie für schuldig befindet, und das wird er, dafür sorge ich, blüht ihr noch eine richtige Strafe.»

«Können wir uns wohl wieder dem dringlicheren Problem widmen?», mischte Averdunk sich verärgert ein. «Wie halten wir die Holländer aus unserer Stadt raus?»

Gerlach und von Werdt drehten sich gleichzeitig zu ihm um und maßen ihn mit zornigen Blicken. «Gar nicht», blaffte Gerlach den Bürgermeister an. «Nehmt Euch zu Herzen, was Euer Neffe geraten hat, und gebt Eure wahnsinnige Verteidigungsstrategie auf. Damit schadet Ihr der Stadt mehr, als Ihr ihr nutzt.»

«Ihr seid es, der wahnsinnig ist, Thynen», schoss der Bürgermeister zurück. «Ihr und mit Euch alle, die sich von den kriegführenden Parteien auf der Nase herumtanzen lassen. Ich jedenfalls werde nicht dabei zusehen, wie man meine Stadt plündert. Wir sind gerüstet, wenn die Holländer eintreffen, und werden Rheinbach bis zum letzten Mann verteidigen.»

Die anwesenden Räte und Schöffen – zumindest die überwiegende Zahl – verfielen in beifälliges Gemurmel.

«Bis zum letzten Mann werden wir aufgerieben, wenn Ihr Euch nicht besinnt», regte von Werdt sich auf. «Wie kann man nur so engstirnig und dumm sein!»

«Die Franzosen und Kurköln wollten es doch nicht anders», brüllte Averdunk mit zornrotem Gesicht. «Jetzt sind sie wenigstens mal zu was gut. Fünfhundert Soldaten aus Köln, von Werdt, plus unsere eigenen Männer und die, die aus den Dörfern in die Stadt gekommen sind. Rheinbachs Stadtmauern sind stark und unbezwungen. Wir werden nicht klein beigeben.»

«Ihr werdet Euer blaues Wunder erleben.» Gerlach hinkte zur Tür. «Ich für meinen Teil kann über so viel Irrsinn nur den

Kopf schütteln.» Damit verließ er die Versammlung. Obwohl er die Saaltür hinter sich verschloss, waren die erregten Stimmen, die nun aufbrandeten, deutlich zu vernehmen. Nicht alle Anwesenden waren Averdunks Meinung, und schon bald hörte er, wie die Tür erneut aufging. Als Gerlach das Bürgerhaus verließ, hatten sich ihm neben von Werdt auch noch Pastor Hellenthal und drei Schöffen angeschlossen.

Ohne sich abgesprochen zu haben, strebten sie dem Baseller Turm zu. Von Werdt räusperte sich, als er die Abordnung von vier bewaffneten Wächtern vor dem Eingang und am Neutor erblickte. «Ihr lenkt sie ab und ich schließe die Zellentür auf?»

«Wohl kaum.» Gerlach drehte sich zu den anderen Männern um, die ein paar Schritte hinter ihm stehen geblieben waren. «Das ist einfach lächerlich. Zwei der besten Kommandanten werden ausgerechnet jetzt vom Amtmann hinter Schloss und Riegel gehalten. Wo steckt Schall überhaupt?»

«Eine gute Frage.» Von Werdt wandte sich zum Gehen. «Das hier bringt nichts. Ich gehe zur Burg hinüber und sehe nach, ob Schall dort ist. Falls nicht, bringe ich in Erfahrung, wo er sich aufhält. Weit kann er ja wohl nicht sein.»

«Was habt Ihr vor?», fragte Pastor Hellenthal, als Gerlach weiter auf den Gefängnisturm zustrebte. «Die lassen Euch bestimmt nicht hinein.»

«Hinein will ich auch nicht.» Gerlach warf einen kurzen Blick über die Schulter. «Geht nur nach Hause, Herr Pastor, und kümmert Euch um die Messe für den morgigen Feiertag.»

«Seid Ihr sicher, dass Ihr keinen Beistand benötigt?» Der Geistliche, hager, grauhaarig und mit spitzem Kinn blickte besorgt zu den Wachen hinüber.

«Ganz sicher. Macht Euch keine Sorgen um mich. Eure Schäfchen brauchen Euch dringender als ich hier. Die Menschen werden morgen in Scharen zur Allerheiligenmesse strömen. Der bevorstehende Konflikt macht ihnen Angst, und das zu Recht. Also solltet Ihr eine ermutigende Predigt vorbereiten. Und Ihr», er wandte sich an die verbliebenen Schöffen, «geht ebenfalls nach Hause zu Euren Familien. Heute kommt niemand zu Cuchenheim und von Werdt hinein.»

Oder fast niemand, dachte Gerlach bei sich, während er zusah, wie die Männer widerstrebend seinem Rat folgten. Als sie außer Hörweite waren, umfasste er seine Krücken fester und strebte auf einen der Wachleute zu. «Guten Tag», grüßte er mit einem freundlichen Lächeln.

«Kein Zutritt», blaffte der Wächter ihn an.

«Das ist kein Grund, unhöflich zu werden», erwiderte Gerlach tadelnd. «Ich habe nicht um Einlass gebeten, oder?»

Der Wachmann zuckte nur mit den Achseln. «Wir dürfen da niemanden reinlassen. Hat der Amtmann so bestimmt.»

«Aber herausschicken könnt Ihr wohl jemanden? Wie ich hörte, ist der alte Eick hier zum Dienst abgestellt worden.»

Der Wächter schüttelte den Kopf. «Seit wir hier sind, um die beiden Verräter zu bewachen, schiebt der Alte wieder an seinem angestammten Platz Dienst.»

«Ah, sehr gut, dann werde ich gleich mal zum Voigtstor gehen.» Gerlach nickte dem missgelaunten Wächter noch einmal zu. «Keine Sorge, Ihr werdet noch früh genug auf einen aufregenderen Posten zurückbeordert, wenn die Holländer erst einmal hier sind. Und dann wünscht Ihr Euch die beiden Gefangenen», er wies auf den Turm, «sicher an Eure Seite. Denn sie sind mitnichten Verräter, sondern die fähigsten Kommandanten, die wir haben. Guten Tag.» Damit wandte er sich ab und machte sich auf den Weg hinüber zum Voigtstor.

29. Kapitel

Schwerer grauer Nebel lag am Morgen des Allerheiligentages über der Stadt und ließ alle Konturen unscharf wirken. Die Sonne war kaum aufgegangen, und in den Straßen Rheinbachs herrschte eine unwirkliche, bedrückende Stille. Madlen griff sich das Bündel aus Kleidern und anderen Habseligkeiten, das sie nach mehrmaligem Durchsehen ihrer Besitztümer schließlich gepackt hatte, und brachte es nach unten in den Hof. Dort waren Bridlin und Jonata gerade dabei, die Hühner und Gänse aus dem Stall in hölzerne Käfige zu verfrachten. Wilhelmi hatte den großen Karren angespannt und lud die Ware aus dem Lager auf. Ein zweiter, kleinerer Wagen, vor den die beiden Kühe gespannt worden waren, wartete darauf, Dinge aus dem Haus aufzunehmen. Vieles würden sie zurücklassen müssen, doch damit mussten sie sich abfinden. Gerlach hatte Anweisung gegeben, die Wagen zur Burg bringen zu lassen, da diese dem Voigtstor nahe lag. Mit dem alten Torwächter bestand inzwischen eine Abmachung, sie hinauszulassen, wenn irgend möglich und nötig. Während Madlen, Marie und Janni noch dabei waren, ihre Sachen auf dem kleineren Wagen zu verstauen, traf Hedwig Cuchenheim mit ihrem Hausknecht Toni und der Magd Lotti ein. Auch sie lenkten einen Wagen, hoch beladen mit Einrichtungsgegenständen und Wäschebündeln.

Eine allgemeine Begrüßung fand nicht statt, dazu waren alle zu bedrückt. Madlen ging jedoch auf Hedwig zu und umarmte sie herzlich. «Wir schaffen das», flüsterte sie Lucas'

Mutter ins Ohr, die aussah, als habe sie die ganze Nacht geweint.

«Hast du etwas von Lucas gehört?», fragte Hedwig hoffnungsvoll.

«Leider nicht.» Madlen drückte sie noch einmal an sich. «Nach wie vor darf niemand ins Gefängnis hinein, geschweige denn heraus. Vater und Herr von Werdt haben alles versucht. Sie sind sogar beim Amtmann gewesen, aber der weigert sich, die Anklage ohne eine ordentliche Verhandlung fallenzulassen. Wahrscheinlich, so meinte Vater, setzt ihm der Kölner Erzbischof schwer zu. Aber grämt Euch nicht. Wir finden einen Weg, Lucas und Peter zu helfen.»

«Verzeih mir bitte, dass ich so weinerlich bin.» Schniefend rieb Hedwig sich über die Augen. «Lucas ist mein einziges lebendes Kind. Ich kann einfach nicht anders, als vor Sorge fast zu vergehen. Aber dir, Liebes, muss es doch auch ganz schrecklich gehen.» Mütterlich strich Hedwig Madlen über die Wange. «Du musst dich gleich um zwei Männer sorgen, die dir am Herzen liegen. Nein, schau nicht so erschrocken. Ich bin nicht dumm, ich weiß, dass dir Peter von Werdt nicht gleichgültig ist, auch wenn du Lucas liebst. Ich möchte mir gar nicht vorstellen, wie du dich jetzt fühlst.»

Madlen nickte und drängte die aufsteigenden Tränen zurück. «Kommt, Frau Cuchenheim, lasst uns nachsehen, ob unsere Sachen alle gut verzurrt sind, dann bringen wir sie hinüber zur Burg. Von dort aus können wir das Voigtstor leichter und schneller erreichen als von hier aus.»

«Es ist so freundlich von deinem Vater, dass er uns Bescheid gegeben hat. Es ist gut, einen Fluchtplan zu haben, falls es … nun ja nötig werden sollte.»

«Ich bitte Euch, Frau Cuchenheim, wir sind doch jetzt eine Familie, nicht wahr?» Madlen errötete leicht. «So gut wie.»

«Ach, mein liebes Kind, natürlich sind wir das. Ich hatte ja nicht mehr zu hoffen gewagt, dass du und mein Lucas doch noch zueinanderfinden würdet. Er hat dich immer schon geliebt, das weiß ich genau. Er hat es sich selbst gegenüber nur lange Zeit nicht zugegeben. Männer sind in solchen Dingen ja oftmals schrecklich vernagelt.»

«Von diesem Makel kann ich mich leider auch nicht freisprechen, Frau Cuchenheim.» Madlen lächelte leicht. «Ich habe immerhin auch entsetzlich lange gebraucht, um die Wege meines Herzens zu begreifen.»

«Besser spät als nie, mein Kind. Und nenn mich doch bitte Hedwig.» Es entstand eine kurze Pause. «Oder Mutter, wenn du möchtest.»

«Ganz bestimmt möchte sie das, liebe Hedwig.» Anne-Maria war leise zu den beiden getreten und legte Madlen eine Hand auf die Schulter, während sie Lucas' Mutter warm zulächelte. «Madlen, mein Liebes, hast du alle deine Sachen? Dann kümmere dich bitte um deine Schwestern und Mattis. Ich fürchte, der Junge ist jetzt schon völlig aufgedreht, und Janni und Marie weinen fast vor Angst. Ich weiß nicht, wie ich sie beruhigen soll. Mir schlägt ja selbst das Herz bis zum Hals hinauf. Wir wollen gleich los zur Burg und von dort aus dann direkt zur Messe in die Kirche hinüber und ...»

Während ihre Mutter noch auf Hedwig einredete, entschuldigte Madlen sich und sah bei ihren Geschwistern nach dem Rechten.

Etwa eine halbe Stunde später waren alle drei Wagen im Innenhof der Rheinbacher Burg untergestellt worden. Hierhin brachten vor allem die Familien der Stadträte ihre Besitztümer. Aber auch andernorts, möglichst weit entfernt vom Dreeser Tor, waren Lager für die persönliche Habe von Rheinbacher Bürgern geschaffen worden. Vieh und Reittiere, die nicht in der Stadt bleiben konnten, waren bereits vor Tagen in Verstecke in den nahegelegenen Wäldern gebracht worden. Nun lag über allem eine erwartungsvoll-furchtsame Stille, die an den Nerven nagte.

Als sie wenig später die Filialkirche *Unsere Liebe Frau und St. Georg* erreichten, begannen gerade die Glocken zu läuten, die den bevorstehenden Feiertagsgottesdienst ankündigten. Abgehalten wurde er heute von Pastor Hellenthal selbst, doch auch der Vikar Stotzheim war anwesend und fungierte als Messdiener. Die Geistlichen gaben sich alle Mühe, die Messe so hoffnungsvoll zu gestalten, wie das bei einem ernsten Feiertag wie Allerheiligen möglich war. Die Hilfe der Heiligen und Märtyrer wurde wieder und wieder angerufen, die Fürbitte von unzähligen Stimmen wiederholt. Die Kirche, die aufgrund ihrer Größe nur selten voll besetzt war, platzte heute beinahe aus allen Nähten. Da nicht nur die geflüchteten Bauern, sondern auch etliche der kurkölnischen Soldaten hinzugekommen waren, drängte sich sogar auf dem Vorplatz und dem Kirchhof alles dicht an dicht.

Der Pastor hatte gerade ein besonders inbrünstiges Gloria angestimmt, als von irgendwoher Warnrufe und Angstschreie laut wurden. Die Kunde, die sie mitbrachten, verbreitete sich wie ein Lauffeuer unter den Kirchgängern. Soeben war das holländische Heer am nördlichen Horizont vor dem Dreeser Tor erblickt worden. Mehrere hundert Dragoner, womöglich gar noch mehr.

Unruhe kam auf, ein Wogen, Drängeln und Rempeln begann, weil die Soldaten und waffenfähigen Männer sich sogleich auf den Weg zu ihren Posten machten, während Frauen, Kinder und alte Menschen weiter ins Innere der Kirche strebten. Pastor Hellenthal versuchte, die Gemeinde zur Ordnung zu rufen, doch er kam nicht gegen die aufgeregte Menge an.

«Gebt acht, dass ihr immer dicht zusammenbleibt», mahnte Gerlach seine Frau und die Töchter. Anne-Maria hatte Mattis bereits fest am Arm gefasst, damit er nicht von ihr getrennt werden konnte. Madlen nahm ihre Schwestern bei den Händen.

Nach einer Weile wurde es zwar wieder etwas ruhiger, doch an einen geregelten Fortgang der Messe war nicht zu denken, weil nun verständlicherweise die Zurückgebliebenen in höchster Sorge an ihre Männer, Brüder und Söhne dachten, die sich mutig dem Feind entgegenstellten.

Der Pastor gab sich redlich Mühe, tröstende und segensreiche Worte zu finden, dennoch hatte Madlen niemals eine elendere Stimmung bei der Erhebung der Hostie erlebt als heute. Hellenthal hatte gerade den letzten Segen ausgesprochen, als ein Soldat neue Kunde brachte: Das Heer des Oraniers stand nun so nah vor der Stadt, dass man vom Turm des Dreeser Tores fast schon die Wimpel der einzelnen Regimenter erkennen konnte. Ein kleiner Trupp Abgesandter, angeführt von einem Leutnant-Kolonel von Valkenburg, habe sich der Stadt genähert und um freien Durchzug des Heeres ersucht, den Bürgermeister Averdunk jedoch soeben nach kurzer Verhandlung verweigert hatte. Der Soldat, der auf eine Bank geklettert war, um von allen gesehen und gehört zu werden, forderte die Anwesenden auf, sich sofort in Sicherheit zu bringen. Entweder hier in der Kirche, in der Burg oder in abgelegenen Häusern fern vom Dreeser Tor, denn der Herr von Valkenburg hatte angedroht, die Stadt zu stürmen, wenn dem Heer nicht unverzüglich der Weg freigegeben würde.

Madlens Herz verkrampfte sich vor Angst, und Janni fing an zu weinen. Um sie herum breitete sich panische Hektik aus. Alle versuchten gleichzeitig, aus der Kirche hinaus oder weiter in ihr Inneres zu gelangen. Ihr Vater, durch seine Krücken stets etwas im Nachteil, hatte Mühe, sich aufrecht zu halten. «Geht dorthin an die Wand», rief er seiner Frau zu und deutete nach links. Madlen hingegen schüttelte den Kopf. «Nein, wir müssen durch die Sakristei. Kommt mit.»

«Durch die Sakristei?», echote ihre Mutter verblüfft, folgte ihr jedoch, den ebenfalls weinenden Mattis eng an sich gepresst.

«Ja, das ist der kürzeste Weg.» Madlen sprach über ihre Schulter, während sie ihre beiden Schwestern mit sich zog. «Lucas hat ihn mir mal gezeigt.»

«Lucas?» Ihr Vater hüstelte. «Natürlich.»

Es dauerte tatsächlich nicht lange, bis sie auf der Rückseite der Kirche im Freien standen. Der Nebel hatte sich aufgelöst, doch der Himmel war nach wie vor grau verhangen.

Gerlach wandte sich sogleich an seine Frau. «Wir müssen uns beeilen und in der Burg in Sicherheit bringen. Von dort aus …» Er brach ab, als eine heftige Detonation die Stadt erschütterte. Nur wenige Atemzüge später erfolgte eine weitere. «Verflucht noch mal. Sprengladungen!» Madlens Vater war aschfahl geworden. «Los, lauft, so schnell ihr könnt. Ich komme nach, so rasch ich kann.»

Er schob Anne-Maria ein wenig an, die daraufhin seine Hand ergriff und drückte. «Wir stützen dich. Madlen!»

«Nein, lauft zu, achtet nicht auf mich», widersprach Gerlach energisch. «Madlen, du bleibst hier. Ich muss etwas mit dir bereden. Nun lauft schon endlich!»

Anne-Maria zögerte noch immer, als aber von Ferne Büchsenknallen zu vernehmen war, drückte sie Mattis noch fester, nahm Janni bei der Hand und rannte los. Marie eilte ihnen schluchzend hinterher.

«Gut.» Ihr Vater atmete auf. «Madlen, hör mir zu. Was auch immer jetzt geschehen mag – es wird schlimm für uns alle ausgehen. Wir können nicht darauf vertrauen, dass fünfhundert kurkölnische Soldaten und ein Haufen bewaffneter Bauern, Handwerker und Händler ein ganzes Kriegsheer aufhalten. Wer sich nicht in Sicherheit bringt, ist verloren. Die Holländer werden alles niedermachen, was ihnen in den Weg kommt.» Erneute Schüsse und fernes Rauschen und Schreien schienen seine Worte zu unterstreichen. «Wir müssen Lucas und Peter aus dem Gefängnis befreien. Dort drin werden die beiden kaum überleben.»

«Aber wie sollen wir sie denn da herausholen, Vater? Sie werden doch bewacht.»

«Ich weiß aus den Beschlüssen von Vogt und Schöffen, dass alle verfügbaren Männer bis auf einen oder zwei abgezogen werden, wenn es zum Kampf kommt. Vielleicht sogar alle. Die Verteidigung der Stadt geht vor. Du kennst dich im Gefängnis aus, Madlen, und weißt, wo sich die Schlüssel befinden, nicht wahr?»

Madlen erschrak. «Ja, zumindest erinnere ich mich, wo sie vor fünf Jahren hingen.»

«Gut. Dann lass uns Wilhelmi suchen, damit du ihm sagen kannst, wo er die Schlüssel findet. Ich würde selbst gehen, aber mit meiner Behinderung käme ich nicht weit.»

«Nein, Vater, Wilhelmi ist nicht flink genug.» Sie schluckte verzweifelt gegen die aufsteigende Angst an. «Ich werde es tun. Ich stehle die Schlüssel und hole Lucas und Peter aus dem Gefängnis.»

«Um Himmels willen!» Entgeistert starrte ihr Vater sie an. «Nein, das ist viel zu gefährlich. Wenn sie dich entdecken, werden sie dich ...»

«Wenn wir noch länger warten, ist es womöglich zu spät.» Sie straffte die Schultern, obwohl ihr Herz bis in ihre Kehle hinauf pochte. «Ich tue es. Jetzt sofort.»

Gerlach war aschfahl geworden, ergriff ihre Hände und drückte sie. «Ich wünschte, es wäre nicht so, aber ich sehe, dass du dich entschieden hast.» Er schluckte hart. «Ich bitte dich, Kind, geh kein Risiko ein. Bitte ...» Kurz schloss er die Augen, dann blickte er sie sehr eindringlich an. «Versteck dich, wenn auch nur die winzigste Gefahr besteht, dass du entdeckt wirst. Lauf weg, wenn es sein muss. Dein Leben ist mir wichtiger als alles andere auf der Welt.»

«Ich werde vorsichtig sein», versprach sie und zögerte dann kurz. «Wenn ich ... wenn ich es geschafft habe, dann treffen wir uns in der Burg?»

«Ja, ich warte dort auf euch. Aber wenn ihr nicht bis zur Burg durchkommt, zögert nicht, aus der Stadt zu fliehen. Der alte Eick weiß Bescheid. Ich habe ihm gesagt, dass wir Lucas und Peter irgendwie befreien werden, wenn es zum Ärgsten kommt. Er wird die Stellung halten und euch das Voigtstor öffnen, damit ihr hinauskönnt. Und auch uns, wenn wir später nachfolgen.»

«O Gott, ich habe Angst.» Madlen umarmte ihren Vater, der sie fest an sich zog und ihren Rücken streichelte.

«Ich auch, Madlen. Vielleicht sogar noch weit mehr als du.» Zärtlich küsste er sie auf die Stirn. «Nun lauf, beeile dich. Wir treffen uns später in der alten Ziegelbrennerei.»

Madlen zuckte zusammen. «Dort?»

«Lauf jetzt!»

Lucas zuckte zusammen, als ein lauter Knall den Turm erzittern ließ. Als nur zwei Atemzüge später der zweite etwas weiter entfernt erschallte, trat er an das kleine, vergitterte Fenster. «Sie erstürmen die Stadt durch das Dreeser Tor.»

Peter, der mit halb geschlossenen Augen auf der Pritsche gesessen hatte, erhob sich langsam. «Das war zu erwarten. Sprengladungen am Neutor und am Dreeser Tor. Wilhelm wird hier keinen verdammten Stein auf dem anderen lassen. Warum konnte Averdunk ihm nicht einfach den Durchzug gewähren?»

«Weil er ein elender Idiot ist.» Lucas lehnte sich gegen die Wand und drückte seine Stirn gegen den kalten Stein des Fenstersimses. «Er will sich profilieren und mit aller Gewalt seinen Willen durchsetzen. Und jetzt hat auch noch Schall seine Finger im Spiel. Er ist ein noch schlimmerer Eiferer als mein Onkel. Mit Vernunft ist ihm nicht beizukommen, und alle, die nicht seiner Meinung sind, räumt er aus dem Weg.» Er hielt kurz inne. «So wie uns. Was, glaubst du, werden die Holländer mit uns machen, wenn sie uns hier entdecken? Einen abtrünnigen Verräter und einen Hauptmann des Münsteraner Fürstbischofs. Vermutlich fackeln sie nicht lange, uns den Garaus zu machen. Damit wären Schalls Probleme gelöst, ohne dass er sich noch groß damit befassen muss, ob die Anklage nun berechtigt war oder nicht.»

Peter ging zur Zellentür und trat mit aller Macht dagegen. «Wir müssen hier heraus, verdammt noch mal!»

«Das ist Eiche, die kannst du treten, so viel du willst.» Lucas hob den Kopf, griff nach den Gittern am Fenster und rüttelte daran. «Verdammtes Dreckloch! Hörst du die Schüsse?»

«Ich müsste taub sein, um sie zu überhören.» Peter schlug frustriert mit der Faust gegen die Tür, seine Handschellen klirrten. «Sie stürmen die Stadt, und wir können nichts tun.»

«Du machst dir Sorgen um Madlen.» Lucas drehte sich um und rieb sich übers Gesicht.

«Du etwa nicht?», fuhr Peter ihn an.

«Thynen wird sie längst aus der Stadt gebracht haben. Er

kann selbst nicht kämpfen, also wird er dafür Sorge tragen, dass seine Familie in Sicherheit ist.» Lucas ließ die Hände sinken. «Verflucht, natürlich mache ich mir Sorgen um sie. Ich liebe sie.»

«Ich glaube auch, dass sie kurzen Prozess mit uns machen, sobald sie uns hier finden.» Resigniert ging Peter zur Pritsche zurück und setzte sich.

Lucas zögerte, dann ließ er sich neben ihm nieder. «Wir sitzen ganz schön in der Scheiße, was?»

Menschen strömten Madlen entgegen, als sie die Straße in Richtung des Baseller Turms entlanglief. Immer wieder riefen ihr Frauen Warnungen zu, versuchten, sie zu bewegen, mit ihnen zu kommen. Doch sie hörte nicht hin. Als sie in eine enge Gasse einbog, lag die plötzlich menschenleer vor ihr. Hinter sich hörte sie Rufe, Schreie, Kinderweinen. Vor ihr lag das Ungewisse. Schüsse hallten immer wieder über die Stadt hinweg, und je näher sie dem Gefängnisturm kam, desto lauter waren auch die Kampfgeräusche zu vernehmen. Männer brüllten einander Befehle zu oder schrien wie wild. Madlen meinte sogar, das Klirren von Säbeln zu vernehmen, wo Soldaten auf Soldaten trafen. Oder Soldaten auf Bürger. Nicht jeder dieser Männer trug eine richtige Waffe. Die meisten konnten auch gar nicht damit umgehen. Viele besaßen nur Dolche, Küchenmesser, Mistforken oder Schaufeln.

Es kam Madlen vor, als rücke das Kampfgetümmel näher und näher. Aber vielleicht war es auch nur ihre Angst, die ihr vortäuschte, dass die Geräusche lauter und lauter wurden. Am Ende der Gasse blieb sie stehen und sah sich vorsichtig um. Sie hatte einen kleinen Bogen geschlagen und steuerte von hier aus seitlich auf das Gefängnis und das Neutor zu. Voller Entsetzen starrte sie auf das Stadttor, das die Angreifer offenbar versucht hatten zu sprengen. Es war schwer beschädigt, doch das Fallgitter war noch immer heruntergelassen. Das Neutor war erst vor einigen Jahren fertiggestellt worden und deshalb wohl deutlich schwieriger einzunehmen als das schon recht alte Dreeser Tor. Madlen sah kaum Wachen, vermutlich hatten sich die meisten hinüber zum Dreeser Tor begeben, wo die Feinde in die Stadt vordrangen. Nur auf der Treppe zum Eingang des Turms stand ein Wachmann, groß, breitschultrig, mit schulterlangem rotbraunem Haar. Sie hatte ihn schon einmal gesehen – er gehörte zu den Männern des Amtmanns.

Madlen bekam kaum noch Luft vor Angst, als wieder und wieder Schüsse knallten. Das Kampfgeschrei wurde wirklich lauter, das konnte keine panische Einbildung mehr sein. Wenn ein feindlicher Soldat sie hier entdecken würde … Nein, darüber durfte sie jetzt nicht nachdenken. Fieberhaft überlegte sie, wie sie den Wächter bloß ablenken sollte. Er wirkte blass, aber vielleicht lag das nur an seiner leuchtenden Haarfarbe; seine Miene war verkniffen, so als ärgere er sich über etwas. Vermutlich darüber, dass seine Kumpane alle zum Kampf geeilt waren und er hier alleine Wache zu halten hatte. Welch ein Hohn!

Entschlossen rannte Madlen los – direkt auf ihn zu. «Hilfe!», rief sie und tat atemloser, als sie war. «Bitte helft mir. Drei Dragoner, sie, oh Gott, sie haben meine Schwestern mitgenommen. Bitte helft ihnen! Oh bitte!» Sie bemühte sich, panisch zu wirken, und da ihr das Herz wild gegen die Rippen schlug und ihre Hände vor Nervosität zitterten, schien sie genau den richtigen Eindruck zu erwecken.

Der Wachsoldat trat einen Schritt auf sie zu. «Wo wurden Eure Schwestern aufgegriffen?»

«Drüben in der Polligsgasse.» Sie tat, als müsse sie Tränen fortwischen. «Wir sind getrennt worden, weil da so viele Leute rannten, und da haben sie sie gepackt und mitgeschleppt. Bitte, ich will nicht, dass man ihnen ein Leid antut!»

«In der Polligsgasse?» Der Wachmann rieb sich unschlüssig übers Kinn, warf einen kurzen Blick über die Schulter zum Eingang des Gefängnisturms hinauf. Schließlich schien er eine Entscheidung zu treffen, eilte hinauf und legte mit einem raschen Handgriff den schweren Außenriegel vor. Dann kehrte er zu Madlen zurück. «Ich kümmere mich darum. Seht zu, dass Ihr von hier verschwindet, Mädchen. Es ist zu gefährlich auf den Straßen.» Damit rannte er los.

Madlen fluchte innerlich. Ungeduldig wartete sie, bis der Mann außer Sichtweite war, dann versuchte sie, den Riegel an der Eingangstür zu öffnen. Er bewegte sich kaum. Rost hatte sich darauf gebildet, weil er zu selten benutzt wurde, und das Holz der Tür schien aufgequollen zu sein.

«Nun mach schon, geh auf, geh auf, geh auf!» Sie rüttelte an dem Riegel und stemmte sich dagegen – bis er sich endlich löste und knirschend über das Holz zurückglitt. Sie zog die Tür auf und schlüpfte hastig ins Innere des Turms. Eine einzige, fast heruntergebrannte Pechfackel brannte neben der Tür. Im diffusen Zwielicht eilte Madlen zu der Stelle, an der vor fünf Jahren der Schlüsselring gehangen hatte. Der Haken war leer.

Madlen stieß einen verzweifelten Laut aus. Was, wenn der Wachmann die Schlüssel bei sich trug? Sie hatte nicht darauf geachtet, ob ein Bund an seinem Gürtel befestigt gewesen war. Nur an den Säbel erinnerte sie sich. Gott, was nun? Ohne Schlüssel konnte sie die Zellentür nicht öffnen. Und wenn der Wächter in der Polligsgasse weder Dragoner noch hilfsbedürftige Mädchen fand, würde er vermutlich auf seinen Posten zurückkehren. Vielleicht traf er aber auch auf den Feind. Die Kampfgeräusche hatten sich so furchtbar nah angehört. Madlen schauderte allein beim Gedanken daran. Als sie einen Schritt vorwärts machte, stieß sie mit dem Fuß gegen etwas, das leise klirrte. Der Schlüsselring! Offenbar war er nur heruntergefallen. Hastig hob sie ihn auf und rannte damit, so schnell es in ihren Röcken ging, die Stufen hinab zur Kerkerzelle.

«Lucas? Peter? Sie hämmerte gegen die Tür. «Geht es euch gut?» Fahrig suchte sie den richtigen Schlüssel, aber es waren neue hinzugekommen und anders angeordnet als vor fünf Jahren.

«Madlen, bist du das?» Lucas' Stimme hätte nicht überraschter klingen können, selbst wenn der Kaiser höchstpersönlich vor der Tür gestanden hätte.

«Was machst du denn hier?», setzte Peter nicht minder verwundert hinzu.

«Na was wohl? Ich will euch befreien. Verdammt, ich finde den passenden Schlüssel nicht!» Einen nach dem anderen schob sie ins Schloss, bis sie endlich den richtigen erwischt hatte. Mit einem energischen Ruck zog sie den Riegel zurück und stieß die Zellentür auf.

Im nächsten Moment fand sie sich bereits an Lucas Brust wieder. Er hatte sie ungestüm gepackt und an sich gezogen. Sein Mund presste sich wild auf ihren, löste sich aber fast sofort wieder von ihr. «Verflucht noch eins, was hast du hier zu suchen? Wenn du nur einen Funken Verstand hättest, wärst du längst aus der Stadt geflohen.»

«Ich weiß.» Sie schluckte und blickte ihm prüfend ins Gesicht. Die Bartstoppeln ließen es hager und blass wirken. Denselben Eindruck hatte sie von Peter, als sie den Kopf in seine Richtung drehte. Er starrte sie immer noch stumm an, hatte sich offensichtlich noch nicht von der Überraschung erholt. Rasch griff sie nach Lucas' Handschellen. «Hoffentlich kriegen wir die auch mit einem von denen hier auf.» Wieder versuchte sie einen Schlüssel nach dem anderen, bis sie den richtigen fand.

Lucas rieb sich über die Handgelenke, als die Eisenfesseln endlich fort waren. «Du rettest mich also zum zweiten Mal aus dem Gefängnis. Ich dachte, so eine Torheit würdest du nie wieder begehen?»

«Halt die Klappe.» Madlen hatte sich mittlerweile Peters Handschellen zugewandt und warf Lucas nur einen kurzen, aber bedeutsamen Blick zu. «Wir müssen uns beeilen.»

«Allerdings.» Als auch Peters Fesseln gelöst waren, eilten sie hintereinander zur Treppe. «Wo stecken die Wachen?»

«Es war nur einer da, den ich ablenken konnte, aber er könnte bald zurückkommen.» Madlen folgte den beiden Männern nach oben, musste aber aufpassen, sich nicht in ihren Röcken zu verheddern.

Lucas war am Eingang stehen geblieben und hob warnend die Hand. «Da können wir nicht raus. Nicht unbewaffnet. Die Holländer kommen aus Richtung Dreeser Tor auf uns zu.» Fluchend zog er sich zurück. «Es sind zu viele.»

«Dann müssen wir uns Schwerter besorgen.» Peter warf ebenfalls einen vorsichtigen Blick hinaus. «Madlen, du bleibst hier, bis wir dich holen kommen.»

«Nein, auf gar keinen Fall!» Sie schüttelte entsetzt den Kopf. «Ich habe euch befreit, weil ihr hier nicht sicher seid. Was, wenn sie mich entdecken?»

«Sie hat recht.» Lucas ergriff ihre Hand und dachte einen Moment nach. «Wir müssen da runter. Über den Wehrgang auf der Stadtmauer kommen wir hier nicht weg.»

«Dann los», stellte Peter nach einem weiteren Blick nach draußen fest. «Es kommt gerade niemand.»

Lucas zog Madlen mit sich die Stufen hinab und fluchte laut, als er sich nach Peter umsah. «Verdammt, was soll das?»

Peter war ihnen nicht gefolgt, sondern weiter nach oben in die Wachstube über dem Wachturm gegangen. Madlen stolperte beinahe über eine der Stufen, als Lucas sie weiterzog. Gebrüll und das Geklirr aufeinandertreffender Schwerter, immer wieder übertönt von Schüssen, kamen näher und näher.

«Wo ist Peter denn hin?», fragte sie und drängte sich verängstigt an Lucas, als er hinter einer Ecke des Neutors stehen blieb.

Die Frage wurde ihr gleich darauf beantwortet, als Peter mit einem Dolch und einem Kurzschwert in Händen zurückkehrte. Seine Miene war geisterhaft blass.

«Was ist?» Lucas nahm ihm den Dolch ab. «Wie sieht es vor der Stadt aus?»

Peter fuhr sich mit einer abgehackten Bewegung durchs Haar. «Das willst du lieber nicht wissen. Da draußen lagern mindestens drei oder eher noch vier Regimenter. Dragoner, Artillerie …» Wie zur Bestätigung fielen erneut Schüsse. «Denen halten wir unmöglich lange stand.»

«Vier Regimenter?» Madlen rang nach Atem. «Wie viele Männer sind das?»

«Schwer zu sagen, wie die Holländer organisiert sind, aber es sieht aus, als hätten sie vier- bis fünfmal so viele Soldaten wie wir Menschen hier in der Stadt.» Peter winkte ihnen. «Los, wir müssen hier weg, ehe sie uns entdecken.»

Madlen wurde übel vor Schreck. So viele Soldaten, und alle stürmten auf die Stadt zu. «Wir müssen zur Burg. Vater hat gesagt, dass wir ihn dort treffen. Wenn das nicht geht, sollen wir gleich zum Voigtstor. Der alte Eick lässt uns raus.»

So schnell sie konnte, hastete sie hinter Lucas her, der sie mit hartem Griff mit sich zog. Sie bogen in die Polligsgasse ein, mussten aber gleich wieder kehrtmachen, weil eine schreiende Horde Dragoner ihnen entgegenkam.

«Hier entlang!» Peter deutete auf einen Durchgang zwischen zwei Häusern, der über Hinterhöfe zur nächsten Gasse führte. Das Kriegsgeschrei wurde immer lauter und mischte sich mit entsetzten Warnrufen.

«Feuer!»

«Es brennt!»

Weitere Schüsse, diesmal sehr nahe, durchschnitten die Luft. Von irgendwoher tauchten holländische Dragoner auf und stürzten sich mit furchteinflößendem Geheul auf sie. Madlen schrie auf und versuchte, ihnen auszuweichen, aber einer der Soldaten stieß sie um, und sie knallte hart auf dem steinigen Boden auf. Hektisch versuchte sie wegzukriechen.

Peter setzte sich mit seinem Kurzschwert geschickt zur Wehr und streckte einen der Angreifer beinahe sofort nieder. Lucas hingegen gelang es kaum, sich nur mit dem Dolch zu verteidigen, noch dazu gleich gegen zwei Angreifer. Peter sprang ihm zur Seite und konnte einen der beiden Holländer abdrängen, sodass Lucas etwas Luft bekam. Er ließ den Dragoner nah herankommen und versetzte ihm einen Tritt, wehrte gleichzeitig dessen Schwerthieb ab, so gut es ging, wich aus und stach mit dem Dolch zu.

Der Holländer schrie auf, fasste sich an die verletzte Seite und brach im nächsten Moment zusammen, als Peter ihm einen Schwerthieb versetzte.

Madlen keuchte und würgte beim Anblick des Blutes, das in Strömen aus den Wunden des Mannes schoss. Drei tote Holländer lagen vor ihr am Boden, und sie rang verzweifelt die aufsteigende Panik nieder.

«Hier nimm das!» Peter nahm einem der Toten das Schwert ab und reichte es Lucas.

Madlen rappelte sich hoch. «Was jetzt?», stieß sie zitternd hervor. «Die Holländer scheinen schon überall zu sein.»

«Wir bringen dich schon irgendwie zur Burg, da kannst du dich verstecken.» Peter übernahm die Führung.

Lucas drückte Madlen den blutigen Dolch in die Hand und zog sie erneut mit sich.

Sie starrte für einen Moment entgeistert auf die Waffe. Sie meinte den Geruch des Blutes förmlich auf der Zunge zu spüren und musste erneut ein Würgen unterdrücken. Doch dann verdrängte sie mit aller Macht das Bild der drei toten Holländer aus ihrem Kopf. Die Dragoner hätten sie umgebracht, Lucas und Peter hatten keine andere Wahl gehabt, als sie zu töten. Und sie selbst sollte auch bereit sein, ihr Leben, wenn nötig, zu verteidigen.

Als sie weiterliefen, schienen die Kampfgeräusche etwas leiser zu werden, und Madlen blickte sich im Rennen kurz um. Vor Entsetzen stockte ihr der Atem. Dunkle Rauchschwaden quollen in die Höhe; Rheinbach stand in Flammen! «Sie brennen die Stadt nieder!», rief sie und erschrak selbst über die Panik in ihrer Stimme. Verzweifelte Tränen stiegen ihr in die Augen, rannen heiß über ihre Wangen.

«Schau nicht hin.» Lucas wurde kurz langsamer und berührte sie zärtlich an der Wange. «Es wird alles wieder gut, Madlen. Aber bleib jetzt ganz ruhig, ja? Nicht durchdrehen.»

Sie schluckte mehrmals und nickte schließlich. Als sie nur wenig später die Burg erreicht hatten, atmete sie auf. Hier drängten sich Frauen und Kinder im Hof und in den offen stehenden Gebäuden. Einige der Wagen, die zuvor noch hier gestanden hatten, waren verschwunden.

«Madlen!» Der schrille Schrei ihrer Mutter ließ Madlen zusammenfahren. «Dem Himmel sei Dank, dir geht es gut.» Anne-Maria stürzte auf sie zu und zog Madlen in ihre Arme.

Schluchzend strich sie ihr immer wieder übers Haar. «Es ist so entsetzlich. Marie und Janni!»

«Was ist mit ihnen?» Madlens Herz krampfte sich zusammen. «Was ist passiert, Mutter?»

«Wir wurden getrennt. Es war so ein Durcheinander, und jetzt sind sie verschwunden. Sie sind verschwunden.» Ihre Mutter weinte hysterisch.

Lucas fasste Anne-Maria an der Schulter. «Wo habt Ihr sie zuletzt gesehen?»

Nur mit Mühe konnte sie antworten, immer wieder schluchzte sie. «Irgendwo zwischen hier und der Kirche. Es waren so viele Leute unterwegs, und dann kamen die Soldaten. Sie …» Plötzlich stockte sie und riss die Augen weit auf. «Heilige Muttergottes!»

Madlen drehte sich um und begriff, was ihre Mutter so schockiert hatte. Die Rauchschwaden waren inzwischen auch vom Innenhof der Burg deutlich sichtbar. Es mussten bereits eine ganze Reihe von Gebäuden in Flammen stehen.

«Wir suchen die beiden», entschied Peter. «Ihr bleibt hier …»

«Nein, die Burg werden sie als Nächstes stürmen», unterbrach Lucas ihn. «Nehmt die Wagen und verlasst die Stadt so schnell ihr könnt. Wo ist Thynen?»

«Hinten bei Mattis und deiner Mutter.» Anne-Maria hatte sich nun doch ein klein wenig gefangen. Noch während sie sprach, kam Gerlach auf sie zugehumpelt.

«Allen Heiligen sei Dank, ihr seid alle wohlauf.» Sein Gesicht wirkte grau vor Sorge. «Janni und Marie!» Verzweifelt blickte er auf seine Krücken. «Ich muss sie suchen, ich muss …»

«Wir finden sie.» Lucas trat auf ihn zu. «Wir finden sie, ich schwöre es. Bringt Ihr unterdessen den Rest Eurer Familie in

Sicherheit. Die Holländer sind uns vier- oder fünffach überlegen. Es kann nicht lange dauern, bis sie uns überrennen.» Er wandte sich noch einmal an Madlen, strich ihr über die Wange.

Sie schluckte hart, als sie seinen entschlossenen Blick sah. «Versprich mir, zur alten Ziegelbrennerei zu kommen.» Sie sah auch zu Peter hinüber. «Versprecht es mir beide!»

Peter nickte ihr nur zu. Lucas küsste sie, dann konnte sie nur noch zusehen, wie die beiden Seite an Seite losrannten – zurück in die brennende Stadt.

30. Kapitel

Madlen fühlte sich für einen Moment wie erstarrt, doch das ängstliche Geschrei, als immer mehr Leute die Rauchschschwaden entdeckten, riss sie aus ihrer Lethargie. «Kommt, Mutter, wir müssen uns beeilen! Vater, holt Mattis und Hedwig und Toni. Ist Wilhelmi auch noch hier? Wir müssen unsere Sachen so schnell wie möglich von hier wegbringen.»

«Wilhelmi ist losgegangen, um die Stadt zu verteidigen.» Gerlach rieb sich besorgt übers Gesicht. «Ich habe ihm gesagt, es sei ein fruchtloses Unterfangen, aber ... Er muss ja kämpfen, wenn der Rat ihn zu den Waffen ruft.» Seufzend wandte er sich ab und hinkte eilig zu den Wagen hinüber. Madlen sah, wie er gestikulierte und Anweisungen gab, und wandte sich wieder an ihre Mutter. «Kommt, Ihr müsst einen der Wagen lenken. Ich nehme den kleinen und Hedwig und Toni den ihren. Wenn wir angegriffen werden, rennt zur Kirche. Dort müssten wir im Notfall sicher sein.»

«Glaubst du das wirklich?» Anne-Maria blickte ängstlich in Richtung der Straße. Auch hier im Burghof waren schon Gebrüll und Kampfgeräusche zu hören.

«Noch scheinen unsere Leute die Holländer in Schach halten zu können, sonst wären sie längst hier. Kommt, beeilt Euch!» Madlen zupfte ihre Mutter energisch am Ärmel ihres Kleides. «Nehmt Mattis mit auf Euren Wagen, Vater kann bei mir mitfahren.»

Es war nicht einfach, die drei hochbeladenen Wagen aus

dem Burghof hinauszumanövrieren. Es herrschte ein heilloses Durcheinander. Frauen, Kinder und alte Männer wuselten in panischer Hektik umher. Einige rafften so viele Sachen zusammen, wie sie tragen konnten, und versuchten, sich anderswo in Sicherheit zu bringen, andere strömten weinend und wehklagend aus Richtung des Kampfgetümmels herbei, um Schutz in der Burg zu suchen. Berichte von entsetzlichen Metzeleien und rücksichtslosen Plünderungen flogen von Mund zu Mund. Inzwischen war nicht nur Rauch zu sehen, ein leichter Wind wehte auch den Brandgeruch zu ihnen herüber.

Endlich waren alle drei Wagen auf der Straße und rollten auf das Voigtstor zu. Madlen war mit ihrem Vater auf dem kleinen, von Kühen gezogenen Gefährt vorausgefahren und sprang vom Bock, als sie beim Stadttor angekommen waren. Hektisch sah sie sich nach dem alten Eick um, konnte ihn jedoch nirgends entdecken. Das Tor war verschlossen, das Fallgitter herabgelassen.

«Eick? Eick, wo seid Ihr?» Beinahe wäre Madlen in einen Trupp kurkölnischer Soldaten hineingerannt, der im Laufschritt an ihr vorbeizog und offenbar erkunden wollte, wie weit die Angreifer schon in die Stadt vorgedrungen waren.

Als die Soldaten an ihr vorbei waren, lief Madlen weiter in Richtung Wachstube. Die Tür stand einen Spalt offen; von drinnen war das Weinen eines Mädchens zu vernehmen. Madlen schob die Tür vorsichtig auf, trat leise ein – und dann gaben ihr beinahe die Knie vor Erleichterung nach. «Marie, dem Himmel sei Dank!»

«Madlen!» Marie warf sich schluchzend in die Arme ihrer älteren Schwester. «Sie hätten mich fast erwischt. Sie wollten ... Sie haben mich auf den Boden gestoßen und ... ich ... Ich hab einem der Männer einen Stein an den Kopf geschlagen, so hart ich konnte. Ich glaube, er ist tot.»

«Schsch, schon gut, alles ist gut.» Madlen drückte ihre weinende Schwester an sich.

«Ich hab sie auf der Straße entdeckt und hier hereingebracht», erklärte der alte Eick. «Diese Barbaren! Machen vor nichts halt, schon gar nicht vor jungen, hübschen Mädchen.»

«Janni!» Marie weinte so heftig, dass sie kaum zu verstehen war. «Ich … hab ihr gesagt, sie soll … weglaufen. Ich … weiß nicht, wo sie ist.

«Marie, bist du das?» Anne-Maria kam zur Tür herein und riss fast im selben Moment ihre Tochter in die Arme. «O Gott, mein Liebes, geht es dir gut? Bist du unversehrt?»

«Mutter! Ich … ich hab ihn umgebracht. Ich glaube, ich habe einen von den Holländern umgebracht, als er …» Von Schluchzern geschüttelt, brach sie ab, während Anne-Maria sie nur umso fester an sich zog.

«Wir müssen weg.» Madlen wandte sich hektisch an Eick. «Vater sagt, Ihr lasst uns hinaus.»

«Sind schon so viele von den dreckverdammten Holländern in der Stadt? Können die Unsrigen sie nicht aufhalten?» Dem alten Mann liefen Tränen über die Wangen.

«Es sind mindestens vier Regimenter, Eick, gegen die kommen wir nicht an.» Madlen rüttelte ihn am Arm. «Bitte, lieber Eick, helft uns.»

«Ja, ja, natürlich, so war es abgemacht. Meine Familie habe ich schon gestern weggeschickt, dem Herrn sei Dank.» Der alte Mann wischte sich mit dem Handrücken die Tränen fort. «Ich gehe hinauf und ziehe das Fallgitter hoch, damit Ihr unten durchpasst. Hebt Ihr den Balken am Tor. Aber nicht allein, das schafft Ihr nicht. Und wir müssen schnell machen. Ich darf das Tor nicht lange offen lassen. «

«Gut. Komm, Mutter, du musst helfen. Du auch, Marie.» Madlen nahm beide Frauen an den Handgelenken. «Ich schicke Euch jemanden, der Euch mit dem Gitter hilft», rief sie Eick zu, doch da kamen auch schon Toni und ihr Vater herein. Der Knecht eilte hinter dem Torwächter her, und Gerlach folgte Madlen statt der Mutter und Schwester zum Tor. Mit vereinten Kräften hoben sie den bleischweren Balken, mit dem die Pforte verriegelt war. Kurz darauf vernahmen sie ein knirschendes Quietschen. Das Fallgitter begann sich ganz langsam zu heben, und prompt rannten einige Leute, die in diesen vermeintlich sicheren Teil der Stadt geflohen waren, darauf zu und halfen, die Tore aufzuziehen.

Hinter dem Voigtstor lag die Landschaft ruhig und trügerisch friedlich da. Noch waren die Holländer offenbar nicht auf die Idee gekommen, sich um die Stadt herum bis hierher durchzuschlagen. Die meisten der Helfer rannten sofort hinaus, andere warteten einen Moment auf ihre Familien, bevor sie über das weite Feld hasteten.

Madlen und ihre Familie kehrten zu den Wagen zurück. Die Hühner und Gänse in den Käfigen gackerten und schnatterten laut, der Hahn krähte ununterbrochen. Gerlach kletterte umständlich auf den vorderen Wagen, Marie und ihre Mutter auf den großen gleich dahinter. Anne-Maria hielt die Zügel bereits in Händen, schüttelte dann jedoch verzweifelt den Kopf und sprang wieder vom Bock. «Janni, mein Mädchen. Ich kann nicht ohne Janni hier weg. Ich muss sie finden!» Verzweifelt lief sie einfach los, doch Madlen setzte ihr hastig nach und hielt sie auf. «Nicht, Mutter, das ist zu gefährlich. Ihr müsst aus der Stadt, so schnell ihr könnt.»

«Aber Janni! Ich kann mein Kind nicht im Stich lassen.»

Gerlach kletterte ebenfalls vom Bock und stützte sich an der Wagenwand ab, während er einbeinig auf seine Frau zuhüpfte. «Wir müssen fliehen. Lucas und Peter suchen Janni. Sie werden sie finden.» Seiner Stimme war anzuhören, dass er am liebsten selbst auf die Suche gegangen wäre. Tiefe Furchen hatten sich in sein Gesicht gegraben. «Madlen, komm jetzt ...»

«Nein, Vater.» Madlen umarmte ihn. «Ich bleibe hier und helfe, nach Janni zu suchen. Bitte Vater, beeilt Euch jetzt. Mutter, steigt auf.»

«Nein!» Entsetzt starrte Anne-Maria sie an, krallte sich an ihr fest. «Du darfst nicht hierbleiben. Ich kann nicht zwei Töchter hierlassen. Ich bleibe hier.»

«Sei vernünftig, Kind.» Gerlach hielt Madlen an den Handgelenken fest und versuchte, sie mit sich zu ziehen. «Du kannst nicht hierbleiben. Es ist zu gefährlich. Steig jetzt auf den Wagen.»

«Nein, Vater.» Madlen riss sich von ihm los. «Ich suche nach Janni. Ich kann sie finden, ganz bestimmt. Sie wird außer sich vor Angst sein und mich brauchen. Wenn Lucas und Peter in den Kampf verwickelt werden ...» Sie verbot sich, näher darüber nachzudenken. «Fahrt jetzt. Ich verspreche, dass ich Janni finde und mit ihr nachkomme, so schnell ich kann.»

«Nein, bitte, Madlen ...» Ihre Mutter streckte die Hand nach ihr aus. «Bitte ...»

Madlen schüttelte nur entschlossen den Kopf. «Nein, Mutter, ich bleibe. Fahrt jetzt.»

«Liebes.» Inzwischen war auch Hedwig abgestiegen und herbeigeeilt. «Wir müssen hier weg. Lange kann Eick das Fallgitter nicht geöffnet lassen. Sieh nur, wie viele Menschen schon draußen sind.» Sie legte Madlen eine Hand auf die Schulter, das Gesicht grau vor Angst und Sorge. «Bitte, Madlen, sei vorsichtig, Lucas würde es nicht ertragen, dich zu verlieren. Ebenso wenig deine Eltern oder ich. Wenn du Janni nicht finden kannst ...»

«Ich finde sie, ganz bestimmt.» Verzweifelt, weil der Kampflärm in ihrem Rücken immer näher zu kommen schien, schob sie ihre Mutter zum Kutschbock zurück. «Fahrt jetzt, bitte.» Sie küsste ihre Mutter auf die Wange. «Wir sehen uns in der alten Ziegelbrennerei.» Sie erlaubte sich nicht, den geringsten Zweifel in ihren Ton kriechen zu lassen. «Versprochen.»

Hemmungslos weinend kletterte Anne-Maria zurück auf den Wagen, wo Mattis ihr mit großen, angsterfüllten Augen die Zügel in die Hand drückte. Madlen trat zu ihm und fasste ihn an der Hand. «Pass gut auf Mutter auf, ja?»

«Ja, mach ich.» Mit einem erschreckend erwachsenen Blick sah ihr kleiner Bruder sie an. Dann ergriff er hinter der Hand ihrer Mutter die Zügel und zog leicht daran. «Los, Mutter, wir müssen gleich ganz schnell fahren.»

Madlen eilte zu ihrem Vater zurück, um ihm auf den Kutschbock zu helfen. Er griff erneut nach ihrem Arm, Schmerz und Sorge lagen in seinem Blick. «Wenn ich nicht so ...» Verzagt blickte er an sich hinab. «Ich würde dich zwingen, mit uns zu kommen.»

Madlen küsste auch ihn zärtlich auf die Wange. «Beeilt Euch, Vater. Ich werde so vorsichtig sein, wie ich kann.»

Er nickte nur mit gesenktem Kopf, kletterte mit ihrer Hilfe auf den Wagen und ergriff die Zügel.

Mit einem riesigen Kloß in der Kehle und vor Angst pochendem Herzen beobachtete sie, wie die Wagen aus der Stadt fuhren. Kaum waren sie hindurch, als das Fallgitter mit einem entsetzlichen Knallen wieder herabfiel. Empörte Schreie mischten sich mit Schüssen näher kommender Artilleristen. Mehrere Wagen stauten sich vor dem Gitter, Menschen sprangen ab. Der alte Eick dirigierte sie zügig ins Innere des Wachturms. Entweder zu ihrem Schutz oder um sie durch die Schlupfpforte hinauszulassen.

Ehe die Angst sie lähmen konnte, lief Madlen los in Richtung der Burg. Doch ein Scharmützel auf der Straße zwang sie schon bald kehrtzumachen. Der Brandgeruch war inzwischen immer aufdringlicher geworden und biss in den Augen.

Hektisch überlegte Madlen, wohin sie sich wenden sollte. Wo könnte ihre kleine Schwester sich versteckt haben? Ihr fiel nur die Kirche ein, denn das war ein geheiligter Ort und deshalb neben der wehrhaften Burg am sichersten. Also rannte sie, so schnell sie konnte, auf das Gotteshaus zu und betete, dass der Weg dorthin nicht versperrt war. Ihre Lungen brannten von der Anstrengung, und sie hatte das Gefühl, nicht genügend Luft zu bekommen. Vielleicht lag das aber auch an ihrer Panik, gepaart mit dem Qualm, der in dichten Schwaden die Gassen heraufgezogen kam.

Endlich erreichte sie die Kirche. Darin hielten sich mehrere Männer und Frauen auf – weniger jedoch, als Madlen angenommen hatte –, die zum Teil verletzt waren und rußbedeckt. Doch niemand hatte Janni gesehen. Ratlos ließ sich Madlen für einen Moment auf einer der Bänke nieder. Die Möglichkeit, dass die Holländer ihre kleine Schwester geschnappt und ihr etwas angetan haben könnten, schob sie rigoros von sich. Sie würde nicht mehr klar denken können, wenn sie das auch nur in Betracht zog. Gerade als sie sich erheben wollte, um ihre Suche wiederaufzunehmen, kam der junge, kraushaarige Küster hereingerannt. Er trug Säcke und Beutel mit sich und begann hektisch, den Altarschmuck und alles, was nicht niet- und nagelfest war, einzusammeln.

«Was tut Ihr denn da?» Madlen trat an ihn heran.

Der junge Mann, Stephen Gierlich hieß er, zuckte heftig zusammen und starrte sie aus weit aufgerissenen Augen an. Es dauerte einen Moment, bis er sie erkannte. «Die heiligen Reliquien, die Monstranz. Ich muss so viel davon retten, wie ich kann.»

Fast automatisch begann Madlen, ihm zu helfen. Sie stopften gemeinsam Weinkelche und Kerzenhalter in die Säcke, die Gierlich dann hinüber in die Sakristei trug, wo sie noch weitere Gegenstände zusammensuchten.

«Habt Ihr alles?» Vikar Stotzheim kam in die Sakristei. Er trug ebenfalls einen Stoffbeutel bei sich, aus dem ein großer Leuchter hervorragte. «Hier, nehmt das auch noch mit und beeilt euch. Ich muss mich um die armen Seelen nebenan kümmern. Eine der Frauen hat sich den Fuß schlimm verstaucht und kann nicht laufen, und zwei Männer sind im Kampf schwer verletzt worden.» Schon eilte der Geistliche zurück in den Kirchenraum. Madlen schien ihm gar nicht aufgefallen zu sein.

«Soll ich Euch tragen helfen?», fragte sie den Küster, doch Gierlich hatte bereits alle Säcke und Beutel irgendwie gepackt und geschultert. «Nein, lasst, es ist zu gefährlich für Euch. Bitte ...» Er brach ab, als nebenan Gebrüll und Geschrei laut wurden. «O Gott, sie sind da. Versteckt Euch!» Der Küster zerrte seine schwere Fracht durch den Hinterausgang hinaus und war verschwunden. Ein entsetztes Kreischen schallte aus dem Kirchenschiff zu Madlen herüber, das durch Mark und Bein ging.

«Wertsache! Chold und Silber! Ghebt uns alles heraus», drohte eine männliche Stimme. «Wird het bald? Heraus damit!»

«Hier ist nichts von Wert, so seht doch selbst.» Stotzheims Stimme zitterte von Angst. «Wir haben hier nichts für Euch.»

«Kirche ohne Schmuck und Chold? Unmoochlik», herrschte der Dragoner ihn an. «Wo habt Ihr das Zeuch versteckt. Redet!»

«Stech ihn ab, wenn er nicht damit rausrückt», hörte Madlen einen anderen höhnisch auf Holländisch sagen. Ihr wurde eiskalt vor Entsetzen.

«Nein, bitte, ich flehe Euch an. Hier ist nichts mehr. Kein Gold. Bitte!» Das laute Röcheln, das den flehenden Worten des Vikars folgte, ließ eine Welle von Übelkeit in Madlen aufsteigen. Eine Frau kreischte wie irr, doch auch dieser Schrei brach abrupt ab. Weitere Stimmen wurden laut, offenbar waren noch mehr Männer in die Kirche geströmt.

«Was hat das hier zu bedeuten!», brüllte eine offenbar befehlsgewohnte Stimme ebenfalls auf Holländisch. «Keine Geistlichen, keine Frauen und Kinder, das war der Befehl! Raus mit Euch, Dreckspack!» Es folgten noch einige grobe Flüche und harsche Befehle. Madlen sah sich nach der Tür um und wollte gerade hindurchschlüpfen, als die Sakristei von mehreren Männern gestürmt wurde. Unter ihnen offenbar der Kommandant, den sie eben hatte reden hören. Madlen bleib vor Schreck stocksteif stehen.

«Hier ist nichts, Herr von Valkenburg», sprach einer der Männer den Kommandanten an. «Sie müssen die Wertsachen schon weggebracht haben.» Er packte Madlen am Arm, die vor Entsetzen aufschrie und versuchte, sich loszureißen. «Bloß das hier, auch hübsch, wenn auch nicht sehr wertvoll. Was meint Ihr? Mitnehmen?»

Von Valkenburg maß den Dragoner mit verächtlichen Blicken. «Wenn ich noch einmal wiederholen muss, dass hier niemand vergewaltigt wird, lasse ich meine Reitpeitsche sprechen. Lass die Kleine los. Komm her», sagte er auf Deutsch, griff nach Madlens Hand und zog sie mit sich hinüber ins Kirchenschiff. Als sie am Altar vorbeigingen, stieß Madlen einen Schrei aus, weil sie beinahe über die blutüberströmte Leiche des Vikars gestolpert wäre. Gleich daneben lag eine Frau, wohl bewusstlos vom Schlag eines der Plünderer. Eine andere Frau beugte sich weinend über sie und versuchte sie durch leichte Schläge auf die Wange wieder wach zu bekommen.

«Bringt die Weiber in das Haus neben der Kirche», blaffte von Valkenburg einen seiner Männer auf Holländisch an. «Unversehrt, verstanden?» Ohne sie anzusehen, geleitete er Madlen bis zu einem Wohnhaus in direkter Nachbarschaft der Kirche. «Rejn da», befahl er ihr nicht unfreundlich wieder auf Deutsch. «Dort drin bist du sicher, Meisje.»

Madlen trat durch die offen stehende Tür, hinter der sie ein weiterer, schon sehr betagter Holländer erwartete, dem Aussehen nach kein Soldat, sondern so etwas wie ein Schreiber vielleicht. Sein Haar war eisgrau und reichte ihm in dünnen, krausen Locken bis über die Schultern. Er trat zur Seite, um ihr den Weg in die Wohnstube freizugeben. Dort saßen etwa fünfzehn Frauen und Mädchen beieinander, schweigend, verschreckt, aber unversehrt. Offenbar waren sie von den Holländern eingesammelt und tatsächlich hier in Sicherheit gebracht worden. Auf den ersten Blick erkannte Madlen keine von ihnen, vermutlich handelte es sich um Frauen, die mit ihren Familien aus den umliegenden Dörfern in die Stadt gekommen waren.

«Madlen!»

Sie fuhr herum – und sackte vor Erleichterung beinahe zusammen. Janni rannte weinend auf sie zu, das Mädchen hatte ganz hinten auf einem Stuhl gesessen.

«Janni, Gott sei Dank, es geht dir gut!» Madlen schossen ebenfalls die Tränen in die Augen, als sie ihre Schwester in die Arme schloss. «Wir haben uns solche Sorgen um dich gemacht.»

«Wo ist Marie? Sie … hat gesagt, ich soll wegrennen. Ich wollte nicht, aber da waren … böse Männer, die haben … Marie weh tun wollen.» Jannis Stimme klang dumpf, weil sie ihr Gesicht an Madlens Schulter gepresst hatte und immer noch heftig schluchzte.

«Es geht ihr gut. Sie konnte entkommen und ist jetzt bei Mutter und Vater.» Madlen konnte spüren, wie Janni sich entspannte. «Ich bin so froh, dass ich dich gefunden habe. Wie bist du denn bloß hierhergeraten?»

«Ich bin gerannt, so schnell ich konnte, aber dann sind immer mehr Soldaten aufgetaucht.» Janni schluckte und versuchte sichtlich, sich zu beruhigen. «Ich wusste nicht, wohin, und dann bin ich auch noch ausgerutscht und hingefallen und habe mir an den Knien und an der Hand weh getan. Einer von den Soldaten hat mich gepackt und mitgeschleppt, obwohl ich ihn getreten habe. Er war ziemlich wütend, aber er hat mir nichts getan, sondern mich einfach hierhergebracht.»

«Da hast du ein Riesenglück gehabt.» Liebevoll streichelte Madlen ihrer kleinen Schwester über das zerzauste Haar. Dann sah sie nacheinander die anderen Frauen und Mädchen an, die schweigend dasaßen. «Geht es euch allen gut? Ist jemand verletzt?»

Einige Frauen nickten, andere schüttelten den Kopf. Eine ältere Matrone erhob sich mit argwöhnischem Blick auf den Mann, der an der Tür stand und offenbar Wache hielt. «Was geschieht jetzt mit uns, wisst Ihr das?»

Madlen schüttelte den Kopf. «Nein, ich war nur auf der Suche nach meiner Schwester und ...» Sie schloss kurz die Augen, als sie daran dachte, was eben in der Kirche passiert war. Sie wandte sich an den Mann an der Tür und sprach ihn auf Niederländisch an. «Verzeihung, werter Herr, könnt Ihr mir sagen, was Ihr oder Euer Befehlshaber mit uns vorhabt?»

Der alte Mann, er schien schon weit über siebzig zu sein, musterte sie überrascht. Offenbar hatte er nicht damit gerechnet, dass hier jemand seine Sprache fließend beherrsche. «Ihr seid alle hier zu Eurem Schutz. Der Rheingraf, Herr von Valkenburg, hat angewiesen, keine Frauen, Mädchen oder

Kinder zu schädigen. Wer aufgegriffen wird, kommt hierher oder in die Burg. Wir haben nicht vor, Euch ein Leid anzutun.»

Erleichtert atmete Madlen auf. «Danke, werter Herr ...?»

«Huygens. Constantijn Huygens. Diplomat und Sekretär im Dienste Seiner Hoheit Wilhelm, des Prinzen von Oranien, Statthalter von Holland und Zeeland.» Der alte Mann nickte ihr durchaus wohlwollend zu. «Ihr seid meiner Sprache mächtig, also nehme ich an, Ihr seid Frau oder Tochter eines Kaufmanns oder eines Amtmanns?»

«Ersteres. Mein Vater ist Gerlach Thynen, Tuchhändler und Rheinbacher Ratsherr.»

«Aha.» Auf Huygens Stirn erstanden tiefe Furchen. «Dann ist Euer Vater mitverantwortlich für die heutige Gewalt. Es hätte nicht so weit kommen müssen, wenn Euer Bürgermeister uns die Tore geöffnet hätte.»

«Ich weiß.» Madlen senkte den Kopf, hob ihn aber gleich wieder. «Mein Vater hat versucht, Averdunk umzustimmen. Den Bürgermeister meine ich», fügte sie hinzu, als Huygens fragend die Augenbrauen hob.

«Dann besitzt Euer Vater mehr Verstand als Euer Bürgermeister. Leider ändert dies nichts mehr daran, dass wir die Stadt stürmen mussten. Entschuldigt mich nun, ich muss zum Herrn Rheingrafen, um mit ihm die aktuelle Lage zu begutachten. Rührt Euch nicht von hier weg, dann geschieht Euch auch nichts.» Er nickte ihr knapp zu und verließ den Raum.

«Was hat er gesagt?», fragte die Matrone prompt. «Woher könnt ihr die Sprache dieser Barbaren?»

«Mein Vater ist Tuchhändler.» Madlen versuchte, einen Blick nach draußen zu erhaschen, traute sich aber nicht näher an die Tür heran. «Sie haben uns hier hereingebracht, um uns zu beschützen. Solange wir drinnen bleiben, müssten wir in Sicherheit sein.»

«Ja, bis die nächste Horde irre gewordener Schlächter hereinstürmt und uns allen die Kehlen durchschneidet!»

Janni drängte sich verschreckt an Madlen, und zwei oder drei der jüngeren Mädchen schluchzten entsetzt auf.

«Der Mann eben war der Sekretär von Wilhelm von Oranien.» Madlen drückte ihre Schwester tröstend an sich. «Er hat gesagt, dass Herr von Valkenburg den Befehl gegeben habe, Frauen und Kinder zu verschonen.»

«Aber Marie wollten sie weh tun!», widersprach Janni.

«Seht Ihr, es ist nur eine Frage der Zeit, bis sie uns alle umbringen.» Die ältere Frau verschränkte mit verbissener Miene die Arme vor dem Körper.

Madlen schüttelte den Kopf. «Wenn sie das wollten, hätten sie es längst getan.»

«Euer Wort in Gottes Ohr. Aber uns bleibt ja ohnehin keine andere Wahl, als abzuwarten, nicht wahr?»

«Auf die Straßen können wir nicht, solange die Kämpfe andauern.» Madlen wollte ihre Schwester gerade zurück zu ihrem Stuhl führen, als ihr vor einem der mit Butzenscheiben verglasten Fenster eine Bewegung auffiel. Im nächsten Moment erkannte sie eine hochgewachsene Gestalt, die sie zu sich winkte.

Ihr Herz schlug schneller, als sie ihn erkannte. «Da ist Lucas am Fenster», raunte sie Janni zu. «Lass dir nichts anmerken. Ich glaube, er will, dass wir zu ihm hinausgehen.»

«Lucas?» Janni hob den Kopf, und ein erleichtertes Lächeln zeichnete sich auf ihren Lippen ab. «Wie kommen wir denn zu ihm?», flüsterte sie. «Vor der Tür steht doch sicher eine Wache.»

«Hier gibt es bestimmt einen Hinterausgang.» Madlen nahm ihre Schwester an der Hand und zog sie mit sich bis zur Tür.

«Was habt Ihr denn jetzt vor? Seid Ihr verrückt? Eben noch habt Ihr gesagt, dass wir nicht nach draußen dürfen!», rief die Matrone empört.

«Das stimmt auch. Bleibt hier in Sicherheit, bis die Holländer Euch freilassen.» Madlen sah noch mal zum Fenster, doch Lucas war wieder verschwunden. «Aber Janni und ich müssen hinaus. Wir ... werden erwartet.» Ohne auf den Protest der älteren Frau und die aufgeregten Stimmen der anderen zu achten, schlich Madlen mit Janni an der Hand in den kleinen Korridor, der von der Haustür aus das Wohnhaus in zwei Hälften teilte. Gegenüber der Stube lag die Küche, der Raum, in dem es am ehesten einen Nebeneingang gab. Tatsächlich fanden sie dort auf der rechten Seite eine schmale Tür, die glücklicherweise unverschlossen war und hinaus in einen kleinen, gepflegten Garten führte.

Sie waren kaum ins Freie getreten, als auch schon Lucas aus dem Schatten eines Baumes trat und Madlen in die Arme nahm. «Gottlob seid ihr wohlauf! Was macht ihr denn noch hier? Verdammt, ihr hättet längst fliehen müssen!» Seine Stimme klang aufgebracht, doch er küsste Madlen auf den Scheitel und musterte Janni besorgt. «Wir müssen hier weg, so schnell es geht.»

«O mein Gott.» Erst jetzt, wo Lucas zurücktrat, sah sie, dass er Blutspritzer auf der Kleidung hatte und auch ein anderes Schwert bei sich trug als zuvor. «Bist du verletzt? Und wo ist Peter?»

«Nein, keine Sorge, ich bin unverletzt. Wo Peter ist, weiß ich nicht. Wir haben uns getrennt, um effektiver suchen zu können.» Lucas hob die Schultern. «Wahrscheinlich ist er ähnlich wie ich in Kämpfe verwickelt worden.» Er griff mach ihrer Hand. «Komm, wir müssen los.»

«Aber wir können ihn nicht zurücklassen!»

«Er tut seine Pflicht, Madlen.» Lucas drückte ihre Hand. «Ebenso wie ich es tun muss.»

«Ich weiß. Aber ich habe Angst um dich. Um euch beide.» Madlen wollte nicht schon wieder in Tränen ausbrechen, doch ihre Augen brannten, und ihre Kehle schnürte sich immer mehr zu. «Wie hast du uns denn gefunden?», fragte Madlen leise, während sie ihm durch den Garten bis in einen Schuppen folgte. Er bog zwei Bretter in der Rückwand zur Seite, sodass ein Ausgang in eine schmale Hintergasse entstand, durch den sie alle rasch hindurchschlüpften. «Das war reiner Zufall. Ich hatte mehrere Straßen durchkämmt, aber keine Spur von Janni oder Marie entdeckt. Dafür jede Menge tote Holländer ... und leider auch ein paar unserer Männer. Als ich zurück zur Burg wollte, oder vielmehr zur Kirche, weil ich hoffte, deine Schwestern vielleicht dort zu finden, sah ich zufällig, wie du von diesem Kommandanten in das Haus geschleppt wurdest. Ich hatte ihn zuvor schon gesehen. Er scheint ein hohes Tier zu sein.»

«Huygens nannte ihn Rheingraf und Herr von Valkenburg.»

«Ah, er also. Ich habe schon von ihm gehört.» Lucas stutzte. «Wer ist Huygens?»

«Das erkläre ich dir später. Wir müssen zum Voigtstor. Meine Familie und deine Mutter sind schon aus der Stadt geflohen. Marie auch. Ich habe sie beim alten Eick gefunden. Es geht ihr gut.»

Lucas atmete auf. «Dann los, ich bringe euch zum Stadttor.»

«Du kommst doch mit uns, oder etwa nicht?» Madlen ahnte seine Antwort bereits.

«Nein, ich muss meiner Pflicht nachkommen.» Lucas sah sich vorsichtig um und führte Madlen und Janni dann auf verschlungenen Wegen erst bis zur Kirche und von dort aus dann im Laufschritt zum Voigtstor. Noch immer standen die Wagen dort, die von ihren Besitzern auf der Flucht zurückgelassen worden waren. Weiter hinten bei der Burg herrschte ein wüstes Durcheinander. Einrichtungsgegenstände aus den umstehenden Häusern oder von geplünderten Wagen lagen überall herum, und unzählige holländische Soldaten liefen hin und her.

Als sie vor dem Tor stehen blieben, strich Lucas ihr kurz über die Wange. «Kommt jetzt, ihr müsst aus der Stadt raus. Ich passe schon auf mich auf. Und Peter kann das auch ganz gut, da bin ich sicher.» Er ließ ihr keine Zeit zu antworten, sondern zog sie weiter zur Wachstube. Als er die Tür aufstieß, fluchte er. «Eick, was ist geschehen?»

Der alte Mann lag am Boden, die Hand auf eine Wunde an der Schulter gepresst. Neben ihm lag ein toter Dragoner. «Ich bin fürs Kämpfen nicht mehr gemacht», ächzte er gequält. «Er hat mich erwischt, bevor ich reagieren konnte.»

«Dafür habt Ihr es ihm aber ordentlich heimgezahlt.» Lucas half Eick aufzustehen. «Könnt Ihr laufen?» Als der alte Mann nickte, wandte Lucas sich an Madlen und Marie. «Nehmt ihn mit. Hier gibt es sowieso nicht mehr viel zu bewachen.»

«Ich verlasse meinen Posten nicht», widersprach der alte Eick jedoch überraschend vehement. «Der Bürgermeister hat gesagt, wir verteidigen die Stadt bis zum letzten Mann. Und wenn ich der letzte Mann sein soll, dann ist das eben so!»

«Redet keinen Unsinn. Gebt mir den Schlüssel für die Schlupfpforte, und dann geht ihr mit Madlen und Janni.»

Mit schmerzerfüllter Miene nestelte Eick den Schlüsselbund von seinem Gürtel ab. Er stützte sich schwer auf Lucas, konnte kaum aufrecht stehen. «Ihr redet mir meine Pflichten ebenso wenig aus wie ich Euch die Euren. Kommt mit.» Sie verließen die Wachstube und wollten gerade den Turm betreten, als Madlen einen großen, rußgeschwärzten Mann in gestrecktem Lauf aus Richtung der Burg auf sie zurennen sah.

«Da ist Peter!» Sie lief ihm ein paar Schritte entgegen. «Dem Herrn sei Dank. Geht es dir gut?»

Peter wurde langsamer, hustete heftig und beugte sich um Atem ringend vor, die Hände auf die Oberschenkel gestützt. «Die Stadt ... hat soeben ... kapituliert. Unsere Leute sind auf dem Rückzug.» Wieder hustete er. «Es ist vorbei. Der Kampf. Es war nichts zu machen.»

«Das war vorauszusehen.» Lucas klopfte Peter auf die Schulter. «Wir haben die Mädchen gefunden.»

Peter richtete sich wieder auf. «Gut.» Er rieb sich übers Gesicht und verschmierte den Ruß damit noch mehr. Erneut musste er husten. «Die halbe Stadt steht in Flammen.» Er blickte Madlen traurig an. «Auch Euer Lagerhaus und der Stall. Vermutlich wird das Feuer auch auf das Wohnhaus übergreifen.»

Madlen schluckte hart und bemühte sich, tapfer zu bleiben. «Es sind nur Holz und Steine und ... Seide. Wir konnten außer der Wolle und dem Leinen auch einen Teil der Seide nicht mitnehmen.»

«In der gesamten Stadt stehen Häuser in Brand», berichtete Peter weiter. «Fast hundert an der Zahl, schätze ich. Der Rauch ist in manchen Gassen so dicht, dass man nicht atmen, geschweige denn etwas sehen kann. Das ist uns mit zum Verhängnis geworden.»

«Haben die Holländer die Brände gelegt?», wollte Janni wissen. Das Mädchen hatte den Blick auf die Rauchsäulen gerichtet, die unweit von ihnen gen Himmel stiegen.

«Schwer zu sagen.» Lucas zuckte mit den Achseln. «Möglicherweise haben einige Leute ihre Häuser selbst angezündet, um die Holländer am Vorrücken zu hindern.» Er nahm Madlens Hand in seine, wandte sich aber an Peter. «Die Kapitulation ist sicher?»

«Ich war dabei, als zum Rückzug gerufen wurde. Danach bin ich sofort hierhergekommen.»

«Dann lasst uns alle die Stadt verlassen, ehe die plündernden Horden bis hierher vordringen.» Lucas wandte sich erneut dem Turmeingang zu.

Peter hielt ihn mit einer Hand auf dem Arm auf. Seine Miene war bedrückt. «Sie haben den Bürgermeister gefangen genommen und vor dem Dreeser Tor an einem Baum aufgehängt.»

«O nein!» Madlen schlug beide Hände vor den Mund.

«Es tut mir leid.» Peter blickte Lucas ernst an. «Er war ein guter Mann, auch wenn er sich sein Schicksal selbst zuzuschreiben hat.»

«Ja, das hat er wohl.» Mit hängenden Schultern, Madlens Hand fest in der seinen, ging Lucas allen voran in den Turm.

Eick hatte die kleine Pforte bereits aufgeschlossen und ließ alle hindurchtreten. Zuletzt folgte er selbst, zog die Tür hinter sich zu und blickte wehmütig an der hohen Turmmauer empor. «Dass ich das noch erleben muss», murmelte er, die Hand fest auf seine verwundete Schulter gepresst. Dann wandte er sich mit gesenktem Haupt ab und folgte den anderen.

31. Kapitel

«Geht es dir gut?» Lucas war dicht hinter Madlen getreten, die in der Eingangstür der alten Ziegelbrennerei stand und in die nächtliche Finsternis blickte. Obwohl sie ein gutes Stück von der Stadt entfernt waren, konnte sie immer noch den Rauch riechen. Die kahlen Äste der Bäume knarrten und knackten leise im Wind.

Als Lucas seine Arme um ihre Mitte schlang, lehnte sie sich gegen ihn und genoss die Wärme seines Körpers und das Glücksgefühl, ihn und ihre Familie in Sicherheit zu wissen. «Ja, es geht mir gut. Ich wünschte zwar, der heutige Tag wäre niemals geschehen, aber es hätte noch so viel schlimmer kommen können.»

«Ja.» Er brachte sein Gesicht dicht neben ihres, streifte dabei mit den Lippen ihr Ohr und ihre Wange. «Das hätte es.»

Sie legte ihre Hände auf seine Arme. «Es tut mir so leid wegen deines Onkels. Deine Mutter hat schrecklich geweint.»

«Er war ihr ältester Bruder. Sie hat ihn geliebt. Das haben wir alle, trotz seines Jähzorns und seiner Halsstarrigkeit.» Geräuschvoll atmete Lucas ein und wieder aus. «Wir bauen es wieder auf, Madlen.»

«Was?» Sie drehte den Kopf ein wenig in seine Richtung.

«Das Lager für eure Tuche, die Seide, die du so liebst. Euer Haus, das Geschäft. Unser Haus. Wir bauen Rheinbach wieder auf. Es wird dauern, und es wird nicht einfach, aber wir werden es tun.»

«Ja.» Sie schloss die Augen und versuchte, sich nicht die zerstörte, in Schutt und Asche liegende Stadt vorzustellen, in die sie irgendwann in den nächsten Tagen oder Wochen zurückkehren mussten, sondern neue, schöne Häuser, Höfe, Gärten. Doch es war noch zu früh, das Grauen noch zu frisch, es wollte ihr nicht gelingen, die Rauchschwaden aus ihrer Erinnerung zu tilgen.

Hinter ihnen im Inneren der Ziegelbrennerei waren Stimmen zu vernehmen, sogar ein wenig Gelächter. Viele Einwohner der Stadt hatten sich hierher in den Wald geflüchtet und in der Nacht den Schutz des alten Gebäudes gesucht. Hier würden sie ausharren, bis das Heer des Prinzen von Oranien weitergezogen, die Flammen erloschen, die Gefahr endgültig gebannt war.

«Werden du und Peter noch Schwierigkeiten bekommen, weil ihr aus dem Gefängnis ausgebrochen seid?»

«Du meinst, weil du uns aus dem Gefängnis befreit hast.» Sein leises Lachen vibrierte warm an ihrer Wange. «Höchstwahrscheinlich nicht. Peter hat mir vorhin im Vertrauen erzählt, dass er nicht nur nach deinen Schwestern gesucht hat, nachdem wir uns getrennt hatten. Er war im Bürgerhaus.»

«Was?» Verdutzt blickte Madlen ihn von der Seite an. «Warum im Bürgerhaus?»

«Er hat die dort aufbewahrten Beweismittel und Zeugenlisten in meinem oder vielmehr unserem Fall vernichtet.»

«O du meine Güte!» Schaudernd lehnte Madlen sich fester gegen ihn. «Hätte sich nicht sowieso alles aufgeklärt?»

«Wahrscheinlich. Der alte von Werdt hatte ja schon angekündigt, dass er den Betrug seiner Frau richtigstellen wollte. Aber Peter wollte anscheinend kein Risiko eingehen. Damit bleiben jetzt nur noch etwaige Dokumente, die der Amtmann möglicherweise in seinem Haus in Flerzheim aufbewahrt.

Allerdings ...» Er hüstelte. «Die Männer, die erst vor einer Stunde hier ankamen, vor allen Dingen Anton Hepp und Johann Kulffenbach, haben berichtet, dass Amtmann Schall von Bell spurlos verschwunden ist. Man munkelt, er habe sich möglicherweise dem Feind angeschlossen.»

«Was?» Entgeistert starrte sie ihn an. «Schall ist zu den Holländern übergelaufen?»

«Ich bin darüber so entsetzt wie du.» Er hob die Schultern. «Es ist unbegreiflich. Anscheinend gab es hier gleich zwei Verräter, aber auf Schall wäre ich niemals gekommen. Ich weiß auch nicht, was er überhaupt im Schilde geführt hat. Vielleicht werden wir es nie erfahren. Wenn er aber gründlich war, hat er vor seiner Flucht alle Dokumente vernichtet, die in irgendeiner Form kompromittierend sein könnten.»

«Kompromittierend?»

Lucas seufzte. «Peter vermutet, dass seine Mutter ihre Intrigen mit Hilfe des Amtmanns gesponnen hat. Sie scheint Andeutungen in dieser Richtung gemacht zu haben, und irgendwoher muss sie ja Hilfe gehabt haben. Sie brauchte damals Männer, die Veronica bedroht und die Zeugen bestochen haben. Das hat sie schließlich nicht selbst getan.»

«Was wird wohl nun aus ihr?»

«Nichts. Wenn alle Dokumente verschollen sind, wird sie nicht angeklagt werden. Ich nehme an, der alte von Werdt wird alles daransetzen, die Angelegenheit unter den Tisch zu kehren.»

«Aber das ist unrecht. Sie hätte beinahe dafür gesorgt, dass du zum Tode verurteilt wirst. Ganz zu schweigen von der Sache vor fünf Jahren.»

Einen Moment lang schwieg Lucas, dann streifte er erneut sanft ihre Wange mit seinem Mund. «Mir soll es recht sein. Sie muss mit der Schuld und dem Skandal leben, der ganz sicher kommen wird. Solche Dinge bleiben nie lange ein Geheimnis.»

«Aber ich bin so wütend auf sie!» Seufzend blickte Madlen wieder in die Dunkelheit hinaus. Als ihre Gedanken um die Ereignisse der vergangenen Tage zu kreisen begannen, lächelte sie jedoch wieder. «Wir haben unser Gespräch neulich gar nicht beendet.»

Lucas richtete sich ein wenig auf und drehte sie zu sich herum. «Welches Gespräch meinst du?» In seinen Augen funkelte es schalkhaft. «Das bei meinem sonntäglichen Besuch bei euch? Stimmt. Da bist du mir noch eine Antwort schuldig.»

Madlen schlang locker ihre Arme um seinen Hals. «Möchtest du die Frage vielleicht noch einmal wiederholen?» Sie stockte und wurde wieder ernst. «Aber nur, wenn du das wirklich noch willst. Ich meine, ich bin jetzt nicht mehr dieselbe wie noch vor zwei Wochen.»

«Nicht?» Überrascht musterte er sie. «Für mich siehst du aber noch ganz genauso aus. Bezaubernd.»

Sie spürte eine leichte Wärme in ihre Wangen steigen. «Das meinte ich nicht. Ich bin nicht mehr … Nun ja, meine Mitgift dürfte durch den Verlust unseres Lagers erheblich zusammengeschrumpft sein.»

«Ach, das meinst du.» Lucas setzte eine fast schon theatralische Miene auf. «Lass mich überlegen. Das ist wirklich ein schwerwiegendes Argument, das du da vorbringst.» Im nächsten Moment lächelte er wieder und legte ihr zärtlich eine Hand an die Wange. «Aber für mich vollkommen irrelevant. Ich liebe dich, ob mit großer Mitgift oder kleiner oder ganz und gar ohne. Ich möchte nach wie vor, dass du meine Frau wirst. Bald.» Er hauchte ihr einen Kuss auf die Lippen. «Sehr bald.» Wieder küsste er sie. «Sehr, sehr bald.» Ein dritter Kuss folgte. «Sehr, sehr, sehr …»

Kichernd legte sie einen Finger an seine Lippen. «Schon gut, ich habe verstanden.»

«Und? Möchtest du meine Frau werden?»

Madlen schlang ihre Arme fester um seinen Nacken und stellte sich auf die Zehenspitzen, um ihm noch besser in die Augen sehen zu können, die im Schein der Sterne und des Mondes besonders dunkel und geheimnisvoll wirkten. «Ja, Lucas, das möchte ich.» Sie näherte sich seine Lippen bis auf wenige Zoll. «Sehr, sehr, sehr bald.»

32. Kapitel
Rheinbach, 27. April 1675

Zwei Jahre später ...

Die Vögel gaben ein vielstimmiges Nachmittagskonzert, die Sonne schien warm und verheißungsvoll auf den der Jahreszeit entsprechend noch recht kahlen Blumen- und Gemüsegarten. Gerinc und Toni waren gerade dabei, die Beete umzugraben und für die Saat vorzubereiten und wurden von Mieze beobachtet, die ihren Wohnsitz vor zwei Jahren stillschweigend hierherverlegt hatte. Lotti klopfte im Hof unter dem alten Walnussbaum Teppiche, und Hedwig unterhielt sich durch die Hintertür zur Küche mit der Köchin über den für den morgigen Sonntag geplanten Festtagsbraten.

Madlen saß auf der hölzernen Bank, die einen der alten Apfelbäume im Garten umgab, den Kopf gegen den Baumstamm gelehnt, die Augen geschlossen. Eine Hand an der tragbaren Wiege, in der ihr knapp acht Monate alter Sohn Henrik selig schlummerte, in der anderen einen Brief, den sie bis eben gelesen hatte, genoss sie für einen Moment ihr stilles Glück.

Auch als sie leise Schritte auf sich zukommen hörte, blieb sie einfach sitzen, ohne sich zu bewegen. Lediglich die Augenlider schlug sie wieder auf. «Du bist aber früh zurück», begrüßte sie ihren Ehemann mit einem überraschten Lächeln. «Ich dachte, Vater hätte so viel mit dir zu besprechen.»

«Es ging schneller als gedacht. Er möchte, dass wir die Seidenstoffe zukünftig bei uns lagern, weil ja doch du den Großteil der Seidengeschäfte abwickelst. Im Gegenzug verlangt er, seinen Enkel öfter zu sehen.» Grinsend ließ sich Lucas neben Madlen auf der Bank nieder und streichelte beiläufig über die weiche Decke, mit der sein Sohn zugedeckt war. «Ich habe ihm geantwortet, das Henrik, wenn er noch öfter bei seinen Großeltern zu Besuch ist, auch gleich bei ihnen einziehen könnte.»

Madlen schmunzelte. «Hat Mutter etwas Neues von Maries Hochzeit erzählt?»

«Etwas?» Lucas stöhnte theatralisch. «Wenn ich nicht die Flucht ergriffen hätte, wäre ich den Rest des Tages zu gar nichts mehr gekommen. Sie war wohl heute Morgen bei Margarete Leinen zu Besuch.»

«Oh, oh.»

«Allerdings. Die beiden haben schon wieder alle Pläne über den Haufen geworfen und wollen jetzt ein Fest im Freien abhalten.»

«Bitte was?» Lachend richtete Madlen sich auf. «Und wenn es regnet?»

«Das habe ich sie auch gefragt und wurde prompt mit Fragen überhäuft, ob ich nicht große lederne Sonnensegel als Schutz vor etwaigem Regen besorgen könnte.»

«Was ist aus der Feier im *Goldenen Krug* geworden, die alle so ansprechend fanden?»

«Ich hoffe, darauf kommen die beiden bald wieder zurück. Allmählich muss der Wirt ja mal Bescheid wissen, nicht wahr? Aber bei uns war es ja auch nicht anders, wenn du dich erinnern möchtest.»

«Stimmt. Bloß dass es da nicht so viel Auswahl gab, weil die halbe Stadt noch in Schutt und Asche lag.» Madlens Lächeln schwand für einen kurzen Moment. «Was sagen denn Marie und Georg zu den neuen Ideen? Sollten nicht eigentlich die beiden darüber befinden, wie und wo sie ihr Jawort feiern möchten?»

«Die beiden haben, fürchte ich, von dem Wetterwechsel noch nichts mitbekommen. Sie sind zu sehr damit beschäftigt, einander anzuhimmeln.» Lachend streckte Lucas die Beine aus. «Dabei ist Georg doch ein so kluger, besonnener Kopf. Bei Marie verstehe ich ja, dass sie auf Wolken schwebt. Sie war schon immer schwärmerisch veranlagt, aber er ...»

«Er ist verliebt. Vielleicht erinnerst du dich noch an das Gefühl.»

Lucas griff nach Madlens Hand und drückte sie zärtlich. «Sehr genau sogar.»

«Na bitte.» Lächelnd rückte Madlen ein wenig näher an ihren Mann heran. «Wahrscheinlich denken die beiden im Moment weniger an die Hochzeit als an die heutige Mailehenversteigerung. Marie ist schon seit Tagen aufgeregt deswegen.

«Warum denn? Georg hat sie doch bereits freigekauft, da muss sie doch überhaupt nicht bange sein, oder?»

«Ja, aber er hat wohl so tief in die Tasche gegriffen, dass die beiden mit etwas Glück zum Maikönigspaar gekürt werden.»

«Oha.» Anerkennend nickte Lucas. «Das ist natürlich etwas anderes.» Sein Blick fiel auf den Brief, den Madlen inzwischen neben sich auf der Bank abgelegt hatte. «Nachrichten aus der Fremde?»

«Ja.» Sie reichte ihm den Brief. «Möchtest du selbst lesen?»

«Später vielleicht. Im Augenblick reicht mir eine kurze Zusammenfassung.»

«Also gut. Peter lässt die gesamte Familie grüßen.»

«Welch Überraschung. Und weiter?»

Grinsend nahm sie ihm den Brief wieder ab. «Er hat sich gut in Boston eingelebt, und auch seine Eltern scheinen sich wohl zu fühlen. Ludwig hat auf einem englischen Handelsschiff angeheuert und fährt jetzt zur See.»

Lucas brummte nur. Vermutlich musste er sich ebenso wie sie zusammenreißen, Ludwigs Schiff nicht einen schlimmen Sturm auf den Hals zu wünschen.

«Und Peter hat vor zu heiraten. Eine Anne Bowers. Sie stammt aus England und war bei seiner Überfahrt mit auf demselben Schiff.»

«Ich erinnere mich, dass er so etwas in einem seiner Briefe erwähnt hat.»

«In einem? In allen!» Lachend stieß Madlen ihn an. «Weißt du nicht mehr, wie sehr er sich über ihre ach so impertinente Art aufgeregt hat? Ständig sei sie ihm ins Wort gefallen, habe bei allem und jedem Thema eine Meinung gehabt. Wohlgemerkt, war sie anscheinend nie *seiner* Meinung.»

Nun schmunzelte auch Lucas. «Das muss für den armen, friedliebenden Peter von Werdt geradezu Folter gewesen sein.»

«Eine ausgesprochen süße Folter, wenn man bedenkt, wie die Geschichte ausgegangen ist. So lange, wie der Brief unterwegs war, könnten die beiden bereits verheiratet sein. Ich freue mich so für ihn.»

«Was wohl seine Mutter zu einer derart widerspenstigen Schwiegertochter sagt?»

«Ich weiß es nicht. Peter hat nichts darüber geschrieben. Aber nach dem, was er in früheren Briefen berichtet hat, scheint Gislinde recht handzahm geworden zu sein.»

«Hoffen wir es, andernfalls wird diese Anne es nicht leicht haben.»

«Solange Peter glücklich ist, ist seine Mutter es ebenfalls.»

«Nanu.» Überrascht musterte Lucas sie. «So versöhnliche Töne höre ich ja zum ersten Mal von dir. Ich dachte, du hasst sie nach wie vor.»

Madlen schüttelte den Kopf. «Ich habe sie nie gehasst, ich war wütend auf sie. Vielleicht werde ich das für immer sein. Aber sie ist weit fort. Ein ganzer riesiger Ozean liegt zwischen uns. Ich denke, das reicht, um ihr zumindest einen gewissen Seelenfrieden zu gönnen – und mir ebenfalls.»

«Das hört sich nach einer weisen Entscheidung an.»

«Ich frage mich ...» Madlen hielt kurz inne. «Ich würde Peter gerne ein Hochzeitsgeschenk schicken. Es wird eine Ewigkeit brauchen, bis es ankommt, aber das ist ja egal.»

«Woran hast du gedacht?»

«An ein Bild von Rheinbach. Eine Zeichnung oder einen Kupferstich. Damit er sieht, dass die Stadt trotz der schrecklichen Ereignisse immer noch da ist und eines Tages auch wieder so schön und bedeutend sein wird wie früher. Ich meine, es ist immerhin seine Heimat, und vielleicht will er seiner Frau ja auch einmal zeigen können, woher er stammt. Und seinen Kindern. Was meinst du?»

«Ich finde, das ist eine ausgezeichnete Idee. Sündhaft teuer zwar, aber das ist es wert. Wenn ich das nächste Mal nach Köln fahre, werde ich mich nach einem guten Maler oder einem talentierten Kupferstecher umhören.» Nach einem weiteren Blick auf seinen Sohn, der sich von dem Gespräch nicht im mindesten stören ließ, sondern nur hin und wieder das Näschen im Traum krauszog, erhob er sich. «Jetzt sollte ich aber allmählich wieder an die Arbeit gehen. Oder vielmehr ans Planen. Immerhin muss ich mir überlegen, wie wir fünfzehn bis zwanzig Seiden- und Brokatballen in unser bereits übervolles Lagerhaus quetschen sollen.»

«Soll ich vielleicht ein bisschen mitplanen?» Auch Madlen erhob sich. «Ich hätte da schon ein paar Ideen.»

Lucas hob amüsiert die Augenbrauen. «Gib es zu, dir ist vom Herumsitzen langweilig geworden.»

Sie grinste. «Vielleicht.»

«Und jetzt suchst du nach einem Grund für ein ordentliches Wortgefecht.»

«Hast du etwas dagegen?» Sie winkte Lotti herbei. «Bring Henrik bitte ins Haus und kümmere dich um ihn.»

«Ja, Frau Cuchenheim, selbstverständlich gerne.» Die Magd eilte herbei und hob die Wiege vorsichtig an. «Der kleine Mann schläft ja noch ganz tief und fest. Er ist so ein wonniges Kind!» Leise vor sich hin murmelnd und summend trug sie das Kind ins Haus.

«Also wollen wir?» Madlen hakte sich bei ihrem Mann unter.

Mit gespieltem Argwohn sah er sie an. «Wollen wir was?»

«Uns ein wenig streiten. Ich finde, wir sollten einen weiteren Lagerraum anbauen.»

«Anbauen?»

Sie nickte. «Ja, und zwar nach hinten hinaus. Da ist doch nur ödes Land, aber es gehört noch zu unserem Grundstück.»

«Du willst anbauen», wiederholte er skeptisch. «Einen zusätzlichen Lagerraum.»

«Und vielleicht einen weiteren, in dem man ein kleines Kontor einrichten könnte.»

«Ach.»

«Ja, denn wenn Vater den Seidenhandel weitgehend aus der Hand geben möchte, dann könnte ich ihn auch gleich ganz übernehmen und ein wenig ausbauen. Janni hilft Vater doch jetzt schon recht viel, sodass ich zu Hause nicht mehr ganz so häufig nach dem Rechten sehen muss.»

«Du willst dein eigenes Kontor.»

Madlen runzelte die Stirn. «Wir haben so viel Platz hier. Es ist ein idealer Ort, um zu leben und gleichzeitig Handel zu treiben. Ich glaube, deshalb hat Peter mir das Haus überschrieben. Er hatte zwar etwas anderes geplant, aber ...» Sie hob die Schultern. «Er wusste, dass ich diesen Ort schon immer mochte. Und nachdem euer Haus bei dem Brand vollständig zerstört wurde, passte es doch wunderbar, dass wir auch noch deine Mutter und das Gesinde problemlos hier unterbringen konnten. Ich finde es immer noch unglaublich, dass das Haus damals nicht einmal sonderlich viel Ruß abbekommen hat. Es war, als hätte das Feuer einen Bogen darum geschlagen.»

«Ich weiß. Ich mag unser Haus auch, wie du weißt.» Seine Miene war merkwürdig ernst geworden, in seinen Augen stand ein undeutbarer Ausdruck.

Madlen zögerte. «Aber meine Idee, einen eigenen Seidenhandel aufzubauen, gefällt dir nicht.»

«Doch, Madlen.» Unvermittelt lachte er auf. «Ich war nur so überrascht.»

«Wovon denn überrascht?» Verständnislos sah sie zu ihm auf und stieß einen erstickten Laut aus, als er sie mit einem Ruck ganz fest an sich zog.

«Dass du so lange gebraucht hast, um auf diese Idee zu kommen.» Damit verschloss er ihre Lippen mit einem zärtlichen Kuss.

NACHWORT DER AUTORIN

Wie ich bereits in meinem ersten Rheinbach-Roman «Der Hexenschöffe» erzählt habe, bin ich mit etwa 13 oder 14 Jahren auf einen Erzählband im Bücherregal meines Vaters gestoßen: «Die Rheinbacher Hexe / Die Holländer in Rheinbach – Zwei historische Erzählungen». Es handelt sich dabei um eine Festschrift, die die Zunft der Junggesellen 1597 Rheinbach e. V. im Jahr 1972 anlässlich ihres 375-jährigen Bestehens herausgegeben hatte. Die beiden Erzählungen stammen von einem Autor namens CL. Wüller und wurden erstmalig im Jahr 1881 veröffentlicht. Mit dem Finden und Lesen dieser höchst spannenden historischen Erzählungen fing alles an.

Geneigte Leserinnen und Leser werden vielleicht bereits mit der Geschichte Hermann Löhers Bekanntschaft gemacht haben, so wie ich sie nach jahrelangen umfangreichen Recherchen niedergeschrieben habe. Nun wurde es für mich Zeit, auch für das zweite in der Festschrift erwähnte Ereignis «Unter Zuhülfenahme von etwas Phantasie [...] nachstehendes Geschichtsbild» entstehen zu lassen. Das Zitat stammt aus dem Vorwort CL. Wüllers und trifft noch mehr als bei «Der Hexenschöffe» für meinen vorliegenden Roman «Flammen und Seide» zu. Denn wo «Der Hexenschöffe» bis auf wenige fiktive Elemente eine sehr wahre und historisch belegte Geschichte erzählt, sind in «Flammen und Seide» deutlich mehr fiktive Elemente zu finden. Wüllers historische Erzählung diente mir vor allem als Inspirationsquelle und Grundlage, auf der ich zunächst einmal die historischen Rahmenbedingungen und Details des Niederländisch-Französischen Krieges (auch einfach Holländischer Krieg genannt) recherchieren musste. Da es sich um einen gesamteuropäischen Konflikt handelte, in dessen Verlauf diverse Nebenkriegsschauplätze auftauchen, beschränke ich mich hier auf eine sehr grobe Zusammenfassung.

Der Krieg begann 1672 und endete 1678. Auslöser der Auseinandersetzungen war die Kriegserklärung des «Sonnenkönigs» Ludwig XIV. von Frankreich an die Vereinigten Niederlande. Dabei schlossen sich Frankreich diverse Verbündete an: unter anderem das Königreich England, Schweden und – für den vorliegenden Roman ausschlaggebend – Erzbischof und Kurfürst Maximilian Heinrich von Köln sowie Christoph Bernhard von Galen, Fürstbischof von Münster.

Um die von Ludwig XIV. angestrebte Vormachtstellung Frankreichs in Europa zu verhindern, verbündeten sich Spanien und Teile des Heiligen Römischen Reichs mit den Niederlanden.

Nachdem Frankreich und England den Niederlanden den Krieg erklärt hatten, drangen die Franzosen schnell und weitgehend unbehindert über Kleve bis nach Utrecht vor und nahmen dieses ein. Wilhelm III., Prinz von Oranien, ließ daraufhin große Teile seines Landes fluten, indem er Schleusen und Dämme öffnete. Somit war ein weiteres Vordringen der Franzosen und die Niederlage der Holländer zunächst verhindert. Kurz darauf wurde Wilhelm zum Statthalter der verbleibenden Provinzen Holland und Zeeland ernannt.

Nach diesem Fehlschlag wandte sich der französische König nun der Festung Maastricht zu, die er 1673 belagerte und schließlich auch eroberte. Dies rief Spanien und Österreich auf den Plan, da beide nun einen Angriff Frankreichs auf die

Spanischen Niederlande befürchteten. An diesem Punkt breitete sich der Krieg allmählich auf große Teile Europas aus und zog die Bevölkerung immer mehr in Mitleidenschaft.

Nach einigen Niederlagen war die französische Armee bereits auf dem Rückzug, als Truppen aus den Niederlanden unter Wilhelm III. von Brühl aus in Richtung Andernach vorrückten, um sich dort mit ihren Verbündeten Spanien und Österreich zu vereinigen und den Franzosen ihre Versorgungswege über den Rhein abzuschneiden.

Am 1. November 1673 erreichte der Prinz von Oranien mit vier Regimentern die Stadt Rheinbach und plünderte und brandschatzte die Stadt, nachdem Bürgermeister Averdunk sich geweigert hatte, den Holländern freien Durchzug zu gewähren und ihnen somit die Stadt zu übergeben. Die Ereignisse des Allerheiligentages 1673 in Rheinbach, so wie ich sie im Roman geschildert habe, sind weitgehend historisch belegt, unter anderem in einem Augenzeugenbericht Constantijn Huygens, des Sekretärs Wilhelms III., den dieser als Tagebucheintrag auf Französisch verfasste und der in deutscher Übersetzung bei Robert Thomas: Der Ort Flerzheim an der Swist (Beiträge zur Geschichte der Stadt Rheinbach, Bd. 4), Rheinbach 1987, zu finden ist. Ich habe mir erlaubt, Huygens eine Nebenrolle in der Geschichte anzudichten, die seiner Persönlichkeit, soweit ich recherchieren konnte, durchaus gerecht werden dürfte.

Die Jagd nach einem Verräter und die engen Verflechtungen der Romanhandlung mit der Plünderung und Brandschatzung Rheinbachs entstammen hingegen vollständig meiner Phantasie.

Dass Rheinbach, eine doch eigentlich kleine, vergleichsweise unbedeutende Stadt, in die Geschichtsbücher Einlass fand, hängt wohl damit zusammen, dass sich die Holländer dort ganz besonders roh und unschön verhalten haben. Bei der gewaltsamen Übernahme der Stadt kamen laut verschiedenen Quellen 25 Rheinbacher Bürger und 23 Bauern aus den umliegenden Ortschaften sowie ungezählte Soldaten des kurkölnischen Regiments ums Leben. Nur 20 der 150 Häuser blieben vom Feuer verschont.

Auch Bonn wurde nur wenig später belagert, beschossen und kapitulierte am 12. November 1673.

Infolge des erfolgreichen Eroberungsfeldzugs durch Wilhelm III. von Oranien blieben sowohl dem Fürstbischof von Münster als auch dem Kurfürsten von Köln nichts anderes übrig, als in Friedensverhandlungen zu treten. Beide schlossen 1674 kurz hintereinander einen Friedensvertrag mit den Niederlanden. Dadurch verlor Frankreich zwei seiner wichtigsten Verbündeten und obendrein noch seine Versorgungswege über den Rhein, sodass Ludwig XIV. sich nach einiger Zeit wieder zurückzog.

Zwei Friedensschlüsse, Nimwegen (1678) und Saint-Germain (1679), beendeten schließlich diesen weitverzweigten europäischen Krieg.

Wie Sie, liebe Leserin, lieber Leser, bereits bemerkt haben werden (es sei denn, Sie haben das Nachwort vor dem Roman gelesen), spielen die tatsächlichen kriegerischen Auseinandersetzungen in meiner Geschichte eine eher untergeordnete Rolle. Vielmehr erzähle ich in meinem Roman von den Einwohnern Rheinbachs, oder vielmehr einer kleinen Auswahl derselben, und wie sich deren Leben in jenen unsicheren Zeiten abgespielt hat – oder haben könnte. Dabei war es mir wichtig zu zeigen, dass das Leben, seine Hochs und Tiefs, Familie, Freunde, Liebe, aber auch althergebrachte Gesetze, Traditionen und Brauchtum stets präsent waren und das Leben oftmals weit mehr beeinflussten als große politische Ereignisse. Selbst als diese, wie im Roman beschrieben, die Stadt Rheinbach mit voller Wucht trafen, kümmerte die Menschen weniger die Zugehörigkeit zum einen oder anderen Kriegsverbündeten, sondern vielmehr das eigene Überleben und das ihrer zwar überschaubaren, doch geliebten Stadt. Ihrer kleinen Welt sozusagen, in der sie lebten und liebten und für sich und ihre Familien ein lebenswertes Leben aufzubauen und zu erhalten versuchten.

Mein Roman ist, wie Sie ebenfalls bemerkt haben werden, in erster Linie eine Liebesgeschichte sowie eine Geschichte vom Erwachsenwerden, von Entscheidungen, die zu treffen nicht immer einfach ist, wenn das Herz involviert ist. Sie ist nicht historisch überliefert und auch nicht so, wie CL. Wüller sie in seiner Version «Die Holländer in Rheinbach» beschreibt. Dennoch könnte sie so oder so ähnlich in jenen Tagen in Rheinbach stattgefunden haben.

Vielleicht hat die «Dreiecksgeschichte» zwischen Madlen, Peter und Lucas Sie überrascht, zumindest an der einen oder anderen Stelle. Vielleicht haben Sie sich hin und wieder gefragt, wie Sie selbst gehandelt und entschieden hätten, wenn Sie eine/r der drei Beteiligten gewesen wären. Es ist keine typische Geschichte von Gut gegen Böse, in der der Gute siegt und der Böse das Nachsehen hat. Die Grenzen verwischen an vielen Stellen, Konkurrenten müssen zusammenhalten und lernen, einander zu akzeptieren und zu respektieren, denn am Ende des Tages entscheidet ausschließlich das Herz, was das Herz will.

Petra Schier im Juni 2018

GLOSSAR ZUM BRAUCHTUM IN RHEINBACH

Knuwel / Knuwelshalfe

Was geschah mit den Mädchen und jungen Frauen, die bei der Mailehenversteigerung nicht von einem Junggesellen ersteigert worden waren? Sie kamen in den Knuwel (oder Knubbel, in machen Orten auch Rummel, Rommel oder Rötz genannt), um den sich wiederum der Knuwelshalfe zu kümmern hatte. Entweder versteigerte er die Mädchen seinerseits noch einmal, was aber vermutlich nicht in allen Fällen glückte, oder aber er durfte sich ein Mädchen aus dem Knuwel als sein Lehen heraussuchen. Es gab aber auch die Möglichkeit, dass der Knuwelshalfe abwechselnd mit allen im Knuwel verbliebenen Mädchen ausging. Hier sind die Vorgehensweisen von Ort zu Ort sehr verschieden gewesen.

Die Mädchen, die im Knuwel landeten, waren darüber allgemein nicht sehr glücklich, galten sie doch entweder als alte Jungfern, hässlich, oder sie hatten einen schlechten Ruf. Um sich an ihren glücklicheren «Schwestern» zu rächen, versuchten sie oftmals, die jungen Männer, die ja ihrem Mailehen verpflichtet waren, durch Gespräche oder sogar mehr in Schwierigkeiten mit dem Reih zu bringen, der bei solchen Vergehen empfindliche Ordnungsstrafen verhängte.

Mailehen bzw. Mailehenversteigerung

Nach Ostern, aber in der Regel noch deutlich vor dem ersten Mai, wurden in den Dörfern und Städten die unverheirateten jungen Frauen ab 16 Jahren in einer offiziellen Mailehenversteigerung unter den Junggesellen des Ortes versteigert. Hatte ein Junggeselle bereits eine «feste Freundin», wie wir heute sagen würden, so konnte er sie entweder vorab schon beim Vorsitzenden (Schultheiß) der Junggesellen freikaufen, damit sie nicht anderweitig versteigert werden konnte, oder aber er bot von vornherein so viel, dass kein anderer sich mehr am Steigern beteiligen wollte. Das Mädchen, für das der höchste Betrag geboten wurde, krönte man zur Maikönigin.

Die Versteigerung fand immer an einem bestimmten Ort oder in einer angestammten Wirtschaft statt und gestaltete sich nicht nur ausgesprochen gesellig, sondern auch feuchtfröhlich. Gefeiert wurde oft bis spät in die Nacht hinein.

Ein Junggeselle hatte die Pflicht, das Mädchen, welches er als Mailehen ersteigert hatte, mindestens bis Ende Mai, oft auch bis Pfingsten (und in manchen Orten sogar ein ganzes Jahr lang), regelmäßig zu besuchen, es zum Tanz auszuführen usw. Am Sonntag nach der Versteigerung (die meist samstags stattfand) hatte er bei den Eltern des Mädchens einen Antrittsbesuch zu machen, und meist standen auch an allen weiteren Sonntagen solche Besuche an. Zweck der Übung war natürlich, die jungen Leute miteinander zu verkuppeln. Nicht selten wurde aus dem Mailehen kurz darauf die Braut.

Es war Regel und Pflicht, dass während der gesamten Zeit des Mailehens der junge Mann ausschließlich mit seinem Lehen und keinem anderen Mädchen sonst ausgehen oder sogar sprechen durfte. Umgekehrt galt das übrigens ebenso. Ausnahmen waren nur die eigenen Verwandten.

Reih

Junggesellenvereine, wie man sie heute in einigen Regionen Deutschlands kennt, gab es im 17. Jahrhundert noch nicht, wohl aber vereinigten sich die Junggesellen eines Ortes wie Rheinbach durchaus vereinsmäßig. Man nannte diese Zusammenschlüsse unter anderem Reih oder Reihjungen (tanzfähige Junggesellen). Angeführt wurden sie vom Schultheißen, außerdem gab es noch andere Posten, wie den Justiziar, der für die Aburteilung von Vergehen gegen die Regeln und Statuten des Reihs zuständig war. Auch einen Flurschützen gab es. Dessen Aufgabe war es, diejenigen auf Schritt und Tritt zu verfolgen, die sich eines solchen Vergehens verdächtig gemacht hatten. Ertappte der Flurschütz sie schließlich, konnte er Anzeige erstatten. Und dann gab es auch noch den Knuwelshalfen (oder Knubbelshalfen), der wiederum eng mit dem Maibrauchtum zu tun hatte.

Darüber hinaus fungierte der Reih aber auch als eine Art Sittenpolizei. Wie oben bereits erwähnt, gab es zum Beispiel den Flurschützen und den Justiziar, die bei Vergehen gegen die Regeln des guten Anstands in Aktion traten. Kamen solche Verstöße zur Anklage, drohte den Verursachern des öffentlichen Ärgernisses zum Beispiel ein kaltes Bad im Mühlbach oder Dorfteich, ggf. an einer Pflugleine, damit er nicht ertrank. Auch gab es das Tierjagen, bei dem die Junggesellen einen Karren durch den Ort schoben und lauthals nach dem Tier riefen, es möge sich zeigen und man wolle es einfangen usw. Das Tierjagen wurde zum Beispiel ausgeführt, wenn dem Reih Beschwerden über einen allzu öffentlich ausgetragenen Ehestreit zugetragen wurden oder auch bei Gewalt unter Ehepartnern. Während einem Mann schon mal das oben erwähnte kalte Bad drohte, wenn er zum Beispiel zu später Stunde noch bei einem Stelldichein mit seinem Mädchen angetroffen wurde, hatte die betreffende junge Frau mit einem Höllenkonzert zu rechnen, mit Geschrei und Geheul, das jeden im nahen und weiten Umkreis auf die Missetäterin aufmerksam machte.

Schlutgehen

Obgleich der Reih als Sittenpolizei durchaus respektiert und zuweilen sogar gefürchtet war, bedeutet das nicht, dass im 17. Jahrhundert die jungen Leute alle vollkommen keusch und sittsam gelebt haben. Vielmehr war es so, dass es noch einen weiteren Brauch gab, der auch mit dem Mailehen in Verbindung steht: das Schlutgehen.

Im Wesentlichen handelt es sich hierbei um das rheinische Pendant zum bayrischen Fensterln. Von der Obrigkeit wurde es nicht allzu gerne gesehen, immer wieder gab es Verordnungen und Aufrufe, diesen Brauch zu unterlassen, doch offenbar hielt sich niemand daran. An Sonn- und Feiertagen, hauptsächlich nach Einbruch der Dunkelheit, kletterten die jungen Männer auf Leitern zu den Fenstern der Schlafkammern ihrer Mailehen hinauf, um dort einzusteigen und in der Regel ein trautes Schäferstündchen mit ihnen zu verbringen. Der Ausdruck Schlutgehen stammt von dem aus Stroh gefertigten Helm (Schlut), den die Junggesellen beim Erklimmen der Leitern wohl getragen haben, um sich vor möglichen Schlägen aufgebrachter Väter oder Brüder zu schützen.

Natürlich bemühte man sich, solche Stelldicheins möglichst geheim zu halten, und sicherlich taten auch die Mädchen das Ihre dazu, nicht entdeckt zu werden, weil sonst eben das oben erwähnte Höllenkonzert, Tierjagen oder Ähnliches drohen konnten. Man kann wohl auch davon ausgehen, dass die jungen Frauen solchen heimlichen Treffen und allem, was dabei geschah, nur dann zustimmten, wenn sie sicher sein konnten, dass der betreffende junge Mann sie im Falle einer Schwangerschaft ehelichen würde. Daraus und aus der Tatsache, dass sich das Schlutgehen über Jahrhunderte als fester Brauch gehalten hat, lässt sich schließen, dass Sex vor der Ehe, vor allem in Verbindung mit dem Mailehen, gesellschaftlich durchaus akzeptiert wurde, wenn auch nicht offiziell. Vermutlich erfolgte das Ersteigern eines Mailehens in den allermeisten Fällen auch nur zwischen Familien, die einer späteren Vermählung der beiden betreffenden jungen Leute nichts entgegenzusetzen hatten.

Weitere Titel von Petra Schier

Das Gold des Lombarden
Das Haus in der Löwengasse
Der Hexenschöffe
Flammen und Seide

Apothekerin Adelina
Tod im Beginenhaus
Mord im Dirnenhaus
Verrat im Zunfthaus
Frevel im Beinhaus
Verschwörung im Zeughaus
Vergeltung im Münzhaus

Kreuz-Trilogie
Die Eifelgräfin
Die Gewürzhändlerin
Die Bastardtochter

Die Aachen-Trilogie
Die Stadt der Heiligen
Der gläserne Schrein
Das silberne Zeichen

Petra Schier
Der Hexenschöffe

Eine wahre Geschichte aus dunkler Zeit

Anno 1636 ist ganz Deutschland vom Hexenwahn ergriffen. Schon einige Jahre zuvor traf es auch das beschauliche Rheinbach – eine Zeit, an die sich keiner gern erinnert. Und nun hat der Kurfürst den Hexencommissarius erneut in die Stadt beordert.

Hermann Löher, Kaufmann und jüngster Schöffe am Rheinbacher Gericht, hat Angst um Frau und Kinder. Sein Weib Kunigunde gehört zur «versengten Art»: Angehörige ihrer Familie wurden damals dem Feuer überantwortet. Löher glaubt nicht an Hexerei und an die Schuld derer, die vor Jahren den Flammen zum Opfer fielen. Eine gefährliche Einstellung in diesen Zeiten.

512 Seiten

Weitere Informationen finden Sie unter www.rowohlt.de

Das für dieses Buch verwendete Papier ist FSC®-zertifiziert.